SIGN
싸인
:별똥별이 떨어질 때

SIGN

싸인

: 별똥별이 떨어질 때

이선희 장편소설

더위를 식혀주는 바람이 간간이 부는, 8월의 어느 밤이었다. 검은 밤하늘을 수놓은 밝은 별들 사이로 별똥별이 떨어지기 시작하자, 사람들은 시선을 떼지 못하고 그 장면을 눈에 담기 바빴다. 떨어지는 유성의 개수도 많아서, 각종 SNS에서는 매초 관련 사진들이 올라올 정도였다. 화려하고 장엄한 별똥별 쇼는 영상으로 전부 기록되지는 못했으나 짧은 영상만으로도 충분히 아름다워 보였다. 이틀 정도 관련 기사들이 우후죽순 쏟아졌다. 그리고 언제나처럼 새로운 정보들에 밀려, 사람들의 관심 저편으로 사라지는 듯했다.

그러나 한 달 뒤, 그것은 댓글 하나에서 시작되었다.

[kia**: 나 저 때, 엄청 신기한 경험 했음. 물 마시려고 부엌에 나갔는데, 갑자기 세상이 흑백으로 보여서 식겁함. ㅋㅋ]
[→ re: 나도 경험했어! 게임을 너무 오래 해서 그런 줄. ㅠㅠ]

[→ re: 여기다 댓글 달 시간에 병원에서 검사받아 봐야 하는 거 아니냐?]

한 기사에 이상한 경험을 했다는 댓글이 달리면서 수많은 경험담이 나오기 시작했다. 누가 들어도 황당무계한 이야기라 장난으로 치부될 줄 알았던 이 내용은, 순식간에 SNS를 뜨겁게 달구며 아침 방송 '당신도 경험한 이야기'에 소개되기도 했다. 대중의 관심이 쏟아진 이 사건은 또 다른 소문을 불러왔다.

'외계인 침공 신호?'

'지구 멸망의 전조?'

해당 현상에 대한 다양한 추측들이 이어지는 가운데, 연속으로 찍은 유성의 사진을 온라인에 올린 익명의 'S'는 별똥별 중 일부가 순간이동이라도 한 것처럼 갑자기 사라졌다고 주장했다. 실제로 그가 올린 사진들 속에는 색을 덧칠한 것처럼 부자연스럽게 사라진 별똥별들이 있었다. 사람들의 의견은 분분했고 조작이라는 이야기도 당연히 돌았다.

하지만 별똥별에 대한 이러한 소란들은 잠시 소강상태가 되었다. 일주일 뒤, 각 방송사 아침 뉴스에서 살인 사건에 대한 소식이 흘러나왔기 때문이다.

「16일 오전 10시경, 원룸에서 혼자 살고 있던 70대 김모 씨가 누군가에게 잔혹하게 살해당하는 사건이 발생했습니다. 이웃 주민들의 말에 따르면 그는 자신이 키우는 강아지와 매일같이 공원으로 산책을 나왔다고 하는데요, 사건 며칠 전부터는 모습이 보이지 않았다고 합니다. 이를 이상하게 여긴 이웃 주민 권모 씨가 경비원과 함께 김모 씨의 집 문을 열고 들어가 사건 현장을 발견 했습니다. 그럼, 최초 발견자 권모 씨에게 발견 당시 상황을 들어 보겠습니다.

"아주 끔찍했죠. 방의 벽지들이 원래 그 색이었나 싶을 정도로 피가 낭자했다니까요? 에휴……. 누가 그런 짓을 했나 모르겠네요. 좋은 분이셨는데……."」

자료 화면은 최대한 모자이크 처리가 되었기 때문에 그 현장이 얼마나 무시무시했는지 일반 사람들은 알지 못했다. 그래서 원한 범죄나 강도 사건으로 보고 있다는 보도를 그대로 믿었으며, 경찰이 근처 CCTV 영상 등을 통해 탐색하고 있다는 소식에 범죄자를 욕할 뿐이었다. 그러던 중 '의심하라'라는 유튜버가 영상 하나를 올렸다.

[독거노인 살해 사건의 진실은? 범인은 연쇄 살인마?]

많은 이들의 호기심을 자극한 이 영상은, 영상이라고 보기가 모호할 정도였다. 사진 한 장과 타자로 적은 메모를 하나로 이은 것이 영상의 전부였기 때문이다. 하지만 영상을 클릭한 사람들은 이내 경악하고 말았다. 무언가로 긁어낸 것처럼 보이는 이해할 수 없는 자국들, 천장에서 벽지까지 페인트를 던진 것처럼 흩뿌려진 피, 저항한 흔적이 보이는 파손되고 엎어져 있는 가구들. 현장의 모습은 눈살이 찌푸려질 정도로 처참했다. 하지만 더 놀랍고 두려운 사실은 메시지에 있었다.

「'독거노인 살해 사건'과 비슷한 사건들이 같은 날 여러 곳에서 발견되었습니다. 여러분은 보지도 듣지도 못했을 겁니다. 언론은 철저하게 통제되고 있습니다. 연쇄 살인 사건일지도 모르고, 아닐지도 모릅니다. 그럼에도 저희가 비슷한 사건들이라고 결론을 내린 이유는 살해된 시체의 훼손 정도 때문입니다.

현장에서는 시체라고 부르기 어려울 정도로 훼손된 사체의 일부만이 남아 있을 뿐이었습니다. 대체로 피부로 보이는 작은 조각들이 남아 있었으며, 피부 아래에는 근육 조직이 없었습니다. 우리는 검사 결과를 보고 얼마나 놀랐는지 모릅니다.

전 이 글을 쓸 수밖에 없었습니다. 징계를 받는다고 해도요. 왜냐하면 혼자서는 절대, 비슷한 시간대에 같은 살해 방식으로 여러 범죄들을 저지를 수는 없었을 테니까요.

여러분의 안전을 위해 밝힙니다. 부디 조심하세요.

※이 영상은 누군가에 의해 곧 삭제될 겁니다. 부디 많이 퍼트려 주세요.」

그 유튜버의 말대로 해당 영상은 2시간도 지나지 않아 삭제되었지만 캡처된 이미지들은 이미 SNS로 빠르게 퍼진 뒤였다.

SIGN

차
례

1

「유튜브 영상이 빠르게 퍼지고 있는 가운데, 수사 팀에서는 해당 영상에 대해 근거 없는 이야기라고 일축했습니다. 영상에 나온 사진 역시 편집 기술을 사용한 것으로 확인되었으며, 경찰에서는 거짓 영상을 올린 유튜버를……」

"아우, 언니! 제가 항상 챙겨 보는 거 아시면서!"

갑작스럽게 채널을 돌린 연주에게, 아침 뉴스를 꼬박꼬박 챙겨 보는 선혜가 볼멘소리를 냈다.

"죄송해요. 아까 보니까 오늘 아침 드라마는 좀 일찍 시작한다고 해서요. 다들 좋아하시는 드라마잖아요."

굳은 표정을 짓고 있던 연주는 자신이 한 일을 깨닫고는 병실 사람들에게 사과했다.

"아, 맞다! 요새 세상이 너무 흉흉해서 보다가 잊어버릴 뻔했네!"

"그러게요. 박하 엄마 아니었으면 어쩔 뻔했어. 우울한 내용보다는 차라리 속은 터져도 그런 게 나아요."

아침 드라마 이야기로 활기를 띠는 사람들을 보며 연주의 입가에 미소가 맺혔다. 그녀의 딸 박하가 있는 병실에는, 교통사고로 다리를 다친 숙영과 내일 수술 일정이 잡혀 있는 선혜까지 3명이 머물고 있었다. 연주는 자신이 없을 때 박하를 챙겨주는 두 사람이 고마웠고, 참 좋은 사람들을 만났다고 생각했다.

오늘도 냉장고에서 음료수를 꺼낸 연주는 사양하는 병실 안 사람들에게 억지로 그것을 건네주고는 다시 자리에 앉았다.

"엄마, 유튜브에 무슨 영상이 올라왔기에 뉴스에까지 나와?"

수술 후 보호 렌즈를 착용하고 있는 박하는 가까이 있는 사물은 볼 수 있었지만, 조금 떨어진 사물을 보는 것은 아직 불가능했다. 흐릿한 시야 때문에 무의식적으로 눈에 힘을 주는 박하의 손을 토닥이며 연주가 말했다.

"의사 선생님께서 힘주지 말라고 하셨잖아. 그냥, 누가 못된 장난을 친 모양이야."

딸에게 항상 밝고 예쁜 것만 보여주고 싶은 연주는 별일 아니라고 얼버무렸다. 하지만 그녀는 하루에도 몇 번씩 뉴스를 살펴보며 불안한 마음을 떨쳐버리지 못했고, 고집스럽게 병원 근처 모텔에서 지내는 중이었다. 특히, 논란이 된 유튜브 영상을 본 그날에는 병원 밖 벤치에서 밤을 지새울 정도로 신경이 곤두서 있었다.

퇴원까지 이제 나흘 남았다. 연주는 그날만 기다리면서 무슨 일이 있더라도 박하는 자신이 지켜줄 것이라고, 꽃이 피듯 매일매일 밝아지는 딸을 보며 심장에 새기듯이 다짐했다.

"딸, 시원한 음료수라도 줄까?"

"내가 먹고 싶은 거로 먹어도 돼?"

"뭐가 먹고 싶은데?"

"알로에 주스!"

"어쩔 수 없지. 오늘만이야."

당분이 많은 음료는 단호하게 주지 않았던 연주가 웬일로 허락해 주자, 박하가 못 믿겠다는 투로 한 번 더 물어봤다.

"정말? 진짜로?"

"겨우 음료 하나잖니. 엄마 그렇게 매몰찬 사람 아니다?"

장난스럽게 말한 연주가 자리에서 일어서자, 박하는 평소처럼 귀를 열고 소리에 집중했다. 어딘가 기분 좋은 웃음소리, 의자가 바닥에 끌리는 소음, 연주가 걸어가며 내는 작은 보폭의 발소리. 일련의 과정들을 듣고 있던 박하는 자신에게 다가오는 연주의 형체를 따라 시선을 움직였다. 수술을 끝낸 직후에도 어둠뿐이었던 세상은 시간이 지날수록 밝아졌고, 이제는 흐릿하지만 조금이라도 보이기 시작했다. 박하는 가슴이 벅차올랐다. 느리지만 변화가 생긴다는 자체가 그녀에게는 꿈에 한 발자국 더 가까워지는 여정과 같았다.

눈이 부실 정도로 쨍하니 밝았던 태양, 바람에 흔들리며 춤추듯이 움직이던 잎사귀, 부모님과 함께 놀러 갔던 제주도에서 에메랄드색으로 일렁이던 바다…… 곧 그러한 모든 것을 다시 보고 느낄 수 있을 그 날을 떠올리며, 박하는 신나서 춤이라도 추고 싶은 감정을 꾹 눌러 감추었다. 얼마 남지 않았으니까 버틸 수 있었다. 6년을 기다렸는데 고작 며칠쯤은 어렵지 않았다.

6년 전 그날, 부모님과 함께 길을 걷고 있었던 박하는 음주 운전 차에 의해 큰 사고를 당했다. 병원에서 눈을 뜨기 전까지도, 박하는 태어날 때부터 가지고 있던 것을 잃어버릴 수도 있다는 가정을 한 번도 해본 적이 없었다. 머릿속으로 생생하게 그려낼 수 있었던 부모님의 다정한 미소와 알고 있던 사물들의 형태가 흐릿해지는 걸 느낄 때마다, 박하의 마음속에서 끔찍한 감정들이 몰아쳤다. 그리고 몰래 우는 시간이 많아졌다. 괴로움에 몸부림치던 시간이 끝을 맺게 된 것은, 연주에게 보이고 싶지 않았던 모습을 결국 들켰을 때였다.

"박하야!"

놀라서 굳어 있던 박하는 이내 연주의 품으로 파고들었다. 익숙한 온기에 박하는 끌어안고 있던 마음을 내보였다.

"엄마, 엄마 얼굴이 안 떠올라. 아빠 얼굴도……. 이렇게 점점 잊으면 어떡해?"

두려웠다. 익숙했던 것들이 달라지고 완전히 모르는 게 되어버릴까 봐. 미지의 세계가 자신을 잡아먹을까 봐 무서워서, 박하는 몸을 둥글게 말고 떨었다.

"괜찮아. 괜찮아질 거야, 박하야. 엄마가 알려줄게. 전부 알려줄게."

그리고 연주는 자신이 한 말을 지켰다. 제일 먼저 그녀는 박하의 두 손을, 연주 자신의 이마와 박하의 이마에 각각 올려두고서 천천히 손으로 형태를 느끼게 했다.

"너는 아빠를 닮아서 둥근데 엄마는 이마가 납작한 편이야. 눈은 날 닮아서 쌍꺼풀이 짙고 큰 편이지. 코는 적당히 높은 편인데, 아래로 갈수록 넓어. 아기 때 네가 코에 땅콩을 넣는 바람에 얼마나 놀랐는지 몰라. 그리고 말이야……."

다정한 목소리로 하나하나 설명해 주면서 연주는 연관된 이야기가 있으면 같이 들려주었다. 덕분에 박하는 새록새록 기억나는 추억들에 웃을 수 있었고, 무언가를 보고 느끼고 싶을 때면 손으로 만져보는 습관이 생겼다. 잠이 오지 않을 때면 그녀는 엄마가 들려주었던 이야기들을 떠올리며 제 얼굴을 더듬고는 했다. 기억 속의 박하가 미래에는 어떤 모습이 되어 있을지 상상하는 것은 꽤 재미있었다.

딸깍. 주스 뚜껑이 시원하게 열리는 소리가 들리자 박하의 고개가 그쪽으로 향했다. 손바닥에 음료수병의 시원한 느낌이 전해졌다. 그대로 한 입 마신 박하는 말캉말캉 씹히는 알로에를 느끼며 물었다.

"엄마는?"

"엄마는 목 안 말라. 아까 네가 남긴 국물까지 싹 다 먹어서 더 이상 뭘 먹으면 배 터질 거야."

"뭐래. 엄마는 만날 그 소리더라. 화장실 한 번 더 가면 되지, 뭘. 그러지 말고 엄마도 이거 같이 마시자!"

박하가 단숨에 반을 마시고서 병을 넘겼다.

"얼른!"

"어휴, 얘도 참. 알았어!"

"언제나 보기 좋네요."

옆 침대에 앉아 있던 숙영이 흐뭇한 얼굴로 두 사람을 바라보다가 말을 걸었다. 다리에 붕대를 감고 있는 숙영은 병실 내에서 가장 연장자였다. 그런 숙영에게는 매일 같이 병문안을 올 정도로 절친한 친구가 있었는데, 입가에 점이 있는 현희라는 여성이었다. 오늘도 숙영의 옆 칸이 의자에는 눈빛만으로도 사과를 잘라버릴 것 같은 사나운 눈매의 현희가 앉아 있었다. 사과를 깎다가 동갑인 숙영을 힐끔 본 현희는 친구의 친화력만큼은 인정해 줘야겠다고 속으로 중얼거렸다.

"두 사람만 보면 자식이 있어도 괜찮겠다는 생각이 들어요."

"매번 티격태격하는걸요."

연주가 쑥스럽게 웃었다. 숙영은 친구가 정말 열심히도 깎아놓은 삐뚤빼뚤한 사과 조각들을 이쑤시개로 찍어 일회용 접시에 담아 내밀었다.

"먹어봐요. 생긴 것과 다르게 달콤하고 아삭하니 맛있어요."

"야! 그럴 거면 네가 깎아!"

"네 생각에도 너무 못 깎기는 했지?"

"쯧. 그러니까 다음부터는 네가 깎아 먹어."

붉으락푸르락해진 얼굴로 숙영과 반대쪽으로 등을 진 현희가 사과를 먹었다. 숙영의 밝은 웃음소리를 들으며, 박하는 자기도 좋은 친구를 사귀고 싶다고 생각했다. 본의 아니게 병실에서 그들이 나누는 대화를 들을 때마다, 서로를 많이 생각하는 게 느껴졌기 때문이다.

"잘 먹겠습니다!"

"부족하면 말해요. 사과 많아요."

숙영의 말처럼 아삭아삭 좋은 소리가 나는 꿀 사과는 계속 손이 갈 정도로 맛있었다.

어느덧 해가 지고 통합 간병 서비스를 운영하는 병원의 입원 규칙으로 인해, 현희와 연주는 집으로 돌아갔다. 박하는 재방송하는 드라마를 숙영, 선혜와 같이 듣다가, 소등 시간이 되자 침대 밑에 넣어두었던 안대를 꺼내어 썼다. 이 시간만 되면 박하의 기분은 상승 곡선을 탔다. 박하의 침대는 문과 가장 가까워서 복도의 빛이 새어 들어오긴 했지만, 어둠 속에서라면 박하도 남들과 다른 점이 크게 없었기 때문이다. 그래서 박하는 소등 시간이 한참 지난 시간까지 깨어 있고는 했다.

박하는 눈의 안압이 높아지지 않게 하려고 침대의 등받이를 세우고 자기 때문에, 숨만 고르게 쉬면 다들 그녀가 잠이 든 줄 알았다. 그래서 이 시간대는 그녀가 남들 눈치를 보지 않아도 되고, 제 눈치를 보는 엄마와도 떨어져 있는 유일한 시간이기도 했다. 숨죽여 울 생각은 없었다. 그저 이런저런 상념에 잠기고 싶어서 자지 않는 것이었다. 잠은 언제든지 잘 수 있으니까.

엄마가 너무너무 좋은 박하이지만, 자신 때문에 엄마가 슬퍼하는 모습을 보는 것은 괴로웠다. 그녀는 엄마의 울음소리를 떠올릴 때마다, 죄책감으로 가슴이 죄어와 숨을 쉬기가 힘들어지곤 했다.

'엄마가 미안해. 엄마가 널 지켜줬어야 했는데. 엄마가 정말 미안해.'

사고 후 병원에서 깨어난 박하를 끌어안고 연주가 한 말이었다. 연주의 계속된 사과를 들으며, 박하는 보이지 않게 된 것이 슬프고 서러워서 같이 통곡해 버렸다.

그 뒤로 연주는 입 밖으로 미안하다는 말을 꺼내진 않았지만 박하는 알고 있었다. 자는 척하며 누워 있을 때 머리를 쓰다듬는 손길이 떨리고 있다는 것을. 부엌에서 들려오는 끅끅거리는 소리가, 자신이 들을까 봐 소리 내어 울지 못하는 엄마의 울음소리라는 것을 말이다.

그래서 마지막 병원에서도 같은 결과가 나왔을 때, 박하는 상심하고 있을 연주에게 말했었다.

'이건 엄마 탓이 아니야. 그냥 운이 안 좋았던 거야. 걱정하지 마. 나

도 곧 익숙해질 거야.'

위로하고 싶었다. 이 상태로 살아가야 할 날들이 많이 남았으니까. 절망한 것이 아니라 이겨내려고 마음을 먹은 것이라고 이야기하고 싶었다. 그렇게 말했다고 생각했다. 그러나 박하는 몰랐다. 포기하고 순응하는 딸의 손을 꼭 잡은 연주의 눈이 충혈되어 있었다는 것을, 신음을 내뱉지 않기 위해 깨문 입술에선 피가 흘러나왔다는 것을 말이다.

시간이 흘러서야 박하는 깨달았다. 연주는 단 한 순간도 포기한 적이 없었다. 박하가 스스로 생활할 수 있도록 가르치면서도 그녀는 각막 기증자가 나왔는지 수시로 확인했고, 눈에 좋다고 하는 것은 꼭 사서 먹였다. 심지어 사이비 종교 모임에 데리고 간 적도 있었다. 그런 엄마의 노력들이 있었기 때문에 자신이 지금 이 상태까지 회복된 것이다. 그로 인해 이제 어둠 속이 아닌 다른 세상이 박하에게 찾아왔고, 그녀는 조금씩이지만 서서히 앞을 보기 시작했다. 이제 나흘 후면 박하는 엄마와 함께 집으로 돌아갈 수 있다.

곧 가을이다. 집으로 가는 길목에 심어진 단풍나무의 잎들이 물들어 가고 있을 때다. 여전히 단풍나무는 그곳에 있다고 했으니, 운이 좋으면 하늘에서 내리는 붉고 노란 축하 가루를 받을 수도 있을 것이다.

'어쩌면 아빠가 돌아올지도 몰라. 엄마가 내 소식을 전해주었을까?'

그런 기대도 생겼다. 두 사람의 생일 때마다 오는 편지에는 항상 사랑과 걱정이 담겨 있었다. 매달 들어가는 병원비를 벌기 위해서 먼 곳에 떠나 있는 아빠를, 박하는 항상 그리워했다.

'별똥별이 소원을 들어준 걸지도 몰라. 그게 아니라면 이토록 행복한 일이 찾아오진 않았을 거야.'

심장이 기분 좋은 울림으로 두근거렸다. 뉴스에서 별똥별 소식을 들은 박하는 남들처럼 눈을 감고, 떨어지고 있을 별똥별의 모습을 상상하며 소원을 빌었었다.

'별님, 앞으로 말썽부리지 않고 엄마 말씀도 잘 들을게요. 다시 앞을 보게 해주시면 안 될까요? 저 때문에 더 이상 엄마랑 아빠가 슬퍼하지 않았으면 좋겠어요. 제발, 제 소원을 들어주세요.'

그리고 운명처럼 박하에게 각막 이식 차례가 돌아왔다는 소식이 전해졌다. 수많은 별들 중에서 하나 정도는 자신의 소원을 들어준 걸지도 모른다. 엄마한테는 각막 이식만을 줄곧 기다려 왔다는 티를 내고 싶지는 않아서 그 이야기를 하지 않았다. 그러나 그 일은 박하의 마음속 한편에 자리 잡아 종종 그녀를 기쁘게 만들었다.

'또 별똥별이 떨어지게 되면 그때는 고맙다고 인사해야지.'

박하는 설레서 잠을 못 잘 것 같았다. 하지만 같은 병실을 쓰는 분들에게 피해를 주고 싶지는 않아서, 그녀는 연주가 사준 돌고래 인형을 조용히 끌어안았다. 울타리를 뛰어넘는 포슬포슬한 양의 형상을 떠올리던 박하는 이내 작게 한숨을 내쉬었다. 기대감이 한번 부풀어 오르자 하고 싶은 일들이 줄줄이 생각났기 때문이다.

'밤을 새우면 엄마가 눈치챌 것 같은데.'

그렇게 걱정하고 있을 때였다. 조용한 병실 안을 누군가가 돌아다니는 것 같은 느낌이 들었다. 작은 소리도 크게 들릴 만큼 적막했음에도, 박하는 발걸음 소리니 링기 대의 비퀴기 돌이기는 소리는 듣지 못했다.

'이상한 냄새.'

그러나 마치 타다가 만 재에서 나는 것 같은 냄새가 맡아졌다. 화재경보는 울리지 않았지만 혹시 모를 상황을 생각하자 박하는 무서워졌다. 어쩌면 자신이 있는 병실 내부에 작은 불씨가 생긴 걸지도 모른다. 안대를 살짝 내린 박하는 눈에 잡히는 불빛이 있나 확인했다. 그때 옆에서 "끙." 하는 소리와 함께 이불끼리 쓸리는 소리가 났다. 박하는 얼른 안대를 고쳐 썼다.

"새벽에 화장실 가는 습관 생기면 곤란한데."

난감하다는 듯 속삭이는 소리에 박하는 조용히 숙영의 이름을 불렀다.

"숙영 아줌마."

"이런, 혹시 나 때문에 깼어요?"

"아니에요, 그냥 잠이 안 와서요. 그보다 아줌마, 혹시 타는 냄새 안 나세요?"

"타는 냄새?"

새벽 3시까지 깨어 있는 박하를 걱정스럽게 바라보던 숙영은 타는 냄새라는 말에 소변이 마려운 것도 잊고 코를 킁킁거렸다. 아무 냄새도 나지 않았지만 숙영은 박하에게 다가가 "내가 간호사분께 물어보고 올 테니 걱정 말고 있어요." 하고 안심시켜 주고는 밖으로 나갔다.

발걸음 소리가 멀어지는 걸 들으며 박하는 다시 냄새를 맡아보았다. 착각이었던 걸까? 지척에서 나는 것처럼 뚜렷하게 맡아졌던 냄새는 마치 신기루처럼 사라져 있었다. 괜히 숙영을 귀찮게 한 건 아닌지 걱정할 무렵, 그녀가 누군가와 함께 돌아왔다.

"저랑 같은 문의를 한 사람이 있었다니 걱정이네요."

어딘가 찜찜한 듯한 음성으로 숙영이 말하는 걸 듣고 있던 박하는 심장이 철렁했다. 자는 척하고 있던 박하가 나서서 무슨 일인지 물어보기도 전에 그들의 담당 간호사인 해수의 음성이 들렸다.

"지금 보안 팀에서 층마다 돌면서 확인 중이라고 하니까요, 너무 걱정하지 마세요."

"그래도……."

"혹시 몰라서 내일 냉난방기 점검을 위해 기사분도 오실 거예요. 특별한 상황이 발생하면 곧장 안내 방송이 나올 테니, 걱정하지 마시고 어서 주무세요."

"알았어요. 여기까지 데려다줘서 고마워요."

"아니에요. 혹시 궁금한 게 생기시면 침대 옆이나 머리맡에 놓인 벨을 눌러주세요. 복도 불빛이 있더라도 어두운 편이라 넘어지실 수도 있어서요."

"그래요. 고마워요."

대화가 끝나고 발소리 하나가 멀어지다가 완전히 사라졌다. 움직이지 않던 숙영이 박하에게 다가왔다.

"물어보니 화재로 보이는 일은 없다고 하네요. 이제 걱정 말고 자요. 어머님이 걱정하실라."

박하는 숙영을 번거롭게 한 것 같아 미안해졌다.

"저 때문에 괜히……. 감사해요."

"서로서로 돕는 거죠. 어서요. 자려고 노력해 봐요."

"네."

얌전히 대답하고서 박하는 정말로 눈을 감았다. 숙영이 화장실에 들렀다가 다시 침대로 올라가는 소리까지 듣고서야, 그녀는 꿈속으로 빠져들었다.

수술이 성공적으로 끝난 후, 박하는 꿈을 통해 마음껏 과거를 재현하곤 했다. 어릴 적 부모님과 함께 갔던 놀이공원이라든가 여러 과일로 장식된 달콤한 케이크라든가 하는 것들을 떠올리곤 한 것이다. 전에는 이런 꿈을 꾸면 고통스러울 뿐이었는데 이제는 실제로 보고 싶어 견딜 수가 없었다. 빨리 보고 싶어서, 다시 색을 보고 여러 가지 감정을 느끼고 싶어서 안달이 났다. 언제나 꿈은 그런 박하의 욕망을 여실히 보여주었다.

하지만 지금 박하가 있는 곳은 그녀가 바라던 곳이 아니었다. 흑백으로 이루어진 세계. 화성에 대한 이야기가 나오는 흑백 TV 속에 들어온 듯했다. 끝없이 펼쳐진 넓은 하늘에 떠 있는 둥근 구체는 태양보다는 달과 더 비슷했고, 울퉁불퉁한 표면에는 무언가가 묻어 있었다. 그것들은 지구에서 흔히 볼 수 있는 캔이나 종이 같은 쓰레기였다. 신비로운 세상이었지만 그녀가 기다리고 또 그리워했던 세계는 아니었다. 박하는 살아 있는 색이 보고 싶었다.

"이건 내가 원했던 게 아니야."

거친 목소리는 마치 며칠 동안 물 한 모금 마시지 못한 것처럼 갈라졌다. 박하는 어느새 그곳을 걷고 있었다. 심한 가뭄이라도 든 것인지 땅은 쩍 갈라져 있었고 건물들은 보이지 않았다. 훅 아래로 꺼지는 느낌에 황급히 피하려다가 뒤로 넘어진 박하는, 싱크홀처럼 뻥 뚫려 있는 구멍을 보고는 엉금엉금 기어가 안쪽을 확인했다.

나무줄기 같은 게 얼기설기 엉켜 있었다. 땅에 진동이 느껴져 박하는 숙였던 상체를 세웠다. 그리고 먼 곳에서부터 동그란 것이 데굴데

굴 굴러오고 있는 것을 보았다. 크기를 가늠할 수 있을 정도로 가까워
진 그것은 겉면이 우둘투둘했고 타원형이었으며 그녀의 키만큼 크기
가 컸다. 박하는 그것이 자신을 빤히 쳐다보고 있는 듯한 느낌이 들어
섬뜩해졌다.

이윽고 구체가 세로로 갈라지고 안에서 빛이 새어 나왔다. 어쩐지
그녀는 그것이 낯설지 않았다. 더 보고 싶은 마음 반, 벗어나고 싶은
마음 반으로 박하는 그곳에 있었다. 얼마 지나지 않아, 그녀는 자신이
서서히 꿈에서 깨어나고 있다는 것을 인식했다.

부드럽지만 무거운 이불의 촉감, 딱딱한 베개, 피부에 닿아오는 따
스함.

"일어났어?"

다정한 물음. 박하의 입술이 원만한 호선을 그려냈다.

"꿈을 꿨어."

"즐거운 꿈이었니?"

"음, 잘 모르겠어."

장난꾸러기처럼 웃는 박하를 보면서 연주는 막연하게 나쁜 꿈은 아
니었겠구나, 안심했다. 헝클어진 그녀의 머리를 정돈해 주며 연주가
말했다.

"우리 딸, 오늘 컨디션은 어때?"

"통증도 별로 없고 아주 좋아."

"그래? 다행이네. 그럼 안약 넣고 얼른 밥 먹자. 그래야 약도 먹지."

"응."

덜 빠진 젖살이 볼록 올라가 귀여웠다. 어린 딸이 짓는 미소는 언제

봐도 연주에게 벅찬 마음을 안겨주었다. 기증자가 나타났다는 소식을 들었을 때부터 그녀는 계속 구름 위를 걷는 기분이었다. 수술 결과도 나쁘지 않았다. 이르면 내일, 늦어도 모레쯤에는 퇴원하고 집으로 돌아갈 수 있을 것이다. 우리의 보금자리로…….

그 상상에 그녀도 박하처럼 잠을 설치고 말았다. 그리고 남편 생각도 났다. 우현이 해외로 떠난 지도 벌써 5년이 흘렀다. 지금과 달리 연주는 마음이 강한 편이 아니었고, 박하가 다쳤을 때 제정신이 아니었다. 그 상황에서 의연하게 대처한 것은 우현이었다.

연주가 처음으로 우현의 굳은 얼굴을 알게 된 지 몇 달 후에, 그는 딸을 위해 먼 길을 떠났다.

'이제 돌아와도 될 텐데.'

보고 싶은 남편을 떠올리던 연주는 옆에서 들려오는 한숨 소리에 현실로 돌아왔다. 텔레비전 소리를 듣고 있는 박하를 보며, 그녀는 또 무슨 일인가 싶어 미간에 주름이 졌다.

"요새 사건 사고가 많이 일어나는 것 같아. 다친 사람이 없었으면 좋겠는데."

"그러게."

연주는 불안한 눈으로 TV 화면을 바라보았다. 시뻘건 불길이 건물 위로 활활 솟아올랐고, 집어삼킨 건물을 조금씩 무너뜨리고 있었다. 박하의 말처럼 사건 사고가 끊이지 않는 것 같았다.

내내 마음이 심란했던 연주는 병원을 나설 때가 돼서야, 사상자는 없다는 추가 보도를 들을 수 있었다. 그녀는 그제야 긴장감이 풀렸다.

곧 허름한 모텔로 돌아온 연주는 피곤한 몸을 침대에 누이고, 침침해진 눈에 안약을 넣고서 잠시 눈을 감았다.

"피곤해서 그런가."

최근 들어 시야가 일그러지거나 갑자기 색이 빠지는 것처럼 보일 때가 있었다. 순간 그녀는 별똥별이 떨어진 그날도 같은 느낌을 받았었다는 것을 떠올렸지만, 이내 상관이 있을 리가 없다고 여겼다.

"병원에 가봐야겠지? 하지만 자리를 비우면 박하가 걱정할 텐데 어쩌지. 지영이한테라도 전화해 봐야 하나."

시간이 많이 늦었기에 통화가 가능한지 지영에게 메시지를 보내자, 휴대폰을 하고 있었던 모양인지 바로 답장이 왔다.

'저 시간 괜찮아요, 언니! 제가 전화 걸까요?'

'아니야, 내가 할게. ^^'

연결음이 두 번 울리기도 전에 통화가 연결되었다.

"지금 통화해도 괜찮아?"

- 그럼요, 내일 쉬는 날이라 오늘 영화라도 한 편 보고 자려고 했어요. 무슨 일 있는 건 아니죠? 박하도 괜찮아요?

"다행히 거부 반응 없이 경과가 좋아서, 내일 하루 더 보고 퇴원을 결정할 것 같아."

- 아, 진짜 너무 다행이에요! 내일 잠깐 병문안 가도 괜찮을까요? 직접 만나서 축하해 주고 싶어서요.

"그럼 당연히 되지. 말이 나와서 말인데……. 혹시 내일 잠깐 박하랑 시간 좀 보내줄 수 있을까? 요새 눈이 좀 안 좋아져서 안과에 가보려고. 마침 병원 안이기도 하고."

- 저야 박하랑 시간 보내는 거 좋아하니까 상관없어요. 많이 안 좋으신 거예요?

"최근에 잠을 잘 못 자서 그런가 봐. 아마 피곤해서 그렇다거나 안구 건조증이라고 하겠지. 그럼, 내일 좀 부탁할게."

- 네! 맡겨만 주세요, 언니. 점심 때쯤 가면 될까요?

"응, 편할 때 오면 돼. 정말 고맙다."

- 우리 사이에 무슨 그런 말씀을 하세요. 분명 별일 아닐 테니, 걱정 마시고 푹 주무세요! 제가 내일 시간 맞춰서 갈게요. 그럼 내일 봬요!

"알았어. 너도 푹 쉬고 내일 보자."

지영이 흔쾌히 수락해 줘서 연주는 한시름 놓을 수 있었다.

"하아."

처음에는 적응하기 어려웠던 딱딱한 침대지만 피곤하니 호텔 침대 부럽지가 않았다. 물론 집이 더 편하지만, 이것도 이제 며칠만 참으면 될 터였다.

"진짜 별일 아니겠지."

평소 시력이 나쁘다는 말을 들어본 적이 없는 연주였다. 매년 돌아오는 건강 검진에서도 그녀는 평균을 조금 웃도는 결과를 받곤 했다. 이번에도 단순한 안구 건조증이기를 바라며, 연주는 불을 끄고 편안한 자세로 침대에 누웠다.

✳

같은 시각. "관계자 외 출입 금지" 표시가 커다랗게 붙어 있는 지하 3층의 복도 끝 방에서는 기이한 일이 벌어지고 있었다. 창고로 이름이 붙여진 이 방은 병원 내부 사람들도 잘 모르는 곳으로, 햇빛이 들지 않아 언제나 어두웠다.

내부는 생각보다 꽤 넓었다. 바닥은 특이하게 검은 운석을 박아놓은 것처럼 울룩불룩 튀어나와 있었고 그것들의 크기도 제각각이었다. 그것들은 빼곡하게 바닥에 박혀 있어서 바닥을 잘 보고 걷지 않으면 몇 걸음 못 가서 나자빠질 것만 같았다. 먼지와 거미줄, 창고에 걸맞은 잡동사니들이 그 위를 뒹구는 이곳에 누군가가 다가오는 발소리가 들렸다.

낡은 키패드의 버튼음이 들리고, 문이 열렸다. 매일 같은 시각에 내부 점검을 위해 찾아오는 보안 요원 홍철이었다.

"하암."

보는 이도 없겠다. 큰 입을 벌려 하품하던 홍철이 무심하게 오른쪽 벽에 있는 스위치를 올렸다. 그러자 거짓말처럼 바닥이 평범해졌다. 홍철은 거침없이 걸음을 옮겼다. 성의 없이 이곳저곳을 둘러보던 그가 느닷없이 구석으로 가서 휴대폰을 꺼내 들더니, 카메라를 켜 내부 공간을 찍기 시작했다.

"졸려 죽겠네. 사진은 왜 계속 찍으라고 하는 거야. 훔쳐 갈 것도 없어 보이는구먼."

이곳은 지하 3층에 유일하게 있는 방이지만 말 그대로 창고로 사용하고 있는 곳이었다. 그나마도 자신이 아니면 오는 사람도 없어 보였다. 그래서 더 이해할 수 없었다. 아무것도 없다면서 왜 매일, 같은 시간에 사진을 찍으라고 한단 말인가.

"상사가 까라면 까야지 별수 있나. 그래도 이 정도면 어려운 일도 아니니 다행이지. 재경이가 하는 일은 더 빡센 모양이니까."

머리를 벅벅 긁던 홍철은 일이 바빠 통 얼굴 보기가 힘든 동기이자 친구인 녀석을 떠올리고는 고개를 저었다. 나중에 술이라도 한잔 사 줘야겠다고 생각하며, 홍철은 휴대폰을 다시 주머니에 집어넣었다.

깜빡. 깜빡.

"아 씨, 아직도 안 바꿨나 보네."

홍철은 최근 들어 형광등이 깜박거리는 일이 잦아져서 짜증이 났다. 귀신 같은 건 믿지도 않고 무서운 영화도 잘 보는 편이었지만, 이곳만 내려오면 서늘한 기운이 느껴져 긴장되곤 했기 때문이다.

"윽."

다급히 코를 틀어막은 홍철이 거의 뛰다시피 창고 밖으로 뛰쳐나갔다. 깨끗한 공기를 들이마시고 나서야, 홍철은 창고 문에 나 있는 창을 통해 안을 들여다보았다. 창고치고는 물건도 적은 편인데 때때로 이상한 냄새가 나서 견딜 수가 없었다.

"유해 가스가 흘러나오는 게 분명해. 아무래도 그만두든가 팀장님에게 항의하든가 해야겠어."

병원에서 유해 가스가 나올 일이 뭐가 있는지는 모르겠으나, 별다른 장비도 주지 않고 위험한 곳에 보내는 건 상도덕이 없는 것이었다. 홍철은 이번에도 창고에서 이상한 냄새가 난다는 자신의 말을 믿어주지 않는다면, 반드시 일을 그만두리라 마음먹었다.

불이 꺼진 창고에는 다시금 돌들이 하나둘씩 생겨났다. 사실 형광등이 깜박거릴 때도 그 모습이 드러났다가 사라졌다가 했으나, 아마도 홍철은 보지 못했을 것이다. 순식간이어서 유심히 보지 않는 한 알아채기가 어려웠다. 그러니 창고에 대한 비밀을 모르는 홍철은 태평하게 상사 욕을 하며 복도를 걸어갈 수 있었다. 그는 밝아도 너무 밝아서 적응이 어려운 환한 조명에 눈살을 찌푸렸다.

"허, 참. 여긴 지나다니는 사람도 없는데 불은 왜 켜두는 거야?"

이유를 물어봐도 팀장은 직원 편의를 위한 것이니 마음 쓸 것 없다는 질문에 맞지 않는 소리를 해댔다. 그래서 홍철은 창고의 형광등을 갈아달라는 항의가 무시되는 이유를 더더욱 이해할 수가 없었다.

"창고 내부나 신경 쓰지 말이야. 두고 봐, 내가 해줄 때까지 말한다."

홍철은 성난 아이처럼 쿵쾅거리며 계단을 올라갔다.

✦

오후 12시 30분. 점심시간이 다 되어 지영이 박하의 병실에 찾아왔다. 박하가 걱정하지 않도록 친구 핑계를 댄 연주는 무사히 병실을 빠져나왔다. 나란히 그런 연주를 배웅한 지영과 박하는 서로의 안부를 물으며, 두 손을 붙잡고 방방 뛰며 좋아했다. 무척이나 사이좋은 모습에 오늘도 병문안을 온 현희가 눈을 동그랗게 뜨고 바라보다가, 어느 때보다도 즐거운 듯한 박하의 웃음소리에 살짝 미소 지을 정도였다.

"그동안 잘 지냈어? 언니가 빨리 오지 못해서 미안해."

박하는 자신의 머리를 끌어안고 마구 사랑을 퍼붓는 지영에게 헤실헤실 웃으며 대꾸했다.

"아니야! 난 언니가 와준 것만으로도 너무 좋은걸!"

예쁜 말만 골라서 하는 박하의 머리카락을 과격하게 헤집은 지영은, 정신을 차리고서 미리 준비한 비타100을 병실 사람들에게 돌렸다. 박하를 잘 돌봐주셔서 감사하다는 말도 잊지 않고 덧붙였다.

박하가 8살 때부터 이어진 두 사람의 인연은 아주 견고하고 각별했다. 연주가 바쁘거나 일이 있을 때마다 어린 박하를 돌봐줬던 지영은 그녀에 대한 애정이 남달랐다. 그녀는 어린 나이에 어른이 되어버린 박하가 드디어 앞을 보게 되었다는 소식에 연주 다음으로 가장 많이 운 사람이기도 했다.

"모처럼 날씨도 좋은데 공원으로 산책이나 갈까? 연주 언니한테는 허락받아 뒀어."

손가락으로 브이자를 그린 지영이 씩 웃어 보였다. 내내 병실에서만 있어 답답했던 박하는 뜻밖의 소식에 광대가 하늘로 솟았다.

"완전 좋아!"

망설임 없는 대답에 지영은 소풍을 떠나는 사람처럼 분주하게 물건을 챙긴 다음, 휠체어에 박하를 앉히곤 건물 옥상에 마련된 공원으로 향했다.

엘리베이터를 타고 금방 공원에 도착한 그들은 동시에 숨을 들이켰다.

"날씨 좋다. 요새 미세 먼지가 계속 있었는데 오늘은 박하가 나와서 그런가? 내일도 오늘만 같았으면 좋겠다. 그치?"

휠체어에 앉아 안대를 하고 있던 박하는 고개를 살짝 들어 햇빛을 마음껏 느꼈다.

"응, 그러면 좋겠다. 무척 따뜻해."

잠시 별처럼 밝게 빛나는 박하의 미소를 보고 있던 지영은 문득, 햇빛이 너무 강한 건 아닐까 걱정이 되었다. 그녀는 자기가 쓰고 있던 검은 모자를 박하의 머리 위에 푹 씌워주며 말했다.

"오랜만에 언니가 널 위해서 도시락을 싸 왔지요!"

"언니가 싸준 도시락 오랜만인 것 같아. 오늘은 또 어떤 괴상한 음식을 만든 거야?"

"괴상한 음식이라니! 음식도 창조라고! 레시피대로만 만들면 재미

없잖아? 설마! 지금까지 맛이 없었는데 억지로 먹은 건 아니지?"

"아니야! 전부 맛있었어! 그런 게 아니라 기대된다는 의미였어!"

침울해하는 지영의 음성에 화들짝 놀란 박하가 열정적으로 그녀의 음식을 칭찬했다. 그런 박하가 귀여워서 지영은 아이의 머리를 꾹 눌러 괴롭혔다. 모자가 아래로 눌리며 박하의 얼굴이 반 이상 가려졌다.

"사실 오늘 도시락은 평범한 거야."

속삭이며 지영이 고백하자 두 사람은 누가 먼저랄 것 없이 깔깔거리며 웃었다.

"그럼 오랜만에 시식을 부탁드려도 될까요, 박하 요리사님?"

"물론이죠. 하지만 정 때문에 좋은 점수를 줄 거라고는 확신하지 마세요. 전 냉정하니까요."

"아마 맛을 보시면 깜짝 놀라실걸요?"

익살스럽게 말하는 지영으로 인해 박하는 연신 웃음을 터뜨렸다. 그녀는 지영과 있는 시간이 편하고 좋았다. 대부분의 사람들은 박하가 앞을 잘 보지 못한다는 걸 알게 되면 곤란하다는 듯이 말을 끌거나, 동정하거나, 어색한 분위기를 피하고자 박하의 시력 외의 것들을 칭찬하곤 했다. 하지만 지영은 달랐다. 그녀는 타인이면서도 자신을 있는 그대로 봐주는 유일한 사람이었다. 박하가 다치지 않도록 전보다 몇 배로 신경을 쓰기는 했으나 무조건 안 된다고 말하지 않았다. 박하가 궁금해하면 해보게 하고, 만져보게 하고, 설명해 주었다. 그래서 이렇게 서로 눈치 보지 않고 자연스럽게 대화를 할 수 있는 것이었다.

박하는 장난스럽게 서로를 놀리는 이 시간이, 오늘이 마지막이 아니길 간절히 바랐다. 스멀스멀 올라오는 불안감이 오늘도 예고 없이 박하에게 찾아왔다. 마냥 설레고 기쁘면서도 혹시나 결과가 나쁘면 어쩌지 하는 생각이 들었기 때문이다. 저 하늘까지 날아갈 수 있다는 희망을 쥐여줬다가 원래 있던 자리가 아닌, 더 밑바닥으로 끌어 내려질까 봐 무서웠다.

"언니, 나 배고프다."

우울한 생각을 떨쳐버리기 위해 지영의 손을 잡은 박하는 더욱 밝은 음성으로 말했다.

"그래, 어서 먹자. 연주 언니가 먹을 건 따로 챙겨두면 되니까. 어디 앉을 장소가……."

지영은 주위를 둘러보았다. 작은 공원을 찾은 것은 두 사람뿐만이 아니었다. 옥상 공원은 탁 트여 있는 데다가, 푸릇푸릇한 식물들이 심어져 있어서 외부에 나갈 수 없는 환자들에게는 유일한 휴식처였기 때문이다.

먹이를 노리는 독수리처럼 어딘가를 유심히 보고 있던 지영은 파라솔 아래에 벤치가 비워지자마자 "손잡이 꽉 잡고 있어!" 하고 외치고는 전속력으로 휠체어를 밀며 달려가 벤치를 차지했다. 16살이라고는 믿기 어려울 정도로 왜소한 박하는 어린애처럼 까르르 웃으며 좋아했다.

"엄마한테는 비밀이다?"

뒤늦게 연주한테 혼날 일이 걱정된 지영이 어색하게 웃었다.

벤치까지의 거리를 박하에게 자세히 알려준 지영은 그녀가 휠체어에서 조심조심 일어나 이동하는 것을 긴장하며 지켜보았다. 박하에게 언제든지 손을 뻗어 지탱해 줄 수 있도록 지영은 상체를 숙이고 있었고 두 팔은 뻗은 채였다.

안대를 벗으면 훨씬 편하겠지만 박하는 연습했던 것을 떠올리며,

안대를 쓴 채 작은 보폭으로 천천히 앞으로 걸어나갔다. 손을 앞으로 뻗어 벤치의 기둥을 더듬더듬 찾아 잡은 박하는 나무로 된 의자에 앉아, 긴장했던 숨을 공기 중으로 흘려보냈다.

곧이어 휠체어가 이동하는 소리가 들렸고, 박하의 옆에 앉은 지영이 에코 백에서 주섬주섬 도시락을 꺼내며 말했다.

"짜잔! 아보카도 스크램블드에그 샌드위치! 먹기 좋게 한입 크기로 만들었어. 샌드위치 핑거 푸드 버전?"

"아보카도?"

아보카도를 들어본 적은 있어도 먹어본 적은 없는 박하가 고개를 갸웃했다. 그 모습이 작은 동물처럼 귀여웠다. 마음껏 쓰다듬어 주고 싶은 걸 참고서 지영은 물티슈를 꺼내 박하와 제 손을 닦았다.

"아."

샌드위치 하나를 집어 들어 박하의 입에 넣어주고서 지영은 휴대폰을 들어 아이가 먹는 모습을 열심히 찍었다. 한참 엄마 새처럼 아이의 입에 먹을 걸 나르던 지영은 품에서 울리는 진동에 인상을 찌푸렸다가, 액정 화면에 뜬 이름이 다름 아닌 연주라는 걸 알고는 인상을 폈다.

'박하가 알면 안 되는 거겠지?'

다른 이유를 대고 자리를 비운 연주였기에 지영은 고민할 수밖에 없었다. 두 손으로 음료를 쥐고 있는 박하를 보던 지영이 자리에서 벌떡 일어났다.

"언니?"

"회사에서 전화가 와서 잠깐만 받고 올 테니까, 여기서 기다려 줄래? 멀리 안 가고 너 보이는 데에서 받을 거야."

"알았어. 걱정 말고 다녀와."

"아유, 어쩜 너는 예쁜 말만 하는 거야. 언니 발길 안 떨어지게! 언니 근처에서 계속 지켜보고 있을 테니까 편하게 바람 쐬고 있어, 알았지?"

"너무 뚫어져라 보지는 말아줘."

"싫은데? 눈에 먼지가 들어와도 이렇게 눈 뜨고 보고 있을 거야."

시답지 않지만 애정을 담은 대화를 주고받던 지영은 전화가 끊기기 전에 얼른 자리를 이동했다.

삐걱거리는 나무판자와 빠르게 멀어지는 발소리를 들으면서 박하는 급한 전화라고 추측했다. 살랑살랑 불어오는 바람이 머릿결을 흐트러뜨리고 박하의 볼을 간질였다. 그녀는 지영을 믿었기에 전혀 걱정하지 않았고, 편안하게 지금 이 순간을 즐기기로 했다. 따가웠던 햇볕이 가려진 그늘 아래는 적당히 시원했고, 배도 불러서 박하는 금방이라도 졸음이 찾아올 것 같았다.

주변에서 들리는 소리들을 박하는 음악처럼 여겼다. 즐겁게 대화를 나누는 사람, 캔이나 뚜껑이 열리는 소리, 솔솔 풍기는 맛있는 냄새. 마치 이곳이 병원이 아니라 넓은 공원처럼 느껴졌다. 한참을 소리에 집중하던 박하는 가까이에서 자신을 뚫어져라 바라보는 시선에 웃음이 터졌다.

"그러다 구멍 뚫리겠어, 언니. 통화는 잘 끝낸 거야?"

"너는 뭐야?"

"어?"

처음 듣는 음성은 어린 남자아이의 목소리인 듯 미성에 가까웠다. 박하는 지영이 근처에서 자신을 보고 있을 거란 사실을 상기하며 아이에게 물었다.

"넌 누구니?"

"하진서, 6살! 너는?"

"누나는 임박하라고 해. 너보다 10살 많은 누나지."

조금 유치하지만 박하는 누나라는 단어를 두 번이나 사용하며 아이에게 알려주었다. 하지만 진서는 박하의 의도를 눈치채지 못했거나 못 들은 척하는 게 분명했다.

"이상해. 왜 넌 달라?"

무례한 질문이라는 걸 모르고 한 말일 테지만, 박하는 순간 가슴이 철렁하고 말았다.

'아니야. 실외에서 안대를 쓰고 있어서 궁금한 거겠지. 아마도……'

박하는 애써 미소를 지었다. 그럴듯한 추측을 한 그녀가 진서에게 말했다.

"누나가 안대를 쓰고 있는 건, 여기가 아야 해서 그런 거야. 혹시 진서는 넘어진 적이 있니?"

"응, 아마도?"

"아마 그때 의사 선생님이나 부모님이 진서가 아픈 곳을 치료해 주셨을 거야. 누나가 이걸 쓰고 있는 것처럼 진서의 다친 곳에도 밴드가 붙어 있었을지도 모르지. 음, 누나가 설명을 잘 못하는 편이라."

말없이 아이가 자신을 빤히 쳐다보고 있다는 것을 박하는 느낄 수 있었다. 갑작스럽게 그녀는 온몸에 소름이 돋는 느낌을 받았다. 그늘 아래에서 느끼는 서늘함과는 다른 느낌이었다. 팔을 쓰다듬는 박하를 바라보는 진서의 표정은 마치 괴이한 것을 보는 것처럼 의아한 듯 보였다. 어린아이가 짓기엔 무서운 표정을 짓고 있던 진서는 고개를 기울이며, 안대로 가려진 눈을 보려는 것처럼 집요하게 박하의 눈만 쳐다보았다.

"진서야! 엄마가 옆에 딱 붙어 있으랬지? 말도 없이 사라져서 얼마나 놀랐는지 알아!"

헐레벌떡 뛰어온 진서의 엄마가 아이가 다친 곳이 없는지 이리저리 확인했다.

"어머, 누나랑 이야기하고 있었던 거니?"

아이 엄마의 시선이 힐끗 박하에게 향했다.

"……."

"또, 또! 엄마가 삐졌다고 말 안 하는 버릇 고치라고 했지? 에휴, 일단 돌아가자. 아빠가 기다리시잖니."

대꾸 없는 진서를 들쳐 업고서 그녀는 마치 박하가 전염병 환자라도 되는 것처럼 서둘러 자리를 피했다. 뒤늦게 다가온 지영이 미심쩍은 눈초리로 모자를 응시하며 물었다.

"무슨 일 있었어?"

"아, 언니. 통화는 잘 끝냈어?"

"별것 아니었어. 하여간 내가 없으면 일이 안 돌아간다니까!"

능청스럽게 둘러대는 지영에게 박하는 전과 달리 힘없는 미소를 지어 보였다.

"왜 그래? 혹시 저 사람들이 너한테 해코지라도 한 거야?"

뱁새눈으로 그들이 사라진 방향을 째려보는 지영의 손을 박하가 잡아왔다. 금방 순한 양으로 돌아온 지영이 박하의 옆에 앉아 아이의 안색을 살폈다.

"좀 힘드네. 이제 그만 병실로 돌아가자, 언니."

"언니가 통화를 너무 길게 했나 보다. 얼른 들어가자."

정말로 피곤한지 힘이 없어 보이는 박하를 보며, 지영은 얼른 짐을 챙기고 그녀를 휠체어에 태웠다. 그 모자가 박하에게 무슨 행동을 한 것 같다는 느낌을 지울 순 없었지만 지금의 박하에게는 더 물어보기 힘든 분위기가 느껴졌다. 어쩐지 지친 느낌이었다. 정말로 힘들어서 그런 걸지도 모른다는 생각에 지영의 발걸음이 빨라졌다.

엘리베이터에서 내려 출입증 바코드를 기계에 찍고 안으로 들어간 지영은 사람들이 몰려 있는 것을 보곤 멈칫했다. 무슨 일일까 궁금한 것도 잠시, 그녀는 박하를 쉬게 해주겠다는 일념 하나로 주위 사람들에게 양해를 구하며 앞으로 나아갔다. 그래서 박하가 머무는 E15 근처까지는 어떻게 오긴 왔으나, 복도를 꽉 메운 인파에 결국 걸음을 멈출 수밖에 없었다.

와장창.

박하의 바로 옆 병실에서 심상치 않은 소리가 들린 건 그때였다. 지영은 박하를 잠시 뒤쪽에 서 있게 하고 옆에 서 있는 남성에게 조심히 물어보았다.

"무슨 일인가요?"

"환자 한 명이 난동을 부리고 있나 봐요."

"난동이요?"

갑작스러운 상황에 지영이 얼떨떨한 표정을 지었다. 그러자 그 옆에 있던 여성이 말을 덧붙였다.

"제 생각에는 수술이 잘못된 게 아닐까 싶어요. 아까 소리치는 걸 들었는데, 자기한테 무슨 짓을 했냐고 그러더라고요?"

"뭐? 진짜 그런 건가?"

남자가 놀란 듯 중얼거렸다. 지영의 표정도 어두워졌다. 정말로 수술 사고인지는 알 수 없었으나 박하가 듣기에는 부적절했다. 괜히 박하를 불안하게 만들고 싶지 않았다.

"박하야, 아무래도 휴게실에 있다가 병실로 가야 할 것 같아."

빨리 여기를 벗어나고 싶어진 지영이 박하에게 가서 말했다.

"왜? 무슨 일 생긴 거야?"

"그런가 봐. 자세한 건 모르겠지만 상황이 금방 해결될 것 같지가 않네. 가는 길도 꽉 막혔고, 조금 이따가 오는 게 좋을 것 같아."

걱정스럽게 자신을 올려다보는 박하에게 설명해 주면서 지영은 혹시나 박하가 상황을 자세히 알고 싶어 할까 봐 내심 긴장했다.

"응, 그렇게 하자."

박하의 대답에 안도하며 돌아서 나가려던 지영은 어느새 뒤에도 빽빽하게 들어선 사람들 때문에 오도 가도 못 하는 상태가 되고 말았다.

'아, 곤란한데.'

눈살을 찌푸리며 어떻게 해야 하나 고민하고 있던 지영은 병실 밖까지 울리는 고함에 깜짝 놀라 몸을 들썩였다. 박하와 주위에 있던 다른 사람들도 놀란 건 매한가지였다.

"안 보여? 다들 저게 안 보이냐고!"

'E14'라고 적힌 병실에서 난동을 부리고 있는 남자, 김강철은 숨이 차 헉헉거리면서도 사나운 기세로 주변을 위협하고 있었다. 머리에 감은 붕대에선 피가 배어 나오고 있었지만 그는 아픔을 느끼지 못하는 것처럼 보였다.

"아악! 오지 마! 오지 말라고, 씨발!"

손에 들린 링거 대를 무자비하게 흔들며 강철이 광적으로 소리쳤다.

그가 우람한 팔을 휘두를 때마다 공기가 갈라지는 소리가 들렸다. 모여 있던 사람들은 그 위세에 꼴깍 침만 삼켰고, 일부는 강철을 보곤 겁에 질린 표정을 지었다. 그의 오른쪽 팔뚝에는 색색의 화려한 꽃 문신이 그려져 있었고, 그의 몸은 단단한 근육으로 이루어진 듯 탄탄해 보였다. 강철의 치솟은 눈썹은 그가 고함을 지를수록 위로 올라가 그의 얼굴을 맹견처럼 사납게 보이게 만들었다.

강철을 말리러 온 간호사인 해수와 소이 그리고 지혜는 떨리는 마음을 다잡았다. 자신이 위협받는다고 생각하는 강철을 더 자극하지 않기 위해 일정한 거리를 유지한 그들은, 일단 다른 이들부터 대피시켜야겠다고 결론을 내렸다.

"환자분, 일단 링거 대 내려놓으시고요. 진정하세요."

담당 간호사인 해수가 강철을 안정시키려 노력하는 동안, 소이와 지혜가 사람들이 뒤로 물러나도록 조치했다.

"다들 물러서 주세요! 부탁드립니다!"

병실 문 앞까지 몰려 있던 사람들이 간호사의 지시에 따라 물러나기 시작했다. 하지만 강철의 눈에는 간호사도, 밖에 떼로 몰려 있는 사람들도 보이지 않았다. 오로지 그의 눈동자에는 자신에게 다가오는 그림자만 비칠 뿐이었다. 강철의 흥분은 극도의 공포심으로 점점 고조되어 갔다. 그는 흥분을 가라앉히지 못하고 계속해서 아무도 없는 허공을 향해 링거 대를 휘둘렀다. 마치 그렇게라도 해서 무언가로부터 안전 거리를 지키려는 듯했다.

"다, 다들 이게 보이지 않는 거야? 여기 있잖아! 바로 여기에! 너, 너 뭐야! 뭔데 자꾸 내 앞에 나타나! 죽고 싶어?"

내뱉는 말과 다르게 강철은 추위에 맨몸으로 던져진 사람처럼 떨고 있었다. 그는 며칠 전부터 자신의 앞에 나타난 그것 때문에 미칠 것 같았다. 심지어 그것은 다른 사람 눈에는 보이지도 않고 만져지지도 않는 것 같았다. 그것은 사람들을 유유히 통과하면서 자신에게 가까이 다가오고 있었다. 형태가 매우 이상했다. 저런 생명체는 존재해서도 안 되고, 존재한다고 생각해 본 적도 없었다. 그러니 강철이 할 수 있는 건 미치지 않기 위해서 자신이 이 상황을 납득할 수 있는 이유를 만들어 내는 것뿐이었다.

'이건 다 환상이야! 환각이라고!'

결국, 강철은 간호사들을 타깃으로 삼았다.

"나한테 무슨 짓을 한 거야! 내 머리에 뭘 심은 거지? 그렇지?"

강철은 핏발 선 눈으로 간호사들을 노려보며 악을 썼다. 그와 눈이 마주친 간호사들의 얼굴이 희게 질렸다. 자신의 담당 병실에서 이루어진 일이라 해수는 도망칠 수도 없었다. 그들은 보안 팀에서 누군가가 올 때까지 버텨야만 했다.

가끔 난동을 부리거나 폭력을 휘두르는 몹쓸 환자도 존재했기 때문에, 그들은 놀라지는 않았지만 무섭지 않은 것은 아니었다. 해수는 자신의 곁에 소란을 듣고 도와주러 온 소이와 지혜가 있어서 다행이라고 생각했다. 혼자가 아니라는 사실이 그나마 안도감을 주었다.

해수는 남자를 자극하지 않기 위해 거리를 두고 몸을 낮추며 말했다.

"진정하세요, 환자분. 저희는 아무것도 하지 않았습니다. 환자분은 어제 새벽에 음주 운전으로 가드레일을 받으셨고, 저희 병원으로 실려 오셨어요. 이마에 자상 때문에 다섯 바늘 꿰매고, 찰과상 소독만 했을 뿐입니다."

"거짓말 마! 그, 그럼 왜 내 눈에만 저게 보이는 건데?"

"혹시 두통이 있지는 않으신가요? 환각이 언제부터 보이기 시작하셨나요? 말씀해 주시면 담당 의사 선생님께 전달해 드리겠습니다. 일단 진정하시고, 저희와 같이 원인을 찾아봐요."

"그런 게 아니야. 아니라고! 저 괴물이 점점 다가오고 있단 말이야……."

어느 정도 설득된 것일까. 아니면 자신도 의료 과실은 없었다는 것을 알고 있기 때문일까. 링거 대를 손에서 내려놓은 강철이 머리를 감싸 쥐며 주저앉았다. 그러면서도 힐끔힐끔 시선은 계속해서 어딘가를 향한 채 불안에 떨고 있었다.

원인을 알 수 없어서 해수는 당황스러웠다. 하지만 자신이 동요하면 겨우 안정된 듯 보이는 강철이 다시 포악해질 수도 있어서, 그녀는 최대한 침착함을 유지했다.

그러던 중에 해수는 그가 뭔가를 중얼거리는 소리를 들었다. 작았던 목소리는 어느새 문밖에 있는 사람들에게도 충분히 들릴 정도로 점점 커지기 시작했다.

"너무 어두워. 분명 나한테 무슨 일이 생긴 거야! 무서워, 무섭다고!"

두 팔로 자신을 감싼 강철의 모습은 마치 엄마를 잃어버린 아이 같았다. 방황하는 눈빛과 발소리만 들려도 흠칫 떨리는 어깨가 심상치 않았다. 이러다 패닉이 올지도 모른다고 생각한 해수는 초조해졌다. 그녀가 섣불리 다가가지 못하고 있을 때 다행히도 사람들을 뚫고서 보안 요원들과 의사들이 도착했다.

"모두 병실로 돌아가 주세요! 부탁드립니다!"

통제하는 인원이 많아지자 순식간에 복도는 한산해졌다. 지영은 그때를 틈타 박하와 병실로 바삐 걸음을 옮겼다. 실내로 들어와 안대를 벗고 있었던 박하는 병실로 향하며 자신도 모르게 강철이 있는 병실 쪽으로 고개를 돌렸다. 흐릿한 시야 속으로 주저앉아 있는 강철의 형태가 보였다. 그의 주위로 크기가 다른 몇 개의 인영이 서 있었다. 아마도 그를 진정시키기 위해 온 사람들인 듯했다.

'저 사람, 괜찮은 걸까?'

박하는 걱정스러웠다. 게다가 복도까지 울리던 고함이 마치 도와달라는 절박한 외침처럼 들렸었다. 신경이 쓰인 그녀는 병실로 돌아오자마자 지영에게 강철이 어떻게 되었는지 알고 싶다고 말했다.

"너 혼자 두고 가기에는 그런데……."

바로 옆 병실에 다녀온다고 무슨 일이 생기지는 않겠지만 지영은 선뜻 말이 나오지 않았다. 주저하던 그녀는 일단 침대에 올라간 박하가 자리를 잡을 수 있도록 도와준 후, 돌고래 인형을 품에 안겨주었다.

'저런 눈빛으로 쳐다보는데 어떻게 거절하겠어.'

무슨 일이 일어난 것은 아닐까 걱정하는 눈으로 저를 바라보는 박하의 눈동자가 왜인지 평소보다 더 또렷해 보였다. 모르는 사람인데도 걱정이 되는 모양이었다.

"그럼 언니가 슬쩍 가서 보고 올 테니까 얌전히 앉아 있어야 해. 알았지?"

"응!"

"우리도 있으니까 안심하고 다녀와요."

"나는 몰라도 얘는 여기서 꼼짝도 못 하니까. 걱정하지 말고 다녀와도 돼요."

어수선한 바깥 상황에도 불구하고 병실을 지키고 있던 숙영과 현희가 그녀를 안심시켜 주었다.

"감사합니다. 금방 다녀올게요!"

고개를 꾸벅 숙이며 지영이 100m 달리기를 하는 사람처럼 후다닥 뛰쳐나갔다.

"꼬맹이, 사랑해 주는 사람이 많네. 좋겠어."

"부러우면 너도 연애만 하지 말고 결혼을 해."

"그게 이거랑 같냐? 됐어. 난 지금으로도 충분해!"

"하여간 고집은……. 그나저나 잠잠해진 걸 보니 무슨 일인지는 몰라도 해결은 된 모양이야."

숙영이 안심한 말투로 말했다.

"무슨 일 있었어요?"

검사 결과 이상이 없다는 소견을 듣고 바로 병실로 올라온 연주가 물었다. 복도에서부터 느껴지는 경직된 분위기에 그녀는 사람들의 표정을 살폈다. 평소 온화한 분위기의 숙영도, 눈에 넣어도 아프지 않을 딸의 표정도 좋지 않았다.

"어디 아픈 거야? 지영 언니는?"

"난 괜찮아. 그냥 옆 병실에 무슨 일이 생겼나 봐. 내가 신경 쓰인다고 했더니 지영 언니가 알아보러 갔어."

"그래? 몸 상태가 나쁘거나 그러면 바로 엄마한테 말해줘야 해."

"알았어. 엄마는 친구 잘 만나고 왔어?"

"응, 친구가 근처에 왔다가 네 소식을 전해 들었나 봐. 잘 회복하길 바란다면서 이걸 주고 가더라고."

연주는 속으로 뜨끔했지만 편의점에서 사 온 알로에 주스를 냉장고에 정리하며 아무렇지 않은 듯 준비해 둔 말을 읊었다. 여러 검사를 한 결과, 이상이 없다고 판명되었지만 연주는 사실을 말할 수 없었다. 시력에 문제가 생긴 것 같아서 진료를 받고 왔다는 이야기를 들으면 박하가 놀랄 게 분명했기 때문이다.

"오랜만에 만난 건데 더 있다가 오지. 난 지영 언니랑 놀면 되는데."

"걔도 약속이 있어서 온 거라, 나중에 다시 만나기로 했어."

뭔가 더 묻고 싶은 표정을 짓는 박하 때문에 식은땀을 흘리던 연주는 타이밍 좋게 병실로 들어오는 지영을 발견하고는 서둘러 화제를 바꿨다.

"왔니? 무슨 일이래?"

"언니 왔어요? 그게, 알아보니 사고로 머리를 다친 환자인데, 깨어나자마자 환각이 보인다며 난동을 부렸대요. 병원 과실이라고요."

"병원 과실?"

예민해질 수밖에 없는 단어에 연주의 미간이 좁혀졌다.

"다행히 병원 과실은 아니래요."

황급히 지영이 말을 덧붙이자 그제야 연주의 표정이 풀렸다.

"그 사람은? 괜찮대?"

줄곧 걱정하고 있던 박하의 물음에 모호한 표정을 지은 지영이 대답했다.

"갑작스럽게 나타난 증상이라 정밀 검사를 받을 예정이래. 그리고 다시 발작할 위험도 있어서 병실도 옮겨질 모양이야."

"저런, 일시적인 증상이어야 할 텐데요."

"병원에서는 만날 자기들 탓이 아니라고 하니 믿을 수가 있어야지. 나 같아도 의심하겠네!"

"현희야! 그런 말 하면 못써. 아이도 듣고 있는데!"

"일반적인 건 아니고, 일부가 그런 거라고……. 오늘 내가 오렌지 가져왔는데 먹어볼래?"

"말 돌리기는……. 너무 신 건 아니지?"

"그냥 주는 대로 먹어! 말이 많네."

티격태격하는 두 사람을 뒤로하고 지영은 연주에게 다가가 검사 결과를 물었다. 박하의 정신은 다른 곳에 가 있었는데, 그녀는 자신이 조금 전 보았던 것에 대해 생각해 보는 중이었다. 마치 하나로 합쳐질 것처럼 지나치게 남자와 가까웠던 형체는 아마도 의사나 보안 요원이었을 것이다. 다른 그림자보다 옅어 회색처럼 보였던 것도 빛 때문에 그랬을 것이라며, 박하는 소란스러웠던 일에 대한 관심을 끊고서 연주와 지영의 대화에 끼어들었다.

"오늘 엄마가 만난 친구는 어떤 사람이야?"

지어낸 친구에 대해 궁금해하는 박하로 인해, 연주는 머리를 쥐어짜며 새로운 이야기를 덧붙여야 했다. 옆에서 지영이 요새 듣고 있는 노래가 뭔지 박하에게 물어보지 않았다면, 연주는 자기가 뱉은 말을 잊지 않기 위해 수첩에 메모라도 해야 했을 것이다.

＊

신경 안정제를 맞고 잠이 든 강철을 실은 엘리베이터가 12층에서 멈추었다. 엘리베이터 문이 열리고 침대를 밀고 나온 사람들은 보안 요원인 홍철과 재경이었다.

"이런 것까지 우리가 해야 하는 거야? 대체 어디서부터 어디까지가 우리 일인데?"

불만 가득한 음성으로 홍철이 재경에게 말했다. 하지만 홀쭉한 볼과 길게 내려온 다크서클로 인해 흡사 시체 같은 몰골의 재경은 그의 투덜거림을 들어줄 여력이 없었다. 재경의 시선이 잠깐 강철과 허공에서 흔들리는 수액에 닿았다 떨어졌다.

"그냥 해."

그는 땅끝까지 파고 들어갈 만큼 낮은 음성으로 무신경한 대답을 내뱉었다. 하지만 홍철은 이곳에서 보안 요원으로 일하면서부터 점점 재경이 말라가고 있다는 것을 알았기 때문에, 그가 짜증을 부리든 무시를 하든 서운하거나 화나지 않았다. 어쩌다 보니 초등학교, 중학교, 고등학교가 같았을 뿐 아니라 군대도 같은 부대에서 복무하였고 사회에 나가서는 같은 회사에 입사한 오랜 친구 사이였기에 오히려 재경이 걱정될 뿐이었다.

홍철은 몇 번이고 이 일을 그만두고 다른 일을 시작해 보자고 재경에게 권했으나, 재경에게 돈이 필요한 사정을 들은 후로는 더 이상 이직을 권유할 수 없었다.

퀭한 재경의 얼굴을 보며 홍철은 생각했다.

'이 몰골을 보고도 일을 시키고 싶을까.'

그리고 팀장의 무뚝뚝한 얼굴이 떠올라 이를 갈았다. 출장은 왜 그렇게 잦으며 기왕 간 것 팀장도 없겠다 좀 쉬다가 올 것이지, 이 바보 같은 놈은 제 몸을 챙기지 않고 일만 죽어라 하다 온 게 분명했다. 홍철은 매우 답답했지만 왜 이렇게 미련하게 구냐고 타박할 수 없었다.

"나 혼자 갔다 올 테니까 너는 휴게실 가서 쉬고 있어. 팀장이 뭐라고 하면 내가 잘 둘러댈게."

"됐어. 괜히 책잡힐 짓은 하지 않는 게 좋아."

"알았다, 인마. 그럼 얼른 데려다 놓고 쉬자."

두 사람은 말없이 침대를 잡고 움직였다. VIP층이라고 들었던 것과는 다르게 아무도 없는 것 같았다.

"여기 부자들만 치료해 주는 엄청 비싼 층 아니었냐? 팀장이 저번에 분명 그렇게 이야기했던 것 같은데."

"층을 옮긴 지가 언젠데. 여긴 이제 환자들이 쓰지 않는 곳이야."

덤덤하게 대꾸하는 말속에 약간의 타박이 섞여 있었다. 홍철의 눈이 가늘어지며 반대편에서 묵묵히 침대를 밀고 있는 재경을 살폈다. 아무리 생각해도 이상했다. 건장한 사람이면 된다고 해서 보안 요원으로 입사하기는 했지만 상식적이지 않은 일들을 시킬 때가 많았기 때문이다.

지하 3층 창고 사진을 매일매일 찍어 보고하라고 하는 것도, 부자들을 위해 이것저것 신경 썼을 공간을 이렇게 낭비한다는 것도 이해가 되지 않았다. 그리고 이 남자. 병원 과실이라고 우기는 사람들이 이 사람만 있는 것도 아닐 텐데, 굳이 직원용 키가 없으면 갈 수 없는 곳에 데려다 놓는다니? 나중에 가족들이 이 사실을 알면 소송을 걸지도 몰랐다.

'재경이 이 녀석도 이상해. 병원 보안 요원이면 병원 내부만 살피면 되지. 출장은 웬 말이야?'

홍철이 속으로 꿍얼거리는 걸 듣기라도 한 것처럼 타이밍 좋게 재경이 말했다.

"왜? 할 말 있으면 해."

"대답해 줄 마음도 없으면서 왜 물어보냐?"

"그니까 조용히 가자고."

"넌 궁금하지도 않냐?"

"궁금하면?"

고개를 든 재경이 홍철의 눈을 빤히 쳐다보았다. 그는 너무 지쳐서 아무것도 생각하고 싶지 않은 것처럼 보였다. 눈치 빠른 홍철의 의심과 질문들도, 팀장이 시키는 비밀 업무도 재경은 전부 싫었다. 그만두지 못할 이유가 있는 그는 차라리 꼭두각시가 되는 게 편하다고 생각한 지 오래였다.

"뭐 해. 문 열어."

"쳇. 알았어."

카드 키를 찍고 문을 연 홍철은 혼자서 침대를 이동시켰다. 과연 비싼 곳답게 병실은 침대가 두 개는 더 들어가고도 남을 정도로 넓었다. 원래 있던 가구들은 전부 옮겨진 모양으로 내부는 횅하기만 했다. 홍철은 불이 들어오지 않았다면 폐가처럼 보일 곳에 남자만 홀로 두고 가는 것이 마음에 걸렸다.

"빨리 나와. 팀장님한테 전화 왔어."

"젠장. 알겠어! 넌 팀장 비서냐? 가면 되잖아!"

괜히 성질을 부린 홍철이 나가려는 때였다. 홍철은 뒤통수가 찌릿한 게, 마치 누가 보고 있는 것만 같았다. 혹시나 해서 뒤를 돌아보자 남자가 자신을 쳐다보고 있었다.

"어? 일어났네. 이봐요, 괜찮아요?"

"……"

"곧 의사 선생님이 올 테니까 걱정하지 말아요."

그는 아까와는 다른 사람 같았다. 강철은 소리를 지르지도, 묶여 있는 팔과 다리를 풀기 위해 몸부림치지도 않았다. 홍철의 눈에는 모든 것을 포기한 것처럼 보였다.

강철의 입술이 아주 느리게, 힘겹게 움직이는 것을 보고 홍철이 가까이 다가가려는 찰나였다.

"야! 시간 없다니까 뭐 하는 거야?"

안으로 들어온 재경이 홍철의 어깨를 잡으며 신경질을 냈다. 홍철은 어리벙벙한 얼굴을 했다가, 계속되는 재촉에 어깨를 잡힌 상태 그대로 끌려 나갔다.

탁. 문이 닫혔다.

"넌 피도 눈물도 없는 새끼야. 저 남자가 얼마나 무섭겠냐? 나한테 할 말이 있는 것 같았단 말이야!"

"착각이겠지. 그게 아니더라도 네가 뭘 해줄 수 있는데? 오지랖도 부릴 사람에게 부려."

"넌 말을 그렇게밖에 못 하냐? 못돼먹은 놈!"

"그래, 그래. 마음껏 욕하고 빨리 내려가자."

괜히 미적대던 홍철은, 어느새 홀로 저만치 걸어가 버린 재경을 뒤따라가기 위해 뛰었다.

"야."

"또, 왜?"

"여기 괜찮겠지? 뭔가 타는 냄새 나는 것 같던데. 으스스한 곳이야."

"지랄 말고. 넌 제발 입 좀 다물면 안 되냐?"

"아, 그으래! 앞으로 나한테 말 시키지 마라!"

'서운하지 않다는 것은 취소다!'

일부러 들으라는 듯이 홍철은 발을 더 크게 굴리며 재경보다 앞서 걸어갔지만, 엘리베이터로 향하는 출입문 앞에서는 그를 기다려 주었다. 재경이 키를 두고 왔기 때문이다. 이러니저러니 해도 홍철은 재경을 미워하지는 못했다.

2

두 사람이 떠난, 예전 VIP 병동은 그로부터 몇 시간이 지나도록 조용하기만 했다. 홀로 고립되어 두려움에 떨고 있는 강철을 도와줘야 할 의사나 간호사는 오지 않았다. 대신에 몰래 그를 훔쳐보는 이들이 있을 뿐이었다.

5층 원장실과 연결된 비밀스러운 방은 날씨와 상관없이 돌아가는 에어컨으로 인해 서늘한 기운이 감돌고 있었다. 그곳에서는 고운 병원의 원장인 김민재, 그가 고용한 개인 요원 2명 그리고 선글라스를 쓴 의문의 여성이 강철을 지켜보는 중이었다. 12층을 포함해 특정 층에 대한 영상을 송출 중인 다섯 대의 모니터 중에서, 위에 있는 두 개의 모니터에서는 고목처럼 누워 있는 강철의 모습이 화면을 채우고 있었다.

"어떤 실험을 하고 있는지 알려주겠다고 하더니, 그냥 평범한 남자잖아?"

40대 후반으로 보이는 민재가 못마땅한 듯 입술을 비죽였다.

"눈에 보이는 것만이 다가 아니야. 잠자코 기다리기나 해."

날카로운 눈매를 가진 여성이 짜증스럽게 대꾸했다. 뭔가를 찾는 것처럼 강철을 유심히 관찰하던 그녀의 시선이 잠깐이지만 엉뚱하게도 침대 주변을 맴돌았다.

"큼, 뭔가 보이면 나에게도 좀 알려줘. 우린 한배를 탔잖아."

민재는 민망함을 감추며 말했지만 자신에게 거만하게 말하는 여자 때문에 속에서는 분노가 부글부글 끓어오르고 있었다.

"시간 낭비하는 건 별로 좋아하지 않아."

귀찮은 티가 역력한 대꾸에 고함을 치고 싶은 듯 민재의 입술이 씰룩였다. 하지만 그는 자신의 감정을 서투르게 밖으로 드러내 원한이나 경계를 살 만큼 어리석지는 않았다.

협력 조직에서 관계자라고 보낸 저 여자는 건방지게 반말을 해대는 것도 마음에 안 들었지만, 통 자신에게 정보를 넘기려고 하지 않았다. 처음 민재는 강경하게 담당자를 바꿔 달라고 요청했지만 '루템(Rutem)'이라는 단체는 오히려 민재의 돈줄을 틀어막으며 협박을 해왔다.

'지금 누구의 허락을 받고 내 건물에서, 내 돈으로 산 장비로 실험을 하고 있는데! 괘씸한 놈들! 천벌받을 놈들!'

"개구리가 올챙이 적 생각 못 한다."라는 속담처럼, 루템에게 협력하는 조건으로 원장 자리를 얻어낸 민재가 하기엔 뻔뻔한 불평이었다. 결국, 그는 그들을 따를 수밖에 없는 현실에 그냥 입을 다무는 쪽을 택했다. 말을 걸어봐야 무시당하거나 배제당하는 말만 들을 터이니 현명한 선택이었다.

그러거나 말거나 여자는 화면 속 강철의 상태를 확인하느라 여념이 없었다. 10분 정도 더 지났을까. 여자의 얼굴에 눈에 띄지 않을 정도로 작은 변화가 생겼다. 선글라스 너머의 눈동자가 기대감으로 빛나고 있었다.

'드디어!'

여자는 속으로 환호했다. 어디선가 튀어나온 검은색 줄기들이 강철의 몸을 차지하기 위해 그의 코, 귀, 입의 속으로 파고드는 것이 그녀에게는 보였기 때문이다.

강철의 피부 위로 요동치는 줄기가 선명하게 드러나기 시작했다. 새로운 줄기가 피부에 꽂힐 때마다 강철의 몸은 경련을 일으켰고, 뭍에 올라온 물고기처럼 침대 위를 펄떡거렸다. 상황을 알 리가 없는 민재와 요원들의 얼굴이 희게 질려갔다.

1분이 1시간 같았다. 보이지 않는 공포라는 것이 무엇인지 민재는 그제야 이해할 수 있었다. 그 역시 의사이기 때문에 당장이라도 강철을 치료해야 한다는 생각이 들었지만, 이해할 수 없는 강철의 증상에 선뜻 자리에서 움직일 수가 없었다.

침을 삼킨 민재는 자신의 목소리가 떨리지 않기를 바라며 간신히 입을 열어 물었다.

"뭔지는 모르겠지만 구, 구해야 하는 거 아니야?"

"늦었어. 이미 잠식당하는 중이니까."

"잠식? 너희들, 내 병원에서 무슨 짓을 꾸미고 있는 거야?! 나한테는 새로운 연구라고 말했잖아!"

"어떤 의미에서 보면 연구가 맞아. 아, 곧 끝날 것 같은데……. 왜 그런 얼굴이야? 세상에 쉽게 얻어지는 것은 없잖아. 안 그래, 원장님?"

입을 벙긋거리면서도 민재는 뭐라고 말해야 할지 알 수 없었다. 여자는 실험 쥐를 가엾이 여기지 않는 것처럼, 동정심이라곤 찾아볼 수 없는 얼굴로 강철의 상태와 반응만을 집요하게 관찰하고 있었다. 입술을 깨문 민재는 어쩔 수 없이 강철의 상태를 그 자리에서 가만히 지켜보고 있어야만 했다.

"이번에도 빨리 끝날 것 같은데. 쳇, 위에서 알면 또 난리 치겠군."

원하는 결과를 얻지 못한 그녀의 얼굴이 굳어졌다. 지금까지 봐왔던 실험 결과에 따르면 '그것'에 의해 잠식되는 시간은 천차만별이었다. 가장 길게 버틴 게 2시간이었고 완벽하게 잠식된 경우는 없었다. 항상 같은 결말을 맞이했다. 지금처럼.

"29분 42초. 실패."

"뭐?"

"명색이 외과 의사로 활동했으니 피 정도는 무섭지 않겠지?"

의미심장하게 말을 마친 여자는 민재와 똑같이 어벙하게, 아무것도 모른다는 표정을 짓고 있는 2명의 요원에게도 말했다.

"비위가 약한 사람은 눈을 감는 것을 추천할게. 구토 냄새가 지독하거든."

안타깝게도 의미심장한 말을 바로 해석한 사람은 없었다. 그들은 미처 대비하지 못한 채로 그녀가 한 말의 의미를 직접 눈으로 보게 되었다.

침대가 거세게 진동할 정도로 몸을 떨던 강철이 돌연 움직임을 멈추었다. 그의 두 눈에서 흘러내리는 피눈물을 시작으로 육안으로도 보일 정도로 불룩 솟아올랐던 부분에서부터 피부가 녹아내리기 시작했다. 새하얗던 침대는 순식간에 붉게 물들고, 침대 아래에는 웅덩이가 만들어졌다. 그를 이루고 있던 장기와 뼈는 처음부터 존재하지 않았던 것처럼, 붉은 액체만 그 자리에 남아 있었다. 성인 남성이 완전히 녹아 없어진 것이다.

'미친. 이건 미친 짓이야! 맙소사! 내 병원에서! 젠장!'

오기로 버티고 있던 민재는 결국 화면에서 고개를 돌렸다. 휘청거리며 간신히 벽을 짚은 그는 핏기가 빠져나가 하얗게 질린 얼굴로 명령을 내렸다.

"혹시 모르니까 소등 이후에 처리하도록 해. 필요하면 보안 팀을 불러도 좋아. 환기는 꼭 시키고, 절대 냄새가 남지 않도록 해."

말이 끝나기도 전에 요원 중 1명이 병실 밖으로 뛰쳐나가 버렸다. 의사인 자신도 견디기 어려울 정도로 잔혹했는데 저들은 오죽했을까. 하지만 이 일은 외부로 알려져서는 안 되는 기밀이었다.

"알겠습니다."

금방이라도 토할 것 같은 얼굴이면서도 끝까지 자리를 지킨 1명이 민재에게 고개를 숙였다. 일을 수행하지 못하면 죽는다는 것을 알고 있기 때문이다. 빠져나갈 방법은 없었다.

더는 견딜 수 없었던 민재는 떨리는 다리를 움직여 그곳을 벗어났다. 짧은 복도를 지나 원장실과 이어져 있는 문을 열려던 민재는 들려오는 여자의 목소리에 걸음을 멈추었다.

'뭐지? 이것들이 또 뭘 꾸미고 있는 거야?'

호기심에 민재는 살짝 문을 열어 안을 확인했다. 그녀는 누군가와 통화하고 있었다.

"네, 아직 큰 변화는 없습니다. 조금 더 지켜볼 필요가 있을 것 같습니다. 어쩌면……. 네, 네, 그렇게 하겠습니다."

민재의 시선을 알아채고 서둘러 통화를 마친 여자는 깔보는 시선으로 그를 한 번 쳐다보고는, 성큼성큼 걸어와 문을 열고 다시 안으로 들어가 버렸다.

"빌어먹을."

여자의 뒷모습을 허망하게 바라보던 민재는 괴로워하며 얼굴을 쓸어내렸다. 자신이 잡은 손이 악마의 손이라는 것을 이제야 깨달았다. 하지만 이미 손을 잡은 이상 벗어날 방법은 없었다.

"신경 쓰지 말라니까."

휴게실에 돌아와서도 무언가를 고민하는 듯 뒤척이는 홍철에게 재경이 보다 못해 한마디 했다. 재경은 홍철의 이런 점이 싫었다. 껄렁껄렁하고 하기 싫다는 말을 입에 달고 사는 홍철이지만 마음에 걸리는 것은 그냥 두고 넘어가지를 못했기 때문이다. 뭐든 대충 잊어버리면 편할 텐데도, 그는 한 번도 쉽게 넘어간 적이 없었다.

"그…… 생각하는 거 아니야."

거짓말. 비슷한 대화를 나눈 적이 하도 많아서 거짓말이 입에 밴 것이 분명했다. 그렇게 발뺌해 놓고 기어코 맘에 걸리는 것을 확인하러 갔었던 일들을 헤아리면 열 손가락이 부족했다. 재경은 그냥 무시해 버리고 싶어서 이불을 머리끝까지 뒤집어쓰고는, 홍철이 보이지 않는 반대 방향으로 누워버렸다.

"……"

"……"

끼익. 홍철이 나가는 걸 알려주기라도 하듯이 휴게실에 놓인 침대가 소리를 질렀다. 자기 들으라고 일부러 소리를 낸 건 아닌지 재경은 의심스러웠다.

열린 문의 틈으로 빛이 새어 들어오는 게 눈을 감고 있어도 느껴졌다. 이마를 팍 구긴 재경이, 똑같이 들으라는 듯이 이불을 박차고 벌떡 일어나 물었다.

"너 어디 가?"

"잠깐 화장실 좀 가려고."

"내가 그 거짓말을 믿을 것 같냐? 그 사람이 어떻게 되든 우리 권한이 아니야. 잊었어?"

멱살을 잡아서라도 말릴 기세에 한숨을 푹 내쉰 홍철이 결국 시인했다.

"나도 알아. 하지만 자꾸 눈에 밟히는 걸 어떡해. 왠지 입 모양이 도와달라고 하는 것 같았단 말이야."

홍철의 대답에 재경은 복장이 터질 지경이었다.

"그래서? 네가 뭘 해줄 수 있는데? 네가 주제넘게 나선다고 해결될 일인 것 같아, 이게? 넌 옛날부터 그랬어. 같잖은 동정심 따위 버리라고 말했잖아!"

그동안 참고 참아왔던 게 터져버렸다. 씩씩거리며 화를 내는 재경을 보는 홍철의 얼굴도 짜증스럽게 굳어졌다.

"나도 안다고! 그래도 내가 할 수 있는 일이라면 도와줘야지! 진짜로 그 사람이 위험한 거면? 상주하는 간호사도 없던데 아무도 안 와서 그 사람이 죽으면 어떻게 할 건데?"

답답하기는 홍철도 마찬가지였다. 내면에 영웅 심리라도 있는 건지 자신은 항상 도움이 필요한 사람들을 그냥 지나치지를 못했다. 그로 인해 말려든 사건도 얼마나 많은지. 오죽하면 가족들도 진저리를 낼 정도였다.

"하아."

홍철은 내뱉은 한숨에 모든 감정들이 담겨 흘러가 버리면 좋겠다고 생각했다. 그는 머리를 벅벅 긁었다. 본능에 따라 밖으로 나가지도, 재경의 경고와 이성적인 판단에 따라 다시 돌아와 침대에 눕지도 못했다.

"무슨 소란이지?"

소리가 들린 방향으로 두 사람의 고개가 동시에 돌아갔다. 문을 막고 있는 홍철에게 고갯짓해서 안으로 들어가게 만든 사람은 눈썹이 짙고 인상이 강하며 우람한 몸집이 돋보이는 남자로, 한여름에도 정장을 고집하는 보안 팀의 팀장인 운형이었다.

"고함치는 소리가 들리던데. 내가 잘못 들은 건가?"

질책하지는 않았으나 그의 낮은 목소리에 두 사람의 어깨는 움찔하며 움츠러들었다. 홍철은 감으로 느껴서 그렇다면 재경은 직접 눈으로 보고 겪은 게 있기 때문에 그를 무서워했다. 수전증에 걸린 사람처럼 떨리는 두 손을 맞잡아 애써 감춘 재경은 고개를 숙이고 이 순간이 빨리 지나가기를 바랐다. 똑같이 긴장하고 있던 홍철이 그런 재경의 상태를 눈치채고는 먼저 나서서 이야기했다.

"제가 고집을 부려서 재경이가 화를 냈습니다."

꿈틀대는 운형의 눈썹을 본 홍철은 더욱 긴장했지만 시선을 피하지는 않았다. 물론 운형이 무섭기는 했지만 팀장으로서 믿을 만한 사람이라고 은연중에 생각하고 있었기 때문이다.

질문하기로 마음먹자 홍철은 이내 갈팡질팡하던 마음이 순식간에 차분해지는 것을 느꼈다.

"팀장님, 한 가지만 여쭈어도 되겠습니까?"

"방금 전 상황과 관련 있는 것 같은데. 말해봐."

홍철은 운형에게 강철에 대한 이야기를 했고, 어떤 부분 때문에 자신이 신경이 쓰이는지도 설명했다.

'기어코 일을 치는구나.'

차마 말리지는 못하고 홍철이 이야기하는 것을 듣고만 있던 재경은 한탄했다. 운형이 얼마나 무서운지도 모르고 제가 가진 생각을 줄줄이 말했으니, 앞으로 홍철은 그의 감시 대상에 포함이 될 터였다.

'네 팔자를 네가 꼰 거다, 미친놈아.'

되돌릴 수 없는 상황에 재경은 홍철의 명복을 빌어주었다. 물론, 감시는 받겠지만 앞으로 홍철이 헛된 짓을 벌이지만 않는다면, 무사히 명줄을 이어나갈 수 있을 것이다. 문제는 벼락이라도 맞지 않는 한 물불 가리지 않는 홍철의 성격이 바뀔 리는 없다는 것이었다.

말없이 홍철을 보던 운형의 시선이 자신에게 향하자 재경은 재빨리 고개를 저어 보였다. 홍철은 꺼림칙함만 느끼고 있는 것일 뿐, 아는 것이라고는 쥐뿔도 없었으니까.

"혹시, 그 남자에 관한 질문이라면 정신 병동으로 옮겨졌다."

"네? 정신 병동이요?"

"그래. 사고 후 외상 장애인지, 아니면 원래부터 그런 기질이 있었던 건지 정확한 파악을 하기 위해서라고 하더군."

"그렇군요."

홍철은 완벽히 이해가 되지는 않았지만 운형의 말 중에서 납득할 수 없는 부분을 찾을 수 없었다. 홍철은 자신이 너무 예민하게 생각한 것 같다고 결론을 내리며 미안한 표정으로 말했다.

"제가 괜한 소란을 피운 것 같네요. 죄송합니다. 그리고 재경이는 저를 말리려고 그런 거예요."

혹시나 불똥이라도 튈까 봐 홍철은 뒷말을 덧붙였다.

"됐다. 내일도 근무 서려면 피곤할 텐데 얼른 자도록 해."

"넵!"

운형이 나간 뒤 재경은 홍철에게 말도 붙이지 않고 침대로 기어들어 가 눈을 감았다.

"고집부려서 미안하다. 앞으로는 자제해 볼게."

진심을 담아 홍철이 사과했지만 재경은 대꾸하지 않았다.

머쓱해진 그는 재경을 한번 쓰윽 보고는 자신의 침대에 조용히 누웠다. 얌전히 잠이나 자자고 눈을 감았지만 홍철은 쉽사리 잠이 오지 않았다. 그의 머리는 무언가를 계속 생각하기를 원했기 때문이다. 하지만 이미 결론 난 일을 파고들어 동료를 곤란하게 만들고 싶지는 않았다. 그래서 홍철은 다른 생각을 하려고 노력했는데, 그중 하나가 방금 휴게실을 나선 운형에 대한 것이었다.

'팀장님은 원래 어떤 일을 하는 사람이었을까. 조폭? 경찰? 계절에 상관없이 검은 정장만 입는 걸 보면 조폭이었을지도 몰라.'

실없다는 걸 알면서도 홍철은 생각을 멈출 수가 없었다. 오히려 생각이 꼬리에 꼬리를 물고 계속 이어졌다. 홍미진진했다. 운형은 함부로 대하기 어려운 상사이지만 베일에 가려진 수수께끼 같은 남자였기 때문이다.

'그런데 팀장은 노출을 엄청 싫어하던데, 흉터 때문인가?'

우연히 보았던 운형의 흉터가 떠올랐다. 아무리 더워도 팔 한번 걷어붙인 적이 없었던 운형이, 치료를 받던 중에 난동을 부린 사람을 제압하느라 소매가 찢어졌었던 것이다. 곧바로 팔을 가렸지만 지척에 있었던 홍철은 볼 수 있었다. 그의 왼쪽 팔은 누군가가 칼로 헤집어 놓은 것처럼 피부가 불룩 튀어나와 있었다. 그 뒤로 다시 본 적이 없어서 어떤 상처인지 확신할 수는 없지만, 유독 운형이 왼쪽 팔을 불편해했기에 어떤 사연이 있을 것이라고 추측할 뿐이었다.

'하, 남의 상처 들쑤셔서 뭐 하냐. 그냥 잠이나 처자자.'

아무리 운형이 싫더라도 그의 사생활까지 파고드는 건 옳지 않다는 생각이 들었다. 고작 잠이 오지 않는다는 이유로 그럴 만큼 못돼먹지는 않았다. 더 파고들지 않기 위해 고전적 방법인 양 세기에 집중한 홍철은 베개에 얼굴을 폭 묻었다.

얼마 지나지 않아 홍철의 코골이 때문에 재경이 깨어났다. 그는 이를 갈며 이어폰을 귀에 꽂은 채 다시 잠이 들었다. 휴게실은 잠깐 동안이지만 평화로웠다.

아침에 일어났을 때, 재경은 홍철의 푹 꺼져 있는 두 눈을 보곤 그가 잠을 제대로 자지 못했다는 것을 눈치챘다. 결국 제 성격을 이기지 못하고 잠을 설친 게 분명했다. 한숨이 나오는 걸 꾹 참으며, 재경은 오늘 하루만큼은 저 녀석의 행보를 주시해야겠다고 마음먹었다. 지긋지긋한 인연으로 인해 홍철을 막는 것은 설령 그의 부모님이라도 불가능하다는 걸 재경은 알고 있었다. 그게 꼭 나쁘다는 것은 아니었지만, 문제는 항상 자신까지 엮이게 된다는 것이었다. 팀장의 말을 거부할 수 없는 입장인 지금으로써는 특히나 홍철이 미쳐 날뛴다면 필시 자신까지 위험해질 터였다.

"야."

"잔소리라면 듣기 싫다. 간다."

앉은 지 10분밖에 지나지 않았는데 홍철이 식판을 들고 일어났다. 슬쩍 보니 3인분이 담겨 있던 식판이 어느새 깔끔하게 비어 있었다.

'먹는 건 또 잘 처먹네.'

불쑥 욕이 튀어나온 재경은, 어느새 식당 입구 쪽에서 홍철이 무사히 자신을 따돌렸다는 기쁨에 취해 손을 흔드는 걸 보니 배알이 꼴렸다. 헤벌쭉한 표정이 마음에 들지 않아서 재경은 먹는 속도를 올렸다.

"저 독한 놈."

질색하는 표정을 지은 홍철은 얼른 식당을 빠져나가 1층으로 올라가는 에스컬레이터를 탔다. 재경에게는 미안했지만 그는 확인하고 싶었다. 그냥 넘겨버리고 잊어버리려고 했던 홍철의 꿈에, 남자가 찾아와 악몽을 꾸게 했기 때문이다.

"쟤도 그 표정을 봤어야 하는데. 아, 몰라! 찜찜한 건 못 참아!"

꿈속에 나타난 강철은 소리 없이 입 모양으로만 말을 걸어왔다. 간절한 표정은 점점 야차처럼 일그러지더니, 어느새 단어 맞추기 게임으로 변질되어 홍철이 답을 틀릴 때마다 재경의 잔소리를 들어야 했다. 귀신에게 쫓기는 것과는 다른 종류의 악몽이었다.

"나도 내 성격 진짜 싫다! 이 짓 때문에 그동안 곤란했던 걸 생각하면!"

떠올리고 싶지 않은 기억에 홍철의 몸이 부르르 떨렸다.

"저주를 받은 게 아니고서야……. 일단은 평범하게 움직여야지. 재경이 녀석이 아주 대놓고 의심하고 있으니까."

일어나자마자 계속 노려보는 시선을 모를 만큼 홍철은 무디지 않왔다.

"이제 출근하나 봐?"

야간 근무를 마치고 걸어오고 있던 찬열이 홍철을 보곤 반갑게 인사를 건넸다.

"네, 형은요? 밤에 별일 없었죠?"

"네가 무슨 일 있었던 거 같은데? 눈이 퀭해. 어제 밤새웠어?"

밤을 새운 사람답지 않게 또랑또랑 빛나는 찬열의 눈에 걱정이 스며들었다. 그는 홍철보다 한참 선배였고(들리는 바로는 운형과 비슷한 시기에 입사했다고 한다.) 보안 팀에서 가장 어린 홍철과 재경을 잘 챙겨주는 사람이기도 했다.

"형."

"또 무엇 때문에 그런 표정이야?"

"그게 말이죠. 혹시 어제 있었던 일 들으셨어요?"

"어제? 아! 헛것이 보인다고 난동 부렸다는 남자 말이지?"

"네, 그 남자가 어떻게 됐는지도 아세요?"

잠시 고민하며 주위를 살핀 찬열은 비상계단으로 홍철을 데리고 나갔다.

"어제 새벽에 정신 병동으로 옮겨졌어. 듣기로는 계속 같은 말을 반복했대."

홍철의 눈이 반짝 빛났다.

"무슨 말이요?"

"갑자기 세상이 회색빛으로 보이고, 괴물이 자신을 쫓아온다고."

"괴물도 그렇지만 회색빛이라니. 보이는 게 막, 옛날 영화처럼 흑백이었다는 뜻이에요?"

병원에서 벌어지는 학대나 의료 사고 같은 문제가 아니었다. 홍철이 당혹스러움을 감추지 못하고 묻자, 순간적으로 찬열의 얼굴이 굳어졌다. 그가 다시 미소를 지었지만 어쩐지 홍철의 눈에는 그 미소가 씁쓸하게 느껴졌다.

"아마 그랬던 것 같아. 색각 검사도 해보고, 색깔 맞춰보는 테스트도 해봤는데 정말로 안 보이는 것 같았대. 그리고 괴물은……. 나도 잘 모르겠다. 그냥 꾸며낸 말인지, 아니면 의사 말처럼 조현병 초기 증상인지 말이야."

"혹시 여기서 근무하는 동안 남자와 비슷한 경험을 했다는 사람은요? 또 있었어요?"

"음, 색채감각 이상자. 그러니까 색깔을 정상적으로 구분하지 못하는 사람들은 본 적이 있어. 사람마다 차이가 있지만 무슨 세포에 따라 적색, 녹색, 청색의 색이 다르게 보이는 거래. 하지만 회색빛으로 보인다고 한 사람은 처음이야."

"그래요?"

아리송한 표정으로 홍철이 답했다. 진지한 대답에 어쩐지 맥이 빠지는 듯했다. 자신이 괜히 호들갑을 떤 것처럼 느껴져 창피했기 때문이다.

'정말 아무것도 아니었던 건가?'

홍철은 다들 아니라고 하니 더 고집을 부릴 수가 없어서 다른 이야기를 꺼냈다.

"형도 지하 3층에 있는 창고에 가본 적 있어요?"

"창고? 설마 네가 거기를 가는 거야?"

순한 눈매가 단숨에 찡그려졌다. 찬열의 얼굴은 전에 본 적 없이 무섭게 일그러졌고 입매는 단단히 맞물렸다. 그가 화가 난 이유를 알 수 없었던 홍철은 말도 붙이지 못하고 멀뚱멀뚱하게 서 있었다.

그런 홍철의 모습을 본 찬열이 얼른 표정을 풀고는 말했다.

"미안. 너한테 화낸 거 아니야."

"제가 뭘 잘못한 줄 알았잖아요, 형."

정말 놀라서 홍철은 저도 모르게 찬열에게 어리광을 부렸다. 자주 그런 말투를 쓰는 건 아니었지만, 홍철은 가끔 찬열의 동의를 얻기 위해서 동생이라는 위치를 이용해 왔으므로 그에게 어리광을 부리는 것이 나름 익숙했다.

"시간도 늦었을 텐데, 혼자 다녀왔다니까 놀라서 그랬어. 창고에는 아무것도 없는데 이상하네."

화들짝 놀라 둘러대던 찬열은 마치 홍철의 반응을 살피는 것처럼 곁눈질로 그를 확인했다. 그 시선을 깨닫지 못한 홍철은 봇물 터지듯이 불만을 주절주절 찬열에게 토해냈다.

"저도 왜 가야 하는지 이유를 모르겠다니까요? 팀장님은 이것도 업무의 일종이라고 사진을 찍어오라고 하시는데 가보면 아무것도 없어요. 심지어 시설이 낙후되어서 형광등은 계속 깜박거리고, 이상한 냄새도 나는 것 같아요."

"그래, 그래. 네가 고생이 많다. 팀장님한테는 내가 이야기해 볼 테니까 조금만 참아봐."

투덜대는 게 동생처럼 귀여워서 찬열은 쿡쿡 웃음을 터뜨리고는 홍철의 머리를 헝클어뜨렸다.

"진짜요? 역시 형이 최고예요. 재경이 자식은 만날 내가 뭐라고 말만 하면 가만히 있으라고 타박만 한다니까요?"

"재경이도 다 널 생각해서 그러는 거야. 너도 잘 알고 있잖아?"

"아니요, 가끔 보면 걘 즐기는 것 같아요. 어제도 쓸데없는 짓 하지 말라고 어찌나 잔소리를 하던지. 저도 문제지만 걔도 오지랖이 없는 건 아니에요. 그렇지 않아요, 형?"

"너희 둘 너무 웃긴 거 알아? 그만 투덜거리고 이제 일하러 가봐. 나도 밥 좀 먹고 자야겠다."

그제야 홍철은 너무 오래 붙잡고 있었던 것 같아 찬열에게 미안해졌다.

"제가 커피라도 사드릴까요?"

월급에 포함된 식비는 병원 내 식당에서만 쓸 수 있었기에 쓰지 않으면 손해였다. 홍철은 피곤할 텐데도 이야기를 들어준 찬열에게 고마움을 표시하고 싶었으나, 그는 고개를 저으며 괜찮다고 말했다.

"됐어. 내가 너한테 사줘야겠다. 곧 쓰러지게 생겼어, 너."

"그 정도는 아니에요. 삼 일 밤새워도 끄떡없어요."

"체력 좋아서 좋겠네. 형은 이제 늙어서 밥 먹고, 눈 좀 붙이러 가야겠다."

장난스럽게 대꾸하는 찬열을 따라 비상구를 나서던 홍철은 하필이면 재경을 바로 마주치고 말았다. 허망한 표정을 짓고 있는 홍철의 모습이 나라 잃은 사람처럼 보여서, 찬열은 사람들이 쳐다볼 정도로 크게 웃었다.

"고생하셨어요, 형."

홍철을 쩌려보고 있던 재경이 찬열을 바라볼 때는 순한 양이 되었다.

"너도 잠을 설친 모양이네."

"룸메이트가 거지 같아서요. 코 고는 소리로 천장을 뚫는 줄 알았다니까요."

다시금 재경의 눈이 사나워졌다. 홍철은 약간 억울한 마음이 들었지만 잠버릇이 좀 있다는 것은 사실인지라, 변명하는 대신에 입을 다무는 쪽을 택했다.

'저 잔소리쟁이. 내가 한마디 하면 분명 두세 마디는 더 하겠지.'

훌륭하게 잔소리 폭탄을 피해간 홍철을 보며, 웃음을 꾹 눌러 참은 찬열이 다정하게 말했다.

"너희 보면 톰과 제리가 생각나는 거 알아? 적당히 괴롭히고 잘 좀 지내봐."

"얘가 말을 좀 줄이면요."

"네가 쓸데없는 일만 벌이지 않으면 내가 잔소리할 일도 없어!"

"하하. 너희 부부 같다."

"아, 형!"

"그런 끔찍한 소리 하지 말아요!"

다시 웃음이 터진 찬열은 못 말리겠다는 듯 고개를 젓더니, 식당이 있는 지하로 내려가 버렸다.

"나 쫓아올 생각이지."

눈으로 찬열을 배웅한 홍철은 뒤에서 자신을 노려보고 있는 재경에게 물었다.

"어."

망설임 없이 인정하는 재경의 말투는 단호 그 자체여서 홍철은 벌써부터 갑갑해졌다.

"오늘은 출장 안 가냐?"

"어."

"맘대로 해라."

'나도 내 맘대로 할 거니까.'

결국은 두 사람 다 물러서지 않았다. 참 이상한 관계였다. 재경은 홍철을 그대로 두면 될 테고, 홍철은 남 일에 상관하지 않으면 될 텐데 말이다. 하지만 둘 다 그런 성격이었다. 그래서 자꾸 부딪치면서도 친구 관계가 이어지는 것이었다.

뚱한 표정을 지우지 못한 채 병원 순찰이 시작되었다. 재경은 오랜만에 출장을 가지 않는 날이니만큼 쉬엄쉬엄하고 싶은 생각이 굴뚝같았으나, 어쩐지 오늘따라 불길했다. 친화력도 좋은 홍철은 간호사며 의사며 만나는 사람마다 인사를 건네더니, 기운이 되살아난 것처럼 보였다. 처음에는 보기 좋았지만 시간이 지날수록 재경은 눈살이 찌푸려졌다. 왜 홍철이 강철에게 신경을 쓰는지 자연스럽게 알게 되었기 때문이다.

'그냥, 모든 사람들을 신경 쓰는 바보일 뿐이었어.'

이미 알고 있었지만, 다시금 깨닫게 되니 짜증이 일었다. 남은 자기 앞길 챙기기도 바쁜데 이 자식은 주변을 둘러볼 여유가 넘쳐흘러서, 자기 목숨까지 위험하게 만들고 있으니까 말이다.

"졸리다. 우리 커피 좀 마실까."

"그러게 어제 고집부리지 말고 자지 그랬냐."

"너도 마실 거지?"

"이제 듣는 척도 안 하지. 난 아메리카노."

"결국 먹을 거면서 말은……. 알았어, 내가 사 갈 테니까 먼저 옥상에 가 있어. 담배도 한 대 피우게."

"딴 길로 새지 말고 바로 와라."

"누가 보면 네가 내 마누란 줄 알 거다. 아, 어서 가!"

재경의 엉덩이를 발로 찬 뒤, 홍철은 재빨리 1층으로 내려가 버렸다. 맞은 곳을 문지르며 재경은 엘리베이터를 타고 13층 정원 옥상으로 향했다.

"날씨 한번 더럽게 좋네."

선선한 바람이 부는 옥상 정원에 들어서자 재경의 꼬인 성격이 툭 튀어나왔다. 그는 감춰진 추악한 진실과 반대로 맑고 깨끗하게만 보이는 이곳이 싫었다.

"그냥 내려가 버릴까."

음료를 사서 올라온 홍철이 당황하든 말든 그냥 가버릴까 하는 충동이 들었다. 여기저기에서 가족, 연인 등 다양한 관계의 무리들이 이야기꽃을 피우고 있었다. 여기서 홍철과 같이 하하호호 하며 대화를 나누는 상상을 하자, 무척 어울리지 않는다는 감상이 튀어나왔다.

진지하게 생각하는 재경의 귀로 바퀴가 굴러가는 소리가 들렸다. 그제야 정원으로 향하는 입구를 막고 있었다는 걸 깨달은 재경은 화들짝 놀라 옆으로 자리를 옮겼다.

"괜찮으세요?"

펄쩍 뛰며 놀라는 재경의 행동에, 눈을 동그랗게 뜬 박하가 물었다.

"그냥, 뭐에 좀 놀랐어. 길을 막고 있어서 미안."

머쓱해하는 재경에게 괜찮다고 말하는 박하의 목소리 뒤로, 익숙하고 커다란 웃음소리가 소리가 들렸다.

"이홍철."

이를 바득바득 가는 재경의 경고에도 홍철의 비웃음은 끝날 줄 몰랐다. 재경은 저 입을 다물게 하려고 그가 들고 있는 커피를 입에 부어버릴까 진지하게 고민했지만, 생각으로만 그쳤다. 생전 처음 보는 아이가 타고 있는 휠체어를 홍철이 너무나 자연스럽게 밀고 있었기 때문이다.

짜증 나는 마음은 잠시 내려두고서 재경은 홍철에게 물었다.

"같이 온 거야?"

"하하. 맞아. 너무 웃겨. 나랑 같이 왔어."

"웃든지 말하든지 하나만 해."

친한 것 같으면서도 원수 같은 느낌을 풍기는 두 사람을 박하는 어리둥절한 눈으로 바라보았다. 다행히 진심으로 싸우는 것 같지는 않아서 마음이 놓인 박하는 조금 전 일을 떠올렸다.

13층에서 내리자마자 연주의 안색이 급격히 나빠지기 시작했다. 어디를 다녀와야겠다고 다급하게 말하는 연주의 표정은 심각했고, 아픈 사람처럼 창백해 보이기도 했다. 걱정스러운 마음에 박하가 같이 가자고 말했지만 연주는 그럴 수 없다고 말했다. 그렇다고 먼저 내려가는 것도 거절해서, 두 사람은 엘리베이터 앞에서 한참을 서 있었다.

그러던 중에 막 엘리베이터에서 내린 홍철을 만났던 것이다. 사정을 들은 그는 유쾌한 말투로 박하의 산책을 도와주겠다고 말했다. 물론 보안 팀 소속이라는 것도 밝혔다. 처음에 괜찮다고 사양하던 연주는 어떤 문제가 생긴 것인지, 금방 오겠다는 말과 함께 박하를 부탁하고는 먼저 엘리베이터를 타고 내려가 버렸다.

'혼자서도 갈 수 있는데.'

이제 눈앞이 뚜렷이 보일 정도로 시력이 나아졌음에도, 뜻을 굽히지 않은 연주로 인해 벌어진 이 상황이 박하는 조금 당황스러웠다. 게다가 만나자마자 서로 으르렁거리는 두 사람의 대화 방식에 난감하기까지 했다.

"저기, 제가 방해되는 것 같은데 편히 말씀 나누세요. 전 혼자서도 갈 수 있어요."

박하가 배려하자, 오히려 당황한 것은 두 사람이었다.

"쟤는 신경 쓰지 않아도 돼. 야, 커피 가져가."

홍철이 커피가 담긴 캐리어를 흔들며 말하자, 홍철을 흘겨본 재경이 캐리어를 통째로 낚아채며 말했다.

"일단 저기에 가서 앉자."

세 사람은 테이블과 의자가 하나로 이어져 있는 곳으로 자리를 옮겼다. 재경이 능숙하게 접혀 있는 파라솔을 활짝 펼쳤고, 홍철은 휠체어를 옆에 두고 박하와 시선을 맞추었다.

"혼자 앉을 수 있겠어?"

"네, 괜찮아요."

씩씩하게 말한 박하는 자리를 더듬지 않고 의자에 앉았다. 만일을 대비해 두 사람은 박하를 지켜보고 있었고, 그녀가 자리에 앉는 것을 본 후에야 홍철은 박하의 옆에, 재경은 맞은편에 앉았다.

"오빠가 사 온 거 딸기 주스인데, 마실래?"

"아저씨 아니고 오빠?"

"넌 아저씨가 좋으면 그렇게 하든가."

또 싸우려는 기미가 보이자 박하가 재빨리 끼어들었다.

"그럼 오빠는 먹을 게 없잖아요. 전 괜찮아요, 음료수 가져왔어요."

초록색 사각 크로스 백을 메고 있던 박하는 주섬주섬 안에서 알로에 주스를 꺼냈다. 휴대폰 가방보다 조금 더 큰 박하의 가방은 지퍼 세 개로 공간이 나뉘어 있어 두툼하니 내부가 꽤 넓었다.

"오, 준비성이 철저하구나. 오빠랑 아저씨는 여기서 보안 요원으로 근무를 하는 사람이야. 음, 너는……"

세 사람은 아직 통성명도 하지 않은 채였고, 그것에 얼굴이 붉어진 것은 박하였다. 도움을 받기 전에 미리 말했어야 한다고 박하는 생각 했다.

"전 임박하예요. 박하라고 불러주세요!"

당황스러움에 박하가 큰 소리로 자기소개를 하자, 찡그리거나 지친 표정만 짓던 재경의 입가에도 미소가 피어났다. 꽤 귀여워했던, 이웃 집 꼬마가 생각났기 때문이다

"만나서 반가워, 박하야. 오빠 이름은 이홍철이라고 해. 그리고 저기 무뚝뚝한 쟤는 서재경이라고, 딱히 신경 쓰지 않아도 되는 사람이야."

명백히 놀리려는 의도가 담긴 소개였다. 평소 같았으면 짜증을 내 거나, 무시했을 재경은 이상하게도 선글라스에 가려진 박하의 눈이 자꾸만 신경이 쓰였다.

'어려 보이는데 눈을 다친 건가?'

의도치 않게 재경의 시선이 오랜 시간 박하에게 머물렀다.

"왜 애를 뚫어지게 보고 그래? 너 때문에 겁먹었잖아. 사나운 눈 더 치켜뜨지 말고 음료나 마셔라."

아직도 캐리어에 들어 있는 음료를 가리키자, 재경이 무심하게 그 것을 홍철 쪽으로 밀었다.

"이것도 귀찮냐? 알고 보면 네가 나보다 더해."

구시렁대며 홍철은 재경이 먹을 아메리카노를 꺼내 그에게 건네주

었다.

"근데 오빠들은 일 안 해도 괜찮아요?"

"아 그거, 괜찮아. 무슨 일 있으면 연락이 올 거야."

어깨에 달린 무전기를 가리키며 홍철이 가볍게 이야기했으나, 재경은 저 무전기에는 연락이 없어도 아마 둘의 휴대폰에는 무수히 많은 연락이 와 있을 거라고 예상했다. 원래대로라면 재경이 홍철을 뜯어말리고 업무로 복귀했겠지만 오늘은 그도 반항적이었다. 딱히 보안팀에서 일할 사람이 그들만 있는 것도 아니었으니, 괜찮을 거라는 생각도 여유를 부리게 된 것에 한몫했다.

'팀장님한테 좀 깨지기는 하겠지만 해고당하지는 않겠지. 해고할 수 없다는 게 맞겠지만⋯⋯.'

홍철이랑 계속 같이 다녀서 물든 것일까. 재경도 모든 걸 신경 쓰고 싶지 않을 때가 가끔 있었다.

"이런 날씨에는 어디 여행이라도 가야 하는데 말이지. 박하는 가보고 싶은 곳 있어?"

조용한 분위기를 싫어하는 홍철이 물꼬를 텄다. 아직 잘 모르는 박하, 제 이야기를 하는 것을 싫어하는 재경과 이야기하다 보니, 결국 홍철에 대한 정보만 공개되었다. 좋아하는 식당 메뉴나 여행 간 곳의 맛집 같은 소소한 내용들이었다.

신나게 수다를 떨던 홍철이 갑자기 자리에서 일어났다. 두 사람의 고개가 자동으로 위로 향했다.

"담배. 내려가기 전에 한 대 피우고 가야지."

구석에 마련된 흡연 구역으로 향하는 홍철을 잡을 명분이 없었다. 그가 없으니 재경은 무슨 말로 이야기를 시작해야 할지 감을 잡지 못했다. 뭐라도 말해야 한다는 압박감이 들었다.

"홍철 오빠와 재경 오빠는 친구 사이세요?"

절대 인정하고 싶지 않은 질문이었으나 그렇다고 거짓말을 할 수도 없었다.

"맞아. 저 원수랑 친구야."

정말 싫다는 얼굴로 수긍했지만 재경은 차라리 말할 수 있는 게 생겨서 다행이라는 생각도 들었다.

그는 홍철과의 질긴 악연을 이야기해 주는 것으로 대화를 이어나갔다. 둘의 관계가 신기하고도 부러웠던 박하의 반응은 청중으로서 나쁘지 않았다. 의외로 잘 맞아서 두 사람은 편안하게 대화를 이어나갈 수 있었다.

시간이 얼마나 흘렀을까. 해의 위치가 바뀌면서 햇빛이 훨씬 강렬해졌다. 박하는 파라솔이 햇빛을 가리는데도 불구하고 여름과 비슷한 정도의 더위를 느끼고 있었다. 연주의 걱정으로 인해 상대적으로 많은 옷을 껴입고 있었기 때문이다. 심지어 모자를 쓰고 있는 이마에서는 땀이 비 오듯 흐르고 있었다. 시원한 바람을 맞고 싶었던 박하가 결국 모자를 벗어 테이블 위에 올려놓았다.

'해가 등 뒤에 있으니까 괜찮지 않을까?'

동시에 박하는 답답한 선글라스에 손을 얹었다. 나중에 연주가 알게 되면 혼날 것이 분명했지만, 아주 잠깐만이라도 홀가분한 기분을 느끼고 싶었다.

"재경 오빠."

마치 비밀 이야기를 할 것처럼 조용히 자신을 부르는 박하를 재경이 미심쩍게 바라봤다. 초롱초롱한 눈빛이 과거 홍철의 눈빛과 겹쳐 보였고, 순수했던 시절에 홍철의 꼬임에 넘어갔던 일화를 생각나게 했다. 그때 홍철을 받아주지 않았더라면 어떻게 되었을까. 종종 재경은 후회하곤 했다.

눈 사이를 좁히고서 무슨 꿍꿍이냐는 듯이 보는 재경의 시선에 박하는 기가 조금 죽었지만 포기하지 않았다. 오히려 별일 아니라는 투로 박하는 자신의 사정을 설명했다.

"지금부터 선글라스를 벗을 건데요, 놀라지 마세요. 그리고 혹시라도 이렇게 머리를 위로 하나로 묶고 얼굴이 창백한, 하얀 블라우스를 입은 여성이 저에 관해 물어본다면 다 괜찮았다고 말해주세요. 네? 저희 엄마가 걱정이 많으시거든요……."

끝으로 갈수록 목소리가 작아졌지만 박하는 손짓 발짓 섞어가며 하고 싶은 말을 무사히 마쳤다.

"그냥 걱정하실 일을 하지 않는 게 좋아."

재경이 고려 없이 단박에 거절하자, 박하의 어깨가 눈에 띄게 축 처졌다. 그러곤 말이 없어졌다. 그 침묵을 재경은 견딜 수 없었고, 제발 도와달라고 간절한 눈망울로 저를 쳐다보았던 꼬맹이 홍철과 박하가 또다시 겹쳐 보였다.

"저 녀석이 돌아오기 전까지라면……."

"그 정도면 충분해요! 진짜 답답했어요! 와, 마치 흰고래가 헤엄치고 있는 바다 같아요. 무척 맑고 아름다운 날씨예요."

순간, 박하는 보이는 것에 푹 빠지고 말았다. 수술 직후에는 행복한 상상이 떠오르지 않을 정도로 극심한 고통을 느꼈지만 이제는 아프지 않았다. 의사 선생님도 징후가 좋다고 했고, 낫는 속도가 평균보다 빠른 것 같다고 격려도 해주셨다.

앞으로 실컷 볼 수 있게 된 풍경이지만 박하는 눈을 깜박이는 시간조차 아깝다고 생각했다. 남들에게는 별것 아닌 장소일지라도 그녀의 눈에는 그림 같은 장소였다. 마치 숲속에 마련된 캠핑장에 온 것 같은 기분마저 들었다. 좀 과장되기는 해도 지금 박하는 하늘 위에 떠 있는 것 같았다.

"네 눈……."

정면에서 박하의 눈을 본 재경이 놀란 표정을 지은 건 그때였다. 박하는 조금 쑥스럽기도 하고 두렵기도 한 감정을 느꼈다. 그와 눈을 마주치지 않도록 시선을 아래로 내린 박하가 말했다.

"어렸을 때 사고를 당해서 시력을 잃었어요. 그래도 운 좋게 기증자가 나타나서 각막 이식을 받았지만, 아직 나흘째라 붉은 기가 안 빠져서……. 보기 흉하죠?"

"기증자가 나타났다고? 언제?"

"아마 5일 전인가? 그랬던 거 같아요."

심각한 사건이라도 벌어진 것처럼 무서운 표정을 짓는 재경 때문에, 박하는 우울했던 감정이 사라지며 얼떨떨해졌다. 그동안 재경처럼 반응한 경우는 한 번도 없었기 때문이다. 재경이 드러낸 감정은 동정, 축하도 아니고 질투는 더더욱 아니었다.

"오빠?"

"미안. 잠깐 생각 좀 하느라. 저 녀석 온다. 얼른 선글라스 쓰고, 웬만해서는 병원 안에서도 잘 쓰고 있어. 알았지?"

"네, 근데 왜 그렇게 놀라신 거예요? 무슨 이유라도 있나요?"

"별로 이유랄 것도 없어. 그냥 내가 예민하게 반응한 거야. 각막 이식을 받은 눈동자는 처음 봐서. 그게 다야."

"진짜요?"

"그래. 여하튼 덧나지 않으려면 안약 잘 넣고. 직사광선은 위험하니까 모자든 선글라스든 꼭 쓰고 다녀."

몇 번이고 박하에게 다짐을 받아내면서도 재경은 그녀가 한 질문에는 정확히 대답해 주지 않았다. 노골적으로 피하는 태도에 박하의 의심은 더 커졌으나, 자세히 물어보기도 전에 홍철이 오는 바람에 이야기를 이어갈 수 없었다.

"무슨 얘기 중이었어?"

"아무것도 아니야. 이제 내려가자. 늦었어."

홍철이 도착하기가 무섭게 자리에서 일어난 재경이 휠체어의 위치를 박하가 타기 쉽도록 바꿔 주었다. 감사 인사를 전한 박하가 어렵지 않게 휠체어에 타자, 탈취제로 담배 냄새를 어느 정도 없애고 온 홍철이 자연스럽게 손잡이를 잡았다.

"연락 많이 왔냐?"

홍철이 천천히 휠체어를 밀면서, 재경에게만 들리게끔 낮은 목소리로 속삭였다.

"네가 예상하는 것 이상이라고만 말해줄게."

"윽."

"그러니 팀장님이 뭐 하다 왔냐고 물어보면 도움이 필요한 환자 좀 도와주고, 공원에서 담배 피웠다고만 이야기해. 박하 이야기는 하지 말고."

"나 없을 때 꽤 친해졌나 봐?"

그게 아니고서야 이런 이야기를 먼저 할 재경이 아니었다.

"불만 있어? 내가 말 안 해도 네가 그러자고 할 거였잖아. 아니야?"

맞는 말인데 이 찜찜함은 무엇일까. 겨우 이야기를 나눈 것 가지고 예민하게 군다고 생각할 수도 있었지만 이 병원은 좀…… 그러니까, 일반적이지 않은 느낌이 들었다. 하지만 불합리한 곳이었다면 재경이 가만히 있었을 리가 없다. 홍철은 그를 빤히 쳐다보던 시선을 거두었다.

"저 때문에 혼나시는 거 아니에요?"

목소리를 줄였다곤 하지만 귀가 밝은 박하에게는 잘 들렸다. 그녀는 자신 때문에 그들이 공원에 너무 오래 머문 건 아닌지 걱정되었다.

"너 아니었어도 공원에서 쉬다 갈 생각이었어."

"오랜만에 옳은 소리 하네. 걱정하지 마. 원래 직장인은 직장 상사한테 깨지는 게 흔한 일이니까."

홍철의 태평한 말에 재경의 눈이 세모꼴로 변했다.

"그게 애한테 할 소리야? 넌 절대 그러지 마라. 주위 사람들만 피곤해져."

"하하하. 네, 그럴게요."

이제 막 알게 된 사이지만 재경은 평소 낯가리는 게 사라진 모양인지 박하에게는 친근하게 굴고 있었다. 그한테는 잔소리가 친근함의 표현이었으니까. 그게 홍철은 낯설면서도 나쁘지 않다고 생각했다.

'둘이 많이 친해졌나 보네. 가끔 박하를 만나러 당당히 땡땡이치고 와도 되겠어.'

속으로 재경이 펄쩍 뛸 만한 생각을 하는 동안 엘리베이터가 도착했다. 느긋하게 아무도 없는 엘리베이터에 탄 홍철이 자연스럽게 10층 버튼을 눌렀다. 공원에 머문 지도 벌써 30분이 지나 있었고, 박하를 혼자 두고 갈 수는 없었던 홍철은 직접 그녀를 병실에 데려다주기로 했다. 웬일로 중간에 서는 일 없이 엘리베이터는 쭉 내려가 10층에서 멈췄다. 재경은 아무나 병실에 들어갈 수 없도록 설치된 출입증 리더기 앞으로 박하를 데리고 가는 홍철을 향해 소리쳤다.

"농땡이 피우지 말고 바로 와!"

"알았다고!"

확답을 받아내고서야 재경은 열림 버튼을 누르고 있던 손을 떼고는, 휴게실이 있는 지하 2층 버튼을 눌렀다.

"미치겠네."

벽에 등을 기댄 재경은 무거운 공기가 자신의 어깨를 짓누르고 있는 것만 같았다. 자신이 본 것이 사실이라면, 감당하기에는 너무 벅찬 것이었다. 지금도 재경뿐만 아니라 많은 사람들이, 루템이 내세운 거짓된 말을 믿고 족쇄를 차고 있었다. 진실을 깨달은 후에는 이미 늦었다. 그걸 알면서도 박하를 어둡고 기괴한 곳으로 밀어 넣을 수는 없었다. 그건 옳지 않았다.

'어쩌면 내가 착각한 걸지도 몰라.'

그렇게 믿고 싶었다. 재경은 평범하지 않은 자신의 눈에도 이질적으로 보였던 박하의 눈을 떠올리며 혼란스러움에 입술을 잘근잘근 씹었다.

"그건 말이 되지 않아. 걔는 빼앗기지 않았어. 아직은……. 아니면?"

띵. 엘리베이터가 5층에서 열리자 많은 사람들이 타기 시작했다. 재경은 구석으로 몸을 더 밀어 넣으며, 사람들을 보지 않기 위해 시선을 한 곳에 고정했다.

"어머!"

"아."

"죄송해요. 괜찮으세요? 엄마가 음료는 나중에 마시라고 했지!"

재경은 자신의 바지가 짙게 물든 것을 내려다보며, 어색하지만 미소를 지어 보이려고 노력했다.

"괜찮습니다."

"어휴, 하필 색깔이……. 얼른 닦지 않으면 색이 잘 안 빠질 텐데 정말 죄송해요. 얼마 되진 않지만 세탁비에 보태 쓰세요. 혹시 모자라시면 여기로 연락을……."

"아니요, 정말 괜찮습니다. 잠시만요, 내립니다."

계속 사과하는 아이의 엄마를 피해, 재경은 그녀가 잡을 시간도 주지 않고 1층에서 내렸다. 젖은 바지를 내려다보는 재경의 표정에는 색이 없었다. 어떤 감정도 담겨 있지 않아 담담해 보일 정도였다. 가까운 화장실로 들어간 재경은 세면대에 물을 틀고서 기계적으로 바지를 닦아냈다. 다리 부근이 불쾌하게 축축해지며 얼룩의 크기는 점점 커져만 갔다.

그는 물을 잠근 후 자신의 바지를 한참 응시했다.

"이 바지는 버려야겠어."

얼음처럼 차가운 음성이었다. 재경은 미련 없이 화장실을 빠져나왔다. 그의 눈으로는 아이가 쏟은 음료가 무슨 색인지, 빨래한다고 해도 그 색이 빠졌는지 아닌지 확인할 방법이 없었다. 재경의 세상은 그때 이후로 언제나 색이 존재하지 않았기 때문이다.

"역시 걔는 모르는 게 나아."

스쳐 지나가는 사람들을 보며 재경은 자조적으로 중얼거렸다. 부디 아이가 그들에게 들키지 않기를 바랐다. 그가 해줄 수 있는 것은 박하에게 경각심을 줘서 선글라스를 벗지 않도록, 병원에 있는 동안에는 그 눈을 감추도록 경고하는 것뿐이었다.

✦

두 사람의 일탈은 운형에게 들키지 않았지만 홍철의 경우에는 전적이 있었기에 재경보다도 살벌한 눈빛 공격을 받아야 했다. 그래도 두 사람은 박하에 대해서는 끝까지 말하지 않았다.

"가봐."

재경과 달리 겨우 운형에게서 벗어난 홍철은 식당에서 돈가스 정식으로 든든하게 배를 채우고 지하 3층으로 향했다. 운형의 눈빛에 얼마나 시달렸는지, 그는 심신이 지쳐 집에 가고 싶은 마음이 굴뚝같았다.

"하, 내일이 월요일이면 좋겠다. 집에 가서 하루 종일 뒹굴거리고 싶어."

그나마 다행이라면 운형이 재경을 붙잡는 바람에 드디어 혼자가 되었다는 것이다.

"둘이서 무슨 대화를 하려는 걸까?"

옛날에는 소외감이 들었지만 지금은 전혀 아니었다. 오히려 홍철은 운형이 자신에게 관심을 두지 않는 지금이 더 좋았다. 운형과 단둘이 이야기를 할 때는 항상 대놓고 혼나거나 홍철의 잘못을 파고들며 잘잘못을 따질 때뿐이었기에 더 그랬다.

하지만 다른 이들은 달랐다. 운형과 대화를 나눈 후에 출장을 가거나, 갑자기 야간 근무를 다른 사람과 바꾸고 사라지곤 했다. 어떤 일을 하는지는 알 수 없었다. 자신과는 업무상 대화를 나누지 않는 팀원들로 인해 홍철은 초반에는 그들이 텃세를 부린다고 오해했고 사춘기 청소년처럼 제멋대로 굴었다. 그 결과 홍철은 운형과 한 달 동안 무려 열아홉 번의 면담을 해야 했다.

해고 직전까지 갈 정도로 멍청하게 굴던 태도를 바꾼 이유는 팀원들이 그때 적극적으로 나서서 홍철을 감싸주었기 때문이다. 운형은 탐탁지 않은 표정을 지었으나 그의 해고를 유보했다. 그 후로 홍철은 탁 터놓고 동료들과 대화를 나눴고, 동료들이 자신들이 맡은 일에 대해 철저하게 비밀을 유지한 것뿐이라는 사실을 알게 되었다. 같은 팀이지만, 그들에게는 그게 당연한 것이었다.

"개인주의인지 방치인지 알 수가 없네. 팀원들도 그래, 어떤 때 보면 잘 맞는 것 같다가도 또 어떤 경우에는 영 알 수가 없으니……. 내가 예민한 건가? 누구한테 물어볼 수도 없고."

간질간질. 진실과 연결된 실 하나가 때때로 홍철의 코를 간질였으나 뚜렷하게 눈앞에 나타나지 않아 답답했다.

"모르겠다. 얼른 이거나 끝내고 돌아가야지."

단서도 없고 조력자도 없는데, 혼자서 백날 고민해 봐야 답이 나올 리가 없었다. 지루한 표정으로 창고로 향하는 홍철의 손에는 손전등 하나가 들려 있었다. 그는 손전등 끝에 달린 끈을 잡고 빙빙 돌리며 복도를 걸어갔다.

"매번 고쳐달라고 말하는 것도 지겹다. 지겨워."

오늘은 문을 열자마자 형광등이 깜박거리기 시작했다. 금방이라도 정전이 될 것처럼 위태로워 보였다.

"볼 것도 없는데 왜 자꾸 가라고 하는 건지. 하암."

최근 들어 잠을 푹 자지 못하다 보니 피곤했다. 연달아 하품을 하던 홍철은 항상 서는 곳으로 이동했다. 구석진 곳에 도달하자마자 휴대폰을 꺼내든 홍철은 순간적으로 어제 찍은 사진을 제출할까 하는 유혹에 사로잡힐 뻔했지만, 무표정하게 자신을 내려다보는 운형의 무서운 얼굴이 떠올라 그 생각을 바로 머릿속에서 지워버렸다.

"대충 찍어야지."

성의 없이 휴대폰 화면을 보지도 않고 사진을 찍던 홍철의 눈에 이상한 것이 보인 것은 그때였다.

"내가 잘못 봤나?"

깜빡. 깜빡. 고장 난 형광등이 꺼졌다가 켜질 때마다 창고 안 풍경이 바뀌고 있었다. 자기가 잘못 본 거라고 생각한 홍철은 손등으로 눈을 거칠게 몇 번 비비고는 눈에 힘을 줘 감았다가 떴다. 혹시나 착각한 것은 아닐까 의심하고 있을 때, 갑작스럽게 불이 완전히 꺼져버렸다.

"왁! 깜짝이야. 내가 이럴 줄 알았어. 어쩐지 손전등을 가져오고 싶더라니!"

홍철은 긴장하고 있던 바람에 화들짝 놀란 게 부끄러웠다. 괜히 손전등을 탈탈 털며 투덜거린 그는 긴장이 풀리자 몸을 부르르 떨었다. 오늘따라 꺼림칙한 느낌에 챙겨온 LED 전구가 박힌 손전등을 켜자, 불빛이 넓게 퍼지며 창고 안을 환하게 밝혀주었다. 아까 보았던 것이 무엇이었을까. 마치 바닥에 커다란 계란이라도 박혀 있는 것처럼 보였었다.

홍철은 손전등을 이리저리 움직여 이상한 것은 없는지 살폈다.

"아, 제발. 이러지 마라. 응?"

멀쩡하던 손전등도 깜박거리기 시작하자 홍철은 등줄기에서 식은 땀이 흘렀다. 우연으로 치부할 수가 없었기 때문이다. 그는 창고에 오기 전에 비품 상자에서 누가 봐도 새것인 손전등을 꺼내 왔다. 게다가 편의점에 들러서 건전지도 새로 갈아 끼우고 왔기 때문에 이토록 빨리 작동이 안 될 수는 없었다.

그 사실을 기억해 내자 솜털이 쭈뼛하고 곤두섰다. 뭔가 있는 게 분명했다. 하지만 발걸음이 쉬이 떨어지지 않았다. 홍철은 자신이 겁먹었다는 것을 인정했다. 영화 속에서만 보던 귀신이라도 나타난다면 뭐, 조금은 무서울 수도 있겠지만 이건 그런 게 아니었다. 그의 감각이 그렇게 말하고 있었다.

홍철은 손전등을 움직여 다른 곳을 확인하고 싶었지만 혹시나 다른 것이 나타날까 봐 움직일 수 없었다.

"하하. 자꾸만 헛것이 보이네?"

웃음으로 넘어가려 했지만 실패했다. 뻗어나간 불빛의 끝자락에서 거뭇한 무언가가 보였다.

분명히 그것은 처음에 분명 바닥에 박혀 있었다. 착각이 아니었다. 땅에 파묻힌 머리는 테니스공처럼 둥글었고 표면은 울퉁불퉁했다. 정확한 크기는 알 수 없었지만 절대, 테니스공이나 돌멩이일 리는 없다고 홍철은 확신했다. 그것은 마치 자라나는 생명체처럼 서서히 위로 올라오고 있었고 신비롭기보다는 기괴했다. 몇 번의 어둠을 겪은 후, 홍철은 깨달았다. 그것은 손전등의 빛이 강하면 신기루처럼 사라졌다가, 어둠이 찾아온 순간 마법처럼 나타나 위로 솟아오르고 있었다.

생전 처음 겪는 광경에 멍하니 입을 벌리고 있던 그는 천천히 고인 침을 삼키며 생각했다.

'여기서 벗어나야 해.'

소리 없는 경보음이 머릿속에서 웽웽 울려댔다. 홍철은 직감적으로 이곳이 위험하다는 판단을 내렸다. 그것이 눈이 있는지 없는지 알 수 없었기 때문에 그는 최대한 조심히 움직이며, 소리를 내지 않기 위해 노력했다. 손전등의 빛을 한 곳에 고정하기 위해서 홍철의 시선 또한 그것에만 묶여 있었기 때문에 속도는 느릴 수밖에 없었다.

그것은 계속 한자리에만 머무르고 있었으나, 움직이지 않으리라는 보장이 없었기에 홍철은 안심할 수도 없었다. 한 걸음씩, 홍철은 게처럼 옆으로 걸어 움직였다. 무사히 문에 도달한 홍철은 뒤로 손을 뻗어 손잡이를 잡기 위해 더듬거렸다. 그는 여기서 한시라도 빨리 벗어나고 싶었다. 심장 소리가 귓가에서 쿵쿵 크게 울리며 홍철을 재촉했다. 덜컹. 동그란 손잡이를 잡아 돌린 홍철은 심장이 멈출 뻔했다. 문이 잠겨 있었다.

"미친! 이봐! 누구, 밖에 없어?"

참을 수 없었던 홍철은 소리를 크게 내질렀다. 이런 장난질을 친 게 누구든 걸리기만 하면 병원 신세를 지게 할 거라고 이를 갈았다. 하지만 아무도 없는 듯 인기척은 느껴지지 않았다. 홍철은 그대로 이곳에 갇히고 말았다.

고의로 누군가가 문을 잠근 게 분명했다. 들어올 때는 비밀번호를 입력해도 나갈 때는 그냥 나갈 수 있다는 것이, 이 보안 출입문의 편한 점이었기 때문이다. 게다가 이제는 쓰지 않는 온갖 잡동사니들만 모아둔 창고였기 때문에 홍철이 업무를 볼 동안에는 단 한 번도 문이 잠겼던 적이 없었다.

"씨발……. 누군지 잡히기만 해봐라. 그건 너도 마찬가지야! 거기서 움직이지 마, 가만 안 둔다!"

호기롭게 외친 것치고 목소리에 힘이라곤 없었다. 알 수 없는 일들에 홍철은 극도의 공포감을 느꼈지만 침착해야 살 수 있다는 걸 계속해서 스스로 되뇌었다. 그는 문을 열고 나갈 방법을 찾기 위해 머리를 굴렸다. 눈에 보이는 것을 무시하는 것은 생각보다 훨씬 어려웠다.

'뭐야. 나한테 무슨 일이 벌어지고 있는 거야. 뭐냐고 대체……'

지금 상태에서 냉정함을 유지하지 못한다면 어떤 결말로 이어질지 어렴풋하게 예상할 수 있었다. 분명한 것은 자신이 함정에 빠졌다는 것이다. 항상 열려 있던 문이 갑자기 잠겼고, 하필이면 그런 날에 이상한 무언가가 보이기 시작했다는 건 우연으로 치부할 수 없었다. 그것은 잘 만들어진 인형이나 누군가가 버리고 간 쓰레기 같은 것이 절대 아니었다.

분명히 이 문을 잠근 사람은 여기서 무슨 일이 벌어질지 알고 있었을 것이다. 홍철은 여기서 빠져나가지 못하면 죽을지도 모른다는 강렬한 예감이 들었다.

"미치겠네. 젠장!"

철로 된 문을 발로 차보고 흔들어도 봤으나, 미동도 없었다. 조금 밀리다가 막히는 거로 봐서는 문을 뭔가로 막아둔 모양이었다. 순간 뒷덜미에 털이 곤두서는 느낌이 들었다.

홍철은 행동을 멈추곤 재빨리 뒤를 돌아보았다. 아무것도 보이지 않았다. 홍철은 굳게 닫힌 문을 보고 다시 손전등이 비추고 있는 땅을 번갈아 바라보았다.

"후, 이젠 나도 모르겠다. 될 대로 되라지."

주변을 두리번거리던 그는 근처에 떨어져 있던 쇠 파이프 하나를 움켜쥐었다. 그러고선 가까스로 불빛을 내고 있던 손전등을 꺼버렸다. 어둠. 자신의 숨소리만 들리는 조용한 공간 속에서 홍철은 소리에 온 신경을 집중했다.

쿵쾅쿵쾅. 요란스럽게 뛰어대는 심장 소리가 그의 집중을 자꾸만 방해했다. 뭔가 튀어나와 자신을 해칠지도 모른다는 상상에 견디기가 힘들었다. 당장이라도 손전등을 켜고 싶어 손이 움찔거렸다.

홍철은 여기가 지하라는 것을 상기했다. 아침이 온다고 해도 이곳에는 빛 한 점 들어오지 않을 것이다. 만약 손전등마저 작동을 멈춘다면 무방비 상태가 될 것이기에 건전지를 아끼는 게 현명한 선택일 거라고 생각했다. 적어도 위험한 순간 손전등을 한두 번 정도는 사용할 수 있을 것이다.

"제길. 이걸로 가능할까?"

무언가가 진짜 돌로 이루어져 있다면 쇠 파이프로 저항해 봤자 자신의 손만 찢어질 것이다. 하지만 마땅한 무기가 없었다. 홍철에게 주어진 것은 단지 이것뿐이었다. 그때였다. 흐릿한 존재가 움직이는 것이 보이기 시작했다. 불과 1~2분 정도밖에는 지나지 않았을 그 짧은 시간 동안 그것의 크기는 홍철과 엇비슷하게 커져 있었다. 곧이어 그것의 매끄럽지 않은 표면이 일렁이기 시작했다.

'위험해! 뭔가 하려는 거야.'

머리카락이 쭈뼛 섰다. 그것의 꼭대기가 쩍, 갈라지는 소리가 들렸을 때, 홍철은 살기 위해 문을 마구잡이로 흔들 수밖에 없었다.

"열어! 밖에 누구 없어요? 씨……. 누구 없냐고! 제발, 제발 좀 열려라!"

쇠 파이프로 내려쳐도 보고, 약간의 거리를 두고 달려가 부딪쳐 보기도 했지만 문은 덜컹거리기만 할 뿐 꿈쩍도 하지 않았다.

스스스.

작은 틈으로 공기가 빠져나가는 것 같은 소리가 들렸다. 문을 열려고 노력하던 홍철은 몸이 굳었다. 등은 식은땀으로 축축했고 몸은 드릴이라도 된 것처럼 떨렸다. 이를 악문 그가 천천히 고개를 뒤로 돌렸다.

"……!"

가방의 지퍼가 열리듯 그것은 위에서부터 천천히 갈라지고 있었다. 정확히 반으로 갈라지고 있는 안쪽에서 스스스 하는 소리가 나고 있었다. 언뜻, 홍철은 그 안에서 뭔가 움직이는 것을 본 것 같았다.

본능적으로 홍철은 저것이 아직 다 열리지 않았을 때 달려들어 공격해야 한다는 생각이 들었지만, 공포심에 몸이 움직여지지 않았다. 다행히도 그 속도는 매우 느렸다. 처음에는 손바닥 하나 크기 정도의 작은 틈만 벌어져 있었다. 하지만 어느새 삼 분의 일 정도가 벌어지자, 칼로 쪼갠 수박을 손으로 벌린 것처럼 순식간에 그것이 양옆으로 쩍 벌어졌다.

스윽 스윽.

확실했다. 그것의 안쪽에서 무언가가 움직이고 있었다. 넓게 퍼지듯이 어둠 속에서 꿈틀거리며 자신의 영역을 확장해 나가고 있었다. 문에 바짝 붙은 채, 홍철은 피할 수 없음을 직감했다.

'내가 여기서 살아 나갈 수 있을까?'

쇠 파이프를 쥔 손아귀에 땀이 가득했다. 홍철은 무기를 쥔 손에 더욱 힘을 주며 이를 악물었다. 웬만한 병실 서너 개는 합친 것처럼 넓은 창고에는 중앙을 제외한 벽 쪽에만 물건들이 쌓여 있었다. 마치 창고처럼 보이기 위한 눈속임인 듯 허술했다. 좀 더 의심했어야 했을까. 후회해도 이미 늦었다. 홍철은 자신을 이곳으로 보낸 운형에게 화가 치밀었다.

"씨발. 팀장 이 개새끼."

매일 같은 시각에 사진을 찍으라고 한 사람은 팀장인 운형이었고, 눈앞의 존재를 그는 알고 있을 거라고 생각하니 울화가 치밀었다. 대체 왜 병원 지하에 이딴 괴물이 있는 걸까. 홍철은 이 상황이 어쩌면 다 계획된 것일지도 모른다는 끔찍한 생각이 들었다.

'재경과 찬열이 형도 알고 있었을까?'

자신과 친한 이들이라 의심하고 싶지는 않았지만, 한 가지만은 분명했다. 자신이 속한 집단이 일반적인 보안 업체는 아니라는 것. 친한 이들까지도 자신을 속인 게 아니길 바라면서도 홍철은 씁쓸함을 감출 수가 없었다.

홍철이 추리하는 도중에도 그것은 계속 다가오고 있었다. 견디다 못한 그가 손전등을 켜 앞을 비추자, 아무것도 보이지 않았다. 하지만 홍철이 인식해 버린 괴물이 내는 소리마저 감추지는 못했다. 그리고 냄새. 화재 현장에서나 날 법한 매캐한 냄새가 점점 짙어지고 있었다. 창고 내부에는 탈 만한 것이 없었고, 작은 불씨조차도 보이지 않았다. 화재 경보기는 묵묵히 침묵했고, 천장에 설치된 스피커 또한 그냥 동그란 장식이나 마찬가지였다.

숨 막힐 듯한 대치가 이어졌다. 아마 그것은 손전등이 꺼지는 순간, 다시 자신을 덮칠 것이다. 홍철은 생명줄 같은 손전등을 쥐고서 머리를 굴렸다. 어떻게 해야 여기를 빠져나갈 수 있을까.

지이잉. 지이잉.

"헉! 까, 깜짝 놀랐네."

시끄럽게 울려대는 휴대폰을 꺼내 들며 홍철은 머리를 쥐어뜯고 싶었다. 문이 잠겼다는 걸 안 순간 바로 도와달라고 전화를 걸었어야 했다. 아무리 놀랐다고 해도 가장 편한 방법을 두고 고민하고 있었다는 게 바보같이 느껴졌다.

- 야! 너 지금 어디야? 아직도 거기에 있는 건 아니지?

서둘러 통화 버튼을 누른 홍철은 받자마자 꽥 소리 지르는 재경의 목소리에 귓가가 징 하고 울렸다.

"여, 여기 창고 맞아! 나 창고에 있어! 먼저 전화해 줘서 고마워, 재경아. 진심이야!"

- 됐고, 빨리 거기서 나와!

"누군 여기 있고 싶어서 있는 줄 알아? 나도 그러고 싶어! 근데 어떤 새끼가 장난친 건지 문이 잠겨 있다고! 손전등도 고장난 것 같고……. 재경아 네가 좀 와주라. 진짜 위험한 것 같아서 그래. 하아, 씨발."

- 지금, 절단기 가지고 내려가고 있어. 넌 하기 싫다고 징징댔으면서 거길 왜 자꾸 내려가?

뛰어오고 있는 게 분명한 헐떡거리는 목소리로 재경이 버럭 짜증을 냈다.

그는 홍철이 지금 어떤 상황에 처해 있는지 알고 있는 것 같았다. 전화기 너머로 계단을 빠르게 내려오는 소리가 들렸다. 움직이는 것도 뛰는 것도 싫어하는 녀석이라는 걸 알기에 홍철은 고마웠으나, 한편으로 초조한 마음이 드는 건 어쩔 수 없었다.

누군가가 바늘로 찔러보는 것처럼 목 뒤가 찌릿했다. 홍철의 시선이 아까보다 흐려진 손전등 불빛을 따라 안으로 움직였다. 홍철은 가까스로 입을 움직일 수 있었다.

"재경아, 너 오고 있는 거 맞지?"

- 거의 다 와가. 아무 일 없지?

"아니, 근데 재경아 여기 뭔가가 있는 것 같아."

떨리는 목소리로 홍철이 말했다. 원리는 알 수 없으나 그것은 빛이 있을 때 완전히 사라지는 것도, 빛을 무서워하는 것도 아닌 것 같았다. 점점 가까워지는 거리에, 홍철은 휴대폰을 꽉 잡고서 소리쳤다.

"저, 저거…… 다가오고 있어! 나한테 다가오고 있다니까? 너 오고 있는 거지? 무슨 상황인지 모르겠는데, 나 이런 상황 영화에서 많이 봤거든? 나 위험한 거지, 그렇지?"

거친 숨소리 뒤로 문이 열리는 소리가 들렸다.

- 지금 지하 3층 도착했어! 금방 가! 금방 도착하니까……. 촉수, 아니 줄기에 닿지 않게 조심해!

"하하하. 내가 잘못 들었나? 줄기라니 무슨 줄기? 야! 서재경!"

대답은 없었지만 그 위험한 것이 하나가 아니라는 말을 들은 것과 다름없었다. 내부를 살피는 홍철의 눈동자가 심하게 흔들렸다. 어쩌다 꾸는 악몽과는 달랐다. 아무도 오지 않는 지하에 이토록 생생한 VR 체험관이 생겼을 리도 없었다. 지금 눈앞에서 벌어지는 일들은 실제 상황이었다.

쾅!

누군가가 문을 걷어차는 소리에 깜짝 놀란 홍철은 하마터면 귀중한 손전등을 떨어뜨릴 뻔했다.

"뭐, 뭐야? 재경이 너야?"

"어, 그러니까 조금만 버텨봐."

철컹. 끼이익.

쇠로 된 사슬끼리 부딪치는 소리, 단단한 철을 끊어내며 녹슨 절단 기에서 나는 소음, 젖 먹던 힘까지 끌어다 쓰고 있는 재경의 신음이 연달아 들려왔다.

홍철은 잘 되고 있는 건지 물어보고 싶었으나, 이내 입을 다물었다. 어둡고 막혀 있는 공간에서 미지의 존재와 함께 있다는 생각만으로 그의 사고는 이미 마비되어 버렸기 때문이다. 이대로 가면 정말로 미쳐버리는 게 아닐까 싶었다.

꼴사납게 눈물이 터지려는 그때, 사슬이 끊어지며 아래로 흘러내리는 소리가 들렸다. 이제 곧 문이 열린다는 생각에 안도하고 있는데 홍철의 소중한 손전등이 예고도 없이 확 꺼져버렸다. 그는 본능적으로 상체를 숙이고 바닥에 쭈그려 앉았다. 망치로 철문을 내려치는 것처럼 큰 소리가 요란하게 들리는 것과 동시에, 보이지 않는 힘이 문을 우그러뜨렸다. 고개만 돌려 뒤를 확인하자 움푹하게 파인 자국들이 여러 개 보였다. 휘익. 바람 소리를 들은 홍철이 급하게 피하려다가 그만, 발이 미끄러져 뒤로 넘어지고 말았다.

'아무것도 못 해보고 이렇게 죽는다고? 정체도 모를 녀석한테 잡혀서?'

홍철은 왜 하필 자신에게 이런 일이 일어난 건지 억울해서 눈에 고인 눈물을 거칠게 닦아내고는 허공을 노려보았다.

"엿이나 먹으라고 해."

넘어진 상태에서 홍철은 손에 쥐고 있던 쇠 파이프를 마구잡이로 휘둘렀다.

"윽! 뭐야!"

그때, 쇠 파이프 일부가 잡혀 찌그러지는 것과 동시에 강력한 힘으로 잡아당겨지기 시작했다. 홍철은 쇠 파이프를 놓치지 않기 위해 힘을 줬으나, 지탱할 것이 없었기 때문에 속수무책으로 끌려갈 수밖에 없었다.

"그걸 놔! 이 멍청아!"

환한 빛에 눈을 찌푸릴 새도 없이 홍철은 재경의 외침대로 잡고 있던 쇠 파이프를 놓았다.

캉. 카캉.

쇠 파이프가 바닥에 튕기며 안쪽으로 끌려가다가 사라졌다.

"정신 줄 놓지 마. 죽고 싶지 않으면."

홍철의 팔을 잡아 일으키며 재경이 말했다. 그는 일어선 홍철을 문쪽으로 거칠게 밀면서도 뒤를 확인했다. 홍철과 다르게 재경은 어둠의 방해를 받지 않는 것처럼 허둥대지도, 눈에 잔뜩 힘을 주지도 않았다. 한 지점을 똑바로 응시하는 재경의 얼굴에는 긴장감이 서려 있었다. 별안간 그의 눈이 크게 뜨이며 넋이 나간 채 서 있는 홍철을 옆으로 끌어당겼고, 그 자리에는 새로운 흔적이 생겨났다.

"달려!"

재경의 신호에 홍철은 밖으로 뛰쳐나가, 뒤도 안 돌아보고 뛰었다.

한참이 지나고서야 자리에서 멈춰 선 그는 참았던 숨을 터트리며 가슴을 쓸어내렸다. 고맙다고 말하려고 고개를 돌린 홍철은 그것의 동태를 살피듯이 재경이 뒤를 보며 나오는 것을 보고는 미간을 좁혔다.

"야, 넌 저게 보이는 거지?"

의심이 담긴 목소리에 재경은 쓰게 웃었다. 문에서 시선을 뗀 그는 홍철에게 대답해 주기 전에, 복도 위에 켜진 조명의 상태를 먼저 확인했다. 아직은 괜찮을 것 같았다. 적어도 이 빛이 사라지기 전까지는 안전했다.

"야, 서재경."

"보채지 마, 이야기해 줄 테니까. 따라와."

그렇게 말하며 재경은 홍철을 무심히 지나쳐 걸어갔다.

그는 익숙해진 흑백 세상을 바라보며 홍철에게 해줄 말을 머릿속으로 정리했다. 아마 쉽게 믿지는 못할 것이다. 그 또한 자신이 미쳤다고 생각했었기 때문이다.

그날 이후로, 재경은 남들과 다르게 불타오르는 태양을 똑바로 바라보는 게 어렵지 않았다. 무언가를 바라보고 아름답다는 수식어를 사용하는 것은 그에게는 어색한 일이 되어버렸고 사람들이 입은 옷들의 색조차도 알 수 없었다. 재경에게 세상은 흑백으로만 표현이 가능한 '이(異) 세계'였다.

3

그 일이 일어난 건 약 두 달 전이었다. 사람들이 유례없는 별똥별 쇼에 대한 이야기꽃을 피우고 있을 때, 재경은 어느 VIP 병실에서 죽어가는 얼굴로 앉아 있었다.

"오늘 하늘에서 유성이 많이 떨어진대요. 저 원래 그런 거 안 믿는 거 아시죠? 그런데 이번에는 소원을 빌어보려고요. 혹시 알아요? 아버지가 눈을 뜨실지……."

침대에 고개를 묻은 재경은 오랫동안 음식 섭취를 직접 하지 못해서 뼈만 남은 정국의 손을 살포시 잡았다. 옆으로 고개를 돌려서, 야속하게 계속 잠만 자는 정국을 보다가 재경은 눈을 감았다.

"저 안 보고 싶으세요? 언제 일어나실 거예요."

정국의 체온을 한참을 느끼던 재경이 저녁 아르바이트를 위해 자리에서 일어나며 그에게 말을 걸었다.

"알아요. 그래도 펑펑 쓰기만 하면 아버지랑 저랑 나중에 쫄쫄 굶어야 할지도 모르잖아요. 어차피 하루 종일 할 것도 없고……. 저녁에 아르바이트하는 거 싫어하셨는데, 죄송해요. 다녀올게요."

대답 없는 정국을 보며 재경은 옅은 미소를 지었다.

어느새 아버지가 의식을 잃으시고 8년이란 세월이 흘렀다. 재경은 대학교를 진학하지 않았고, 아르바이트를 하며 정국을 돌보고 있었다. 그는 누군가를 믿지 못했다. 정국이 식물인간이 된 이유가 가장 친하다고 생각했던 친우에 의해서였기 때문이다.

남들은 사고라고 했지만 재경은 믿지 않았다. 정국이 없어질 경우 가장 이득을 보는 사람이 '그 남자'였으니까. 미안하다며 우는 남자를 보면서도 재경은 아무런 말도 할 수 없었다. 남자는 정국이 가장 좋은 병실에서 치료받을 수 있도록 했고, 재경에게 평생 놀고먹어도 될 정도의 돈을 주었다.

거절하려는 재경에게 남자가 말했었다.

'너희 아버지 몫이야.'

그 말에 재경은 괴로운 마음으로 원망스러운 남자가 주는 돈을 받았다. 정국이 얼마나 힘들게 기업을 세우고, 그 자리까지 도달했는지 옆에서 전부 지켜봐 왔기 때문에 차마 거절할 수 없었다. 병원비 또한 괜찮다고 거절해도 소용이 없었다. 재경은 더는 남자의 도움을 받고 싶지 않아서 아르바이트를 시작했다.

병원 근처에 있는 편의점에서 네 시간짜리 아르바이트를 하며, 재경은 별똥별을 잘 볼 수 있는 장소가 어디일지 고민했다. 그리고 처음으로 비싼 돈을 들여 호텔의 높은 층을 예약했다. 자신의 상황에 사치스럽게 느껴졌으나 그만큼 절박했다.

호텔 방 안에서 모든 불을 끈 채, 재경은 깜깜해진 밤하늘을 올려다보았다. 수없이 쏟아지는 유성들이 재경의 눈에는 희망으로 보였다.

'아버지가 의식을 되찾고 자리에서 일어날 수 있게 해주세요.'

간절함을 담아 두 손을 모은 재경이 눈을 감고 기도했다. 밤하늘에만 떨어지는 비가 그칠 때까지……. 늦은 새벽이 되도록 그는 별똥별에게 소원을 빌었다.

그리고 눈을 떴을 때, 재경은 순간 현기증을 느꼈다. 장시간 같은 자세로 서 있었던 게 무리가 되었던 모양이다. 타는 듯한 갈증에 냉장고 문을 연 재경은 그 자세 그대로 움직이지 못했다. 그는 눈을 감았다가 뜨는 것을 반복했다.

"뭐지? 너무 피곤해서 그런가?"

쓰고 있던 안경을 벗고서 재경은 급한 마음에 싱크대에서 세수를 했다. 감은 눈을 꾹 눌렀다가 다시 떠보았으나 세상은 달라진 그대로였다. 귀신이라도 본 사람처럼 창백해진 얼굴로 재경은 침대에 들어가 눈을 감았다. 아침이 되면 원래대로 돌아와 있기를 바라면서 말이다.

"말도 안 돼……. 대체 나한테 왜 그래? 왜!"

세상은 어제와 똑같았다. 커다란 창으로 들어오는 햇빛은 더 이상 눈부시지 않았다. 가장 햇볕이 잘 드는 부분은 흰색이었고, 멀어질수록 명암이 강해진 것처럼 어두운 회색빛으로 보였다.

믿고 싶지 않았던 재경은 다시 세수하기 위해 화장실로 향했다가, 자신에게 이상이 생겼다는 것을 받아들일 수밖에 없었다. 불을 켜지 않아 어두운 화장실 내부가 또렷하게 보였기 때문이다. 마치 검은 도화지 위에 회색 펜으로 그림을 그려놓은 것만 같았다. 다채로웠던 세상은 만화책처럼 흑백 세상이 되어버렸다. 자신에게서 또 하나를 뺏어버린 세상을 원망하며 재경은 좌절했다. 이제 재경의 눈에는 사물이 어떤 색이든 명암의 차이로 그것이 구분될 뿐이었다. 혹은 과거의 기억으로 색을 유추할 수 있을 뿐이었다.

어쩌면 자신이 색을 볼 수 없게 된 것이 어떤 대가는 아닐까? 재경은 문득 그런 생각이 들었다. 만약 그런 것이라면 재경은 받아들일 수 있었다. 가슴속에 싹튼 희망이 그가 움직이는 원동력이 되어주었다.

그 길로 택시를 타고 병원에 도착한 재경은 허겁지겁 뛰어가다가, 몇 번이나 간호사의 호통을 들어야 했다. 죄송하다는 말을 반복하며 병실 앞에 도착한 그는, 문을 활짝 열어젖히고 침대까지 내달렸다.

"아버지!"

"……."

"아버지?"

공기 청정기가 돌아가는 소리, 정국의 가슴이 오르락내리락하는 모습, 산소 호흡기에 서리는 습기, 꽉 닫혀 있는 정국의 눈꺼풀. 아버지의 상태는 그대로였다. 재경은 무너져 내렸다. 신은 잔혹했다.

＊

얼마 뒤, 재경은 자신의 병명을 알기 위해 병원을 찾아갔다. 그게 루템과 지독하게 얽히게 된 시작점이었을 것이다. 왜 하필 고운 병원으로 갔을까. 아무에게도 알리고 싶지 않았던 거라면 굳이 고운 병원이 아니어도 되었을 것이다. 때때로 재경은 그 선택이 후회되곤 했다.

처음 재경의 증상을 정신적인 문제라고 판단했던 의사는 누군가의 전화를 받더니 다른 검사를 해보자고 권했다. 그때 의심을 해야 했다. 재경은 그날 종일 병원에서 검사만 하다가 녹초가 되어 아버지를 만나러 갔다.

"대체 이게 무슨 일인지 모르겠어요. 어쩌면 이게 전부 제 망상일지도 모른대요."

피곤했다. 침대에 묻고 있던 고개를 든 재경은 통통했던 살이 쭉 빠지고 뼈만 남은 정국을 보며 울 것처럼 얼굴을 일그러뜨렸다.

색이 없어진 이후 정국을 보는 게 점점 힘들어졌다. 마치 시체 같이 느껴졌다. 재경은 정국의 가슴에 귀를 대고 심장 소리를 확인해야만 안심이 되었다.

"너무 지쳐요. 지쳐요, 아버지."

꾹꾹 참아왔던 눈물이 터졌다. 손으로 입을 틀어막은 재경은 소리 내어 울지도 못하고 정국의 손 위로 무너져 내렸다.

"이런, 좋지 않은 때에 찾아온 것 같네."

처음 들어보는 목소리에 재경은 황급히 소매로 눈물을 닦아내고는 의자에서 일어났다. 얼굴이 벌게지고 눈은 부어 있을 테지만 상관없었다. 용건만 빨리 들은 후 내보내고 싶은 마음이 컸기 때문이다.

재경을 찾아온 사람은 2명이었다. 남자는 눈 밑에 상처가 있었고, 마치 UFC에 나오는 격투기 선수처럼 강인해 보였다. 그리고 어딘지 모르게 냉정해 보이는 여자는, 남자보다 머리 하나 반은 작은 키에 검은 슈트를 입고 와인색의 긴 머리를 하고 있었다.

"누구시죠?"

재경의 질문에 성큼성큼 다가온 여자가 명함 한 장을 내밀었다. 회색으로 보이는 종이의 가운데에는 "루템(RUTEM)"이라는 글자가 적혀 있었고, 명함 뒷면에는 검은색으로 보일 정도로 색이 짙은 타원형 두 개만이 나란히 찍혀 있었다.

"특별한 무늬라도 넣자고 권유해도 말을 안 듣더라고."

재경의 마음을 읽은 듯, 미소를 지은 여자가 말했다.

"관심 없습니다. 저에게 온 목적이 뭡니까?"

"성격이 급하네. 우린 '루템'이라는 회사에서 나왔어. 내 이름은 '신재이'고. 잠시 이야기 좀 나눌 수 있을까? 오래 걸리지는 않을 거야. 너에게 유리한 제안을 하려고 온 거니까."

"제게 유리한 제안이라고요? 혹시 조태규가 보냈습니까?"

"효신그룹 조태규 회장을 말하는 거라면 틀렸어."

재이는 의심하는 눈빛으로 저를 바라보는 재경을 보며, 바로 본론으로 들어가야겠다고 생각했다.

"네가 지금 겪고 있는 현상은 무언가에 의해 강제로 일어나게 된 거야. 예전으로 돌아갈 수 있다는 희망은 버리는 게 좋아. 색을 보지 못하게 된 게 언제부터였지? 어제? 오늘? 아니면 별똥별이 떨어진 다음 날부터?"

재경은 얼어버린 듯 몸이 굳어졌다. 그건 아무도 모르는 정보였다. 병원에 갔을 때도 재경은 아침에 자고 일어나 보니 눈이 이상해졌다고 이야기를 했었기 때문이다.

"무슨 말을 하시는 건지 모르겠는데요."

재경이 발뺌할 것을 예상하고 있었던 것처럼 재이는 동요하거나 허둥대지 않았다.

그녀는 펜 하나를 꺼내 근처에 있던 휴지 위에 메모를 적고는 재경에게 내밀었다. 메모에는 "너와 같은 사람이 또 있어."라고 적혀 있었다.

"이게 무슨 색인지 알겠어?"

일반적인 사람이라면 절대 모를 수가 없는 강렬한 빨간색이었다. 그러나 재경은 대답할 수가 없었다. 마치 비가 내리기 전에 흐려진 하늘의 색과 비슷한 회색으로 보였기 때문이다. 설사 그녀가 검정색으로 글을 썼다고 해도 재경은 대답하지 못했을 것이다.

"이제 대화가 한결 수월해지겠네. 그럼 빠르게 진행해 볼까? 운형 팀장, 이쪽으로 와. 왜 그렇게 멀리 떨어져 있는 거야?"

재이는 그럴 줄 알았다는 듯이 휴지를 구겨 바지 주머니에 쑤셔 넣고는, 문 옆에 붙박이처럼 붙어 있는 운형을 불렀다.

"소개할게. 이 남자가 앞으로 네 상사가 될 사람이야. 뭐 해, 인사들 나누지 않고. 앞으로 오랫동안 같이 일할 텐데."

"태운형이라고 합니다."

깍듯하게 자기 이름만 밝힌 뒤, 운형은 다시 뒤로 물러났다.

"제 상사라고요?"

재이는 매번 자신에게만 설명을 미루는 그에게 짜증이 났으나 재경의 질문에 다시 미소를 지었다.

"맞아. 우리는 너처럼 색을 빼앗긴 사람들을 보호하고 있거든."

"보호? 누구한테서?"

상대가 먼저 말을 놓자 재경도 굳이 존대할 필요성을 느끼지 못했다. 그리고 재이도 그것에 전혀 신경 쓰지 않는 것 같았다.

"정확히는 무엇이지. 최근에 움직이는 돌멩이를 본 적이 있거나 화재 현장에서 날 법한 그을음 냄새를 맡아본 적 있어?"

"아니, 딱히……."

"다행이네. 만약 그런 징조를 보거나 느낀다면 도망치는 것을 권유할게. 그 괴물은 우리 같은 사람들을 좋아하거든."

"괴물이라고?"

"그래. 원래는 다른 공간에 있기 때문에 사람들에게 손대는 게 불가능하지만 우리 같은 동화인(同化人)이라면 이야기는 달라지지. 우리가 그들을 보고 느끼게 된 것과 똑같이 그것들도 우리를 볼 수 있으니까 말이야."

"그걸 지금 나보고 믿으라는 거야?"

"믿지 않으면? 네가 우리 편이 되어준다면 직접 눈으로 볼 수 있게 그것의 시체를 보여줄게. 어때?"

"확인한 후에 결정 내리는 건?"

"불가능해. 우린 몇 없는 동화인을 잃고 싶지는 않거든. 보기와 다르게 인력난을 겪고 있어서 말이야. 그냥 우리 손을 잡아, 서재경. 만약 네가 가족과 함께 있을 때 그것을 보게 된다면…… 예외 없이 모두 죽게 될 거야."

재경은 무턱대고 루템이란 곳을 믿을 만큼 어리석지는 않았지만, 적어도 재이가 한 말만큼은 거짓말처럼 느껴지지 않았다. 그가 흔들리고 있다는 것을 알아챈 그녀가 옆으로 상체를 기울여 정국 쪽을 보고는 조건을 덧붙였다.

"우린 네가 바라는 것을 적극적으로 지원해 줄 수 있어. 우리 소속 의사들이 꽤 훌륭하거든. 고운 병원이 아니더라도 협력 업체 중에는 병원이나 연구자들도 꽤 많고 말이야."

"더 자세히 말해봐."

"현명한 선택이야."

"아직 들어가겠다고는 안 했어. 그런데 괴물이라고 한 건 비유야? 아니면……."

"그 괴물의 정식 명칭은 카리온(Karyon)이야. 혹시 들어본 적 있어?"

만족스러운 미소를 지은 재이는 '카리온'과 '동화인'에 대해 설명해

주었다. 재경은 말도 안 되는 이야기라고 치부하면서도 결국 루템에 들어가기로 했다. 그들의 도움을 받아 정국을 치료할 수 있을지도 모른다는 희망 때문이었다.

그리고 얼마 뒤, 처음이자 마지막으로 재이와 임무를 함께 수행하게 된 재경은 두 눈을 의심했다. 커다란 검은색 바위가 외진 도로변에 우뚝 솟아 있었기 때문이다. 재경보다 머리 하나는 더 큰 카리온은 팔다리가 없었고, 바닥과 이어져 있는 것처럼 다리 부분이 흐릿했기에 정체를 듣기 전에는 괴물이란 생각이 들지 않았다.

그것의 몸체는 마치 먹물을 머금은 붓으로 원을 반복해서 눌러 그린 것처럼 독특했는데, 재경이 돌이라고 착각했던 이유는 회색의 곡선들이 표면에 불규칙적으로 그어져 있었기 때문이다. 그로 인해 카리온의 형태는 울퉁불퉁 일정하지 않아 보였다. 재이의 설명에 의하면 카리온의 또 다른 특이점은 괴물의 얼굴로 추정되는 부분에 두 개의 붉은 구멍 외에는 아무것도 없다는 것이었다..

"완전 얼었네. 거기서 얌전히 보고 있어."

재이의 놀림에도 압도감에 꼼짝도 못 하고 있던 재경은, 곧이어 소멸된 그것을 보고는 인정할 수밖에 없었다. 그들은 사기꾼이 아니었다. 괴물은 정말로 이곳에 존재했다.

이야기를 끝낸 후 재경은 절반 이상 줄어든 아메리카노를 마시며 마른 목을 축였다. 그들의 앞에 있는 쟁반에는 먹음직스러운 새우버

거 세 개와 치즈버거 두 개, 산처럼 높이 쌓인 감자튀김, 녹차 맛 아이스크림이 놓여 있었다. 쟁반 밖에는 탄산음료들이 테이블을 가득 채우고 있었다. 모두 재경이 홍철을 위해 구매한 것들이었다.

하지만 홍철은 돌부처처럼 앉아서 빤히 포장지에 붙은 상표만 내려다보고 있었다. 병원에서 20분 거리에 있는 패스트푸드점에서 듣기에는 너무나 엄청난 이야기였다. 홍철은 혹시 자신이 별세계에 떨어진 것은 아닐까, 멍청한 현실 도피를 시도했으나 무참히 실패했다. 아직도 조금 전 창고에서 겪은 일들이 생생하게 떠올랐기 때문이다.

처음에는 독특한 인테리어 정도로 치부할 수 있었다. 하지만 애써 외면했던 그것이 어둠을 흩뿌리며, 식물처럼 자라나기 시작했을 때는 환상으로 여길 수가 없었다. 홍철은 괴물이 내뿜는 싸늘한 기운에 몸을 떨었고, 장작이 탈 때 나는 냄새를 맡을 수 있었으며, 생명의 위협을 받았다. 그건 전부 현실이었다. 믿기지 않았지만 믿을 수밖에 없었다.

잘게 떨리는 손으로 홍철은 탄산음료 하나를 잡았다. 몰려오는 갈증에 목이 따끔거리는 것도 무시하며 그는 쉴 틈 없이 목을 축였다.

"후……."

머리가 띵하고 목이 아팠다.

"그래서 카리온이라고 하는 그게 뭔데?"

"루템에서는 외계인이 아닐까 추측하고 있어. 어떻게 그들이 지구에 들어왔는지는 아무도 몰라. 너도 알게 된 것처럼 괴물은 멀쩡한 사람 눈에는 안 보이니까."

"그럼 넌? 어떻게 그게 보이는 건데?"

"8월에 별똥별이 떨어진 거 기억해? 아름다운 광경이라고, 시간당

천 개 이상의 유성이 떨어졌다고 보도됐었는데.”

“들은 적이 있는 것 같아.”

“바로 그거야. 기사에 날 정도로 별똥별이 무수히 떨어지는 날, 루템에서는 시력이 좋지 않은 사람 중에서 아주 극소수만이 이런 일을 겪게 된다고 판단하고 있어. 그리고 그들 중에서도 안경이나 렌즈를 끼고 있었던 사람이 동화인이 될 확률이 높고 말이야.”

“그럼 난? 난 동화인도 뭣도 아닌데 왜 보이는 건데?”

“그건······.”

막힘없이 설명하던 재경이 입을 다물었다. 어떻게 설명해야 할지 그도 난감했기 때문이다.

분명히 오전에 홍철이 하는 임무에 대해 듣게 된 찬열이 상황을 알아채고 재경에게도 말했지만, 홍철은 일반인이기에 카리온에게 공격받지 않을 거라고 했다. 말도 안 되는 소리였다. 카리온이 자신을 인식할 수 있는 사람들. 즉, 동화인을 공격하는 것은 확실한 부분이었지만 언제나 예외는 존재하는 법이었다. 겨우 그런 이유로 일반인을 사지로 보냈다는 게 어이가 없었다.

실제로 재경이 도착했을 때, 카리온은 홍철을 정확히 노리고 있었기 때문이다. 여기까지 오면서 그 이유에 대해 재경은 계속 생각했지만 추측일 뿐이기에 홍철에게 말해주기가 망설여졌다.

“괜찮으니까 말해봐. 뭔데?”

“아마도 그곳이 카리온의 서식지라서 그런 것 같아.”

“서식지라고?”

“현재로써는 그렇게밖에 설명이 안 돼.”

정확한 이유를 자신도 모르는지라 재경은 짜증스럽게 대꾸했다. 붉은 조명이 있더라도 일반 사람들은 카리온의 윤곽 정도밖에는 보지 못하기 때문이다.

"면접 때, 네가 헛소리만 하지 않았어도 지금 이런 꼴은 안 당했을 거 아니야."

"난 헛소리한 적 없거든? 넌 아직도 라식 때문에 내가 뽑혔다고 생각하는 거냐?"

"하필 별똥별 떨어진 다음 날 수술해서 의심받은 거잖아. 아니야?"

"그래서 이게 내 잘못이다?"

"누가 그렇대?"

답답함에 서로를 탓하는 고성이 오갔다. 거대한 비밀이라도 푼 것처럼 홍철이 놀라고 흥분된 목소리로 물었다.

"그럼 다들…… 그래서 나 왕따시킨 거였어?"

"왕따는 무슨…… 네가 들으면 곤란한 이야기들이니까 그렇지. 아무것도 모르는 애한테 무슨 말을 하겠어?"

그동안 소외된 기분을 느꼈던 게 홍철의 착각이 아니었다. 홍철은 허탈하게 웃다가, 의자 등받이에 등을 기대고는 재경에게 말했다.

"그래서였군. 난 다들 시력이 좋은 줄 알았지."

"시력이 좋아지긴 했지. 일반인과 다른 것을 보게 되긴 했지만…….처음과 다르게 이것도 익숙해졌어."

이 상황에서 뭐라고 말을 해야 할지 몰라 홍철은 말을 고르는 데 시간이 걸렸다. 위로를 해야 할지, 왜 미리 알려주지 않았냐며 화를 내야 할지. 그것도 아니면 이제 어떻게 되는 거냐고 어른스러움을 벗어던지고 패닉 상태에 빠져 찡찡대야 할지……. 눈앞에 덤덤하게 앉아 있는 재경의 얼굴을 보니 속이 터지는 것 같다가도, 그동안 고생한 걸 들지 않아도 알 수 있을 것만 같아서 안타깝기도 했다.

"나도 말이 안 된다는 거 알아. 실제로 그러기도 했고."

"아니, 믿어. 내 눈으로 직접 봤으니까. 근데 위험한 거 아니야? 정확한 이유를 모른다면 나처럼 평범한 사람한테 또 보일 수도 있잖아?"

팔에 돋은 소름을 문지르는 홍철을 보며 재경은 속으로 한숨을 내쉬었다.

루템에 들어오기 전까지는 일이 이렇게 될 줄은 몰랐다. 보안 팀인 스키아(SKIA)에 정식으로 소속되고 나서, 재경도 다른 팀원들처럼 전국을 돌아다니며 카리온의 흔적을 조사했다. 그러던 중 카리온이 깨어날 가능성이 높다고 판단한 운형에 의해 최근에는 외부로 나가는 일이 줄어들고 있었다.

'조심해서 나쁠 건 없겠지.'

'어떻게 하시게요? 이대로 두는 건 위험하잖아요.'

'돌아가면서 감시해야지. 우리 말고는 볼 수 있는 사람이 없으니까.'

운형과 나눈 대화를 떠올린 재경은 속이 답답해졌다. 창고 상황을 전달받지 못했더라면 지금쯤 어떻게 됐을지 상상도 하기 싫었다. 처음부터 홍철의 입사를 반대했어야 한다.

"맞아. 그러니 너는 그만둬."

"뭐?"

"울릉도나 포항 쪽으로 가면 좀 더 안전할 거야. 우리나라에서 해가 가장 빨리 뜨는 곳이니까. 물론 완전히 안전하지는 않아. 집에 손전등이랑 촛불 같은 걸 많이 준비해 두는 게 좋을 거야."

재경은 붉은 조명에 대해서는 말하지 않았다. 지금도 이미 너무 많은 것을 말한 상태였고, 홍철이 카리온에 대한 사실을 퍼트릴 가능성이 조금이라도 보인다면 루템에서 보고만 있지는 않을 테니 말이다.

"잠깐, 잠깐만. 너 언제부터 이렇게 말이 많아졌어? 나도 말 좀 하게 해주지?"

내내 시선을 피하고 있던 재경이 그제야 홍철과 눈을 마주쳤다. 그는 홍철이 자신의 말을 단박에 믿을 거라고 기대하지 않았다. 오히려 미친놈이라고 욕할지도 모른다고 지레짐작했고, 만약 그렇다고 해도 홍철이 병원을 떠나기만 한다면 상관없다고 생각했다.

"팀장님한테는 내가 잘 둘러댈 테니까. 이제부터 너는 병원 근처에는 얼씬도 하지 마. 살고 싶으면 얼른 여길 떠나는 게 좋아. 내가 해줄 말은 여기까지야. 그럼, 먼저 일어날게."

재경은 자신의 말만 다다다 뱉어내고는 벌떡 자리에서 일어났다. 홍철이 다급하게 그의 팔을 붙잡으려고 했지만, 재경은 그럴 줄 알았다는 듯이 피해버렸다.

"병원에서 활동을 시작했다는 건, 다른 놈들까지 움직일 거란 소리야. 오늘이 처음이 아닐 수도 있어."

"그래서 너만 돌아가겠다고? 난 도망치고?"

"아니면? 네가 할 수 있는 일이 뭔데? 널 제외하고 보안 팀 전부 동화인이야. 이곳에 남아봤자 넌 우리와 섞이지 못해. 이 정도면 내 말 알아들었겠지. 다시는 오지 마."

홍철이 허를 찌르는 말에 굳어 있는 동안, 재경이 서둘러 문밖으로 나서는 소리가 들렸다.

"야! 네 할 말만 하고 가냐?"

뒤늦게 소리쳐 봐도 재경은 이미 시야에서 사라진 뒤였다.

"젠장. 안 믿을 수도 없고."

털썩 자리에 앉은 홍철은 머리를 감싸 쥐었다.

"이런 걸로 거짓말할 녀석이 아닌데. 그럼 저 이야기가 진짜라고? 하, 미치겠네."

연거푸 마른세수를 한 홍철이 고개를 들었다. 뭔가 결단을 내린 표정이었다. 그는 주섬주섬 봉지를 열어 다 식어버린 새우버거를 한 입 크게 베어 물었다.

홍철이 어떤 생각을 품고 있는지 알 리가 없는 재경은, 이만하면 원수 같은 친구가 이해했을 거라고 믿었다. 패스트푸드점에서 도망치듯이 나와 병원으로 돌아온 그는 휴게실 문을 열자마자 창가에 기대어 있는 운형을 발견하고 발걸음을 뚝 멈추었다.

"전부 말한 건가?"

"네."

"밖이라고 해도 안전하지 않다는 걸 알고 있을 텐데. 차라리 우리 곁에 있는 게 안전할 수도 있어."

"더 위험할 수도 있죠. 일반 사람과 다르게 동화인은 거리감이 없으니까요."

재경이 용기 내어 말했다. 운형이 기대고 있던 몸을 세우고 시선을 피하지 않는 재경을 향해 천천히 다가왔다.

잠시 후, 휴게실 문이 열리고 운형이 나왔다. 손수건으로 손을 닦는 그에게 찬열이 초조한 모습으로 다가왔다.

"그를 어떻게 하셨어요?"

눈만 움직여 찬열을 확인한 운형이 대수롭지 않게 대답했다.

"다시는 같은 행동을 하지 못하도록 주의를 준 것뿐이야."

"……계획대로 될 거라고 생각하세요? 이미 한 마리가 활동을 시작했잖아요."

찬열이 조심스럽게 물었다.

"되게 해야지. 볼일 끝나면 나혜를 데리고 와. 몇 가지 일러둘 게 있으니까."

구두 소리가 텅 빈 복도를 울렸다. 찬열은 홍철이 자신들과 같은 동화인이 아니라는 사실이 오늘만큼 다행스럽게 느껴진 적이 없었다.

"무사히 빠져나간 모양이네."

이번 일에 대해서 루템은 굳이 신경 쓰지 않을 것이다. 만약 홍철이 이대로 도망가서 병원에 있었던 일을 떠벌리고 다닌다고 한들, 증거가 없는 이상 판타지 같은 이야기를 믿을 사람은 많지 않을 테니까. 한숨을 내쉰 찬열은 휴게실 문을 열려다가 멈칫하고는, 잡았던 손잡이를 놓고서 몸을 돌렸다.

"상처에 바를 약이라도 좀 사 와야겠네. 1시간 후에 모르는 척 찾아가면 되겠지."

재경이 안쓰러웠으나, 그로서도 어떻게 할 수 있는 일이 없었다.

✦

병원 주위가 산으로 둘러싸여 있는 탓에 박하는 오늘도 새들이 지저귀는 소리를 들으며 눈을 떴다. 문과 가까이 있는 박하의 침대는 햇빛이 그리 강하게 들어오지 않았고, 항상 연주가 집으로 가기 전 커튼을 쳐두었기 때문에 눈이 부시지 않았다.

'오늘은 어제보다 더 잘 보여. 점점 뚜렷해지고 있어.'

환희가 가슴 가득히 차올라 박하는 기쁨의 춤이라도 추고 싶은 심정이었다. 이제는 손을 눈앞에 가까이 대지 않아도 윤곽이 보였고, 물감을 뭉뚱그린 것 같았던 색들도 훨씬 구분이 잘 되었다. 눈을 더듬은 박하의 입술에서 만족스러운 한숨이 새어 나왔다.

'맙소사! 지금 당장이라도 모든 사람들한테 자랑하고 싶어!'

어슴푸레하게 보이던 것들이 또렷해지자 박하는 무언가를 바라보는 것이 더 좋아졌다. 어제도 하늘이 파스텔 톤으로 물드는 광경을 한껏 눈에 담았다. 세상에는 다양한 색깔들이 넘쳐났다. 자신을 보며 행복하게 미소 짓는 엄마의 모습을 볼 때마다, 박하는 세상을 다 가진 기분이 들었다.

이제 걸음을 걷는 것이 두렵지 않게 된 박하는 당찬 걸음으로 세면대가 있는 곳으로 걸어가 세수를 했다. 남아 있던 잠기운이 날아갔다. 처방받은 안약을 눈에 넣으며 박하는 눈을 감았다. 자꾸만 몸이 근질거리고 웃음이 새어 나왔다. 얼른 병원 밖으로 나가 세상이 어떻게 변했는지 보고 싶었다. 이제 몇 시간 남지 않았다. 퇴원 절차를 밟고 주의 사항만 들으면, 박하는 꿈에서도 그리워했던 집으로 돌아갈 수 있었다.

그리고 여건이 된다면, 연주와 함께 바다를 보러 가고 싶었다. 박하의 버킷 리스트 1위를 당당히 차지한 목록이었다. 오늘도 그녀는 여행노래를 들으며 콧노래를 흥얼거렸다. 세 곡 정도를 들었을 때 귀에서 이어폰이 빠져나가는 것이 느껴졌다. 박하가 헤엄치고 있던 감성의 바다에서 빠져나와 눈을 뜨자 엄마가 보였다.

"엄마 왔어?"

"우리 딸, 오늘은 아침부터 기분이 좋아 보이네?"

"그게 말이지!"

신나서 종알대는 딸의 목소리를 들으며 연주의 입꼬리도 자연스레 올라갔다.

식사 시간에도 박하는 더욱 활기찼다. 마지막 병원식이라고 생각하니, 좋아하는 음식이 아닌데도 맛있게 느껴질 정도였다. 그런 박하의 주위로 기쁨의 오라가 뿜어지고 있는 것 같았다.

"어머, 박하가 오늘은 날아갈 것처럼 보이네요. 퇴원하는 날이라 그런가?"

덩달아 기분이 좋아진 숙영이 옅은 미소를 지으며 말했다.

"어젯밤에도 아마 설레서 못 잤을 거예요. 그동안 잘 대해주셔서 감사해요."

"저야말로 박하가 옆에서 말동무해 줘서 심심하지 않고 좋았어요."

"퇴원 후에도 가끔 병문안 와도 될까요?"

박하가 미소 띤 얼굴로 물었다.

"그럼 우리야 좋지만, 당분간은 구경도 다니고 즐겨야죠. 훨씬 나중에 찾아와도 돼요. 아니면 따로 밖에서 봐도 되고요."

"정말요? 제가 맛있는 가게 알아놓을게요! 같이 먹으러 가요!"

신이 나서 앞으로의 일을 그려나가는 박하를 보며 순간적으로 연주는 울컥할 뻔했다. 박하의 이런 모습이 어릴 적과 똑같았기 때문이다. 그동안 참아왔을 것을 생각하니 마음이 아렸다. 그래도 이제 잃어버린 것을 되찾았으니, 한동안은 숙영의 조언처럼 박하를 데리고 이곳저곳 놀러 다닐 생각이었다.

"선혜 언니도 같이 보면 좋을 텐데. 잘 지내고 있을까요?"

며칠 전부터 선혜의 자리는 텅 비어 있었다. 조금 까다로운 수술을 해야 해서 최신 기계가 있는 시내의 큰 병원으로 옮긴다는 말을 들었다.

"아마 무사히 수술을 마쳤을 거예요. 나중에 연락한다고 했으니 너무 걱정하지 말아요. 오늘은 기쁜 생각만 해야죠."

숙영의 조언처럼 박하는 선혜의 수술까지 포함해서 모든 게 잘될 거라고 믿기로 했다.

고대하던 날이라 그런지 시간은 무서울 정도로 빠르게 지나갔다. 이제 박하가 퇴원하기까지 약 1시간 정도 남았다. 퇴원 절차를 밟고 올라온 연주의 옆에는, 그녀를 마중 나온 지영도 함께였다.

"안녕하세요!"

"어서 와요."

"언니! 오늘 회사 가는 날 아니었어?"

"마지막 날이잖아. 이렇게 좋은 날 당연히 와야지. 그리고 언니가 너 주려고 딸기 케이크도 사뒀다?"

"어떡해……. 빨리 집에 가고 싶어."

시끌벅적해지는 건 순식간이었다. 숙영은 잠시 달콤하고 부드러운 기운으로 가득한 병실에서 이야기를 나누다가 현희의 연락에 휴게실로 향했다. 목발은 처음과 다르게 익숙해져서 면회실 겸 휴게실까지는 어렵지 않게 갈 수 있었다.

"여보세요."

- 나야. 오늘 좀 늦을 것 같아.

"너도 참, 매일같이 안 와도 된다니까."

- 나도 심심해서 가는 거라고 몇 번을 말해? 게다가 냉장고에 먹을 게 천지인데, 내가 돼지도 아니고 누구랑 같이 먹어야지 별수 있어?

"박하 때문은 아니고? 오늘 퇴원하잖아."

116

- 그게 나랑 무슨 상관인데?

"글쎄, 아쉬워하는 것 같아서. 너도 마음에 들어 했잖아."

- 흥. 그런 꼬맹이 빨리 가버려서 좋기만 한데, 뭘.

아닌 척 툴툴대도 숙영은 그녀가 서운해하고 있다는 걸 오랜 경험을 통해 알 수 있었다. 분명 무리해서라도 빨리 오려고 할 것이다.

"나중에 따로 만나기로 했어. 일도 안 끝났는데 서두르지 말고 천천히 와. 다음 날 내 옆에 입원하고 싶지 않으면, 알았지? 내가 연주 씨랑 번호도 교환해 뒀으니까."

- 알았어, 기다리지 말고 점심도 잘 먹고 있어. 일 끝나면 바로 갈게.

"그래, 너도 바쁘다고 점심 거르지 말고 꼭 먹고 와! 확인할 거야."

- 내가 애냐? 큼, 나 이만 가봐야 해. 끊는다!

대답도 듣지 않고 끊긴 전화를 보며 숙영은 작게 웃음을 터뜨렸다. 분명 최선을 다해 빨리 일을 끝내려고 할 현희의 모습이 생생하게 그려졌기 때문이다.

"못 말리겠다니까."

참, 사람 인연이라는 게 알 수가 없었다. 숙영은 자신이 50대가 넘어서까지 현희와 친한 사이로 지내게 될 줄은 몰랐다. 서로 다른 이유로 혼자 살게 되었으나 후회는 없었다. 같이 무언가를 하는 게 편하고 좋은 친구가 바로 옆에 있었으니까.

숙영은 애정을 담은 눈으로 현희와 찍은 사진으로 설정해 둔 휴대폰 배경화면을 본 뒤, 다시 병실로 가기 위해 휴게실을 나섰다. 엘리베이터로 가기 전에 있는 유리 출입문 앞에 사람들이 난감한 얼굴로 서 있었다.

"무슨 일인가요?"

"지금 알아보는 중입니다. 혹시 밖으로 나갈 예정이시면 잠시만 기다려 주세요."

귀에 대고 있던 전화기를 잠시 떼고서 해수가 설명해 주었다. 그녀도 문이 열리지 않는 이유를 모르는 눈치였다. 두근거리는 심장을 추스르며 숙영은 해수에게 물었다.

"곧 작동되겠죠?"

"걱정 마세요. 내부적으로 아마 오류가 있었던 모양이니 곧 해결될 거예요."

의연하게 대처하는 듯했으나, 숙영의 눈에는 해수도 처음 겪는 일에 당황해하고 있는 게 보였다. 괜히 그녀를 몰아붙이는 게 될까 봐, 알겠다고 대답한 숙영은 찝찝한 마음을 안고 병실로 돌아갔다.

"오셨어요? 사과 막 깎은 참인데 하나 드셔보세요!"

퇴원하기만을 고대하고 있었을 텐데……. 해맑게 자신을 바라보며 사과를 내미는 박하에게 숙영은 마주 웃어줄 수 없었다. 그래도 알고 있는 게 좋을 것 같아 숙영은 말을 꺼냈다.

"밖에 조금, 문제가 생겼나 봐요."

어두워지는 박하의 표정에 숙영은 제 가슴이 다 아려왔다. 그녀는 입원했을 당시에 아이가 어땠는지 기억하고 있었기 때문이다. 지금 얼마나 달라진 것인지 굳이 비교할 필요도 없었다.

"출입문에 오류가 난 모양이에요. 걱정 마세요. 지금 병원에서 해결하는 중이고, 정 안 되면 비상구도 있으니까요."

그제야 풀어지는 얼굴에 숙영은 일부러 더 밝게 웃으며 그들에게 다가갔다.

"현희한테 전화가 왔었는데, 아마도 박하가 퇴원할 때 시간을 맞추지는 못할 모양이에요. 많이 아쉬워해서 나중에 밖에서 다 같이 보자고 했는데 괜찮을까요?"

"당연하죠! 다 같이 맛있는 거 먹으러 가요!"

"그래요."

기껏 되찾은 평화와 즐거운 분위기는 비상구까지 잠겼다는 소식이 전해지자 흔적도 없이 사라졌다. 처음에 사람들은 단순한 오작동일 거라고 믿었다. 하지만 상황을 확인 중이라는 병원 측의 말과 다르게 30분이 지나도록 아무도 나타나지 않았다. 참다못한 사람들이 간호사를 찾아갔으나 그들도 영문을 모르기는 매한가지였다.

상황이 새로운 국면으로 접어든 것은, 몇몇 사람들이 경찰이나 외부 지인에게 전화를 걸었을 때부터였다. 시간을 내서 찾아온 지영도 그들 중 1명이었다. 혼란스러워하는 사람들을 보자, 지영은 불안감이 엄습해 마냥 기다리고만 있을 수가 없었다.

"근처에 사는 친구가 1명 있어요. 확인해 달라고 해볼게요."

직업 특성상 늘 통화 연결음이 세 번도 울리기 전에 전화를 받았던 그가, 연결음이 한참 흘러나와도 전화를 받지 않았다. 초조해하지 않으려고 했으나 분위기에 휩쓸린 지영은 손톱을 깨물기 시작했다.

그때, 간절히 기다리던 통화가 연결되었다.

"야! 왜 이렇게 전화를 늦게 받아?"

- 지, 지영아.

안도한 나머지 장난스럽게 타박하려던 지영은, 수화기 너머로 들려온 잔뜩 소리를 죽인 음성에 심장이 뚝 떨어지는 기분을 느꼈다.

"정훈아, 너 목소리가 왜 그래?"

- 나도 이게 뭔 상황인지 모르겠는데. 너 지금 어디야?

"고운 병원. 아는 동생이 오늘 퇴원하는 날이라서."

겁먹은 듯 목소리를 낮추는 정훈 때문에 지영은 불안해졌다.

- 야, 이 미친! 지금 상황이 어떻게 돌아가는 줄 몰라? 젠장!

"뭐가 어떻게 됐는데 그래?"

- 설명은 나중에 해줄 테니까. 빨리 거기서 나와. 지금 당장!

"못 해."

- 뭐? 나 지금 장난하는 거 아니야.

"나도 아니야. 엘리베이터로 향하는 문이 고장 났어. 비상구도 잠겨 있고."

수화기 너머로 정훈이 한숨을 내쉬며 하느님을 찾는 소리가 들렸다.

"이정훈, 너 때문에 더 불안해지려고 그래. 대체 뭔데? 뭘 알고 있는 건데? 속 시원하게 말이라도 해줘 봐."

웬만해선 감정 기복이 크지 않은 정훈이 과하게 안절부절못하자, 그의 초조함이 전염된 지영도 불안해지기 시작했다.

'빌어먹을. 왜 하필 오늘인데!'

최대한 차분하게 정훈과 통화를 이어가고 있었지만 지영은 답답함에 손으로 눈을 가렸다. 퇴원 축하 파티를 위해 계획했던 것들이 떠올랐다. 제가 다 억울해질 정도였다. 눈물이 나올 것만 같아서 지영은 숨을 길게 내쉬었다.

- 지금부터 내가 하는 말 잘 들어. 미친 소리도 아니고, 장난치는 것도 아니니까. 지금 그 상태면 병실에 있는 TV도 안 나올 가능성이 높겠네. 혹시 나와?

"켜지기는 하는데 먹통이야."

- 후. 손이 빠르네. 핵심만 설명해 줄게. 지금 네가 있는 그 병원에서 생체 실험을 진행한 것 같아.

"잠깐. 내가 이해가 안 가서 그러는데, 지금 생체 실험이라고 한 거 맞아?"

- 그래, 내부자가 폭로했어. 방금 뉴스 속보로 영상이 올라왔고. 병원은 문까지 걸어 잠그고서 경찰의 요구에 불응하려는 모양이야.

충격 그 자체였다. 생체 실험이라니! 가능성조차 생각해 보지 않은 단어였다. 지영은 블라우스 단추를 한 개 더 풀면서 정훈에게 설명을 계속해 주길 요구했다.

- 근데 문제는 난 이게 병원에만 국한된 일이 아니라고 생각한다는 거야. 너 독거노인 살인 사건이라고 올라온 기사나 뉴스 본 적 있냐?

"어, 한동안 연쇄 살인 아니냐고 떠들썩했잖아. 아직 범인도 잡지 못했고."

- 그때와 비슷하다는 의견이 나오고 있어. 병원장이 사이코패스라고 하더라도 이건 말이 안 돼. 그때 올라왔던 유튜브 영상 내용이 사실이라면 그 일은 혼자서는 절대 벌일 수 없는 일이라는 거야. 헉, 맙소사!

"왜? 또 무슨 일인데?"

- 지금 빨리 휴대폰으로 뉴스 찾아봐. 얼른!

그리고 통화가 끊어졌다. 지영은 공포에 빠져 손이 떨리기 시작했다. 자꾸만 다른 자판을 누르는 바람에 몇 번이고 고쳐 쓰면서, 그녀는 라이브 뉴스 방송을 찾아 누르는 데 성공했다.

「"영화 속에서나 일어날 법한 일이 현실로 벌어지고 있습니다. 조작이나 환상이 아닙니다. 오늘 오전 10시 45분에 올라왔던 고운 병원의 생체 실험 영상 속 일들과 유사한 사건들이 병원 밖에서도 일어나고 있습니다. 시민 한 분이 제보해 주신 영상을 그대로 내보내기엔 무리가 있어 모자이크 처리하여 전달해 드립니다. 그럼 영상 보시겠습니다."」

화면을 보고 있던 지영의 손에서 힘이 빠지며 휴대폰이 바닥으로 떨어졌다. 백지장처럼 하얘진 지영은 금방이라도 기절할 것처럼 보였다. 그녀는 자신도 모르게 눈을 감고, 뒤로 한 걸음 물러서고 말았다.

'이런 일이 실제로 여기서 일어났단 말이야?'

믿을 수가 없었다. 시민이 제보했다는 영상은 한둘이 아니었다. 영상에 나오는 인물의 연령대, 체형, 촬영된 시간 등 같은 것은 하나도 없었다. 영상에 나온 이들의 몸에서는 촉수처럼 갑자기 나무뿌리 같은 게 자라났고, 그들 중 일부는 곧이어 녹아내려 하나의 웅덩이가 되어버렸다.

"욱."

구토가 치밀어 지영은 상체를 급히 숙이고 손으로 입을 틀어막았다.

'이게 진짜라고? 말도 안 돼. 만약 고운 병원에서 시작된 거라면? 그러면 박하는 어떻게 되는 거지? 여기 있는 사람들은?'

본능적인 공포가 지영을 강타했다. 이들 중 누군가가 저렇게 변할지도 모른다는 상상은 지영의 위를 틀어쥐었고, 그녀는 다급한 발걸음으로 화장실로 뛰어 들어가야 했다. 변기를 잡고 쏟아내는 것들 중에는 지영의 눈물도 섞여 있었다.

"괜찮아? 소화제 좀 줄까?"

화장실에서 나온 지영의 얼굴을 본 연주가 등을 다정하게 쓸어주며 물었다.

"언니, 어떡해요. 우리 이제 어쩌면 좋아요."

연주의 허리를 끌어안고서 지영은 차마 두 사람에게 설명해 주지도 못하고, 참고 있던 것들을 다 쏟아내려는 듯이 울음을 터뜨렸다.

몇 분 뒤, 퉁퉁 부은 눈을 한 지영이 자신이 들은 이야기와 본 내용들을 전부 그들에게 전해주었다. 너무 자세한 묘사는 넘겼음에도 이야기를 들은 이들의 충격은 상당했다.

"아직 이유는 모르는 건가요?"

웃음이 사라진 숙영이 근심 어린 얼굴로 물었다.

"네, 사건이 일어난 장소가 병원과 가까운 곳도 있고 아닌 곳도 있어서, 특정 짓기는 어려운 모양이에요. 그래도 밖이 여기보다는 나을 거예요."

어두운 표정의 어른들을 바라보던 박하가 침대에서 벌떡 일어나 밖으로 나가려는 듯 운동화를 신었다.

"어디 가려고?"

"저 말이 사실인지 간호사 언니한테 여쭈어보려고요. 적어도 내부 연락은 가능할 테니까. 사실이 아니라면 정정해 줄 거예요."

"그래, 한번 물어나 보자."

숙영을 제외한 세 사람은 병실을 나섰다. 하지만 해수에게 가는 길은 쉽지 않았다. 그들뿐만 아니라 소식을 접한 사람들이 간호 스테이션을 찾아가 진실을 알려달라고 외치고 있었기 때문이다.

"진짜예요? 이 병원에서 생체 실험을 했다고 하는 말이?"

"뉴스에서 나온 말이 사실인지 아닌지 왜 말을 못 해준다는 건데? 그것부터가 말이 안 되잖아!"

"다른 건 됐고! 여기서 내보내 줘요! 연락은 아까부터 계속했잖아요! 이제 기다리라고 하는 말은 듣기 싫다고요!"

"저 밖에서 부모님이 기다리고 계세요. 친구 문병만 하고 금방 간다고 했어요. 제발요."

시장 바닥이 따로 없었다. 사람들은 저마다 자신의 사정을 이야기하며 협박 또는 애원을 하고 있었다. 간호사들 역시 당황스럽긴 마찬가지였다. 그들도 이제 막 상황을 알게 된 참이었기 때문이다.

"지금 알아보는 중입니다. 제발 진정해 주세요!"

"뉴스에 나온 이야기는 사실이 아닙니다! 다들 병실로 돌아가 주세요!"

"동일한 장애가 다른 층에도 발생해서 보안 요원들이 순차적으로 방문해서 열어준다는 답변을 받았습니다! 제발 진정하시고 병실에서 기다려 주세요!"

하지만 영상 속 내용과 이어지는 상상들로 인하여 사람들의 불안감은 걷잡을 수 없이 커졌다. 심약한 사람들은 결국 울음을 터뜨리기도 했다. 말 그대로 아비규환이었다.

병원 자체 방송이 흘러나온 건 그때였다.

- 아, 아. 알려드립니다. 현재 전체 층에 일시적인 장애가 발생했습니다. 보안 팀에서 최대한 빨리 복구하기 위해 노력하고 있으니, 모두 걱정하지 마시고 차분하게 기다려 주시길 간곡하게 부탁드리겠습니다.

- 다시 한번 알려드립니다. 억지로 문을 열고 밖으로 나가려 하지 마시고, 제자리에서 기다려 주십시오. 부탁드립니다.

사람들이 현재 상황을 이해하기에는 빈약한 설명이었다. 진정하고 병실로 돌아가는 이들도 있었지만 아주 극소수였다. 남은 사람들은 병원에 대한 신뢰도가 바닥을 뚫고 지하까지 들어갈 지경이 되었다.

"비상구 문을 부숩시다!"

결국 한 사람이 외치며 선동하자, 동조하는 사람들이 점점 늘어나기 시작했다.

"거동이 불편하신 분들은 조금만 기다려 주시면 저희가 내려가서 엘리베이터가 작동될 수 있도록 방법을 찾아보겠습니다. 간호사 선생님들도 여기 계시니까, 제어실로 통하는 곳을 알려줄 수 있을 겁니다. 그렇죠?"

맨 처음 비상구로 내려가자고 말한 준호가 의견을 덧붙여 제시했다. 호소력 짙은 목소리와 강단 있는 얼굴, 적당한 체격 등 준호의 외적인 면들은 사람들에게 신뢰감을 주기에 충분했다.

"네, 지하 2층에 있을 거예요. 그건 저희한테 맡겨주세요."

상황에 휩쓸린 해수가 바로 고개를 끄덕이며 말했다.

"그럼 비상구 계단으로 내려가는 것으로 합시다."

결정은 빠르게 내려졌다. 나갈 방법이 생겼다는 것 하나로 사람들의 표정은 전보다 밝아져 있었다. 하지만 박하는 어딘가 불안했다. 철제 의자나 소화기 등으로 문을 힘껏 내려치는 남자들을 바라보며 박하는 문득 생각했다.

'저 문을 열어도 되는 걸까?'

점심을 먹은 후, 종종 산책 겸 엄마와 함께 가는 휴게실 방향으로 가던 박하는 이상한 것을 보았다. 커다랗고 긴 검은 돌처럼 보이는 그것은, 위쪽에 둥근 구멍이 나란히 두 개가 뚫려 있었다. 게다가 출입문 건너편에 떡하니 서 있었는데도 다른 사람들에겐 보이지 않는 것 같았다. 호기심이 생겨 가만히 지켜보던 박하는 그것이 움직이기 시작하자 곧장 온몸에 소름이 돋았다. 머릿속에서 경고음이 울렸다. 아는 척을 하면 해코지당할 것 같아서 박하는 얼른 시선을 돌렸다. 병실로 돌아오고 나서도 쉽사리 마음이 진정되지 않았다.

그리고 박하는 지금도 이상한 기분이 들었다. 이해할 수 없는 직감이 그녀를 괴롭혔다. 문을 억지로 열고 내려가는 것이 꺼려졌고, 왠지 안내 방송을 따라야 할 것만 같았다. 하지만 한마음 한뜻이 되어 비상구 문을 부수고 있는 사람들을 설득할 말이 떠오르지 않았다. 자신이 본 것을 이야기하는 것만으로는 소용이 없을 걸 알기 때문에, 박하의 얼굴은 갈수록 어두워져만 갔다.

그때 어깨와 팔뚝을 쓸어주는 따듯한 온기가 느껴졌다. 고개를 돌리니 엄마였다.

"괜찮겠지?"

"우리 딸, 엄마가 있는데 뭐가 무서워. 사람들도 이렇게 많고. 별일 없을 거야. 걱정하지 마."

"괜찮을 거야, 박하야. 언니가 괜히 널 불안하게 만들었네."

"아니야. 나만 모르고 있는 것보다는 차라리 알고 있는 게 나은걸. 말해줘서 고마워, 언니."

박하는 소식을 알려준 지영에게 진심으로 고마웠다. 아직은 남들만큼 볼 수 없었기 때문에 자신은 어떤 부분에서는 무방비하고 무지했다. 엄마가 없으면 누가 위험한 사람인지 알 수 없었고, 흰 지팡이가 익숙해도 가끔 뭔가에 걸려 넘어지곤 했다. 모르는 건 이제 싫었다. 그래서 자신이 어리다는 이유로 지영이 과보호를 하려 들지 않아서 박하는 좋았다.

박하가 사람들을 설득할 방법을 찾는 동안 둔탁한 소리와 함께 비상구 손잡이가 뜯겨나갔다.

"그럼 열겠습니다!"

준호가 외쳤다. 비명을 지르는 철문을 힘겹게 연 그는, 들고 있던 소화기를 문 사이에 껴놓고서 사람들이 순서대로 내려갈 수 있도록 보조했다. 박하와 일행들이 내려갈 차례 또한 금방 찾아왔다. 내려가기로 결정을 내린 숙영과 지영이 먼저 계단 아래로 내려갔다.

"우리도 내려가자. 엄마가 손잡아 줄까?"

"응."

부끄러웠지만 박하가 가지고 있는 무서움은 실체가 없어서 엄마인 연주의 온기가 꼭 필요했다. 아무것도 보이지 않게 되었을 때부터 그랬다. 무서운 꿈을 꿀 때마다, 엄마의 손을 잡으면 마법처럼 잠에 빠져들었다. 이번에도 용기를 얻은 박하는 바닥에 붙어 있던 발을 떼어 아래로 내려갔다.

비상구 유도등과 층수 표지판이 두 번 보였을 때, 박하는 희미하게 타는 냄새를 맡았다. 그 냄새는 다음 유도등을 지나쳤을 때 더욱 심해졌다. 잡고 있던 손을 통해 연주가 움찔하는 것을 느낀 박하가 혹시나 하며 옆을 쳐다봤으나, 그녀는 재채기를 참고 있었던 것뿐이었다.

'그럴 리가 없지. 또 실수할 뻔했네.'

며칠 전에 병실에서 있었던 일이 떠오른 박하는 이번에도 자신이 착각한 거라고 생각했다. 하지만 난간을 잡고 내려가던 박하는 아래를 내려다보고는 몸이 굳고 말았다. 다다음 유도등이 있는 복도에 무언가가 서 있었다.

눈을 의심하던 박하는 그 형체가 자신이 출입문 너머에서 보았던 것과 같다는 사실을 깨닫자, 저도 모르게 뒷걸음질을 치고 말았다.

"박하야?"

무언가에 겁을 먹은 박하를 걱정스럽게 바라보던 연주는 일단 사람들이 지나갈 수 있도록 벽 쪽으로 자리를 옮겼다. 지영과 숙영도 도중에 멈추려고 했지만, 사람들에게 떠밀려 계속 내려갈 수밖에 없었다.

"엄마 봐봐. 눈이 아프니?"

최악의 상황을 생각한 연주의 눈빛이 심각해졌다. 하지만 박하가 무언가에 시선이 빼앗겼을 뿐이라는 것을 알고는 의아해하면서도 안심했다.

"엄마, 저, 저기에……."

박하가 떨리는 목소리로 말하며 가리킨 곳은 계단이 꺾어지는 부분, 평평한 바닥이었다.

연주는 일단 박하의 팔을 잡아 내리고서 난간으로 가 아래를 확인했다. 하지만 그녀는 지금 자신의 눈을 믿을 수 없는 상태였다. 검사 결과는 문제가 없었지만, 이상 현상은 그 뒤로도 계속되고 있기 때문이었다. 마치 스포이드로 색만 뽑아낸 것만 같았다. 게다가 증상이 나타나는 주기가 점점 짧아지고 있었다. 연주는 박하가 가리킨 곳에 있는 형체가 무엇인지 확신할 수가 없었다. 괜히 박하에게 물어봐서 눈상태를 들키는 것은 피하고 싶었다.

자신들을 바라보는 시선에 연주는 태연하게 말했다.

"저희는 나중에 내려갈게요. 먼저 내려가세요."

"아, 그럼……."

"안 돼요! 가지 마세요! 내려가면 안 돼요!"

사람들이 내려가는 것을 박하는 필사적으로 말렸다. 이유 모를 외침에 사람들의 눈빛이 대번에 이상한 아이를 보는 것처럼 바뀌었다.

"아래에 뭐가 있나? 아무것도 안 보이는데."

"애, 괜찮은 거니?"

"혹시 저 애도 그때 그 남자처럼……."

수군거리는 소리가 연주의 귀에도 들렸다. 진정제를 맡고 보안 요원에게 끌려갔다는 남자를 그녀도 기억하고 있었다.

생명을 위협받는 상황이 되면 사람들은 잔인해진다. 연주는 그동안의 경험을 통해 알고 있었고, 지금 이 분위기가 박하에게 독으로 작용하리라는 것도 어렵지 않게 예측할 수 있었다. 위험했다.

"저희 애가 각막 이식 수술을 받은 지 얼마 되지 않아서요. 무섭게 해드렸다면 죄송합니다. 저희는 가장 나중에 내려가겠습니다. 죄송합니다."

"엄마……."

"괜찮으니까 엄마가 하자는 대로 하자. 응?"

"알겠어."

기죽은 목소리를 내는 아이를 달래줄 시간도 없이 연주는 더 안쪽으로 몸을 붙였다. 다행히도 직접 뭐라고 하는 사람들은 없었다. 그러나 박하에게 병이 있는 것처럼 닿는 것을 꺼리는 일부 사람들의 행동에 연주는 화가 났다.

연주는 사람들에게서 박하를 가리기 위해 마주 보고 선 다음, 그녀의 이마의 난 땀을 훔쳐주며 말했다.

"안색이 너무 안 좋네. 많이 놀랐지?"

따뜻한 손길에 기대며 박하는 불안감과 혼란을 잠재우기 위해 눈을 감았다. 눈을 감는 것이 진정하는 데 더 도움이 될 것 같았다. 하지만 그것은 자신의 존재감을 계속해서 드러냈고, 박하는 코를 찌르는 매캐한 냄새 때문에 숨쉬기가 힘들어졌다.

"엄마, 무슨 냄새 안 나?"

"냄새? 그러고 보니 아까부터 뭔가 타는 냄새가 나는 것 같은데, 화재는 아닐 거야. 사람들이 전혀 당황하지 않잖아. 혹시 그것 때문에 내려가지 말라고 한 거야?"

그럴 수도 있겠다 싶었다. 불이 났다면 사람들이 위험해질 테니까. 연주는 불안해 보이는 딸을 안심시켜 주고 싶었다. 화재일 리는 없었다. 병원이기에 화재 경보기가 고장으로 울리지 않을 리가 없었다.

"아래쪽에서 뛰어 올라오는 사람도 없고, 괜찮을 거야. 아가."

달래주는 말을 조롱하듯이 찢어지는 비명이 벽을 타고 울렸다.

"꺄악!"

"저, 저게 뭐야?"

사람들이 웅성거리기 시작했다. 당황스러워하면서도 그들은 무언가에 놀란 듯 도망치지 못하고 제자리에 굳어 있었다.

"엄마가 보고 올게, 여기 있어."

심상치 않은 반응에 연주는 혼자서 난간 쪽으로 가려고 했으나, 박하가 손을 놓아주지 않았다.

"나, 나도 같이 가. 엄마 혼자 가면 안 돼."

떨고 있으면서도 박하는 고집을 부렸다. 어쩔 수 없이 박하의 손을 꽉 잡은 채 이동한 연주는 몸으로 앞을 가려 박하가 보지 못하게 한 후에야, 고개를 숙여 아래를 내려다보았다.

"이게 대체……."

설명할 수 없는 일이 벌어지고 있었다.

"끄윽. 꺽."

사지를 뒤틀며 괴로워하는 여자가 보였다. 유튜브 영상에서 본 것처럼 길고 두꺼운 줄기들이 그녀의 신체 이곳저곳을 파고들고 있었다. 줄기가 더 깊숙이 들어갈 때마다 여성은 괴로워하며 몸을 비틀어 댔다.

궁금함을 참지 못한 박하가 옆으로 고개를 내밀었다. 연주가 다급히 손으로 박하의 눈을 가리려고 했지만 박하는 연주의 손을 내리며 말했다.

"나 괜찮아. 약하지 않아."

연주에게 그녀는 고개를 저으며 다시 한번 제 의견을 전달했다. 난간을 붙잡고 아래를 내려다본 박하는 지금 자신이 보고 있는 것을 보고도 믿을 수 없었다. 끔찍했다. 돌이라고 생각한 것에서 뻗어 나온 검은색 줄기들이 박하의 눈에는 마치 혈관처럼 보였다. 검은 줄기는 박음질을 하는 것처럼 밖으로 빠져나왔다가도 다시 안으로 들어가며 이어졌다.

"이상해, 엄마. 저건······."

나직하게 흘러나온 목소리는 바로 옆에 있는 연주에게만 들릴 정도로 작았다. 발견했을 때에는 뚜렷하게 보였던 검고 긴 그것은 지금은 아주 흐릿해져 있었다. 마치 여성의 몸 위로 덮어씌워진 것 같았다. 그 형체는 여성보다 머리 하나는 더 컸고, 검은 줄기의 움직임은 점점 느려지고 있었다.

"안 돼. 피해야 해, 엄마! 다들 도망치세요!"

이것저것 잴 시간이 없었다. 본능적으로 위험을 감지한 박하가 큰소리로 외침과 동시에, 무섭게 꺾이던 여성의 움직임이 멈추었다.

"뭐가 어떻게 된 상황이지?"

"이봐요, 괜찮아요?"

발작을 일으킨 거라고 생각한 몇몇 사람들이 걱정스러운 마음에 가까이 다가갔다. 대화를 할 것처럼 벌어지던 여자의 입술이 무언가가 끊어지는 소리와 함께 비틀린 것은 그때였다. 흑백 세계에 살고 있는 그것은 이곳으로 넘어오기 위한 하나의 통로로써 여자를 이용하기 시작했다. 영리하게도 그녀의 피를 줄기에 묻혀, 그것은 평범한 사람들의 눈에도 뚜렷하게 보이게 되었다. 그로 인해 여성의 입을 통해 튀어나온 검은 줄기들이 마음껏 사람들을 공격할 수 있게 되었다.

"으아악!"

"커헉!"

동시다발적으로 사람들의 비명이 울려 퍼졌다. 검은 줄기에 관통당한 사람들은 몸을 뒤틀며 괴로워했다. 좁은 공간은 순식간에 아수라장이 되었다. 박하는 그 속에서 지영과 숙영을 찾아보려고 했으나, 사람들에게 휩쓸려 내려간 것인지 보이지가 않았다.

"우리도 가자! 얼른!"

"그럼 저 사람들은 어떻게 해?"

미처 피하지 못한 사람들의 비명이 끊임없이 들려와 박하를 괴롭혔다. 눈이 보이지 않는 동안 청각이 발달한 박하에겐 너무 큰 고통이었다. 박하가 있는 곳까지 피가 튀어 볼에 붉은 자국이 만들어졌다.

"도와줄 방법이 없을까?"

연주를 돌아보며 박하가 물었다.

"엄마도 저들을 구해주고 싶어. 하지만 우린 할 수 없어, 박하야."

"하지만……."

떼를 쓴다고 될 일이 아니었다. 결국 박하는 연주가 이끄는 대로 다시 올라가는 계단을 밟았다. 오랫동안 달린 적이 없는 박하는 숨이 가쁘고 다리가 후들거렸다. 뒤에서 검은 그림자가 쫓아오는 것만 같아서, 박하는 휘청거리는 다리에 안간힘을 주고서 위로, 위로 올라갔다.

겨우 도착한 10층 비상구 문 앞에서도 사람들은 방황하고 있었다.

"뭐야! 문이 왜 닫혀 있는 건데?"

"그 사람 어디 갔어요? 분명 소화기로 문을 고정해 뒀던 것 같은데!"

"그, 그럼 어떡하죠? 이대로 있다가 따라잡히기라도 하면요!"

"손잡이가 부러진 상태니까! 같이 당겨봅시다!"

살고 싶으면 뭐라도 해야 했다. 건장한 사람들이 번갈아 가며 문을 열기 위해 고군분투했다. 한번 망가진 문이라 헐거워져 있었기 때문에, 문은 열릴 듯 말 듯 덜컹거렸다. 그들 중 용감한 사람들은 난간으로 가서 아래를 살폈다. 다행히 이상한 촉수 같은 것으로 사람들을 공격하던 여자는 보이지 않았다. 오히려 이상하리만치 조용했다.

"다른 사람들을 쫓아 아래쪽으로 내려갔나 봐요."

누군가가 안도의 한숨을 내쉬자 다른 이들도 잇따라 가슴을 쓸어내렸다. 오직 박하만이 안절부절못하고 있었다.

"우린 더 위로 올라가자, 엄마."

"하지만 잠겨 있을 텐데? 안전하게 기다렸다가 다 같이 들어가는 게 좋지 않겠니?"

박하는 대답하지 못했다. 자신도 확신하지 못하면서 남을 이해시킬 자신이 없었다. 그녀는 입술을 꾹 깨물었다. 막연한 불안감일 뿐, 위험하다는 말을 증명할 방법이 없었다. 땅을 보고 있던 박하가 고개를 들어 연주를 바라보았다. 그리고 단호하게 말했다.

"여기도 위험할 것 같아. 이유는 나도 모르겠는데 불안해. 그냥 우리 위로 올라가자, 응?"

작은 목소리는 애원에 가까웠다. 잠시 박하의 눈을 응시하던 연주는 고개를 끄덕였다. 계단을 올라가려면 뭉쳐 있는 사람들을 지나가야 했기에, 그녀는 안심하라는 듯이 박하의 손을 꽉 잡고서 소리쳤다.

"잠시만 지나갈게요!"

문을 여는 데 집중하고 있던 사람들은 두 사람이 위로 올라가는 것을 굳이 신경 쓰거나 막지 않았다.

끼이익.

연주가 이끄는 대로 계단을 올라가던 박하는 문이 조금씩 열리는 소리에 뒤를 돌아보았다. 숨죽여 좋아하는 사람들을 보면서 그녀는 자신의 예감이 틀렸음에 안도했다. 문틈으로 보이는 붉은 빛을 보기 전까지는 말이다.

어디선가 불어온 바람이 박하에게 익숙한 냄새를 실어다 주었다. 아래에서 맡은 것과 같은 냄새였다. 자신도 모르게 자리에서 우뚝 멈춰 선 박하는 고민했다. 자신이 어떤 이야기를 하든 연주는 이해해 주는 편이었지만 이번만큼은 믿지 않을지도 모른다. 하지만 완전히 문이 열리기 전에 뭐라도 해야만 했다.

"믿지 않아도 시도는 해봐야 한다고 생각해. 그래서 말인데 엄마, 저기에 그게 있어. 아까 사람들을 공격했던 게……. 저 문 뒤에 숨어 있어."

박하는 차분하게 설명하려고 노력했지만 떨리는 목소리까지는 숨기지 못했다.

"엄마는 믿어. 그렇지만 다른 사람들은 널 이상하게 바라볼 거야.

그래도 알려주고 싶은 거지?"

"응, 그러고 싶어."

"그럼 가자. 가서 알려주자. 뭐라도 해보자."

"응!"

반대하지 않고 자신의 말을 믿어주는 연주에게 박하는 환하게 웃어 보였다. 정작 그 미소를 본 연주의 마음은 복잡했다. 박하가 말하지 않았다면 그녀는 외면했을 것이다. 연주는 이번 일로 딸이 상처받지 않기를 바랐다. 마지막 계단 한 칸을 내려가지 않은 것은 안전을 위한 최소한의 조치였다.

그곳에 서서, 박하는 사람들을 향해 소리쳤다.

"기다려 주세요! 지금 문을 열면 안 돼요!"

"또 너니?"

"저 안에도 뭔가 있어요! 제발, 한 번만 제 말을 들어주세요!"

목이 쉬도록 소리쳤지만 돌아오는 반응은 싸늘했다.

"안을 본 것도 아니면서 그걸 네가 어떻게 알아?"

"그냥 너 가던 길 가라."

"아줌마, 애가 아픈 것 같은데 잘 좀 챙겨요."

사람들이 노골적으로 박하를 정신병자 취급하며 수군거렸다. 그러나 박하는 기죽지 않고 주먹을 꽉 쥐었다. 여기서 물러나면 자신만 이상한 사람이 될 뿐, 목표를 이룰 수 없었다. 발끈하는 감정을 가라앉히고서 박하는 반박하려고 입을 열었다. 하지만 그녀보다도 더 화가 난 사람이 있었다.

"말조심해요. 당신들 구해주겠다고 여기 남아 있는 거니까. 다들 바로 아래에서 일어난 일을 봤잖아요. 안전하다고 확신할 수 있어요?"

대답하지 못할 것이다. 그들 중 아래에서 일어난 일을 정확히 아는 사람은 없었고, 갑작스러웠던 습격이 여기에서도 발생하지 않을 거라는 보장 역시 없었기 때문이다.

"그러니 조심하는 게 좋을 거예요. 그 현상이 뭐든, 당신들은 보지 못할 테니까."

"그 말은 당신은 뭔가 보인다는 겁니까?"

"그래요. 난 본 적이 있고, 내 딸은 날 믿기 때문에 당신들에게 경고해 준 거예요. 알겠어요?"

생각지 못했던 폭로에 놀란 것은 다른 사람들뿐만이 아니었다. 바람이 일 정도로 빠르게 고개를 돌린 박하의 눈도 커져 있었다.

"어쨌든 위험성이 조금이라도 있는 곳은 피하는 게 낫지 않겠어요?"

그 시선이 느껴질 텐데도, 연주는 사람들을 보며 말했다. 반응은 두 가지로 갈렸다.

"그게 나을지도 몰라요."

"이렇게 막혀 있는 걸 보면 안에서 뭔가 문제가 생긴 건지도 모르고요."

"조금만 더 하면 열리는데 뭐 하러 위험한 결정을 내립니까? 그냥 엽시다!"

"전 찬성이에요. 그냥 들어가요! 아래에서 아무런 소리도 안 들리는 게 꺼림칙하지도 않아요? 이런 말 하기 그렇지만, 이미 다 죽고 우리 차례일지도 모르잖아요!"

많던 인원이 갈라져 이제는 20명도 남지 않았지만, 의견을 하나로 모으는 일은 굉장히 어려웠다. 안전이 공통의 목표였지만 그들은 너무 지쳐 있었고, 괴물처럼 변한 여자가 쫓아올지도 모른다는 공포감에 사로잡혀 있었다.

"그럼 찢어지는 게 어떨까요?"

"출입문 시스템이 다시 작동할 가능성도 있고, 저희한테 직원 카드가 있으니까요. 의견이 갈린다면 저희도 나뉘어서 가면 돼요."

10층 담당 간호사였던 해수와 소이가 사람들을 진정시키며 앞으로 나섰다. 신뢰가 가는 두 사람이 나서자 결정은 빠르게 이루어졌다. 대략 12명 정도 인원이 연주의 의견에 찬성했고, 소이가 먼저 앞장서서 위로 향했다.

마지막까지 남아 있던 박하는 미련을 버리지 못하고 문을 뚫어지게 바라보았다. 열린 문틈으로 손을 집어넣은 사람들이 구령에 맞춰 문을 당길 때마다, 헐거워진 철문이 삐걱거리는 소리를 냈다. 박하는 차라리 열리지 않았으면 했다. 뒤를 돌아보니 소이를 필두로 먼저 출발한 사람들의 뒷모습이 보였다.

정말 딱 한 번만 더, 박하는 마지막으로 그들을 설득해 보기로 했다. 이대로 자신만 올라가면 평생 죄책감이 들 것만 같았다.

"여긴 위험해요. 그냥 저희랑 같이……"

내려가지 않고 그 자리에서 설득하려던 박하의 입이 다물렸다. 차가운 시선이나 말 때문은 아니었다. 소름 끼치는 소리를 내며 결국 문이 열렸기 때문이다.

"뭐야, 왜 이렇게 어두워졌지?"

분명 몇 분 전까지만 해도 환했던 곳이 이상하게 어두컴컴했다. 빛을 싫어하는 누군가가 정성스레 병실에 커튼이란 커튼을 다 쳐버린 것처럼, 빛 하나 새어 나오지 않았다. 박하가 보았다고 생각한 붉은빛도 어둠에 삼켜져 버린 것처럼 보이지 않았다. 그런데도 박하는 시선을 뗄 수가 없었다. 그녀의 솜털은 모두 곤두서 있었고, 온몸에 오돌토돌 소름이 돋았기 때문이다.

"일부러 불을 다 꺼둔 건가?"

"들어가지 마세요!"

"거참, 무서우면 엄마 손 잡고 올라가지 왜 여기서 그러고 있어?"

"너랑 엄마만 괜찮다면, 문도 열렸는데 우리랑 같이 있어도 돼."

한결 편안한 표정이 된 사람들은 박하에게 엄마와 함께 이곳에 머물러도 된다고 친절을 베풀었다. 하지만 그녀의 귀에는 그들의 말이 하나도 들어오지 않았다. 박하의 시선은 문턱에 한 발을 걸치고서, 상체를 쭉 빼고 내부를 둘러보는 남자에게 향해 있었다. 운동으로 다져진 몸, 190cm는 훨씬 넘어 보이는 거구의 남자는 무서운 게 없어 보였다.

"일단 안으로 들어가죠. 불이 꺼져 있는 걸로 봐서는 누군가가 왔다 간 것 같은데, 어쩌면 자동문이 정상화되었을지도 몰라요."

용기 있게 나선 것처럼 보였지만 남자의 입가는 잘게 떨리고 있었다.

"그러지 마세요!"

박하가 말렸음에도 불구하고 무작정 안으로 들어가던 남자는 다섯 걸음도 채 옮기지 못하고 멈췄다. 이틀 전부터 가끔 맡아지던 타는 냄새가 났다. 그는 계단참에서 같은 냄새를 맡았고, 그 원인이 자신이 봤던 그것 때문이라고 인정하고 싶지 않았다. 남자는 겁을 먹은 것을 들키고 싶지 않은 마음에 박하를 돌아보며 소리쳤다.

"세상에 괴물 따위는 없어! 이거 봐! 아무런 일도 일어나지……."

남자의 입술이 부들부들 떨리며 말을 끝맺지 못했다.

"이건 말도 안 돼……."

그는 뻣뻣해진 고개를 움직여 뒤를 바라보곤 경악했다.

분명 조금 전까지 아무것도 없었던 병실 앞에 그것이 있었다. 벌벌 떨던 남자가 도망치기 위해 몸을 돌렸다.

"헉!"

살짝 바닥에 뜬 그의 발, 뒤로 휘어진 상체, 크게 뜨인 눈동자와 허리에 뭔가가 감긴 듯 다급하게 움직이는 손길. 입을 벙긋거리는 남자의 입에선 말 대신 색색거리는 미약한 숨소리만 나올 뿐이었다.

"뭐지? 지금 무슨 일이 일어난 거예요?"

허공에 붕 떠 있는 남자를 보며, 사람들은 상황 파악이 되지 않아서 이러지도 저러지도 못하고 있었다.

"도, 도와줘야 하지 않을까?"

"뭔지는 모르겠지만 아까랑 다른 것 같은데……."

"그래도, 저대로 둘 수는 없잖아요."

사람들이 남자를 돕기 위해 가까이 다가갔다.

"아악!"

그때, 남자의 허리가 뒤틀렸다. 사람들은 서둘러 남자를 구하려고 움직였지만, 그를 공중에 띄운 무언가를 찾을 수가 없었다. 평범한 사람들인 그들의 눈에는 남자가 입고 있는 티가 구겨진 것만 보일 뿐이었다. 괴로워하는 남자의 상태를 온전히 볼 수 있는 것은 박하뿐인 것 같았다.

"허리예요! 검고 굵은 끈이 허리를 옭아매고 있어요! 누구, 날카로운 거 가지고 계신 분 없어요?"

박하가 다급하게 외쳤다. 그것은 처음 봤을 때보다 뚜렷해져 있었고 어딘가 달라진 것 같았다. 박하는 어둠 속에서도 괴물의 움직임을

139

흐릿하게나마 볼 수 있었다.

남자를 잡고 있는 것은 팔이라고 하기엔 굉장히 길었고, 그것의 키는 족히 2m는 되어 보였다. 얼굴로 추측되는 부분에는 붉은 구멍을 제외하고는 아무것도 없었다. 아니, 입처럼 보이는 구멍은 하나 있었다. 그 구멍은 온몸을 차지하고 있을 정도로 길었고 사람을 통째로 먹을 수 있을 정도로 커다랬다.

길고 굵은 끈처럼 생긴 팔은 벌어진 입과 연결되어 있었다. 검은색의 줄기처럼 보이는 그것의 끝부분이 갈라지며, 남자의 두 팔과 허리를 파고들었다.

"사, 살려……."

필사적으로 말을 뱉은 남자의 눈에서 피눈물이 흘러내렸다.

"박하야!"

속수무책으로 끌려가는 남자의 발이라도 잡아보려고 박하가 달려갔으나, 그것은 손쓸 틈도 주지 않고 자신의 벌어진 입 속으로 남자를 넣어버리곤 입을 다물어 버렸다.

"박하야! 이쪽으로 와! 어서!"

허망하게 서 있는 박하를 잽싸게 끌어안고서 연주는 문에서 멀찍이 도망쳤다. 그녀의 몸에 힘이 들어갔다.

흑백 세상의 연주는 새까만 무언가로부터 시선을 뗄 수 없었다. 그러던 중 그것의 색이 흐릿해지더니 곧 사람의 형태를 띠기 시작했다.

이상함을 느낀 연주가 큰 소리로 외쳤다.

"모두 물러서요!"

하지만 사람들은 발소리가 들리자, 기적을 기대했다. 그 바람을 이루어 주려는 듯이 남자가 비틀비틀 어둠 속에서 걸어 나왔다. 여기저기서 안도의 숨을 들이마시는 소리가 들렸다.

"⋯⋯뉴스에서 말한 생체 실험이 진짜였나 봐요!"

그들은 거대해지고 괴기스럽게 변해버린 남자를 보고는 병원에서 생체 실험을 했다고 완전히 믿게 되었다. 풀려 있는 동공, 축 늘어진 팔, 새끼 사슴처럼 힘없이 후들거리는 다리. 징그럽게 변한 남자의 모습에 구토하는 사람도 있었다.

갈팡질팡하는 사람들 사이에서 연주와 박하는 굳어 있었다. 특히 연주는 남자의 주위로 일렁거리는 검은 기운이 꺼림칙하게 느껴졌다.

아래층에서 괴물이 되어버린 여자를 자세히 보지는 못했지만, 이 남자와 달랐던 것만은 확신할 수 있었다. 여성은 비교적 걸음걸이가 일직선으로 곧았고, 저렇게 곧 터질 것처럼 혈관이 부풀지도 않았었다.

거미가 몸을 기어 다니는 것처럼 오싹한 기운이 연주의 목 뒤쪽을 타고 올라왔다. 지체할 시간이 없었다.

"올라가자, 박하야."

"저 사람들은 얼마나 위험한지 몰라서 그래. 다시 한번 이야기해 보면!"

"박하야, 우리가 모두를 구할 수는 없는 거야. 이기적이라고 욕해도 상관없어. 엄마는 우리 딸만 무사히 살아서, 여기를 벗어나기만 하면 돼."

따듯한 손이 경직된 박하의 볼을 감쌌다.

잠시 후, 겨우 한풀 꺾인 박하를 데리고 계단을 뛰어 올라가던 연주는 뒤에서 폭죽이 터지는 것처럼 큰 소리가 나자 눈을 질끈 감았다가 떴다.

"하느님 맙소사……."

뒤를 돌아보니 남자는 없었다. 대신에 피로 물든 사람들이 바닥에 주저앉아 있거나, 혼이 나간 사람처럼 멍하니 서 있을 뿐이었다.

"뭐 하고 있어요! 빨리 움직여요!"

연주가 버럭 소리쳤다. 그제야 사람들은 헐레벌떡 두 사람이 있는 곳으로 뛰어 올라왔다. 가까이에서 본 그들의 몰골은 처참했다. 머리부터 발끝까지 피로 흠뻑 적셔져 있었고, 덜덜 떨고 있었다. 사람이 터져나가는 것을 눈앞에서 겪은 사람들은 모두 공포감에 빠진 상태였다. 그래서 그들은 잔해가 없다는 사실을 눈치채지 못했다.

사람들은 연주의 반응에 극도로 예민해졌다. 그게 무엇이든 볼 수 있는 사람이 그녀뿐이었기 때문이다. 박하가 눈에 띄는 것을 원치 않았던 연주는 다음 계단이 나올 때마다 먼저 "여기엔 없어요."라는 말로 사람들을 안심시켜 주었다.

그들은 계획보다 한 층을 더 올라갔다. 바로 아래층에 괴물이 있기에 무섭다는 의견들이 있었고, 먼저 출발한 사람들이 문을 열고 들어간 흔적도 없었기 때문이다. 병동의 비상문은 안쪽에서 버튼을 눌러야만 열리는 구조였고, 먼저 올라간 사람들은 아마도 문을 열 방법을 찾지 못한 것 같았다. 할 수 없이 사람들은 12층으로 향했다. 다행히 문은 열려 있었다.

"괜찮을 것 같아요. 아직은 불이 켜져 있네요."

조심스럽게 틈을 벌려 문 안쪽을 확인한 연주가 말했다.

빛이 괴물과 어떤 상관관계가 있는지는 정확히 모르겠으나, 어두컴컴한 곳보다는 밝은 곳이 안심되는 법이었다. 정신이 나간 것처럼 보였던 사람들의 표정도 조금씩 펴졌고, 생기가 돌기 시작했다.

"그럼 어서 들어가죠!"

누군가가 외치자 소리 없는 전쟁이 시작되었다. 안전이 확인된 곳으로 먼저 들어가기 위해 그들은 문으로 우르르 몰려들었다. 상황을 예상하고 있었던 것처럼, 멀찍이 문에서 떨어져 있던 연주는 모두 들어간 후에야 박하에게 말했다.

"우리도 들어가자."

"응."

두 사람은 만일의 사태를 대비해 문을 열어두었다. 자동문이 고장

난 상황이기에 어디든 빠져나갈 수 있는 구멍 하나쯤은 있어야 하기 때문이다. 급한 상황이 되면 1분 1초라도 아쉬워질 터였다.

"우선 주변을 좀 둘러보는 게 어떨까요?"

연주가 제안했다.

"글쎄요. 우리가 돌아본다고 한들 뭘 알까요?"

"맞아요, 어차피 우린 보이지도 않는데……."

"그럼 다른 사람들이라도 있는지 확인해 주세요. 그 정도는 해주실 수 있겠죠? 다 같이 살아남으려고 이곳에 왔으니까요."

싸늘하게 웃으며 연주가 반론했다. 사람들은 찝찝하다며 구시렁댔으나, 불이익을 당하는 건 싫었기 때문에 그녀의 의견에 따라 두세 명씩 짝을 지어 살펴보기로 했다.

박하는 연주와 함께 가장 가까운 병실을 맡게 되었다. 급하게 정리한 듯했으나, 병실 내부는 엉망이었고 곰팡내가 약하게 났다.

나뒹굴고 있는 철제 의자와 진청색 상두대 그리고 창가에 파손된 채 열려 있는 냉장고……. 박하는 안쪽부터 확인하기 위해 냉장고가 있는 창문 쪽으로 향했다.

"숙영 아줌마랑 지영 언니는 괜찮겠지? 같이 있었으면 좋았을걸."

박하가 스쳐 지나가듯이 걱정을 내비쳤다.

"괜찮을 거야. 엄마가 봤을 때 두 사람은 그 자리에 없는 것 같았어. 걱정하지 마."

그 둘이 무사하기를 바라며 연주가 말했다. 그녀는 주머니 속에 든 휴대폰을 떠올리곤 살짝 얼굴이 굳어졌다. 병동을 나선 후부터 먹통이 된 휴대폰은 절전 모드로 바꿔둔 상태였다. 연주는 오늘따라 휴대폰이 울리는 소리가 그리워졌다. 머릿속을 맴돌고 있는 불길한 상상을 누군가와 나눠 없애고 싶었다.

불과 몇 분 전에 있었던 일이 떠올라, 연주는 무너지지 않기 위해 덩그러니 놓여 있는 수납장에 몸을 기댔다. 자신이 이상한 것을 보게 된 것보다도, 딸아이가 같은 증상을 가지고 있을지도 모른다는 사실이 끔찍했다. 차마 박하에게 물어볼 수 없었다. 아직 그 답을 들을 자신이 없었다.

'여보, 빨리 돌아와. 와서 우리 딸 좀 지켜줘.'

눈을 질끈 감았다 뜬 연주는 가까스로 마음을 추슬렀다. 지금 당장은 괴물을 볼 수 있는 게 안전할 거라고 생각하기로 했다. 물론, 이곳을 탈출하게 된다면 반드시 치료할 방법을 찾아낼 것이다. 연주에게 포기란 없었다. 한숨을 내쉬던 연주는 혹시라도 고개를 돌린 박하가 자신의 표정을 볼세라, 얼른 찌푸렸던 얼굴을 펴곤 수납장을 확인하는 척했다.

"끄아악!"

그때였다. 남자의 비명이 두 사람이 있는 병실까지 또렷하게 들려왔다. 소리를 듣자마자 연주는 몸을 곧추세우고 박하를 돌아봤다.

'곁에 있어야 지켜줄 수 있어.'

연주는 손을 내밀었다.

"가보자, 박하야."

"잠깐, 엄마! 이거라도 가져가자."

병실을 살필 때 발견한 과도 하나를 들며 박하가 말했다.

"그건 엄마가 들게."

빠른 걸음으로 다가온 연주가 자연스럽게 박하의 손에서 과도를 가져갔다. 불은 그대로 켜둔 채 병실을 나서자, 바로 건너편 방에 사람들이 몰려 있는 게 보였다.

"난 사람이라니까요!"

익숙한 목소리가 답답하다는 말투로 소리쳤다.

"글쎄, 확인받기 전에는 움직이지 말라니까!"

"사람인지 아닌지는 금방 확인될 거예요. 좀만 기다려 보세요."

"대체 누굴 기다리라는 겁니까! 난 해야 할 일이 있다고요!"

두 사람이 가까이 다가가자 사람들이 누가 먼저랄 것도 없이 말을 걸어왔다.

"어때요? 저 사람한테도 뭔가가 보여요?"

"멀쩡히 걷고 말하는 거로 봐서는 사람인 거 같은데?"

모세의 기적처럼 갈라진 사람들 틈으로 걸어가며 연주는 한숨이 새어 나오려는 걸 참았다. 불안한 것은 이해했으나 눈앞의 남자는 평범한 사람으로 보였기 때문이다. 주변을 물들이는 검은 기운도, 불룩 튀어나온 혈관도 보이지 않았다. 짜증스럽다는 감정이 담긴 눈빛 또한 그들과는 다른 점이었다.

'역시 박하가 볼 수 있다는 건 사람들이 모르는 게 낫겠어.'

애먼 사람을 의심하는 것도 문제였지만 손바닥 뒤집듯이 바뀌는 사람들의 태도가 연주는 무서웠다. 필요할 때는 광신도처럼 의지하면서, 기대를 충족시켜 주지 못하면 쉽게 비난의 화살을 돌릴 것이기 때문이다. 그래서 연주는 둘만 남게 된다면 박하에게 단단히 일러둬야겠다고 다짐했다.

한편, 박하는 의자에 묶여 있는 홍철을 보고는 귀신이라도 본 것처럼 눈을 크게 떴다.

"홍철 오빠? 여기서 뭐 하시는 거예요?"

"어? 꼬맹아! 나 좀 풀어줄래? 사람들이 나보고 계속 괴물 아니냐고 하는데 말이지."

억울해하는 홍철을 보며 박하는 일단 그를 풀어줘야겠다는 생각에 그에게 다가갔다.

"어떻게 된 거예요? 잠시만요. 풀어드릴게요!"

시트의 매듭을 풀려는 박하의 팔을 옆에 서 있던 남자가 잡아채며 막았다. 기분이 상한 박하가 뒤를 돌아보자 갈색 머리칼에 옅은 갈색 눈을 가진 남자가 자신을 노려보고 있었다.

"윽! 이거 놔요!"

박하가 고통을 호소했음에도 그는 오히려 팔에 힘을 주었다.

"이봐요! 그 손 놓지 못해요!"

연주가 소리쳤다. 그제야 그는 박하의 팔을 놓아주고서 연주를 향해 공격적으로 말했다.

"이 사람이 정말 괴물로 변하지 않을 거라고 확신하세요? 안전을 택해야 한다고 말한 건 아줌마예요. 대체 무슨 기준으로 이 사람이 괴물이 아니라고 판단하시는 거죠?"

소중한 동생이 자신을 하염없이 기다리고 있을 거라는 생각에 현규는 신중할 수밖에 없었다. 날벼락도 이런 날벼락이 없었다. 만약 동생의 약을 받아오기 위해 들른 병원에서 친구를 만나지 않았다면, 운 나쁘게 이곳에 갇히는 일도 없었을 것이다. 어떤 식으로, 어디에서, 어떻게 괴물처럼 변한 사람들에게 당하게 될지 아는 게 없는 상태에서 수상한 남자를 풀어줄 수는 없었다. 적어도 납득할 만한 이유가 있어야 했다.

"학생 말이 맞아요. 하지만 제가 본 2명의 희생자들은 모두 몸에 나무줄기 같은 게 박혀 있었어요. 하지만 저 남자는 우리처럼 팔도, 얼굴도 멀쩡해요. 이걸로는 부족할까요?"

"저도 동의해요. 제가 본 영상에서도 신체에 한 곳이라도 특징이 드러났었어요."

조심스럽게 한 발자국 앞으로 나선 건 해수였다. 그녀는 무력감과 죄책감을 느끼고 있었지만, 무고한 사람이 의심받도록 보고만 있을 수는 없었다. 게다가 연주가 말한 것처럼 그들은 희생자였다.

그제야 사람들은 홍철을 머리부터 발끝까지 훑어보면서, 신체적 이상이 있지는 않은지 확인했다. 그런 상황에서 홍철의 심기는 당연히 불편할 수밖에 없었다. 그는 "이거야 원, 동물원 원숭이가 따로 없네."라고 말하며 대놓고 불편한 티를 냈으나, 신경 쓰는 사람은 아무도 없었다. 게다가 애초에 괴물이 아니었기에 홍철의 무죄도 금방 밝혀졌다.

그는 자신을 풀어준 박하에게 고맙다는 인사를 건네고, 아까부터 궁금했던 것을 물어보았다.

"그런데 저 사람들은 왜 피투성이가 된 거야? 귀신이라도 나타난 줄 알고 창피하게 소리 질렀잖아."

"그거 오빠가 지른 거였어요?"

"심장 떨어지는 줄 알았어. 뭔지 모르겠지만 여기 개인 샤워실 많으니까 다들 씻으시죠?"

원귀 같은 몰골을 한 사람들을 보며 홍철이 말했다.

"그럼 돌아가면서 씻기로 해요. 수건은 샤워실 수납장에 있으니 그걸 사용하시고, 옷가지는 병원복 말고 입을 만한 게 있는지 제가 찾아

보고 가져다드릴게요."

해수가 말했다.

"으, 안 그래도 찜찜했는데 잘됐네!"

"저랑 같이 가죠."

속속들이 나가는 사람들을 보던 홍철은 사과도 없이 가려는 현규에게 툭 말을 던졌다.

"괴물 아닌 거 밝혀졌는데, 할 말 없어?"

삐딱하게 내려간 고개나 이글거리는 눈동자만 봐도 홍철이 화가 난 것이 느껴졌다. 현규는 괜히 싸우고 싶지 않아서 대충 고개를 숙이며 사과했다.

"오해해서 죄송합니다. 그럼……."

누가 봐도 진심이 담겨 있지 않은 사과를 받았지만, 여러모로 지쳐 있었던 홍철은 별말 없이 방금까지 묶여 있었던 의자에 털썩 앉았다. 그는 지친 표정으로 얼굴을 쓸어내리다가, 두 사람이 아직 나가지 않았다는 것을 인식했다.

"너도 여기 있었구나. 어머님도 여기 계셨네요."

'하필'이라는 단어가 저도 모르게 나올 뻔했다. 얼굴을 찡그리는 홍철을 본 박하가 혹시 어디 아픈 곳이 있냐며 걱정하자, 그는 엄살을 떨며 팔이 아프다고 말했다.

"다들 예민해진 상태라서……. 많이 아파요?"

"사실 하나도 아프지 않았어요. 부드러운 천이라 생채기도 나지 않았을걸요? 그런데…… 사람들이 왜 저런 몰골이 되었는지 물어봐도 될까요? 아! 그리고 말씀 편하게 하셔도 돼요."

언제 아프다는 말을 했냐는 듯이 찡그렸던 미간을 편 홍철이 넉살 좋게 말했다.

"그럼, 그럴까? 혹시 고운 병원 관련해서 뉴스나 SNS에 올라온 영상 같은 거 보지 못했니?"

"그게……. 아침에 일이 있어서 보지 못했어요. 게다가 지금은 휴대폰이 먹통이더라고요."

홍철은 거짓말을 했다. 정확히는 새벽부터 홍철은 팀원들 모르게 첩보 영화를 찍고 있었다. 아마 자신이 여기에, 그것도 가지 말라고 했던 이전 VIP실에 온 것을 알게 된다면 재경은 목 뒤를 잡을지도 모른다.

하지만 이미 팀원들은 홍철이 병원에 있다는 것을 알고 있었다. 당연했다. 병원 내 방송을 한 사람이 홍철이었으니까. 여하튼 병원에서 벌어진 일이나 괴물의 습격에 대해서 홍철은 아는 바가 없었다.

"꽤 중요한 영상이었나 보네요."

머리를 긁적인 홍철이 멋쩍은 듯이 말했다.

"잠시만."

양해를 구한 뒤 밖으로 나간 연주는 의자 두 개를 가지고 와서 박하와 함께 앉았다. 그러곤 홍철에게 문이 잠겼던 것부터 지금까지 일어난 상황들을 차분한 음성으로 설명했다.

"끔찍했어. 생전 처음 보는 광경이었는데, 사람 몸에서 뿌리인지 촉수 같은 뭔가가 박혀 있었어. 아까 그 사람들은 사람의 몸이 갑자기 터지는 바람에 그렇게 된 거야."

"혹시 뿌리처럼 보이는 게 검은색이지 않았어요?"

불과 어제저녁에 겪은 일이 있었기 때문에 홍철은 연주가 무엇을 말하는지 단박에 알 수 있었다. 만약 겪어보지 못했다면, 그녀가 허무

맹랑한 소리를 한다고 생각했을 것이다.

"어떻게 알았니? 맞아. 마치 깊은 동굴 속처럼 새까만 색이었어."

재경의 경고처럼 그것들이 벌써 밖으로 나온 모양이었다. 구부러지던 쇠 파이프와 함께 그것의 흐릿한 잔상이 떠올라 홍철은 몸을 부르르 떨었다.

"젠장, 손전등이나 라이터……. 뭐든 빛을 낼 수 있는 걸 찾아야 해요!"

"뭔가 알고 있구나."

"저도 다 아는 건 아니에요. 아, 이럴 때 휴대폰이 터져야 하는데! 하여튼 그 괴물의 이름은 카리온이라고 하는데. 우리와는 다른 공간? 세계에 있다고 보시면 될 것 같아요. 보안 요원 중에서 재경이라고 있는데, 그 녀석 말로는 빛 아래에서는 그나마 안전하대요."

"하지만 계단에서는 불빛이 환했는데도 불구하고 공격당했어요. 오빠 말대로라면 안전해야 하잖아요. 그곳에서 사람들이 많이 아파했어요. 지영 언니랑 숙영 아줌마하고도 떨어지게 되었고요."

잠시 홍철은 박하가 한 말을 곰곰이 생각해 보다가 휴대폰 액정을 들여다봤다. 여전히 통화권 이탈 표시가 떠 있었다.

'망할! 산속에서는 잘만 터지더니! 갑자기 이러는 이유가 뭐야!'

답답하고 짜증이 났다. 휴대폰이라도 멀쩡했다면 재경이나 찬열에게 전화해서 물어볼 수라도 있었을 것이다. 홍철은 어제저녁 도망치는 재경을 붙잡아서 모든 걸 탈탈 불게 했어야 한다고 후회했다.

사실, 재경이 사준 음식을 다 먹고 한참을 생각해 봐도 이건 아니다 싶어서 병원에 다시 몰래 들어오긴 했으나 자신에겐 정보가 없어도 너무 없었다. 게다가 재경이 알려준 것과는 다르게, 박하의 말을 들어

보니 괴물 놈은 빛이 있는 곳에서도 사람들을 공격할 수 있는 모양이었다. 홍철은 제가 놓친 게 무엇일까 고민했다. 그때, 머릿속에 전등이 켜진 듯 홍철은 한 가지 가능성을 떠올렸다.

"이건 제 추측이지만, 아마 공격당한 사람들은 괴물을 볼 수 있었을 거예요."

"괴물을 본다니?"

"일부 사람들에게서 색이 없어지는 현상이 생겼다고 해요. 그런 사람들은 괴물을 볼 수 있는데, 동화인(同化人)이라고 부른다고 했어요."

이렇게 중요한 순간에 숨겨야 할 건 없었다. 기밀을 발설했다고 고소를 당할 수도 있겠지만, 그건 여기서 살아남은 뒤 고민해 볼 문제였다. 그래서 홍철은 재경에게서 들은 이야기들을 숨기지 않고 다 말해 줄 생각이었다.

"동화인이 뭐예요?"

다행히도 두 사람 다 홍철의 말을 진지하게 듣고 있었다. 연주는 공포에 빠진 얼굴이었지만, 박하는 무서울 정도로 집중하고 있었다. 그 이유를 알 리가 없는 홍철은 그저 이야기를 계속했다.

"아까 말한 것처럼, 괴물의 이름은 카리온이라고 하는데, 그 카리온이 사는 세상과 동화된 사람들을 일컫는 단어야. 발현되는 데 특정한 공통점이 있을 거라고 추측하고 있어."

"동화인……."

박하는 자신의 경우와 홍철이 들려준 동화인의 조건을 비교해 보기 위해 주위를 둘러보았다. 바닥에 떨어진 공룡 무늬 이불은 초록색이었다. 옷장 색깔은 고동색이었으며, 홍철의 검은 머리카락과 눈동자는 햇빛을 받아 갈색으로 연해졌다. 그리고 그가 입고 있는 보안 요원의 옷 색깔이 남색과 검은색이라는 것도 뚜렷하게 보였다.

박하는 고개를 돌려 연주를 바라보았다. 나이가 조금 들어 보였지만 여전히 고왔다. 하나로 높게 묶은 머리카락은 적포도주색이었고, 촉촉한 땅처럼 어두워진 초콜릿색 눈동자가 걱정을 담고 있었다. 오늘 입은 옷은 하얀 블라우스에 검은색 슬랙스로 깔끔해 보이는 차림새였다. 자신은 동화인이 아니었다.

'그럼 엄마는? 엄마의 눈에는 어떻게 보이는 거지?'

불안감이 엄습해 오자 박하는 연주의 손을 부여잡았다. 잡힌 손을 움직여 깍지를 낀 연주가 괜찮다고 말하는 듯했다.

"다른 사람들에게도 말해줘야겠네요. 만약에라도 우리 중에 동화인이 있다면 카리온이 냄새를 맡고 찾아올 수도 있으니까요. 재경이나 다른 팀원들한테 전화할 방법이 있다면 좋겠지만……. 현재로서는 휴대폰이 터지길 기다리든지 직접 만나러 가는 수밖에는 없겠어요."

한숨을 푹 내쉬는 홍철을 지긋이 바라보던 연주가 그에게 물었다.

"우리에게 말해준 내용. 사전에 허락받은 게 아닌 거지?"

꿰뚫어 보는 시선에 홍철은 어색하게 웃다가 무겁게 고개를 끄덕였다.

"……네."

"고마워. 네가 해준 이야기가 많은 도움이 될 것 같아. 사람들도 괴물의 정체에 대해 알게 될 거고, 이제 피할 방법이나 어떻게 해야 할지 같이 고민해 볼 수 있을 거야."

따뜻한 말에 홍철은 울컥하는 가슴의 울림을 느꼈다. 항상 오지랖을 부린다거나 착한 척하고 싶어서 나선다는 말만 들어왔기 때문이다.

"지고 가기에는 제가 견디기 힘들어서 그런 거예요."

수줍게, 좋으면서도 부러 칭찬을 거부하는 홍철에게 연주는 다정하게 웃으며 말했다.

"꽤 큰 용기를 내줬어. 쉽게 할 수 없는 일이잖아."

겨우 두 번째 만남이지만 홍철이 착한 사람이라는 걸 연주는 알 수 있었다. 반전된 세상으로 인해 현기증을 느끼던 그녀에게 먼저 말을 걸어주었고, 흔쾌히 박하가 산책을 즐길 수 있도록 도와주었다. 그 당시에는 경황이 없었지만, 분명 딸이 재잘거리며 들려준 이야기 속에는 홍철과 그의 친구가 있었다. 지금도 홍철은 병원에서 꼭꼭 숨겨왔던 진실을 솔직하게 말해주었다. 나중에 일이 어떻게 되든 입장이 난처해질지도 모르는데 말이다. 연주는 홍철이란 사람을 믿어보기로 했다.

"덕분에 내가 걸린 게 무슨 병인지 알게 됐어."

그녀는 폭탄이 될 말을 자연스럽게 꺼냈다.

"그 말씀은······."

"나도 동화인이 된 것 같아. 보였다가 안 보였다가 해서 그냥 피곤해서 그런가 보다 했는데. 그게 아니었다는 걸 네 덕분에 알게 되었어."

"엄마, 진짜야? 아니지?"

슬픔으로 어둡게 잠긴 박하의 눈을 응시하며 연주는 웃었다. 딸을 불안하게 만들었지만, 차라리 잘되었지 싶었다. 만약 자신이 멀쩡했다면, 박하가 사람들 앞에 나서야 했을 것이다. 그러니 연주는 이것으로 되었다고 생각하기로 했다.

"박하야, 엄마 쉽게 안 죽어. 우리 딸이 학교 다니는 모습도 봐야 하고, 친한 친구들 초대해서 성대하게 생일 파티도 열어줄 거고, 나중에 좋아하는 사람이 생기면 조금 걱정은 되겠지만 응원도 해줄 거야. 네가 만족스럽게 살아가는 걸 볼 때까지는 엄마, 살아 있을 거야. 그러니까 괜찮아. 걱정하지 마."

눈물을 터뜨리는 박하를 품에 안으며, 연주는 걱정하지 말라고 반복해서 말했다. 그냥 안심시키기 위해서 하는 말이 아니었다. 그녀는 끝까지 발버둥 칠 것이다. 살아남을 길만 있다면 그게 뭐든 해볼 생각이었다.

하지만 엄마를 잃을지도 모른다는 두려움에 빠진 박하에게는 연주의 말이 크게 와닿지 않았다. 이제 겨우 나쁜 일에서 벗어났다고 생각했는데 삶은 너무 불공평했다. 평생을 자신의 눈을 고쳐주기 위해 살았던 엄마에게는 가혹한 처사였다. 박하는 분통이 터지고 머리가 폭발해 버릴 것만 같았다. 처음으로 누군가를 저주하고 싶었다. 박하의 세상엔 엄마가 전부였으니까.

"그 괴물을 죽일 방법은요? 죽일 수는 있는 거죠?"

눈물로 촉촉하게 젖은 뺨을 거칠게 닦아낸 박하가 물었다. 그녀의 눈은 붕어처럼 부어 있었고, 볼은 새빨갛게 물들었다. 하지만 눈빛만은 강렬했다. 이대로 세상이 무너지는 걸 보고 있을 생각이 없었기 때문이다. 박하는 간절한 마음으로 홍철의 입이 열리기를 기다렸다.

"원하는 답을 주지 못해 미안하지만, 방법은 나도 몰라."

벼락이 몸을 관통한 것 같았다. 1분 동안 박하는 아무런 생각도 할 수 없었다. 엉망진창이었다. 뭐라도 생각해 내라며 박하는 자신을 스스로 다그쳤다.

'병원을 빠져나가기 전까지 괴물을 마주치지 않을 가능성이 얼마나 되지? 한 번은 피할 수 있다고 해도 두 번은? 세 번은? 죽일 방법을 모르는데 엄마를 어떻게 지켜야 하지?'

결과는 최악이었다. 한 시간도 안 되는 시간 동안 많은 사람들이 죽었다. 최상층인 이곳에서 1층까지 내려가는 데 얼마나 많은 괴물을 마주칠지, 감히 예상할 수 없었다.

풀이 죽은 것처럼 고개를 숙이고 있던 박하가 다시금 홍철에게 물었다.

"정말로 방법이 없는 거예요?"

애처롭게 묻는 말에 두 사람은 어떤 말도 하지 못했다. 어설픈 대답으로는 오히려 상처만 줄 터였다. 그래도 이대로 두기엔 너무 가여웠기에, 홍철은 뭐라도 기운이 날 만한 이야기를 해주고 싶었다. 그의 손이 박하의 어깨를 토닥여 주고 싶은 것처럼 올라갔다.

그때 허공에서 이상한 소리가 울렸다.

- 이 미친놈아! 네가 왜 거기 있어?

큰 소리에 깜짝 놀란 홍철은 올렸던 손을 내려 귀를 후볐다.

"하도 통화하고 싶다고 생각했더니 환청이 다 들리네."

- 종일 내 전화 피한 주제에 환청 같은 소리 한다.

"서재경? 진짜 너야?"

- 그래, 이 웬수야.

"설마 해서 묻는 건데. 너 나한테 위치 추적기 달았냐?"

- 쓸데없는 소리 그만하고 왜 거기에 있냐고! 내가 한 말 귓등으로 들어먹었냐?

정말 오랜만에 재경이 머리끝까지 화가 났다는 걸 홍철은 음성만으로도 알 수 있었으나 지금 중요한 건 그게 아니었기 때문에 무시하기로 했다.

"내 목소리를 들을 수 있는 걸 보니 방에 무슨 장치가 되어 있나 보지? 뭐, 그건 됐고. 여기서 나가려면 어떻게 해야 해? 도와줘."

- 낯짝 두꺼운 놈. 뻔뻔하기가 아주 하늘을 찌르는구나. 제 발로 기어 들어 온 놈을 내가 왜 또 도와줘야 하는데? 어디 그 이유나 들어보자.

"이미 도와줄 생각으로 나한테 말 건 거 아니야? 이것도 팀장이 알 아?"

- 내가 매일같이 후회하는 게, 그때 너한테 말을 건 거라고 내가 말 했었냐?

"대답이 듣고 싶은 거라면, 응. 그것도 수천 번. 귀에 딱지가 얹을 때 까지."

- 입을 꿰매버릴 수도 없고. 아니지, 넌 그래도 사고 칠 녀석이지. 하……. VIP 전용 엘리베이터 열어줄게. 이변만 없다면 바로 내려갈 수 있을 거야.

"최대 정원이 어떻게 되더라? 지금, 나 포함해서 9명이거든."

바로바로 대꾸를 해주던 재경이 답이 없었다. 홍철은 너무 무리한 부탁을 했나 후회했지만 일부만 남겨두고 떠날 수는 없는 노릇이었 다. 물론 이런 홍철의 생각은 재경의 화만 더 돋울 뿐이었다.

- 야! 지금 네 코가 석 자인데 누굴 걱정하는 거야? 네 그런 성격 진 저리가 나, 알아?

씩씩거리는 콧바람 소리가 셋이 있는 방 안 스피커를 타고 생생하 게 들려왔다.

"알아. 그래도 두고 갈 수는 없잖아."

답답할 정도로 홍철은 이기적이지 못한 사람이었다. 만약 살기 위 해서 누군가를 버리고 가야 한다면 그는 죄책감에 두 발 뻗고 잠들지 는 못할 것이다. 그런 성격을 누구보다도 잘 알고 있는 재경은 한숨이 절로 나왔다.

원장실과 연결된 CCTV로 그들을 보고 있던 재경은 마이크를 손으로 감싸 막은 뒤, 지친 목소리로 중얼거렸다.

"바보 같은 자식. 호구 자식. 제 목숨 챙길 줄 모르는 병신."

화면 속에 홍철은 멍청이처럼 사람 좋은 미소를 짓고 있었다. 재경은 입술을 깨물었다. 이렇게 나올 줄 예상했어야 했다. 차라리 진실을 약간 섞어 홍철에게 아버지를 돌봐달라고 부탁할 것을 그랬다. 그래도 한번 겪어봤으니까, 카리온을 마주해 봤으니까 살기 위해서라도 그가 이번엔 도망칠 거라고 믿었던 자신이 멍청이였다.

멋대로 홍철이 병원 전체 방송을 하지 않았다면 그가 돌아왔다는 것도 몰랐을 것이다. 대체 그가 몇 시에 들어와서 뭘 했는지 알 수가 없어서 재경은 불안했다. 정신을 차리고 보니, 결국 자신도 홍철과 비슷한 일을 저지르고 있었다. 그런데 태평하게 대화나 나누고 있는 모습을 보니 재경은 속에서 열불이 났다.

그는 박하가 고개를 숙이고 있어 그녀를 알아보지 못했기 때문에, 홍철이 또 생판 모르는 남을 위해서 나선다고 오해하고 있었다.

- 이 급한 상황에 화장실이라도 간 건 아닐 테고, 혹시 고장 났나?

그게 말이 되냐고 소리치고 싶은 걸 꾹꾹 눌러 참아낸 재경은 손을 떼고 말했다.

"헛소리 지껄이지 말고 살리고 싶으면 빨리 움직여. 정원은 충분하지만 누가 오면 도와주기 어려워지니까."

엉엉 울고 있던 어린 홍철이 떠올라, 재경은 또 욕하면서도 친구를 도울 수밖에 없었다.

고운 병원에는 원장실과 연결된 비밀의 방 이외에도 숨겨진 방이 몇 개 더 있었다. 그중에서도 4층에 만들어진 이곳은 병원장조차도 정확한 용도를 모르는 베일에 싸인 공간이었다. 루템에 속한 사람들만 출입이 가능한 이곳은 눈이 멀어버릴 듯하게 밝은 빛으로 채워져 있었다. 바닥 가운데에 설치된 보름달 모형 안에는 수백 개의 특수 조명이 매립되어 있었고, 천장에도 네모난 형태의 조명이 지그재그로 설치되어 있었다. 그 때문일까. 이곳에서 근무하는 사람들은 모두 고글을 쓰고 있었다.

여러 대의 스크린이 하나의 큰 스크린처럼 보이도록 정교하게 설치된 곳의 정면에는, 스키아의 보안 요원 2명이 최신형 모니터로 상황을 분석하고 있었다. 그들의 뒤로는 보안 팀의 총책임자인 재이가 멀찍이 떨어져 앉아 있었다.

"진행 상황은?"

태평스러운 재이의 질문에 지수는 기다리고 있었다는 듯 스크린에 화면을 띄웠다.

"어제저녁 9시 15분부터 시작된 부화 작업은 현재 40% 진행 중입니다."

딱딱하게 보고를 올리며 지수는 떨리는 눈으로 화면을 응시했다. 매일같이 보고 있는 것인데도 절대 익숙해지지 않았다.

부화가 될 듯 말 듯 했던 카리온의 상태가 갑작스럽게 변한 이유가 무엇인지는 모르겠으나, 솔직히 말하면 두려웠다. 그런데도 도망치지 않은 이유는 아무것도 모른 채 죽고 싶지는 않았기 때문이다. 그래서 홍철이 다시 돌아왔을 때, 지수는 자기도 모르게 다행이라는 생각이 들었다. 그를 만난 사람들은 적어도 카리온이 어떤 괴물인지 알게 될 테니까. 지수는 더 이상 사람들이 무차별적으로 죽어가는 모습을 보고 싶지 않았다.

문득 그의 시선이 모니터에 비친 재이에게 향했다. 그녀는 손바닥보다 조금 큰, 캠핑 랜턴처럼 보이는 것을 들고 있었다. 독특한 디자인의 원통은 뚜껑부터 시작해 바닥까지 가느다란 빛줄기가 촘촘하게 안쪽으로 박혀 있었다. 뭔가를 가두기 위해 만든 그 속에는 검은 액체가 들어 있었다. 손가락으로 툭툭 허벅지를 치던 재이가 원통을 빛이 나는 바닥 위에 내려놓고서 자리에서 일어났다.

"이전 VIP 병동은 어떻게 되고 있지?"

갑자기 바뀐 주제에 지수와 은성의 몸에 힘이 들어갔다. 긴장으로 심장이 조여지는 것 같았다. 사람들이 올라가는 것까지만 확인한 뒤에 화면을 넘겼기 때문에, 재이는 아직 홍철에 대해선 모르고 있었다. 지수는 제발 홍철이 시선을 끌 행동을 하지 않기를 바라며, 재이가 원하는 장면을 보여주었다.

탁. 갑자기 책상 위에 손을 짚은 재이 때문에 이번에는 심장이 밖으로 튕겨나갈 뻔했다. 커다란 스크린을 놔두고 하필이면 제 옆에서 자신의 모니터를 보고 있어서, 지수는 숨도 제대로 쉴 수 없었다. 다리가 후들거렸다. 그는 힐끗 눈동자만 굴려 재이를 쳐다보았다. 맹수가 먹이를 노리는 것처럼 그녀의 눈빛이 어둡게 빛나고 있었다.

"뭐가 잘못됐습니까?"

은성에 물음에도 재이는 대꾸하지 않은 채 뚫어져라 화면만 볼 뿐이었다. 그녀는 홍철을 알아봤으면서도 언급하지 않았다. 중요하지 않았으니까. 그보다 누가 퍼뜨린 건지 몰라도 강철에 대한 영상이 언론에 흘러나갔고, 자신의 계획이 틀어졌다는 게 중요했다. 일정이 어긋나는 걸 재이는 혐오할 만큼 싫어했다. 그리고 지금은…….

"놀랍네. 저 여자아이 우리 병원에 입원한 환자인가?"

"바로 알아보겠습니다!"

CCTV 위치 때문에 재이는 박하를 자세히 볼 수는 없었다. 하지만 그녀의 주변에서 희미하게 뿜어져 나오는 검은 기운이 박하가 동화인이라는 것을 말해주고 있었다. 옆에 앉아 있는 연주에게서도 검은 기운이 보였지만 박하와는 달랐다. 연주가 힘을 조절하지 못하고 기운을 마구잡이로 내뿜고 있다면, 박하의 경우에는 보일 듯 말 듯 희미해서, 웬만해서는 알아채기 어려울 정도로 절제된 것처럼 보였다.

재이는 강제로 동화인이 되는 과정에서 카리온의 기운을 온몸으로 받아내며 동화인을 감별하는 특출한 능력이 생겼기에 바로 알아본 것이다. 게다가 박하와 같은 경우를 알고 있었기 때문에 더욱 궁금증이 일었다.

재이는 화면을 뚫어져라 응시했다. 그녀는 박하의 얼굴이 화면에 잡히기를 바랐으나, 안타깝게도 그런 일은 일어나지 않았다.

'울기라도 하는 걸까. 이럴 줄 알았으면 좀 위험하더라도 원장실과 연결된 방에 있을 걸 그랬네. 무슨 이야기를 하는 걸까?'

조금 전까지는 심기가 불편했는데, 박하를 본 순간 재이는 호기심과 흥분에 사로잡혔다.

"각막 이식 수술로 입원을 했고, 강정훈 담당의가 수술을 집도했다고 나옵니다."

데이터베이스를 조회해 나온 결과를 은성은 차분하게 보고했다. 동화인이 아니라서일까. 재이가 홍철을 기억하지 못하는 것 같아 은성은 안심이 되었다.

"그 의사, 지금 어디에 있지?"

"그게, 어제부터 연락이 되지 않는 모양입니다."

"집에도 찾아가 봤지만, 아무도 살고 있지 않은 것 같다는 보고가 올라왔습니다."

병원에 소속된 의사가 흔적도 없이 사라진 특이한 일에 은성과 지수의 손이 빨라졌다. 곧 스크린에 보고서와 함께 강정훈의 신상 정보가 적힌 프로필이 띄워졌다.

몇 걸음 떨어져서 응시하던 재이는 주머니에서 휴대폰을 꺼내 어디론가 전화를 걸기 시작했다. 분명 다른 사람들의 휴대폰은 다른 세계에 떨어진 것처럼 신호조차 잡히지 않았는데, 재이의 것은 어떤 영향도 받지 않은 듯했다.

"나야. 사람 좀 찾아줘야겠어. 이름은 강정훈. 나이 42세. 키 174cm. 결혼은 안 했고 어제부터 종적을 감췄어. 자세한 건 파일로 보내줄게. 빠르면 빠를수록 좋아."

고운 병원 내에서 벌어지는 일들은 재이에게 무조건 보고가 되어야 했다. 그런데 그녀는 의사들 중에서 강정훈이란 자가 있다는 사실을 알지도 못했고, 심지어 자신과 비슷하거나 더욱 흐린 기운으로 둘러싸여 있는 박하라는 아이와 관련된 것도 보고받은 바가 없었다.

'김민재 병원장이 수를 썼을 리는 없어. 그럴 만한 그릇이 안 돼. 그럼 누구지? 설마 루템에서 나 몰래 사람을 투입한 건가?'

이건 자신의 권위에 대한 도전이었다. 고운 병원에 대한 프로젝트는 오로지 재이가 진두지휘하기로 약속된 것이었기 때문이다. 물론 그녀에게는 짐작 가는 사람이 1명 있었다. 그러나 조금이라도 내색한다면 제 무능함을 알리는 것과 같았기 때문에, 재이는 속으로 분노를 삭일 수밖에 없었다.

'일단 두고 봐야겠어. 지금은 확인이 먼저야. 저 아이가 이번 프로젝트에 도움이 될 귀한 보석일지도 몰라.'

만약 그렇다면 선수를 빼앗길 수는 없었다. 끼어든 자가 누구인지, 목적이 뭔지 확실하지 않은 상태였기에 재이는 일단 지켜볼 생각이었다. 그리고 확신이 든 순간, 그녀는 자신이 직접 움직여 손에 넣을 생각이었다. 달콤한 상상에 재이의 입술이 만족스럽게 위로 올라갔다.

"이들에 대해 계속 보고해 줘. 혹시라도 특이 사항이 있다면 바로 연락하고."

"염려 마십시오! 바로 연락하도록 하겠습니다!"

재이를 대하는 게 어렵지도 않은지, 웃으며 당차게 대답하는 은성을 지수가 아니꼽다는 눈빛으로 쳐다봤다. 밖에 카리온이 돌아다니는데도 무섭지도 않은지 재이는 그런 둘을 무시하고는 밖으로 나갔다.

그녀가 완전히 나간 것을 확인한 지수가 은성을 타박했다.

"야, 이 자존심도 없는 놈아."

"내가 뭘? 그보다 홍철에 대해서 넘어갈 모양인 것 같은데, 다행이지?"

"그건 그런데……. 아무래도 이상해."

"뭐가?"

"왜 이 꼬마에게 관심을 보이는 걸까?"

"그거야 모르지."

꺼림칙했다. 꽤 높은 직급의 재이가 이제 중학생은 되었을까 싶은 여자애를 신경 쓴다는 게 말이다. 이제껏 카리온과 연관이 없는 사람을 신경 쓰는 경우를 보지 못했기 때문에 더 그랬다.

"재경이 자식은 어디에 있는지 알아?"

무사히 넘어갔으나 홍철에 대해서도 걱정이 되었던 지수가 물었다. 그는 재경이라면 홍철을 찾고 있을 거라고 생각했다.

"글쎄. 각자가 어떤 임무를 수행하는지 공유하지 말라고 했으니 나야 모르지. 확실한 건 또 홍철이 사고를 친 걸 알면 거품을 물 거라는 거야. 10년 사귄 연인이 친구 보증 서준 걸 안 것처럼 맹렬하게 화를 내겠지."

"넌 지금 이 상황에서 농담이 나와?"

"매사 이렇게 얼굴 찡그리고 무겁게 살 수는 없잖아. 내가 바꿀 수 있는 일도 아니고. 가볍게 사는 거야, 인마."

"네 맘대로 해라."

대화를 포기한 지수는 무전기로 운형에게 홍철이 돌아왔다는 것을 보고했다. 자신과 은성은 교대 시간이 오기 전까지는 여기서 나갈 수 없으니, 나머지는 운형과 다른 팀원들이 해결해 줄 터였다.

✦

그 시각, 가장 위험한 인물이 자신들을 지켜보고 있다는 것을 알 리가 없을 텐데도, 박하가 있는 방 안의 분위기는 숨이 막힐 지경이었다.

"별로 좋은 생각이 아닌 것 같은데……."

"알아요. 하지만 밖으로 나간다고 해서 안전할 거라는 보장도 없죠."

"박하야."

"희망적인 말이라면 듣고 싶지 않아요. 전 현실적인 대화를 원해요. 카리온이란 괴물이 이 병원에만 있는 거 아니죠? 바깥에서도 같은 일이 벌어지고 있는 거잖아요. 그렇죠?"

현실은 동화나 소설이 아니었다. 박하는 최악의 최악까지 생각해야 했다. 적어도 이런 식으로 사랑하는 사람을 잃고 싶지는 않았다. 홍철의 말대로라면 안전한 곳은 없었다. 그러니 알아내야 했다. 방법만 있다면……

- 죽고 싶어 환장했군.

"야! 말 좀 가려서 해! 미안, 쟤가 말이 좀 험해."

당황한 홍철이 재경을 나무라며 미안한 표정을 지었지만, 박하는 전혀 당황하거나 상처받지 않은 듯 호기롭게 천장을 올려다보며 말했다.

"죽음의 문턱에 있는데 그런 걸 겁낼 것 같아요?"

"박하야, 그만!"

더럭 겁이 난 연주가 다급히 박하의 어깨를 잡으며 더는 말하지 못하게 막았다.

"틀린 말 아니잖아. 더 이상 우리가 피할 곳은 없어."

박하는 자신의 죽음도 겁났지만, 엄마인 연주의 죽음이 몇 배는 더 두려웠다. 협박하고 떼를 써서라도 재경에게 답을 듣고 싶었다. 다 털어놓고 도움을 청하고 싶은 마음이 굴뚝같았으나, 차마 엄마의 뜻에 반하는 일을 할 수는 없었다.

"그것들은 동화인을 알아볼 수 있다면서요. 괴물을 물리칠 방법이 있다면 알려주세요. 호기심에 물어보는 거 아니에요. 정말로 필요해서 그래요."

주인에게 혼나서 풀이 죽은 강아지 같은 얼굴이었지만 박하의 목소리만은 굳건했다.

- …….

사실을 말하자면 재경도 방법을 몰랐다. 알고 있었다면 진즉에 창고로 쳐들어가 그 자식들을 없애버렸을 것이다.

- 지금은 알려줄 수 있는 게 없어. 일단 병원을 탈출하는 것만 생각해. 죽이는 방법이야 내가 찾아볼 테니까.

순간 재경은 왠지 익숙하게 느껴지는 상황에 기분이 나빠졌으나, 자신의 대답에 진정된 것처럼 보이는 박하를 보자 내심 안심이 되었다.

"고마워요, 오빠."

- 됐어. 나 살려고 찾는 거니까. 그보다 얼른 내려갈 준비나 해. 시간 없어.

쌀쌀맞은 말투에도, 그런 재경을 나쁘게 보는 이는 없었다. 연주조차도 친구끼리 참 똑같다고 생각할 정도였다.

얼마 지나지 않아 병동 라운지에 사람들이 모였다. 빨리빨리 움직이라는 재경의 호령 아닌 호령에 재빠르게 방을 돌아다닌 결과였다. 어리둥절한 사람들에게 홍철은 자신이 알고 있는 것과 앞으로의 계획에 대해 말해주었다. 하지만 그의 제안을 들은 사람들은, 드디어 탈출할 수 있다고 좋아하면서도 망설였다.

"엘리베이터가 안전할까요?"

"솔직히 말하면 백 퍼센트 안전한 것은 아닙니다. 하지만 우리에겐 상황을 봐줄 사람이 있고, 엘리베이터라면 빠른 속도로 아래로 이동할 수 있어요."

재경의 허락하에 보안 요원이자 동화인인 그가 상황을 봐주리라는 것을 밝히자 여론은 긍정적으로 흘러갔다. 2명의 보안 요원, 2명의 동화인. 그 사실들은 사람들이 용기를 가지게 만들기엔 충분했다. 사실 불만이 있더라도 선택 사항이 없었다. 홀로 남아서 보이지 않는 적과 싸우는 것보다, 진실이든 거짓이든 도움을 받아서 살아남는 게 더 나았으니까. 물론, 끝까지 탐탁지 않아 하는 이들도 있었다.

　"카리온? 동화인? 그런 게 정말 있을까요?"

　"그런 괴물이 있다면 정부에서 몰랐을까? 그리고 애초에 왜 저들만 볼 수 있는 건데?"

　그들은 소리 죽여 대화를 나누었지만 거리가 가까운 만큼 다 들렸다.

　"당신도 정말 몰랐습니까? 여기 간호사인데?"

　화살이 해수에게 향하려고 하자, 즉시 박하가 나서서 그녀를 변호했다.

　"알면 언니가 여기 있었겠어요? 언니도 피해자예요."

　눈이 세모꼴이 된 박하가 까칠하게 대꾸했다.

　"쪼끄만 게 눈빛이 아주 사납네. 알았어! 죄송해요, 제가 좀 예민해져서 말이 잘못 나왔어요."

　뻘쭘해진 도영이 그런 의도가 아니었다고 바로 해명했다.

　"아마 병원에서 벌어진 '그 일'을 아는 직원은 없었을 거예요. 같은 병동에서 일했던 소이나 다른 이들만 하더라도 몰랐으니까요. 뉴스를 보지 않았다면……. 직접 보지 않았다면 쉽게 믿지 못했을 이야기잖아요."

　초췌해진 모습으로 자신의 입장을 전하는 해수의 얼굴은 동료에 대한 걱정과 앞일에 대한 불안으로 핼쑥해져 있었다. 분위기가 숙연해졌다.

다행히 엘리베이터는 금방 도착했다. 9명의 사람들이 무사히 탑승을 마치자 엘리베이터는 1층을 향해 하강하기 시작했다.

"병원에 남은 사람들이 우리 말고도 더 있어요?"

줄어드는 숫자를 응시하며 박하가 홍철에게 물었다. 아닌 척하지만 모두 그의 대답을 듣기 위해 귀를 쫑긋 세우고 있었다.

"정확한 숫자는 모르겠지만 있을 거야. 다행인 점은 오늘이 주말이라는 거지."

"혹시 10층 병동에 있었던 사람들이 무사히 탈출했는지 알아봐 주실 수 있을까요? 전화도 안 되고, 분명 위로 올라갔는데 보이질 않아서요."

해수가 물었다. 옆에서 박하도 같은 걸 질문하고 싶은 듯이 홍철의 소매를 잡고 간절하게 바라보고 있었다. 난감해진 홍철은 이미 대화를 듣고 있을 재경이 어떤 반응을 보일지 예상할 수 있었기 때문에, 자기 선에서 두 사람을 잘 달래보려고 했다.

"병원 내부 CCTV를 보려면 상황실로 가야 하는데, 아마 재경이는 다른 곳에 있을 거예요. 우리 때문에, 아니 저 때문에 지금 당장은 확인이 어려워요."

말은 그렇게 했지만 생각해 보니 이상했다. CCTV 송출 영상을 볼 수 있는 곳은 오로지 상황실뿐이었고, CCTV들은 병실 내부는 촬영하지 않았다.

'그럼 앤 지금 어디서 우릴 보고 있는 거야? 심지어 도청도 가능한 곳이라니.'

이놈의 병원은 숨겨진 내용이 끝도 없었다. 홍철은 골머리가 아파

오는 걸 느꼈다.

내부 사정을 알 리가 없는 사람들은 홍철의 말에 수긍하는 눈치였다. 박하는 실망한 것처럼 보였는데, 그런 그녀를 바라보던 해수가 불현듯 생각이 났는지 홍철에게 무전기를 가지고 있는지 물었다.

"제가 사정이 있어 두고 오는 바람에……. 도움이 되지 못해서 죄송해요."

"혹시 친구분께 물어봐 주실 수 있을까요?"

대답 대신에 홍철은 엘리베이터 내부에 있는 CCTV를 빤히 쳐다보았다.

'너도 들었을 테니, 대답 좀 해줘 봐.'

화면을 보고 있던 재경이 욕지거리를 내뱉으며 자신을 계속 찾는 무전기를 짜증스럽게 내려다봤다. 동료들에게도 비밀로 하고 홍철을 도와주고 있었기 때문에 그는 조심스러울 수밖에 없었다.

게다가 재경에게는 비밀이 하나 더 있었다. 아마 공원에서 박하를 만났을 때였을 것이다. 처음에는 홍철이 또 오지랖을 부려서 도와주게 된 환자라고만 생각했지만, 선글라스를 벗은 박하와 눈이 마주친 순간 느껴지던 찌릿함과 함께 몸을 긴장하게 만드는 기묘한 감각은 아직도 생생했다.

심지어 재이가 힘을 사용해 카리온을 사냥했을 때보다도 느낌이 더 강렬했기에, 재경은 박하가 자신과 같은 동화인이라는 것을 확신할 수 있었다. 그래서 숨겼다. 만약 다른 누군가가 그녀가 동화인이라는 것을 알게 된다면, 그건 곧 루템도 알게 된다는 것과 다름없었기 때문이다. 그들은 무조건 박하를 데려가려고 할 게 분명했다. 꼬맹이한테 이런 짓을 시킬 순 없었다. 동화인, 요원들은 하루가 멀다고 임무가 내

려오면 해남 땅끝마을이라도 가야 했고, 열에 아홉은 카리온이 지나
간 흔적과 살해 현장을 목도해야 했다.

그뿐만이 아니다. 루템이란 조직이 워낙 비밀스러운 단체였기에, 박
하에게 무슨 임무를 줄지 알 수가 없었다. 비록 사람들이 카리온의 존
재를 알게 되긴 했지만 그들은 또 꼬리 자르기 식으로 희생자를 만들
어 사건을 묻을 가능성이 컸다. 그렇게 되면, 지금 그들이 하는 일처럼
박하에게도 카리온의 흔적을 몰래 수습하는 일을 맡길지도 모른다.
저 어린아이에게 그런 잔인한 장면을 보여주는 것도 모자라서 뒷수습
까지 시키는 꼴은 죽어도 보기 싫었다. 설사 다른 임무를 준다고 해도,
내부에서 근무하게 될 확률은 벌레가 새를 이길 확률만큼도 안 될 것
이다.

깊은 한숨을 내쉬며, 재경은 마이크 가까이에 입술을 붙였다.

"골칫거리 친구 녀석 때문에 무전기를 들고 오는 걸 깜박했네요. 아
시다시피 카리온 때문에 모든 출입문과 엘리베이터가 작동이 불가능
한 상태예요. 그런데 그걸 제가 불법으로 움직이고 있죠. 불만이 많겠
지만 지금은 무사히 내려가는 것만 생각하세요. 다른 사람들에 대해
선…… 알아볼 테니까요."

지하에 위치한 상황실로는 갈 수가 없었고, 여기에 있는 모니터는
전부 다른 용도로 쓰이고 있었다. 예를 들면, 누가 이쪽으로 오고 있
지는 않은지, 엘리베이터가 지나가거나 지나갈 층에 카리온이 있지는
않은지 살펴보고 있는 것이었다.

시간을 쪼개면 엘리베이터 근처뿐만 아니라 다른 곳도 확인할 수는
있겠지만 재경은 그럴 정신이 없었다. 카리온도 확인해야 되는데, 자
꾸만 무전기로 자신을 찾는 연락이 와 신경이 날카로워져 있었기 때

문이다.

- 재경아! 야! 대답 좀 해!

팀원들이 돌아가면서 연락을 하더니 조금 전부터는 찬열만 재경을 찾고 있었다. 계속 무시하려던 재경은 진정한 것처럼 보이는 홍철과 무리를 보고서야 내키지 않지만 무전기를 켰다.

"무슨 일이에요?"

얼굴에 철판 깔고 재경은 모른 척하기로 했다.

- 왜 이렇게 연락이 안 돼?! 나야말로 무슨 일 난 줄 알았잖아! 너, 홍철이 돌아온 거 알고 있어? 지금 난리도 아니야! 그 자식은 왜 돌아와서는! 무전기도 어디다 팔아먹었는지 하영 누나가 찾아왔더라!

"하영 누나가요?"

- 그래! 뭐, 그건 됐고. 너 어디야? 팀장님이 지정해 준 자리에 없던데.

"형, 혼자 있어요?"

짧은 침묵 후에 찬열이 가라앉은 목소리로 물었다.

- 설마 홍철이 구하러 간 거야?

무전을 받았을 때 이미 각오했으나, 재경은 저도 모르게 들켰다는 생각에 입술을 깨물었다. 어차피 숨기려고 해도 그들이 마음만 먹으면 얼마든지 알아낼 수 있을 테지만 가능하면 늦게 알아채길 바랐기 때문이다.

"제가 실수한 거잖아요. 사실을 알아도 도망치지 않을 걸 예상했어야 했어요."

- 휴. 나도 잘못이 있어. 홍철을 해고하려고 하는 팀장님을 말렸거든. 카리온이 부화할 시기가 빨라졌을 줄 알았나. 그것만 아니면 나름

괜찮은 직업이잖아, 홍철이한테는.

재경은 차라리 다른 회사를 소개해 줄 걸 그랬다며 후회하는 찬열의 모습이 머릿속에 그려졌다. 달콤한 게 당긴다며 초코 우유를 연달아 마시고 있을지도 몰랐다. 그만큼 찬열에게 홍철은 아끼는 동생이었기 때문이다.

"형, 죄송해요. 무사히 빠져나가는 것만 보고 바로 복귀할게요. 팀장님한테는 그때 가서 혼날 테니까 지금은 모르는 척해 주시면 안 될까요?"

- 그건 좀 어려울 것 같아. 혼자선 무리야.

"무슨 의미예요?"

온도의 앞자리가 바뀐 것처럼 재경은 추위를 느꼈다. 불길한 예감이 들면서 그의 눈은 홍철이 타고 있는 엘리베이터를 향했다. 왜 혼자서는 무리라는 걸까. 운형을 막는 게 힘들다는 의미일까. 아니면…….

- 벌써 70%를 넘어섰어. 갑자기 부화 속도가 월등히 빨라졌는데 루템에서도 원인을 모르는 모양이야. 가만히 있다가 벼락 맞게 생겼어.

"그럼……."

말이 제대로 나오질 않았다.

- 그래, 배가 한창 고플 테지. 일단 설치해 둔 조명은 다 켜뒀어. 재이 실장은 연락이 안 되고, 우리끼리라도 일단 가볼 생각이야. 넌 오지 말고 될 수 있으면 홍철이랑 같이 밖으로 나가도록 해.

"저도 금방 갈게요."

- 안 돼. 병원 안에 사람이 별로 없어서 잘못하면 카리온이 홍철이 있는 곳으로 갈지도 몰라.

"하, 진짜 운도 없네요."

173

한숨을 푹 내쉬며 재경은 머리를 쓸어 넘겼다. 카리온의 부화는 예정되어 있었던 일이지만 왜 하필 오늘인 걸까 원망스러웠다. 재경은 의자에서 일어나 주위를 서성였다. 생각할수록 화가 났다.

'그들이 늦장만 부리지 않았어도!'

이가 갈렸다. 수차례 보고를 올렸음에도 불구하고 루템에서는 앵무새처럼 지켜보자는 대답만 반복했고, 누군가가 카리온에 대한 영상을 올린 이후로는 폭주하는 기관차처럼 마구잡이로 굴고 있었다. 사람들을 빨리 빼내지 못한 것도 다 그런 이유 때문이었다.

재경은 그제야 한 가지를 깨달았다. 자신을 포함한 보안 팀은 몇 시간 전부터 루템에서 내리는 쓸모없는 명령이 아니라, 운형이 직접 판단해서 내리는 지시를 따르고 있었다. 그렇기 때문에 코드 레드 상황이 되기 전에 병원 사람들에 대한 구출 명령을 하달받은 보안 요원들이 병원 곳곳에 퍼져 있을 터였다. 그리고 박하가 있었던 10층 병동을 맡은 요원도 분명 있었을 것이다.

"형, 병원 사람들 대피시키고 있는 건 누구예요?"

- 지금은 고준 형, 기석 형, 하영 누나 그리고 나혜. 이렇게 4명이야. 왜?

"도움 좀 받으려고요."

'박하가 궁금해하는 것도 겸사겸사 물어볼 수 있겠지.'

찬열에게서 자세한 위치를 들으려는 순간이었다.

웨에엥.

날카로운 화재 경보음이 각 층마다 울리기 시작했다. 방송에서는 코드 레드라는 단어가 계속해서 흘러나왔다.

- 젠장, 80% 돌파했어! 넌 내려올 생각 말고 얼른 홍철이부터 찾아!

"형, 형!"

뒤늦은 외침은 찬열에게 닿지 못했다. 재경은 재빨리 모니터를 살폈다. 이제 7층. 엘리베이터가 왜 이렇게 느리게 가는지 아주 기가 다빨릴 지경이었다. 눈 한 번 깜박이지 않고 샅샅이 살피던 재경의 표정이, 누군가 플라스틱 병을 꽉 잡은 것처럼 와작 일그러졌다.

'카리온이다.'

5층에 카리온 두 마리가 있었다. 그것은 벽과 천장에 누에고치처럼 납작하게 붙어서 움직이지 않고 있었다.

"저기서 뭐 하는 거지?"

모니터에 빨려 들어갈 것처럼 가까이 다가간 재경은 뭔가를 발견하고는 두 눈을 부릅떴다. 움직이지 않는다고 생각했던 카리온들은 아주 미세한 속도로 앞으로 나아가고 있었다. 게다가 숨을 쉬기 위한 기관으로 추정되는 붉은 구멍들이 빠르게 열렸다가 닫히기를 반복하고 있었다. 보통 카리온의 호흡 주기는 5-10분 간격이고, 그때에도 숨 구멍을 일부만 열어두는 편이었기에, 같은 카리온이라고 하더라도 시간이 지나면 숨 구멍의 위치가 달라져 외형이 다르게 보이기 일쑤였다.

갑자기 그것들이 모든 숨 구멍을 열었다. 그 모습은 마치 비늘이 일어나는 어병(漁病) 중 하나인 솔방울 병이 카리온에게도 전염된 것처럼 보였다.

촤르륵.

카리온의 피부가 물결치고 있었다. 마치 뭔가를 찾고 있는 것처럼, 뾰족하게 일어난 피부 아래의 모든 구멍이 절반 정도 닫혔다가 열리기를 반복했다. 핏빛으로 빛나는 구멍이 오늘따라 한층 더 불길한 느낌을 안겨주었다.

숨죽이며 지켜보고 있던 그때였다. 천장에 붙어 있던 첫 번째 카리온의 숨 구멍이, 일제히 500원짜리 동전 크기로 확장되더니 순식간에 확 닫혀버렸다. 자세히 살펴볼 새도 없이 등의 가운데 부분이 벌어지더니, 검은 줄기가 튀어나와 그대로 난간을 붙잡고는 위로 올라가기 시작했다.

"미친!"

재경은 황급히 'STOP' 버튼을 눌렀다. 그는 위로 올라간 카리온을 찾느라 다른 모니터들을 확인하고 있었기 때문에 남아 있던 한 마리도 뒤따라 올라가는 것을 보지 못했다. 뒤늦게 고개를 돌렸을 때는 이미 남아 있던 카리온도 사라지고 난 뒤였다.

"제기랄!"

책상을 내리치며 재경은 소리쳤다. 마음이 급해서 치명적인 실수를 하고 말았다. 최악이었다. 그는 놓쳐버린 카리온이 어디로 튈지 알 수 없었지만 기분 나쁜 예감이 들었다. 신경질적으로 숨을 뱉어낸 재경이 다시 엘리베이터를 조작했다.

6층과 7층 사이에 멈춰 있던 엘리베이터가 다시 위로 올라가 8층에서 멈춰 섰다. 갑작스러운 이동에 사람들은 혼란스러워했다. 하지만 재경은 상황을 설명해 줄 시간이 없었다. 카리온과 사람들의 거리가 점점 가까워지고 있었기 때문이다.

다급히 마이크를 켠 재경이 소리쳤다.

- 지금 당장 엘리베이터에서 내려!

불호령같이 터진 재경의 말과 함께 문이 열렸다. 가장 먼저 정신을 차린 홍철이 사람들을 다독이고, 부축하며 바깥으로 나갈 수 있도록 도왔다.

- 시간 없어. 가장 밝은 곳을 찾아, 얼른! 가서 최대한 버티고 있어. 지금 갈 테니까!

"씨발. 미치겠네, 진짜."

욕이 절로 튀어나왔다. 카리온이 이쪽으로 온다는 사실에 홍철의 심장은 빨리 뛰기 시작했고, 손바닥은 땀으로 축축해졌다. 생각과 다르게 발이 떨어지지 않던 홍철은 멍한 표정으로 자신을 쳐다보는 사람들을 보자, 정신이 번쩍 들었다.

'재경이 올 때까지는 내가 지켜줘야 해.'

휘적휘적 긴 다리로 사람들을 헤치고 걸어간 홍철은 강제 개방된 출입문을 지나, 가장 가까이에 있는 병실 문을 열어젖혔다. 불이 꺼져 있었지만 밖에서 들어오는 햇빛이 내부를 조금은 환하게 만들어 주었다. 혹시나 하여 스위치를 누르자 다행히 형광등에 불이 들어왔다. 하지만 이 정도로는 얼마 버티지 못할 것이다. 그놈들은 멀쩡한 불빛도 꺼버릴 수 있었다.

"할 수 있는 만큼 형광등을 전부 빼 오세요!"

굳어진 얼굴로 홍철이 소리쳤다.

사람들이 슬금슬금 일어나 가까운 병실로 들어가기 시작했다. 그사이에 홍철은 병실을 돌아다니며 불이란 불은 전부 켜고 다녔으나, 건너편까지는 불을 켤 시간이 없었다. 홍철이 간호 스테이션에 있는 불까지 켜고 돌아왔을 때, 사람들은 자신들이 가져온 형광등을 침대에 차곡차곡 쌓아두고 있었다.

"이제 문을 막아야 해요! 이쪽으로 와서 도와주세요!"

자신을 의지하는 사람들 앞에서 약한 모습을 보일 수 없었던 홍철은 의연하게 보이려 노력했다. 그들은 잠금장치가 없는 문을 닫고서,

서랍과 침대 등으로 문을 막았다.

"혹시 뭔가 느껴지는 게 있으세요?"

연주에게 다가간 홍철이 속삭였다.

"잠시만."

일단 연주는 시간을 벌었다. 사람들의 등쌀에 카리온이 보이는지 주변을 살피느라 눈을 제대로 쉬어주지 못했다. 게다가 어딘가 이상한 박하의 상태도 신경이 쓰였다. 뭔가가 보이는 것처럼 박하는 비상구에 시선을 고정한 채 초조해하고 있었다.

연주는 사람들의 시선을 의식하고는, 박하가 두려워하는 것처럼 포장하기 위해 어깨를 감싸며 달래주는 척 말을 걸었다. 고개를 숙여 박하의 표정을 가린 연주는 냄새가 점점 짙어지고 있다는 딸의 말을 듣고는 심장이 쿵, 내려앉았다.

"왜 그러세요?"

이상함을 느낀 홍철에게 대답을 해주기 위해 연주는 호흡을 가다듬었다. 최대한 자신 혼자서 느낀 것처럼 설명해야 했다. 그녀는 마른침을 삼킨 뒤, 입을 열었다

"비상구를 통해 오고 있는 것 같아. 거의 가까워졌어."

"우릴 못 보고 지나쳤으면 좋겠네요."

"그러게. 이쪽으로 오지 않기를 바라야지."

말은 그렇게 했지만 홍철과 연주는 회의적이었다. 여기에는 카리온이 좋아하는 먹이가 아마도 2명이나 있었기 때문이다. 피할 수 없는 상황에 연주는 제발 카리온이 박하를 인식하지 못하기를 바랐다.

"무슨 방법이 없을까요?"

회사원으로 보이는 찬희가 안경을 추켜올리며 홍철에게 물었다. 그

는 식은땀을 뻘뻘 흘리고 있었다.

"지금으로써는 없어요, 형광등이 꺼지지 않기를 바라는 수밖에는."

단호한 대답에 사람들이 신음을 삼키며 어둡게 가라앉았다.

"연주 씨라면 뭔가 할 수 있지 않을까요?"

내내 조용히 사람들을 따라다니던 민서가 툭 끼어들었다. 금방이라도 울 것처럼 그렁그렁한 눈을 한 민서는, 연주에 대한 이야기를 하면서도 차마 그녀와 시선을 마주치지 못하고 있었다.

"맞아요! 본다는 건 특별한 거니까. 타격을 주는 것도 가능하지 않을까요?"

괴물이니, 카리온이니 하는 말을 믿지 않았던 도영은 눈을 빛내며 민서의 말에 힘을 실어주었다. 사람은 위급해지면 그 전의 일은 잊어버리기 마련이었다. 그래서 도영은 연주와 홍철에게 땍땍거렸던 과거를 잊어버리고서 그들이 뭐라도 해주길 원하고 있었다.

"괴물을 죽일 방법은 없어요."

연주를 몰아가려는 상황에, 한 걸음 앞으로 나선 홍철이 자연스럽게 그녀를 가리며 말했다.

"그게 말이 됩니까? 우리는 보이지 않으니 닿지 않는다고 해도, 저 사람은 보이니까 뭐라도 할 수 있을 거 아닙니까!"

"이봐요, 그게 말처럼 쉬운 줄 알아요? 눈앞에 보이든 안 보이든 괴물에 맞설 수 있는 사람이 몇이나 될 것 같아요?"

속이 답답한 사람처럼 홍철이 제 가슴을 퍽퍽 주먹으로 내려쳤다. 도영은 홍철이 싫어하는 부류였다. 상황이 이렇지만 않았어도 홍철은 입을 다물라고 그를 협박했을 것이다.

"그건 그렇지만……. 보이는 이유가 있을 것 아닙니까. 그저 볼 수 있기만 하다는 말을 댁이라면 믿겠습니까?"

도영은 홍철이 봐준 줄도 모르고 계속해서 연주를 걸고넘어졌다.

'하, 오래간만에 열받게 하는 놈이네. 이걸 확 기절시켜 버릴 수도

없고.'

부글부글 화가 끓어올랐지만 홍철은 상황이 상황이니만큼 일단은 참고 넘어갔다. 짐을 제 손으로 만들고 싶지는 않았기 때문이다.

"그만해, 홍철아. 그리고 저도 보이는 이유를 몰라요. 그러니 죽이는 방법 또한 모릅니다. 바로 몇 시간 전까지, 당신들처럼 저도 아무것도 모르는 일반인이었으니까요."

무덤덤한 눈으로 연주는 도영뿐만 아니라 사람들의 눈을 일일이 응시하며 말을 끝냈다.

"하지만!"

고집스럽게 도영이 주장을 이어가려고 할 때였다. 박하가 다급한 몸짓으로 연주의 소매를 잡아당겼고, 멀쩡하던 전등이 깜박거리기 시작했다. 사람들은 소리를 지르지 않기 위해 손으로 입을 막으며 문에서 멀리 떨어졌다. 긴장한 시선이 문을 향했다. 그 상태로 있기를 한참, 시간이 지나도 밖은 조용하기만 했다. 박하는 무섭지도 않은지 빤히 문을 쳐다보고 있었다. 마치 문 건너편 세상이 보이기라도 하는 듯이 말이다.

미친 듯이 깜박이던 형광등이 평온을 되찾고 병실 내부를 비출 때까지, 사람들은 숨을 죽이고 기다렸다. 무언가 나타나지 않기를, 혹은 누군가가 구하러 와주기를…….

"젠장."

창문을 확인한 홍철이 당황스러운 표정을 지었다. 붉은색에 가까운 노을빛이 창문을 타고 들어와 병실 안에서 넘실거리고 있었다.

"밤이 되면 더 위험해질 거예요."

매캐한 냄새는 형광등 불빛이 안정되는 순간 사라졌지만, 카리온이

밖에 있을 거라는 생각은 그대로였다.

홍철은 마음을 놓을 수가 없었다. 재경이 올 때까지는 버텨야 했으나, 딱히 할 수 있는 게 없어서 입술이 바짝 말랐다. 홍철은 직접 공격을 받아봤기에 그놈들의 힘이 어느 정도로 강하고, 움직임은 얼마나 빠른지 알고 있었다. 마음만 먹으면 조잡하게 쌓아둔 가구들을 밀어버리고, 문 따위는 얼마든지 찌그러뜨리거나 떼어버릴 수도 있을 터였다. 카리온의 존재를 믿는 사람들은 투시라도 할 것처럼 움직이지 못하고 문만 뚫어져라 바라보고 있었다.

반면, 시간이 지나자 괴물의 존재를 의심하게 된 도영 같은 사람들은 점점 긴장을 풀고 안심하기 시작했다.

"야, 저기 가서 좀 앉자."

"그래."

친구 사이인 도영과 윤재는 각기 침대를 하나씩 차지하고는 편하게 자리를 잡았다.

'괴물은 무슨……. 헛짓한 거 아니야?'

집에서처럼 대자로 누워 있던 도영이 속으로 투덜거렸다. 친구 따라 병문안을 왔다가 운 나쁘게 병원에 갇히게 된 그는 다시 상황이 좋아지자 짜증이 일었다. 그냥 모든 게 한심스럽게 느껴졌다. 뭔가에 홀려 사람들이 이상해진 것 같다고 생각했다.

도영은 당장이라도 그들에게 정신 차리라고 말하고 싶었지만, 눈앞에 떡하니 서 있는 건장한 홍철을 보자 그 말이 속으로 쏙 들어가 버렸다. 그럼에도 입은 살아 있어서 끊임없이 투정을 부렸다.

"이게 무슨 꼴이냐. 지금쯤 집에서 드라마 볼 시간인데."

"미안하다. 내가 같이 오자고 해서……."

도영의 성격을 알고 있는 윤재는 그의 짜증을 달래줄 셈으로 먼저 사과를 건넸다. 사실대로 말하자면 윤재가 먼저 권한 것이 아니었는 데도 말이다.

"됐어. 그것보다 언제까지 여기에 있어야 하는 거야?"

"나도 모르겠어. 폰도 먹통이고."

침대에서 벌떡 일어난 도영이 참지 못하고 연주를 향해 따지듯이 말했다.

"저기요, 이만하면 된 거 아닙니까? 호들갑 떨었던 것 치고는 엄청 조용한데요. 그렇지 않아요?"

"아니요, 전혀요. 괜히 혼란스러워하는 사람들 선동하지 말죠?"

홍철은 더 이상 들어줄 수가 없어서 도영을 노려보며 경고했다. 그는 사사건건 불만을 내뱉는 도영 때문에 화병이 날 것 같았다. 몇 번이고 눈치를 줬음에도 알아듣지를 못해서 홍철은 불만이면 직접 확인해 보라고 소리치고 싶은 심정이었다.

"언제까지고 여기 있을 수는 없잖아요. 먹을 것도 없는데. 아까 스피커로 대화하던 남자는 당신 친구죠? 올 수 있는 거 맞대요? 괴물을 죽일 방법도 없다면서 여기까지는 어떻게 온대요?"

이미 불신의 씨앗이 깊게 심어진 도영의 태도는 나아질 기미가 없어 보였다. 끝없는 불평과 비꼬는 말에, 듣고 있는 사람들의 얼굴이 절로 찌푸려졌다. 안타까운 것은 도영만 사람들의 변화를 느끼지 못했다는 것이다.

대신 그의 친구인 윤재가 눈치를 보다가 얼른 나섰다.

"그만해. 조심해서 나쁠 건 없잖아."

윤재는 속으로 도영의 성질이 또 도졌다고 욕하면서도 침대로 넘어와 도영을 말렸다.

"뭐가 더 안전한지 어떻게 알아? 해가 완전히 지면 더 위험해지는 거 아니야?"

"그렇다고 해서 우리가 할 수 있는 일도 없잖아. 얌전히 기다리자."

필사적으로 윤재가 도영의 말을 막으려고 했으나, 이미 분위기는 험악해져 있었다. 이대로는 안 되겠다 싶었던 윤재는 감정을 조금 실어, 사정없이 도영의 옆구리를 찔렀다.

"제발 성질 좀 죽여. 우리 둘만 내보내면 어쩔 거야?"

그제야 도영의 기세가 수그러들었다.

"그만 찔러. 알았으니까."

신경을 곤두서게 만들던 도영이 입을 다물자 대부분의 사람들이 안도했다. 해수는 간호사로서 싸움이 날 경우 중재해야 하나 생각하며 걱정했고, 홍철은 아쉽다며 입맛을 다셨다. 만약 도영이 계속 불평을 해댔으면 홍철은 그의 입에 수건이라도 물릴 생각이었다.

"괜히 나 때문에 미안해, 엄마."

쭉 상황을 지켜보던 박하가 침울하게 말했다. 괴물을 볼 수 있다는 게 알려진 후로, 무슨 일만 있으면 연주를 찾는 사람들 때문에 박하는 후회가 되기 시작했다. 자신 때문에 엄마가 힘들어진 것 같아 죄책감이 들었다. 그때는 밝히는 게 옳은 거라고 생각했지만, 지금은 아니었다.

"그런 말 하지 마. 어차피 밝혀질 일이었어."

"하지만 내가 아니었으면……"

"잘한 거야. 만약 말하지 않았다면 저들은 우리말을 믿지 않았을 거야. 그리고 많은 희생자들이 나왔겠지. 그러니 표정 좀 풀어, 딸."

"어떻게 그래. 저들은 앞으로도 엄마를 맘대로 의지하고, 뜻대로 안 되면 비난할 텐데."

"엄마는 그런 말들에 끄떡도 안 해. 모르는 사람들이 하는 비난은 귀 기울여 들을 필요가 없거든."

박하의 귓가에 속삭이는 말은 웃음기를 담고 있었다. 그런 연주를 따라 박하의 표정이 조금이지만 풀어졌다.

쾅쾅.

거칠게 문을 두드리는 소리에 다시금 긴장감이 감돌았다. 안으로 들어가라고 사람들에게 손짓으로 지시한 홍철이 크게 소리쳤다.

"재경이냐?"

"……."

대꾸가 없자, 홍철은 문과 가까운 곳으로 걸어갔다.

"오빠!"

"이 정도는 괜찮아."

"너무 가까이 가지는 마요."

"그래."

만난 지 얼마 되지 않았음에도 홍철과 박하는 서로를 각별히 생각하고 있었다. 그런 박하의 걱정을 뒤로하고, 그가 걸음을 옮겼을 때였다.

쾅. 콰쾅.

굉음과 함께 문이 격렬하게 들썩였고, 형광등 불빛이 잠깐 흐릿해지더니 병실 내부를 비추었다가 꺼지기를 반복했다. 뒤로 물러선 홍철이 주위를 두리번거렸다.

"다들 무기가 될 만한 걸 찾아봐요. 어서요!"

서랍이란 서랍을 전부 열어보며 홍철이 소리쳤다. 멀리 떨어져서 바라만 보고 있던 사람들이 상황의 다급함을 깨닫고는, 허겁지겁 무기가 될 만한 것을 찾기 위해 움직이기 시작했다.

박하는 깜박이는 조명 중에서 빛이 완전히 꺼지는 것은 없는지 확인했다. 아니나 다를까 조명들의 빛이 희미해지더니 곧 하나둘 꺼지기 시작했다. 황급히 근처에서 찾은 천으로 손을 둘둘 감싼 박하는 가까운 침대 위로 올라갔다.

"뭐 하게?"

박하의 행동을 눈여겨보고 있던 현규가 다가와 물었다.

"갈아 끼우려고요. 재경 오빠가 올 때까지 어떻게든 버텨야 하니까요."

박하의 대답을 들은 현규는 고개를 한번 끄덕이고는, 입고 있던 재킷을 벗어 손을 보호할 수 있게 감은 후 침대 위로 올라갔다.

새까맣게 그을린 형광등은 내부가 타버린 듯 희미하게 연기마저 흘러나오고 있었다. 형광등의 뜨거운 열기 때문에 미처 감싸지 못한 손가락이 벌겋게 달아올랐다. 두 사람은 아픔을 꾹 참고서 차례대로 형광등을 갈아 끼웠다.

한편, 무기를 찾던 사람들은 별다른 소득을 얻지 못했다. 기껏 해봐야 두 개의 손전등과 철사 옷걸이 그리고 링거 대뿐이었다.

쾅! 쾅!

무언가가 문을 부수듯 두드리는 소리가 연달아 들렸고, 문 앞을 막고 있는 침대와 서랍 등이 점점 밀리기 시작했다. 시간이 없었다.

홍철은 병실에 있는 네 개의 링거 대를 분리해 긴 막대를 뽑아 자신의 것 하나를 남기고 나머지는 다른 사람들에게 쥐여주었다. 그리고 두 개의 손전등은 해수와 연주에게 넘기고, 최대한 아껴달라고 당부하는 것도 잊지 않았다.

그 순간 소름 끼치는 소리가 들리며 침대가 단박에 밀려났다. 그 위에 쌓아둔 물건들이 바닥으로 우수수 쏟아지거나 벽에 날아가 부딪히며 부서졌다. 문 앞에 있던 형광등 6개가 순식간에 팍 소리를 내며 꺼져버렸다. 마침내 우그러진 문이 열리고 드러난 복도에는, 홍철이 열심히 켜두었던 빛이 모두 꺼져 있었고 암흑뿐이었다. 사람들은 숨을 들이켜며 복도를 응시했다.

박하의 신경은 점점 날카롭게 곤두섰다. 힘을 주고 본 탓에 눈에서는 통증이 느껴졌다. 비명이 튀어나올 것만 같았다. 어둠 속에서 괴물을 구별해 낼 수 없을까 봐 두려웠던 박하는 복도를 주시하다가 뭔가를 발견하곤 눈이 커졌다.

'반딧불이?'

작은 불빛 두 개가 허공에 떠 있었다. 어둠에 가려졌기 때문인지 두 개의 불빛 중 하나는 회색이었고, 다른 하나는 검은색에 가까웠다. 병원 주변이 숲으로 둘러싸여 있었지만 지금껏 반딧불이를 본 적은 없었기 때문에 박하는 의아했다.

"박하야, 엄마 옆에서 떨어지지 마. 알았지?"

"어? 응, 알겠어."

저도 모르게 앞으로 걸어가려고 했던 모양인지, 오른쪽 발이 한 발자국 앞으로 나와 있었다. 상체 역시 앞으로 기울어져 있어서 박하는 연주가 말하고 나서야 얼른 그녀의 옆으로 바짝 붙었다.

"박하야, 알지?"

박하는 고개를 돌려 연주의 눈을 쳐다보고는 그 말의 의미를 알 수 있었다. 보이는 게 있어도 보이지 않는 척. 들리는 게 있어도 들리지 않는 척. 박하는 동화인도 아니고, 그렇다고 일반인도 아니었기 때문에 숨겨야만 했다.

알고 있으면서도 박하는 바로 고개를 끄덕이지 못했다. 그것은 싫어서가 아니라, 반딧불이가 움직였기 때문이다. 흔들흔들. 좌우로 이동하는 움직임이 점점 커지고 있었다.

"피해요!"

소리친 연주가 박하의 팔을 잡고 급하게 왼쪽으로 움직였다. 동시에 그녀가 서 있던 바닥이 움푹 파이더니, 고랑이 길게 이어졌다. 평범한 사람들은 알 수 없는 현상에 마른침을 삼키며 덜덜 떨었고, 민서는 두 손을 맞잡고서 신을 부르짖었다.

"하느님, 길 잃은 어린 양을 지켜주소서."

갑작스럽게 열린 문, 소리 없이 바닥에 만들어진 자국. 이곳에 뭔가가 존재하고 있는 건 확실했다.

"문에 손전등을 비추세요!"

빛이 있으면 카리온의 움직임이 둔해지는 걸 경험으로 알고 있는 홍철이 외쳤다. 해수와 연주가 곧장 손전등을 비추자, 문 근처에 동물의 발톱 자국 같은 긴 흔적이 생기더니 잠잠해졌다.

"효과가 있어요!"

연주가 기쁘게 외쳤다. 검은 줄기가 들어오지 못하고 문 근처를 서성대고 있는 게 보였기 때문이다. 그러나 형광등 불빛이 하나 더 꺼지면서 희망은 금방 사라져 버리고 말았다.

병실 안쪽 조명들은 박하와 현규가 미리 갈아뒀기 때문에 아직 버티고 있었으나, 문과 가까운 쪽 조명들은 절반 이상이 검게 타서 금방이라도 깨질 것처럼 금이 간 상태였다. 설상가상으로 해가 지고 완전한 밤이 찾아왔다.

"아, 안 돼."

절망에 빠진 해수의 목소리가 낮게 병실 안을 울렸다. 여기까지 오면서 봤던 희생자들이 이번엔 자신들이 될 터였다. 죽임을 당하거나, 같이 도망쳐 온 이들을 죽이거나……. 사람들은 두 손을 잡고 빛이 사라지지 않기를 간절히 기도했다.

그럼에도 불구하고 켜져 있는 형광등의 개수가 다섯 개, 네 개, 세 개로 점점 줄어들더니 이제 남은 것은 해수와 연주가 들고 있는 손전등뿐이었다.

넓게 퍼져 있기는 해도 턱없이 불빛이 약하다는 것을 괴물도 알고 있는 것이 분명했다. 망설이고 있던 검은 줄기 하나가 휘둘러지며 연주에게 향했다. 어쩌면 박하를 노린 것이었을지도 모른다.

두 사람에게 날카롭게 휘둘러지던 검은 줄기는 홍철이 끼어들면서 막대에 돌돌 말려졌다. 어찌나 힘이 센지, 제대로 된 대응 한번 못 하고 홍철이 끌려가고 있었다.

"안 돼요! 움직이지 마시고, 그대로 유지하세요!"

홍철을 구하기 위해 손전등을 움직이는 해수를 본 연주가 다급하게 말했다. 빛이 문을 벗어난 순간을 놓치지 않고 검은 줄기가 맹렬한 기세로 사람들이 있는 곳으로 뻗어나가려고 했기 때문이다. 만약 손전등 불빛을 제자리로 돌려놓지 않았더라면, 그들 중 누군가는 분명 크게 다쳤을 것이다.

밤이 된 덕분에, 연주는 괴물의 형태를 더욱 또렷하게 볼 수 있었다. 병실 입구는 마치 괴물의 입처럼 보였고, 그것은 끊임없이 먹이를 갈구하듯이 검은 줄기를 날름거리고 있었다. 연주는 본격적인 공격이 시작되기 전에 홍철을 구하고자 했지만 쉽지가 않았다. 손전등은 다른 사람에게 넘기면 되겠지만, 유일하게 괴물을 볼 수 있는 자신이 움직이는 것을 달갑게 여기지 않을 사람들이 있었기 때문이다. 지금도 홍철에게 시선을 주는 자신을 과하게 노려보는 이가 있었다.

"저대로 끌려가게 둘 거예요? 누가 좀 도와주세요!"

그렇다고 지켜만 볼 수는 없었던 연주가 소리쳤다. 다들 머뭇거리기만 할 뿐, 대답이 없자 그녀는 참아왔던 분노와 함께 한숨이 터졌다.

"제가 갈 테니까. 누가 저 대신에 손전등 좀 잡아주세요. 그 정도는 해주실 수 있잖아요!"

"불빛만 비추면 괴물은 들어오지 못하는 거죠?"

해수가 물었다.

"그럴 거예요. 만약 움직임이 있으면 제가 바로 알려드릴게요."

"제가 똑바로 비추고 있을게요. 걱정하지 마세요.

"손전등은요?! 그건 두고 가실 거죠?"

괴물을 막아주고 있는 손전등을, 혹시라도 연주가 가지고 움직이기라도 할까 봐 민서가 다급히 물었다.

"제가 들고 있을게요. 이런 거라도 도와야죠."

어느새 다가온 윤재가 미안한 표정으로 말했다. 그 옆에는 윤재를 혼자 보낼 수 없었던 도영이 마지못해 따라와 있었다. 도영은 카리온과 마주보는 위치에서, 숨지도 못하고 서 있어야 한다는 점 때문에 손전등을 드는 것을 반대했었던 것이다.

"부탁할게요."

한시름 던 얼굴로 연주가 손전등을 건네었고, 윤재는 자신이 들고 있던 막대를 연주에게 넘겨주었다. 도영이 곁에서 못마땅한 표정으로 중얼거렸지만, 윤재는 덤덤한 얼굴로 문을 비출 뿐이었다.

"저희도 도울 방법을 찾아볼게요."

마음과 달리 나서지 못하고 머뭇거리고 있던 현규도 다가와 말했다. 안도하며 고개를 끄덕인 연주는 곧바로 홍철에게로 뛰어갔다.

"왜, 오셨어요?"

힘겹게 버티고 있던 홍철이 고개도 돌리지 못하고 연주에게 물었다.

"혼자서 어떻게 버텨. 당연히 도와야지."

연주는 망설이지 않았다. 그녀는 막대를 휘둘러 검은 줄기들을 사정없이 내려쳤다. 그러나 절망스럽게도 검은 줄기는 타격을 받을 때마다 퉁 튕기며 출렁거릴 뿐, 연주의 노력에도 불구하고 멀쩡하기만 했다.

"이 자식은 온다고 해놓고 왜 안 오는 거야!"

막대를 당기는 힘이 조금도 줄지 않은 것을 느낀 홍철은 괜히 재경의 욕을 했다. 물론 진심도 조금은 섞여 있었다. 시간이 꽤 지났음에도 코빼기도 보이지 않는 재경이 야속하게 느껴졌기 때문이다.

그런 두 사람을 바라보던 박하는 근처에 있던 수납장을 다시 확인하기 시작했다. 찾는 것이 나오지 않자, 그녀는 완전히 서랍을 밖으로 빼버렸다. 세 번째 수납장을 확인한 그녀는 서랍 깊숙한 곳에서, 손전등 불빛에 반사되어 반짝이는 손거울 하나를 찾아냈다.

박하는 그 손거울을 거침없이 바닥으로 내던졌다. 거울은 산산조각이 났고 그녀는 가장 큰 거울 조각을 손에 들고 연주가 있는 곳으로 뛰어갔다.

"오지 마! 거기 있어!"

인상을 쓰며 연주가 말렸지만 박하는 멈추지 않았다. 카리온을 볼수 있는 누군가가 그들을 도와줘야만 했다. 그녀는 문을 둘러싸고 있는 검은 줄기에 시선을 던졌다. 빛에 노출된 줄기에서는 검은 연기가 피어올랐고, 계속해서 타격을 받고 있는 것처럼 보였다.

그래서일까? 검은 줄기들이 문 앞에 넝쿨처럼 가득한데도 더 이상 그들에게 뻗어지지 않았고 줄기들이 간을 보듯이 슬금슬금 다가오다가도 빛의 경계선에서는 움직임을 멈추었다. 홍철을 위협하고 있는 검은 줄기만이 타격을 받으면서도 힘겨루기를 하듯이 물러서지 않았다.

"조심해, 엄마!"

요동치던 검은 줄기에 연주가 맞아 나가떨어졌다. 연주가 벽에 등을 부딪쳐 신음을 내뱉는 걸 보는 순간, 박하는 눈앞이 새하얘지는 것 같았다.

두려움이 사라진 그녀는 검은 줄기가 감겨 있는 쪽을 정확하게 노리고선 거울 조각을 휘둘렀다. 겨우 검지 정도 크기의 작은 유리 조각에, 검은 줄기는 상처를 입고 꿈틀거렸다. 위협을 느낀 모양인지 줄기는 막대를 휘감고 있던 것을 풀었고, 심보 고약하게도 어둠 속으로 도망치기 전에 채찍질하듯이 주변을 휘저었다.

휘둘러진 검은 줄기가 손목을 스쳐서 박하는 거울 조각을 떨어뜨리고 말았다.

"아야."

빨갛게 부어오른 손목을 감싸 쥔 박하에게 달려간 연주와 민서가 얼른 그녀를 부축해 거리를 벌렸다. 홍철이 금방 일어나서 그들을 뒤따랐다.

"괜찮니?"

냉장고에서 캔 음료를 가지고 온 해수가 박하의 손목을 찜질해 주며 물었다. 박하는 자신이 해냈다는 생각에 볼을 붉힌 채 고개를 끄덕였다.

"네, 견딜 만해요."

"나서지 않아도 괜찮았는데. 도와줘서 고맙다. 덕분에 살았어."

이미 헝클어진 박하의 머리카락을 홍철이 기특한 마음을 담아 쓰다듬어 주었다. 사람들 또한 아직 끝난 게 아님에도 그녀의 용기를 칭찬했다. 하지만 당사자인 박하는 그들에게 대답해 주면서도 연신 연주의 눈치를 보았다.

한 발자국 멈춰 서서 복잡한 눈으로 그 광경을 바라보고 있던 연주는 감정을 추스르고 박하에게 다가갔다. 길을 비켜주는 사람들을 지나친 그녀는 한쪽 무릎을 꿇고서, 딸의 부은 손목을 어루만졌다.

"엄마 심장 떨어지는 줄 알았어."

물기 어린 목소리에 박하는 아무런 말도 할 수 없었다. 연주는 강한 사람이었고, 분명 위험하게 군 것에 대해 혼이 날 것이라고 생각했기 때문이다. 박하는 그녀가 눈물을 보일 것이라고는 전혀 예상하지 못했다.

"엄마? 나 괜찮아."

떨리는 음성으로 박하가 대꾸했다.

"위험한 일에 끼어든 이유가 엄마 때문인 거 알아. 하지만 다시는 그러지 마. 알았지?"

박하의 다친 손을 바라보는 연주의 얼굴은 슬퍼 보였다. 박하는 울음을 삼키며, 자연스러운 미소를 지으려고 노력했다.

"응, 걱정 끼쳐서 미안해."

그제야 안심한 표정을 짓고서 연주는 앉아 있는 박하의 손을 잡고 일어났다. 근처에서 대화가 끝나기를 기다리던 현규가 그들에게 다가왔다.

"잠깐 대화 좀 나눌 수 있을까요?"

그가 말을 건넨 사람은 홍철이었다. 검지로 자신을 가리키며 "나?" 하고 조금 멍하게 대꾸를 하는 홍철에게, 그가 냉철하게 말했다.

"이런 방법으로는 한계가 있어요. 다른 방법을 찾아야 해요."

"알고 있어. 긍정적으로 바라보려고 해도 무리지. 하, 진짜 어떻게 할까? 그냥 불이라도 지를까?"

"뭐라고요?"

"아니, 아니. 그냥 해본 말이었어."

"혹시, 이 병원에 스프링클러 작동되나요?"

진지하게 받아치는 현규의 태도에 놀란 것은 홍철이었다.

"있기야 하지. 작동도 잘 되고. 근데 불을 지르는 건 너무 위험해. 까딱하다가는 유독 가스에 질식될지도 몰라. 저놈들이 얼마나 타격을 받을지도 미지수고 말이야."

"그래도 뭐라도 해보는 게 나을 듯싶은데요."

제 목숨이 위협받고 있어서일까 아니면 자신도 도움이 되고 싶어서일까. 몸을 사리고 있던 도영까지 현규의 계획에 찬성하고 나섰다. 조금 전까지 카리온과 줄다리기를 하느라 체력이 소모된 홍철은 두 사람의 말에 머리가 아파 이마를 문질렀다.

단순히 결정할 일이 아니었다. 스프링클러를 작동시키기 위해 불이나게 한다면, 불이 너무 금방 꺼져도 안 되고 너무 늦게 꺼져도 안 된다. 불이 빠르게 꺼지면 스프링클러가 금방 멈춰 카리온에게 타격을 전혀 주지 못할 테고, 불이 너무 늦게 꺼지면 사람들이 질식할 수도 있었다. 무엇보다 그것들이 정말 타격을 받을지도 확신할 수 없었다.

펑. 퍼펑.

하지만 고민할 시간은 길게 주어지지 않았다. 불꽃놀이 할 때처럼 형광등이 요란한 소리를 내며 터져나갔고, 손전등 역시 위태로운 상태였다. 여차하면 창문을 통해 밖으로 나가야 할지도 모르겠다고 홍철은 생각했다. 어느 쪽이든 위험한 선택이었다.

머리를 감싸 쥐며 결단을 내리지 못하고 있는 홍철에게 박하가 말했다.

"엄마가 그러는데, 그것들은 검은색 줄기처럼 보인데요. 만약 보이는 것처럼 식물과 비슷하다면 불이 통할지도 몰라요."

검은 줄기는 빛에 타격을 받았고, 작은 거울 조각에도 상처를 입고 물러났었다.

박하는 표면과 다르게 줄기 자체는 단단하지 않을지도 모른다는 가정을 세웠다. 홍철이 왜 고민하고 있는지 모르는 바가 아니었지만 시도해 볼 가치가 있다고 생각했다.

"해봐요, 오빠."

주머니에 들어 있는 라이터를 손에 꾹 쥐고서 홍철은 사람들을 돌아보았다. 그의 시선이 주변에 아무렇게나 널브러져 있는 다양한 색깔의 이불로 향했다.

"그럼 이렇게 하죠."

언제든 공격당할 수 있었기 때문에 시간이 많지 않았다. 그들은 분주하게 홍철이 말한 대로 움직였다. 이불을 곱게 개어 사각형으로 만드는 사람, 옷장에 있는 옷걸이를 빼서 한곳에 모아두는 사람, 둘둘 만

시트를 고정하기 위해 철사로 된 옷걸이를 구부리는 사람까지, 역할을 분담하여 작업하였다.

그렇게 침대 위에는 네 개의 뭉치가 만들어졌다. 꼼꼼히 살펴볼 새도 없이 천에 불을 붙인 홍철은, 반대편 끝을 잡고서 있는 힘껏 괴물이 있는 쪽을 향해 뭉치들을 던졌다. 기왕이면 복도까지 날아가 줬으면 싶었으나 마음먹은 대로 되지 않았다. 뭉치가 제대로 고정되지 않아 그대로 바닥에 떨어지면서 불이 꺼지기도 했으며, 아쉽게 문 바로 앞에 떨어지기도 했다.

"이판사판, 제발 빨리 좀 와줘라!"

홍철은 마지막 뭉치 하나를 문을 막는 데 썼던 침대 쪽으로 던졌다. 침대보에 불이 붙는 걸 확인한 사람들은 베갯잇이나 시트 등을 찢었다. 미리 계획했던 대로 손수건 정도 크기의 천을 각자 나눠 갖고서, 그들은 냉장고에 있는 음료수로 천을 적신 뒤 입과 코를 막았다.

그극. 그그극.

불의 경계를 기준으로 카리온은 더 이상 진입하지 못하고 괴로운 비명을 질러댔다. 어떻게 되고 있냐는 사람들의 물음에, 연주는 불에 닿은 부위가 말라간다고 말해주었다.

"그럼 효과가 있는 거잖아요!"

흥분한 도영이 소리쳤으나 연주의 얼굴은 좋지 못했다. 불에 닿은 부위가 마르자 카리온이 스스로 마른 부분들을 잘라내 버렸기 때문이다. 게다가 카리온은 불에 닿으면 고통스럽다는 걸 깨달은 것처럼 처음과 다르게 적극적으로 달려들지 않았다.

"장기전이 될 것 같아요. 다들 수시로 천에 물을 뿌려주세요!"

냉정하게 판단을 내린 연주가 말했다.

지체하지 않고 홍철은 침대 시트를 뜯어내, 크기가 작은 두 개의 뭉치를 만들어 던졌다. 하지만 이들에 노력에도 불구하고 카리온은 여전히 그곳에 버티고 있었다. 들어오려고 몸부림치는 검은 줄기로부터 고개를 돌린 박하는 방 안에 차오르는 검은 연기를 걱정스럽게 바라보았다. 설상가상으로 창문이 활짝 열리지 않아서 산소가 점점 부족해지고 있었다.

사람들은 끊임없이 음료수를 천에 부었다. 열기 때문에 피부가 익을 것 같았다. 머리 위에 물이라도 붓고 싶은 심정이었다. 기침을 터트리는 사람들이 늘어나기 시작하면서 창문 쪽으로 몸을 바짝 붙인 사람들은 좁은 창문으로 번갈아 가며 고개를 내밀었다.

물 대신 사용하던 음료수도 바닥을 보이고, 자욱한 연기와 퀴퀴한 냄새로 인해 다들 지쳐가고 있을 때였다. 검은 줄기가 빠른 속도로 불길을 통과해 내부를 마구잡이로 들쑤시면서 병실 안은 연기와 혼란으로 뒤덮였다. 침착함을 잃지 않은 홍철과 현규가 늦지 않게 침대를 넘어뜨리며 사람들을 보호했다. 천장이 파이면서 회색 시멘트 가루가 눈처럼 그들의 몸 위로 떨어졌다.

동시에 검은 줄기는 그동안 참아왔던 것을 한꺼번에 터뜨리는 것처럼 더 격렬하게 움직이기 시작했다. 날카로운 파열음과 함께 창문이 깨지면서 불길이 급격하게 거세졌고, 연쇄 반응으로 남은 창문까지 전부 펑 소리를 내며 깨져나갔다. 사람들의 머릿속에 괴물에게 당하거나 불에 타 죽거나, 이래저래 죽을지도 모른다는 생각이 퍼질 때였다.

촤아악.

마침내 스프링클러가 작동되었다. 산소가 부족했던 이들은 얼굴을 가리고 있던 천을 내리고 얼굴을 들었다. 쏟아져 내리는 물줄기에 따가뒀던 눈이 씻기고, 사람들은 숨통이 트인 표정으로 안도의 숨을 내쉬었다.

그나마 그을리지 않은 깨끗한 소매로 얼굴을 닦아낸 박하는 자신의 눈을 의심했다. 기대도 하지 않았던 일이 벌어지고 있었다. 몸을 좀 움직여 자세히 보고 싶었으나, 불길이 잦아들자 순식간에 병실이 어둠에 잠겨버렸다.

"뭐, 뭐야?"

"싫어! 이대로 죽기는 싫다고!"

쏟아져 내리는 물줄기에 안심하던 사람들은 우왕좌왕하며 공포감에 사로잡혔다. 바닥에도 물웅덩이가 금세 만들어지면서, 움직일 때마다 찰박거리는 소리를 만들어 냈다. 그때마다 괴물이 공격하는 것으로 착각한 사람들의 행동이 더욱 거칠어졌다.

제대로 눈을 뜨기가 어려워 박하는 몇 번이고 세수해야 했다. 반딧불이처럼 보이는 것이 점점 아래로, 아래로 내려가며 거대한 몸체 또한 작아지고 있었다.

'물이 카리온의 약점인 건가?'

자신이 본 것을 확인하고 싶었던 박하는, 사람들과 거리를 벌려가며 더듬더듬 연주를 찾아갔다.

"엄마, 보여? 카리온이 작아지고 있어."

"작아지는 게 아니야. 저건……."

연주는 드물게 당황한 눈치였다. 스프링클러가 작동하면서부터 검은 줄기들이 오그라들더니, 점점 사라졌기 때문이다.

"잠잠해진 것 같은데 도망간 걸까요?"

침대를 방패 삼아 숨어 있던 사람들이 조용해진 내부에 빠끔 고개를 내밀었고, 아무것도 보이는 않는 상황에 도망쳐야 하나 아니면 이대로 기다려야 하나 고민했다.

　"뭐라고 말 좀 해봐요. 안전해진 겁니까?"

　형광등이 터지면서 왼쪽 팔에 얕은 상처를 입은 도영이 창백해진 안색으로 물었다. 그는 집에 돌아가서 따뜻한 물로 샤워를 한 뒤에, 푹신한 침대에서 잠들고 싶은 마음이 간절했다.

　"아직은 지켜봐야 할 것 같아요. 저게 어떤 상태인지 확인해 볼 필요가 있어요."

　여전히 곱지 않은 말투였는데도 연주는 화내지 않았다. 박하의 불퉁한 표정을 본 연주는 그러지 말라는 의미로 머리를 쓰다듬어 주었다. 누구라도 이런 상황이 되면 평소보다 예민해질 수밖에는 없었다.

　"누가 확인을 하죠?"

　"그건……."

　직접 언급하지 않아도 사람들의 시선은 어느 한 사람에게 향해 있었다. 사방에서 꽂히는 시선이 달갑지는 않았지만 연주는 짧은 한숨을 내쉬며 자리에서 일어났다.

　"저도 같이 갈게요. 혹시 모르니까요."

　휘어진 막대가 아닌 멀쩡한 것을 골라 들며 홍철이 말했다. 두 사람은 조심스럽게 앞으로 나아갔다.

　"꽤 많이 떨어지네요."

　불이 꺼진 지 오래였지만 스프링클러는 계속 작동되고 있었다. 그들이 걸어갈 때마다 물이 사방으로 튀었다.

　"다들 움직이지 마세요!"

젊은 여성의 목소리가 복도 쪽에서 들려왔다. 익숙한 음성에 홍철은 말이 먼저 튀어나왔다.

"너 혹시 나혜냐?"

"이 목소리는……. 네가 왜 여기 있어? 여하튼 움직이지 마. 내가 그리로 갈 테니까!"

"맙소사. 이제 조금은 안심해도 되겠어요."

"아는 사람이니?"

"같은 보안 팀 소속이에요. 말투가 좀 딱딱하긴 하지만 꽤 유능한 친구예요."

홍철은 마음의 짐이 한결 덜어진 기분이었다. 자신은 동화인이 아니었지만 보안 요원으로서 사람들을 지킬 의무가 있었다. 지금까지는 다행히 연주의 도움을 받았지만, 그녀도 다른 사람과 조금 다른 일반인일 뿐이었다. 위기 상황에 나타난 나혜의 존재는 그에게는 마치 구세주와 다름없었다.

그런 홍철의 마음을 알 리가 없었던 나혜는, 상황 파악을 대충 끝냈는지 무전기를 고쳐 잡고는 누군가를 불렀다.

"팀장님, 들리세요? 팀장님, 들리시면 대답해 주세요. 급히 보고 드릴 것이 있습니다."

나혜는 가져온 무기를 사용하지 않은 것이 천만다행이라고 생각했다. 하마터면 자신을 포함해 여기 있는 사람들을 모두 감전시킬 뻔했다.

게다가 카리온의 상태는 직접 보고도 믿어지지 않았다. 지금의 카리온의 모습은 거대한 돌로 된 공처럼 보였다. 무엇보다도 공격을 멈춘 상태라는 게 놀라웠다. 불, 총, 도끼, 독 등등 테스트를 안 해본 것이 없었다. 불은 효과가 좋을 것이라는 예상과 달리, 카리온이 불에 손상된 부위를 쉽게 잘라내기 때문에 크게 효과가 없다는 것을 확인했었다.

'그런데 물이라니.'

헛웃음이 나왔다. 기본적으로 카리온이 잠들어 있을 때(땅에 박혀 있는 상태를 잠든 것으로 보고 있다.)에는 불이 타격을 거의 입히지 못했다. 그렇지만 그들은 물을 사용해 볼 생각은 전혀 하지 않았다. 카리온에게 오히려 도움이 될까 봐 두려웠기 때문이다. 그들의 검은 줄기는 마치 식물의 뿌리와도 비슷해 보였으니까.

"팀장님!"

빠르게 걸어가면서 나혜는 운형의 대답을 기다렸고, 입구를 막고 있는 덩어리를 짜증스럽게 응시했다.

"이걸 어떻게 치우지?"

일단 움직이지는 않는 것 같았으나, 사람들이 지나가기에는 공간이 좁았다. 무게 때문에 옮기는 것도 불가능할 것 같았다. 한숨을 내쉰 나혜가 짜증을 담아 다시금 운형을 불렀을 때, 지지직거리는 소리와 함께 낮고 담담한 운형의 목소리가 들려왔다.

─ 무슨 일이지? 임무는?

"진행 중입니다. 그보다 알려드릴 게 있습니다. 물입니다. 물을 사용해야 합니다."

나혜의 음성은 살짝 높아져 있었다. 누군가가 손으로 꽉 쥔 것처럼, 혹은 자신의 몸을 숨기기라도 하듯 작게 웅크리고 있는 카리온의 모습은 그녀에게 쾌감을 주었기 때문이다.

─ 자세히 설명해 봐.

현재 운형은 일부 요원들과 함께 카리온의 근거지인 창고에 내려가 있었다. 그걸 알고 있는 나혜가 제 눈앞에서 벌어진 일을 알려주기 위해 연락을 한 것이다. 전혀 예상하지 못했던 물이 가장 큰 약점이라는 것을.

＊

물이 어떤 효과를 주는지 무전기로 전해 들은 운형은 곧바로 스프링클러를 확인했다.

'그들이 과연 모르고 있었을까?'

굳이 묻지 않아도 답을 알 것 같았다. 건조한 미소를 지은 운형은 지나칠 정도로 밝은 복도를 응시했다. 그의 옆에는 찬열, 태식, 송이가 심각한 표정으로 서 있었다. 그들은 각자 길이가 길고, 끝이 두 개로 갈라진 이지창 형태의 은색 전창(電槍)을 들고서 전방을 주시하고 있었다.

홍철은 몰랐겠지만 4층 통제실과 비슷하게 지하 3층 바닥에도 특수 조명이 설치되어 있었다. 가격은 비싸지만 조명의 밝기와 수명이 오래가기 때문에, 카리온의 속도를 늦추기엔 이만한 게 없었다.

지금, 검은 줄기는 요원들이 쉽게 피하는 게 가능할 정도로 움직임이 느린 상태였다. 심지어 요원들이 가지고 있는 전창에 맞는 족족, 해당 부위가 돌처럼 굳어져 검은 줄기가 그들에게 닿지 못했다. 물론 어둠 속으로 들어가면 금방 원래대로 돌아가겠지만, 아까의 공격으로 회복되기까지는 시간이 꽤 걸릴 터였다.

"나혜가 확인한 바에 따르면 물이 카리온의 약점이라고 한다."

언제까지고 임시방편으로만 막을 수는 없었기에, 나혜의 정보는 아주 귀했다. 조명을 이용하는 것으로 그들은 카리온의 발을 묶을 수 있었지만 동시에 자신들의 발도 묶였기 때문이다.

"허, 그것참 전혀 예상하지 못했던 방법인데요, 대장. 강점이라고 생각했던 게 약점이라니."

얼굴의 반을 덮고 있는 덥수룩한 수염 때문에 상황실에서 병원 내부를 지켜보거나 출장만 다니는 태식이 헛웃음을 지었다.

"이제 어떻게 할까요?"

코앞까지 다가온 검은 줄기를 향해 전창을 내지르며 찬열이 물었다. 치이익 타는 소리가 나며 검은 연기가 피어올랐다. 연기 사이로 검은 줄기가 굳어져 가는 것이 보였다.

"나혜는 어떻게 알아냈대요?"

"알아낸 건 홍철이다. 화재를 내서 스프링클러를 작동시켰다고 하더군."

"호오. 그냥 얻어걸린 거네요?"

짓궂게 웃으며 송이가 말했다. 전기가 약해진 것처럼 일순간 조명이 일렁이자, 웃음을 멈춘 송이가 운형에게 건의했다.

"곧 우리 생명줄이 끊어질 것 같은데요, 팀장님. 우리도 그 방법을 쓰는 게 어떨까요?"

그녀의 말에 다들 동의하는 눈치였다. 어제저녁부터 시작된 카리온의 부화는 시간당 약 8~9% 정도에 불과했다. 그랬는데 카리온의 부화 진행률이 50%가 넘었다는 소식을 통제실을 통해 전달받은 지 불과 30분 만에 70%까지 도달한 것이다.

카리온을 죽일 수 없는 상태에서는 막는 것이 고작이었던 보안 팀은 지하 3층 복도에 특수 조명만 켜둔 상태로 구출 작전을 우선으로 진행하던 중이었고, 상황의 심각성을 깨달은 운형은 사람들을 대피시키기 위해 보냈던 동료들 중에서 일부만 남기고 다급하게 다시 지하 3층으로 불러들여야 했다. 하지만 시간이 꽤 흐른 뒤였기 때문에 창고를 빠져나간 카리온의 수는 생각보다 많았다.

운형은 소매를 약간 걷어 올렸다. 평소에도 콕콕 바늘로 찌르는 듯한 통증이 있는 왼쪽 팔이, 지척에 카리온이 있으니 혈관이 불거지고 뻐근하게 쑤시기 시작했다. 상처들을 바라보는 운형의 표정은 평온해 보였으나, 그의 눈빛만큼은 분노로 타오르고 있었다.

'벌써 13년이나 지났는데 통증은 그대로군.'

멋대로 침범해 혈관을 타고 이동하던 줄기를 떠올리며, 운형은 머리를 차갑게 식혔다. 항상 무뚝뚝하고 웃음이라곤 없을 것 같던 사내가 입술을 끌어올리며 웃자, 우측에 서 있던 찬열이 움찔 몸을 떨었다.

"다들 충전이 얼마나 되어 있지?"

"음, 45%?"

"62%요."

"제가 제일 적네요. 37% 남았어요, 팀장님."

그것만으로도 충분했다.

"지금부터 1분 뒤에 지수에게 전력을 끊으라고 할 거다. 찬열이 너는 스프링클러를 작동시키고, 송이가 백업을 맡는다."

"우리가 감전될 수도 있어요."

태식에게서 라이터를 건네받으며 찬열이 말했다. 그에 송이가 기분이 상한 듯 받아쳤다.

"제가 타이밍 하나 못 맞출 것처럼 보이세요? 내 목숨이 소중하듯 형님들의 목숨도 소중한 줄 안다고요."

"그렇다고 하는군."

"대장, 나도 할 일이 있겠지?"

"넌 나와 함께 무력화된 카리온을 처리한다."

"오예! 내가 가장 좋은 역할인데!"

"저도 끼면 안 될까요?"

환호하는 태식의 옆에서 송이가 입술을 삐죽 내밀며 말했다. 어차피 스프링클러가 작동되면 할 일도 없어질 테니, 자신도 껴도 되지 않을까 한 것이다. 하지만 운형은 고개를 저으며 찬열과 함께 카리온의 동태를 살피라고 말했다.

"쳇. 알았어요."

실망감이 해일처럼 밀려왔다. 그녀 역시 운형처럼 카리온에게 악감정이 많았기 때문이다.

'괜찮아, 아직 기회는 많으니까.'

스스로를 달래며 송이는 옷으로 가려진 목을 손으로 문지르고 전의를 불살랐다. 사람의 생명이 걸려 있으니 카리온이 많다는 것에 기뻐하는 건 옳지 않았지만, 송이는 갚아야 할 게 존재했기에 남의 사정까지 생각해 줄 여력은 없었다.

대화를 마치고 시계를 확인한 운형은 지수가 정확히 1분 뒤에 조명을 모두 소등시키자 송이의 이름을 불렀다.

"걱정 마세요!"

푸른빛이 허공을 가르며 검은 줄기에 잇달아 쏘아졌다. 움직임이 점점 느려지는 줄기의 상태를 냉정하게 응시하던 송이는, 조금 더 앞으로 나서서 줄기가 보이는 족족 전창을 내질렀다. 어둠과 한 몸이 되어버린 카리온은 회복 속도가 빨랐다. 송이는 쉴 틈 없이 휘두르고, 긁어내리듯이 전창을 움직이며, 검은 줄기의 움직임을 제한했다.

"다 됐어?"

"너무 앞으로 나서지는 말고! 준비됐어?"

한 살 차이라 친구처럼 지내는 송이와 찬열이 타이밍을 조율해 나갔다. 찬열은 미리 준비한 기름병의 뚜껑을 열어 카리온이 있는 쪽으로 던졌다. 불에 타 죽는다면 좋으련만 불은 전기보다도 타격을 주지 못했기 때문에 그들의 목표는 오로지 스프링클러를 작동시키는 것이었다. 지하 3층은 특수한 소재로 만들어졌기 때문에 불이 옮겨붙을 가능성이 적었고, 다른 곳보다도 화재 방지를 위한 대책이 잘 마련되어 있었다.

"시작합니다!"

찬열의 예고에 송이가 뒤로 빠지자, 검은 줄기가 곧바로 그녀를 향해 쇄도해 왔다. 그에 송이는 전창의 전원을 내려 어깨에 메고서, 손전등 두 개를 동시에 켜 앞을 비췄다. 줄기의 속도가 느려지는 것과 동시에 허공을 날아간 라이터가 텅 소리를 내며 바닥에 떨어지는 소리가 들렸다. 불길은 순식간에 기름을 타고 퍼지며 위로 솟구쳤다.

그극 그어억.

고통 어린 카리온의 소리가 들렸으나, 그들의 피부는 강철과 같아서 불에 타지도 녹아내리지도 않았다.

불을 지른 지 2분이 넘어가기 전에 스프링클러가 팟 하고 터졌다. 병에 담겨 있던 기름의 양이 많기도 했거니와, 크기가 원체 크다 보니 순식간에 카리온을 타고 올라간 커다란 불줄기가 스프링클러에 닿았기 때문이다.

소나기처럼 천장에서 쏟아지는 물줄기를 맞으며 네 사람은 카리온의 반응을 지켜봤다. 혹시나 하는 마음에 긴장의 끈을 놓는 사람은 없었다. 눈으로 보기 전까지는 항상 의심해야 했다.

"하하."

호탕한 웃음소리가 복도를 울리며 퍼져나갔다. 태식은 카리온이 모든 숨 구멍 닫고, 허겁지겁 달팽이 껍질처럼 말리는 모습을 보며 마음껏 비웃었다.

"정말이었군."

운형도 놀란 말투였다. 유일하게 열려 있는 두 개의 숨 구멍을 숨기려고 하는 것처럼, 안으로 머리를 만 카리온은 순식간에 둥근 공이 되어버렸다. 그것도 아주 큰 공이었다.

"손전등은 그대로 비추고 있도록 해. 어둠 속에서는 회복이 빠를지도 모르니까."

"네, 다녀오세요."

"내가 새우든 게든 껍질 하나는 잘 깐다고 말했던가?"

농담으로 말하긴 했지만 태식은 진지했다.

"먹을 때마다요. 팀장님, 전 이 사실을 다른 동료들한테도 전달하겠습니다."

"그래."

찬열이 기분 좋게 소식을 전하는 동안, 운형과 태식은 천천히 카리온에게 향했다. 창고에 남아 있는 괴물의 숫자는 정확히 파악하지 못한 상태였지만, 일단은 눈앞에 있는 세 놈부터 처치할 생각이었다.

마치 겨울잠을 자는 곰처럼, 두 사람이 가까이 다가갔는데도 카리온은 얌전했다. 숨을 내쉬는 사람처럼 카리온의 몸체가 규칙적으로 위아래로 작게 움직였다. 그렇다고 해서 카리온을 가엾게 여길 정도로 마음이 약하지 않은 두 사람은 각자 한 마리씩 카리온을 맡기로 했다.

"어떤 무기가 요걸 가를 수 있으려나?"

신이 난 태식은 처음에는 칼을 꺼냈으나 카리온이 흠집도 나지 않는 것을 보곤 코웃음을 쳤다.

"여전히 딱딱한 놈일세. 대장, 속는 셈치고 전동 드릴이나 사용해 보죠?"

땅에 박혀 있을 때의 카리온은 어떤 무기로도 부술 수 없었다. 전동 드릴도 마찬가지였으나, 물로 인해 약해져 있는 상태에서는 다를지도 모른다. 태식의 제안을 받아들인 운형도 손에 들고 있던 칼을 내려놓았다.

"한번 해보지."

전동 드릴을 켜자 위이잉 돌아가는 소리가 위협적으로 들렸다. 두 사람은 누가 먼저랄 것도 없이 카리온의 표면에 충격을 가했다. 폭죽처럼 불꽃이 사방으로 튀었다. 미세한 흠집은 났지만 그들이 원하는 만큼 신통치는 않았다.

"이거 만만치 않겠어. 숨이라도 크게 한번 내쉬어 주면 참 좋을 텐데. 쯧."

물에 푹 젖어버린 머리카락을 뒤로 넘기며 태식이 혀를 찼다. 운형도 미간을 찌푸리며 손을 멈추고는 카리온을 내려다보며 말했다.

"다른 걸로 시도해 보지."

두 사람은 가지고 온 무기들을 사용해 카리온을 공격했다. 옷이 젖은 것이 물 때문인지 아니면 땀 때문인지 알 수가 없을 정도였다.

"하! 이래서야 부화되기 전이랑 다를 게 없잖아. 대장, 루템에 도움이라도 청하는 게 낫지 않겠어?"

그러자는 말이 목구멍에서 턱 막혔다. 운형이 생각할 때 그들과는 협력 관계가 아닌 단순한 이용 관계였다. 그들은 운형이 카리온을 소멸시켰기 때문에 운형을 스카우트하기로 결정했고, 삶의 의미를 잃은 그는 온전히 카리온에 대한 복수심으로 그들과 일하는 것을 수락했다. 그 이상도 그 이하도 아니었다.

뒤늦게 들어온 보안 팀 동료들은 자세한 내용을 모르고 있었다. 우연이긴 해도 운형은 카리온을 죽였던 전적이 있었다. 그 결과로 팔에는 지울 수 없는 흔적이 남아버렸지만 살아남은 게 중요했다. 때때로 팔의 통증이 심해질 때면, 그는 처방된 약을 한 움큼 삼키곤 했다.

운형은 검은 줄기가 침범했던 왼쪽 팔을 바라봤다. 과거에 자신은 그냥 평범한 회사의 팀장일 뿐이었다. 얄궂게도 지금도 팀장이라는 직함을 달고 있긴 하지만 상황이 달라졌다. 아무것도 몰랐던, 술을 좋아하고 가족과 함께 시간을 보내기를 좋아하던 그때와는 너무 많은 게 변해 있었다.

"용케 동결시켰네."

그 시절을 떠올리던 운형의 귓가로 얄미운 목소리가 들렸다. 뒤를 돌아보자 재이가 서 있었다.

"여긴 왜 왔지? 통제실에 꽁꽁 박혀 있을 줄 알았는데."

곱지 않은 말이 절로 나왔다. 운형에게 있어서 재이는 기피 대상이었다. 그녀는 카리온에게 타격을 줄 수 있는 유일한 사람이었고, 사람들을 구할 수 있음에도 불구하고 통제실에서 관망하는 것을 선택한 겁쟁이였다.

운형은 처음 루템에 들어갔을 때를 제외하고는 재이가 힘을 사용하는 것을 본 적이 없었다. 자신의 힘을 보여주기 싫다는 듯이 순식간에 카리온을 처리해 버렸기 때문에, 그는 정확히 어떤 일이 일어난 것인지 파악할 수 없었다. 언제나 재이가 전리품처럼 가지고 다니는 통이 카리온의 사체라는 것만 알 뿐이었다.

"오늘도 까칠하게 구네, 운형 팀장. 잠을 설쳤나 봐? 그리고 다시 상기시켜 주자면 상관은 나야. 내가 어디에 있든 댁이 상관할 일이 아니라는 거지. 그것보다 카리온을 무력화시킬 수 있는 방법을 찾아냈다면 나에게 보고를 먼저 해야 하지 않아? 보안 요원들 힘만으로는 무리일 텐데?"

재이의 태도로도 알 수 있듯이, 루템에서는 운형과 보안 팀을 업신여기고 있었다. 절대로 그들에게 힘을 실어주지 않았다. 하지만 재이는 보안 팀의 사정을 잘 알고 있었다. 누가 알려주는지는 몰라도 그녀에게 정보가 새고 있다는 것만은 분명했다.

운형은 찬열과 함께 그런 자들을 색출하려고 노력하고 있었으나 아직까지는 성과가 없었다. 무엇보다도 운형은 스파이가 나혜만은 아니길 바랐다. 그녀에게 맡긴 임무는 절대로 재이가 알아서는 안 되는 것이었기 때문이다.

"친히 걸음 하실 줄 알았더라면 연락을 드렸을 겁니다."

지지 않고 받아치는 운형과 옅은 미소를 띠고 있는 재이 사이에 보이지 않는 신경전이 이어졌다.

재이 또한 운형이 마음에 들지 않기는 매한가지였다. 우연히 카리온을 보게 된 주제에 자신과 동급이라고 생각하는 저 오만함과 굽힐 줄 모르는 성격이 싫었다. 카리온을 죽인 것 또한 우연의 산물일 거라 생각하고 있던 재이는, 처음에는 감추기라도 했으나 이제는 대놓고 그를 싫어하는 티를 냈다. 문제는 운형도 호락호락하지 않다는 것이다. 그러다 보니 두 사람의 신경전은 만날 때마다 이어졌고, 오죽하면 팀원들도 이제는 그러려니 할 정도였다.

"덕분에 수집하기 편해지겠어."

재이는 가죽 워커에 물이 닿지 않도록 계단 위에서 말했다. 계단 아래에서 찰랑이는 물을 바라보는 그녀의 얼굴은 감정이 사라진 듯 무표정했으나, 다시 고개를 들었을 때는 평소와 같은 조소가 입가에 맺혀 있었다.

"루템에서 직원들을 더 보내주기로 했어. 아무래도 샘플이라든가 실험체를 옮기기엔 당신들만으로는 무리일 테니까."

"설마 카리온을 죽이지 않을 생각입니까?"

언짢아서 볼을 씰룩이며 태식이 질문했다.

"죽여야지. 하지만 아직 방법을 모르잖아."

"그래도!"

"착각하는 것 같은데. 여기 있는 카리온들이 꼬리를 말고 숨었다고 해서 다른 것들한테도 물이 통할 거라고 생각해? 특히 창고에 있는 녀석들은 호락호락하지 않을걸?"

재이의 말이 틀리지 않다는 걸 운형은 인정할 수밖에 없었다. 운형은 홍철이 찍어주었던 사진들을 떠올렸다. 홍철은 불평했지만 창고 안은 매일매일 변화하고 있었고 부화가 시작된 후, 그들은 웬만해서는 창고에 들어갈 수도 없게 되었다.

그때 홍철이 카리온에게 공격당했던 것도 카리온이 내뿜는 기운이 창고라는 한정적인 곳에 갇히게 되면서 벌어진 일이었을 것이다. 원래라면 일반인인 홍철이 카리온에게 공격당할 일은 없어야 했다. 그것들은 자신이 사는 흑백 세계로 들어온 동화인이 아니라면 공격할 수 없기에, 우회적인 방법으로 인간의 몸을 이용해 왔다. 그게 아니라면 이 세계에 넘어오는 순간부터 지속적으로 타격을 받게 되어 있는 것 같았다.

그래서 홍철이 공격당했다는 말을 재경에게서 전해 들었을 때, 운형은 꺼림칙한 느낌에 바로 지하 3층에 내려가 봤지만, 무언가를 식별하기 어려울 정도로 창고를 가득 채운 검은 연기 때문에 안에 들어가는 것 자체가 불가능했었다.

복도를 장악한 빛에 가로막혀 연기는 창고 내부를 맴돌고 있었다. 운형은 지금처럼 창고에 물을 뿌린다고 해서 효과를 볼지 솔직히 장담할 수 없었다. 카리온의 반응 또한 미지수였기 때문에 재이의 말은 하나도 틀린 게 없었다.

"그래서 어떻게 하려는 겁니까?"

"지하 3층은 폐쇄야. 지원군이 올 때까지 스프링클러는 계속 작동될 거고, 더 이상 카리온들이 밖으로 나가는 일은 없을 거야. 여기까지 설명했으니, 보안 팀에서 무슨 일을 해야 할지 알겠지?"

"다 차려진 밥상에 숟가락만 얹겠다는 거군. 남아 있는 사람들을 어쩔 셈이지?"

참지 못하고 꺼낸 이야기에 재이는 가소롭다는 표정으로 운형을 내려다봤다. 나이로 따지자면 운형이 재이보다 열 살 이상은 더 많았지만, 어디든 직함이 우선이었다. 그녀 역시 자신의 태도가 거만하다는 것은 잘 알고 있었다. 그럼에도 재이가 운형에게 적대적인 태도를 고수하는 이유는 그녀가 우연이라는 단어를 가장 혐오했기 때문이다.

"남은 사람들은 보안 팀에서 구조하고 있는 것으로 보고받았는데, 아닌가?"

"실장님이 나서주신다면 피해는 훨씬 줄어들 거예요!"

자신과는 전혀 상관없다는 듯한 재이의 태도에 발끈해, 송이가 호소했다.

"내 능력을 이용하면 도움이 되고도 남겠지. 하지만 난 여기를 통제하고 카리온을 확실하게 죽일 수 있는 방법을 찾기 위해서 온 거야."

"하지만!"

"내가 사람들을 구할 동안 보안 팀에서는 손가락이라도 빨면서 기다릴 건가? 난 혼자고 보안 팀은 10명 이상이었던 것 같은데."

재이는 송이가 반박하지 못하는 걸 확인하고는 다시 말을 이었다.

"내가 모든 사람을 구할 수는 없어. 이번에 찾은 방법을 이용하면 사람들을 구조하는 데 큰 도움이 될 거야. 그럼 다들 성과는 충분히 올릴 수 있겠지? 너희들도 유능한 요원이니까."

언제 냉정하게 말했냐는 듯이 재이는 그들을 띄워주는 듯한 말을 꺼내며, 더는 이 문제에 대해 왈가왈부하지 못하게 주제를 바꾸었다.

"남은 이야기는 운형 팀장과 하도록 하지. 그럼 다들 올라갈까? 은성이 여기를 잘 제어해 줄 테니 걱정하지 않아도 돼."

더 들어볼 것도 없다는 듯이 계단을 올라가는 재이를 보며 태식이 있는 대로 얼굴을 찌푸렸다.

"호랑이도 제 말하면 온다더니, 제가 괜한 말을 했네요. 더러워서 원!"

태식은 신경질적으로 물을 발로 차면서 재이가 듣든 말든 상관없다는 듯이 씩씩거렸다. 같은 심정이었던 송이는 운형의 눈치를 한번 보고는, 손전등 하나를 계단에 내려놓고서 몸을 돌렸다.

"언제 봐도 말을 얄밉게 하는 여자네요. 이제 웬만해서는 여기에 들여보내 주지도 않겠죠. 죽 써서 남을 줬어요, 우리가."

허탈하게 웃던 찬열은 미동 없이 카리온을 노려보고 있는 운형을 보곤 입을 다물었다.

"예상했던 일이지만 사람들까지 외면할 줄은 몰랐군. 씹어 먹어도 시원치 않을 놈들."

운형은 분노했다. 이대로 아무것도 못 하고 카리온을 내줘야 한다는 사실도 화가 났지만, 죄 없는 사람들이 겪어야 할 일들에 치가 떨렸다. 가족을 잃었던 과거가 생각나 더 그랬다. 속으로 분한 마음을 삭이던 운형은 참지 못하고 카리온을 향해 주먹을 내질렀다.

"제기랄!"

"형, 뭐 하는 거예요! 어?"

깜짝 놀란 찬열이 말리려고 다가가다가 놀라 자리에서 멈춰 섰다. 운형의 왼팔이 막힘없이 카리온의 안으로 쑥 들어가는 것을 봤기 때문이다. 심지어 카리온에서 튀어나온 검은 줄기는 아주 잠깐이긴 했으나, 그의 팔에 얌전히 더덕더덕 붙어 있었다.

그 상태로 5분쯤 있었을까.

"윽!"

살을 파고드는 고통에 운형이 신음을 흘리며 다급히 팔을 빼냈다. 검은 줄기가 닿았던 곳에서 피가 흘러내리고 있었다.

"괜찮아요, 형?"

주머니에서 수건을 꺼내 운형의 팔을 지혈하면서도, 찬열은 방금 본 게 무엇인지 고민하지 않을 수 없었다. 그동안 아무리 날카로운 칼이나 단단한 것들을 들이밀어도 카리온의 표면에는 흠집 하나 나지 않았었기 때문이다.

설명을 바라는 눈으로 운형을 바라보자, 그도 영문을 모르겠다는 얼굴을 하고 있었다.

"형, 방금 그거……."

"알고 한 게 아니야. 전에 카리온을 마주쳤을 때는 이러지 않았어."

위험해도 운형은 조금 더 확인해 보고 싶은 충동이 들었다.

"대장! 마녀가 왜 안 오냐고 재촉하고 있습니다만?"

태식이 부르러 오지 않았더라면 운형은 만족할 때까지 몇 번이고 같은 시도를 해봤을 것이다. 그는 작게 한숨을 내쉬고서 카리온에게서 고개를 돌렸다.

"일단 포기한다. 카리온이라면 많으니 다른 놈한테 실험해 볼 수 있겠지. 이 일은……."

"아무한테도 말하지 않을게요."

"그래."

우연이 아니길 바라며 운형은 한 번 더 자신의 팔을 삼켰던 카리온을 쳐다보고는 아쉬움을 남긴 채 발길을 돌렸다. 이제 그의 목표에는 재이 몰래 조금 전의 일을 확인하는 것도 포함되었다.

'그 여자에 대한 비밀도 이것과 관련되었을지 모른다는 생각이 드는군.'

다시 밝은 공간에 발을 디딘 운형은 한시라도 빨리 확인해 보고 싶어서 손이 근질거렸지만, 지금은 어쩔 수 없이 재이를 따라가야 했다. 그의 시선이 찬열에게 향했다. 말하지 않아도 운형이 원하는 것을 파악한 그가 작게 고개를 끄덕였다. 오랫동안 운형과 합을 맞춰왔던 찬열만이 가능한 일이었다.

운형과 재이가 완전히 다른 곳으로 가고 나서야 찬열은 태식과 송이를 돌아보며 조용히 말했다.

"우리는 남은 사람들을 찾아서 구조하러 가요."

"팀장님을 기다리지 않고?"

의아해하는 송이와는 다르게 태식은 대충 돌아가는 사정을 눈치챈 듯이 한숨을 거하게 내쉬며 말했다.

"쉴 틈이 없구먼."

"나머진 가면서 설명해 줄게요."

이미 통제실에서 근무하는 지수를 통해, 재이가 관심을 가진 여자애에 대해서 들은 찬열은 시간이 많지 않다고 결론을 내렸다. 지금은 카리온을 제어하는 새로운 방식을 알아내서 이쪽으로 관심이 쏠렸지만, 재이의 성격상 궁금한 것은 반드시 알아내려고 할 것이었다. 그 전에, 반드시 박하라는 아이를 탈출시켜야 했다.

박하를 포함해 죽다 살아난 이들은 아직도 8층을 벗어나지 못하고 있었다. 간신히 카리온 두 마리 사이의 틈을 발견한 나혜가 그 사이로 사람들이 지나갈 수 있도록 독려했으나, 유일하게 도영만 아직도 병실에 있었다. 도영은 무서운 걸 보지도 못할 정도로 겁이 많았기 때문이다. 사람들은 그의 행동들을 이해하는 분위기였고, 도영한테 많이 당한 연주조차도 안쓰러운 눈으로 그를 지켜보고 있었다. 하지만 홍철과 박하까지 도영을 좋게 보는 건 아니었다. 마음에 들지 않는 인간은 뭘 해도 고깝게 보이는 법이었다.

"사람들이 무사히 빠져나온 거 보면 모르겠어요? 이렇게 시간 끄는 게 더 위험해요."

악감정이 남아 있던 박하로서는 최대한 좋게 이야기한 것이었다. 마음 같아서는 어른이 왜 그렇게 겁이 많냐고, 면박을 주고 싶은 심정이었다. 하지만 연주가 고개를 저으며 말리는 통에, 박하는 간신히 목구멍 밖으로 빠져나오려는 말들을 도로 삼켰다.

"제가 넘어가겠습니다."

"내가 갈까?"

'실수인 척하면서 때려도 모르지 않을까?'

그런 홍철의 속마음을 읽은 것처럼, 의심스러운 눈초리를 지우지 않던 나혜가 고개를 저었다.

"됐어. 또 성질 못 이기고 억지로 끌고 나올 거잖아."

"내가 왜 그러겠어? 명색이 보안 요원인데."

"홍철아, 입에 침이나 바르고 말해. 너 같으면 믿겠니?"

"쳇. 내가 비춰줄 테니까 다녀와."

순수함으로 포장한 얼굴이 통하지 않자 홍철은 마지못해 나혜를 보내주었다.

방해 전파라도 있었던 것인지 손전등은 카리온이 잠들자 다시 켜졌고, 형광등의 경우에는 멀쩡한 것조차 회로가 손상된 모양인지 스위치를 껐다가 켜도 깜깜무소식이었다. 어차피 오래 있을 예정도 아니었기 때문에, 홍철은 손전등 두 개가 모두 카리온을 향하도록 바닥에 두었다.

한 사람이 지나가기에도 비좁은 공간을 걸어가던 나혜는, 때때로 카리온의 숨 구멍이 나타났다가 사라질 때면 팔에 소름이 돋았다. 손끝이 차가워졌다. 놀라거나 무서워하는 티를 내면 사람들에게 전염될 수도 있으므로, 나혜는 무표정을 고수하며 무사히 반대편 병실에 도착했다.

"앞이랑 뒤, 어느 쪽이 편하십니까?"

"앞이요……."

나이가 비슷해 보이는 나혜가 당차게 행동하자 도영은 더 창피했다. 하지만 그는 다리가 후들거려서 제대로 서 있을 수가 없었다. 나혜가 가지고 온 붉은 조명을 통해 카리온의 윤곽을 볼 수 있었기 때문이다. 도영으로서는 이해할 수 없게도 사람들은 불평 한 마디 없이 희미하게 보이는 카리온들의 사이를 손으로 더듬어 가며 반대편으로 넘어갔고, 이제 자신만 남았다.

'다들 미친 거 아니야? 그러다 공격을 당하면? 나만 무서운 거야?'

카리온과 홍철이 줄다리기를 했을 때부터 도영은 얼어붙은 상태였다. 마음 같아서는 제일 먼저 빠져나가고 싶었으나, 도저히 그것을 손으로 만질 엄두가 나지 않았다.

"숨을 쉬기 위해서 움직이는 것뿐입니다. 쉽게 공격하지는 못할 겁니다."

안심시키려는 의도였지만 도영의 긴장을 풀어주기엔 역부족이었다. 그는 나혜가 짚고 있는 카리온을 눈으로 힐끗 쳐다보며, 주먹 쥔 손을 쥐었다 펴기를 반복했다.

'할 수 있어. 나도 할 수 있을 거야.'

패닉에 빠져 더 꼴사나운 모습을 보여줄 수는 없었다. 도영은 염불을 외우는 것처럼 자신감을 북돋아 주는 문장을 계속해서 속으로 되뇌었다.

"으으, 촉감 완전 이상해."

울퉁불퉁하고 거친 표면이 만져졌다. 다짐이 무색하게도 도영은 불이라도 만진 사람처럼 급하게 손을 떼며 앓는 소리를 냈다.

"괜찮습니다. 표면에 독은 없는 것으로 알고 있습니다."

나혜가 설명을 덧붙였다. 도영은 그녀의 배려에 고마워해야 할지 아니면 제발 그 입 좀 다물어 달라고 해야 할지 알 수 없었다. 도와주려는 마음에서 하는 말이라는 걸 알면서도 수치스러웠기 때문이다.

카리온의 표면은 어디는 쏙 들어가고 어디는 툭 튀어나온 모양새였는데, 마치 거친 풍파를 겪은 돌이나 운석 같았다. 익숙한 것을 상상해보려던 도영은 손바닥을 통해 전해지는 호흡에 몸을 부르르 떨었다. 붉은 조명의 영향으로 주변이 핏빛으로 보이기까지 해서, 한층 더 겁에 질린 도영의 걸음걸이는 불안정하기 그지없었다.

"진짜로 우, 움직이지 않는 거죠?"

짧은 길이 이상하게도 길게 느껴졌다.

"아마 당장은 움직이지 못할 겁니다. 설사 움직인다고 해도 다치지 않도록 최선을 다하겠습니다."

물이 효과가 있다고 입증된 지 30분도 지나지 않았다. 그러니 나혜가 해줄 수 있는 말은 지켜주겠다는 말뿐이었다.

"그 말 꼭! 지켜요!"

식은땀을 뻘뻘 흘리며 도영이 간절함을 담아 대꾸했다.

빨리 밖으로 나가고 싶었던 도영은 약해지려는 마음을 다잡기 위해 속으로 애국가를 불렀다. 길은 구불구불했지만, 어쨌든 끝은 찾아왔다.

"도영아! 너 괜찮아?"

눈이 퀭하게 변한 도영이 무사히 빠져나오자마자 윤재가 달려와 그를 부축했다.

"무서워 죽는 줄 알았어."

허세를 부리기엔 이미 늦었기에 도영은 마음껏 안도하며, 윤재의 어깨에 기대 숨을 몰아쉬었다. 그의 손끝은 뭔가에 쓸린 듯이 빨갛게 부어 있었는데, 무서운 마음에 표면을 더듬기보다는 손끝으로 스치듯이 하며 걸어왔기 때문이다. 약간 쓰라렸지만 도영은 아프다고 엄살 부리지 않았다. 차라리 고통이 느껴지는 게 현실감이 있었기 때문이다.

"이제 움직이죠. 더 시간을 지체할 수는 없습니다."

사람들이 모두 빠져나온 것을 확인한 나혜가 앞장서며 말했다.

"잠깐. 너 혹시 재경이랑 연락돼?"

"왜?"

"여기서 만나기로 했어."

"뭐?"

나혜는 순한 눈매를 찡그리며 어이없다는 표정으로 홍철을 바라보았다. 재경이 왜 자신의 무전을 받지 않았는지 이해가 되었기 때문이다. 나혜는 화가 났지만 길게 이야기를 나눌 시간이 없었다.

"이걸로 연락해 봐. 난 저걸 좀 부숴야 할 것 같아."

무전기를 퍽 소리 나도록 홍철에게 넘긴 나혜는 출입문 앞으로 걸어갔다. 홍철과 사람들이 일으킨 화재로 인해 방화문 셔터가 내려가 있었다. 물론 좌측에 비상문이 마련되어 있기는 했다.

철컥.

문을 잡고 밀어보았으나 열리지 않았다. 눈살을 찌푸린 나혜가 원인을 찾다가, 문의 아랫부분이 구겨지며 바닥과 꽉 맞물린 것을 발견하곤 한숨을 내쉬었다. 가는 날이 장날이라더니. 한시라도 빨리 탈출해야 하는데 자꾸만 장애물이 생기는 바람에 나혜는 초조해졌다.

잠시 사람들 뒤로 보이는 두 마리의 카리온을 확인한 나혜는, 방화문을 그대로 두고 사람들이 지나갈 구멍만 뚫기로 결정을 내렸다.

"모두 물러서 주세요. 총알이 튈 수도 있습니다."

"그럼 차라리 침대를 방어벽으로 세우죠."

널린 게 병실 침대였다. 사람들은 병실로 가서 침대를 가지고 나왔다. 병실로 들어가서 숨자는 의견도 나왔으나 어두컴컴한 곳에 남겨지는 것보다, 보이는 곳에 있는 게 더 안전할 것 같다는 의견이 훨씬 많았다.

"연락은 됐어?"

만약을 위해 가지고 온 총을 장전하던 나혜가 무심한 척 물었다.

"연결이 안 돼. 우리 떠나고 나서 도착하면 안 되는데."

"찬열 씨나 다른 사람들한테 연락해서 물어봐. 왜? 난 안 해줄 거야. 넌 좀 혼나야 해."

"야……."

"눈 없는 총알 맞기 싫으면 얼른 숨기나 해."

"차라리 내가 그거 할게. 좀 봐주라."

"싫어. 얼른 저리 가."

냉정한 나혜의 태도에 어깨를 축 늘어뜨린 홍철은 무전기를 두 손으로 쥔 채, 사람들이 몰려 있는 침대 뒤로 걸어갔다. 홍철이 사라진 걸 확인한 나혜는 방화문에 구멍을 뚫기 위해 머릿속에 동그라미를 연상하며 방아쇠를 당겼다.

"왜 그러세요?"

긴박한 상황에서 힘없이 무전기를 만지작거리고만 있는 홍철을 본 박하가 물었다.

"음, 그냥."

어색하게 허허 웃자, 박하가 고개를 갸웃했다. 하지만 홍철은 진실을 말해줄 수 없었다. 팀원들에게 혼날까 봐 기운이 없는 거라고 말하기에는 모양이 빠졌기 때문이다. 한껏 목소리를 죽인 홍철은 그나마 화내지 않을 것 같은 사람한테 무전을 쳤다.

"형, 형 들려요?"

- 우리의 탕아가 돌아왔다!

킬킬거리며 웃는 목소리는 분명 홍철이 바라던 상대의 것이 아니었다.

"찬열이 형한테 무전했는데, 왜 형이⋯⋯."

홍철은 당황을 감추지 못했다. 태식은 운형보다는 편한 상대였지만 놀리는 걸 주도하는 사람이기도 했다. 한마디로 동생 놀리는 걸 좋아하는 장난꾸러기였다.

- 야야, 아서라. 지금 통화했다간 도깨비가 된 찬열이한테 호되게 혼날걸?

"그 정도로 화가 많이 났어요?"

찬열에게 몇 번 쓴소리를 들은 적은 있어도, 도깨비라고 칭할 정도로 화를 낸 적은 없었다. 홍철의 목소리가 작아졌다.

- 하여간 넌 놀릴 맛이 난다니까! 화는커녕 지금 네 걱정 때문에 단걸 폭풍 흡입하는 중이다. 아주 당뇨 걸릴까 봐 걱정이야. 그러니 끊지 말고, 잠깐만 기다려 봐!

또! 또 속았다! 홍철은 차마 태식한테 뭐라고 하지는 못하고 속으로 꿍얼거렸다.

곧이어 무전기에서 찬열의 단정한 목소리가 흘러나왔다.

- 어디야? 왜 이제 연락해?

"죄송해요, 형. 무전기를 두고 와서 연락을 못 했어요. 이건 나혜한테 빌린 거예요."

- 너희는 진짜⋯⋯. 재경이도 연락이 안 되고, 너도 안 돼서 얼마나

걱정했는지 알아?

"형도 재경이랑 연락 안 돼요? 안 그래도 데리러 온다고 해놓고 머리털 하나 보이지 않아서 형한테 물어보려고 무전 친 거였어요."

잠시 두 사람 다 말이 없었다. 혹시나 재경이 위험에 빠졌을까 봐 홍철은 심장이 벌렁벌렁 뛰었다.

"상황실에 누구 있어요? CCTV로 찾아봐야 할 것 같은데."

찬열은 대답을 망설였다. 홍철의 마음을 모르는 건 아니었으나, 다른 동료들에게 홍철이 연락하도록 둘 수는 없었다. 지금 그가 나혜와 함께 있다는 게 문제였다. 겉으로 보기엔 평범한 구조 작업이었지만 나혜가 맡은 임무가 또 하나 있었다. 운형이 보았다는 이름이 '박하'인 여자아이. 정확한 이유는 듣지 못했지만, 운형은 그 아이가 재이의 눈에 띄지 않기를 바라고 있었다.

그래서 믿을 만한 나혜를 보낸 것이다. 만약 홍철의 부탁으로 CCTV를 확인하다가 누군가가 박하를 발견하기라도 한다면……. 혹시라도 재이처럼 뭔가를 발견할 가능성도 무시할 수 없었다.

– 내가 알아보고 무전 줄게. 일단 나혜를 따라 빠져나오도록 해.

찬열은 평상시처럼 말하면서도 다급하게 굴지 않기 위해 조심했다. 홍철이 의심하게 둘 수는 없었다.

"부탁 좀 할게요, 형. 우리가 떠난 후에 도착할까 봐 걱정했거든요. 여기에 카리온도 있어서요."

– 알았어. 걱정하지 말고, 혹시 무슨 일 생기면 바로 나한테 연락해.

"고마워요, 형"

끊어진 무전기를 내려다보며 홍철은 한숨을 내쉬었다. 또 뭔가 숨기고 있는 게 분명했다. 홍철은 눈치가 빠른 편이었고, 평소답지 않은 찬열의 태도에서 어색함을 느꼈다. 하지만 다른 사람도 아니고 찬열이기에, 그는 무슨 이유가 있을 거라고 생각했다.

긴장의 끈이 풀림과 동시에 총탄 소리가 날카롭게 홍철의 귀에 날아와 박혔다. 곧이어 무거운 물체가 물웅덩이 아래로 빠지는 소리도 났다.

"이제 나오셔도 됩니다!"

침대 뒤에 숨어 있던 사람들이 하나둘 밖으로 나와, 나혜에게 다가 갔다. 완벽하게 원형으로 뚫린 비상구 문을 바라보며 사람들이 감탄하고 있을 때, 무전기를 돌려받은 그녀는 심란한 표정의 홍철을 보곤 결과를 짐작할 수 있었다. 잠시 고심하던 나혜가 말했다.

"믿어봐. 걔도 엄연히 보안 요원 중 1명이잖아. 적어도 너만큼 무모하지는 않을걸?"

"그렇게 말해도 할 말이 없다."

나혜가 잘 하지 않는 농담까지 해가며 걱정을 덜어주려고 하자, 홍철은 더 우울하게 있을 수가 없었다. 무소식이 희소식이라고 생각하기로 한 홍철은 먼저 나서서 밖으로 나가겠다고 말했다. 나혜가 뒤에 있는 괴물을 신경 쓰고 있다는 걸 알았기 때문이다.

"조심해."

"걱정하지 마."

씩 웃어 보인 홍철이 반대편으로 건너가고, 나혜는 뚫린 구멍으로 그를 살폈다. 곧이어 홍철에게서 괜찮다는 사인이 오자, 그녀는 박하를 시작으로 순차적으로 사람들을 이동시켰다. 마지막까지 남아 있던 나혜는 움직임이 없는 카리온을 끝까지 응시하면서 천천히 구멍을 통과했다.

"비상구네요."

거침없이 걸어가던 민서가 걸음을 멈추더니 말했다. 그녀는 겁먹은 것 같았다.

"엘리베이터는 사용이 중지되었습니다. 게다가 막힌 공간에서는 제대로 대처하기가 힘들기에, 현재로써는 계단으로 내려가는 게 안전합니다."

"이번엔 내가 맨 뒤에서 갈게."

홍철의 제안에 고개를 끄덕인 나혜가 사람들에게 설명했다.

"저희는 벽에 붙어서 한 줄로 이동할 겁니다. 다들 대열을 벗어나지 마십시오."

카리온은 일반인에겐 유령이나 다름없었지만 벽을 통과하는 능력은 없었다. 갑작스럽게 튀어나와 공격할 확률이 적어서, 그 부분은 마음을 놓을 수 있었으나 신경 써야 할 다른 문제가 있었다. 나혜는 자신도 모르게 박하를 빤히 쳐다보지 않도록 주의했다.

'눈에 띄지 않도록 조심해라. 아직은 아이의 존재를 모를 테니까.'

명령을 상기하던 나혜는, 화염 방사기용 방화 장갑을 착용했다. 그러고는 소화기 두 개가 합쳐진 듯한 모양의 연료통을 고쳐 메고 화염 방사기 옆면에 걸려 있는 노즐을 빼서 손에 쥐었다. 분사구가 달린 노즐은 마치 장총처럼 손잡이와 방아쇠의 거리가 멀리 떨어져 있었다.

"이래서였구나. 무겁지는 않냐?"

소화기라면 모를까 화염 방사기를 구비하는 이유를 몰랐던 홍철은 이제야 이해가 되었다.

"경량화되어 있어. 그리고 훈련했으니까."

"그랬지, 참."

처음 입사하고 죽어라 훈련했던 것을 떠올리며 홍철이 고개를 주억거렸다. 그때는 마치 군대를 한 번 더 간 기분이 들 정도였는데, 아무래도 다른 동료들은 계속해서 훈련을 하고 있었던 모양이었다.

비상구 문을 열고 나가자 센서 등이 켜졌다. 손짓으로 사람들에게 기다리라고 한 나혜는 계단을 절반 정도 내려간 후, 난간 밖으로 몸을 내밀어 아래쪽도 확인했다.

"이제 나오셔도 됩니다. 조금 전에 나온 순서대로 천천히 이동해 주세요."

내려오고 있는 사람들을 응시하며 나혜는 이상이 없는 것을 확인하고는 홍철에게 물었다.

"상황은 어때?"

"이상 없어!"

동그랗게 뚫린 구멍을 붉은 조명으로 비추고 있던 홍철이 바로 대꾸했다. 대충 내려가는 발소리로 인원을 파악하던 그는, 자신을 포함해 4명만 더 내려가면 이곳을 벗어날 수 있다는 사실에 안도했다. 남아 있는 인물의 얼굴을 본 홍철의 표정이 짓궂게 변했다.

"또 다리가 안 움직이는 건 아니죠?"

"자신보다 어린아이를 놀리는 게 좋아요, 아저씨?"

"말을 참, 얄밉게 하는 거 알아요?"

"네, 성격이니까요."

두 사람이 티격태격하는 사이에 한 사람이 더 내려갔다.

"먼저 내려가."

친구가 걱정되었던 윤재가 권유했다.

"내 발 잘 떨어지거든?"

투덜거리는 음성을 듣던 홍철은 이번에도 도영이 잘 내려가지 못할까 봐, 자신도 모르게 고개가 뒤로 향했다. 그러다 손이 움직여 들고 있던 조명이 횡으로 그어졌고, 좌우로 흔들리던 불빛이 방화문을 스쳐 지나갔다. 조금 전까지 포착되지 않았던 줄기들이 구멍을 통해 기어 나오고 있는 것이 보였다.

"……!"

비명을 지를 틈도 없었다. 어찌나 빠른지 검은 줄기는 잔상만을 남기며 홍철을 향해 휘둘러졌고, 붉은 조명이 흔들릴 때마다 모습을 감추었다. 혼란스러웠던 홍철은 결국 눈으로 그것을 좇는 것을 포기했다. 직감적으로 위험을 느낀 그가 몸을 오른쪽으로 날리며 소리쳤다.

"피해요!"

물의 효력이 다한 것일까? 다시 살아난 카리온은 기어코 원하는 바를 얻었다. 홍철이 재빨리 몸을 피했지만, 그의 뒤에 있던 윤재는 저항 한번 해보지도 못하고 당하고 말았다. 진하고 뜨거운 액체가 홍철과 도영의 얼굴로 튀었다.

"쿨럭. 어……."

상황을 이해하지 못한 윤재는 입가에 피를 흘리며 아래를 내려다봤다. 배를 뚫고 들어온 검은 줄기는 윤재의 몸 안에서 가지를 치며 확 뻗어나가 그의 내장과 내부를 먹어 치우기 시작했다.

"아아악! 아악!"

윤재는 고통에 몸부림쳤다. 검은 줄기를 잡아 빼내기 위해 발버둥 쳤으나, 꿈쩍도 하지 않는 줄기로 인해 그의 손톱은 깨지고 부러졌다.

"윤재야!"

놀라서 주저앉아 있던 도영이 친구의 이름을 부르며 다가가려는 것을 홍철이 제지했다.

"나혜야! 화염 방사기 들고 와! 빨리!"

홍철은 이를 악물고서 도영의 허리를 잡고 윤재에게서 떨어뜨렸다.

"어서 도와줘요! 저러다 죽겠어요!"

도영의 목소리에 절박함이 가득 묻어났다. 비상사태에 나혜의 머릿속도 복잡해졌다. 카리온이 이런 식으로 사냥한 적은 없었기 때문이다. 그들은 보통 사람들을 몸속으로 끌어들인 후 천천히 먹어 치웠고 그 상태로 또 다른 먹이를 찾아다니는 게 일반적이었다. 상성의 이유인지 아니면 내부의 독 때문인지는 모르겠으나, 견디지 못하고 폭발하는 경우는 있었다. 하지만 지금처럼 무자비한 방식은 처음이었다. 카리온은 끊임없이 윤재를 괴롭히며 마음껏 갈취하고 있었다.

'젠장! 칼이 통한다면 당장이라도 줄기를 잘라낼 텐데!'

해결하기 어려운 상황에 좌절하는 홍철의 곁으로 나혜가 스쳐 지나갔다. 그녀는 꾸역꾸역 검은 줄기가 나오고 있는 문을 노려보았다. 금방이라도 불태울 것처럼 화염 방사기의 밸브를 열어둔 채 그녀는 방아쇠에 손을 걸고 있었지만 차마 그것을 당기지 못했다.

불에 닿은 줄기는 말라비틀어지고, 카리온은 도마뱀 꼬리를 자르는 것처럼 해당 부위를 잘라낼 것이다. 윤재와 연결된 줄기를 동시에 없애지 않으면 줄기들이 격렬하게 움직일 때마다, 그 반동은 윤재에게까지 미칠 터였다.

"왜 안 쏘는 거야! 얼른 쏴! 제발 좀 쏘라고!"

악을 지르며 도영이 울부짖었다.

몸속을 점령하고 있는 검은 줄기로 인해, 윤재의 몸은 카리온처럼 울룩불룩하게 튀어나와 있었다. 이제 비명을 지를 힘도 없는 듯, 윤재의 눈동자는 흐릿했다. 입을 통해 뻗어 나온 줄기들이 주변으로 퍼졌다. 딱 맞게 입었던 옷이 헐렁해졌고, 윤재는 미라처럼 변해갔다.

도영은 친구의 모습을 보며 아이처럼 울었다. 성격 나쁜 자신의 곁에 있어 준 유일한 친구였다. 도영은 자신을 잡고 있는 홍철에게서 벗어나려고 몸부림쳤다. 이렇게 허무하게 목숨을 잃어야 할 아이가 아니었다. 의사가 되겠다고 코피를 흘리며 공부했고, 이제 졸업만 하면 여기서 첫걸음을 내디딜 참이었다. 그런데…….

"도, 도영아……."

윤재의 목소리는 금방이라도 숨이 끊어질 것처럼 위태로웠다.

"흐윽. 미안. 미안해, 윤재야……."

눈물이 멈추지 않았다. 자신 때문에 윤재가 당했다는 생각에 도영은 똑바로 그를 바라볼 수도 없었다.

"사, 살려줘……. 제발."

그 말을 듣고서 도영의 눈물은 거짓말처럼 뚝 그쳤다. 숙이고 있던 고개를 든 도영은 자신을 바라보고 있는 윤재가 무엇을 원하는지 알수 있었다. 10층에서 그 일을 겪은 후, 두 사람은 만약의 경우에 서로 고통을 줄여주기로 약속했었다. 윤재는 항상 강한 사람이었다.

"그래, 알았어."

떨리는 입술을 끌어올리며 도영은 웃어 보였다. 얼굴은 온통 눈물 콧물 범벅이었다. 힘이 들어가 있지 않은 팔을 움직여 홍철을 밀어낸 그는 모든 힘을 끌어모아 외쳤다.

"쏴요!"

망설이고 있던 나혜는 눈만 움직여 도영을 보았다.

"쏘라고요! 제발……. 윤재를 편하게 해주세요!"

울음에 먹혀 발음이 뭉개졌지만 나혜는 알아들을 수 있었다. 그녀는 노즐을 놓고 권총을 꺼내 들었다. 윤재의 생명은 얼마 남지 않은 듯 보였다. 축 늘어진 채 생명을 빼앗기고만 있는 윤재를 보며, 나혜는 그의 머리를 향해 정확히 총을 발사했다.

카리온은 윤재가 죽은 것을 바로 알아챈 것 같았다. 또한, 자신의 먹이를 빼앗은 자가 누구인지도 알아챈 듯 그녀에게 검은 줄기를 쏘아 보냈다.

모든 일은 빠르게 진행되고 있었다. 홍철이 정신없이 울며 윤재에게 다가가려는 도영을 붙잡고, 나혜가 검은 줄기의 반응을 뒤늦게 알아챘을 때였다. 누가 막을 새도 어느새 박하가 와 있었다. 박하의 손에는 병실을 나올 때부터 꼭 쥐고 있던 막대가 들려 있었는데 그녀는 그것을 들고 나혜의 앞을 가로막고 섰다.

수없이 많은 검은 줄기들이 곧바로 박하를 덮칠 것 같았다. 서투른 몸짓으로 박하는 막대를 휘둘렀지만 역부족이었다. 검은 줄기는 스텐으로 된 막대를 종잇장처럼 구겨버렸고, 박하는 잡고 있던 봉을 그만 놓치고 말았다.

"안 돼! 박하야!"

시간이 느리게 흘렀다. 박하는 엄마가 자신을 부르는 소리가 아득하게 들린다고 생각했다.

사람은 죽을 때 자신의 삶을 돌아본다고 하던데…… 박하의 삶은 삼 분의 일은 너무 어렸고 삼 분의 일은 행복했으며, 나머지 삼 분의 일은 어둠이었다.

피할 새도 없이 줄기에 맞아 날아간 박하는 벽에 등을 부딪치며 그대로 구석으로 떨어졌다. 머리를 세게 부딪혀 그대로 기절했기 때문에, 그녀는 이후의 상황을 알지 못했다.

그런데 금방이라도 잡아먹을 것처럼 쏟아져 나간 검은 줄기들이, 탐색하듯이 박하의 주변을 맴돌기만 했다. 뭔가가 카리온을 혼란스럽게 만들고 있는 것 같았다. 공격할 것처럼 굴다가도 다시 뒤로 물러나는 것을 반복하는 모습은, 누가 봐도 망설이는 것처럼 보였다. 문 근처에 있던 단 세 사람만이 이 광경을 보았다. 도영은 윤재의 시신을 끌어안고 우느라 이것을 보지 못했다.

시간이 멈춘 것 같았다. 연주마저 움직이지 못하고 있을 때였다.

띵.

분명 작동을 멈췄을 엘리베이터가 상황에 어울리지 않는 경쾌한 음을 내며 열렸다. 안에서는 도란도란 대화 소리가 이어지고 있었다.

"이미 다 가버린 거 아니야? 딸꾹."

"그러게 저 혼자 간다고 했잖아요! 술 마신 거 팀장님한테 다 이를 겁니다."

"야, 우리 사이에 이럴 거야? 어, 어!"

그리고 화염 방사기가 무자비하게 검은 줄기를 향해 뿜어졌다.

그그극.

움츠러들던 그것은 재경까지 합세하자 꼬리를 말고 도망치는 것처럼 방화문 뒤로 숨어버렸다. 나혜는 새로 나타난 이들을 보고 안도하며 박하를 향해 뛰어갔다. 볼에 생채기가 생긴 것 외에는 멀쩡해 보였다. 상태를 살피던 나혜는 운형이 그녀를 보호하라고 한 이유를 조금은 알 것 같았다.

'그건 뭐였을까? 단순한 우연? 분명히 이 아이에게 뭔가 있는 건 확실해.'

나혜는 머릿속으로 상황을 정리하면서 박하를 조심스럽게 앉혀 벽에 기대게 했다. 연주가 사색이 된 채 이쪽으로 뛰어오는 것이 보였다.

"아이는 괜찮습니다."

담담하게 알려주는 나혜의 말에도, 연주는 박하의 얼굴부터 시작해서 몸 이곳저곳을 직접 살펴보고서야 안도의 숨을 내쉬었다. 아이를 품에 끌어안은 연주는 무언가 알아챈 듯한 나혜의 눈빛을 보곤 심장이 철렁했지만 이내 모른 척했다. 무덤까지 가지고 갈 비밀이었다. 박하가 다른 사람들과 다르다는 것을 절대로 남이 알게 하지는 않을 것이다.

"상황은 잘 모르겠지만 그만 움직여야 하지 않을까, 다들?"

고준의 말투는 능글맞았지만 그 안에는 충분히 긴장감이 서려 있었다.

"지원군을 데리고 온 건 좋았지만 너무 늦었습니다."

자리에서 일어난 나혜가 딱딱하게 고준에게 대꾸했다. 출발 지점은 달랐지만 그녀가 알기론 고준 역시 같은 명령을 받았다. 게다가 재경과의 대화를 들어 이 아저씨가 또 술을 마시다가 늦었다는 걸 짐작해낸 나혜는 짜증이 치밀어 올랐다.

'왜 하필이면 술고래 아저씨랑 같은 팀으로 묶어준 거지?'

이럴 때는 운형이 미웠다. 고준은 나혜와는 성격이 정반대였다. 규칙과 명령을 지키는 것보다 술을 마시거나, 시간당 휴식 시간을 챙긴답시고 농땡이 피우는 게 먼저인 사람이었다.

"팀장님이 바로 출발하라고 하지 않았습니까?"

"지금은 싸울 때가 아니잖아? 빨리 여길 벗어나는 게 우선일 것 같은데."

누가 들어도 말을 돌리려는 의도였으나, 해결해야 할 일이 있었던 나혜는 그냥 넘어가 줄 수밖에 없었다. 일단 카리온에 대한 건 재경과 고준에게 맡기고서 눈물마저도 메말라 버린 채 주저앉아 있는 도영에게 걸어갔다.

"엘리베이터는 이제 사용하지 않는 겁니까?"

말을 붙이기도 전에 도영이 먼저 나혜에게 물었다.

"네. 위험하다는 판단이 내려졌기 때문에, 전력을 차단할 겁니다."

"그럼, 제 부탁 하나만 들어주세요."

도영은 실핏줄이 터졌는지 충혈된 눈으로 나혜를 올려다보았다.

"제 선에서 해드릴 수 있는 일이라면 도와드리겠습니다."

"시신이라도 지켜주고 싶어요. 그것들이 윤재를 찾을 수 없도록 숨겨주세요. 제발 부탁드립니다."

무릎까지 꿇어가며 도영은 나혜에게 고개를 숙였다. 그녀는 바로 대답하지 못했다. 나중 일은 어떻게 될지 모르니까. 남은 카리온을 전부 죽이든, 루템에서 실험 재료로 담아가든 그들은 이 병원을 온전하게 남겨두지 않을 터였다.

이런저런 생각들이 나혜를 괴롭혔다. 팀원들이 놀릴 정도로 규칙에 충실하고, 남들이 배려가 없다고 뒤에서 수군거려도 옳은 말만을 하는 그녀였지만 도영에게만큼은 위험성이나 변동될 상황에 대해서 구구절절 말할 수가 없었다. 그래야만 할 것 같았다. 눈앞에서 절망하고 있는 남자가 조금이라도 일어설 수 있게 하려면 작은 희망이라도 있어야 할 것 같았다.

"알겠습니다."

신나게 카리온을 향해 불을 퍼붓던 고준은, 자신의 뒤로 다가온 나혜의 표정을 보고는 웃음기를 거두었다. 그는 윤재를 끌어안고 있는 도영을 한번 보고는 상황을 짐작한 듯, 별다른 말없이 자신의 자리를 나혜에게 양보했다. 고준은 VIP 전용 엘리베이터에 윤재의 시신을 천천히 내려놓고서 명복을 빌어주었다. 그러고는 통제실에 있는 지수에게 연락을 취해 전력 차단을 부탁했다. 층수를 나타내던 불빛이 어둠에 먹히고, 윤재가 잠든 엘리베이터는 다시는 열리지 않았다.

✦

 정부에서 은밀하게 지원하고 있는 곳. 소속된 사람들조차 자신이 다니는 직장의 규모를 알지 못할 정도로 베일에 쌓여 있는 이곳은, 무얼 위해 만들어졌으며 언제부터 존재했는지조차 밝혀지지 않은 회사였다. 그들은 필요할 때마다 협력 회사를 만들었고, 자신들은 맨 위에서 조종하는 역할을 맡았다. 절대 앞에 나서는 일이 없었다. 재이가 근무하고 있는 루템이란 회사가 바로 그곳이었다.

 간부직으로 승진하기 이전에 그녀는 쓰다 버릴 수 있는 말단 사원에 불과했다. 물론 그녀는 이런 곳에 입사하기를 원한 적은 없었다. 평범한 직장인 줄 알고 들어간 곳이 루템의 협력 회사였고, 하필이면 카리온이 자신의 직장을 덮쳤다.

 과연 우연이었을까? 재이는 때때로 그런 의심이 들곤 했다. 당시 근무하고 있었던 사람들은 갑작스러운 화재 사고로 전부 죽은 것으로 처리되었다. 웃기지도 않는 일이었다. 살아남은 생존자 중에는 재이도 포함되어 있었기 때문이다. 폐를 다친 그녀는 목숨이 위태로웠지만 어쨌든 살아 있었다.

237

그리고 이어진 수술을 빙자한 실험, 검사, 실험, 검사, 실험……. 끔찍하게 고통스러웠다. 재이는 차라리 죽여달라고 소리쳤다. 살고 싶지 않으니 내 생명을 포기하겠노라 소리 질렀다. 하지만 그들은 재이의 말을 들어주지 않았다. 그녀가 온전히 정신을 차릴 수 있게 되었을 때, 세상은 완전히 달라져 있었다.

떠올리고 싶지 않은 옛 기억이 생각나 심기가 불편해진 재이는 지하 3층으로 내려가자, 걸음을 멈추었다. 보고 싶지 않았던 남자가 보였다. 그녀는 검은색 우산 아래로 악몽의 원흉인 남자를 조용히 응시했다.

"호오, 신기하군요. 물 하나로 얌전해질 줄 알았다면 진즉에 사용할 것을. 쯧, 괜히 시간만 버렸어요."

굳어 있는 카리온을 볼펜으로 툭툭 건들며 채환이 말했다. 중년 남성인 그는 밤색 정장 위에 흰 가운을 입고 있었는데 매우 세련된 차림이었다.

"샘플로 가져가. 결과는 언제 알 수 있지?"

"글쎄요. 아무리 빨라도 2주는 걸리겠군요. 빨리 확인해 보고 싶어 몸이 근질거릴 지경입니다. 그런데, 한 마리는 재이 실장의 힘이 필요하겠어요."

내려간 선글라스 위로 그녀를 바라보는 채환의 눈빛은, 카리온을 볼 때와 똑같았다. 손잡이를 쥐고 있는 재이의 손에 힘이 들어갔다.

'그렇게 궁금하면 자기 몸에 실험하지 그래?'

재이의 눈빛이 살의로 이글거렸다. 그녀는 신랄하게 비난하고 싶었다. 하지만 자신도 사육되고 있는 존재에 불과하다는 사실을 누구보다도 잘 알고 있었기 때문에, 재이는 순순히 채환의 제안을 받아들일 수밖에 없었다.

"좋아."

지하 3층에는 보안 팀원들이 작동시켜 놓은 스프링클러가 계속해서 돌아가고 있었지만, 재이는 쓰고 있던 우산을 접어 직원에게 넘기고는 채환이 있는 쪽으로 걸어갔다. 가죽 장갑을 벗어 대충 주머니에 쑤셔 넣은 그녀가 선글라스를 벗자 감추고 있던 눈이 드러났다. 오른쪽 눈동자가 독특하게도 은회색이었다. 동공이 조금 더 진하기는 했으나 신비로운 색임은 틀림없었다. 그것은 남들에게 보여주고 싶지 않은 재이의 치부였으나, 채환 앞에서는 한 번도 불편한 내색을 한 적이 없었다.

"여전히 아름다운 눈이군요."

껄껄 웃는 채환의 입을 손에 쥐고 있는 장갑으로 막아버리고 싶은 충동을 참고서, 재이는 카리온 앞에 섰다.

"조명 켜."

재이의 요청에 조명이 추가로 켜졌다. 눈이 부실만도 하건만, 그녀는 아무렇지 않아 보였다. 재이는 무표정한 얼굴로 카리온의 딱딱한 몸 안으로 손을 집어넣었다.

재이는 입술을 깨물었다. 카리온의 핵을 찾기 위해 안으로 계속 들어갈수록, 통증은 점점 심해지고 있었다. 오른쪽 눈이 불에 타는 것 같았다. 이건 경고였다. 건드리지 말라고, 우리들에게는 아주 중요한 것이라고 말하는 것 같았다.

"거지 같아."

입 안으로 연기가 들어오든 말든 재이는 지금 심정을 입 밖으로 꺼냈다. 방해 없이 적의 내부를 휘젓던 재이의 손에 단단한 뭔가가 잡혔다. 원하는 것을 찾았음에도 그녀는 기뻐 보이지 않았다. 무심하게 적의 심장을 특수 제작된 통 안에 넣을 뿐이었다. 그러자 둥글게 말려 있던 카리온의 몸체가 형태를 잃어가는 것처럼 흔들리기 시작했다.

"오, 신이시여."

채환은 그 장면을 눈을 부릅뜨고 보았다. 카리온의 핵은 동화인도 보기 어려운 것으로, 색 또한 각기 달랐기 때문이다. 그것은 경이로움 그 자체였다. 이번 핵의 색깔은 먹구름처럼 어두운 회색빛이었고, 역시나 찰나의 순간에만 모습을 보여주고서 사라져 버렸다.

하지만 채환의 관심사는 하나 더 있었다. 바로 카리온의 소멸 이후, 중력과는 반대로 천장에 고이는 검은 웅덩이였다. 강제로 헤어진 연인을 바라보는 것처럼 아련하게 통만 바라보던 채환이 퍼뜩 고개를 들었다. 카리온이었던 것이 서서히 부서지고 있었다. 하늘하늘 떨어져 내리는 모양이 흡사 바람에 흩날리는 검은 벚꽃의 꽃잎처럼 보였다.

"염병할! 어서 병에 담아!"

채환은 다급하게 명령을 내렸다. 근처에 있던 직원들이 재이가 들고 있던 것과 똑같지만, 훨씬 강한 빛을 내는 통을 꺼내 들었다. 그들은 손에 잡히는 카리온의 사체를 뜯어 통에 집어넣기 시작했다. 일이 잘 이루어지는 것을 확인한 채환은 만족스러워하다가, 재이를 보고는 눈살을 찌푸렸다.

물에 젖는 것도 신경 쓰지 않은 채, 그녀는 무릎을 꿇고서 오른쪽 눈을 감싸 쥐고 있었다. 부들부들 떨리는 손가락 사이로 무언가가 흘러내렸다. 재이는 미칠 것 같았다. 눈이 녹아내릴 것처럼 뜨거웠기 때문이다. 눈꺼풀이 파르르 떨리고, 눈동자는 커다랗게 부풀어 올랐다. 재이는 금방이라도 눈이 터질 것만 같아 무서웠다. 아픔에 비명을 지르고 싶었으나, 채환이 지켜보고 있었기에 이를 악물며 참아냈다. 괴물의 소중한 것을 건드릴 때마다 찾아오는 극심한 고통은, 언제나 채환 대신 그녀가 치러야 할 대가였기 때문이다.

밝은 조명 때문에 명도가 높아진 물속에서 자신이 흘린 검은 눈물이 존재감을 드러내자 재이는 짜증이 났다. 그것은 평범한 사람들 눈에도 검은색으로 보일 것이었기 때문이다. 신경질적으로 물속을 헤집던 재이는 누군가가 다가오는 소리를 듣고도 돌아보지 않았다.

"괜찮습니까?"

채환의 다정한 말투는 가식이 분명했다. 속으로는 부작용에 대해서 생각하고 있을 터였다.

"됐어. 신경 끄고 네 할 일이나 해."

"비라도……."

"두 번 말하게 하지 마. 소중한 샘플이 사라지는 걸 원해?"

"거기! 재이 실장한테 우산 씌워주게."

혼자 두라는 재이의 말에도 채환은 굳이 직원에게 명령을 내렸다.

가식적인 그의 행동에 재이는 어이가 없어서 웃음이 터졌으나, 어차피 신경 쓰는 사람은 아무도 없었다. 지긋지긋했다. 그녀는 차라리 눈이 멀어버렸으면 좋겠다고 생각했다.

얼추 고통이 수그러들자마자 재이는 자리에서 일어났다. 그녀는 핵을 넣은 통을 남자의 가슴에 퍽 소리가 날 정도로 세게 건네주고는 그대로 지나쳤다.

"따라오지 마."

계단을 올라가는 재이는 유령이나 다름없었다. 그들은 재이에게 말을 걸거나 붙잡지 않았다. 오히려 그런 반응이 익숙하다는 듯이 1층에 도착하자마자 로비로 향한 그녀는 가까운 의자에 앉아 눈을 감았다.

우우웅.

조금 쉬려는 재이를 휴대폰의 진동이 방해했다.

"가만히 놔두는 사람이 없네."

쓸쓸한 목소리로 한숨을 내쉰 재이는 챙겨온 선글라스를 꺼내 쓰고는, 발신자도 확인하지 않고 전화를 받았다. 휴대폰 너머로 들려오는 목소리는 속삭이는 듯 작고 낮았다. 하지만 재이에게는 무척 중요한 전화였던 게 분명했다. 통화가 길어질수록 그녀의 얼굴에 생기가 돌더니 어느새 피로가 사라진 얼굴로 자리에서 벌떡 일어났기 때문이다.

"계속 지켜보다가, 다른 점이 있으면 바로 보고해."

흥분한 상태로 말을 쏟아낸 재이는 휴대폰을 들고서 바로 비상구로 뛰어갔다. 그녀의 입술이 처음으로 원만한 곡선을 그리며 올라갔고, 볼이 발그레하게 물들었다.

"일이 재미있게 돌아가네?"

오랜 시간 느끼지 못했었던 '흥미'로 인해 재이는 흥분했다. 방금까지만 해도 지쳐 있었던 그녀는 이제는 환한 미소를 입가에 매달고 있었다.

◆

8층에서 겨우 도망친 사람들은 계단을 빠르게 내려가고 있었다. 한순간의 방심이 어떤 결과로 이어졌는지 알고 있기에, 누구도 쉬고 가자고 말하는 사람이 없었다.

'이대로는 안 되겠어.'

1층까지 내려가서 쉴 곳을 찾을 예정이었던 나혜는 계획을 수정했다. 사람들의 거친 숨소리와 지친 표정을 보았기 때문이다. 특히 도영은 정신적으로 회복할 시간도 없이 다시 쫓기는 상황에, 금방이라도 쓰러질 것처럼 초췌해져 가고 있었다. 재충전할 시간이 간절히 필요했다.

"4층에서 쉬었다 가겠습니다. 조금만 힘을 내세요."

어쩔 수 없는 결정이었다. 가서는 안 되는 구역이었지만 이 상태로 돌파하기에는 너무 위험했다. 만약 카리온이 출현한다면 싸우기도 전에 당할 것만 같았다.

"쉬고 싶었는데 딱 좋은걸? 4층은 안전한 편이니까 말이야."

지원 사격을 해주는 고준이 고마우면서도, 나혜는 명령을 어기게 될지도 모른다는 생각에 가슴 한쪽이 답답해져 왔다.

"이 건물에도 4층이 있었어요? 숫자 '4'가 불길하니까 바로 5층으로 한 줄 알았는데?"

체력 부족으로 헉헉 숨을 몰아쉬던 찬희가 물었다. 그가 모르는 것도 무리는 아니었다. 일반 엘리베이터에는 3층 다음에 바로 5층으로 표시되어 있었고, 병원 안내도에서도 확인할 수 없었기 때문이다. 이상함을 느끼고 찾아보지 않는 이상에야 4층의 존재를 알기 어렵게 되어 있었다.

"그들한테는 감춰야 할 장소니까요. 그래서 4층은 보안 요원들만 출입할 수 있도록 관리되고 있습니다."

"안전하다는 건 무슨 의미인가요?"

연주가 물었다. 그녀는 박하에 대한 걱정으로 얼굴빛이 좋지 않았다. 다친 곳은 없어 보였지만 괴물에게 맞은 곳이 어떻게 됐을지 제대로 확인하지 못했기 때문이다. 고른 숨소리가 귓가에 들릴 때마다 긍정적으로 생각하려고 했지만, 연주의 심장은 불안한 듯 빠르게 뛰고 있었다. 도영 못지않게 그녀도 쉬는 시간이 필요했다.

"카리온은 빛이 강한 곳에서는 제대로 힘을 발휘하지 못합니다. 4층에는 특수 조명이 바닥과 천장에 설치되어 있어서 숨어 있기에 적당할 겁니다."

비난받을 각오를 하고서 나혜는 4층에 대해서 솔직하게 말했다.

"그럼 처음부터 4층으로 가라고 방송을 해주셨어야 하는 거 아닌가요?"

벽을 짚고서 간신히 내려오고 있던 민서가 날카롭게 물었다.

"병원에 괴물이 살고 있다는 것도 알고 있었죠?"

힘이 다 빠진 목소리였지만, 나혜는 곧바로 경계 태세를 갖추었다. 도영에게는 다른 사람보다도 예민한 문제일 테고, 자칫하다가는 위협적으로 변할 가능성이 높다고 판단됐기 때문이다.

"우린 카리온이 언제부터 여기에 있었는지 모릅니다."

"그래서? 그게 변명이 된다고 생각해요?"

"누군가를 원망하고 싶은 마음은 알지만 조금만 참아주면 안 될까? 적어도 4층에 도착해서 숨 좀 돌릴 때까지 말이야. 그때 궁금한 걸 물어보면 다 알려줄 테니까."

고준의 말에도 분노에 찬 도영은 진정하지 못하는 기색이었다. 그는 주문을 외듯 끊임없이 "젠장. 안 죽을 수도 있었어. 살 수 있었다고." 하며 중얼거렸다. 어두워지는 사람들의 표정을 본 나혜는 그들이 도영과 같은 생각을 하고 있다는 것을 깨닫고는 위험하다고 생각했다. 어쩌다 보니 뭉치게 된 그룹은 불신과 공포로 붕괴되어 가고 있었다.

"상황 파악이 안 돼? 당신이 여기서 지랄 떨어서 시간 끌면 위험도도 그만큼 높아져."

"재경아!"

"하하, 애가 성질이 아주 더러워서……. 제가 대신 사과할게요."

친구를 잃은 사람에게 할 말로는 적절치 않았다. 배려 없는 재경의 말에 언제나 한량처럼 굴던 고준도 놀랐다. 나혜 또한 화가 난 것처럼 걸음을 멈추고 재경을 쏘아봤다. 유일하게 끼어들지 않은 사람은 홍철뿐이었다. 그는 박하를 업고 계단을 내려오느라 무척 힘들기도 했거니와, 평소답지 않은 재경의 모습에 순수하게 놀라고 있었다.

"윤재는 죽지 않을 수도 있었어! 처음부터 우릴 4층에 숨게 해줬으면 말이야!"

잔뜩 가라앉은 눈빛을 한 도영이 고개를 들었다. 재경이 마지막으로 내려오고 있었기 때문에 도영은 그를 올려다봐야 했다.

"동의하지 못하겠는데. 병원에 있는 모든 사람들을 수용하기에는 적당하지 않을뿐더러, 밀폐된 공간에 모여 있다가 습격을 당하면 몰살당할 수도 있어."

"……."

"그게 아니면, 일부 사람들만 피신시켰어야 한다고 생각하는 거야? 거기에 너희 층이 포함된다는 보장은 있고?"

신랄했다. 재경이 무엇 때문에 화가 났는지는 모르겠으나, 그는 거침없이 도영의 가슴을 후벼 파는 말만 해댔다. 듣다 못한 나혜가 굳은 얼굴로 계단을 올라와 재경의 뺨을 후려쳤다.

"적당히 해. 괜히 화풀이하지 말란 말이야."

"워, 다들 진정하자. 당신도, 4층에 무사히 도착하면 내가 받아줄 테니까. 지금은 이만 내려가는 게 어떨까?"

세 사람의 눈치를 보던 고준은 일을 빨리 해결하기 위해 도영을 먼저 달랬다. 간신히 미소 짓고는 있었지만 그는 속으로 죽을 맛이었다. 약간 남아 있던 술기운도 다 증발해 버렸다.

"좋아요. 전부 말해줘야 할 거예요."

한발 물러선 도영으로 인해 한시름 덜었지만 해결해야 할 일은 하나 더 있었다. 연신 두 사람의 눈치를 보던 고준은 내키지 않는 표정으로 무전기를 들었다. 매사에 뺀질거리던 그도 무거운 공기는 견디기 힘들었다. 그래서 누가 시키기도 전에 고준은 어딘가로 연락을 넣었다.

4층에 도착했을 때, 마중 나와 있던 지수를 만난 그들은 조심스럽게 안으로 진입할 수 있었다. 사람들이 들어갈 수 있도록 문을 잡고 있던 지수는 무표정한 나혜와 딱딱하게 굳은 재경 그리고 난감한 웃음만 흘리는 고준을 보며 의아한 표정을 지었다. 하지만 누구도 쉬이 입을 열지 않았다. 시간이 촉박하기도 했고 상황이 좋지 않았기 때문이다.

나중에 술이나 한잔하면서 물어봐야겠다고 생각하면서 지수는 사람들에게 설명했다.

"4층은 바닥과 천장이 전부 조명이고, 항시 켜져 있어요. 되도록 고글을 벗지 않는 것이 좋을 거예요."

비상구에서 가까운 방으로 들어가는 지수를 따라 이동한 사람들이 고글을 착용하고 주변을 둘러보았다. 설명 그대로 눈이 멀 정도로 환한 빛으로 둘러싸인 곳이었다. 지수의 조언처럼 위쪽까지 막힌 고글이 없었다면 시력 손상이 와도 이상하지 않을 정도였다.

하지만 정작 지수는 고글을 쓰고 있지 않았다. 그들한테는 그리 강한 빛이 아니었기 때문이다. 물론, 재이와 같이 일하고 있을 때만큼은 쓰고 있어야 했다. 그녀는 자신이 남들과 다르다는 사실을 확인받고 싶지 않아 했기에, 통제실에서 근무하는 사람들에게 항상 고글을 쓰라고 명령했다. 그녀가 가진 콤플렉스에 대해서는 공공연하게 이야기가 퍼져 있었고, 실수로 눈을 똑바로 쳐다본 사람이 다음 날 사라졌다는 등의 괴담도 존재했기에 다들 조심하고 있었다.

"음? 은성이 왔다가 갔나?"

24시간 통제실을 지켜야 하는 근무자들을 위해 편의점처럼 만들어 놓은 공간에는 간편 음식부터 시작해서 볼펜이나 양치 도구 등의 비품들이 비치되어 있었다. 이번에는 지수가 관리하는 중이었는데, 그는 단박에 음료 칸과 삼각 김밥 코너가 비어 있는 것을 알아챘다. 그 외에도 배열에 맞춰 정렬해 놓았던 것들이 지금은 흐트러져 있는 것이 꽤 있었다. 정리와는 인연이 없는 은성이 다녀가면 종종 생기는 일이었기에, 지수는 나중에 다시 정리해야겠다고 단순하게 넘겨버렸다.

"안쪽에 방이 하나 더 있어. 우선은 거기에 숨어 있도록 해."

나혜에게 건넨 말이었으나, 기다려도 돌아오는 대답은 없었다. 의아하여 뒤를 돌아보자 어느새 나혜는 홍철에게 가 있었고, 자신의 뒤에는 고준이 서 있었다.

'쟤가 고준 형에게 자리를 넘겨줬다고?'

평소 고준이라면 치를 떠는 나혜였기에, 궁금증을 참지 못한 지수가 눈을 굴리며 슬쩍 고준에게 물었다.

"뭔 일 있었어요?"

"있었지, 아주 살벌한 일이. 근데 혹시 가지고 있는 술 좀 있냐?"

"심각했나 보네요."

평소에도 술타령을 하긴 했지만 어쩐지 오늘은 눈이 더 퀭해 보였다. 마치 육아하는 싱글 파파처럼 찌들어 있어서, 지수는 고준의 얼굴만 보고도 대략이나마 상황을 눈치챌 수 있었다.

"여기예요."

목적지에 도착한 지수가 자리에서 멈춰 서며 말했다. 그는 가지고 있던 키를 보안 장치에 가져다 대었다. 그저 창고일 뿐이지만 이곳을 비롯해, 4층의 모든 장소는 아무나 함부로 들어올 수 없도록 철저하게 보안 관리가 되고 있었다. 다른 층과 달리 4층은 통제실이 있었기 때문이다.

게다가 카리온의 위치나 반응을 살펴야 하는 통제실에서의 고된 근무는 오랫동안 자리를 비울 수 없는 자리였다. 숙식도 전부 통제실에서 하도록 지침이 내려왔기에, 편의 공간이라고는 하지만 앉아서 쉴 수 있는 의자 하나 없이 물건으로만 빼곡이 채워져 있었다.

그래서 재이를 피하고 싶다는 이야기를 고준에게서 들은 순간 바로 이 장소가 떠오른 것일지도 모른다. 재이는 한 번도 이곳에 온 적이 없었기 때문이다. 혼자 움직이는 것을 선호하는 그녀는 주로 지하식당을 이용하거나 다른 곳에서 배달 음식을 먹는 것 같았다. 통제실에서 근무했던 다른 동료들에게 물어도 재이와 같이 식사한 사람은 없었다.

그래서 지수는 그녀가 편의 공간 제일 안쪽 구석에 방이 하나 더 있다는 사실을 모를 거라고 확신했다. 5년 전까지는 한 사람씩 돌아가면서 휴식을 취할 수 있었기에 보안 요원들이 몰래 사용하던 곳이기도 했기 때문이다. 그때에는 캠프장에서 쓸 법한 침낭이나 접이식 간이 침대 같은 용품들로 채워져 있었지만, 지금은 텅 비어 있는 방이나 다름없었다.

대략 20평 정도의 방은 오랫동안 청소하지 않아서 거미줄이나 먼지가 좀 쌓여 있었지만 작은 창문을 제외하고는 막혀 있어서 숨어 있기에는 딱 좋았다. 지수는 복도로 나가는 문과 가까우면서도, 자신이 생각하기에 제일 안전한 곳으로 사람들을 데리고 온 것이었다.

"여기에 술이 없다니 여전히 이해가 안 간단 말이야."

우울해하는 고준의 중얼거림을 들으며, 지수는 고개를 절레절레 저었다.

'그래서 안 가져다 두는 거라고요. 뻔질나게 드나들 게 분명하니까.'

차마 입 밖으로 꺼낼 수 없는 말을 삼키며, 지수는 안쪽 방의 문을 벌컥 열었다.

문을 열자마자 머리 위로 물이 떨어지는 봉변을 당했다. 머리에서 뚝뚝 떨어지는 물에서 복숭아 맛이 났다. 그는 어설픈 함정에 당했다는 사실에 짜증이 나려고 했으나, 그곳에 구출 임무를 수행하고 있어야 할 기석이 있자 당황했다.

"형이 여기 왜 있어?"

대충 소매로 얼굴을 닦아낸 지수가 물었다. 4층의 공간에는 반드시 인증을 해야 들어올 수 있었기 때문이다. 보안 기록에도 남게 되어 있었기에 누군가가 들어온 것을 자신이 모를 수가 없었다.

'혹시 내가 없을 때 왔나? 은성이 자식이 또 깜박했나 보네.'

돌아가자마자 입단속부터 해야겠다고 생각하던 지수는 창고 구석진 곳에서 무릎을 끌어안고 있는 여성을 발견했다. 바닥에는 쓰레기들이 나뒹굴고 있었는데 여성의 주위에는 뜯지 않은 음식들이 가득했다. 의아해하며 기석을 바라보자, 그는 죄지은 사람처럼 고개를 푹 숙이고 있었다. 자세히 보니 기석의 몰골도 엉망이었다. 옷은 군데군데 찢어져 있었고, 자잘한 상처들도 눈에 띄었다.

"네 탓 아니다, 그거. 한 사람이라도 구해서 다행이라고 생각해."

씁쓸한 어조로 고준이 위로의 말을 건넸으나, 기석은 대답 없이 어깨를 떨었다. 고준은 한숨을 작게 쉬고서 울고 있는 기석의 어깨를 토닥여 주었다. 그런 세 사람을 보고만 있던 사람들이 무슨 일인지 궁금해하며 슬금슬금 다가오기 시작했다. 안을 들여다보려는 사람 중에는 해수도 있었는데, 누군가를 발견한 그녀의 눈이 크게 뜨였다. 다급한 몸짓으로 안으로 들어가려는 그녀의 팔을 부드럽게 잡아챈 고준이 웃으며 경고했다.

"아직 들어가시면 안 됩니다."

"저기 있는 사람, 제 친구이자 직장 동료예요."

해수는 침착함을 가장하며, 자신이 들어가야 할 이유를 설명했다.

"……."

"제발요. 확실해요."

"일단 기석이 넌 나랑 대화 좀 하고, 지수야 사람들은 들여보내자. 쉴 수 있을 때 쉬어둬야지."

"알겠어요."

원래라면 나혜가 주도해야 했지만 그녀는 지금 재경과 대화를 나누는 중이었다. 심신이 지친 사람들이 안으로 들어가 자유롭게 바닥에 앉거나 눕는 것을 확인한 지수는 손목시계를 보고는 기석에게 말했다.

"형, 저는 이만 가봐야 할 것 같아요. 어떻게 된 건지 나중에 알려줘요. 제가 봐서 연락드릴게요."

"네가 고생이 많다, 지수야. 내가 항상 응원하는 거 알지?"

"놀리지 마세요. 그럼 저 갈게요."

언제 재이가 일을 마치고 돌아올지 알 수 없었으므로, 지수는 나머지는 동료들에게 맡기고서 다시 일터로 돌아가려고 했다. 그런 지수를 따라 나온 나혜가 슬쩍 재이에 관해 물었다.

"그녀는요?"

"지하 창고에 내려갔어. 아직 너희에 대해선 모를 거야. 그런데……."

머뭇거리던 지수가 한숨을 거하게 내쉬며 나혜에게 귓속말로 말했다.

"아까 누워 있던 애. 그녀가 주시하고 있어, 조심해."

"그녀가 박하를 알고 있습니까?"

"아니, 알고 있는 것 같지는 않았어. 근데 네 반응 보니까 뭔가 있나 보네. 임무야?"

"네, 자세한 건 말해드릴 수 없습니다."

"그렇겠지. 혹시 내가 신호 보내면 여길 빨리 벗어나도록 해."

그 말을 끝으로 지수는 방을 나섰다.

나혜는 머릿속이 복잡해졌다. 어쩌면 재이가 박하에 대해 알아보고 있을지도 모른다는 생각이 들었기 때문이다. 이마를 문지르며 생각에 잠겨 있던 그녀가 큰마음 먹고 운형에게 무전을 했으나 답은 없었다.

재이가 드나들 수도 있는 곳에 있는 상황이 마음에 걸린 나혜는 동료들과 기석에 대해 그리고 향후 일정에 관해 이야기를 나누면서도 마음은 다른 곳에 가 있었다.

얼추 대화를 끝내고 방으로 들어와, 깨어 있는 박하를 보고서야 그녀의 정신이 돌아왔다. 나혜는 뛰듯이 박하에게 걸어가 상태를 물었다.

"괜찮습니까?"

"전 괜찮아요. 걱정 끼쳐서 죄송해요."

"아닙니다. 하지만 다음부터는 위험한 행동은 하지 말아주십시오."

"네, 죄송해요."

딱딱하게 말한 것 같다는 생각은 들었지만, 이렇게 말해두지 않으면 또 같은 일이 발생할 것 같았다. 게다가 박하는 절대로 나서면 안 되는 상황이었기에 더욱 조심해야 했다.

"여긴 어디예요?"

아직 상황 설명을 듣지 못한 박하가 쓰고 있는 고글을 어색하게 만지며 물었다.

"4층 편의 공간 안에 있는 방입니다. 잠시 상황을 보고 다시 움직일 예정이니, 그때까지는 편하게 쉬고 있으세요."

"다른 사람들은요? 언니는 원래 저희 병동에 올 예정이셨던 거죠? 혹시 저희 병동 사람들은 어떻게 됐는지 아세요?"

불과 몇 분 사이에 놓쳐버린 사람들이었다. 박하는 그들이 무사히 살아서 도망쳤는지 알고 싶었다. 무서운 예감이 들기는 했지만 희망을 놓을 수가 없었다.

"그건……"

어두운 표정으로 입을 연 나혜는 누군가의 등장에 입을 다물었다.

"어? 해수 언니!"

박하의 외침처럼 해수가 어색한 미소를 지으며 서 있었다.

"친구분은 좀 괜찮습니까?"

나혜의 물음에 해수는 힘없이 고개를 저었다.

겉으로 보기에 소이는 크게 다친 곳은 없어 보였다. 하지만 무슨 말을 걸어도 반응이 없었고, 몰골이 엉망이었다. 신발은 한 짝뿐이었고 하얀 양말은 붉게 물들어 있었다. 곱게 틀어 올린 머리 역시 풀어 헤쳐져 있었다. 얼굴이라도 자세히 보려고 해수가 흘러내린 머리카락을 향해 손을 뻗었으나, 그것만으로도 소이는 경기를 일으켰다.

"소이야, 나 해수야. 대체 무슨 일이야. 응?"

여러 차례 소이를 달랜 해수는 덜덜 떠는 그녀를 보며 속으로 한숨을 내쉬었다. 불과 몇 시간 사이에 무슨 일이 있었던 것이 분명했다.

'괴물이 뭔 짓을 한 것일까?'

그렇게 밝았던 소이가 이렇게 된 이유가 무엇일까 걱정스러웠다. 한 걸음 물러서서 소이를 바라본 해수는 떠오르는 것이 있어 마음이 착잡해졌다. 그녀 역시 윤재가 죽는 모습을 보았기 때문이다. 그건, 그건 매우 잔인하고 끔찍한 일이었다. 꿈에 나올까 무서웠고, 자신도 그렇게 될 수 있다는 사실을 떠올릴 때마다 손이 벌벌 떨렸다. 하지만 소이를 이대로 둘 수는 없었다. 계속 두려움에 떠는 소이를 보고 있기가 괴로웠던 해수는 무슨 일이 있었는지 알아보기 위해서 그녀와 같이 있었던 남자를 찾아가기로 했다.

어째서 이런 일이 일어났을까. 오랫동안 일하려고 마음먹은 애정이 있는 직장이었기에 해수는 더욱 납득하기가 어려웠다. 마음속에 똬리를 틀기 시작한 분노가 언제든 튀어나올 것처럼 혀를 날름거렸다.

'왜 우리가 이런 일을 당해야 하지?'

소중하지 않은 목숨은 없었다. 사람들을 살리기 위해, 도움이 되는 일을 하고 싶어서 선택한 일이었는데……. 전에 없이 밝은 사람들의 표정을 보던 해수의 시선이, 동떨어져 앉아 있는 도영에게 닿았다가 떨어졌다. 그녀는 도영과 같은 물음이 제 안을 맴돌고 있다는 사실을 알았다.

불쑥 튀어나오려는 생각을 한쪽으로 밀어둔 해수는, 자신을 올려다 보고 있는 나혜에게 찾아온 용건을 말했다.

"소이랑 같이 있던 분을 찾는데……. 밖에 계신가 봐요. 그분도 보 안 요원 맞으시죠? 혹시 들으신 게 있다면 알려주실 수 있을까요?"

"일단 앉으세요. 말씀드리겠습니다."

'숨기면 어쩌지?' 하는 해수의 걱정과는 다르게 나혜는 굳은 얼굴로 흔쾌히 알려주겠노라 말했다. 연주의 옆에 자리를 잡은 해수는 연신 뒤를 바라보다가도, 이야기가 시작되자 나혜에게 시선을 고정했다.

"저희는 사람들을 대피시키라는 명령을 받고 조를 나누어 임무를 수행 중이있습니다. 그러던 중에 누군가가 병원을 고발했고, 예상보다 카리온의 부화도 빨리 당겨지는 바람에…… 구조가 늦어지고 말았습 니다."

이온 음료로 목을 축인 나혜가 차마 해수와 시선을 마주치지 못하 고 이야기를 계속했다.

"추측하기로는 소이 씨 일행은 카리온을 만나 도망치는 중이었던 것 같습니다. 기석 요원이 발견했을 때는 비상구 계단으로 도망치고 있는 사람의 수가 많지 않았다고 합니다."

이야기를 들으면서 해수는 얼굴을 쓸어내렸다. 카리온이 소이를 쫓아왔다면 그녀와 함께 갔던 사람들이 어떻게 되었을지는 물어보지 않아도 알 것 같았다. 특히 박하의 표정은 당장이라도 기절할 것처럼 창백해졌다. 사람들을 살리기 위해서 그들을 위의 층으로 향하게 했었는데, 그 결과가 좋지 않았다는 것을 알게 되었기 때문이다. 죄책감이 그녀의 심장을 조이며 괴롭혔다.

"소이와 함께 있던 사람들은요?"

"2명 정도 더 있었지만 전부 사망했다고 합니다."

닫혀 있던 문이 열리고 카리온이 소이와 함께 뛰어 내려오던 사람들을 1명씩 잡아갔다고, 나혜가 이야기를 전했다. 기석이 뛰어 올라갔을 땐 이미 사람들이 카리온에게 잡아먹힌 뒤였고, 그는 소이라도 살리기 위해 그곳을 곧장 떠날 수밖에 없었다고 말이다.

"그렇군요. 이야기해 주셔서 감사합니다. 전 이만 소이에게 돌아가 봐야겠어요."

자리에서 일어난 해수의 표정은 어두웠다. 소이가 왜 정신을 놓았는지 이유를 알게 되었으면서도 그녀가 살아서 다행이라고 생각하는 자신이 너무 미워서, 그녀는 더는 미소를 지을 수가 없었다.

그대로 떠나려는 해수의 손을 박하가 잡았다.

"저도 같이 가도 될까요? 여럿이 있으면 더 안심될지도 모르잖아요."

당황한 해수의 손을 그대로 잡고서 박하는 자리에서 일어났다.

"전 먹기 편한 게 있나 찾아보고 올게요."

연주가 말했다.

"제가 다녀올게요. 밖에 아직도 대화가 끝나지 않아서요."

"너 언제부터 여기 있었어?"

홍철이 불쑥 튀어나오자 깜짝 놀란 듯 나혜의 눈이 동그래졌다.

"방금. 오래 걸릴 것 같아서 먼저 들어왔지. 제가 갈게요. 어떤 거로 가져오면 돼요?"

"죽이나 수프 같은 게 있으면 그걸로 좀 부탁할게."

"네."

밖에서 나누는 대화를 들려줄 수 없었던 홍철이 자진해서 먹을 걸 가지러 간 동안, 나혜를 포함한 네 사람은 함께 소이가 있는 곳으로 향했다. 몇 걸음 남겨두지 않았을 때 그들은 다가오지 말라는 해수의 사인에 걸음을 멈추었다. 박하는 주위를 둘러보았다. 이 정도 거리가 소이가 생각하는 안전 범위인 걸지도 모른다는 생각이 들었다. 그녀의 반경 1m 내외로는 사람들이 없었기 때문이다.

"오지 마. 오지 마."

다가오는 발소리가 많아지자 소이가 무서워하기 시작했다. 그녀는 몸을 둥글게 말면서 자신을 숨기려는 듯이 자꾸만 벽 쪽으로 움직였다.

"저희가 괜히 왔나 봐요. 조금 있다가 홍철 오빠가 먹기 편한 음식을 가져다줄 거예요. 혹시 오빠가 오면 해수 언니가 받아주세요."

미안한 표정을 지으며 박하가 말했다.

"신경 써줘서 고마워. 아직 소이가 다른 사람들을 무서워해서……."

"괜찮아요. 우린 이만 가볼게요."

저토록 두려워하는데 계속 머물 수는 없었다.

박하가 일행들에게 돌아가기 위해 몸을 돌리려고 할 때였다.

"어?"

덜커덕 몸이 멈추었다. 박하는 어리둥절한 표정으로 자신의 바지 자락을 붙잡은 소이를 내려다보았다.

"소이 언니?"

소이의 모습은 이전과 매우 달랐다. 손톱을 물어뜯는 모습이 매우 불안정해 보였고, 박하를 보고 히죽 웃는 것을 보자 조금 무섭기도 했다. 하지만 박하는 자신에게 잘해주던 소이의 모습을 떠올리며 침착하게 말을 걸었다.

"저 박하예요, 언니. 괜찮으세요?"

"거기에 있었어. 우릴 기다리고 있었어. 살려줘. 살고 싶어."

불안한 듯이 시선을 이리저리 돌리며 소이는 빠르게 말을 뱉어냈다. 두서없는 그녀의 말에 다들 할 말을 잃은 표정이었다.

"소이야, 그만해."

구원자를 만난 것처럼 박하의 다리를 껴안고 살려달라고 소리치는 소이의 모습이 해수는 안쓰러웠다. 살살 달래 소이를 떼어내려고 했으나, 그녀는 더욱 발작하며 해수의 손을 힘껏 뿌리칠 뿐이었다.

"놔! 옆에 있어야 해! 옆에 있을 거야! 괴물이 와! 우릴 죽일 거야. 죽일 거라고!"

"제발, 그만해!"

딱딱. 손톱을 이빨로 물어뜯는 소리가 소름 끼쳤다. 손에서는 피가 흘러나오고 있었지만 소이는 고통을 느끼지 못하는 것처럼 계속해서 중얼거렸다.

"그것들은 계속 우리 곁에 숨어 있었어. 멍청이! 코앞에 있는 줄도 모르고! 으흐흑! 다 죽었어. 죽었다고!"

흐느끼는 소이의 등을 해수가 옆에서 쓸어주었다. 괴물을 볼 수 없었기 때문에 속수무책으로 당했을 것이다. 박하는 계단에서 그들만 올려보내지 말았어야 했다는 후회가 들어 눈시울이 붉어졌다. 그때 따뜻한 온기가 느껴졌다. 고개를 들자, 엄마가 자신을 바라보고 있었다.

"네 탓이 아니야. 알지?"

"하지만⋯⋯."

"쉬, 괜찮을 거야."

어떻게 해야 할지 모르겠다는 얼굴로 자신을 올려다보는 박하의 머리를 쓰다듬어 주며, 연주는 그녀가 불안해하지 않도록 밝은 미소를 지어 보였다. 그러곤 박하의 다리에 고개를 묻고 울고 있는 소이와 시선을 맞추기 위해, 한쪽 무릎을 꿇고 몸을 낮추었다.

"여긴 안전해요. 보안 요원들이 우릴 지켜줄 거고, 무사히 탈출할 수 있어요. 혼자서 고생이 많았어요."

다정한 목소리 때문일까. 아니면 이제 살아서 나갈 수 있다는 희망이 담긴 말 때문일까. 천천히 고개를 든 소이는 머뭇거리면서도 연주의 시선을 피하지 않았다.

"그들을 믿지 마세요. 그들은 알고 있었어요. 모든 걸 알고서도 말하지 않은 거예요."

조금 전까지 미친 사람처럼 행동했던 것이 연기였던 것처럼, 소이는 또렷한 목소리로 말했다.

"그 이야기 자세히 해줄 수 있겠습니까?"

뒤에서 두 사람을 보호하듯이 대기하고 있던 나혜가 물었다. 미간이 찌푸려진 것으로 보아 뭔가 소이의 말에서 걸리는 것이 있는 듯했다.

"보안 요원 중에서 누군가를 만난 적이 있습니까?"

"지금 뭐 하시는 거죠?"

심문하는 듯한 말투에 해수가 벌떡 일어나 항의했다.

"불쾌하셨다면 죄송하지만, 우리의 안전을 위해서 확인해야 합니다."

"확인이라고요? 소이는 지금 충격을 받아서 남을 믿지 못하는 것뿐이에요!"

"아닙니다. 그녀는 우릴 알고 있습니다."

"무슨 말도 안 되는 소리예요!"

"당신들의 팀장, 태운형 맞나요? 저는 그의, 말하자면…… 스파이 같은 거였어요."

말도 안 되는 억지라는 생각에 해수가 따지려고 입을 열었으나, 담담하게 들려오는 소이의 음성에 그녀의 입이 크게 벌어졌다.

소이의 모습은 조금 전까지 오들오들 떨면서 사람들을 거부하던 모습과는 판이했다. 흐릿한 눈은 초점을 되찾았고, 떨림은 가라앉았다. 그대로 유지하고 있는 거라고는 박하의 다리를 생명줄처럼 잡은 손뿐이었다. 하지만 갑자기 멀쩡해진 소이의 상태를 신경 쓰는 사람은 아무도 없었다. 그들은 소이가 스파이였으며, 팀장이 몰래 무언가를 꾸미려고 했다는 사실에 관심이 쏠려 있었기 때문이다.

"팀장님이 당신을 이용했다는 말입니까?"

깐깐하기로는 동료들 사이에서도 정평이 나 있는 운형이 규칙과 형식을 지키지 않고, 일반인을 스파이로 이용했다는 사실이 나혜는 믿기지 않았다.

"무슨 이유로 당신에게 스파이가 되어달라고 했습니까?"

"정보. 보안 요원이 병원 각 층을 매일 돈다고 해도, 하루에 몇 번씩 병실을 드나들 수 있는 간호사보다는 못하죠."

정보라고 말했을 때 소이의 시선이 박하에게로 향했고, 찰나의 시선을 눈치를 챈 사람은 그녀의 정면에 서 있는 나혜뿐이었다.

'팀장님은 언제부터 알고 준비하신 거지?'

의문투성이였다. 박하에게 뭔가가 있다는 것은 인정하지만 일반인을 끌어들여서까지 감시할 정도로 특별한 것인지, 나혜는 거기까지는 확신할 수 없었다.

"그가 당신에게 무엇을 부탁했죠?"

품 안에 음식을 가득 안고 들어온 홍철이 끼어든 것은 나혜에게 당혹스러운 일이었다. 낭패감에 표정을 찡그리지 않으려고, 그녀는 보이지 않게 주먹을 꽉 쥐었다. 홍철은 위험했다. 보안 팀에 대한 의심이 새겨진 그는, 분명 무언가 이상하다는 것을 느꼈을 것이다.

게다가 이유는 모르겠으나 홍철은 연주 모녀를 오랫동안 알고 지낸 사람처럼 챙기고 있었다. 아마 박하에 대해 알게 된다면, 그는 보안 요원으로서가 아니라 그들을 위해 단독으로 움직일지도 모른다.

그리고 나혜의 예상은 어느 정도 정확했다. 홍철은 여기까지 오면서 보여준 그녀의 행동과 소이의 반응을 보고 뭔가가 숨겨진 것들이 더 있다고 확신하고 있었다.

"말해줘요. 팀장님이 부탁한 게 뭡니까?"

"그건……."

"잠깐만요. 홍철아, 잠시만."

나혜는 급한 불을 끄기 위해 소이의 말을 다급하게 막고서 홍철에게 제안했다.

"나중에 내가 말해줄게."

"너도 알고 있는 이야기야?"

독립적으로 업무를 전달받고, 각자가 어떤 임무를 받았는지 서로 묻지 않는 게 보안 팀의 규칙이었지만 이토록 아무것도 알 수 없는 건 너무하다고 생각했다. 생명이 달린 일이었으니까. 홍철은 화가 나서 나혜를 추궁했다.

"대체 뭘 숨기고 있는 거야?"

"지금은 안 돼. 보는 사람이 너무 많아."

"당신들끼리도 몰랐군요. 하긴 나도 이런 일이라는 걸 알았다면 거절했을 거예요. 그때는 막연하게 도움이 될 거라고 생각했으니까. 그가 나한테 부탁한 건 별거 아닌 것처럼 들렸거든요. 뭔가 보인다는 이상한 소리를 하거나, 매캐한 냄새가 난다고 말하는 사람이 있으면 알려달라는 게 전부였으니까요."

박하에 대해서 말할 거라는 나혜의 예상은 빗나갔다. 정말 그게 끝인가? 허무할 정도로 단순한 지시였다. 이어서 소이가 더 말해주지 않았다면 두 사람은 당시에 소이가 생각했던 것처럼, 특별할 것 없는 일이라고 여겼을 것이다.

말을 시작하기 전에 숨을 고르는 소이의 모습은 다시 패닉에 빠지지 않으려고 노력하는 것처럼 보였다. 구명줄처럼 잡고 있던 바지를 놓고서 그녀는 박하의 손을 찾아 잡았다. 아이가 엄마의 온기를 바라는 듯한 모양새에, 박하는 뿌리치지 않고 가만히 받아주었다.

"그건, 정말 갑자기 나타났어요. VIP 병동에는 아무도 없었고 우린 쉬고 있었어요. 그런데 갑자기 침대 하나가 펑 소리를 내며 뒤집혔고……. 그게 사람들을 죽였어. 왜? 거긴 분명 아무것도 없다고 그랬는데!"

"소이 씨, 진정하시고……. 당신에게 그 층에 아무것도 없다고 알려 준 사람도 팀장님인가요?"

"후우, 맞아요. 그 사람뿐만 아니라 다른 사람도 확인을 해줬어요. VIP 병동은 어찌 되었든 유명 인사들이 주로 오는 곳이니까요. 틀림 없이 원장님이 신경을 쓰라고 했을 거예요."

소이가 하는 말을 나혜는 의심하지 않았다. 다만, 운형이 직접 확인 했음에도 불구하고 카리온의 존재를 알아채지 못했다는 부분이 마음 에 걸렸다. 사정을 모르는 홍철조차도 믿기 어렵다는 눈빛을 하고서 자신을 쳐다보고 있었다. 시선을 마주친 나혜는 고개를 저으며 티를 내지 말라고 무언의 경고를 보냈다.

소이의 말은 계속해서 이어졌다.

"피바다였어요. 너무 무서워서 사람들을 챙기지 못했어요. 겨우 2명 만 저를 따라왔지만……. 모두 죽었어요. 죽었어……."

눈물을 흘리는 소이의 눈은 멍하니 허공을 응시하고 있었다. 죄책 감 때문에 괴로워하면서도 그녀는 누군가에 대한 원망을 내뱉지는 않 았다. 아예 그쪽으로는 생각하지도 않는 것 같았다.

"그건 전부 저 사람들이 우리에게 경고하지 않았기 때문이야! 처음 부터 알려줬더라면 조심했을 거고, 그들은 죽지 않았을 거야!"

머리를 김싸 쥔 채 앉아 있던 도영이 벌떡 일어나 소리쳤다.

"안 그래요? 방문객을 받아서도 안 되었고, 우릴 가둘 게 아니라 위 험하다고 경고해 줬더라면! 이것보다는 더 많은 인원이 살아 있을 거 라는 생각 안 들어요?"

한 사람씩 눈을 마주치며 도영은 자신의 주장이 받아들여지길, 사람들이 동조해 주길 기다렸다.

술렁거리는 소리들이 심상치 않았다. 누군가를 원망하고 싶은 마음
이 불쑥 들기 시작했기 때문이다. 괴물은 눈에 보이지 않으니 원망하
기 어려웠지만, 보안 요원들은 바로 눈앞에 있었다. 불씨는 금방이라
도 거대해져, 주변을 태울 것만 같았다.

"아까 내가 궁금한 거 나중에 알려준다고 했는데, 지금이 그때인 것
같죠?"

사람 좋은 미소를 지으며 나타난 고준이 어디서 난 것인지 모를 술
병을 흔들며 다가왔다. 즉시, 도영은 경계 태세를 갖추며 그를 노려봤
다. 꽉 쥐어진 주먹이 곧바로 그에게 휘둘러질 것 같았다.

그 기세를 알아챈 고준이 두 손을 들어 보이며 도영에게 향하던 걸
음을 멈추었다.

"아무것도 몰라서 두려웠을 마음 이해합니다. 저희도 사정이 있었
지만, 당신 말도 일부는 맞아요. 그러니 다들 진실을 알고 싶으시면 이
쪽으로 모이세요! 제가 궁금증을 풀어드립니다!"

흡사 호객꾼 같았다. 보안 요원에 대한 감정이 격해지려는 찰나였
기에, 시원하게 궁금증을 풀어준다는 고준의 말은 효과를 보였다. 어
떡해야 하나 갈팡질팡하던 사람들 사이로 키가 큰 편인 현규가 일어
서자 시선이 그에게 쏠렸다.

"전 듣겠습니다. 아무것도 모르고 죽고 싶지는 않아요."

한 사람이 움직이자, 나머지 사람들도 슬금슬금 고준이 있는 곳으
로 모이기 시작했다. 작은 모임 하나가 순식간에 만들어졌다. 상황이
그렇게 되자 화가 치솟았던 도영 역시 잠잠해질 수밖에 없었다. 그는
콧김을 내뿜으며 불퉁하게 자리에 앉았다. 박하도 끼고 싶은 눈치였

으나, 소이가 사람들 사이로 들어가는 것은 불가능해 보였다.

"저쪽은 사람이 많으니, 여러분에겐 제가 설명해 드리겠습니다."

움직이지 못하는 그들을 배려해 나혜가 먼저 말을 꺼냈다. 그들은 소이가 앉아 있었던 곳으로 가서 자리를 잡았다. 연주, 박하, 소이는 비엔나소시지처럼 줄줄이 손을 잡은 채였다.

"처음부터……. 처음부터 알려주세요."

이제 무언가를 모르는 건 지긋지긋한 해수가 요청했다.

"긴 이야기가 될 겁니다. 다들 드시면서 들어주세요."

나혜는 자연스럽게 음식들을 가운데로 모으고 홍철이 용케 데워서 가지고 온 수프와 수저를 소이 앞에 내려놓았다. 소이가 그릇째로 수프를 들이마시자, 걱정하고 있던 사람들이 안도하며 음식을 집기 시작했다.

양쪽 손을 내어준 채 앉아 있던 박하는, 연주와 잡았던 손을 풀고서 초코 바 하나를 집어 들었다. 탄산음료 캔을 딸 때에는 연주의 눈치를 보았으나, "이번만이야." 하는 연주의 허락을 받고서 기분 좋게 먹을 수 있었다. 이야기는 꽤 길어질 것 같았다.

"우리는 사람들이 카리온을 볼 수 있게 되는 원인을 특정 현상과 관련이 있는 것 같다고 추정하고 있습니다. 매년 별똥별이 떨어지는 시기에 맞물려, 동화인과 같은 현상을 겪는 사람들이 발견되었기 때문입니다."

"그, 카리온이란 괴물은 계속 병원 내에 있었던 건가요?"

박하가 물었다.

"적어도 병원이 세워지기 이전부터 여기에 있었을 겁니다. 서식지라고 해야 할까요. 카리온은 병원 지하 3층에 뿌리를 내렸습니다."

"왜, 왜 하필 그 위에 지은 거죠? 혹시 병원에서는 그 사실을 몰랐던 걸까요?"

"아마 알고 있었을 겁니다. 건물이 세워졌을 때부터 카리온에 대한 기록이 보안 파일에 남아 있었습니다. 게다가 지하 3층이나 이곳 4층 구조를 보면 몰랐을 리가 없습니다."

소름이 돋았다. 병원이 세워지기 전이라면 적어도 30년은 더 지났을 것이다. 목숨이 위태로운 줄도 모르고 그 위에서 근무했다는 사실에, 해수는 목이 타서 급하게 물을 찾아 마셨다.

"중요한 건 카리온의 부화 시기가 빨라진 점입니다. 아무런 징조도 없이 부화하는 바람에 대처가 늦어졌습니다."

"확실하게 죽일 방법은 없는 건가요?"

"없습니다. 저희가 할 수 있는 건, 카리온이 날뛰지 않도록 제지하는 것뿐입니다."

"설마 그게 다예요?"

믿음을 배신당한 소이가 믿지 못하겠다는 투로 물었다.

"죽이지는 못하지만 되돌릴 방법은 있습니다. 다만, 아무나 할 수 있는 일이 아니라서……. 저희는 할 수 없습니다."

부정적인 말을 내뱉을 수밖에 없는 현실에 나혜는 좌절했다. 또한, 힘이 있음에도 카리온을 저지하는 데 어떤 도움도 주지 않는 재이가 떠올라 이가 갈렸다. 그런 어지러운 마음과는 다르게 그녀의 표정은 변화 없이 고요했다.

"되돌린다는 건 무슨 뜻이에요?"

지푸라기라도 잡고 싶었던 박하가 얼른 그 부분을 짚어 물었다.

"그것들은 잠복기가 있습니다. 다시 되돌린다는 건, 마치 식물의 씨앗처럼 부화하기 이전의 잠복기로 되돌리는 것을 말합니다."

"그 방법을 쓸 수 없는 이유는요?"

"유일하게 가능한 사람이 이 자리에 없기 때문입니다."

나혜는 박하의 눈빛을 본 후 거짓을 말했다. 당연히 재이는 병원에 있었고, 최악의 경우에는 같은 층에 있을지도 모른다. 운형은 루템에게서 박하를 숨기라는 명령을 내렸지만, 고위 간부급인 재이가 박하에게 특별한 점이 있다는 것을 알게 되면 강제로 박하를 끌고 갈지도 모른다는 생각이 들었다. 박하가 당장이라도 그녀를 만나게 해달라고 부탁할 것처럼 느껴지는 것도 나혜가 걱정스러운 부분이었다.

"아……."

한껏 기대하고 있던 박하는 탄식했다. 하지만 연주의 손을 다시 잡은 박하는 눈에 힘을 주었다. 여기서 물러설 수는 없었다.

우울한 마음을 털어버린 박하가 고개를 번쩍 들고는, 다시 눈을 빛내며 물었다.

"여기서 살아서 나가게 되면, 그 사람이랑 만나게 해주시면 안 될까요?"

"이유를 물어봐도 되겠습니까?"

연주가 동화인이라는 사실을 모르는 나혜로서는, 적극적인 박하의 태도가 당황스러웠다.

"제가 당신들처럼 괴물을 볼 수 있기 때문이에요. 동화인이라고 불린다고 했던가요?"

"언제부터 다르게 보이기 시작하셨습니까?"

"며칠 안 되었어요. 한 이삼일 정도 된 것 같아요."

대답을 듣고 나서야 나혜는 카리온을 죽이는 것에 관심을 가지는 박하를 이해할 수 있었다. 동화인과 카리온은 떼려야 뗄 수 없는 관계였고 특히, 알에서 막 부화한 녀석들은 굶주린 배를 채우기 위해 본능적으로 동화인의 냄새를 따라가는 경향이 더 강했기 때문이다.

"방법을 알게 되면 반드시 알려드리겠습니다."

두 사람의 대화를 듣고 있던 박하는 이대로 대화를 끝낼 마음이 없었다. 카리온에 대해서 더 자세히 알고 싶었다. 적에 대해서 알아낼수록 엄마를 지킬 방법 또한 찾아낼 수 있다고 믿었기 때문이다. 슬슬 마무리 지으려는 분위기를 깨고 박하가 다시 질문했다.

"사람들이 죽는 방식이 다 달랐어요. 카리온의 종류가 하나가 아닌 건가요?"

"종류는 한 가지입니다만, 꽤 잔인한 이야기가 될 겁니다."

"그래도 전 듣고 싶어요."

단호한 대답에 나혜는 경각심을 심어줄 요량으로 입을 열었다. 지난번처럼 박하가 위험하게 뛰어들지 않기를 바랐기 때문이다.

"좋습니다. 카리온의 사냥 방식은 독특합니다."

이어지는 내용은 그녀의 경고처럼 충격적이었다. 키를 자유자재로 늘렸다 줄였다 할 수 있는 카리온은 몸을 갈라 검은 줄기를 쏟아내는데, 먹이를 잡아서 몸속으로 끌어들이기 위해서였다. 그리고 그 상태로, 아직 상대가 살아 있는 상태일 때 먹는다. 혹은 박하가 10층에서 본 남자처럼 카리온 내부에 있는 강한 독을 견디지 못하고 사람의 몸이 터져버리는 일도 있었다.

'더 말을 해주는 게 좋을까?'

필요 이상으로 사람들을 무섭게 하고 싶지 않았던 나혜는 고민했다. 하지만 이번에 본 카리온의 사냥 방식은 요원들도 어떤 시도조차

할 수 없는, 잡히는 순간 죽음을 맞이할 수밖에 없는 잔인한 방식이었기에 그녀는 피곤한 얼굴로 설명을 이어가기로 했다.

"윤재 군의 경우에는 일반적인 방법이 아니었습니다. 아마도 카리온이 물에 의해 받은 타격을 회복할 요령으로 바로 피를 취한 것 같습니다."

질문도 반응도 없이 고요해진 공간에 딱딱거리는 소리가 나기 시작했다. 어둠 속으로 사라지던 사람들을 떠올린 소이가 다시금 손톱을 물어뜯고 있었다. 옆에서 바라보던 해수가 피가 흐르는 소이의 손을 조심스럽게 감싸 쥐고서 아래로 내려주었다. 어깨를 움찔하며 해수를 힐끗 쳐다본 소이는, 몸에 힘을 풀고 그 손을 꼭 잡았다.

잠시 그 상태를 유지하며 소이가 안정을 취하길 기다리던 해수는 화가 난 음성으로 물었다.

"사람들을 공격하는 건 왜죠? 단순히 먹이일 뿐이라면 굳이 우리 몸을 이용할 필요는 없잖아요!"

"그건 카리온이 동화인만 제대로 인식하는 것과 관련이 있습니다. 일반인의 세계가 빛이라면 그것들의 세계는 어둠에 속합니다. 동화인은 어떻게 보면 어둠에 떨어진 사람이 되죠. 같은 세계에 속하지 않는 평범한 사람들은 보는 것도, 만지는 것도 어렵기 때문에 카리온도 공격할 수가 없는 겁니다. 그런데 만약 그걸 가능하게 하는 편법이 있다면 어떻게 하시겠습니까?"

"편법이라니, 설마……."

"네, 사람의 몸을 이용하면 카리온은 일반인도 볼 수 있게 됩니다."

침묵이 그들을 휩쓸었다. 달리 무슨 말을 할 수 있을까. 설명해 준 나혜도 착잡한 것은 매한가지였다.

"유튜브 영상을 봤어요. 사람의 피만 먹는 게 아닌 거죠?"

마침 '의심하라'라는 유튜버가 올린 영상 속 내용이 떠오른 소이가 물었다.

"그렇습니다. 피부를 제외하고 우리가 가진 모든 게 카리온의 먹이가 됩니다."

"최근에 벌어진 연쇄 살인 사건도 그 괴물이 범인이겠네요."

허탈하게 말을 내뱉은 소이는 이런 일이 발생하기 전, 운형이 협조를 요청했을 때 자세히 물어봤어야 했다고 후회했다. 만약 알았다면, 해수를 데리고 이 빌어먹을 곳에서 뒤도 돌아보지 않고 도망쳤을 것이다. 다른 사람의 생명? 물론 중요하다. 하지만 카리온이란 괴물 앞에서 신념을 지키기 위해 할 수 있는 일이란 없었다. 모두 괴물의 음식이 되어, 개죽음을 당할 뿐이었다.

소이는 계속해서 부정적인 생각에 잠아먹히고 있었다. 이대로 가다간 다시 정신을 놓아버릴 것만 같아서, 그녀는 더 듣는 것을 포기하고는 박하의 어깨에 기대어 눈을 감아버렸다. 피곤했다. 해결할 수 없는 문제는 이제 지긋지긋했다. 곧이어 소이의 고른 숨소리가 들려왔다.

"더 궁금한 부분이 있으십니까?"

얼추 대화가 끝나가고 있었다. 고준이 맡은 그룹도 마찬가지였고, 다들 순서는 달라도 같은 이야기를 들었을 것이다. 그들의 얼굴에 어린 절망감이 그것을 말해주고 있었다.

"어두운 곳에 가지만 않으면 카리온을 피할 수 있나요?"

박하가 물었다. 카리온을 죽일 수는 없어도, 뭔가 도움이 될 만한 것을 찾고 싶었다.

"보통은 그렇지만 카리온이 위험을 감수하고서라도 나타날 가능성도 고려해야 합니다."

일반인도 안전하지 않다는 말에 해수가 허탈하게 "정말로 방법이 없네요." 하며 중얼거리는 소리가 들렸다.

"강렬한 빛 아래에서라면 카리온은 소멸됩니다. 문제는 웬만해서는 타격을 받지 않기 때문에, 밖으로 유인할 방법이 마땅하지 않다는 겁니다."

"마치 드라큘라 같네요."

어느 부분에서는 비슷했다. 핵이 없는 카리온의 경우에는 드라큘라처럼 재가 되어 사라지기 때문이다. 하지만 핵이 파괴될 때는 어떻게 될지 아무도 몰랐다.

"괜찮아?"

걱정스러운 어조로 홍철이 물었다. 괴물에 대한 사소한 것까지 파헤칠 것 같았던 박하가 말이 없었기 때문이다. 혹시 울고 있는 건 아닐까, 생각하던 홍철은 고개를 든 박하의 얼굴을 보곤 미간을 찡그렸다. 표정이 마치 억지로 실망감을 참아내는 것처럼 보여서, 그는 더 마음이 쓰였다.

"괜찮아요, 오빠."

"계속해서 방법을 찾고 있으니, 나중에라도 꼭 알려드리겠습니다."

나혜도 안타까움을 느꼈는지 말을 덧붙였다.

"부탁드릴게요. 신경 써주셔서 감사해요."

대화가 끝났지만 나혜는 자리를 뜨지 않고 머뭇거렸다. 홍철이 옆구리를 찌르며 왜 그러냐고 물었지만 그녀는 대답할 수 없었다. 나혜가 묻고 싶은 건 박하에 대한 것이었기 때문이다. 어쩌면 연주처럼, 박하도 자신이 다르다는 걸 알고 있지 않을까 하는 생각이 들었다.

"쉬고 계세요."

하지만 결국 아무것도 묻지 못한 채 나혜는 자리에서 일어났다. 이 안에서는 별일이 없을 테니, 밖에서 동료들끼리 계획에 관해 이야기를 나눌 참이었다.

"뭐 해?"

나혜는 자신은 일원이 아니라는 것처럼 태연스럽게 자리에 앉아 있는 홍철을 향해 물었다.

"난 여기 있을게. 다녀와."

"뭐?"

나혜는 자리에서 굳어버렸다. 과거에 왕따를 당한다고 오해해서 힘들어했던 홍철이 떠올라서, 그녀는 진실을 알게 된 그가 무슨 생각을 하고 있을지 두려웠다.

'우리에게 배신감을 느꼈을까?'

나혜의 얼굴이 미안함으로 일그러지며 입술 끝이 파르르 떨렸다.

사색에 잠겨 있던 홍철은 뒤늦게 그런 나혜를 보곤 깜짝 놀랐다. 실수를 하거나 어떤 죄책감에 빠졌을 때만 짓는 표정을 하고 있었기 때문이다. 저대로 내버려 두면 심하게 자책할 것이 분명해서, 그는 손사래를 치며 바로 부정했다.

"그런 거 아니야! 1명이라도 여기에 남아 있는 게 낫잖아. 그치?"

"정말이겠지? 다른 이유에서 거절한 거면, 네 엉덩이를 걷어차 줄 거야."

"진짜야. 나중에 결과나 알려줘. 아야! 농담이야! 얼른 가!"

장난 한번 쳤다가 등짝을 세게 맞은 홍철이 상체를 뒤틀며 괴로워했다.

273

잠시 후, 보안 팀이 전부 방에서 나가는 것을 본 그는 몸에서 힘을 빼고는 그대로 바닥에 누워버렸다. 딱딱한 바닥을 느끼며, 홍철은 조끼라도 걸치고 있어서 다행이라는 생각을 했다. 고글 너머로 조명의 불빛이 동그랗게 보였다.

'4층은 처음 들어와 보네. 하긴, 있는 줄도 몰랐으니까.'

홍철은 눈을 감았다.

'적어도 밤이 지나갈 때까지는 여기에 있었으면 좋겠는데.'

밤에는 카리온들이 얼마나 활개를 칠지 상상도 하기 싫었다. 사람들도 불안해할 것이다. 차라리 날이 밝은 후, 그것도 아니면 새벽이 찾아올 즈음에 움직이고 싶었다. 하지만 오래 머무를 수는 없을 것이다. 본인은 티를 내지 않았다고 생각하겠지만, 홍철의 눈에는 나혜가 어떤 이유에서인지 안절부절못하는 게 보였기 때문이다.

'그 여자 때문인가?'

때때로 동료들이 누군가를 욕하고 있거나, 정말 드물게 운형이 폭발할 때는 십중팔구 '그 여자'와 관련이 있었다. 그러니 나혜가 처음에 여기에 오기를 망설인 이유 또한 한 가지밖엔 없을 것이다. 그리고 박하…….

'내 눈에만 망설이는 거로 보였을까?'

어차피 어두운 고글 때문에 보이지 않을 테니, 홍철은 눈을 뜨고 대놓고 박하를 살폈다. 그냥 평범한 16세 소녀처럼 보였다. 평범하지 않은 점이라고는 각막 이식 수술을 받았고, 카리온을 죽이는 방법을 찾기 위해 열을 올리고 있다는 것이다.

'아, 이런 상황을 겪는 것도 평범한 일은 아니지. 쟤는 어떻게 거기서 나설 생각을 하냐. 두렵지도 않았나.'

물론 그것은 용감한 행동이었다. 순식간에 계단을 뛰어 올라온 박하는 나혜의 앞을 막아섰고, 운이 좋게도 그녀가 들고 있던 막대에 검은 줄기가 맞으면서 급소를 노린 공격을 피할 수 있었다.

그때 상황을 떠올리던 홍철은 순간 움찔 놀랐다. 박하는 단순히 나혜의 앞을 막은 것이 아니었다. 그녀는 마치 검은 줄기가 보이는 것처럼, 똑바로 어느 한 지점을 바라보며 막대를 내밀고 있었다.

'우연이겠지.'

고개를 흔든 홍철은 방금 자신이 한 생각을 털어버렸다. 동화인이라고 하기에 박하는 확실히 색을 구별할 수 있었다. 그녀는 정확히 초코 에너지 바를 골랐고, 다른 사람들과 마찬가지로 4층 복도의 불빛 때문에 눈살을 찌푸렸었다.

'그럴 리가 없지. 하, 아무것도 안 하고 있으니까 잡생각만 늘어나네.'

더 이상 파고들면 안 될 것 같았다. 그 가정을 말도 안 되는 것으로 치부해 버린 홍철은 다시 눈을 감았다. 밤샘에 익숙해진 몸이지만 유독 오늘만큼은 피곤하지가 않았다. 머릿속에서 생각이 멈추지 않았기 때문이다. 중요한 면접을 앞둔 사람처럼 심장이 쿵쿵 빠르게 뛰고 있었다. 그래서 홍철은 동료들이 다시 돌아올 때까지, 천장 위의 사각형 무늬 개수를 세는 것으로 시간을 보내야 했다.

꿈속을 부유하고 있던 박하는 등 뒤의 딱딱한 감촉을 느끼며 서서히 잠에서 깨어나고 있었다. 그녀는 조금 더 이 상태로 있고 싶었기에,

몽롱한 상태의 자신을 다시 꿈의 바다로 돌려보내려고 했다. 다시 무의식 깊숙한 곳으로 들어가려던 박하의 코가 찡긋거렸다. 최근 들어 익숙해진 냄새가 느껴졌다.

처음부터 약간 꿉꿉한 냄새가 났기 때문에 그녀는 이번에도 곰팡내라고 생각했다. 무척 희미한 냄새여서 박하는 코를 킁킁거리며, 익숙하게 느껴지는 냄새의 정체를 알아내기 위해 집중했다. 그러다 박하는 불길함을 느끼며 눈을 확 떴다.

남아 있던 잠기운은 냄새의 정체를 깨닫게 되자마자 달아나 버렸다. 그녀의 옆에는 연주가 피곤한지 미간을 찌푸린 채 잠들어 있었다. 조심스럽게 상체를 일으켜 앉은 박하는, 여전히 맞잡고 있는 연주의 손에서 제 손을 빼내고는 연주가 깼는지 확인했다. 아무 일도 아닐지도 모르기에 사람들을 깨우고 싶지 않았다.

주변을 둘러본 박하는 가장 신뢰하고 믿을 수 있는 두 사람이 깨어 있다는 사실에 안심했다. 아마도 그들은 불침번을 서고 있는 것 같았다. 조심조심 누워 있는 사람들을 밟지 않으려 노력하며, 박하는 문 양쪽에 앉아 있는 홍철과 재경에게로 다가갔다.

"좀 더 자지 않고. 혹시 악몽이라도 꾼 거야?"

처음에 박하를 보고 반색했던 홍철은 일찍 깨어버린 그녀를 걱정하며 말을 걸었다.

"그게, 이상한 냄새가 나서요."

"냄새?"

홍철은 코를 킁킁거리며 냄새를 맡으려 해봤으나, 곰팡내를 제외하고는 잠을 깨울 만큼 이상한 냄새는 나지 않았다. 고개를 갸웃거리면서도 홍철은 일단 박하의 말에 수긍해 주었다.

"거의 방치되던 곳이라 그런가 봐. 일단 앉아. 안 그래도 심심하던 차였어."

"심심하면 가서 잠이나 자. 난 처음부터 혼자도 괜찮다고 말했어."

"너 잘났다. 봤지? 얘가 이렇게 잘난 척이야."

"잘난 척한 게 아니고."

"사실을 말했을 뿐이라고? 네가 말하는 패턴은 이미 다 꿰고 있어, 인마."

두 사람의 대화에 박하는 살짝 웃고 말았다. 희미했던 냄새가 점점 짙어지고 있었다. 불길한 예감이 들었다.

"안색이 창백한데. 시간은 아직 있으니까 좀 더 자도 돼."

"아니요, 잠은 다 깼걸요."

고개를 저으면서도 박하는 계속해서 맡아지는 냄새에 도통 마음이 진정되지 않았다. 어쩌면 지난번과 같을지도 모른다고, 다른 이유로 나는 냄새일 거라고 믿고 싶었다.

"왜 그래?"

"네?"

"어떤 냄새인데?"

재경은 무뚝뚝하긴 했으나 다정했다. 박하는 재경에게 어떻게 설명해야 할지 고민하다가 사실대로 털어놓기로 했다. 빙빙 돌려서 말했다가, 두 사람이 정확한 상황을 파악하는 데 어려움을 줄 것 같았다. 그렇게 되면 이상이 없다고 말해도 믿지 못하고 끙끙 앓을 것이다.

"저번에도 맡은 적이 있었는데 별일 아니었거든요. 근데 지금도 비슷한 냄새가 나요. 뭔가 타는 냄새요."

두 사람의 얼굴이 굳어졌다. 박하는 착각한 거라는 말이 나오길 바라면서도, 반대로 그들이 아무것도 알아채지 못했을까 봐 걱정스러웠다.

"타는 냄새가 난다고?"

어리둥절한 표정으로 자리에서 일어난 홍철이, 강아지처럼 코를 킁킁거리며 냄새를 찾아다녔다. 재경 역시 미간이 찌푸려져 있었다. 두 사람의 반응에 박하가 실망하려는 찰나, 굳은 표정의 재경이 벌떡 일어나 나혜를 깨우기 시작했다.

"일어나. 당장 도망가야 해."

"무슨 일인데요? 역시 불이 난 거예요?"

"홍철이 너는 고준 형이랑 기석이 형 깨워. 얼른!"

"뭐?"

"재경 오빠!"

설명 없이 움직이는 재경의 행동에서 불안함을 느낀 박하가 그의 팔을 잡아챘다.

시끄러운 소리에 사람들도 하나둘씩 깨어나기 시작했다. 옆자리가 비어 있다는 것을 알고 연주는 소스라치게 놀라 딸을 찾다가, 재경 옆에 있는 그녀를 보곤 안심했다.

"내 차례야?"

자다 깨서 가라앉은 목소리로 나혜가 물었다.

"카리온이 오고 있어."

잠기운에 취해 있던 나혜의 눈이, 카리온이란 단어에 번쩍 뜨였다. 자리에서 일어난 그녀는 옆에 둔 연료통을 메고 화염 방사기를 챙겼다.

"괴물이 여기로 오고 있다니요?"

"여긴 괜찮은 거죠? 이봐요! 괜찮은 거냐고요!"

사람들이 구석으로 도망치며 따져 물었다. 보안 팀 역시 상황을 파악하는 중이었기에, 지금 어떤 상황인지 말해주기가 어려웠다. 그리고 박하는 불퉁한 눈빛으로 계속해서 재경을 응시하고 있었다.

그 시선에 한숨을 내쉬며 재경이 설명했다.

"카리온이 근처에 오면 나는 냄새야."

설마 했던 일이 사실로 밝혀지자 박하는 소름이 돋았다. 어쩌면 병실에서 맡은 냄새도 카리온의 냄새였을지도 몰랐기 때문이다. 그러고 보니 냄새를 맡은 다음 날, 병원 시설 긴급 점검에 들어갔었다. 직원으로 보이는 3명이 함께 움직이며 이곳저곳을 확인하는 게 의아해서 기억에 더 남았다. 박하는 그때 방문한 사람들이 보안 요원이나, 동화인이 아니었을까 하는 생각이 들었다.

'아니야, 그때는 아니었을 거야.'

머리를 좌우로 흔들며 박하는 생각을 지워버렸다. 의문을 해소하기엔 때가 아니었고, 주변은 갈수록 소란스러워졌다.

"그냥 여기에 있으면 되는 거 아니에요? 빛이 있는 곳은 들어올 수가 없다고 했잖아요!"

안경을 추켜올리며 찬희가 말했다. 그의 이마로 식은땀이 한 줄기 흘러내렸다.

"하지만 동화인은 냄새로 찾을 수 있다면서요? 당신들과 같이 있어도 되는 거예요?"

닭살이 돋은 팔을 쓸어내리며 민서가 말했다. 괜히 나갔다가 카리온을 마주치고 싶지도 않았고, 동화인에게 이끌린 괴물이 안전한 이곳까지 침범할까 봐 두려웠다.

서로 싸우는 사람들을 보면서 박하는 참 독하다고 생각했다. 지금까지 자신들을 구하기 위해 애쓴 사람들을 이제는 위험하다고 내치려고 했기 때문이다. 그리고 요구는 교묘하게 바뀌어 이어졌다.

"괴물을 보지 못하는 사람은 짐밖에 안 되잖아요. 짐은 여기에 두고 나가서 카리온? 그 괴물을 해치우는 게 더 안전하지 않아요?"

"저도 그게 제일 나은 선택인 것 같은데……. 사망자를 더 늘릴 필요는 없잖아요."

배려 없고 이기적인 찬희의 말에 가만히 앉아 있던 도영의 눈꼬리가 확 올라갔다. 여기 있는 사람들 중에서 가장 보안 팀을 믿지 않았던 도영이, 오히려 찬희를 죽일 듯이 노려보고 있었다. 다행이라고 할지 그는 사나운 도영의 시선을 모르고 있는 것 같았다.

시시각각 카리온과의 거리는 가까워지고 있는데 여긴 마치 시장통처럼 사람들이 웅성대는 바람에 정신이 없었다. 그들은 자기 의견만 내세웠고, 다른 사람의 말은 들으려고 하지 않았다.

"닥쳐! 지금 그게 중요해? 남아 있으려면 여기에 있어. 상관 안 할 테니까!"

벼락처럼 내지른 재경의 고함에 박하는 저도 모르게 깜짝 놀라 움찔하고 말았다. 그에 재경의 시선이 잠깐 박하에게 닿았다가, 다시 사람들을 노려보았다. 그 시선에는 더는 입을 열지 말라는 무언의 경고가 담겨 있었다. 당연히 사람들은 그의 태도에 경악했다.

"뭐, 뭐라고요? 어떻게 그렇게 무책임한 말을 하실 수가 있죠?"

"대체 상관 안 한다는 게 무슨 의미입니까? 우릴 버리겠다는 소리라면……."

"대체 어느 장단에 맞춰달라는 거야? 당신들이 우리를 버리는 건 괜찮고, 우리가 하는 건 안 된다? 결국 같은 의미인데도? 우습네."

재경이 콧방귀까지 끼자 민서와 찬희의 눈에도 불꽃이 튀었다. 그들에게 재경은 보안 요원이었고, 병원에 소속되어 있는 사람이었다. 즉, 자신들에게 봉사해야 한다는 식의 생각이 그들의 마음속에 있었던 것이다. 그러니 재경의 태도는 두 사람에게는 어처구니없고, 이해할 수 없는 것이었다.

"우리가 언제 그렇게 말했어요?"

"보안 팀은 일을 이런 식으로 합니까? 게다가 왜 계속 반말인데!"

"동화인들을 내보내자는 말이 그럼 어떤 의미인데? 아무리 생각해도 당신들만 살겠다는 거로 들리던데, 나는."

살벌했다. 세 사람 다 결코 물러설 생각이 없어 보였다. 특히 재경의 경우, 겉과 속이 다른 사람을 보면 누군가가 떠올라서 더더욱 감정 통제가 되지 않는 상태였다.

"어떻게 좀 해봐. 이러다 진짜 분열되겠어."

폭주하는 재경을 감당하기 어려웠던 홍철이 나혜에게 속삭였다. 같은 문제로 고민하고 있던 그녀는 퍼뜩 고개를 들어 냄새를 맡았다.

"가까이 왔어. 하지만 어떻게?"

카리온이 사람들을 이렇게 빨리 찾아내는 건 있을 수 없는 일이었다. 특수한 조명도 설치되어 있었고, 먼 거리에서는 카리온과 동화인이 서로를 인식하기가 어려웠기 때문이다. 그렇기에 재경이 알려주고 나서야 그녀도 카리온이 다가온다는 사실을 알게 된 것이었다. 시간이 없었다. 이제는 주먹질이라도 할 것처럼 앞으로 나선 재경과 두 사람을 본 나혜는 그 사이로 뛰어들었다. 재경이 무슨 짓이냐고 화를 내기도 전에, 그녀는 재빨리 카리온에 대해서 상기시켰다.

"냄새나지? 그것도 우리가 여기 있다는 걸 알고 있어."

"그래서 내가 빨리 일어나라고 했잖아."

"하지만 이건 말이 안 돼. 어떻게 이렇게 빨리……. 아니, 지금 중요한 건 이게 아니지."

분개하고 있는 두 사람을 응시하면서 나혜는 모두가 들을 수 있도록 소리를 높였다.

"여러분들은 선택하실 수 있습니다! 하나는 저희와 함께 여기를 나가는 것이고, 다른 하나는 여기에 남는 것입니다!"

"나중에 누군가가 구하러 오는 거죠?"

자기 좋을 대로 해석한 민서는 승리를 예감한 듯이 재경을 보며 비웃기까지 했다. 하지만 나혜가 고개를 젓자 그녀의 표정이 다시 일그러졌다.

"물론 저희는 남아 계신 분들을 구하러 올 겁니다. 하지만 그러지 못할 가능성도 염두에 두셔야 합니다. 카리온의 수는 정확히 확인되지 않았으며 무기가 없는 한 우리가 그들을 볼 수 있어도 그뿐입니다."

"즉, 우리가 전부 죽으면 데리러 오지 못한다는 거지. 근데 서둘러 나가야겠는데?"

미용실을 가기는 하는 건지 궁금할 정도의 더벅머리를 벅벅 긁으며 고준이 말했다. 그의 뒤에는 기석이 우물쭈물하며 서 있었다. 그도 여기에 남고 싶은 것처럼 보였다.

"하지만!"

반박하려던 찬희는 분한 표정으로 입술을 깨물었다. 허세는 찾아볼 수 없는 고준의 솔직한 말에, 쉽사리 아까와 같은 주장을 펼칠 수 없었기 때문이다. 민서 역시 미련을 버리지 못한 표정이었다.

그런 두 사람의 반응을 냉정하게 응시하던 나혜가 단호히 말했다.

"반론은 받지 않겠습니다."

- 나혜야!

무전기를 통해 들려오는 다급한 음성에, 나혜는 어깨에 메고 있던 무전기를 빼내 상대방에게 듣고 있다고 대답했다.

- 그녀가 알았어!

뛰고 있는 것처럼 워커가 바닥에 부딪히는 소리가 들렸다. 지수가 내뱉은 숨소리는 거칠었다.

"지금 어딥니까?"

심상치 않은 지수의 음성에 덩달아 나혜의 얼굴도 어두워졌다.

"뭘 알게 된 겁니까? 설마!"

- 그래! 여기에 있는 걸 알았다고! 누군가가 그녀에게 말해준 거야. 너희들 중에 스파이가 있는 거라고! 어서 도망쳐! 그녀가……. 안 돼……. 이건 계약서에 없었던 일이야! 미친…….

자세한 이야기를 듣기도 전에 무전이 끊어졌다. 동시에 모든 불이 소등되었다. 사람들이 비명을 지르며 혼비백산했다. 얼마 지나지 않아 붉은 비상등이 켜졌지만, 그것은 위태롭게 깜박이면서 사람들을 더욱 공포에 떨게 했다.

나혜의 머릿속은 생각이 마구잡이로 엉켜버린 것처럼 복잡했다. 이건 정상적인 소등이 아니었다. 4층의 불이 꺼진 적은 한 번도 없었고, 지수가 말했던 것들을 생각해 보면 이 일은 재이가 저지른 일일 가능성이 높았다.

깜박이는 비상등으로 인해 수시로 색깔이 바뀌자, 약간의 어지러움을 느낀 나혜가 눈을 꾹 감았다가 떴다. 그리곤 박하의 위치를 파악하고는 작게 신음했다. 이제 그들은 독 안에 든 쥐 신세였고, 이곳에 머무르는 시간이 길어질수록 재이가 박하를 찾는 것은 시간문제일 터였다.

"제가 앞을 맡겠습니다. 재경과 고준 씨가 뒤를 맡아주세요. 홍철아, 너는……."

"난 이분들 옆에 있을게."

어느새 박하의 옆으로 이동한 홍철이 여상스럽게 말했다. 알고 한 말이든 아니든, 그게 바로 나혜가 원하는 것이었다.

"그래."

괜한 말을 덧붙여 의심을 사고 싶지는 않았기에 나혜는 별말 없이 고개를 끄덕였다. 그녀는 기석에게는 어떻게 하라고 말하지 않았다. 지금 그는 일에 대한 회의감과 무력감을 느끼고 있었기 때문이다. 기석을 설득하기 위해 고준과 재경이 대화를 시도했으나 소용이 없었다. 자신감을 잃어버린 기석은, 싸움을 포기했다.

"지금부터 밖으로 나갈 겁니다! 비상등의 붉은 불빛으로 카리온의 윤곽을 어느 정도 보실 수 있을 테니, 주위를 잘 둘러보시고 뭔가 이상한 게 보이시면 바로 알려주셔야 합니다!"

사람들을 달래줄 여유가 없었다. 나혜는 중요 사항만 빠르게 내뱉고서 문을 열었다. 편의 공간 내부에 강렬한 조명들이 모두 꺼진 것을 확인한 사람들이 쓰고 있던 고글을 모두 벗어버리는 것을 뒤로하고, 나혜는 복도로 통하는 문을 열고서 고개만 내민 채 밖을 살폈다.

다행히 아직 카리온들은 도착하지 않은 모양이었다. 혹은 다른 방에 들어갔을 수도 있었다.

"잠시 기다리십시오."

먼저 복도로 나간 나혜가 건너편의 문을 열어 안쪽을 확인했다. 복도도 좌우로 살핀 후에야, 그녀는 고개를 끄덕여 신호를 보냈다. 화재 대피 현장처럼 사람들은 상체를 숙이고 조심스럽게 복도로 빠져나왔고, 마치 어미 뒤를 쫓는 새끼 오리들처럼 줄지어 나혜가 있는 반대편 벽 쪽으로 붙었다. 남으려는 사람이 없었던 탓에 민서 역시 민망한 표정으로 탈출에 합류했다.

재경이 마지막으로 나와 문을 닫고 나니, 도어 록 소리가 울렸다. 복도로 나오자 냄새가 짙어져 박하는 불안한 눈빛으로 주위를 두리번거렸다. 이곳이 마치 화재 현장 같다는 생각을 불러일으킬 정도였다.

어디선가 바람이 불었다. 일행의 맨 뒤에 있던 재경과 박하는 무심코 뒤를 돌아보곤 눈살을 찌푸렸다. 아까 그들이 들은 도어 록 소리는, 문이 잠기면서 난 것이 아니라 비상구 문이 열리면서 난 소리였다. 문 틈으로 보이는 것은 어둠뿐이었고, 당장이라도 귀신이든 카리온이든 무언가가 튀어나올 것처럼 으스스했다. 어둠에 익숙한 자들의 눈에는 검은 연기가 복도로 흘러나오는 것이 보였다.

깜박. 깜박.

비상구 근처의 불빛들이 어서 도망가라는 듯 깜박였다.

"제기랄! 문이 열렸어!"

더는 지체할 수 없다고 판단을 내린 재경이, 나혜에게 들리도록 큰 소리로 외쳤다. 곧바로 나혜가 반응하며 사람들에게 침착하게 말했다.

"제 뒤를 잘 따라오시고, 혹시라도 뭔가 발견하면 아주 사소한 거라도 말씀해 주셔야 합니다."

그녀의 요청대로 사람들은 몸을 움츠리면서도 주위를 살폈다. 갑작스러운 공격이 있더라도 피하기 쉽도록, 그들은 복도 가운데로 이동하기 시작했다.

"고준 씨, 홍철에게 무전기로 지수 씨나 은성 씨, 아니 모두에게 연락해 보라고 해주세요. 꺼림칙합니다."

"알았어."

앞줄에 있던 고준이 잠시 대열에서 이탈하여 홍철에게 무전기를 주었고, 나혜가 말한 내용을 전달했다. 홍철은 곧바로 무전기 채널을 맞추고, 차례대로 연락을 취했으나 받는 사람이 없었다. 몇 번의 시도 끝에, 더 없이 든든한 운형의 목소리가 무전기를 통해 흘러나왔다.

- 지금 몇 층이지?

대뜸 층수를 물어보는 운형에게 홍철은 4층이라고 답했다. 적어도 홍철이 왜 여기에 있는 것인지 물어보기라도 할 줄 알았는데, 운형은 이미 상황을 알고 있는 것 같았다. 무전기 너머로 그가 위로 올라가라는 지시를 내리는 소리가 들렸다.

- 우리도 곧 올라갈 테니 만날 수 있을 거다. 버틸 수 있겠나?

"상황에 따라 달라요, 팀장님. 4층이 전체 소등되고 비상등이 켜졌어요. 좋지 않아요."

- 통제실로 가. 차단기를 다시 올리고 거기서 기다리고 있어. 인원은 몇 명이지?

"통제실이요? 아, 여기는 지금 12명 있습니다."

- 나혜가 알고 있을 거다. 꾸물거리지 말고 바로 움직여.

잡음이 들리더니 연결이 끊어졌다.

"팀장이 직접 여기로 올 정도면…… 설마 아니겠지?"

카리온의 수가 많을지도 모른다는 상상에 홍철은 등골이 오싹해졌다. 그는 아니라는 대답을 바라고 재경에게 말한 거였으나, 그럴지도 모른다는 무거운 대답을 듣고는 정신이 아득해졌다. 서둘러 홍철은 자신이 들은 이야기를 나혜에게 전달했다.

곧, 나혜는 최악에 대한 가정은 함구하고 통제실이라는 목적지로 향할 것임을 사람들에게 알렸다. 모르는 게 약일 때도 있는 법이었다. 모여 있는 사람들은 일반인치고 잘 견뎌냈지만 이번에도 그럴 거라는 보장은 없었다. 카리온에 대한 두려움이 각인되었기 때문이다.

다 같이 싸우자고 한다면 얼마나 많은 이들이 동참할지 불투명했다. 그런 상황에서 이곳으로 오고 있는 카리온의 수도 파악하지 못했다는 내용을 듣게 된다면 사람들은 패닉에 빠질 터였다.

그 순간에도 박하는 본능적으로 카리온을 느끼고 있었다. 힐끔 돌아본 문에서는 검은색 드라이아이스를 놓은 것처럼, 끊임없이 연기가 흘러나오고 있었다. 게다가 건물이 불에 타고 있는 건 아닌지 착각할 정도로 냄새가 어느 때보다도 짙었다. 다른 누구보다도 카리온의 존재를 강하게 느끼던 박하는, 구역질이 날 것 같아 다급히 손으로 입을 막아야 했다.

"왜 그래? 어디 아프니?"

걱정을 담은 음성에 박하는 고개를 저었다.

"괜찮아. 좀 피곤해서 그런가 봐."

박하는 몇 번 침을 삼키고서야 간신히 대답할 수 있었다. 문제는 거기서 끝이 아니었다. 속이 괜찮아지자 이제는 눈이 따끔거렸다. 소매로 문질러 봐도 소용이 없었다. 눈꼬리에 뭔가가 낀 것처럼 거슬리는 느낌이 사라지지 않았다.

'약은 하루에 세 번, 아침, 점심. 저녁에 한 번씩 넣어주시면 됩니다. 통증을 줄여줄 겁니다. 혹시 통증이 심할 때는 두 번 넣으셔도 됩니다.'

의사 선생님이 해주셨던 말씀이 떠올랐다. 그러고 보니 출입문이 폐쇄된 이후에 처방받은 안약을 넣지 못했다. 박하는 자신의 눈에서 흘러내리는 것을 무심코 소매로 닦아냈다. 민트색 소매가 검게 물들어 있었다.

"박하야?"

뒤에서 자신을 부르는 목소리에, 재빨리 눈가를 몇 번 더 소매로 훔친 박하는 검게 물든 부분을 교묘하게 손으로 잡아 숨겼다.

그녀는 두려움으로 인해 심장이 거세게 뛰었다. 눈물이라고 생각한 액체가 검은색인 이유를 알 수 없었기 때문이다. 혹시나 동화인의 특성이라든지, 카리온을 볼 수 있는 것과 관련되어 있을지도 모른다고 생각하니 숨겨야 한다는 생각이 가장 먼저 들었다. 지금 상황에서 남들과 다르다는 점이 알려지는 건 좋을 것이 없었고, 무엇보다도 엄마에게 걱정을 더 얹어주고 싶지 않았다.

"별거 아니야. 안약을 못 넣어서 눈이 좀 아팠는데, 이제는 괜찮아졌어."

태연스럽게 대꾸한 박하는 부디 얼굴에 자국이 남아 있지 않기를 기도했다.

"아까 좀 넣을 걸 그랬다. 엄마가 정신이 없어서……. 지금은 괜찮은 거지? 엄마가 가방 안에 챙겨뒀으니까 다음에 쉴 때 되면 꼭 넣자. 알았지?"

"응, 걱정시켜서 미안."

잘 둘러댄 박하는 우연히 재경과 눈이 마주쳤다. 숱 많은 눈썹 아래의 눈동자가 자신을 살피는 것 같았다. 박하는 시선을 피하기 위해 다소 성급하게 고개를 돌렸다. 죄를 저지른 것도 아닌데, 쿵쿵 누가 북을 두드리는 것 같았다. 생각해 보니, 홍철과 다르게 말이 많지 않은 재경이 처음으로 관심을 보였던 것은 자신의 눈이었다.

그때도 재경은 박하가 눈을 드러내지 않기를 바라는 것 같았다. 하지만 그녀는 대수롭지 않게 생각했고, 당시에 의사 선생님도 선글라스를 잘 쓰라거나 잠잘 때 안대를 잘 착용하라고 말했기 때문에 재경과의 일은 금방 잊어버렸었다.

'만약 뭔가 알고서 말한 거라면?'

다시 뒤를 돌아본 박하가 재경을 확인했다. 그는 열려 있는 비상문을 심각하게 바라보고 있었다.

'너무 과민 반응하지 말자.'

생각이 많아져서 그런 거라고 박하는 스스로에게 대꾸했다. 앞을 보고 걷던 박하는 소매의 검은 얼룩이 눈에 띄자 마음이 심란해졌다. 누군가가 이것을 본다고 해도 무언가가 묻은 것 같다고 둘러대면 될 테지만, 왠지 재경이라면 이것이 뭔지 단박에 눈치챌 것만 같아서 불안했다. 결국, 그녀는 안쪽으로 소매를 접어 얼룩이 보이지 않게 만들었다.

그때였다.

"모두 숙여!"

경계를 풀지 않고 있었기 때문일까. 재경이 소리치자마자 사람들은 곧바로 제자리에 쭈그려 앉거나, 급하게 움직였고, 바닥에 넘어지기도 했다. 거센 바람이 한차례 그들의 머리카락을 휩쓸고 지나갔다.

흐릿한 물체는 곧게 뻗어진 나무줄기를 위해서 바라본 모습 같았다. 조명으로 인해 그것은 전체적으로 붉게 보였다. 박하는 썩은 나무처럼 검은색인 줄기를 올려다보며, 그것이 생생히 살아 있다는 것을 느꼈다. 박동 소리가 들리는 것만 같았다. 살짝 고개만 움직여 줄기의 끝을 찾으려던 박하는 끝이 보이지 않자, 이내 포기했다.

다행히도 다친 사람은 없었지만 갑작스러운 공격에 모두 놀라서 굳어버린 상태였다. 민서가 비틀거리자 기다렸다는 듯이 검은 줄기가 꿈틀 움직였다.

"움직이지 마세요! 제가 신호를 보낼 때까지 조금이라도 움직이시면 안 됩니다! 재경아! 보여?"

"아직은 밖에 있어!"

눈에 보이지 않아도 재경은 그곳에 카리온이 있다는 걸 확신할 수 있었다. 지금은 본능적으로 숨어 있지만, 조명이 켜지지 않는다는 걸 알면 곧 들이닥칠 터였다.

"너무 위험해. 우리가 움직이면 바로 공격할 거야."

재경의 말을 들으면서 나혜는 냉정하게 앞으로 벌어질 상황을 머릿속으로 그렸다. 붉은 조명 덕분에 모두가 그것의 윤곽이라도 볼 수 있게 됐지만, 움직임이 너무 빠를 경우 그것조차 어려워질 것이다. 게다가 일렬로 움직이고 있으므로, 카리온의 약한 공격에도 속절없이 당할 확률이 높았다. 두려움에 떨고 있는 사람들을 보며 나혜는 고뇌에 빠졌다.

'하지만 다시 방으로 돌아갈 수는 없어.'

그건 괴물의 입 속으로 들어가는 것과 마찬가지였고 결국, 살려면 통제실로 빨리 가는 방법밖에는 없었다.

"이대로 돌파하자."

고준이 말했다. 그는 능글맞은 미소를 잃지 않고서 나혜를 위해 조금 더 길게 설명했다.

"최선의 방어는 공격이라고 하잖아? 앞뒤로 화염 방사기를 쏘면서 나아가는 거야."

"……."

바로 그러자고 말하지 못하는 나혜를 보며 고준은 옛날 일을 떠올리고는 씁쓸하게 웃었다. 비슷한 내용으로 찬반 토론을 한 적이 있었기 때문이다. 주제는 카리온이 포위망을 좁혀오는 상황에서 전부 다 살릴 수 없다면 어떻게 할 것인가에 대한 것이었다.

남아서 버틸 것인가. 아니면 일부라도 살릴 것인가. 팀원들을 전부 불러놓고서 운형은 하나를 선택하라고 강요했다. 그때 나혜는 다른 방법을 찾아보겠다고 대답했고, 운형은 그건 답이 될 수 없다고 단호하게 지적했다. 그는 선택지 중에서 반드시 하나를 골라야 한다고 그녀를 몰아세웠다.

하지만 나혜는 결정을 내리지 못했고, 고준은 후자를 선택했다. 전멸하는 길이 뻔히 보인다면 차라리 일부를 살리는 길을 택하겠다고 말이다. 그리고 시간이 흘러, 같은 질문지가 다시 나혜 앞에 나타났다. 이번만큼은 어물거릴 수도, 다음으로 미룰 수도 없었다.

"그렇게 하겠습니다."

마침내 나혜는 마음의 결정을 내렸다. 카리온이 완전히 안으로 들어오기 전에 통제실로 가야만 했다. 비록 작전 도중 사상자가 나온다고 해도……. 더 많은 사람을 살릴 수 있다면 감수해야 했다. 나혜는 생각보다 담담한 어조로 고준이 말한 작전에 대해 재경에게 알려주었다.

- 알았어. 신호 보내줘.

"홍철이한테도 전해줘."

- 그래. 지금으로서는 그게 최선이야.

"알아."

대화를 끝낸 나혜는 사람들에게 움직이자고 말했고, 당연히 그녀의 결정을 의심하는 소리가 들려왔다. 그녀는 흔들림 없는 눈빛으로 웅성거리는 사람들을 설득하기 위해 힘주어 말했다.

"이대로 여기에 있다가는 공격당할 겁니다. 지금 카리온은 우리가 보이면서도 공격하지 않는 겁니다."

"그럼 우리가 도망갈 동안 계속 그 상태일 가능성도 있지 않나요?"

"그들이 무서워하는 건 빛입니다. 차단기를 올리지 못하면 카리온이 공격을 시작했을 때, 우리 쪽에 승산이 없습니다. 그 전에 출발해야 합니다. 저희가 화염 방사기로 길을 만들면 절대 멈춰 서지 마십시오."

"저, 저는 어쩌죠?"

바닥에 넘어진 상태로 움직이지 못하고 있던 찬희가 겁에 질려 물었다. 그는 X 자로 얽혀 있는 검은 줄기 사이에 갇혀 있었다. 혹시라도 자신을 두고 갈까 봐 찬희의 눈에는 눈물이 고였다.

"고준 씨가 앞을 맡을 동안 제가 그쪽으로 가겠습니다. 놓고 가지 않을 테니 안심하세요."

"네, 네에."

코를 훌쩍거리면서도 방해가 될까 봐, 찬희는 겨우겨우 눈물을 참았다.

8

"그럼 출발하겠습니다!"

신호에 맞추어 앞과 뒤는 각각 고준과 재경이, 위를 향해서는 나혜가 화염 방사기를 발사했다. 방사된 화염에 닿은 검은 줄기가 고통스럽게 몸을 뒤틀며 완전히 마르기 전에 뒤로 빠져나가는 것을 본 나혜는 재빨리 찬희에게 뛰어가 그를 일으켰다.

"이동합니다!"

무사히 찬희가 대열로 들어가자마자 나혜는 앞장서 걸어가기 시작했다. 다행히 검은 줄기가 많이 빠져나간 상태였다. 뒤쪽이 뚫리면 위험했기 때문에 나혜는 고준을 재경이 있는 곳으로 합류시켰다. 계획은 순조롭게 진행되고 있는 듯 보였다.

그그극 그극.

극, 극.

돌이 갈리는 것 같은 키리온 특유의 소리가 들리자, 겨우 제정신으로 돌아왔던 소이의 상태가 다시 악화되기 시작했다. 공황 상태에 빠

진 그녀는 머리를 감싸 쥐며 제자리에 쭈그려 앉아 살려달라고 소리
쳤다.

"소이야! 나 봐봐! 우리 도와주는 사람들이 있잖아. 무사히 여길 빠
져나갈 수 있어!"

안절부절못하며 해수가 소이를 달래보려고 고군분투했다.

"살려줘. 무서워요. 죽기 싫어. 도와주세요, 엄마……. 아빠……."

소이의 상태는 갈수록 심각해졌다. 자신의 세계에 빠진 그녀는 옆
에서 말을 걸고 있는 해수가 보이지 않는 것 같았다. 서럽게 우는 소이
의 울음소리는 복도 벽을 타고 나혜한테까지 들릴 정도였다. 잠시 멈
칫했던 그녀는 마음을 독하게 먹고 소리쳤다.

"멈추지 마세요! 이대로 돌파합니다!"

자신의 뒤에 있는 사람들의 생명도 소중했기에, 나혜는 재경과 고
준을 믿기로 했다. 그녀가 미처 예상하지 못한 것은 박하의 죄책감이
었다.

소이의 울음소리가 들리자 박하는 뛰던 것을 멈추곤 뒤를 돌아보았
다. 연주가 단호한 표정으로 손을 잡아끌었음에도 그녀는 꿈쩍도 하
지 않았다.

"네 마음을 모르는 건 아니야. 하지만 엄마는 우리 딸 목숨이 더 소
중해. 제발! 응? 엄마 좀 살려주라."

박하의 두 손을 잡고서 연주는 필사적으로 딸의 마음을 돌리기 위
해 노력했다.

"내가 가면 진정할 거야. 처음 만났을 때도 그랬잖아. 잠깐이면 돼."

설사 그렇다고 해도 연주는 보내고 싶지 않았다. 그런 연주의 손을
잡아 올린 박하가 소중하게 손을 쓰다듬으며 말했다.

"참 이상한 게, 앞을 보지 못하게 되었을 때 엄마가 손을 잡아준 게 아직도 기억난다? 포근하고 따뜻하고……. 나한테는 어둠 속에 빠져 있을 때 내려온 동아줄이었어."

"엄마한테 이러지 마, 박하야."

"금방 따라갈게! 엄마는 먼저 가 있어. 괜찮을 거야. 저기엔 재경 오빠도 있고 고준 아저씨도 있잖아!"

기어코 연주의 눈에 눈물이 차올랐다. 마음이 찢어질 것처럼 고통스러웠다. 차라리 박하를 이기적으로 키울 걸 그랬다는 생각이 들었다. 박하가 왜 저토록 용기 있게, 누군가를 구하려고 하는지 그녀는 이유를 짐작할 수 있었다. 박하 역시, 누군가의 희생으로 살아가고 있다고 생각하기에 그런 것이었다.

어린아이처럼 울음이 터질 것 같았다. 연주는 기증자에게 감사하며 살아야 한다고 말했던 과거의 자신을 때려주고 싶었다. 이럴 줄 알았다면 언제든 너 하나만 생각하라고, 남이 죽든 말든 신경 쓰지 말고 살아남아야 한다고 말할 것을 그랬다.

하지만 이번에도 연주는 말리는 대신, 다른 말을 뱉었다.

"그래, 너 하고 싶은 대로 하렴."

눈물을 닦아내며 연주는 딸에게 웃어 보였다. 손에서 빠져나가는 온기가 벌써부터 그리워 다시 잡고만 싶었다.

박하는 그런 엄마 속도 모르고 왔던 길을 되돌아 뛰어갔다. 그 뒷모습을 지켜보던 연주는 다시 앞을 바라보며, 뒤처지지 않기 위해 움직였다. 다행히 그녀의 옆을 홍철이 지켜주고 있었다.

"소이 언니! 괜찮아요?"

전력을 다해서 뛰어간 박하가 주저앉은 소이에게 말을 걸었다.

"넌 또 왜 왔어?"

짜증스럽게 묻는 재경의 말투가 이미 익숙해진 박하는 지체 않고 소이에게 손을 내밀었다.

"일어설 수 있겠어요?"

"쟤도 정상은 아니야."

한소리 하려던 재경이 한숨을 푹 내쉬었다. 옆에서 고준의 감동받은 얼굴을 무시한 것은 덤이었다. 그는 이제 시작이라는 생각에 묵묵히 제 할 일을 했다. 선제공격의 효과로 도망갈 시간은 벌었으나, 문 근처에서 머물고 있던 카리온들이 움직이기 시작했다.

두 사람이 괴물을 상대하고 있을 동안, 박하는 상냥한 음성으로 계속해서 소이에게 말을 걸었다. 발작 증세를 보였던 그녀는 박하의 말이 들리지 않는 것처럼, 허공을 보며 살고 싶다는 말만 중얼거렸다. 옆에서 두 사람을 보고 있던 해수는 이대로 소이가 정신을 차리지 못할 경우를 생각하고는 눈을 질끈 감고 생각했다. 재경과 고준, 박하는 여기에서 죽기엔 아까운 사람들이었고, 사람들이 빠져나가는 데 절대적으로 필요한 이들이었다.

'내가 옆에 있어줄게.'

자신과 소이는 동화인이 아니었기에 카리온의 시선을 피할 수 있을지도 몰랐다. 두렵지 않은 건 아니었으나 이들의 발목을 잡을 수는 없었다. 자신이 내린 결정을 전하기 위해 해수가 박하를 불렀지만, 그녀는 고개를 내젓고는 소이를 달래기 위해 더 가까이 다가갈 뿐이었다.

박하는 소이가 자신의 존재를 인식하도록 손끝으로 소이의 손등을 살짝 건드렸다.

"걱정하지 말아요. 다 괜찮을 거예요."

처음에 소이는 제 몸에 닿는 감촉에 소스라치게 놀라 아이처럼 울음을 터뜨렸다. 하지만 천천히, 계속해서 박하가 말을 걸어주자 무릎에 파묻고 있던 고개를 들어 그녀를 올려다보았다. 시선이 마주치자 박하는 그녀가 안심할 수 있도록 미소 지었다. 살짝 접히며 휘어지는 눈매를 소이가 멍하니 응시했다.

"여기 있으면 위험해요. 저랑 같이 가요, 언니."

자신을 향해 내민 손을 빤히 쳐다보는 소이의 눈동자는 폭풍 속을 항해하는 선박처럼 흔들리고 있었다.

"괜찮아요. 해수 언니도 옆에 있고 우릴 지켜주는 오빠들도 있잖아요."

"들었어? 나도 오빠 소리 듣기에 늦지 않았다, 이거야!"

"시끄러워요."

심각한 상황과 어울리지 않는 고준의 장난기 가득한 음성 때문이었을까. 아니면 박하의 온기 때문이었을까. 서서히 떨림이 가라앉은 소이가 활짝 펼쳐진 박하의 손을 잡았다.

"도와줘, 무서워. 여긴 끔찍해, 집에 가고 싶어……."

"네, 우리 집에 가요. 여기서 살아서 같이 나가요."

자리에서 일어난 소이는 멍하니 박하를 쳐다보다가 그녀의 귓가에 속삭였다.

"믿어. 우릴 구할 수 있는 사람은 너뿐이니까."

그 말을 하고 몸을 떼는 소이에게 박하가 되물었지만 그녀는 답해주지 않았다.

"죄송해요. 이제 움직일 수 있어요."

소이가 박하의 손을 잡은 채로 앞으로 걸어갔다. 씩씩한 걸음걸이와 또렷한 눈빛은, 조금 전까지 웅크리고 있던 모습이 거짓이었던 것처럼 당당하기 그지없었다. 미소를 살짝 띤 얼굴이 언뜻 발랄해 보이기까지 해서, 박하를 비롯해 사람들은 어리둥절한 표정이 되었다.

"마치 마법 같은데?"

턱을 쓰다듬으며 고준이 신기하다는 투로 말했다.

"입 말고 몸을 움직여 주세요. 따라잡으려면 부지런히 걸어야 한다고요."

"네 마음의 사막화는 얼마나 진행된 거야? 제발 이 일이 끝나면 연애를 하도록 해, 재경아."

짓궂게 웃은 고준이 앞을, 재경이 뒤를 맡았다.

박하는 소이에게 들은 말의 의미를 물어보고 싶었으나 해수가 곁에 있어 그 주제를 꺼낼 수 없었다. 그러고 보면 소이는 처음 만났을 때부터 박하에게 매달렸다. 마치 박하가 모두를 구할 수 있다고 믿는 것처럼. 그래서 그녀의 곁에 있으면 안전함을 느끼는 것처럼 말이다.

그극 극.

돌이 바닥에 끌리는 소리가 다시금 들려왔다. 수시로 뒤를 확인하던 박하는 여러 개의 검은 줄기를 보았고, 그대로 소이와 해수의 손을 잡고 왼쪽 벽에 붙었다. 피하라고 언질을 주려던 고준이 이미 안전한 곳에 가 있는 세 사람을 보곤 의아한 표정을 지었다.

"통제실까지는 얼마나 걸려요?"

벽에 딱 붙어 숨을 몰아쉬던 박하가 물었다.

"중앙 엘리베이터를 지나면 바로 있어."

"저것들 점점 많아지는데?"

고준이 질렸다는 듯이 말했다.

식물의 뿌리가 여러 갈래로 갈라지는 것처럼 카리온도 비슷했다. 기본적으론 하나의 커다란 줄기가 있지만, 상황에 따라 잔 줄기들이 무수히 많이 생겨나기도 했다. 지금이 바로 그런 상황이었다. 괴물은 검은 줄기를 이용해 문 주위의 벽을 뒤덮으면서 사람들이 빠져나가지 못하게 길을 봉쇄하고 있었다. 마치 촘촘하게 짜인 거미집의 모습을 현미경으로 확대해서 보는 것만 같았다. 카리온이 보이는 세 사람은 그들을 놓아주지 않으려는 괴물의 집착을 알 수 있었다.

"나혜가 통제실에 얼른 도착해 줘야 할 텐데."

"그 전에 차단기가 멀쩡할지 모르겠네요."

"당연히 멀쩡하겠죠. 누가 부순 게 아니고서야."

그냥 해본 말에 아무런 대꾸가 없자, 연신 뒤를 돌아보던 해수가 눈살을 찌푸렸다.

"설마 누군가가 고의로 그랬다고 생각하는 거예요?"

"의심 가는 존재가 1명 있다고 해야 하나? 사실 베일에 꽁꽁 싸인 인물이라 확실하지는 않아."

"이것도 실험의 일종인가 보죠. 그 여자가 누군가를 걱정해 주는 거 봤어요?"

그들은 박하가 찾는 여자가 재이라는 사실을 모르고 있기에 말하는 데 거리낌이 없었다. 여기에 나혜가 있었다면 기함을 했을 것이다.

"그런데 이상하지 않아요? 왜 바로 공격하지 않는 걸까요?"

대화에 끼지 않고 조용히 듣고 있던 박하가 물었다.

"......!"

생각해 보니 이상했던 두 사람은 박하의 만류에도 불구하고, 카리온을 자세히 살펴보기 위해 다시 돌아갔다. 거미집을 만든 후로 굳어 버린 것처럼 움직임이 없었던 검은 줄기가 때마침 조금씩 꿈틀거리고 있었다. 게다가 장미처럼 뾰족한 가시들이 촘촘하게 줄기 위로 튀어나와 있었다.

"어, 이건 좋은 징조가 아닌데."

갈수록 태산인 상황에 고준이 난감한 어조로 중얼거렸다.

"뭔가 막을 만한 게 필요해요, 형. 저걸 다 피하는 건 불가능하다고요!"

다급하게 주위를 둘러봐도 사방이 막혀 있는 복도에서는 아무것도 찾을 수 없었다. 혀를 짧게 찬 재경은 일행의 앞을 막아섰다.

"형이랑 저랑 동시에 화염 방사기를 발사하면 치명상은 피할 수 있을지도 몰라요."

"뭐? 난 다치는 거 싫은데."

"지금 그런 말이 나와요? 술은 갑자기 왜 꺼내요?"

고준이 술을 꺼내는 의도를 이해할 수가 없었던 재경이 못마땅하게 물었다. 대체 어디서 난 건지 출처가 불분명한 술병을 들고서, 고준은 칭찬받고 싶어 하는 강아지처럼 눈을 빛냈다.

"다 생각이 있어서 가져온 거라니까? 내 손에서 떠나보내야 한다니, 기분이 매우 우울해지겠지만 어쩔 수 없지."

"무슨 소리를 하는 거예요? 또 몰래 술 마셨어요?"

"영화도 안 봤니, 재경아? 도수가 높은 술일수록 불이 잘 붙는다고."

고준이 눈썹을 위아래로 씰룩이며 말했다. 그는 자신을 철없는 아이처럼 보는 재경에게 씩 웃어주고서, 그대로 술병을 검은 줄기가 있는 방향으로 던졌다. 날카로운 소음을 내며 깨진 술병에서 흘러나온

술이 바닥을 적셨다.

"잠깐, 형!"

계획이라도 세우자고 말하려던 재경은 아연실색했다. 담배도 안 피우는 고준의 주머니에서 라이터가 나오더니, 말릴 새도 없이 점화하고는 그대로 던졌기 때문이다. 그 순간 재경은 속으로 '이게 영화랑 같아?'라고 비명을 지르고 있었으나, 왜인지 말문이 턱 하고 막혀서 아무런 소리도 낼 수가 없었다. 날아가는 라이터만이 슬로우 모션으로 보였다.

아슬아슬하게 떨어진 라이터는 고준이 원했던 대로 술에 불을 옮겨 붙였고 불꽃은 마치 길처럼 검은 줄기를 향해 이어졌다. 확 타오르는 불길에 검은 줄기들은 미친 듯이 요동쳤다. 근처에 있던 조명들이 깨지고 터져나갔다.

달그락거리는 이상한 소리와 함께 검은 줄기가 쪼그라들며 말라갔다. 무사히 발사되었다면 사상자를 냈을 수십 개의 작은 줄기들은 맥없이 불길을 뚫지 못하고 사라졌다.

"자자! 넋 놓고 보고 있는 것도 좋지만, 모처럼 만든 기회가 날아가는 건 아까우니까, 어서 움직입시다!"

멍하니 불길을 보고 있던 사람들의 등을 떠밀며 고준이 즐거운 말투로 말했다. 그의 뒤로 유리가 깨지는 소리가 연달아 들려왔다. 그들은 정신을 차리고서 낼 수 있는 최고의 속도로 뛰었다. 4층은 스프링클러가 작동되지 않기 때문에 불길이 가라앉기까지는 시간이 꽤 걸릴 터였다.

"나름 괜찮았지?"

가볍게 재경의 팔을 툭 치며 고준이 물었다. 그동안 답답했던 게 뻥 뚫린 기분에 그의 목소리는 한 톤 높아져 있었다.

"수명이 줄어들었어요. 그래도 덕분에 무사히 도망쳤네요."

"그렇지?"

"웃지 마시고 다음번엔 미리 언질이라도 해줘요. 심장 마비 걸리는 꼴 보고 싶지 않으면요."

10년은 늙은 기분에 재경이 투덜거렸다. 홍철과는 다른 의미로 고준은 통제하기 어려운 사람이었다. 살아남은 건 기뻤으나 당황해서 그런지 웃음은 나오지 않았다. 반면에, 시종일관 미소를 입에 걸고 있던 고준이 그런 재경을 보고는 놀리는 것처럼 슬픈 표정을 지었다.

"대체 너에게 무슨 일이 있었던 거니. 미소 좀 짓고 살아. 스마일, 이렇게 말이야."

"닥치고 빨리 가기나 해요."

"재미없는 녀석."

짓궂은 고준의 놀림에 재경의 얼굴이 분노와 창피함으로 붉어졌다.

운이 좋았다고 해야 할지, 그 후로 카리온은 제자리에 머물러 있는 것 같았다. 이 기회를 놓칠세라 그들은 빠른 속도로 먼저 출발한 사람들과의 거리를 좁히기 위해 노력했다. 하지만 어느 정도 거리가 멀어진 듯 앞의 무리는 보이지 않았다.

상황이 조금 나아지자 박하는 고민에 빠졌다. 그녀는 맨 앞에서 달리는 고준의 등을 바라보면서 뭔가 말하고 싶은 듯 입술을 달싹였다.

'물어보는 게 나을까? 하지만 아무것도 아닐지도 모르잖아.'

계속해서 신경 쓰이는 게 하나 있었다. 언제부터인가 보이기 시작한 그것은, 빛이 천적이라는 괴물의 품에서 밝은 빛을 내며 머물고 있었다. 탁한 색에서부터 어둠 속에 있기에는 밝은 것까지……. 그것은 다양했다.

박하는 숲이 병원을 둘러싸고 있기에 자신이 본 것이 반딧불이나 다른 벌레일지도 모른다고 생각했으나 그것은 카리온이 있을 때만 보였다. 게다가 크기도 일반 반딧불이보다는 훨씬 컸다. 가장 작은 게 일반적인 성인의 손가락 세 마디 정도의 크기였다.

'이게 대체 뭘까? 설마 나한테만 보이는 걸까?'

정체가 궁금한 것과는 별개로, 박하는 점점 스스로에 대해 자신감이 없어졌다. 분명 자신은 사람이었다. 하지만 자신은 어디에도 속하지 못했다. 흑백의 세상을 본다는 동화인도 아니었으며, 카리온을 보지 못하는 일반인도 아니었다. 게다가 유독 나혜가 자신에게 신경을 쓰고 있다는 느낌을 받고 있던 박하는 이런저런 생각에 두통이 일었다.

문득 느껴지는 시선에 옆을 바라보자, 계속 자신을 보고 있었던 것인지 소이와 눈이 마주쳤다.

찡그리고 있던 표정을 풀고서 박하가 물었다.

"왜요, 언니?"

"눈 색깔이 옅어졌네. 며칠 전에 봤을 때는 검은색에 가까운 갈색이었는데, 지금은 꿀을 머금고 있는 것 같아."

"그래요? 전 잘 모르겠어요."

박하는 이색하게 웃을 수밖에 없었다. 자신의 눈동자 색깔에 대해서는 생각해 본 적이 없었기 때문이다.

맹목적일 정도의 신뢰가 담긴 소이의 눈을 마주 보면서 박하는 생각했다. 이 사람들을 믿을 수 있을까? 연주는 남들과 다르다는 것을 숨겨야 한다고 박하를 설득했고, 지금까지 이기적인 사람들의 태도를 보았기에 박하도 자신에 대해 말하지 않기로 결정을 내렸지만, 어쩌면 자신이 사람들에게 도움이 될지도 모른다는 생각을 지울 수가 없었다.

고민하던 박하는 결국, 고준의 등을 가볍게 두드렸다.

"왜 그러니, 꼬마야?"

"꼬마는 아니지만, 궁금한 게 있어서요. 아저씨."

"아까는 오빠더니 지금은 아저씨야? 그래서 뭐가 궁금한데?"

귀여운 박하의 반응에 고준이 상황에 어울리지 않게 호탕한 웃음을 터뜨렸다. 호쾌하게 뭐든 말해보라고 하는 고준을 보며 박하는 잠시 소이의 손을 놓고 뒤에 있는 카리온을 가리켰다.

"저 괴물들 몸속에서 빛나는 것은 뭐예요? 아저씨도 보이세요?"

"빛?"

"뭐가 보인다고?"

두 사람의 반응은 의문에서 깨달음 그리고 경악으로 서서히 바뀌어 갔다. 고준은 걸음마저 멈춘 채였다. 박하는 가까이 있었기에 그의 표정을 자세히 볼 수 있었는데, 그는 항상 입가에 매달고 있던 미소마저 잃은 채 돌처럼 굳어 있었다.

'괜히 말한 걸까? 나쁜 의미이면 이제 어떡해야 하지?'

불안감이 다시 목구멍까지 차올랐다.

"아저씨? 앞을……."

전방을 확인해야 하는 고준이 완전히 뒤로 돌아 자신을 쳐다보자, 박하가 당황한 듯 눈치를 보았다.

"뭔가 보이면 내가 말해줄게요."

어떤 사정이 있을 거라고 판단한 해수가 말했다. 진지함이 없는 사람처럼 보였으나 중요한 순간 나타나서 구해주거나 의견을 내는 것을 보면, 이유 없이 업무를 팽개칠 사람으로는 보이지 않았기 때문이다.

"고마워. 그래서 뭐가 보인다고? 자세히 들을 수 있을까?"

안심시키려는 듯이 고준이 미소 지으며 물었으나, 박하의 눈에는 억지로 입매를 끌어올린 것처럼 보였다. 뭔가 있음을 확신한 그녀가 당차게 말했다.

"빛이요. 크기와 색깔이 다른 빛이 괴물 몸속에서 빛나고 있어요."

고준에게선 말이 없었다.

"왜요? 보이는 게 큰 문제일까요?"

"대화는 가면서 나누죠. 카리온이 아직 뒤에 있다는 사실을 잊고 있는 것 같아서 하는 말인데, 우리 시간 없어요."

"그래, 재경이 폭발할지도 모르니 가면서 이야기 나누자."

그들은 멈췄던 걸음을 다시 옮겼다. 고준은 계속해서 박하에게 무엇이 보이는지 물었다.

"그러니까…… 빛이 보인다는 거지?"

"같은 말을 몇 번째 물어보는 거예요! 혹시 귀에 문제가 있어요?"

소이가 버럭 소리치며 고준을 노려보았다. 박하를 감싸는 폼이, 마치 그녀의 큰언니나 이모 같았다. 워낙 기세가 사나웠던지라 고준은 어색한 웃음을 지으며 땀을 삐질 흘렸다.

"너무 놀라서 내가 실수를 했네. 의심하듯이 굴어서 정말 미안해."

재빨리 사과하며 고준이 말을 이었다.

"골렘이란 괴물에 대해 들어본 적 있어? 판타지 이야기 속에 나오는 골렘은 흙이나 돌로 이루어져 있고, 사람의 심장과 같은 핵을 몸에 지니고 있지. 그리고 핵을 파괴하면 몸이 부서져 죽음을 맞이해. 그 전에는 절대 죽지 않아. 계속해서 몸을 재조립하며 살아남거든. 내가 무슨 말을 하려는지 알겠니?"

그토록 바랐던 내용에 박하는 심장이 빨리 뛰는 걸 느꼈다. 괴물과 동화인의 관계에 대해, 홍철에게 들었을 때부터 줄곧 알기를 바랐던 내용이었기 때문이다. '드디어!' 박하는 벅차오르는 감정을 느끼며, 고개를 세차게 끄덕였다.

"그럼 저 빛을 없애면 카리온을 죽일 수 있는 건가요?"

희망으로 가득 채워지기 시작하는 박하의 눈을 보면서, 고준은 쓰게 웃을 수밖에 없었다.

"이론적으로는 그래. 그런데 저걸 만지는 것도, 없애는 것도 불가능해."

"불가능하다고요?"

"그런 표정 지으니 내가 다 마음이 아프네. 불가능한 이유가 있어. 첫 번째는 만질 수 있는 사람이 우리 중에는 없다는 거야. 딱 1명 있기는 하지만, 난 그녀가 핵을 파괴하는 걸 본 적은 없거든. 애완동물로 삼으려는 건지 묘한 통에 넣는 건 많이 봤지만 말이야."

"그럼 죽이지 못하는 거네요."

"글쎄. 근데 우리 동화인들 사이에서 유명한 소문이 있는데 말이야. 평범했던 사람이 카리온을 죽였다는 이야기가 있어."

성공담을 이야기해 주는 할아버지처럼 구는 고준을 재경이 짜증스럽게 바라보았다. 저렇게 가볍게 이야기할 내용이 아니었으나, 자세한 내용을 아는 사람은 없었기에 재경은 그냥 묵묵히 듣고 있기로 했다. 게다가 그는 박하가 희망을 잃지 않기를 바랐다.

"누가요? 어떻게 죽였대요?"

"우리 꼬마 아가씨가 이상하게 궁금한 게 많네?"

"동화인은 카리온을 끌어들인다면서요. 저희 엄마가…… 홍철 오빠가 보기에는 동화인인 것 같대요."

"어머님이? 혹시 언제부터 그러셨는지 물어봐도 될까?"

"이삼일 정도 되었다고 했어요."

"유성이 떨어진 지 시일이 꽤 지났는데……. 재경아, 넌 어떻게 생각해?"

"있을 법하죠. 아직 카리온에 대한 것도 파악 중이잖아요. 동화인이 되는 조건이 우리가 알고 있는 것과 다를 수도 있고요."

"그건 그렇지."

"그래서 어떻게, 누가 그랬는데요?"

중요한 주제로 넘어갈 듯 말 듯 빙빙 도는 대화에 박하가 초조하게 되물었다.

"우리 팀장님. 혹시 만나더라도 내가 말해줬다는 얘기는 하지 마."

"금기 같은 거예요?"

"비슷해. 이건 팀장님 과거사와 가족사가 얽혀 있거든."

다른 사람의 아픈 이야기를 이런 식으로 듣는 것은 옳지 않은 일이었다. 게다가 당사자가 허락한 것도 아니었으니까. 하지만 박하의 결심은 그걸 뒷전으로 할 만큼 간절했다.

"그래도 듣고 싶어요……. 아무한테도 말하지 않을게요! 전 꼭 알아야겠어요!"

고준은 잠시 고민했다. 박하가 이렇게까지 방법을 알고 싶어 하는 이유가 가족을 지키기 위해서가 아니었다면, 고준은 절대 이 이야기를 해주지 않았을 것이다. 진심으로 고준은 술이 고팠다.

정말 이상하게도 카리온은 잠잠했고, 전력이 절반이나 떨어졌음에도 걸어가는 길에 위험 요소는 존재하지 않았다.

턱을 쓸며 말을 고른 고준이 이야기를 시작했다.

"그 일이 일어난 때에 팀장님은 지금보다 어렸고 평범한 직장에 다니고 있었어. 당연히 카리온이라든가, 동화인 같은 단어들은 들어보지도 못했지."

고준의 음성은 평이했다. 그가 들려주는 비극적인 이야기는, 일을 마치고 돌아온 운형이 유독 어두워 보이는 집 안으로 들어가면서부터 시작되었다.

✦

집에 들어온 운형은 손도 보이지 않을 정도의 어둠에 불을 켜기 위해 스위치를 달칵거렸으나 불은 켜지지 않았다. 그는 할 수 없이 휴대폰의 손전등 기능을 켰다.

"이게 무슨 냄새야?"

맡아지는 매캐한 냄새에 운형은 혹시나 해서 부엌으로 향했다. 손전등 불빛만으로는 볼 수 있는 범위가 좁았으나 자신이 살고 있는 집이라 가구 위치를 알고 있었기에 확인이 어렵지는 않았다. 가스 밸브는 잠겨 있었고 인기척은 느껴지지 않았다.

목 뒤의 털이 곤두서는 느낌에 운형은 마른침을 삼켰다. 그는 직감적으로 무언가 문제가 생겼음을 느끼고 112에 전화를 시도했으나, 이상하게도 잘만 되던 휴대폰이 그날따라 먹통이었다.

"소율 엄마, 소율아, 다들 어디 있어?"

가족들을 불러보아도 대답이 없었다. 운형은 밖으로 나가 아내와 딸에게 연락을 해봐야겠다는 생각이 들었으나 머리카락이 쭈뼛 설 정도로 불길한 느낌이 들어 일단 걸음을 멈추지 않았다. 오늘따라 거실도 커튼이 쳐져 있어서 어두웠다.

"답답해서 안 되겠네."

찔끔찔끔 이곳저곳 비춰보는 것이 답답했던 운형은, 달빛이라도 들어오게 할 요량으로 창가 쪽으로 걸어가다가 무언가에 걸려 넘어지고 말았다. 짜증이 난 그가 손전등으로 그곳을 비춰보았다.

툭. 바닥에 떨어진 휴대폰이 비춘 것은, 피로 낭자한 바닥 위에 뭉쳐져 있는 하나의 덩어리였다. 그것의 정체를 몰랐음에도, 피를 본 운형의 머릿속은 새하얘졌다.

"소율아! 혜인아!"

목이 터져라 아내와 딸을 불렀으나 집 안에는 적막감을 넘어 한기만이 느껴지는 듯했다. 운형은 한 번도 느껴보지 못한 기운에 벌떡 일어나 창가로 뛰어갔다. 그리고 어금니를 악물며 커튼을 확 열어젖혔다.

환한 보름달이 뜬 날이었다. 태양보다도 익숙한 달빛이 넓은 창문을 통해 안으로 쏟아져 들어왔다. 살면서 처음으로 운형은 뒤를 돌아보는 게 무섭다는 생각이 들었다.

그때였다. 누군가가 천천히 문을 여는 것처럼 끼익 하는 작은 소리가 들려왔다. 떨리는 숨을 뱉어내며 뒤를 돌아보자, 안방 문틈으로 작은 인영이 빠끔히 고개를 내미는 것이 보였다. 운형은 안도감에 다리가 풀릴 뻔했다.

"다행이다. 엄마는? 자고 있니?"

다정한 말투로 운형이 아이에게 말을 걸었으나 소율은 대꾸가 없었다. 언제나 달빛보다도 환하게 웃던 아이가, 그곳에 가만히 서서 운형을 쳐다보고만 있었다. 그리고 운형은 발견했다. 소율의 초록색 도깨비 잠옷 위가 붉게 얼룩진 것을 말이다. 설마, 아닐 것이다. 운형은 스스로에게 주문을 외우며 한 걸음씩 딸에게 다가갔다. 아이는 멍하니 자신을 쳐다보고만 있었다.

"왜 그래? 어서 아빠한테 오렴."

저 문 뒤에 범인이 있을지도 모른다는 생각에 운형은 초조해졌다. 그는 집에 무언가가 있다고 확신했다. 아직 어린 자신의 아이는 낯선 사람이 얼마나 위험한지 모를 터였다.

운형은 소율을 위험에 처하게 만들지 않기 위해 신중히 말을 골랐다.

"아빠가 오늘 뭘 사 왔는지 알아? 우리 딸이 제일 좋아하는 블루베리 케이크야. 이리 와서 아빠랑 같이 먹을까?"

운형은 두 팔을 벌리고서 천천히 소율에게 다가갔다. 어떤 놈인지는 모르겠으나 숨어 있는 놈은 꽤 신중한 성격인 것 같았다.

딸아이와의 거리가 가까워지자 그는 다급히 아이의 손을 잡고는 그대로 끌어당기려고 했다. 잘 끌려오는 듯싶었던 딸은 어느 순간 운형이 아무리 잡아당겨도 꿈쩍도 하지 않았다.

"소율아?"

이름을 부르자 소율의 입술이 열렸다. 운형은 아이가 드디어 뭐라도 이야기해 주려고 하나 보다고 생각했다. 운형은 이제 네 살이 된 아이의 몸이, 성인 남성보다도 무거웠음에도 이상하다는 생각을 하지 못할 만큼 긴장감에 휩싸여 있었다.

곧이어 그는 믿을 수 없는 광경을 보았고, 끔찍한 상처가 몸과 마음에 새겨졌다. 소율의 작은 입에서 끊임없이 토해져 나온 검은 줄기가 운형의 왼쪽 팔을 잡아챘다. 그것이 몸속으로 들어오는 고통에 운형이 비명을 질렀다. 주사기 바늘이 들어오는 것과는 차원이 달랐다. 팔을 확인하자 이상한 줄기가 혈관을 타고 안으로 들어오는 것이 그대로 눈에 보였다. 뒤늦게 팔을 빼보려고 했으나 소용이 없었다.

"소율아! 윽!"

검게 물든 소율의 눈을 본 순간, 운형은 머릿속이 하얘졌다. 딸아이는 안에서 요동치고 있는 무언가로 인해 강제로 오르락내리락 몸이 움직여지고 있었다.

정신을 잃지 않기 위해 고통에 집중한 운형은 아내 혜인을 찾았다. 아이를 두고 도망갈 그녀가 아니었기 때문이다. 그리고 그는 바닥에 뿌려진 피의 주인이 누구인지 깨달았다. 운형의 눈이 붉게 충혈되었다. 머리가 터질 듯이 아프고, 심장은 갈기갈기 찢어지는 것만 같았다.

"감히…… 네가 뭐든 곱게 죽지는 못할 거다."

으르렁거리는 소리는 늑대의 처절한 울음소리와 비슷했다. 그는 비참한 심정으로 가족의 죽음을 받아들이는 동시에 복수를 다짐했다. 어디 한번 나를 먹어봐라. 그렇게 비웃으며 그는 순순히 끌려가주었다.

오렌지처럼 둥근 이마가, 사랑스럽게 저를 부르던 입술이, 집에 돌아올 때마다 해맑은 얼굴로 달려와 안기고 했던 작은 몸이 반으로 쪼개져 벌어졌을 때…… 운형은 절대 울지 않겠다고 다짐했던 눈물을, 피가 섞인 눈물을 흘릴 수밖에 없었다.

검은 줄기가 운형의 몸을 옭아왔으나 그는 개의치 않았다. 왼쪽 팔이 먼저 안으로 끌려 들어갔다. 작은 몸 안에 공간이 얼마나 넓은지, 운형의 건장한 팔을 다 집어넣고서도 만족하지를 못했다.

운형은 그 안에서 손을 휘둘렀다. 죽더라도 흠집은 내고 죽겠다는 각오로 그는 손에 잡히는 족족 잡아당겨서 뜯어냈다. 어디서 그런 괴력이 나왔는지 설명할 수는 없었지만, 그때의 그를 멈출 방법은 없었다. 검은 줄기들이 덕지덕지 운형을 막으려고 붙어왔지만 오히려 그는 안으로 손을 더 집어넣을 뿐이었다. 그러나 끝이 느껴지지 않았다. 운형은 자신이 죽을 수 있는데도 전혀 상관없다는 듯이 괴물의 몸속으로 들어가 손을 뻗었다. 반드시 약점이 있을 거라고 믿었기 때문이다. 운형은 상체를 약간 숙이긴 했어도 다리에 힘을 준 채 버티고 서 있었다. 그는 왼쪽 팔에 검은 줄기들이 빼곡하게 파고들었음에도 통증을 느끼지 못하는 사람처럼 쉼 없이 팔을 움직였다.

"여기에 있구나."

음산한 목소리로 말하며 그는 즐겁다는 듯이 웃었다. 그것이 몸을 뒤틀며 운형을 밀어내려고 했기 때문이다.

손바닥 가득 들어오는 차가운 그것은 돌처럼 딱딱했다. 좀 더 위를 잡자, 그것과 연결된 줄기도 같이 만져졌다. 운형은 거침없이 그것을 뜯어버렸다. 우두둑 소리가 들리는 듯했다. 그의 귀도 상처투성이였기 때문에 그저 착각이었을 수도 있었다.

그것은 사람의 뇌와 같은 중추였던 게 분명했다. 운형의 손에 딱딱하고 위아래가 뾰족한 것이 온전히 들어오자마자 공격은 멈추었고, 검은 줄기는 그의 몸에서 완전히 떨어졌다.

"헉. 허억."

그는 숨을 몰아쉬며, 줄 끊어진 인형처럼 축 늘어진 소율을 품에 안고서 그대로 바닥에 주저앉았다.

"소율아……."

운형은 울지 않으려고 입술을 깨물었다. 차갑고 갈라져 버린 몸. 장기들이 하나도 없는, 텅 비어버린 시체. 운형은 무엇이 아내와 딸을 이렇게 만들었는지 확인하기 위해 고개를 들었다.

검고 질척거리는 덩어리가 천장에 붙어 있었다. 그것은 분해되어 아래로 조금씩 떨어져 내렸고, 마치 재가 떨어지는 것처럼 하늘거리며 내려오다가 그대로 사라져 버렸다.

그제야 집 안을 감싸고 있던 서늘한 기운도, 이상한 냄새도, 어둠도 사라졌다. 운형은 참혹한 현장에서 눈을 돌리지 않았다. 그는 모든 것을 눈에 담았다. 1시간도 채 지나지 않아 루템이란 곳에서 그를 찾아올 때까지 딸을 소중하게 품에 안은 채 그 자리에 그대로 앉아 있었다.

✦

이야기가 끝났다. 슬프고 잔인한 이야기에 숙연해진 사람들을 보며 고준이 가벼운 말투로 물었다.

"이제 궁금증이 풀렸니?"

박하는 고준을 올려다보았다. 한 사람의 깊은 상처를 억지로 파헤칠 의도는 없었지만 이미 늦었다. 그녀는 무책임한 말이나 변명을 하고 싶지는 않았다. 고준은 경고했고, 듣고 싶다고 조른 것은 자신이었으니까. 박하는 있는 그대로 제 감정을 말했다.

"제 억지를 들어주셔서 감사해요. 만약 기회가 생긴다면, 저도 그분처럼 망설이지 않고 괴물을 죽일 거예요."

"대담한데? 너라면 가능할지도 몰라."

"네?"

박하는 처음에 격려의 말인 줄 알았으나, 이어지는 말에 그가 진심으로 가능성을 이야기한다는 것을 깨달았다.

"난 누군가가 억지를 부린다고 해서 남의 아픔을 떠벌리는 사람이 아니거든. 내가 말했잖아. 카리온의 핵을 볼 수 있는 사람은 1명뿐이라고. 팀장님은 운이 좋았던 거였어."

카리온의 몸체는 칼이 들어가지 않을 정도로 단단했고, 각종 무기로도 큰 상처를 입힐 수는 없었다. 그것을 죽이는 방법은 직접 그 몸 안으로 들어가는 것뿐인데, 쉽게 할 수 없는 일일뿐더러, 그 속에서 단번에 핵을 찾아내는 건 불가능에 가까웠다.

실험 중에 몇 명이 의미 없이 죽었는지 모른다. 그러니 핵을 볼 수 있는 사람은 '아주' 중요했다. 고준이 박하에게 가능성이 있다고 한 이유는 바로 그 때문이었다.

"아무리 그래도 아직 어린애한테……."

서슴없이 그러고 싶다고 대답하는 박하와 넌 할 수 있을 거라며 머리를 토닥이는 고준의 형태가 당황스러워 해수가 한마디 하려고 했다.

"처음이 어렵지 두 번째부터는 잘할 거예요."

"그런 의미가 아니야. 넌 무섭지 않은 거니?"

"무서워요."

빠른 대답과는 다르게 덤덤한 박하의 태도는, 평범한 아이들이 보이는 반응과는 달랐다. 드디어 연주를 지킬 방법을 알아냈다는, 속수무책으로 당하지 않아도 된다는 안도감에서 나온 행복한 감정이 같이 섞여 있었기 때문이다.

"몸은 무서워서 떨지도 모르지만 제 의지만큼은 확고해요. 누군가를 지키고 싶으면 싸워야 하잖아요."

"대단하구나."

"넌 죽지 않을 테니까 걱정 마. 안전할 거야."

꽤 확신에 찬 표정으로 소이가 말했다. 다들 그녀가 아이의 기운을 북돋아 주기 위해 하는 말이라고 생각했을 것이다. 하지만 당사자인 박하는 그 말이 진실이라는 걸 어렴풋이 이해했다. 무슨 연유에서인지 소이는 박하가 카리온에게 공격받지 않거나, 혹은 다른 방법으로 안전할 거라고 굳게 믿고 있었기 때문이다. 그렇기에 박하의 곁에 있으면 안심하는 것이다. 그녀는 소이가 왜 자신에게 매달려 왔는지 이제야 알 것 같았다.

빠르게 복도를 통과하고 있던 그들은 엘리베이터를 코앞에 두고 카리온의 습격을 받았다.

"온다! 다들 고개 숙여!"

재경이 외쳤다. 검은 줄기가 지나간 부분들의 조명들이 깨지며, 그들 위로 유리가 쏟아져 내렸다.

"이것들이 미쳤나! 왼쪽 9시 방향! 다들 피해요!"

요동치듯 날아오는 검은 줄기를 간신히 피한 그들은 숨 고를 시간도 없이 오른쪽 벽에 붙어서야 했다. 갑자기 시작된 공격은 간격을 두지 않고 무차별적으로 행해졌다. 가장 위협적인 것들은 재경에 의해 막혔으나, 그 외의 것들은 벽에 박히거나 땅을 뒤집어엎는 등 간접적으로 사람들을 다치게 했다.

사람들의 머리 위로 날아가던 검은 줄기 하나가 방향을 꺾으며 오른쪽으로 휘어졌다. 뼈가 없는 검은 줄기는 뱀처럼 여러 번 구부러지며 가장 가까이에 있던 해수를 노렸다. 그녀는 상체를 틀어 간신히 공격을 피했으나, 카리온은 끈질겼다.

해수는 터질 것 같은 심장을 느끼며 검은 줄기를 피하려고 노력했다. 아슬아슬하게 이어지던 줄타기는 카리온이 그녀의 발을 붙잡으면서 위기를 맞이했다. 그대로 엎어진 그녀는 바닥의 홈을 잡고서 힘겹게 버텼다. 홈에서 손이 빠지려고 할 때마다 해수의 심장도 철렁했다.

"젠장! 조금만 기다려요!"

뒤늦게 해수의 상태를 알아챈 재경이 늦지 않게 검은 줄기를 공격했다. 하지만 불을 피하기 위해 몸부림치던 줄기가 반동으로 해수를 멀리 던져버렸고, 그대로 날아간 그녀는 바닥에 머리를 부딪치고는 쓰러졌다.

"해수 언니! 잠시만 다녀올게요. 여기에 꼭 붙어서 앉아 있으세요. 아셨죠? 금방 올게요!"

소이를 안심시키고서 박하는 해수가 있는 곳으로 뛰어갔다. 고통과 어지러움을 느끼며 해수는 일어서지 못하고 있었다. 그녀의 허리를 감싼 박하는 해수의 팔을 자신의 어깨에 둘렀다.

"괜찮으세요?"

"응. 윽, 좀 아프긴 하지만 괜찮은 것 같아."

"다행이에요. 아프시겠지만 일어날게요, 언니."

"고마워."

그대로 일어서자 해수가 이마를 구기며 작게 신음했다. 박하는 그녀의 뒷머리가 축축한 것을 알아챘으나, 지금 당장은 해줄 수 있는 게 없었다. 검은 줄기를 힘겹게 막고 있는 재경과 고준을 확인한 그녀는 부축하고 있는 손에 힘을 주고서 해수와 함께 걸음을 재촉했다.

"아까까지는 얌전하더니 왜 지랄이야?"

두 사람이 소이가 있는 곳에 무사히 도착한 것을 확인한 재경은, 지겹도록 공격해 오는 검은 줄기들 때문에 진저리가 난다는 듯 투덜거렸다.

"글쎄. 혹시 팀장님이 온 거 아니야? 나름 저들도 피하려는 걸지도 모르지."

"그런 무서운 소리 하지 마세요, 형. 지금으로써는 전혀 기쁘지 않다고요."

이러다가는 통제실에 도착하지도 못하고 화염 방사기의 연료가 동이 나 죽을 것만 같았다. 심지어 검은 줄기는 통제력을 잃어버린 것처럼 마구잡이로 날뛰고 있었다.

갈수록 거세지는 공격에 전방을 주시하던 고준이 뒤로 이동해 재경과 함께 고군분투했다. 남은 사람들은 그들끼리 조금씩 앞으로 걸어가고 있었다. 재경과 고준이 카리온의 핵을 볼 수 있는 박하의 능력을 믿고 있었기 때문이다.

두 사람은 박하가 조금 특별한 동화인이라고 지레짐작하는 것 같았고, 박하는 굳이 말을 덧붙이지 않았다. 색깔을 볼 수 있는 것이나, 검은 눈물을 흘린 것 등 걸리는 게 생각났지만 입 밖으로 꺼내기가 두려웠다. 어쩌면 큰일이 아니라고 믿고 싶었는지도 모른다.

속도는 점점 느려졌다. 해수를 부축하면서 걷느라 느릴 수밖에 없었고, 이제는 카리온도 필사적인 듯 화염을 피하며 그들을 노리기 시작했다.

"빌어먹을! 다들 오른쪽을 조심해!"

재경이 소리쳤다. 투창처럼 빠르게 쏘아지는 검은 줄기는 한 번에 벽을 10cm 이상 뚫을 정도로 그 공격력이 엄청났다. 재경의 예상을 벗어난 줄기 하나가 해수와 소이의 어깨를 스치며 지나갔고, 박하까지 세 사람은 동시에 바닥에 넘어지고 말았다.

"이런, 젠장!"

고준과 재경은 자리를 비울 수가 없었다. 숫자가 너무 많았다. 만약 둘 중 한 명이라도 자리를 이동한다면 무방비 상태가 된 세 사람을 공격하는 검은 줄기는 더 많아질 터였다.

"으아아아!"

갑자기 고준이 기합을 내지르며 화염 방사기를 채찍처럼 마구 휘두르기 시작했다.

"다들 어서 일어나! 멍하니 있다가 죽고 싶어?"

그 틈을 타 재경이 뒤를 돌아보며 외쳤다. 그는 바닥에 쓰러진 채 피를 흘리고 있는 해수와 소이를 확인했고, 박하가 그들을 일으키기 위해 필사적으로 돕고 있는 걸 보았다. 특히 재경은 소이의 상태를 눈여겨보았다. 최악의 경우, 그는 어쩔 수 없는 선택을 해야 할지도 모른다.

"아직 멀었니? 형 혼자 하기에 좀 벅차네?"

고준의 지원 요청에 재경은 혀를 찼다.

"나혜는 대체 뭐 하고 있는 거야?"

지금쯤이면 통제실에 도착했어야 할 시간인데 감감무소식이었다.

"연료가 바닥난 후에는 너무 늦는데 말이지. 우리 대장님이 좀 늦으시네."

다들 지쳐가고 있었다. 소이 역시 안심할 수 없는 상태였다. 박하는 자신이 힘내야 한다고 생각했다. 여기서 무너질 수는 없었다. 엄마에게 무사히 돌아가겠다고 자신 있게 약속했기 때문이다.

박하는 차례대로 해수와 소이를 일으켜 주면서 말했다.

"조금만 더 가면 돼요. 얼마 남지 않은 거 알고 계시죠?"

"그래, 내가 이렇게 죽으려고 죽도록 공부하진 않았거든."

"나도 힘, 내볼게."

아직은 괜찮을 것이다.

'괜찮아. 다 같이 살아서 통제실에 도착할 수 있을 거야. 할 수 있어.'

누구도 해주지 않은 격려를 스스로에게 해주고서 박하는 다시 앞으로 나아갔다. 하지만 몇 걸음 내딛기도 전에 왼쪽 벽을 뚫고 튀어나온 검은 줄기가 그들을 덮쳤다. 흩어지는 시멘트 파편, 뿌옇게 눈을 가리는 먼지, 갑작스러운 폭발에 세 사람의 눈이 반사적으로 감겼다. 작은 구멍을 통해 바람이 지나가는 소리가 들렸다. 박하는 눈이 따갑고 아팠지만 억지로 눈을 떴다.

그들에게 무시무시한 줄기가 날아오고 있었다. 그녀는 다급하게 두 사람을 양옆으로 밀쳤다. 남겨진 박하에게 검은 줄기가 회전하며 날아왔다. 움직여야 한다고 생각했지만, 박하는 몸이 굳어버려 제자리에서 움직일 수 없었다.

눈 깜짝할 사이에 검은 줄기가 바닥에 꽂히며 또 다른 파열음을 만들어 냈다. 자욱하게 먼지가 올라오자 박하는 두 팔을 교차해 얼굴을 막았다.

"콜록. 콜록."

먼지를 들이마신 건지 기침이 연달아 터져 나왔다. 가늘게 눈을 뜬 박하는 제 몸 상태를 살폈다. 그 각도와 속도라면 배가 뚫렸다고 해도 이상하지 않을 것이다.

"어?"

너무나 멀쩡한 자신의 상태에 입에서는 짧은 의문만 튀어나왔다.

뭔가를 깨달은 박하의 눈동자가 공포감에 확장되었다. 그녀는 잔뜩 괴로운 얼굴로 다급히 해수와 소이를 찾았다.

"해수 언니! 소이 언니! 어디 있어요?"

어느 정도 먼지가 가라앉고 서서히 앞이 보이기 시작하자, 박하는 눈앞의 광경에 천천히 눈이 크게 떠졌다. 자신의 앞에 있으면 안 되는 사람이 서 있었기 때문이다.

"소이 언니!"

비명을 지르듯 박하가 그녀의 이름을 불렀다. 뒤로 쓰러지는 소이의 몸을 끌어안고서, 그녀는 믿을 수 없는 현실에 지금 일어난 상황이 꿈이었으면 하고 바랐다. 손이 벌벌 떨리고 구역질이 날 것 같았다. 소이를 지키지 못했다는 생각에 눈물이 자꾸만 나왔다.

"나, 난 괜찮아."

피를 토하면서도 박하를 위해서, 소이는 미소를 지으려고 노력했다.

'살고 싶다고 하셨잖아요. 왜 제 앞을 막은 거예요?'

밖으로 나오지 못한 질문들이 목구멍에서 턱 하니 막혔다.

박하는 조심스럽게 소이를 바닥에 눕혔다. 무슨 말을 해야 할지 몰랐기에, 그녀는 소이의 가슴 아래를 뚫고 들어간 검은 줄기를 뽑으려고 했다.

"왜! 왜 움직이지 않는 거야?!"

안간힘을 써봐도 검은 줄기는 꿈쩍도 하지 않았다. 갈라져 나온 얇은 줄기들이 넓게 퍼져가며 소이의 몸을 잠식하는 것으로도 모자라, 줄기를 잡고 있는 박하의 손까지 파고들려고 했다. 하지만 박하는 손을 떼지 않았다.

"그것 봐. 넌 괜찮을 거야."

한 차례 더 피를 토해내면서도 소이는 제 말이 맞지 않으냐는 듯 의기양양하게 말했다. 박하는 울음이 터져 나오려고 해서 아무런 말도 할 수 없었다. 그녀의 말처럼 박하의 두 손을 타고 올라가려던 줄기들은 살갗을 더듬거리더니, 마치 그녀가 존재하지 않는 것처럼 그냥 지나가 버렸다.

박하는 놀라운 광경에도 얼굴을 일그러뜨리며 소리 없는 눈물을 흘렸다. 그런 박하의 뺨을 도닥여 주며 소이가 힘겹게 말했다.

"날 위해 한 일이니 부디 죄책감은 갖지 마. 차라리 잘된 것 같아. 내가 있었으면 분명…… 걸림돌만 되었을 거야."

검은 줄기가 목까지 뻗어나가자, 성대를 사용하는 게 힘겨운 듯 소이가 숨을 헐떡였다.

"그게 무슨 소리예요. 언니랑 해수 언니가 곁에 있어서 얼마나 든든했는데……. 병원에 입원했을 때, 다들 잘해주셨지만 언니들이 특히 날 더 배려해 준 거 알아요. 눈이 보이면 꼭 언니들 얼굴을 보고 이야기 나누고 싶었어요. 고맙다는 말도 하고……. 언니?"

심장 근처를 꿰뚫렸기 때문일까. 카리온은 무자비하게 소이를 먹어 치우지 않고 느긋하게 움직이고 있었다. 그 덕분에 두 사람이 대화를 나눌 시간이 있었지만 그것도 이제 끝이었다.

풀린 동공을 차마 응시하지 못한 채 박하는 소이의 눈꺼풀을 감겨 주었다. 그녀는 끅끅거리며 형용할 수 없는 아픔에 울음을 터트렸다.

"소이야? 소이 너, 꼴이 왜 그 모양이야……."

잠깐 기절했던 해수가 더듬더듬 기어와 소이를 끌어안았다. 검은 줄기가 여전히 그녀의 몸에 남아 있었음에도 그녀는 눈을 뜨지 않는 소이를 놓지 않았다.

그 모습을 보면서 박하는 이를 악물었다. 슬금슬금 해수에게까지
마수를 뻗치려는 검은 줄기를 잡아, 그녀는 날카로워 보이는 돌조각
하나를 들어 내려쳤다.

'떨어져! 언니들한테서 떨어지라고!'

여러 가지 감정들이 휘몰아쳤다. 박하는 칼로도 상처를 입힐 수 없
다는 검은 줄기를 돌로 내리찍었다. 카리온을 알고 있는 사람이 본다
면 헛수고라며 말렸을 것이다. 그러나 아무도 예상하지 못했고 그녀
스스로도 기억해 내지 못했던 것이 하나 있다면, 전에도 박하가 휘두
른 거울 조각에 검은 줄기가 상처를 입었었다는 것이다.

박하가 돌로 내려칠 때마다 고통스러운 듯 꿈틀거리던 줄기가 마침
내 잠식하던 행위를 멈추었다. 이대로 시체까지 빼앗길 수 없었던 박
하는 검은 줄기의 상태를 확인하고는, 더 무자비하게 손을 놀렸다. 뾰
족한 돌조각에 엉망이 된 손바닥에서 찌릿한 고통이 느껴졌지만 심장
의 아픔보다는 덜했다. 박하는 오로지 검은 줄기를 소이의 몸에서 떼
어내겠다는 목표 하나만을 생각하며 돌조각을 끊임없이 휘둘렀다.

검은 줄기는 절반이 잘리는 상처를 입고서야 완전히 빠져나갔다.
소이의 얼굴을 떨리는 손으로 쓰다듬던 해수는 뻥 뚫린 소이의 가슴
을 보곤 그녀의 몸을 끌어안으며 오열했다.

"으아아아! 소이야아!"

듣는 이마저 가슴이 미어질 만큼 고통스러운 울음이었다. 잠시 두
사람을 멍하니 응시하던 박하는 눈물 젖은 얼굴을 대충 닦아내며 자
리에서 일어섰다. 그녀의 손에는 검은 피가 묻은 돌멩이가 쥐어져 있
었다. 박하의 손이 찢어지면서 난 붉은 피와 카리온의 검은색 피가 바

닥에 자국을 남겼다.

깜박거리던 조명이 일제히 꺼지고 주위가 어둠에 잠겼다. 그들에게
는 길고도 긴 1분이 지나고서야 비상등이 아닌 원래의 백색 조명이 켜
졌다.

그극 그그극.

극 극.

괴로워하는 카리온의 소리가 박하에게는 소이를 위한 소리로 들렸
다. 빠져나가지 못한 카리온의 일부는, 흡사 녹아내린 것처럼 천장 위
에 붙어 거대한 웅덩이를 만들어 냈다. 먹을 수면 위로 떨어뜨린 것처
럼, 위에서 아래로 떨어지는 아지랑이 같은 재는 이곳이 마치 장례식
장이 된 것 같은 느낌이 들게 만들었다. 박하는 허망하게 서서 아래로
떨어져 내리는 카리온의 모습을 지켜보았다.

지옥 같던 시간이 마치 악몽이었던 것처럼, 얼마 지나지 않아 네 사
람은 평화롭게 통제실에 도착했다. 직원 카드를 대도 열리지 않던 문
은 고준이 나혜에게 연락을 취하자 바로 열렸다. 나혜는 안도하는 듯
했다가 이내 한 사람이 보이지 않는다는 걸 알고는 표정이 다시 어두
워졌다.

나혜는 누군가의 마음을 아프게 할 어리석은 질문을 하는 대신에
문을 활짝 열어 그들을 맞아주었다.

통제실은 단연코 4층에서 가장 넓은 곳이었다. 방에 들어서자마자
정가운데에 있는 대보름의 달처럼 크고 둥근 조명과 한쪽 벽면을 가
득 채운 거대한 스크린이 눈에 들어왔다. 박하는 주위를 두리번거리
며 키가 큰 홍철을 찾았다. 그리고 홍철과 대화를 나누고 있는 연주를

발견하자마자, 어린아이처럼 달려가 그대로 품에 안겼다.

"엄마!"

아까 실컷 울었다고 생각했는데 눈물이 다시 차올랐다. 어릴 때로 돌아간 것처럼 그녀는 엄마의 가슴에 이마를 기대며 어리광을 부렸다. 소이를 잃었을 때, 연주를 무의식적으로 떠올렸기 때문이다.

"고생했어, 우리 딸. 이제 괜찮아."

익숙한 섬유유연제 향기, 다정한 목소리, 언제나 저를 포근하게 감싸주는 품속에서 박하는 점차 안정을 되찾아 갔다. 거친 숨으로 들썩이던 심장이 어느새 연주와 같은 속도로 뛰고 있었다.

"어디 얼굴 좀 보자."

한참 이리저리 박하를 살피던 연주가 말라버린 눈물 자국을 발견했다. 그녀는 도착한 이들을 살피고는 소이가 없다는 사실을 깨달았다. 더불어 박하처럼 해수의 눈가도 부어 있었다. 연주는 모르는 척 박하에게 말했다.

"손 좀 보자. 저기 어디에 알코올 솜이 있을 거야."

엉성하게 감긴 붕대는 해수가 열심히 둘러준 거였다. 박하는 품에서 나오기 싫다는 듯 고개를 저었으나, 연주는 상처를 확인해야 된다며 그녀를 능숙하게 달랬다.

박하는 얌전히 연주를 따라, 몇 개 없는 가구들 사이에 세워진 책장이 있는 곳으로 향했다. 6단으로 되어 있는 책장은 칸마다 선반 위치가 달랐으며, 맨 아래 칸의 높이는 두 칸을 합친 것처럼 높았다. 책장에는 몇 권의 책과 응급 구급 세트로 보이는 흰색 통 그리고 폭이 좁고 긴 원형의 통이 놓여 있었다. 넓은 공간에 비해 가구가 없어서, 통제실은 텅 비어 있는 느낌이 들었다.

"이렇게 넓은데 의자는 고작 세 개뿐이더라. 그래도 두툼한 담요는 많아서 그나마 다행이야. 일단 여기에 앉아보렴."

박하는 의자 대신에 정사각형으로 접은 담요 위에 살포시 앉았다. 멀뚱히 앉아 구급상자에서 알코올 솜을 비롯한 여러 가지를 꺼내는 연주를 보던 박하는 주위로 시선을 돌렸다. 대부분의 사람이 담요를 방석처럼 사용하고 있었고, 표정이 어두웠다. 그들 중 일부는 안타까워하며 해수를 달래주고 있었고, 일부는 자신들도 죽을지도 모른다는 공포감에 떨고 있었다.

속이 울렁거려서 박하는 담요를 머리끝까지 푹 뒤집어쓰고서 멍하니 바닥을 내려다보았다. 그러곤 눈을 감았다. 아무도 볼 수 없게 담요 속에 몸을 숨긴 박하는 조용히 슬픔에 잠겼다.

다가오는 소리에 흠칫 놀라 고개를 드니 홍철이었다.

"많이 다친 거야?"

"괜찮아요. 좀 찢어진 것뿐이에요. 피도 다 멈췄는걸요."

박하가 당황스러워하며 다다다 말을 쏟아냈다.

"괜찮다니 다행이네. 참, 그거 알아?"

"뭔데요?"

"여기 모니터 보면 상황실과는 비교도 안 되게 사생활 보호가 없어. 완전 불법이야."

어떤 일이 있었는지 궁금할 법한데도, 홍철은 농담을 서는 것으로 박하를 배려해 주었다. 아직은 그 주제가 너무 무거웠던 박하는 기꺼이 홍철의 배려를 받아들였다.

두 사람이 실없는 대화를 나누는 동안, 연주는 치료에 필요한 것들을 깨끗한 통에 담아 돌아왔다.

"아파도 조금만 참아. 금방 끝날 거야."

"응, 많이 안 좋아 보여?"

붕대를 풀고 손바닥을 살펴보던 연주의 얼굴이 굳어지자, 그제야 겁먹은 박하가 물었다. 박하의 손바닥은 사선으로 길게 찢어져 있었고, 우연하게도 생명선이 도중에 잘린 것처럼 그어져 있었다. 물론 손금을 믿지 않는 박하는 생각 없이 넘어갔지만 연주의 기분은 좋지 않았다. 연주는 굳어버린 피로 엉망이 된 박하의 손바닥을 알코올 솜 여러 개로 닦아낸 후 연고를 발라주었다. 그리고 그 위에 얇은 상처 재생 밴드를 붙인 후 붕대를 다시 감았다.

"간호사 선생님한테 물어보니 꿰맬 정도는 아니라고 하시더라. 대신에 낫기 전까지는 붕대를 자주 갈아주래. 참! 안약도 얼른 넣자."

"지금은 별로 아프지 않은데."

"얘가, 엄마가 왜 지금 하라고 하는지 알면서! 시간이 언제 날지 모르기도 하지만, 아프지 말라고 약을 넣는 건데 아픈 후에 넣으면 안 되지! 특히 수술한 지 얼마 지나지도 않았잖아."

"알았어. 지금 넣을게."

연주의 단호한 표정을 본 박하가 얼른 고개를 끄덕였다. 그녀는 옆으로 메고 있던 작은 가방의 앞주머니에서 안약을 꺼냈다. 이제는 익숙해진 동작으로 고개를 들어 안약을 넣은 그녀는 눈을 잠시 감고 있었다. 주변 소리에 귀를 기울이고 있던 박하는 시간이 지나자 조금 불편해졌다. 대화를 나누고 있던 연주와 홍철의 시선이 자꾸만 자신에게 향하는 것처럼 느껴졌기 때문이다. 그래서 박하는 보안 팀이 나누는 대화를 듣기 위해 집중했다.

"일부러 두고 간 걸지도 모릅니다."

"설마 그렇게까지 했을까?"

"가능성은 있죠. 자기 방 열쇠를 이렇게 두고 간다고요? 말도 안 돼요."

"아무리 그래도 여자 방을 함부로 열 수는 없어!"

"순진하긴. 기석아, 넌 그 여자에 대해 너무 모른다니까. 맛있는 걸 준다고 해도 따라가면 안 된다?"

"형, 땡땡이친 거 팀장님한테 다 일러요?"

"나한테만 빡빡하기는! 알았어, 이놈들아!"

삐진 척하던 고준은 아무도 자신의 장난을 받아주지 않자 입을 내밀고는 말했다.

"저 방은 연구실로 사용했을 거야. 그 여자는 여기선 절대 숙면을 취하지 않았을 테니까. 아마 카리온에 대한 연구나 했겠지. 그리고 우린 그 자료가 필요하고 말이야."

"하지만 함정일 가능성을 배제할 수 없습니다."

대화는 계속 원점에서 맴돌고만 있었다. 눈을 뜬 박하는 보안 팀이 모여 상의하는 곳으로 시선을 옮겼다. 나혜의 손에 들린 네모난 카드 형태의 키가 눈에 띄었다. 앙증맞은 곰돌이 인형 장식이 허공에서 흔들리고 있었다.

"그 사람이 그렇게 악독해요? 어떤 사람인데요? 이야기만 들어보면 이기주의에 사람을 무시하고, 함정을 파는 악당 느낌이에요."

계속 그 여자라 칭해지는 사람에 대한 궁금증을 참지 못하고 박하가 홍철에게 물었다.

"음, 보안 팀을 관리하는 자라고 할까?"

"팀장님이 아니라요?"

"우린 팀장님한테 깨지고, 팀장님은 그 여자한테 깨지는 구조라고 보면 돼. 직급으로 따지자면 그 여자가 더 위거든."

"아, 알 것 같아요. 하지만 상사라고 다 나쁘게 말하지는 않잖아요. 그 사람을 마치 경멸하는 것처럼 느껴지던걸요?"

홍철이 얼렁뚱땅 넘어가려고 하자 박하가 대놓고 말했다.

"어쩌면 그럴지도 모르지만, 글쎄⋯⋯. 면접 때를 제외하고는 만난 적이 없어서 판단 내리기가 좀 그래."

멋쩍게 말하던 홍철은 실수했다는 표정을 짓는 박하를 보고는, 차라리 모르는 게 마음이 편하다고 덧붙였다. 그는 들은 건 많았으나 박하에게 말해주기에는 남의 경험담이었기에 적절하지 않다고 생각했다.

"근데 오빠, 그 사람이 카리온을 죽일 수 있는 유일한 사람이에요?"

"어? 그게⋯⋯."

이걸 말해줘도 되나 고민하는 게 얼굴에 그대로 드러났다.

"사실 어렴풋하게 그럴지도 모른다고 생각했어요."

"어째서?"

"오빠들이랑 언니가 하는 대화를 듣다 보니 알게 되었어요."

홍철은 아차, 싶었다. 나혜가 별로 좋아하지 않을 것이다. 어떡해서든 관심을 돌려야 했다.

"꼭 그렇지만은 않아. 그 여자가 카리온을 죽이는 걸 본 사람은 아무도 없을걸?"

식은땀을 뻘뻘 흘리며 말하던 홍철은 자신의 말을 믿지 않는 듯한 박하의 표정을 보고는 속으로 망했다고 생각했다.

"우리 꼬마 컨디션은 어때?"

어느새 다가온 고준이 자신을 뚱한 표정으로 보는 홍철의 머리를 헝클어뜨리며, 박하에게 물었다.

"상처가 약간 따끔하긴 한데 견딜 만해요. 엄마가 소독해 주셨거든요."

"원래 그런 게 더 아픈 법이지. 그 정도로 끝나서 다행이야."

"어느 쪽이에요, 형?"

"다행이라는 말이야."

진심이었다.

소이의 시신을 수습하고 떠나기 전이었다. 박하의 상처를 보고 해수가 옷을 찢어서 만들어 준 조잡한 붕대는 전혀 위생적이지 않았고, 당시에는 피가 많이 배어 나왔기에 상처가 매우 심각한 듯 보였었다. 그에 비하면, 지금 박하의 손에 새로 감긴 붕대는 훨씬 상태가 나아 보였다. 내심 걱정되었던 고준은 곧 편안한 미소를 지으며 물었다.

"박하야, 혹시 괜찮으면 나와 같이 가줄 수 있을까?"

"저요?"

"저희 딸은 왜요?"

수상한 낌새에 연주는 고준을 경계했다. 안 좋은 예감이 들어 그녀는 박하를 돌아보았다. 연주의 혼낼 듯한 표정을 본 박하는 잘못을 저지른 아이처럼 당황했다. 그 반응에 연주는 이마를 짚으며, 저들이 박하에 대해 알게 되었다고 결론을 내렸다. 이미 지나간 일이니 어쩔 수 없다고 해도, 연주는 앞일이 이상하게 꼬일까 봐 걱정되었다.

아까 자신이 따라갔어야 했다는 후회를 하며 그녀가 고준에게 말했다.

"저도 같이 가도 되겠죠?"

"그럼요. 어머님이 생각하시는 그런 위험한 일은 절대 없을 거라고 제가 보증해 드립니다."

신사적으로 보이려고 노력한 듯싶었으나, 의심의 필터를 씌우고 있는 연주의 눈에는 고준이 사기꾼처럼 보였다. 고준이 미덥지는 않았으나, 무례하게 굴 수는 없었던 연주는 알겠다고 대답하면서도 경계심을 풀지 않았다.

다 같이 무늬가 없는 하얀 방문 앞으로 걸어가자, 그들을 발견한 나혜가 미안한 표정을 지었다.

"이렇게 오시라고 해서 죄송합니다."

"아니에요. 제가 같이 있어도 상관없는 일이겠죠?"

"물론입니다."

"제가 뭘 하면 될까요?"

이목이 이쪽으로 쏠리고 있었다. 박하를 제외하고는 카리온을 볼 수 있는 동화인들이 모인 것이었기 때문이다. 혹시라도 심각한 상황이 벌어지는 건 아닐까, 다들 귀를 기울이고 있었다.

"문에서 평범하지 않은 뭔가가 보이거나, 느껴지는 게 있지는 않은지 확인을 부탁드리고 싶습니다."

"어? 너 왜 그래?"

기석이 당황해하며 나혜를 불렀으나, 그녀는 계획했던 것과 다르게 박하가 아닌 연주에게 도움을 요청했다.

"부담되시면 거절하셔도 됩니다. 하지만 부디 안전을 위해 수락해 주신다면 감사하겠습니다."

"저도 부탁드리겠습니다."

눈치가 빠른 기석이 나혜의 의도를 파악하곤 잽싸게 말을 덧붙이는 동안, 재경은 홍철에게 눈짓했다. 용케도 알아들은 그가 슬쩍 박하의 옆으로 더 붙으며 그녀에게 속삭였다.

"지금 말고 나중에 나한테만 말해주면 돼."

홍철은 작게 고개를 끄덕이는 박하를 곁눈으로 확인하고는 다시 한 걸음 떨어졌다.

"좋아요."

사람들에게는 재이의 연구실을 검토하는 데 그들이 연주의 도움을 받는 것으로 보였을 것이다. 그게 바로 나혜가 의도한 것이었다.

'하마터면 실수할 뻔했어.'

나혜는 속으로 안도했다. 그녀는 함께 이동하면서 두 사람을 지켜보았고, 연주가 박하에 대해 숨기고자 한다는 것을 알 수 있었다. 나혜는 그 결정을 존중해 주고 싶었다. 호기심, 괴물, 이상한 놈, 거짓말쟁이. 여러 의미가 담긴 시선을 나혜도 받은 적이 있었기 때문이다.

"그럼 부탁드리겠습니다."

연주에게 살짝 고개를 숙인 후, 나혜는 작은 직사각형 창문이 있는 하얀색 문을 바라보았다. 손에 들린 플라스틱 열쇠 감촉이 낯설었다. 하필 이제 와서 열쇠를 두고 간 이유가 무엇일까. 재이의 의도를 알 수 없어서 그녀는 찜찜했다.

"아무런 느낌도 들지 않아요."

문에 더 바짝 다가가 살펴본 연주가 말했다.

"열어볼 건가요?"

"네."

"그래요. 제가 해야 할 일이 더 있나요?"

"감사합니다. 충분할 것 같습니다."

열어볼 결심이 선 것에는 박하의 영향이 컸다.

연주가 살펴보는 동안, 박하는 보안 팀과 거리를 약간 두고서 홍철과 장난을 치고 있었다. 그리고 나혜는 홍철이 고개를 젓는 것을 분명히 보았다.

연극이 끝난 후, 세 사람은 원래 있던 자리로 돌아가고 있었다. 알아챈 사람은 없을 것이다. 여러모로 마음을 완전히 놓을 수는 없었지만, 그럼에도 카리온에 대한 새로운 정보를 알아낼 수만 있다면 이 문을 열어볼 가치는 충분했다.

"홍철이도 오라고 해줘."

결심한 나혜가 재경에게 말하자 그의 얼굴이 찌푸려졌다.

"걔는 아무것도 못 봐."

"만약을 위해서 붉은 조명을 켜두겠지만 저 안에 카리온이 있을 확률은 낮아. 있었다면 우리 존재를 알고 진즉에 튀어나왔을 거야. 너도 알잖아."

"그래도 안 돼."

"쟤도 보안 요원이야. 네가 멋대로 판단할 사항이 아니야."

두 사람 사이에 스파크가 튀었다. 비록, 홍철은 동화인이 아니었지만 의견을 물어보지도 않고서 마음대로 배제하는 건 그를 위한 일이 아니었다. 기석처럼 홍철도 업무를 수행하기를 거부한다면, 나혜는 깔끔하게 물러설 생각이었다.

"아직도 의심스러운 거야?"

"그건 고준 씨도 마찬가지 아닙니까."

"하하. 그렇게 보였어? 아마 맞을 거야. 내가 좀 불안증이 심해서."

웃으며 둘러댔으나 나혜가 결정을 내리기 전부터, 화염 방사기를 꼭 쥐고 있던 고준의 손은 땀으로 젖어 있었다. 순탄하지 않은 인생을 살았던 고준은 직감적으로 뭔가를 느끼곤 긴장하고 있었다.

"다들 열 준비를 해주세요."

나혜의 명령에 따라 그들은 사람들을 멀찍이 이동시키고서, 붉은 조명이 재이의 연구실을 비추도록 조명들을 바닥에 내려놓았다. 으스스해 보이는 것이 금방 귀신이라도 튀어나올 듯한 모양새였다. 선봉은 나혜가, 그다음을 고준과 재경이 맡았다. 그리고 홍철은 마지막을 맡게 되었다.

고민해서 내린 결정이었지만 그들은 결국 문을 열지 못했다. 이제 겨우 숨을 돌리고 있던 사람들이 문을 여는 것을 원치 않았기 때문이다. 안전을 위해 물러나기는 했으나, 사람들의 얼굴에는 불만이 가득했다.

"아무래도 이건 아닌 것 같아요."

"우린 벌써 2명이나 잃었는데, 또 불확실한 것에 목숨을 걸라는 건가요?"

카리온과 싸울 것처럼 긴장 어린 표정으로 서 있는 보안 요원들을 보며 민서가 조심스럽게 반대를 표하자, 일행 중에 사망자가 또 나왔다는 사실에 현규마저도 문을 여는 것에 반대하고 나섰다.

"그냥 다수결로 하죠."

친구의 죽음으로 괴물에 대한 원한이 깊은 도영도 한마디 거들었다. 다만, 그는 찬성하는 쪽이있다. 윤재의 죽음 이후로 도영은 카리온에 대해서 사소한 것 하나라도 알아낼 수 있다면 목숨이라도 걸 수 있었다. 괴물을 죽일 수 있는 방법이 있다면…….

그의 시선이 아래로 향했다. 만약 다수결로 할 경우, 비등비등하지 않고 어느 한쪽으로 의견이 치우칠 거라고 도영은 확신했다.

"잠깐! 그럼 우리가 너무 불리한 거 아닌가요?"

"하루 종일 입씨름만 할 수는 없잖아요. 다른 방안이 있다면 얼마든지 말해보세요."

"어쨌든 다수결은 안 돼요."

"의견 없이 반대만 하는 건 결정에 도움을 주지 못해요, 아줌마."

"뭐? 아줌마? 이봐요!"

사람들이 싸우기 시작하자 나혜는 동료들을 돌아보았다.

"다들 어떻게 생각하십니까?"

이미 개방하는 것으로 의견을 모았지만 사람들이 이 정도로 격렬한 반응을 보이는데 밀어붙일 수는 없었다. 합동해서 헤쳐나가야 살 수 있을 확률이 더 높았고, 자신들은 일반인의 안전을 위해 이곳에 있는 것이기도 했다. 나혜는 본래의 목적을 잊지 않았다.

"솔직히 말해주세요."

찬성표를 던진 재경과 기석, 반대표를 던진 홍철. 그리고 고준은 홍철과 뜻을 같이했다. 이제 나혜의 결정만이 남았다. 그녀는 앙증맞은 곰돌이 인형을 손으로 만지작거리다가 꾹 쥐고는 고개를 들었다.

"우리 임무는 사람들의 구출 및 안전한 대피입니다. 마스터키는 우리한테 있으니 임무 완료 후에 다시 와도 충분하다고 판단됩니다. 문은 열지 않겠습니다! 모두 진정하고 자리에 앉아주세요!"

사람들은 술렁거리기는 했으나 싸움의 원인이 사라진 이상 말싸움을 계속하는 것도 우스웠다. 도영은 승산이 없어졌다고 판단을 내리고는, 혀를 차며 도로 자리에 앉았다.

 기존의 결정과 반대로 흘러가자 초조해진 사람이 하나 있었다. M이
었다. M은 사람들을 선동해 보안 요원들을 난감하게 할 계획이었다.
모든 책임이 그들에게 돌아가도록 말이다. 그러기 위해서는 문이 열
려야만 했다. 예상치 못한 결과에 계획이 틀어지려고 하자, M은 직사
각형의 리모컨을 주머니 안에서 조용히 쥐었다.

 "그럼 지금부터 30분간 휴식 후, 다시 출발하도록 하겠습니다."

 "잠깐만요!"

 현규가 사람들의 시선이 자신에게 향하도록 크게 소리쳤다.

 "무슨 일입니까."

 "당신들은 CCTV로도 괴물을 볼 수 있는 거죠? 그렇다면 여기서 카
리온의 위치를 미리 파악하고 나가는 게 낫지 않을까요?"

 연구실에만 몰두하느라 가장 중요한 부분을 놓칠 뻔했다. 현규가
지적한 것처럼 통제실이 존재하는 이유는 카리온을 파악하기 위해서
였다. 그러기 위해 보안 요원이 둘씩이나 이곳에 투입되는 것이었다.

 "가능합니다."

 제일 중요한 정찰을 잊어버릴 뻔했다는 사실에 나혜는 자기 자신이
한심스러워졌으나, 자책은 혼자 있을 때나 하는 것이었다. 민망한 표
정을 지운 그녀는 딱딱한 표정으로 돌아왔다.

 "재경이랑 내가 같이 확인해 볼게. 넌 팀장님한테 연락해 볼 거지?"

 고준이 말했다.

 "네, 팀원들 위치도 확보해 주세요."

 "그래, 그건 홍철이가 맡아줄 거야."

"제가요?"

"너 할 일 없잖아."

좀 쉬고 싶다고 꿍얼대는 홍철의 어깨에 팔을 걸치고서, 고준은 컴퓨터 쪽으로 걸어갔다.

"난……."

떠나지 못하고 기석이 머뭇거리며 서 있었다. 자신의 임무를 포기한 사람이었다. 하지만 그가 나쁘다고 생각할 수는 없었기에 나혜는 모른 척할 수 없었다.

"부탁드릴 것이 있습니다."

통제실에 가기로 했을 때부터 줄곧 생각했던 것이 있었다. 지금이 아니면 시간이 없을 것 같아서, 나혜는 백업 파일의 삭제와 컴퓨터와 연결된 멀티스크린의 파괴를 기석에게 부탁했다.

"외부 장치도 분명 있을 겁니다. 어떤 정보도 확인하지 못하게 철저하게 부숴주셔야 합니다."

"알았어. 맡겨만 줘."

사람들을 구하지 못한 후로 내내 눈치만 보던 기석의 눈빛이 예전처럼 돌아왔다.

그렇게 모두의 관심이 연구실에서 멀어졌다. 단 한 사람만 제외하고 말이다.

'지금? 아니면 좀 더 가까이 있을 때?'

사람들 틈에 숨어서 M은 타이밍을 재고 있었다. 붉은 조명은 배터리를 아끼기 위해 스위치가 내려가 있었고, 보안 요원들은 흩어졌으며, 그들은 아무것도 눈치채지 못하고 있었다. 리모컨의 버튼을 누르는 M의 표정은 겉으로 보기에는 불안해 보였으나, 진짜 속내는 반대였다. 사람들의 표정이 경악으로 물드는 것을 상상하며 M은 숨죽여 웃었다.

"어?"

사건을 제일 먼저 알아챈 사람은 멀리 떨어져 있던 도영이었다. 단서를 찾게 될 기회를 무섭다고 발로 걷어차 버린 것이 못마땅했던 그는, 연신 뚫어져라 연구실만 바라보고 있었다. 그렇기에 문이 열리는 것을 바로 알아챌 수 있었다.

"이봐요! 문이 열리고 있는데 도대체 누가 연 거예요?"

벌떡 일어난 도영은 누구든 들을 수 있도록 소리쳤다. 그의 목소리에 바로 반응한 나혜는 곧바로 화염 방사기의 노즐을 들어 문을 향해 조준했고, 컴퓨터 앞에 가 있던 세 사람도 나혜 쪽으로 급하게 뛰어왔다.

"뭐가 어떻게 된 거야! 설마 네가 열었어?"

재경에게 설명해 줄 시간이 없었던, 나혜는 빨리 무기를 잡으라고 외쳤다. 기석을 대신해 홍철이 화염 방사기를 들었고, 앉아서 쉬고 있던 사람들도 모두 자리에서 일어나 벽에 붙어 섰다.

이윽고 문이 열리기 시작하자 특유의 냄새가 흘러나왔다. 막혀 있는 공간에서 짙어진 냄새의 농도는, 연구실 반대편에 있는 연주와 박하에게도 또렷하게 맡아질 정도였다.

"함정이었어."

허술한 농간에 당했다는 사실에 나혜가 이를 악물며 말했다.

"함정이라니?"

"우리가 직접 열지 않아도 문은 열리게 되어 있었던 겁니다. 어떻게 안에 카리온을 가둔 건지는 알 수 없지만……."

"내 이럴 줄 알았어. 그 여자가 실수로 열쇠를 두고 갔을 리가 없지."

"우리를 가지고 실험이라도 하고 싶었던 걸까나?"

불신하는 재경과 조용히 분노하는 고준 사이에서 나혜는 계속해서 생각했다. 지수는 이 안에 스파이가 있을 거라고 귀띔해 준 후로 연락이 끊어진 상태였다.

인공 지능은 자신의 권위를 침범하고 위협한다며 거부 반응을 보였던 재이였으니, 기계를 이용한 것은 아닐 터였다. 그럼 대체 누가 이런 짓을 한 것일까.

지지직.

- 도, 망쳐. 제발…….

저절로 켜진 무전기에서 성대를 긁는 듯한 음성이 흘러나왔다.

"이거, 지수 목소리 아니야?"

고개를 갸웃하며 고준이 말했다. 그의 말을 들은 보안 팀 동료들의 얼굴이 굳어졌다.

'대체 뭐 때문에?'

나혜는 혼란스러웠다. 검은 연기가 흘러나오는 연구실 쪽에 시선을 둔 그녀는 무전기를 가까이에 대고 지수에게 물었다.

"도망치라니 무슨 의미입니까?"

한참 있다가 지수의 대답이 들려왔다.

- 여기…….

"잘 안 들립니다. 혹시 그녀가 옆에 있는 겁니까?"

- 미안, 이제 한계야.

뚝뚝 끊어지거나 잔뜩 거칠어진 목소리가 아니었다. 평소처럼 선명하고 멀쩡한 목소리로 건넨 말에는 포기와 절망이 가득 담겨 있었다.

쾅!

그것은 반쯤 열렸던 문을 찌그러트리며 공간을 억지로 넓혔다. 어둠 속에서 한 사람의 인영이 서서히 드러나기 시작했다. 어슴푸레하게 보이는 형태는 인간처럼 보였으나, 보안 요원들은 카리온 특유의 냄새에 경계를 풀지 않았다. 문밖으로 완전히 모습을 드러낸 남자는, 땀으로 인해 갈색 머리카락이 푹 젖어 있었고 보안 팀 옷을 입고 있었다.

누군지 알아본 고준과 기석이 경악했다.

"남지수, 너⋯⋯."

"대체 왜, 네가 왜 그런 꼴이야!"

막 입사한 지수를 가르쳤던 고준과 같은 시기에 입사한 동기인 기석은 다른 이들보다도 충격이 클 수밖에 없었다. 특히 지수가 있어 버틸 수 있었던 기석의 경우에는 비명을 지르지 않으려 입술을 피가 나올 정도로 깨물어야 했다. 지수의 피부 위로 검은색 혈관이 튀어나와 있었다. 마치 스프라이트 패턴의 옷을 입은 것처럼 보일 정도로 그의 몸속으로 파고든 검은 줄기의 수는 엄청났다.

"지수야?"

달려들지 않고 가만히 서 있는 지수의 이름을 기석이 조심스럽게 불렀다. 검붉은 눈물을 흘리는 지수의 손에서, 무전기가 비스킷처럼 바삭 부서지며 바닥으로 잔해가 떨어져 내렸다.

"저건 우리가 아는 지수가 아니야. 다들 정신 차려!"

고준도 믿기 싫었지만 산 사람은 살아야 했고, 동료의 손에 죽음을 맞이하는 경우는 없어야 했다. 지수도 그걸 바랄 더였다. 고준의 외침에 기석을 제외한 남은 이들은 정신이 번쩍 들기는 했으나, 몇 분 전까지 동료였던 이에게 무기를 들이민다는 건 쉬운 일이 아니었다.

"사람이야, 아니야?"

혼란스러운 상황에서, 눈에 보이는 남자를 어떻게 인식해야 할지 모르겠다는 얼굴을 한 찬희가 물었다.

"듣고도 몰라요? 사람이 아니래요. 카리온에게 먹힌 것 같아요."

근처에 무기가 될 만한 걸 찾으며 현규가 대답했다.

"지독하네. 저 사람도 저런 꼴이 되고 싶지는 않았겠지."

끔찍했다. 도영은 지수가 불쌍하다고 생각했다. 저렇게 되기까지 저 남자가 얼마나 고통스러웠을까.

"뭐 해요? 저대로 공격할 때까지 두고 볼 건가요?"

머뭇거리는 보안 팀을 보며 민서가 경기를 일으키듯 말했다.

예상치 못한 상황에 석상처럼 굳어 있던 나혜는, 그녀의 외침을 듣고서야 냉정해야 한다고 자신을 채찍질했다. 보안 팀, 스키아에는 이런 경우에 대한 대처법이 매뉴얼에 적혀 있었다.

"다들 공격 준비하세요. 이대로 놔두면 위험합니다."

"잠깐! 설마 불태우겠다고? 다른 방법이 있을지도 모르잖아!"

사정을 정확히 알지 못하는 홍철은 동료들이 잔인하고 인정머리 없는 것처럼 느껴졌다. 어쩌면 지수의 몸에서 카리온을 쫓아낼 수도 있지 않을까 하는 희망을 버리지 못했기 때문이다.

"늦었어. 저 상태면 이미……."

차마 재경은 말을 덧붙일 수 없었다. 지금쯤 지수의 내부는 검은 줄기들로 가득 차 있을 것이다. 이런 잔인한 내용을 홍철과 다른 사람들이 있는 곳에서 말할 수는 없었다. 말하고 싶지도 않았다. 다른 방법이 있다면, 무리해서라도 시도해 봤을 것이다. 지금 상태에서는 카리온의 본체조차도 그들은 볼 수가 없었다.

"미치고 팔딱 뛰어서 텀블링 두 바퀴는 돌아버리겠네."

신경질적인 미소를 지으며 고준이 머리를 쓸어 넘겼다.

"햇병아리들아, 다들 비켜서!"

총대를 멘 고준이 화염 방사기를 지수에게 겨누었다. 그의 속마음과는 다르게 그는 망설이지 않고 방아쇠를 당겼다. 확 퍼지는 불줄기가 닿기 전에 피한 지수는, 바닥에 두 손을 짚고서 짐승처럼 으르렁거렸다. 벌어진 그의 입 안에서 혓바닥처럼 검은 줄기들이 꿈틀거렸다.

"이제 틀렸어. 우린 다 도망치지 못하고 여기서 죽을 거야."

"빨리 어떻게 좀 해봐요!"

꿈에 나올까 무서운 모습이었다. 인간의 몸을 얻은 카리온은 재빠르고 민첩했다. 손과 발 그리고 검은 줄기까지 사용할 수 있었기에, 어디로든 이동할 수 있었고 공격성 또한 강했다. 도망가는 지수를 쫓아 고준이 화염 방사기를 쏘아댔으나, 상대는 날다람쥐처럼 날쌔서 번번이 놓치고 있었다.

"이 녀석 생각보다 훨씬 빠른데, 다들 보고만 있지 말고 도와주면 안 되겠니?"

"저는 오늘 일을 절대 용서하지 않을 겁니다."

"나도 끼워줘. 어쨌든 그 여자도 사람이니까. 사람 대 사람이라면 나도 약한 편은 아니거든."

재이를 향한 가슴속 분노를 연료로 삼아 그들은 눈물을 머금고 화염 방사기를 발사했다. 지수를 편안하게 해주기 위해서는 해야만 하는 일이었다.

그때, 지수의 종아리와 손톱 아래에서 검은 줄기가 튀어나왔다. 피하기 어렵다고 판단한 카리온은 줄기를 이용해 천장 위에 딱 달라붙었고, 그대로 사람들이 있는 곳으로 기어가기 시작했다.

"여길 넘어가게 두면 안 돼! 재경아!"

나혜가 다급하게 재경을 불렀다.

"알고 있어!"

천장을 타고 불의 길이 만들어졌다. 지수의 모습을 한 카리온은 검은 줄기에 불이 스치자마자 몸부림치며 바닥으로 떨어졌다. 줄기가 박혀 있던 천장 곳곳에 마치 별자리처럼 흔적이 새겨져 있었다.

지수의 검은 눈동자가 자신을 공격한 재경을 응시하더니, 갑자기 줄기들을 다시 몸속으로 불러들였다. 인간의 몸속으로 피하면 자신은 타격받지 않는다는 걸 알고 있는 것만 같았다. 그의 검은 눈동자가 차례대로 사람들을 훑고 지나가다가, 고개가 한쪽으로 기울어지며 어느한 지점을 오랫동안 쳐다보았다.

금방이라도 도약할 듯이 자세를 취하는 카리온을 보며 나혜는 묘한 기시감이 느껴졌다. 이대로 가만히 기다리고 있을 수만은 없었다. 그녀는 처음 계획대로 카리온이 방패로 삼고 있는 지수의 몸을 어떻게든 태우기로 마음을 굳혔다.

"경험이 많은 연장자인 내가 나설 차례네."

나혜의 앞을 막아선 고준이 말했다.

"네?"

"다들 지수의 몸이 타기 시작하면 신속하게 여길 빠져나가도록 해."

"혼자서는 불가능합니다. 저도 같이 가겠습니다."

"그래. 우리가 공격할 동안에 재빨리 움직여 줘. 다른 분들도 잘 들으셨죠? 지금은 언쟁할 시간이 없으니, 저희의 안내를 잘 따라주실 거라고 믿을게요!"

이 상황에서까지 목소리를 높이는 사람은 없었다. 사람들은 홍철의 인도하에 서로 약간의 간격을 두고 이동하기 시작했다.

지수는 동물처럼 네 발로 선 채 눈을 도록 굴리고 있었다. 앞서 바로 달려들었던 경우와는 다르게 상황을 먼저 파악하려는 듯 보였다. 검은 눈이 움직이는 사람들과 움직이지 않는 보안 요원들을 번갈아 가며 살피고 있었다. 그러던 중에 타이밍을 재고 있던 고준이 자비 없이 화염을 발사하자 거짓말처럼 지수는 한 번의 도약으로 천장 위에 붙어버렸다. 그가 손을 댄 곳의 불빛이 깜박거렸다. 다른 카리온이 강렬한 빛 속에서 힘을 잃는 것을 보았었던 사람들은, 괴물의 멀쩡한 모습에 위화감을 느꼈다. 인간의 거죽을 쓴 것만으로 카리온은 빛에도 제약을 받지 않는 것처럼 보였다.

사람들의 시선이 동시에 카리온에게 향했다. 검은 줄기를 날름거리며 천장을 기어 다니는 그의 모습은 기괴했다. 카리온은 여기저기 돌아다니며 입속의 검은 줄기를 창처럼 쏘아댔다. 유리가 깨지고 사람들의 머리 위로 조각들이 다이아몬드처럼 반짝이며 떨어져 내렸다.

"꺄악!"

민서의 바로 옆으로 검은 줄기가 박혔다. 그녀는 몸을 벌벌 떨면서 순간 얼어버렸다. 자리에서 움직이지 못하고 창백하게 질려 있던 민서를 향해 검은 줄기가 다시 날아들었다. 근처에 있던 해수가 몸을 날려 그녀를 쓰러뜨리지 않았다면 그녀는 크게 부상을 당하거나 죽었을 것이다.

"죽고 싶지 않으면 정신 치려요!"

다소 과격하게 해수가 소리 지르자, 민서의 초점이 다시 또렷해졌다. 식은땀을 흘리고 있어 상태가 좋아 보이지는 않았지만, 어찌 되었든 정신을 똑바로 차린 듯 보였다.

"젠장! 길이가 너무 짧아!"

"공격이 얕게 들어가고 있습니다. 내려오게 할 방법을 찾아야 합니다!"

"갈수록 첩첩산중이네. 그치?"

열심히 불을 쏘고는 있었으나, 거리로 인해 불줄기가 약해지는 것은 어쩔 수 없었다.

"저 사람! 머리에서부터 약 1m 위에 그게 있어요! 그쪽을 겨냥하세요!"

궁지에 몰린 사람들을 더 이상 두고 볼 수가 없었던 박하가 그만 나서고 말았다. 동화인들 눈에도 핵이 보이지 않았기 때문에, 아무것도 없는 허공으로 보일 거라는 사실을 뒤늦게 깨달은 박하가 외쳤다.

"1m란 말이지? 어려울 것도 없지 꼬마야."

그런 박하를 아닌 척 지켜보고 있던 고준이 장난스럽게 웃으며 말했다.

"잠깐. 고준 씨, 지금은!"

다급히 나혜가 끼어들었다. 다들 정신이 없었기 때문에 지금은 박하가 한 말을 이해하지 못했겠지만 상황이 정리되면 의문을 품을지도 몰랐다.

"어머님이 뭔가 보인다고 하신 거겠지. 우리가 믿지 못할까 봐 말씀 못 하신 걸, 박하가 대신 한 것뿐이야. 그렇죠?"

"네, 아무런 타격도 못 입힐 수도 있어요. 괜찮나요?"

바로 지어낸 고준의 말을 연주가 자연스럽게 이어받았다.

"좋습니다."

"잘 생각했어. 오히려 이게 더 도움이 될걸? 소득 없는 데 쓰는 것보다 가능성 있는 곳에 낭비하는 게 나을 테니까."

곧바로 그는 박하가 말한 곳을 향해 불을 분사했다. 화력이 약해질까 봐, 고준은 해당 지점 아래까지 이동을 감행했다. 위험을 감지한 카리온이 그를 공격하는 것을 재경과 나혜가 막아주었다.

"이번엔 어떤 반응을 보여주려나?"

효과가 있으리란 기대감에 고준의 목소리는 살짝 떨리고 있었다.

쿠구궁.

고통에 울부짖는 카리온의 비명은 동굴이 무너지는 소리나, 돌이 부서지는 소리와 비슷했다. 거리로 인해 불길이 겨우 닿았을 뿐이었는데 괴물은 무방비하게 천장에서 떨어져 바닥을 데굴데굴 굴렀다. 그것으로도 모자라 카리온으로 변한 지수는 연체동물처럼 몸을 둥글게 말기 시작했다.

"욱. 징그러워서 토할 것 같아."

달팽이 껍질처럼 말려진 사람의 몸은, 찬희의 말처럼 징그럽기 그지없었다. 지수의 몸은 더 이상 사람이라고 보기 힘들 정도였다. 몇몇 이들은 지금 그것의 형태가 물을 맞았을 때의 카리온의 형태와 비슷하다는 것을 깨달았고, 그 뒤에 어떤 일이 벌어졌는지도 잊지 않고 있었다. 서둘러 홍철과 나혜가 그것을 공격했으나 별 타격을 주지는 못했다.

"제발 좀 죽으라고!"

홍철은 비명을 지르듯 소리를 질렀다. 그러나 간절함은 아쉽게도 통하지 않았다.

부풀기 시작한 지수의 몸을 본 순간, 그의 몸이 한계에 도달했다는 걸 깨달은 보안 요원들이 사람들을 돌아보며 소리쳤다.

"다들 고개 숙이세요! 폭발합니다!"

"멀리 떨어져!"

"가능하면 주변에 있는 담요 같은 걸 머리 위에 덮는 게 덜 역겨울 거야!"

경고가 끝나자마자 풍선처럼 부풀어 오르던 지수의 몸이 폭발하듯 이 터졌고, 잔해들이 높이 솟아 천장을 물들이고 다시 아래로 떨어져 내렸다.

좌아아.

사람의 몸에 이 정도로 많은 피가 들어 있나 싶을 정도로 오랫동안 붉은 비가 떨어져 내렸다. 그 상황에 몇몇 사람들은 구역질을 참지 못 하고 바닥에 구토를 하기 시작했다.

바닥에 설치된 둥근 조명을 붉은 달처럼 만들고 나서야 비가 멈췄 다. 핏방울들을 고스란히 맞은 다섯 사람은 가만히 서서 제 몸에 흘러 내리는 동료의 피를 멍하니 바라보았다. 뭐라고 설명할 수 있을까. 동 료가 죽는 걸 눈앞에서 본 것은 처음이었다.

동화인들은 일반 사람들보다도 카리온과 신체의 상성이 잘 맞는 편 이었다. 즉, 카리온에게는 이용하기도, 먹기도 좋은 음식이라는 뜻이 나 다름없었다. 하지만 내부가 먹힌 탓에, 쏟아지는 빗속에서 지수의 신체 일부는 찾아볼 수 없었다. 카리온을 감싸고 있던 가죽조차도 폭 발로 사라진 듯했다. 오로지 피 웅덩이만이 지수가 존재했었다는 증 거였다.

"정말 빌어먹게 환상적이네."

슬픔 음성으로 재경이 읊조렸다. 이 광경을 다시는 보는 일 따위는 없었으면 좋겠다고, 여기 있는 모두가 같은 생각을 했다. 하지만, 이게 끝이 아니었다.

"방심하면 안 됩니다. 그것들은 몸이 조금만 회복되어도 우릴 공격할 거예요."

한번 당해본 적이 있기에 확신했다. 아마도 박하가 말해주었던 위치에 카리온의 약점이 있었을 것이다. 지금은 핵을 위협당해 몸을 움츠리고 있지만, 다시 힘을 보충하기 위해 공격을 감행할 것은 불 보듯 뻔한 일이었다.

긴급한 상황에 몸을 가릴 정신이 있었던 사람은 단 한 명도 없었다. 피를 뒤집어쓴 사람들은 추위를 느끼는 것처럼 덜덜 떨면서, 어떡해서든 몸에 묻은 피를 닦아내려고 노력했다.

공포에 빠져 움직이지 못하는 사람들까지 달래줄 시간이 없었기에, 재경과 나혜는 그들을 억지로 일으켜 세웠다.

"걸으세요. 지금 나가지 않으면 우리도 같은 꼴이 될 겁니다."

살벌한 협박은 재경에게 더 어울렸지만, 급박한 상황이었기에 나혜 역시 충격 요법을 사용했다. 사람들을 움직이게 하는 것에는 성공했으나 이곳을 벗어나는 것은 그들의 몫이었다. 말을 물가까지 데려갈 수는 있어도 물을 마시게는 할 수 없는 법이었다.

"홍철아."

"기석이 형?"

"나한테 주고 넌 뒤로 가 있어."

생각을 알 수 없는 표정으로 기식이 말했다. 하지만 기세만큼은 내단해서 홍철은 홀린 것처럼 그에게 화염 방사기를 넘겨주었다. 무기를 착용한 뒤에도 기석은 한참을 멍하니 서서 웅크리고 있는 나머지 카리온을 쳐다보았다.

불과 몇 시간 전까지만 해도 대화를 나누던 이가 흔적도 없이 사라져 버렸다. 임무를 버리고 4층으로 몰래 도망쳐 왔을 때, 지수에게 도망가자고 말이라도 해볼 것을 그랬다. 두렵고, 도망치고 싶은 마음에 아무것도 하지 못했고, 지수가 카리온에게 먹혀 이용당하고 있음에도 그저 지켜보만 있었다는 게 너무 후회스러웠다. 기석은 죄책감과 후회가 차올라 가만히 있을 수가 없었다. 뒤늦게야 그는 뭔가 하지 않고서는 미칠 것 같았다.

"형?"

이상함을 느낀 홍철이 기석을 불렀다. 그것이 신호라도 된 것처럼 그는 카리온을 향해 달려가기 시작했다.

"미안해, 지수야……."

"멈춰요, 형! 위험해요!"

반대로 공격당할 가능성이 있음에도 기석은 마치 죽고 싶은 사람처럼 막무가내였다. 홍철의 외침을 들은 고준이 재빨리 상황을 파악하고는 몸을 던져 기석을 바닥으로 쓰러뜨렸다.

"이거 놔요!"

"너도 죽고 싶어서 그래? 지수가 퍽이나 고마워하겠어!"

기석의 얼굴은 눈물범벅이었다. 고준에 의해서 질질 끌려 뒤로 물러나면서도 기석은 카리온을 향한 공격을 멈추지 않았다. 극적인 일은 일어나지 않았다. 그냥 불에 닿은 부분만 껍질이 떨어지듯 분리되어 소멸하였을 뿐이었다.

"정신 차려, 자식아!"

화를 낸 적이 없었던 고준이 기석의 멱살을 잡아 일으키며 소리쳤다.

"전, 저 혼자만 살겠다고 지수를 외면했다고요! 이기적인 새끼!"

스스로 볼을 가격하며 자해하는 기석을 안타깝게 보던 고준은, 무겁지도 않은지 비슷한 덩치의 기석을 그대로 들어 뒤로 던져버렸다.

"거기서 머리 좀 식히고 있어. 네가 개죽음당하면, 우릴 살리려고 한 지수의 선택을 모욕하는 거니까."

"흑. 흐윽."

바닥에 엎어진 채로 기석이 서럽게 울기 시작했다. 그 마음을 알기에 팀원들 역시 마음이 좋지 않았으나, 아직은 슬퍼할 때가 아니었다. 그들은 각자의 마음속에서 추모를 끝내고 현재 상황에 집중했다.

"일단 사람들을 빨리 대피시켜야겠어."

꿈쩍도 하지 않는 카리온의 상태를 확인한 그들이 대피 작업을 시작하려던 그때였다. 늘 그렇듯이 상황은 예고 없이 나빠졌다.

그때, 자신의 몸을 지키려는 듯이 웅크리고만 있던 카리온의 등에 고슴도치처럼 촘촘히 가시가 돋아나더니, 대응할 새도 없이 사방으로 뿜어졌다. 날카로운 가시들이 무작위로 날아가 바닥이고 천장이고 매섭게 꽂혔다. 마지막 발악처럼 가시들의 끝부분에서 크기가 다른 줄기들이 만들어지더니, 그대로 주변을 파괴했다. 벽과 바닥이 부서지고, 조명이 있던 곳에서는 스파크가 튀었다.

순식간에 벌어진 일에 사람들은 도망가지 못하고 다급히 팔로 머리를 감쌌다. 그것이 마지막 일격이라도 되었던 건지, 카리온은 이제 완벽하게 공처럼 오므라들며 제 소중한 것을 감추기 급급했다. 공격은 멈추었지만 파괴된 것은 벽이나 조명뿐만이 아니었다.

"윽!"

"아!"

나혜는 피를 토하는 민서와 쓰러지는 현규를 보았다. 둘의 거리가 가깝지 않아, 어느 쪽을 우선시해야 할지 결단을 내려야 했다. 선택을 끝낸 나혜가 해수를 불렀다.

"현규 씨 쪽으로 가주십시오."

육안으로 봤을 때 상태가 좋지 않은 것은 단연코 민서 쪽이었기에, 나혜는 살 확률이 높은 현규에게로 해수를 보낸 것이다.

"알겠어요."

나혜는 무거운 걸음으로 민서에게 향했다. 그녀의 오른쪽 쇄골부터 옆구리 일부분까지가 카리온이 날린 가시에 꿰어져 있었다. 바닥으로 떨어지는 핏방울을 멍하니 바라보면서도 민서는 상황을 이해하지 못한 듯, 어리둥절한 표정으로 제 몸을 내려다보고 있었다.

"물이 필요합니다! 최대한 많이 가지고 와주세요!"

나혜의 고함이 들린 직후 민서는 바닥에 스르륵 주저앉았다. 비죽비죽 튀어나온 가시들로 인해 그녀는 눕는 것도, 벽에 기대는 것도 불가능해 보였다.

"헉. 허억. 나, 죽어요? 왜……. 어째서?"

"말을 아끼세요. 괜찮을 겁니다."

'거짓말. 정반대로 생각하고 있으면서.'

나혜는 속으로 자신의 말을 반박했다. 그녀는 간신히 무표정을 유지하고서 해수에게 현규의 상태를 물었다.

"왼쪽 종아리 쪽에 박혔어요! 바닥이랑 연결되어 있어서 빼려면 도구가 필요해요!"

"윽, 아직은 괜찮아요."

가까스로 말을 마친 현규는 이를 악물고 신음을 참았다. 그는 다친 다리를 보지 않기 위해 천장에 시선을 고정한 채였다. 그래도 이 정도라서 다행이었다. 근처에 있었던 의자로 막지 않았다면 다리 하나로 끝나지 않았을 것이다.

참담한 사태에 다들 발만 동동 구르고 있을 때, 홍철이 용도를 알 수 없는 원형 통에 물을 담아왔다. 먼저 해수에게 전해 준 홍철이 나혜에게 얼른 뛰어가 건네주었다. 통을 건네받은 그녀의 표정이 순간적으로 오묘해졌다. 떠오른 생각을 얼른 지워버린 나혜는 물통을 열면서 말했다.

"많이 아플 겁니다."

"잠깐만요! 지금 그걸 빼내면!"

조금 떨어진 곳에서 나혜가 하는 행동을 지켜보던 해수는 무슨 일을 하려는 건지 깨닫고는 소리쳤다. 지금 민서의 몸에서 카리온의 줄기를 뽑아내면 그녀가 죽을지도 모른다고 말하려고 했다.

현규의 상태도 뼈가 다치진 않았는지 먼저 확인이 필요했고, 민서의 경우에는 너무 지독해서 쇼크사로 사망할 수도 있었다. 하지만 해수는 끝내 말을 내뱉지 못했다. 공포에 질린 민서와 눈이 마주쳤기 때문이다.

"빼내야 합니다! 이것도 결국은 카리온의 일부예요. 검은 줄기를 변형시켜 만든 거라 곧, 잠식이 시작될 겁니다!"

"무슨 말인지 이해했어요."

입술이 떨리고 있었으나 현규는 받아들이려고 노력했다.

"싫어! 살려줘요, 전 죽기 싫어요! 이러려고 여기에 온 게 아니란 말이에요!"

반면, 민서는 맹렬하게 거부했다. 그녀가 몸을 움직이자 상처가 벌어졌다. 근처에 있던 연주와 찬희가 민서의 몸을 붙잡고서야 그녀는 지친 듯이 몸을 늘어뜨렸다.

"어서 이걸 입에 물어요. 더는 지체할 수 없습니다."

과격하게 민서의 입에 나무 막대기를 물리고서 나혜는 검은 줄기에 물을 뿌렸다.

"으으윽! 으아아악!"

민서의 두 눈이 충혈되었고, 튀어나올 듯했다. 극심한 고통에 사지를 뒤트는 그녀를 붙잡아 두기 위해 홍철도 달라붙어야 했다.

"죄송하지만, 이 방법뿐입니다."

나혜는 마음을 굳게 먹고서 가지고 있는 물을 전부 상처 위로 뿌렸다. 카리온이 물에 보이는 반응으로 유추한 방법이었기에, 식은땀을 흘리며 그녀는 결과를 지켜보았다.

다행히 검은 줄기들이 서서히 쪼그라드는 게 보였다. 보호할 핵이 없었기에 그것은 돌돌 말려지는 대신에 그대로 바닥에 떨어졌다. 마치 타버린 애벌레 같았다.

현규의 경우에도 가시가 줄어들고 있는 것을 확인한 나혜는, 한시름 덜은 표정으로 민서에게 집중할 수 있었다. 거의 실신 상태가 된 그녀는 몸을 축 늘어뜨리고서 천장을 응시하고 있었다.

입술을 잘근잘근 씹으며 민서를 살펴보던 나혜가 사람들에게 물러나라고 경고했다. 그녀의 몸을 찢어발기며 파고들었던 검은 줄기들이 한계까지 작아지자, 그것과 연결된 수많은 작은 줄기들도 민서의 몸 안에서 빠져나오고 있었기 때문이다. 딱 하나의 가시가 박혀 있었던 현규와 다르게, 민서 쪽은 시간이 오래 걸릴 수밖에 없었다.

가늘게 이어지는 신음에 사람들의 마음도 같이 졸아들었다. 특히 해수의 경우에는 민서의 상태를 확인하고 싶어서 안절부절못했다. 그녀는 현규의 몸에서 가시가 빠져나간 것을 확인하고는 다소 다급하게 현규에게 물었다.

"죄송하지만 민서 씨 상태를 확인해 보고 와도 될까요?"

숨을 몰아쉬는 현규는 대답할 기운도 없어 보였다. 살짝 고개를 끄덕이는 걸 본 그녀는 홍철에게 지혈을 부탁한 후 바로 민서 쪽으로 뛰어갔다.

"아."

입술을 깨문 해수는 생각보다 심각한 민서의 상태에 말문이 턱하고 막혔다. 사실대로 말하자면 가망이 없었다. 가시가 박혀 있었던 부분이 꽤 컸던 탓에 너덜거리고 있었고, 피를 너무 많이 흘린 상태였다. 봉합 등의 응급 처치를 받지 못한다면 과다 출혈로 죽을 것이다. 눈을 질끈 감았다 뜬 해수는 지혈이라도 해보기 위해 담요를 끌고 와, 연주와 함께 온 힘을 다해 눌렀다.

"윽. 으아악!"

"쇼크가 올 거예요! 모르핀 투여합니다!"

급하게 진통제를 놓았으니 임시방편일 뿐이었다. 피가 계속해서 민서의 몸 밖으로 빠져나오고 있었다. 그녀는 민서가 아무것도 모른 채 죽음을 맞이하게 할 수는 없다고 생각했다. 잔인한 말이 될 테지만, 마음의 준비를 할 수 있도록 알려줘야 했다.

"피가 너무 많이 나오고 있어요. 상처가 난 부위도 크고 넓어서, 제

356

대로 된 치료를 받아야 하는데 여기선 어려워요. 집도할 선생님도 안 계시고 수술 도구도 없어요. 죄송해요, 민서 씨. 혹시 남기실 말이라도 있으시면……."

한 마디, 한 마디 말을 꺼낼 때마다 해수는 괴로웠다. 가능하면 살리고 싶었으니까. 살고 싶다고 말하는 사람에게 이런 이야기를 해야 한다는 게 견딜 수 없이 괴롭고 슬펐다.

"……"

대답이 없었다. 민서의 이마는 식은땀으로 축축하게 젖어 있었다. 말없이 허공을 바라보던 민서의 눈에서 조용히 눈물이 흘러내렸다. 힘이 없어 나오는 목소리가 작아, 해수는 고개를 아래로 숙여 귀를 가까이 대었다.

"이렇게 될 줄은…… 몰랐어요. 살고 싶어. 죽고 싶지 않아요. 저는……."

곧 끊어질 것처럼 가늘게 이어지던 목소리는 끝내 다른 말을 남기지 못했다.

"×월 ××일 오후 11시 23분 사망하셨습니다."

생명이 빠져나간 민서의 눈을 감겨주며 해수는 사망을 선고했다.

슬픔에 잠길 새도 없이 그녀는 현규를 마저 치료하러 떠났고, 나혜는 또다시 잃어버린 생명에, 조여오는 심장의 아픔을 느꼈다.

"다들 괜찮습니까?"

애써 표정을 관리하고서 나혜는 사람들을 돌아보았다. 두 사람 이외에 크게 다친 사람은 없어 보였다. 기석의 경우 허리 부분의 옷이 찢겼고, 입고 있던 보안 조끼는 넝마가 된 채 바닥에 떨어져 있었지만 몸은 괜찮아 보였다.

"최기석 씨, 다시는 단독 행동하지 마세요. 알겠습니까?"

"미안해. 형한테도, 죄송해요."

카리온이 폭주한 것이 기석의 행동 때문이라고 단정 지을 수 없었다. 하지만 팀으로 움직이고, 보호해야 할 대상이 있는 상태에서 감정에 치우친 행동을 한 것은 시정해야 될 것이었다.

"아시면 됐습니다. 지금부터 검은 줄기를 완전히 태웁니다."

이대로 둘 수는 없었다. 재경과 기석이 민서와 현규에게 붙었던 카리온의 흔적을 없애는 동안, 고준과 나혜는 다른 줄기들을 불태웠다. 핵이 없는 줄기는 너무도 약했다. 그것은 불에 금방 재가 되어 사라져 버렸다.

정리를 마친 후, 두 사람은 카리온을 감시하기 위해 불과 물을 번갈아 퍼부었다. 곁에서 홍철이 열심히 물을 날라주었다.

'이대론 안 되겠어.'

고준이 생각했다. 한번 가라앉은 분위기는 계속해서 어두워졌다. 남은 희망마저도 사라져 버린 것 같았다. 얼마나 많은 사람을 잃어야 할까. 루템에서는 사람들의 목숨을 구하기 위해 카리온 연구와 샘플 확보가 필수라고 말했지만, 정작 구해야 할 사람들이 죽어가고 있었다. 게다가 지금 일어난 일도 그들이 꾸민 거라면, 여기에 있는 건 더 이상 안전하지 않았다.

"내가 보고 있을 테니까 너희들은 일단 사람들을 밖으로 피신시켜."

"혼자서는 어려워요, 형. 언제 또 날뛸지 모르잖아요."

"한번 발악했으니 잠깐은 괜찮을 거야. 지들이 빨리 빠져나가 줘야 우리가 편해. 그렇지 않아? 모두 나간 뒤에 문을 닫으면 이놈은 당분간은 빠져나올 수 없을걸?"

"왜요?"

"빛이 이렇게 많잖아. 힘을 아주 천천히 되찾게 될 거야."

상상만으로도 고소하다며 웃는 고준을 홍철이 이상하다는 눈빛으로 쳐다보았다.

"가끔은 정말 괴짜 같은 거 알죠?"

"고마운 걸 그런 식으로 표현하는 거야? 다음번에는 술로 표현해줘."

"그놈의 술은 이제 그만 끊을 때도 되지 않았어요?"

"막내야, 쟤가 나 괴롭힌다. 흑흑."

재경을 돌아보며 고준이 우는 척을 했다.

"왜 그래요, 진짜."

"매정한 녀석들. 이놈 깨어나기 전에 얼른 움직여! 내가 한 명씩 엉덩이를 걷어차 줘야 움직일 거냐?"

진짜로 발을 휘두르는 고준을 피해, 마지못해 홍철과 재경이 사람들 쪽으로 뛰어갔다.

"고준 씨만 둬도 되는 거야?"

"먼저 사람들부터 옮기자. 어서."

목구멍에 가시가 걸린 것처럼 고준을 혼자 두는 게 마음에 걸렸으나 나혜는 한시라도 빨리 병원에서 벗어나고 싶은 마음에 고준의 의견을 따르기로 했다. 사람들이 한 명씩 카리온의 공격에 죽거나 다치고 있었기 때문이다. 종아리에 부목을 댄 채 홍철의 부축을 받고 있는 현규, 패닉에 빠져 재경에게 끌려 나가고 있는 도영. 누구 한 명 멀쩡한 사람이 없었다.

두통이 느껴진 나혜는 관자놀이를 꾹 눌러 문질렀다. 괜찮아 보였던 해수의 상태도 어딘가 이상했다. 가까이 다가간 나혜는 움직이지 못하고 손만 부들부들 떨고 있는 그녀를 보곤 안쓰러운 마음이 들었다.

"괜찮습니까?"

"네? 네. 괜찮아요."

대답과는 다르게 쓰러질 것처럼 얼굴이 창백했다. 해수의 팔을 제 어깨에 걸치고서, 나혜는 그녀의 허리를 잡아 일으켰다.

"혼자 걸을 수 있어요."

"여길 빨리 벗어나야 합니다. 얌전히 기대서 걸어주세요."

복도로 나간 나혜는 벽에 해수가 기댈 수 있도록 한 뒤, 고준을 도와주기 위해 다시 통제실로 들어가려고 했다.

삑.

기계음이 들리는 동시에 문이 닫히고 있었다. 놀랄 시간도 없었다.

좁아지고 있는 공간으로 뛰어들려던 나혜의 어깨를, 문 앞에서 기다리고 있던 고준이 웃으며 강한 힘으로 밀쳤다. 문은 그대로 닫혔다. 꼬리뼈를 타고 찌르르 고통이 올라왔지만 나혜는 벌떡 일어서서 문을 두드렸다.

"고준 씨! 당장 문 여세요!"

"형! 미쳤어? 뭐 하는 거야!"

문을 내리치며 두 사람이 고준을 불렀다. 뒤늦게 상황 파악이 된 홍철도 가세했으나 문은 열리지 않았다. 대신에 스피커를 통해 그의 말이 흘러나오기 시작했다.

- 너무 화내면 혈압 오른다, 얘들아.

"지금 농담이 나와요? 거기서 죽을 거야? 당장 문 열어요!"

- 재경아, 이럴 때 농담을 하지 그럼 언제 하겠니. 넌 애가 딱딱해서 문제야. 그리고 나는 여기에 남아 있어야 해.

"설명하세요. 이유가 뭡니까."

- 설명해 주지 않으면 안 갈 거지?

"당연한 말 그만하고 빨리 열어요. 아니면 부수고 들어갈 테니까."

재경이 으르렁거리며 살벌하게 말했다.

- 하여간 성질은……. 어쩔 수 없네.

못 말리겠다는 듯 고준이 한숨을 푹 내쉬었다.

- 너희들, 근무하면서 2명씩 돌아가며 통제실 맡을 때마다 나는 왜 빠졌는지 알아?

"관리자한테 쌍욕을 날리고 모니터를 깨부쉈다고 들었습니다."

- 와, 그렇게 소문이 났구나? 크게 다르지는 않네.

"쓸데없는 소리 말고 본론으로 넘어가죠? 정말로 문 부수고 들어가기 전에요."

- 삭막한 녀석들. 이유는 간단해. 연구 자료 해킹하려다가 걸렸거든. 하도 꽁꽁 싸매고 안 보여주기에 궁금해서 말이지. 뒤통수가 아려오는 게 촉이 오기도 했고.

태평한 고준의 말에 다들 경악했다. 연구실을 포함해 여기서 모아지는 자료들은 전부 루템에서 관리를 하고 있었다. 보안을 어떻게 뚫은 건지 대단하긴 했으나, 상황과 맞지 않는 뜬금없는 이야기처럼 들렸다.

"그게 지금 밖으로 나올 수 없는 것과 무슨 상관입니까?"

- 바로 그 이야기를 하려고 했어. 조금만 인내심을 가져보렴. 그래서 그때 그들이 내 몸에 심은 게 있어. 혹시라도 다시 해킹을 시도할까 겁

이 났던 모양이야.

장난이 성공해 기쁜 아이처럼 웃어대는 고준과 다르게, 팀원들은 그의 말이 이어질수록 표정이 굳어가고 있었다. 절대 좋은 이야기가 나오지 않을 것임을 짐작한 것이다.

- 아무튼 그것 때문에 이곳에 발을 들이면, 그 여자가 와서 풀어줄 때까지 움직일 수 없게 됐어. 문을 나서는 순간 펑 하고 터져버릴 테니까.

"지금 웃음이 나옵니까!"

- 어차피 카리온을 잡아둘 사람이 필요하잖아. 애초에 여기에 카리온만 가둔다는 건 불가능해.

잠시 말을 멈춘 고준이 한 마디 더 내뱉었다.

- 연구실이 열렸던 걸 생각해 봐.

많은 것을 내포한 말이었다. 고준은 세 사람보다 보안 팀에 오래 있었고, 그만큼 재이나 루템에 대해서도 많이 알고 있었다. 한량처럼 게임과 술을 찾으며 평판을 하락시킨 것도 전부, 해킹 사건으로 인해 감시를 받고 있었기 때문에 시선을 돌리고 싶어 일부러 그런 것이었다.

"처음부터 말해줄 수 있었지 않습니까. 여기에 오면 안 된다고……."

고준을 스파이로 의심하고 있었던 나혜는 죄책감 때문에 목이 멨다. 누군가 심장을 콱 움켜쥐고 있는 것 같이 답답했다.

- 그랬으면 다른 식으로 함정을 팠겠지. 벗어날 수 없었을 거야. 그러니 이건 누구 잘못도 아니야. 안 그래?

밝게 말하고 있었지만 고준도 팀원들에게 짐을 지게 한 것 같아서 속이 편한 것은 아니었다. 미리 말했더라면, 어쩌면 다른 방법을 강구해 볼 수도 있었을 것이다. 하지만 사람들을 구해야 했고, 4층으로 올

수밖에 없었다. 그렇다면 차라리 마지막에 알려주자. 그렇게 생각했고
후회는 없었다. 다만, 고준은 동료들과 술을 좀 더 마시지 못한 것이
아쉬울 뿐이었다.

"설마, 그렇게까지……."

재이를 직접 겪어본 적이 없는 홍철이 믿을 수 없다는 듯이 웅얼거
렸다. 그의 눈은 촉촉하게 젖어 있었다.

- 알아들었으면 여긴 나한테 맡기고 너희는 얼른 가라. 빨리 치료하
지 않으면 그 사람 죽을지도 몰라.

또다시 선택의 시간이 왔다. 나혜는 박하를 구하라는 임무를 맡은
것을 후회하지 않았고, 자연스럽게 그룹 내에 팀장이 되었을 때도 잘
할 자신이 있었다. 하지만 갈수록 어깨가 무겁게 느껴졌다. 이곳에 있
는 사람들의 목숨, 동료들의 목숨, 구해야 한다는 압박감. 나혜는 고준
만 남겨두고 가야 하는 상황을 어떻게 해서든 바꾸고 싶었으나, 방법
이 떠오르지 않았다.

- 단호해져야 해, 나혜야. 순간의 선택과 그 선택의 결과가 어떻게
될지는, 단 1초 만에 갈릴 수도 있으니까.

"쉽지 않습니다."

- 차차 나아질 거야.

나아지는 상황 따위 오지 않았으면 했다. 나혜는 남의 목숨 줄을 쥐
고 놓을지 말지 선택해야 되는 상황은 다시는 오지 말았으면 했다. 감
당하기 버거워 숨이 막힐 지경이었다.

- 너 안 나갔어?

갑작스러운 고준의 외침에, 다들 어리둥절한 표정이 되었다.

- 나혜야 네가 말한 건 끝냈다. 그리고 형이랑은 내가 같이 있을 테

니 가봐.

- 아니, 넌 나가야지.

- 그러면 형도 나가야죠.

기석이었다. 머리가 아파왔다. 독단적인 행동을 하지 말라고 말한 지가 언제인데! 나혜는 통제실에 스스로를 가둔 사람이 1명에서 2명으로 늘어난 상황에 분노가 치밀었다. 아까까지의 감정들이 전부 분노로 대체되었다.

"다들 미치셨습니까?"

- ......

- ......

"갑자기 꿀 먹은 벙어리라도 되셨습니까? 대체 어쩌자고!"

- 나혜 대장, 운형 팀장이 네게 맡긴 임무 잊지 않았지? 기석이는 내가 잘 데리고 있을 테니까, 걱정하지 말고 가.

무시하고 나오라고 떼를 쓸 수도 없는 일이었다. 카리온과 같이 있는 상태라 위험하기도 했거니와, 그의 말이 사실이라면 고준은 밖으로 나오면 반항도 못 하고 터져 죽을지도 모른다.

'어떡하지? 두고 가야 하나? 빨리 선택해야 해.'

결정을 내리지 못하는 나혜의 상태를 알고 있는 것처럼, 고준은 그녀의 죄책감을 덜어주려는 듯이 말했다.

- 누군가가 오고 있어. 아마도 그곳의 일원이겠지. 넌, 잘할 수 있을 거야. 게다가 의외로 내가 제일 오래 살아남을지도 모르잖아? 그러니까 그만하고 빨리 좀 가라, 너희들.

- 고준 형 말이 맞아. 악착같이 살아남을 테니까, 걱정 말고 가.

"팀장님한테 계속 무전을 보내세요. 어떡해서든 버티셔야 합니다."

- 걱정 마. 연료도 충분하니까. 너희야말로 죽지 마라.

"잠깐만요!"

홍철이 다급하게 외쳤으나, '웅' 하며 스피커가 울리는 소리만 대신 들려왔다. 믿을 수가 없어서 그는 나혜를 돌아보았다.

"정말 이대로 두고 갈 거야?"

"다른 방법이 있어?"

"……"

"그 여자를 만나면 가만두지 않을 거야. 내 손으로 죽여버리겠어."

분통이 터졌다. 재경은 루템과 재이에 대한 분로로 머리가 익을 것만 같았다. 평소와 다르게 나혜조차도 그를 말리지 않았다.

잠시 숨을 고른 나혜는 사람들을 돌아보며 말했다.

"1층으로 내려가겠습니다."

"괜찮나요?"

"네, 당신들을 구출하는 게 저희의 임무입니다."

속에서 불길이 일고 있었지만 나혜는 최대한 담담하게 말했다. 그녀는 고준과 기석이 있는 통제실을 슬픈 눈으로 바라보고는 몸을 돌렸다.

"부디 무사히 빠져나가야 할 텐데요."

"괜찮을 거야."

유일하게 아직 작동하고 있는 한 대의 모니터를 두 사람이 머리를 맞대고 응시하고 있었다. 고준은 더 날뛰지 않고 떠나는 동료들을 보며, 안심하고 웃을 수 있었다.

"여기에 술이 없다는 것도 포함해서, 좀 더 시간을 보내지 못해 아쉽네."

"그놈의 술타령은……. 연료는 좀 있어요?"

"아니."

팀원들에게 자신 있게 말한 것과 다르게, 고준의 화염 방사기에서 뿜어져 나오는 불길은 점점 약해지고 있었다.

"죄송해요. 제 것도 비슷해요."

"……"

"형, 지수 녀석 편하게 떠났을까요?"

"당연하지! 지금쯤 위에서 여자들이랑 술잔치를 벌이고 있을걸?"

하하. 기석은 고준에 노력에 웃음이 터졌다. 지수의 성격상 여자는 커녕 그동안 못 잔 잠이나 잘 테지만, 그래도 그곳에서는 편했으면 좋겠다고 생각했다.

그극. 그그그.

움직이기 시작하는 카리온을 보며 두 사람은 연료가 얼마 남지 않은 화염 방사기를 손에 들었다.

"곱게 죽어줄 마음은 없어."

"제발 그 마음 그대로 유지해 줘요, 형."

장난처럼 기석이 대꾸했다. 그의 이마를 타고 땀이 흘러내렸다. 기석은 여전히 죽고 싶지 않았고, 죽을 만큼 카리온이 무서웠다. 하지만 지수까지 잃었는데 고준마저 두고 갈 수는 없었다. 허리에 차고 있는, 작게 접혀 있는 형태의 전창을 힐끔 확인한 기석은 속으로 다짐했다. 연료가 떨어져도 무력하게 당하고 있지만은 않을 거라고 말이다.

서서히 일어서는 카리온의 몸이 갈라지는 것을, 두 사람은 긴장 어린 시선으로 지켜보았다.

10

나혜와 사람들이 빠져나간 곳의 반대편에 있는 비상구는 불에 탄 흔적으로 엉망이 되어 있었다. 문짝은 어딘가로 사라졌고, 위아래 조명들은 모두 터져나가서 주위가 어두컴컴했다. 카리온에게서 나는 것이 아닌 탄 냄새가 진동했다. 편의 공간의 문 또한 망가져서 들어갈 수 없게 되었다.

한바탕 전투를 치른 흔적 위로 또각또각 구두 소리가 울렸다.

"이런, 이런. 화려하게도 했구먼."

혀를 끌끌 찬 남자는 난장판이 된 곳을 지나치며 말했다.

검은색 티와 슬랙스를 입고, 검은색 구두를 신은 50대 후반 정도의 남성. 그는 원래대로라면 지하에서 카리온을 수집하고 떠나야 했을, 루템 소속 민채환이었다.

"흐음, 먹은 게 없어서 힘이 없었나 보군. 운이 좋았네."

정확히 카리온이 사라진 곳을 올려다보던 채환은 안경을 추켜올리며 흥미로운 듯 말했다.

"고작 조명 빛에 사라지다니 말이야. 핵은 내 눈에는 보이질 않으니 아쉽군."

"실장님께 연락할까요?"

"아니, 이미 알고 있을 거야. 이거 수확이 늘어서 기분 좋은걸."

돈을 쏟아부은 시설이 망가졌음에도 채환은 전혀 아쉬워하는 기색이 아니었다. 그는 카리온의 흔적이 있을 만한 곳만 잠깐 보고서, 무심하게 안으로 걸음을 옮겼다. 채환이 관심을 가진 것은 안쪽에서 벌어진 전투였기 때문이다.

"누군가가 죽었군."

가슴 쪽을 불로 지진 흔적이 있는 시체가 한 구 있었다. 카리온에게 먹히기 전에 처리한 것 같았다.

채환은 그것을 슬쩍 보고는 다시 싸운 흔적으로 눈을 돌렸다. 그는 주변을 꼼꼼히 살피며 사진과 영상을 찍었고, 파여 있는 홈의 길이를 측정했다. 감흥 없는 시선으로 바닥을 바라보던 채환의 눈이 갑자기 번쩍하고 빛났다.

"이 피는……."

좋지 않은 시력 탓에 눈을 가늘게 뜬 채환은, 시체 근처에 쭈그려 앉아 핏자국을 확인했다. 피로 된 웅덩이와 몇 센티미터 떨어진 곳에 있는 핏방울에는 검은색이 섞여 있었다. 사건 현장을 기록하는 검시관처럼 채환은 익숙하게 면봉과 통 하나를 꺼내 여러 군데에서 피를 채취했다. 검게 물든 면봉을 가까이에서 들여다보는 눈에는 호기심이 가득했다.

"대체 뭐로 상처 입혔을까. 웬만한 거로는 흠집도 내지 못했을 텐데."

"CCTV를 확인해 보겠습니다."

"그래, 어차피 가는 길이었으니까. 쓸 만한 것을 건졌으면 좋겠는데 말이지."

"좋은 결과를 얻으실 겁니다."

"말이라도 고맙네. 그럼 가볼까? 오호, 어지간히 급했나 보군."

뻥 뚫린 벽면을 보자 호기심이 동한 채환은 보디가드 2명을 이끌고 구멍에 고개를 가까이 대었다. 일직선으로 난 것이라면 뭔가 보이겠거니 싶어서였다. 하지만 구멍 끝에는 아무것도 보이지 않았다. 실망감에 한숨을 푹 내쉰 채환의 귓가로 여러 명의 발소리가 들려왔다.

"채환 님."

비슷하게 검은색 정장을 입고 검은색 선글라스를 쓴 보디가드들이 채환을 가리며 앞으로 나섰다. 총을 꺼내 들며 주변을 경계하는 수하들의 행동을 만족스럽게 바라보던 그는, 익숙한 모습들에 활짝 웃으며 친숙하게 말을 걸었다.

"이거 스키아의 운형 팀장 아닌가. 여긴 어쩐 일이지?"

평소 표정의 변화가 거의 없는 운형이지만 채환을 보고는 그의 눈가가 분명 움찔했다. 지하에 있는 카리온 때문에 재이가 채환을 불렀다는 건 단박에 알아챘지만, 굳이 그가 4층까지 온 이유가 무엇인지 의심스러웠다.

"네, 오랜만에 뵙습니다."

"여전히 무뚝뚝하구먼. 음? 다른 동료들은 다 어디로 가고 2명만 자네를 지키고 있나?"

"전 보호하는 사람이지, 보호받는 사람이 아닙니다. 루템에서 방치한 사람들을 구조하라고 보냈습니다."

운형은 채환 뒤에 서 있는 건장한 남자들을 빠르게 눈으로 훑었다. 같은 소속이라는 걸 확인했음에도 자신에게 총을 겨누고 있는 그들의 태도에, 운형의 심기는 언짢아졌다. 운형이 참는 성격이 아니라는 걸 상기한 채환이 부하들에게 말했다.

"이들은 괜찮아. 내리게."

팀원들을 잃은 그의 속은 분노로 타오르고 있었기 때문에 운형의 표정은 여전히 굳어 있었다. 그런 상황에서 난데없이 나타난 채환의 존재가 매우 거슬렸다. 원체 표정에 감정이 드러나지 않는 운형이지만, 그와 같이 일한 시간이 긴 송이와 태식은 그의 감정을 알아채고는 난감한 표정으로 서로를 응시했다.

"팀장님, 저 사람은?"

태식과의 가위바위보에서 진 송이가 불편한 얼굴로 운형에게 말을 걸었다.

"이렇게 보는 건 처음이군. 루템의 대표로는 재이 실장을 항상 내세 웠으니 말이야. 민채환 수석 연구원이라고 하네. 카리온 연구를 주로 맡아서 하고 있지."

"참나, 일 터진 지가 언젠데 이제야 얼굴을 들이민대. 뻔뻔하기가 아주 우주급이야."

"태식 형은 본판이 무서우니까, 그런 얼굴 하지 마세요. 네?"

"넌 누구 편이냐?"

"둘 다 그만. 4층까지는 무슨 일입니까?"

웬만해서는 관여하고 싶지 않았으나, 그래도 조직에서 중책을 맡고 있는 사람인 만큼 밑보여서 좋을 게 없었다. 적개심으로 가득한 태식 과 송이를 중재하며 운형은 채환을 빤히 내려다보았다. 그렇지 않아도 평균보다 키가 큰 운형이었다. 그 위압감에 채환은 등에서 식은땀이 나는 것 같았다.

"별일은 아닐세. 온 김에 카리온 연구에 필요한 자료 좀 찾아볼까 해서 말이야."

"용케 여기까지 오셨군요. 미리 연락이라도 주셨으면 동행해 드렸을 텐데요."

"바쁜 사람한테 그럴 수야 있나. 우린 괜찮으니 볼일 보게."

"아닙니다. 저도 마침 가던 길이었으니, 동행하겠습니다."

거절의 말을 내뱉지 못하게 운형이 대화를 마무리 지어버렸다. 좋지 않은 예감이 들었다. 여기까지 오면서 채환이 본 것을 고대로 보았기 때문이다. 카리온이 흘린 게 분명한 굳어버린 검은 핏자국을 본 순간, 그는 채환을 따라가야겠다고 마음을 바꿨다.

"가시죠."

먼저 움직이라는 의미로 운형이 가만히 바라보고만 있자, 헛기침을 한 채환이 떨떠름한 얼굴로 통제실 쪽으로 걸어갔다.

대화 한마디 없이 도착한 그들은 주변의 상태를 보고는 얼굴을 굳혔다. 문 근처, 복도에 묻어 있는 피와 손자국들이 무슨 일이 일어났었다는 것을 짐작하게 했기 때문이다. 4층에 누가 있었는지 알고 있는 송이는 불안감에 운형을 쳐다보았지만, 바로 곁에 채환이 있어 물어볼 수는 없었다. 특히, 운형이 신경 쓰고 있는 여자애가 관련된 일이라, 말하는 데 있어 신중해야 했다. 같은 이유로 태식도 어정쩡하게 서서 운형과 채환의 눈치만 보고 있었다.

"저희가 앞장서겠습니다."

"아니, 아닐세."

"카리온이 있을 확률이 높습니다. 무사히 여기까지 온 방법이 무엇인지는 모르겠으나 위험합니다."

한 마디로 고집부리지 말고 나오라는 의미였다. 채환은 연구만 하는 사람이었기에 운형 나름의 배려이기도 했다.

"굳이 그럴 필요 없네. 안쪽 상황 정도는 몸으로 부딪쳐 보지 않고서도 알 수 있으니 말이야."

여유 있는 음성으로 채환이 말했다. 그런 자신을 운형이 어떤 시선으로 보고 있는지도 모른 채, 전자 패드를 꺼낸 그는 프로그램을 실행하기 위해 거침없이 손을 움직였다. 여러 번 해본 듯한 태도에 운형의 시선이 더욱 날카로워졌다.

"이제 됐네."

빠르게 설정을 끝낸 채환이 만족스럽게 패드에서 고개를 들었다. 불투명했던 벽면이 투명해지며, 정말 그가 장담한 것처럼 내부가 훤히 들여다보였다.

"고준 형이랑 기석이 형 아니에요?"

눈앞의 상황을 믿고 싶지 않았던 송이가 떨리는 음성으로 물었다.

"문 여시죠."

"위험하지 않겠나? 그냥 이대로 안쪽에 물을 쏟아 넣으면 우리가 들어갈 때 위험하지도 않을 텐데."

구구절절 설명해 대는 채환을 보지도 않고서 운형이 앞으로 나섰다. 얼마나 저 상태로 있었던 것인지, 왜 이런 상황이 된 건지 아는 건 아무것도 없었으나, 믿고 아꼈던 동료들이 괴로워하는 모습을 오래 보고 싶지는 않았다.

운형의 시선이 아래로 내려갔다. 바닥에 쓰러져 있는 기석은 움직임이 없었고, 그의 등은 피로 범벅되어 있었다. 그리고 다시 시선을 들자 고준이 보였다. 드러난 팔과 얼굴만 보더라도, 고준이 카리온에게 먹혔다는 건 분명했다. 운형은 망설임 없이 보안 키를 가져다 대었다. 당연하다는 듯이 태식과 송이가 그 뒤를 따랐다.

무시당했다는 생각에 눈썹을 들썩이며 불쾌함을 드러내던 채환은, 이참에 그들이 카리온을 대하는 방식이나 구경해야겠다며 기분을 풀었다. 소 뒷걸음치는 격으로 카리온이 물에 약하다는 것은 발견한 것 같지만, 지금 보안 팀에서는 카리온을 소멸시킬 방법을 알고 있는 자가 없었다.

'어쩌면 그사이에 뭔가 발견한 걸지도 모르겠군. 자세히 살펴볼 좋은 기회야.'

연구로 알아내는 것보다도 역시 실제로 보면서 판단하는 것이 더 성격에 맞았다.

채환과 보디가드들은 조심스럽게 보안 팀과 거리를 두면서 안으로 들어갔다. 어수선한 통제실 내부는 멀쩡한 곳이 없어 보였다. 멀티스크린이 있던 자리에는 기계의 앙상한 뼈대만 남았고 바닥에는 파편들이 가득했다. 커다랗게 설치된 원형 조명은 마치 붉은 달처럼 음산하게 빛났고, 한쪽 구석에는 축축한 담요가 봉긋하게 솟아 있었다.

붉은 달 위에서 팔을 축 늘어뜨린 채 서 있는 고준에게 보안 팀이 향하는 것을 본 채환은 슬쩍, 문 근처에 있는 시체 쪽으로 향했다. 품 안에서 라텍스 장갑을 꺼내서 낀 그가 담요를 들추자 익숙한 얼굴이 보였다.

"이런, 여기서 만날 줄은 몰랐는데."

전혀 아쉽지 않은 음성이었다. 채환은 슬쩍 뒤를 돌아보았고, 보디가드들이 익숙하게 딱 붙어 가려주는 것을 확인하고는 민서의 주머니에 넣어둔 리모컨을 꺼내 주머니에 숨겼다.

애초에 민서를 살려둘 생각은 없었으나, 자기가 풀어준 카리온에게 당할 줄은 몰랐던 채환은 어리석다며 혀를 찼다. 그는 자신이 감당할 수 있는지 없는지도 모르는 아둔한 여자라고 속으로 그녀를 비웃었다. 상처가 흥미롭기는 해서 가져가 확인해 보고 싶었으나, 운형이 같이 있어 당장은 어려울 것 같았다.

"좀 지켜봐야겠군. 일단 컴퓨터에서 필요한 자료를 좀……. 하하. 이것 참. 야무지게도 부셔놨군."

두 대의 컴퓨터도, 외부 장치도 멀쩡한 게 없었다. 카리온과 싸움으로 인한 것인지 검은 줄기에 뚫려 있는 것도 있었고, 불에 탄 것도 있었다. 어느 쪽이든 제 형태를 유지하고 있지 못했다.

굳이 가까이 다가가서 살펴보지 않아도 복원시킬 수 없을 정도로 자잘하게 부서져 있는 상태에, 헛웃음을 흘린 채환은 날카롭게 고준을 쏘아보았다.

"이 중요한 걸 망가뜨리다니."

심기가 불편해졌다. 아직 쓸모를 다하지 않은 것들이 자꾸만 망가졌기 때문이다. 게다가 통제실에 온 목적도 사라졌다.

복도에서 카리온에게 피를 쏟게 한 자가 누구인지 알고 싶었던 채환은, 일이 틀어지자 불만스럽게 라텍스 장갑을 벗어 바닥에 내팽개쳐 버렸다.

호선을 그리고 있는 입매와는 다르게 채환은 냉기가 흐르는 눈으로 운형 쪽을 바라보았다. 그는 한쪽에 자리를 잡고서 싸움이 끝나기를 기다리기로 했다. 만약 카리온에게 먹힌 고준의 시체가 상황이 끝났을 때 조금이라도 형태를 유지하고 있다면, 동화인과 카리온의 연결고리를 연구할 수 있는 진귀한 샘플이 될 터였다. 손에 넣기까지 지루하게 기다려야겠지만 구하기 힘든 연구 자료이니, 그만한 가치는 있었다.

'그거라도 얻어 가야겠어. 날 위해 부디 도움이 될 만한 걸 남겨주게.'

속으로 운형이 뭔가 색다른 방법으로 해결해 주길 바라며, 채환은 그들을 주시했다.

채환이 음흉한 속내를 가지고 자신들을 지켜보고 있다는 것을 모를 운형이 아니었으나, 지금은 그런 시선 따위를 신경 쓸 겨를이 없었다. 기석과 고준이 당한 일에 누구보다도 분노했고, 자신에게 너무나 화가 났다.

만약 두 사람이 카리온과 함께 갇혀 있다는 것을 미리 알았더라면, 운형은 하던 것을 멈추고 달려왔을 것이다. 하지만 상황을 몰랐던 그는 자신의 왼손이 카리온의 몸속에 저항 없이 들어갔던 일을 떠올리며, 어쩌면 직접적인 타격을 줄 수 있을지도 모른다는 가설을 확인하고 싶었다. 그래서 여기로 오는 내내 카리온을 찾아다니느라, 시간이 지체되고 말았던 것이다. 결국 운형은 제 안의 뭔가가 변했음을 깨달았고, 그동안 가졌던 의문도 어느 정도 해소할 수는 있었다. 다른 팀원들에 비해 유독 예민하게 카리온을 느끼고, 박하에게서 재이와 비슷한 이질감을 느꼈던 이유가 분명히 여기에 있는 듯했다.

그는 박하와 우연히 눈을 마주친 순간, 재이와 같은 능력이 있는 아이를 찾았다는 강한 확신이 들었었다. 그렇기에 운형은 4층 복도에 떨어진 카리온의 검은 피를 보고서 바로 박하를 떠올렸고, 채환을 감시하기 위해 그를 따라가기로 결정을 내린 것이었다.

'미안하다. 곧 편하게 해주마.'

온통 검게 변한 고준의 눈동자에서 흘러내린 검은 눈물을 보며 운형은 스스로 다짐했다. 피부 겉으로 드러난 검은 줄기로 인해 고준의 시신은 많이 망가져 있었다. 공허한 눈빛은 자신을 바라보는 것 같았다.

"지금부터 고준의 몸을 태운다."

"네?"

"대장, 괜찮겠어?"

보안 팀에서 운형의 곁을 오랫동안 지켜온 태식이 많은 감정을 담은, 그러나 결국에는 무시무시할 뿐인 얼굴로 물었다.

"시간을 끌수록 고준이 고통스러울 거다."

"하지만 가만히 보고 있지는 않을 텐데요."

"어차피 내가 카리온을 죽이는 모습을 보여주면 다른 생각은 잊어버릴 거다. 나에게만 집중할 거야."

"팀장님!"

송이가 불만스럽다는 듯이 그를 불렀다.

그녀는 채환을 처음 봤을 때부터 왠지 모르게 꺼림칙한 느낌이 들었다. 힘겹기는 하겠지만 그가 볼 수 없는 각도에서 처리하는 것도 충분히 가능한 상황이었다. 대체 그 아이가 뭐라고 이렇게까지 해야 하는지 송이는 이해할 수가 없었다. 카리온을 죽일 수 있는 사람이 재이가 유일하다고 알려진 상황에서, 루템이 운형이 가진 능력을 알면 가만히 두고 볼 리가 없었다. 희망이 될지도 모르는 여자애보다도 송이는 자신의 동료들이 더 소중했다.

"감정 때문에 일을 그르치지 마라. 내가 무수히 얘기했을 텐데."

송이가 보안 팀에 들어와 임무를 맡을 때마다 항상 듣는 이야기였다. 감정에 치우치지 마라. 무엇이 더 도움이 될지 생각해라. 카리온을 죽이기 위해서라면 수단과 방법을 가리지 마라.

"알겠습니다."

운형의 말에 내포된 뜻을 이해한 송이는, 불만 가득한 표정을 지으면서도 수긍할 수밖에 없었다.

"한번 해보자고요, 대장!"

"시작한다."

채환이 눈치채고 방해하기 전에 빠르게 해치워야 한다. 일부러 채환과 가능한 멀리 떨어진 곳에 자리를 잡은 세 사람은, 가만히 동면을 취하는 것처럼 움직이지 않는 고준의 모습을 한 카리온을 향해 동시에 불을 발사했다.

극 그극.

카리온의 비명이 커졌다.

"운형 팀장, 지금 뭐 하는 건가!"

뒤늦게 채환이 소리쳤으나 이미 그가 샘플로 낙점한 고준의 시체는 불에 타 녹아내리고 있었다.

'예상했어야 했는데! 저 독한 자식!'

분노로 떨리는 손을 주머니에 넣어 감추며, 채환은 화를 낸 적이 없다는 듯이 평온한 표정을 지었다. 설마하니 동료를 일말의 망설임도 없이 불태울 줄은 몰랐다. 낭패였다. 그에 대한 대가를 치르게 하겠다고 다짐한 채환의 눈에, 두 개의 군용 칼을 손에 쥔 운형이 찾아들고 있는 불길 속으로 뛰어들어 방패막이를 잃은 카리온을 공격하는 것이 보였다.

'뭐지?'

흥분이 발끝을 타고 올라와 온몸에 전율이 흘렀다. 채환은 지금 제가 보고 있는 것을 믿을 수가 없었다. 카리온의 가죽은 최강의 방어구였다. 무엇으로도 뚫리지 않았으며, 실험을 통해 만들어진 재이 같은 아이들만이 유일하게 타격을 입힐 수 있었다. 마치 동족이라고 인식하는 것처럼 그들에게만큼은 방어력을 가동하지 않는 것 같았다. 그런데 운형이 대뜸 카리온에게 상처를 입히는 일에 성공한 것이다.

'뭐지? 어째서 카리온에게 상처를 입힐 수 있게 된 거지? 대체 무슨 일이 벌어진 거야! 알고 싶다. 알고 싶어!'

호기심과 궁금증으로 채환의 머릿속은 들끓었다. 이대로 운형을 납치해서 무엇이 카리온을 혼란스럽게 했는지 알아내고 싶어 미칠 것 같았다. 손이 근질근질해서 가만히 있을 수가 없었던 채환은, 어느새 주머니에서 손을 빼고 운형을 잡고 싶다는 것처럼 허공을 향해 손을 뻗고 있었다.

"채환 님."

자신의 이름을 부르는 목소리에 채환은 간신히 앞으로 나아가려는, 운형에게 닿으려는 발걸음을 멈추었다. 하지만 시선만큼은 그를 잡아먹을 것처럼 뚫어지게 응시한 채였다.

괴물을 향해 달려드는 운형의 표정은 희열에 차 있었다. 그에게 카리온 사냥은 기쁨이자 속죄였기 때문이다. 제 가족을 죽인 원수, 동료를 잃게 만든 원흉. 어두운 감정이 원하는 것이 바로 카리온의 죽음이었다.

빛 때문에 화상을 입은 자리가 더디게 아물어 가던 카리온은, 자신을 향한 공격을 알아채곤 바로 대응에 나섰다. 어느새 운형보다도 커진 몸을 반으로 쩍 벌리고서, 카리온은 검은 줄기를 곧장 그에게 쏟아냈다.

오른손으로 카리온의 두껍고 단단한 검은 줄기를 잡아챈 운형은 왼손에 든 칼로 망설임 없이 그것을 잘라버렸다. 단 한 번의 칼질만으로도 검은 줄기는 쉽게 잘려나갔지만, 수가 워낙 많았기에 전부 막아내기에는 역부족이었다. 시간이 지날수록 운형의 몸에는 자잘한 상처가 쌓이기 시작했다. 화염에 운형까지 휩쓸리지 않도록 조절하며 태식과 송이가 지원 사격을 해주었기에, 그나마 큰 상처는 입지 않은 터였다.

카리온을 죽이겠다는 일념으로 운형은 앞으로 나아갔다. 그동안 직접적인 타격은 받지 못했던 카리온이 검은 줄기를 다시 끌어들이기 시작했지만, 이는 오히려 운형이 바라던 것이었다. 벌어진 몸체가 닫히기 전에 왼팔을 쑤셔 넣는 데 성공한 그는, 처음 카리온을 소멸시켰을 때처럼 그대로 팔을 위쪽으로 꺾어 안을 휘저었다.

얼굴 없는 카리온이 몸부림쳤다. 뭔가를 두려워하는 것처럼 느껴졌다. 운형을 제 몸에서 빼내기 위해 카리온이 몸체를 다시 벌리기 시작했다. 그들은 몸 안에 있는 그의 팔을 인식하지 못하고 전부 쏟아내려고 하고 있었다.

"이게 네가 두려워하는 거겠지."

칼에 스친 딱딱한 것이 허공에서 흔들리는 게 느껴졌다. 운형은 카리온이 검은 줄기들과 함께 자신의 팔까지 빼내기 전에, 얼른 그것을 손에 쥐었다. 검은 줄기가 그의 몸을 꽁꽁 감싸며 발악했다. 몸이 조이면서 숨이 막혔지만 운형은 끝까지 핵을 놓지 않았다.

"그래, 이 감촉이었어."

서늘하게 말을 내뱉은 운형은 그때를 떠올리며, 카리온의 몸에서 핵을 완전히 떼어내 버렸다. 그것과 연결되어 있던 줄기 몇 개가 같이 따라 나왔으나, 얼마 지나지 않아 저절로 분리되며 바닥으로 떨어졌다. 핵은 아주 잠깐 짙은 회색을 띠고 있다가, 곧 눈에 보이지 않게 되었다. 4층으로 올라오면서 카리온을 통해 여러 차례 확인한 것처럼 검은 줄기는 운형의 몸속으로 파고들지 못했고, 그는 피부에 난 생채기를 제외하고는 멀쩡했다.

"대장!"

"팀장님! 괜찮으세요? 어서 이쪽으로!"

운형은 두 사람의 부축을 받고서 뒤로 몸을 옮겼다. 몸에서 핵이 빠져나간 카리온은 그대로 움직임을 멈추었다.

콰르릉.

돌무덤이 무너지는 것과 비슷한 소리가 들린 후, 카리온의 몸은 도화지에 물감을 퍼트리듯이 역으로 천장으로 쏟아졌다. 검은 소나기가 금방이라도 지나간 것처럼 웅덩이 하나가 천장에 생겨났다.

"맙소사. 어떻게……. 어떻게 이런 일이!"

진심으로 놀란 채환이 눈을 홉떴다. 그러거나 말거나 운형은 딱딱한 감촉만 느껴지는 핵을 잃어버리지 않도록 조끼 안쪽 주머니에 넣었다.

지옥 같았던 과거의 그날에는, 손에 넣은 핵이 얼마나 중요한지 알지 못했지만 지금은 아니다. 운형은 루템에 대한 희망을 버린 지 오래였고, 스스로 카리온을 파멸시킬 방법을 알아내고 싶었다. 그는 여전히 놀란 표정으로 카리온이 소멸하는 것을 지켜보는 채환을 확인하며, 유일하게 핵을 볼 수 있는 재이가 이곳에 없는 것이 다행이라고 생각했다.

천장에서 흘러내리는 카리온의 흔적은 아래로 내려올수록 타버린 재처럼 회색으로 변하다가 사라져 버렸다. 허무하리만치 아무런 흔적도 남기지 않았으나, 그들의 마지막으로 딱 알맞았다. 핵을 없애는 방법만 알아낸다면, 다시 부활하지 못하도록 카리온에게 완벽한 죽음을 선사해 줄 수 있을 것이다. 그러기 위해서는 이 핵이 반드시 필요했다. 운형은 확인하려는 것처럼 옷 너머로 느껴지는 핵을 꽉 쥐었다.

검은 웅덩이 아래에서 붉은 액체를 응시하는 운형의 모습은 쓸쓸해 보였다. 마치 무리를 잃어버린 늑대처럼 서 있는 그에게는 쉽게 다가가지 못할 분위기가 풍겼다.

"팀장님, 상처가 많아요. 소독이라도 하셔야 해요."

보다 못한 송이가 멀찍이서 말했다. 천만다행으로 큰 상처는 없었으나, 자잘한 상처들이 즐비했다.

"팀장님?"

고개를 돌린 운형의 눈빛은 살인자의 그것처럼 형형하게 빛나고 있었다. 무시무시한 기세에 송이가 숨을 들이켜며 한 걸음 물러나자, 운형은 그제야 눈에서 힘을 풀었다.

"이 정도는 괜찮아. 마무리하도록 하지."

팀원들에게 가까이 걸어가며 운형의 눈길이 빠르게 채환 쪽을 훑고 지나갔다. 구석에 서 있던 채환이 어느새 카리온이 소멸한 근처로 와, 세기의 발명을 목도한 사람처럼 황홀한 표정으로 위를 올려다보고 있었다.

"기석의 시신은?"

"지수 형 방으로 사용했던 곳에……. 여기, 방 키예요."

키를 건네받은 운형은 그것을 빤히 내려다보기만 했다.

"그곳에 뒀으면 당분간은 괜찮을 거다."

조끼 주머니에 키를 넣어두고서 운형은 통제실에 있는 3개의 방 중에서, 강한 힘으로 열어젖힌 것처럼 문이 구겨져 있는 방을 바라보았다.

이곳에서 무슨 일이 있었던 것일까. 왜 두 사람만 남아 있었을까. 추측해 보던 그는 자신에게로 다가오는 묵직한 발소리를 들었다.

"그건 어떻게 됐지?"

"화끈하게 끝냈죠, 대장. 얼굴이 창백한데 진짜 괜찮은 겁니까?"

"그래."

찰떡같이 자신이 바라는 대답을 해준 태식이 걱정 어린 말을 하는 것을 들으며, 운형은 제 왼쪽 팔을 내려다보았다. 카리온의 내부에 들어갔다 나온 것치고는 멀쩡했다. 공격을 당한 얼굴, 목, 다른 부위보다도 말이다.

헛웃음을 삼킨 그는 송이에게 무전기 전원을 켜두라고 일렀다. 채환의 시선이 따가웠다. 운형은 차가운 기운이 몸을 감싸는 것을 느끼면서도 뒤를 돌아보지 않았다. 채환의 장단에 맞춰주고 싶은 생각이 멀쩡한 하드웨어보다도 없었기 때문이다.

"어디쯤인지 확인해 보겠습니다!"

줄곧 눈치를 보고 있던 송이가 나서서 꺼두었던 무전을 켜자, 동시에 무전을 걸고 있었던 모양인지 팀원 하영의 목소리가 곧바로 송출되었다.

- 언니! 오 마이 갓! 왜 이제야 받아요!

흥분한 음성은 조금 떨리기까지 했다. 사람들을 대피시키라고 일찍이 임무를 맡긴 하영이 그들에게 다급하게 전화할 이유라고는 하나뿐이었기에 같이 듣고 있던 운형과 태식의 표정도 어두워졌다.

"일이 좀 있었어. 어디야? 무슨 일인데 그래?"

- 큰일 났어요! 제가 혹시나 싶어서 지하 3층에 내려왔거든요? 그런데 뭘 본 줄 아세요? 맙소사! 루템에서는 대체 뭘 어떻게 하고 갔기에! 불교인 제가 하느님을 다 찾았다니까요?

"하영아, 천천히. 창고에서 뭘 본 거니?"

예감이 좋지 않아서, 송이는 하영의 두서없는 말을 끊어버리고 다급하게 물었다.

- 놀라지 마세요. 팀장님도 같이 계시는 거죠?

"그래, 옆에 계셔. 그러니 숨 좀 쉬고 천천히 말해봐."

- 사람들이 검은 줄기에 갇혀 있어요. 그 수가 제법 돼요. 보통 피를 바로 섭취하는 걸로 알고 있었는데 이건⋯⋯. 마치 의식을 준비하는 것 같아요.

"의식이라니?"

- 원래 크기의 배는 커 보이는 알이 정중앙에 생겼어요. 들어가는 건 불가능해서 밖에서 보고 있는데도 존재감이 장난 아니에요! 언니! 혹시 기석 오빠와 연락 닿아요?

하영은 다다다 말을 쏟아냈다. 마지막 문장을 들은 송이는 운형을 바라보았고, 그는 고개를 내저었다. 숨기라는 의미였다. 그런데 왜 하필 기석일까. 뭔가 알고 있어서 물어본 것은 아닌 것 같았다.

"아마 바빠서 무전을 받지 못했을 거야. 무소식이 희소식이라고 생각하자, 우리."

밝게 이야기하려고 했으나 가늘게 떨리는 목소리마저 감출 수는 없었다. 다행히도 하영은 눈치를 채지 못했고, 송이는 제 앞에 내민 운형의 손을 보고 바로 무전기를 넘겼다.

"일단 거기서 나오도록 해. 우리가 갈 때까지 지하에는 내려가지 마라. 알겠나?"

- 네! 지금 바로 철수하겠습니다!

"안전한 곳에 숨어 있으면 곧 내려가겠다."

- 넵!

무전이 끊기고, 무전기를 송이에게 다시 넘겨준 운형은 숨을 깊게 내뱉었다.

"대장!"

낌새를 눈치챈 태식이 다급하게 운형을 뒤에서 끌어안으며 말렸으나, 그는 꿈쩍도 하지 않고 태식을 매단 채 채환에게로 걸어갔다. 채환이 의문을 표하기도 전에, 그는 운형의 손에 멱살이 잡혀 끌어 올려졌다.

"대장, 참아요! 나도 한 대 치고 싶지만! 대장 주먹에 맞으면 죽어요! 그럼 살인이라고!"

"하하. 왜 이러나, 운형 팀장."

"무슨 속셈이야! 개 같은 장소에 병원을 지은 것도, 여기에 사람들을 가둔 것도 마음에 들지 않았어. 단순하게 카리온을 가져가려고 왔다고 했을 때도……. 대체 무슨 짓을 하려는 거지?"

"이거 놓고 이야기하세."

성난 짐승의 발톱 아래에 목숨 줄이 놓여 있음에도 채환은 난감한 빛을 띠기만 할 뿐 무서워하지는 않았다. 또한, 그를 보호해야 할 보디가드들 역시 이상하게도 적극적으로 나서지 않고 보고 있기만 했다.

"대답해! 지금 창고에서 벌어지는 일, 알고 있었지? 재이도 알고 있나?"

"우리 서로 정보를 교환하는 건 어떤가. 난 평범했던 자네가 어떻게 카리온을 소멸시킨 건지 궁금하고, 자네는 창고에서 벌어지는 일이 궁금한 거 아닌가. 우리 서로 원하는 것을 얻을 수 있을 것 같은데."

채환은 입만 살아 있는 듯 나불나불 잘도 말했다. 믿는 구석이라도 있는 것처럼 당당하기 그지없었다.

"당신이 먼저 말해. 그럼 나도 말해주지."

"우리 사이에 영 신뢰가 없구먼. 아쉬운 사람이 지는 거니 어쩔 수 없지. 창고에서 벌어지는 일이 궁금하다고 했나?"

"빼놓지 말고, 알고 있는 건 전부 말해."

그의 동물적인 감이 위험하다고 경고를 보내고 있었다. 언론 통제에 시간을 쏟고 있는 루템에서는 고운 병원에 갇힌 사람들에 대해선 전혀 관심이 없었다. 채환만 봐도 어떻게 생각하는지가 보였다. 그들에겐 사람들이 죽든 살든 그저 실험체에 불과했다.

'짐승만도 못한 놈들.'

그들이 가진 정보가 아니었다면 운형은 이따위 곳에 발을 들이지도 않았을 것이다. 그마저도 걸러낸 정보를 주는 통해 큰 소득은 없었고, 이용만 당하고 있다는 깃도 잘 알고 있었다. 그럼에도 운형이 지금까지 참았던 이유는 별세계에 떨어진 채, 강제로 괴물과 동화된 팀원들을 지켜주기 위해서였다.

처음에는 복수만이 목표였으나, 어느 순간부터 운형은 팀원들이 더 소중해졌다. 그런 제 팀원들이 시체도 남기지 못하고 죽어가고 있었다. 루템에서 적어도 카리온을 막을 수 있는 제대로 된 정보를 전해줬더라면, 이렇게까지 무력하게 떠나보내지는 않았을 것이다. 운형은 더이상 참을 수 없었고, 채환이 헛소리를 지껄이는 즉시 이 관계를 끝내기로 마음먹었다.

"큼! 알겠으니 내려주게."

채환은 목을 움츠리면서도 운형에게 내려놓고 이야기할 것을 요청했다.

"하나도 빠짐없이 말해야 할 겁니다."

겨우 이성을 부여잡고서 운형이 경고했다. 졸린 목을 문지르며 헛기침을 몇 번 한 채환이 고개를 끄덕였다.

"자네 식물 키워봤나?"

"말을 돌리려는 의도면 소용없습니다."

단호한 운형의 말에도 채환은 식물에 대한 이야기를 계속했다.

"식물이 자라려면 영양분 있는 양질의 흙을 고루 채우고, 그 안에 씨앗을 넣은 다음 목이 마르지 않도록 물을 줘야 하지. 카리온도 별반 다르지 않네. 그놈에게 씨앗은 핵이고, 단단한 돌이 그들의 땅이야. 나머지도 알겠지? 물은 사람에게 필요한 건강한 피, 햇빛은 어둠이지."

"똑바로 말하십시오. 무슨 말이 하고 싶은 겁니까?"

"카리온을 소멸시킬 때, 자네가 숨긴 그 핵이 바로 씨앗이란 말이네. 절대로 깨지지 않는 핵은 땅에 떨어지는 순간 자리를 잡고, 안전한 막이 생기기 전까지는 동화인들 눈에도 보이지 않아. 그러니 이병원 곳곳에는 자네들도 모르는 카리온의 알이 무척이나 많다는 얘기지."

숨을 들이켜는 소리가 들렸다. 그동안 순찰을 돌며 카리온에 대해 알아내려고 한 노력들이 전부 허사였다. 처음부터 루템은 사람들을 살려둘 생각이 없었던 것이다. 이곳은 병원이란 이름의 실험실이나 다름없었다. 여러 층을 감시해 온 것도 그런 이유에서였을 것이다.

그는 당장이라도 채환을 때려눕히고 싶었지만 아직 들어야 할 이야기가 남아 있었다. 운형이 보기에 채환은 어떻게 하면 원하는 정보를 들을 수 있을지, 루템이 정해놓은 규칙을 깨고서라도 들어야할 가치가 있는 것인지 자신을 재보고 있는 것 같았다. 두 사람은 서로 말은 하지 않아도 더 많은 정보를 얻기 위해 기싸움을 벌였다.

채환의 마음속에 있는 추는 한쪽으로 기울고 있었다. 이왕 털어놓은 진실, 더 말하지 못할 것도 없었다. 채찍만 주는 것보다 당근을 적절히 주는 것도 중요하다. 게다가 여기서 멈추는 것도 어쭙잖다고 생각했다. 채환은 자신을 건드릴 사람이 없다는 것을 아주 잘 알고 있었고, 문제가 생기면 루템에서 알아서 처리해 줄 거라고 믿었다.

'건방진 놈이긴 하지만, 간만에 쓸 만한 것이 들어오겠어.'

벌써부터 운형을 제 손에 넣은 것처럼 채환은 속으로 샴페인을 터뜨리며 만족스럽게 웃었다. 기분이 좋으니 말투는 자연스럽게 상냥해졌고, 더 깊은 비밀까지 꺼내게 되었다.

"어떤 생명체든 살면서 발전하고 적응하게 돼. 카리온은 준비하고 있는 거야. 어둠 속이 아니더라도 살 수 있도록 진화의 형태를 만들고 있는 거지."

"구체적으로 설명해."

"자네가 숨긴 핵. 무슨 색인지 보았나? 검은색? 회색? 흰색? 어느 쪽이든 카리온이 피를 먹는 건 씨앗을 키우기 위해서야. 하지만 그들의 핵은 가공되지 않은 원석과 비슷하니 절대 열매가 되지는 못하지. 그럼에도 왜 사람의 장기와 피를 끝도 없이 탐하는 걸까. 응?"

그는 눈을 반짝이며 말했다. 채환은 자신이 내뱉고 있는 말에 취해 있는 듯했다. 자신도 사람이면서 괴물이 발전하는 것에 극도로 흥분하고 있었다. 운형은 그 모습이 어이없기도 했지만 채환이 거침없이 흘리고 있는 말들을 하나라도 놓칠 수 없어 묵묵히 듣고 있었다.

말을 막는 사람이 없자, 채환은 신이 나서 재촉하지 않아도 말을 계속해서 이어나갔다.

"이른바 정화하는 작업일세. 인간들의 피로 교체하는 거지. 배를 채우기 위해서라면 이 정도까지 착취할 필요가 없어. 내 말, 무슨 뜻인지 알겠나?"

세 사람은 어떤 반응을 보여야 할지 모르겠다는 듯 멈춰 있었다. 심지어 태식과 송이는 보디가드를 막는 것도 잊어버리고서, 멍하니 채환을 바라보고 있었다.

"자! 이제 자네 차례군. 자네가 원하는 내용을 말해줬으니 이제 내가 듣고 싶은 답을 들려주게나!"

"창고에서 진행되는 게 진화된 카리온의 부화라니 제정신입니까? 그건 괴물이지 당신의 애완 식물이 아니야!"

채환의 요구는 듣는 척도 하지 않은 채 운형은 소리쳤다.

채환의 이야기대로라면 미친 생각이었다. 루템에서는 이 사실을 알고도 묵인하고 있는 건가? 통제가 불가능한 괴물을 더 키워서 어떻게 하겠다는 건지 이해할 수 없었다.

감탄이 아닌 분노를 담아 질책하는 운형으로 인해, 기분이 상할 대로 상한 채환은 입을 다물고 뚱한 표정을 지었다.

"당신이 자랑거리처럼 말한 괴물을 죽일 방법은 있습니까? 대책은?"

현재 상태의 카리온을 죽일 방법도 마땅히 없는데 위험한 도박이나 하고 있다니 기가 막혔다.

"이제 자네도 소멸은 시킬 수 있게 되지 않았나. 어떻게 그렇게 바뀐 거지? 자네가 방법을 알려준다면, 그런 자들이 더 많이 늘어날 걸세."

채환이 상황 파악을 하지 못하고 기대감이 담긴 눈으로 운형을 쳐다봤다. 자신이 화를 내는 이유를 모르는 듯한 그의 반응에 운형은 헛웃음이 흘러나왔다. 사람을 구하기 위해서가 아니라, 자신의 욕구를 채우기 위해 알고 싶어 하는 눈빛이었기 때문이다.

"처음 카리온을 만났을 때 이 손으로 그것을 소멸시켰습니다. 저는 그것과 관련이 있다고 생각합니다만, 정확한 이유를 알고 싶다면 당신도 카리온에게 잡아먹히는 게 어떻겠습니까? 당신의 연구를 더 빛나게 해줄 텐데요."

"제안은 고맙지만 사양함세. 그보다 갑자기 생긴 능력이라면 검사가 필요하겠군! 자네 나와 같이 가지 않겠나?"

"절 어지간히도 멍청이로 보고 있군요. 제가 순순히 따라갈 것 같습니까?"

"소리 좀 그만 지르게! 귀가 다 따갑군. 같이 가기 싫다면 자네 피를 좀 주게. 작은 통 하나가 찰 정도면 되네."

말이 통하지 않았다. 운형은 더 이상 듣고 싶지 않다는 듯이 태식과 송이를 데리고 통제실을 빠져나갔다. 의외로 채환은 그들을 잡지 않았다. 아쉽다는 듯 입맛을 다시긴 했으나 여유로워 보였다. 그에게 기회는 언제든지 있었기 때문이다.

운형이 보이지 않을 때까지 한참을 바라보고 서 있던 채환이, 개조된 휴대폰으로 루템에 있는 연구실에 전화를 걸었다.

"통제실 CCTV 영상, 1시간 전부터 지금까지 확보해 놔."

보안 팀이 들었다면 웬 엉뚱한 소리냐고 생각했겠지만, 안타깝게도 통제실에는 그들이 모르는 CCTV가 존재했다. 또한, 모든 영상은 실시간으로 전송되고 있었다.

"쯧. 시간이 좀 걸리겠군."

조금이라도 빨리 보고 싶어서 통제실로 직접 오기는 했지만, 결과가 이러니 어쩔 수가 없었다. 시간이 얼마가 걸리더라도 채환은 원하는 것은 봐야만 했다. 특히, 운형이 카리온을 소멸시킨 장면은 몇 번이고 돌려볼 가치가 있었다. 그 황홀함을 다시 맛볼 수 있다는 상상에 기분 좋게 웃고 있던 채환이 뒤이어 덧붙였다.

"아니, 오늘 하루 있었던 일 통째로 준비해. 그리고 나 외에는 아무도 건들지 못하게 해둬."

⋆

그 시각, 지하 3층에 있는 창고에서는 끊임없이 문틈으로 검은 연기가 흘러나오고 있었다.

"팀장님이 아시면 눈물 찔끔하는 정도로는 안 끝나겠지? 엄청 무서운 얼굴로 혼내실 텐데."

분노하는 운형의 얼굴을 떠올린 하영이 몸을 부르르 떨었다. 뒷일을 두려워하면서도 그녀는 명령을 어기고 여전히 그곳에 남아 있었다.

"어떻게 된 일인지 알아내야 해."

하영이 굳은 표정으로 중얼거렸다. 바로 코앞에 있는데도 카리온은 그녀를 인식하지 못한 것 같았다. 꽤 오랜 시간 머무르고 있었음에도 공격하지 않자, 하영은 저도 모르게 경계심을 푼 상태였다.

조금 밝은 회색 정도로 보이는 조명을 응시하던 하영은, 몸이 어둠에 잠기지 않도록 조심하면서 문에 난 작은 창문을 통해 안을 살폈다.

"하느님, 맙소사."

매 분기 절에 가서 새로운 염주 팔찌에 기운을 잔뜩 받아서 차고 오는 하영이 신을 찾았다. 그만큼 눈앞에 펼쳐진 상황이 심상치 않았기 때문이다. 한쪽 구석에 쌓여 있는 것은 사람들이었다. 카리온은 차례대로 그들을 검은 줄기에 꿰어 어딘가로 이동했고, 의식을 되찾은 사람들은 울부짖으며 살려달라고 소리치고 있었다.

하영은 지금은 도울 수가 없기에 고개를 돌렸다가, 사태를 알아내야 한다는 사명감에 다시 안을 바라보았다. 창고를 차지하고 있던 물건들은 감쪽같이 사라진 상태였고, 가운데에는 거대한 알처럼 보이는 것이 바닥에 박혀 있었다.

멀리서도 하영은 알의 색깔을 구별해 낼 수 있었다. 거대한 알은 일주일 전에 팀원들과 같이 간 고깃집에서 봤던, 서서히 옅어지던 연탄의 색과 비슷했다. 시커멨던 것이 이제는 과자 봉지 안쪽 색깔처럼 은색에 가까운 회색으로 변해 있었다. 검은 줄기에 잡혀 이동된 사람들은, 바로 그 거대한 알 위에서 놓여져 있었다.

"아아악! 이거 놔! 놓으라고!"

"사, 살려주세요! 제발! 엄마, 아빠⋯⋯!"

얼마나 거대한지, 위로 이동된 사람들이 원 안을 벗어나지 못할 정도였다. 사람들의 비명이 울려 퍼질 때마다 하영은 귀를 막고, 운형의 명령처럼 어딘가로 도망가 숨고 싶었다.

'대체 뭘 하려는 거야?'

하영의 몸이 미친 듯이 떨렸다.

"아! 아아악!"

"크억……."

비명, 피. 검은 줄기. 부풀어 오르는 몸.

이번만큼은 차마 보고 있을 수가 없어서 하영은 손으로 제 얼굴을 억지로 붙잡아 둬야 했다. 남김없이 봐야 했으니까. 그걸 팀원들에게 알려주어야 했다.

거대한 알 위에서 풍선처럼 부푼 사람들의 몸이 폭발하듯이 터지자, 엄청난 양의 피가 그 위로 쏟아져 내렸다. 색이 빨갛지 않다고 해서 역겨움이 덜한 것은 아니었다.

하영이 참고 있던 숨을 내쉬며 저도 모르게 감긴 눈을 다시 떴을 때, 알은 도로 깨끗해져 있었다. 그리고 새로운 사람들이 순식간에 끌려 올라갔다.

"신이시여."

두 손으로 입을 막으며 하영은 비명을 지르지 않기 위해 입술을 깨물었다. 약 30분 동안, 카리온들은 몇 차례나 그 짓을 반복하고 있었다. 하영은 눈을 크게 뜨고 창문에 바싹 붙었다. 알의 중앙부터 색이 점점 더 옅어지는 것 같았다. 뭔가가 있는 게 분명했다. 급히 무전을 켠 하영은 자신의 말을 들어줄 수 있는 누군가를 간절히 찾았다.

- 하영 씨?

익숙한 목소리에 하영이 빠르게 말을 쏟아냈다.

"아, 다행이다! 나혜야, 나 하영인데 지금 내가 하는 말을 팀장님이나 다른 팀원들한테 전해줄 수 있을까?

- 전해드리겠습니다. 그런데 대체 무슨 일…….

"미안한데 지금 시간이 없어서 나부터 말할게! 지하 3층에서 무서운 일이 벌어지고 있어! 엄청, 엄청 끔찍한 일이야. 팀장님한테는 아까 연락드렸었는데, 지금은 받지 않으셔서……. 무슨 일 생긴 건 아니시겠지?"

- 별일 없을 겁니다. 하영 씨, 지하 3층에서 무얼 보신 겁니까?

"우리가 구하지 못한 사람들이 여기에 있어. 이상한 점은 카리온이 사람들을 먹지 않고 커다란 알에게 데리고 간다는 거야."

덜컹거리는 소리에 놀란 하영은 그제야 목소리를 낮추었다. 카리온이 듣지 못한다고 하더라도 조심할 필요성은 있었다.

- 잠시만요. 지금 하영 씨 혼자 있는 겁니까?

"그게, 다른 사람을 부를 시간이 없었어."

안 그래도 그 부분에 대해서 찔리는 게 있었던 하영은 기가 죽은 듯 목소리가 작아졌다. 나혜는 혼내려고 물어본 것이 아니었다. 활발하고 친화력이 좋은 하영은 자신보다 언니였으나, 때때로 동생 같을 때가 있었다. 바로 지금처럼 한번 마음을 정하면 돌진하는 성격 때문에 나혜는 그녀가 물가에 내놓은 아이처럼 걱정스러웠다.

지금도 왠지 모르게 솜털이 곤두서고, 처음 색을 잃었을 때처럼 심장이 두근거렸다. 금방이라도 무슨 일이 벌어질 것처럼 나혜는 기분이 좋지 않았다. 그녀의 경험상 불길한 예감은 항상 그렇지 않은 것보다 더 잘 들어맞곤 했다.

- 당장 피하세요! 충분히 그 위험성에 대해서 전달해 주셨습니다.

그러니 지금 당장, 거기를 벗어나세요!

알았다고 대답하는 하영의 옆에서 끼익 녹슨 철문이 열리는 소리가 들렸다. 침을 삼키며 하영의 고개가 천천히 돌아갔다. 어느새 검은 연기가 가까이 다가와 있었지만 그녀는 움직일 수가 없었다.

- 무슨 일입니까, 하영 씨? 하영 언니!

하영은 무전기를 쥔 손이 덜덜 떨렸다. 어떤 반응도 보일 수 없었다. 지금이라도 도망쳐야 한다고 머릿속에서 수없이 경고하고 있었지만 어째서인지 몸이 움직여지지 않았다. 가까스로 입술을 뗀 그녀가 말했다.

"잘 들어. 카리온들이 거대한 알에게 사람들의 피를 주고 있어. 내 생각에는 피를 주입하는 것처럼 보이는데, 그럴 때마다 마치……. 흐읍!"

철문이 강한 힘으로 인해 뜯겨나가며 바닥으로 떨어졌다. 떨어진 문 안쪽은 움푹 파인 흔적들로 가득했다. 활짝 열린 곳에서 못해도 열 개 이상의 검은 줄기가 쏟아져 나오는 게 보였다. 마치 자신들의 비밀을 더 이상 떠벌리지 못하게 하려는 듯 엄청난 숫자였다.

다급히 앞으로 몸을 날리려던 하영은 두 팔이 뒤로 꺾여 제압당했다. 동시에 비명조차 지를 수 없게 검은 줄기가 그녀의 입 안으로 무자비하게 들어오기 시작했다.

"윽. 으윽."

마지막 발악처럼 하영이 허공에서 몸부림쳤지만 이미 늦었다. 그녀는 몸 안으로 들어오는 검은 줄기를 느낄 수 있었고, 침입자는 사정없이 내부를 먹어 치우기 시작했다. 하영의 눈에서 눈물이 흘러내렸다. 마침내 줄기가 심장까지 먹어 치웠을 때, 그녀가 꽉 쥐고 있던 무전기가 바닥으로 떨어졌다.

- 하영 언니!

파삭.

떨어진 무전기가 검은 줄기에 의해 산산이 조각나며 흩어졌다.

11

하영과 연락이 닿기 15분 전. 진흙탕을 건너는 것처럼 사람들의 발걸음은 무거워 보였다. 패잔병처럼 어쩔 수 없이 앞으로 나아가야만 하는 상황에 마음을 다잡아 보려고 해도, 그들의 얼굴에는 지친 기색이 역력했다. 미소는 사라지고, 싸늘한 침묵만이 감돌았다. 이번만큼은 살아남았다는 기쁨이 그들에게 찾아오지 않았고, 밤이 너무도 길게만 느껴졌다.

세상이 끝난 것처럼 우울한 표정을 짓고 있는 동료들을 보면서 홍철은 냉정하게 과거보다 앞일을 생각했다. 그는 온전히 임무에 집중하지 못하는 친구들을 도와줄 사람이 필요하다고 생각했고, 계속해서 운형이나 다른 팀원들에게 연락을 시도했으나 닿지 않았다.

한숨을 내쉰 홍철은 조심스럽게 연주에게 다가갔다.

"죄송하지만, 주위 좀 봐주실 수 있을까요?"

"내가 도움이 된다면 얼마든지 할게. 뭐라도 나타나면 바로 알려줄 테니까, 너무 걱정하지는 마."

두 사람의 대화를 듣고 있던 박하는 아무것도 나타나지 않기를 기도했다. 사람들이 카리온에 의해 다치고 죽을 때마다, 새하얀 옷자락이 점점 검게 물드는 것 같은 기분이 들었다. 세상을 마냥 아름답고 찬란한 것으로 기억했던 박하는 점점 희망을 부여잡는 게 어려워지고 있었다.

눈을 뜨면 칠흑 같은 어둠보단 가슴을 따뜻하게 해주는 빛을 더 많이 볼 거라고 믿었다. 비 온 뒤에 형형색색으로 하늘을 수놓은 무지개, 따스한 태양을 바라보는 해바라기, 투명한 빛에 가까운 에메랄드빛 바다. 매일 밤, 머릿속으로 그리고 또 그렸던 어릴 적의 기억들. 박하는 이 모든 것들이 한순간에 사라질까 봐 두려웠다.

'약한 마음 먹지 마! 임박하! 포기하지 않아서 지금 앞을 볼 수 있게 되었잖아. 이번에도 괜찮을 거야!'

불안감이 그들 사이를 지나다니고 있었다. 부정적인 생각들에 귀 기울이는 순간 그것이 자신 스스로를 공격할 것임을 알기에 박하는 부정적인 생각을 하지 않으려고 노력했다. 그리고 점점 낮아지는 층수를 위안 삼았다.

하지만 아무런 일이 없기에 이어질 수 있었던 상념은, 2층 계단으로 들어서면서 먼지처럼 사라져 버렸다. 기계적으로 걷고 있던 사람들은 물론이고 마음속 어둠에 빠져 있던 나혜와 재경조차 길이 사라진 것처럼 굳어버렸다.

"우웨엑."

레드 카펫이 되어버린 계단을 확인하자마자 도영이 구토를 하기 시작했다. 비위가 약한 몇몇 사람들도 구석이나 난간으로 달려갔다. 다리가 풀리거나 현기증을 느끼는 사람들도 있었다. 알고 싶지 않은 잔해들이 보일 때마다 사람들의 반응은 더 심해졌다.

어느 정도 걸었을 때 사람들은 기진맥진해 있었다. 그들은 두려운 눈으로 계단 아래를 응시했다. 엎친 데 덮친 격으로 나쁜 상황은 이것으로 끝난 게 아니었다. 나혜와 하영의 무전 내용은 사람들을 더욱 두려움에 떨게 했다.

- 윽. 으윽.

"하영 언니!"

나혜의 애타는 외침에도 불구하고 무전기는 끝내 답을 돌려주지 않았다. 멍하니 무전기를 바라보던 그녀는 침전된 마음을 가슴 한편에 눌러두기로 했다. 지수가 당한 일까지 생각하면 분노로 치가 떨렸다. 루템에서 숨기고 있는 게 정체를 드러내려고 하고 있었다. 그게 뭐든 두고 보진 않을 것이다.

분명히 재이가 박하에게 관심이 있다고 지수가 말했었다. 그들이 꾸미는 일에 박하도 관련되어 있는 것일까? 나혜는 답답해서 미칠 것 같았다. 운형을 다시 만나기 전까지는 속 시원하게 대답을 해줄 사람도, 같이 고민을 나눌 사람도 없었기 때문이다.

'박하는 자신이 특별하다는 걸 알고 있을까?'

불쑥 고개를 내민 충동은, 박하를 보자 쓸려나가 버렸다. 기회가 닿는다면 직접 물어보고 싶었지만 지금의 박하는 많은 일을 겪은 탓에 금방이라도 쓰러질 것처럼 보였다. 평범하게 학교를 다니고 있어야 할 아이한테 너무 가혹한 상황이라는 생각이 들었다. 다른 사람들의 상태도 좋아 보이지 않아서 나혜는 앞으로 어떻게 해야 할지 머리가 지끈거렸다.

그녀는 다시 계단 아래를 바라보았다.

카리온이 한바탕 사람들을 잡아먹은 게 분명한 흔적들이 적나라하게 펼쳐져 있었다. 이 정도면 1층에 카리온이 있을 확률이 높았지만 멈춰 있을 수는 없었다. 안전을 위해 팀원들을 기다리고 싶어도 마땅히 숨을 곳이 없었기 때문이다. 적어도, 밤이 지나갈 때까지 버틸 장소가 필요했다.

"계속 내려가겠습니다."

"이, 이거 사람들 죽은 흔적이잖아요. 분명 카리온이 있을 텐데 거, 거길…… 가자고요?"

"여기서 무방비하게 기다릴 수는 없습니다. 아침까지 숨어 있을 만한 곳을 찾아야 합니다."

"내려가면 이 사람, 치료받을 수 있습니까?"

홍철을 대신해 현규를 부축하고 있던 도영이 물었다. 친분은 없었지만 도영은 이제 자신 앞에서 누군가가 죽는 것은 보고 싶지 않았다.

"1층에 주사실이 있으니 도움이 될 만한 것을 구할 수 있을 거예요. 하지만 주말이라 전체 소등이 되어 있을 가능성이 높아요. 진료실은 직접 불을 켤 수 있지만, 로비는 중앙에서 통제하기 때문에 방법이 없어요."

불을 켜기 위해서는 지하 2층에 있는 전기실로 가야 했지만 모두가 하영의 말을 들은 상태였다. 죽을 수도 있는 위험을 무릅쓸 사람은 없었다.

"당신들이 먼저 가서 확인해 보는 게 어떨까요? 만약 카리온이 나타난다고 해도 우린 아무것도 할 수 있는 게 없잖아요. 당신들도 우리가 짐일 테고……."

비위가 약해 천장에 시선을 두고 있던 찬희가 말했다. 그 스스로도 자신이 한 말이 이기적이라는 것을 알고 있었기에, 말은 끝으로 갈수록 흐려졌다.

"사실 같이 움직이는 게 더 위험하다는 건 맞잖아요."

보안 팀 편을 들어주던 도영이 다시 그들을 공격하려는 듯이 말하자, 언제 기가 죽었었냐는 듯 찬희가 의기양양해졌다.

"카리온을 볼 수 있는 사람들이 먼저 가서 확인하는 것으로 하죠."

잠자코 듣고 있던 박하가 더 이상 참지 못하고 목소리를 높여 반박했다.

"10층에서 있었던 일 잊으셨어요? 게다가 이분들이 없으면, 카리온이 보이지도 않는데 어떻게 피하시려고요?"

"어른들 대화에 끼어드는 건 무슨 버릇인지, 쯧. 말이 나온 김에 우리 좀 솔직해집시다. 카리온이라는 거, 우리가 있는 장소를 어떻게 알고 찾아오는 거죠? 붉은 조명이 없으면 그놈들도 우릴 볼 수 없다면서요. 8층 병실에서도 그렇고, 안전하다는 4층에 있는 것도 알아챘어요. 이렇게 되면 그게 동화인들을 쫓아 오는 것처럼 느껴지는데…….아닌가요?"

찬희의 질문에 모두의 시선이 보안 팀을 이끄는 나혜에게 향했다.

"왜 대답을 못 해요? 그게 맞아요?"

도영이 대답을 재촉했다. 힘들게 여기까지 왔고, 눈앞에서 사람들을 잃어가자 다들 예민해져 있었다.

"그냥 저 사람 말대로 하자. 도와주고서도 이런 취급을 받을 필요는 없잖아."

설사 찬희가 한 말이 맞다고 하더라도, 홍철은 지금까지 살아남은 게 누구 덕분인지 잊어버린 듯한 사람들의 이중성에 진저리가 났다. 사람들은 위험한 건 보안 팀에게 전부 맡겨두는 것이 당연하다고 생각하고, 도망칠 때에는 미안한 기색 없이 또 도움을 바랐다.

"그만해."

나혜가 한 사람씩 시선을 마주치며 말했다.

"찬희 씨가 추측하신 걸 부정하지는 않겠습니다. 하지만 연주 씨와 아이는 이곳에서 당신들과 함께 기다리는 것으로 하겠습니다."

그것만큼은 양보할 수 없었다. 홍철은 막무가내로 따라올 테지만, 박하와 연주를 챙기는 모습을 보아하니 저들이 받아들인다면 같이 여기에 남겨둘 수 있을 것 같았다. 이들을 위험한 곳에 데리고 갈 수는 없을 뿐더러 연료도 거의 바닥을 드러내고 있었다.

"글쎄요……. 여자애라면 모르겠지만……."

양심에 찔리는지 머뭇거렸지만 거절의 뜻을 담고 있었다.

"저도 여기 있고 싶지 않아요."

"안으로 들어가면 지금보다 위험해질 겁니다."

"여기에 있으면 더 위험할 것 같아요. 우리끼리 있을 때 괴물이라도 나타나면요? 그냥 저희도 따라갈래요."

뜻을 굽히지 않는 박하를 설득시킬 방법은 하나뿐이었다. 나혜는 연주에게 의견을 물었다.

"연주 씨는 어떻게 생각하십니까?"

"저는 박하와 의견이 같아요."

사람들은 끝까지 이기적이었고, 자신들의 의견을 고수하면서도 동화인이 아닌 박하나 홍철이 떠나겠다는 것을 말리지 않았다. 마음 같아서는 호되게 당해보라고 저주라도 하고 싶은 심정이었으나, 연주는 그냥 신경을 꺼버리는 쪽을 택했다.

마찬가지로 나혜도 사람들에 태도에 화가 났으나, 그녀의 성격상 이대로 무방비하게 사람들을 두고 갈 수는 없었다. 결국 나혜는 그들이 자신을 스스로 지킬 수 있도록 자신이 가진 전창 두 개를 건네주었다. 아무것도 없이 기다릴까 내심 걱정했던 사람들은 그녀가 내민 전창을 얼른 받아들었다.

화염 방사기의 연료가 얼마 남지 않았지만, 1층 직원 창고에 가면 여분이 준비되어 있을 것이다. 그때까지만 버티면 되었다. 정 위험해진다면 층마다 설치해 둔 소화전으로 물대포라도 쏠 작정이었다. 어찌 되었든 남은 사람들이 자신들을 지킬 만한 무기는 있어야 했다.

보안 팀이 나갈 준비를 하는 동안 사람들은 비상구 문 바로 뒤에 앉아, 계단을 비추도록 붉은 조명을 설치했다. 나혜는 그 모습을 지켜보다가 재경과 홍철이 있는 쪽으로 다가갔다.

"준비는 다 됐어?"

"이것만 전해주면 돼. 혹시라도 무슨 일이 생기면 연락해. 채널 맞춰두고 있을 테니까."

재경의 무전기를 건네받는 홍철의 표정은 뿌루퉁했다. 그는 같이 가고 싶어했지만 어쩔 수 없었다. 누군가는 사람들을 이끌어 줄 필요가 있었기 때문이다.

"대답 안 할 거야? 너라도 남겨둬야 내 마음이 편해서 그래."

"고집 그만 부리고 표정 풀지? 얘가 이렇게까지 말하는데 언제까지 뚱해 있을 거냐?"

"알았다고. 잽싸게 끝내고 돌아와. 오래 걸리면 확 그냥 너희 찾으러 나가버린다?"

나혜와 재경 다 마음이 불편해 보였기 때문에 홍철은 붙잡을 수가 없었다. 결국 한숨을 내쉰 그가 다시 한번 알겠다고 대답하자, 두 사람의 표정이 조금이지만 밝아졌다.

그렇게 준비를 마친 네 사람은 비상구를 열고 조심스럽게 어둠이 내려앉은 1층으로 들어갔다. 어렵지 않게 걸음을 옮기는 세 사람과 달리, 박하는 벽을 더듬어 가며 걸어야 했다. 마치 시력을 잃었을 때로 돌아간 기분이 들어 그녀는 진정하려고 노력했다. 박하는 땀으로 축축해진 손바닥을 바지에 문질러 닦아냈다.

"발밑 조심해. 아무래도 카리온이 한바탕하고 간 모양이니까."

깨진 시멘트 바닥에 발이 걸려 넘어지려는 박하를 재경이 잡아주며 말했다.

"우리 말고도 살아남은 사람이 있을까요?"

"글쎄."

위로의 거짓말도 하지 않는 재경을 보며 박하는 옅은 미소를 지었다. 곧바로 재경이 왜 웃냐는 표정으로 바라봤으나 박하는 딴청을 피웠다. 그녀는 더 이상 자기 마음 편해지자고 하는 질문을 재경에게 하지 않았다.

고운 병원에는 정문과 후문에 각각 로비가 있었고, 대기 의자 또한 곳곳에 마련되어 있었다. 꽤 신경을 많이 쓴 곳인데, 왜 루템 같은 곳과 손을 잡은 건지 박하는 이해할 수 없었다.

"후문으로 탈출할 수 없나요?"

그들의 위치가 후문과 가까웠기 때문에 박하가 물었다.

"지금은 어렵습니다. 주위가 산이라 밖으로 나가면 숨을 곳이 없어요. 적어도 아침이 되기 전까지는 기다려야 합니다."

"끝이 나기는 할까요?"

"쓰레기 같은 곳이지만 루템에서도 카리온이 병원 밖으로 나가는 걸 두고 볼 리가 없어. 그랬다간 수습하기 어려워지니까."

그 말에 박하는 안도했다. 날이 밝을 때까지 살아남아야 한다는 조건이 붙었지만, 그래도 밖으로 나가면 이런 일은 겪지 않아도 되겠구나 하는 생각이 들었기 때문이다.

쭉 이어진 복도를 따라 걸어가던 그들은, 첫 번째 로비로 통하는 길목에서 벽면에 설치된 전광판을 보곤 실소를 흘렸다.

[환자들을 위한 병원. 고운 병원이 당신의 아픔을 치료해 드립니다.]

진실성이라곤 하나도 없는 내용에 재경은 혀를 찼다. 병원 홍보가 나오고 있는 전광판에서 마음에 드는 점이라고는, 퍼져나간 불빛이 그나마 로비를 밝혀주고 있다는 것 하나뿐이었다.

꼴도 보기 싫어서 고개를 돌리던 재경의 시선에 무언가 걸렸다. 그는 실눈을 뜨고서 의자 쪽을 뚫어지게 응시했다. 접수 데스크 앞에는 등받이 의자들이 여섯 개씩, 다섯 줄이 놓여 있었다. 그리고 빛이 끝나가는 지점에서 재경은 사람이 앉아 있는 것을 발견했다.

"누가 있는데?"

사람이 있다는 것에 놀란 것도 잠시, 미동 없이 앉아 있는 게 수상쩍었던 그들은 손에 든 노즐을 꽉 쥐고서 조심스럽게 그쪽으로 걸어갔다. 네 사람의 뒤로 길게 그림자가 늘어졌다.

"전 보안 팀에 있는 서나혜라고 합니다. 괜찮으십니까?"

말을 붙여봐도 대답은 없었다.

재경에게 두 사람과 있으라고 지시를 내린 나혜는 혼자서 거리를 좁혀갔다. 카리온 특유의 냄새가 나는지 확인하려고 했지만, 카리온이 지나갔던 흔적이 워낙 강하게 남아 있어서 냄새만으로 파악을 하기가 어려웠다.

나혜는 발밑이 미끈거리는 느낌에 아래를 내려다보았다. 그녀는 다소 성급한 손길로 앉아 있는 여성의 어깨를 살짝 흔들었다. 툭, 옆으로 쓰러지는 여자에게 손전등을 비춘 나혜는 무언가에 놀라 그대로 뒤로 물러서고 말았다.

쓰러진 여성을 일으키지도 않고 바라만 보고 있는 나혜가 이상했던 재경과 연주, 박하는 그녀가 본 것을 확인하고는 뒷걸음질을 칠 수밖에 없었다. 여성이 앉아 있던 의자 밑은 온통 피바다였다. 숨을 들이켠 박하는 소이의 모습이 떠오른 탓에 연주의 뒤로 숨어버렸다.

"이런 경우 본 적 있어?"

냉정하게 시체를 살피던 나혜가 물었다.

"있을 리가…… 이건 먹다가 남긴 꼴이잖아."

재경이 말했다. 그동안 시체라고 부를 만한 게 현장에 남아 있지 않았기 때문에 카리온의 존재를 무사히 숨길 수 있었다. 지금까지 카리온에 관한 기사가 난 것은 손에 꼽을 정도였다. 그리고 그것도 대부분 화재 사건이나 다른 사고 등으로 보도되었다.

"어쩌면 하영 누나가 말한 것과 관련이 있을지도 몰라."

처음에는 놀라서 물러섰던 재경이 자세히 살펴보기 위해 의자 앞으로 돌아갔다. 검은 줄기가 파고든 것으로 보이는 상처는 두 군데였다. 여자의 눈과 복부가 뻥 뚫려 있는 것을 보면서, 그는 첫 공격이 눈을 향했을 거라고 추측했다. 검은 줄기에서 뻗어 나온 자잘한 줄기들로 인해 생긴 듯 보이는 상처가 복부보다는 얼굴에 더 많았기 때문이다.

407

자신이 알기로 카리온은 인간을 느긋하게 먹는 습성이 있었다. 사냥한 인간이 자신의 상성과 맞지 않으면 카리온은 5분 이내에 부작용으로 터져버리고 말지만, 그렇다고 시체를 놔주지도 않는 게 카리온이었다. 하지만 지금은 바닥에 버려진 피가 많았고, 시체의 훼손 정도도 어중간했다.

"아무래도 팀장님과 합류하게 되면, 지하에 내려가 확인해 보는 게 좋겠어."

심각한 어조로 나혜가 말했다. 그녀는 정신을 차리기 위해 시원한 물로 세수라도 하고 싶은 심정이었다.

깡. 깡.

그때 음료수 캔이 바닥에 떨어져 튀는 소리가 들렸다. 시체를 살펴보던 재경과 나혜가 빠른 속도로 몸을 일으켜 주위를 둘러보았지만 별다른 것을 발견할 수 없었다. 전광판의 빛 또한 그대로였다.

데구루루.

무언가 굴러오는 소리가 났다. 그들은 소리의 근원지를 찾다가, 건너편 카페 테라스에 설치된 테이블 아래에서부터 굴러오는 캔 하나를 발견했다.

"아무것도 없는 것 같은데……. 찜찜한데 가서 보고 올게."

"조심해."

재경이 가서 확인해 봤으나 특별한 것은 없었다. 다시 그가 무리에 합류한 후에 그들은 로비를 지나 왼쪽 모퉁이를 돌았다.

"여기서부터는 나눠서 확인하자."

재경이 말했다.

"그럴 필요 없어. 넌 두 사람과 같이 움직여 줘."

"혼자 가도 괜찮겠어?"

"이미 카리온이 떠났을 수도 있어. 두 사람을 부탁할게."

양쪽으로 이어진 진료실을 보며, 넷은 두 팀으로 나뉘어 한쪽씩 확인하기로 했다. 나혜가 오른쪽, 나머지 사람들이 왼쪽을 맡았다. 반대편까지는 다섯 걸음이면 도달할 수 있을 정도로 가까웠기에, 재경은 안심하고 나혜의 제안을 받아들였다.

"뭔 일 있으면 소리라도 질러."

"알았어."

건너편 방으로 들어가는 나혜를 확인한 후에야, 재경은 두 사람과 함께 정형외과라고 적힌 진료실 안으로 들어갔다. 진료실 특성상 내부는 매우 좁았다. 그들은 "진료실1", "진료실2"와 같이 팻말이 걸린 방들을 꼼꼼히 확인한 후, 다시 옆으로 이동하는 작업을 반복했다.

얼마 지나지 않아 확인을 마친 세 사람이 마지막 진료실에서 나왔다. 때마침 나혜도 그들에게 다가오고 있었다.

"일단 여기까지 확인하고, 사람들을 데리러 가는 게 좋을 것 같아."

두 번째 로비에서 조금만 더 걸어가면 정문이었기에 더는 살필 필요가 없었다.

"그래, 돌아가자."

"무사히 끝나서 다행이에요."

안도의 한숨을 내쉬며 박하가 그들에게 웃어 보였다. 내내 긴장하고 있었던 게 무색하게도 첫 번째 로비를 제외하고는 별다른 것이 없었기 때문이다. 이제 조금은 쉴 수 있을지도 모른다는 생각에 그녀의 발걸음이 한결 가벼워졌다. 카페를 지날 때는 그쪽으로 시선이 향하기는 했으나, 그들을 깜짝 놀라게 했던 것과 같은 일은 다시 발생하지 않았다.

박하는 로비를 지나면서 주사실에서 가지고 온 시트를 재경에게 넘겨주었고, 천을 들고 간 그는 별다른 말 없이 처음에 발견했던 시체 위에 그것을 살포시 덮어주고 돌아왔다. 그렇게 다시 돌아가는 길은 조용하기만 했다.

"피 마르는 줄 알았네. 어땠어?"

홍철이 무사히 돌아온 그들을 밝은 얼굴로 맞이하며 말했다.

"괜찮을 것 같아. 안전하게 숨을 곳도 찾아뒀어."

"카리온은요?"

해수가 물었다.

"지금은 물러간 것 같지만 다시 올 가능성도 무시할 수는 없습니다. 그러니 숨어 있다가, 동이 트면 바로 여기서 탈출해야 합니다."

"그 전에 주사실을 들러야 해요. 현규 씨 상태가 꽤 좋지 않아요."

제대로 된 치료를 받지 못한 현규의 상태는 갈수록 악화되었고, 이제는 눈도 뜨지 못한 채 가쁜 숨을 내뱉고 있었다.

"가능합니다. 불도 켜지는지 확인했고, 안전할 겁니다."

"다행이네요. 현규 씨, 조금만 버티세요."

치료가 필요한 환자가 있었기에 그들은 밖으로 나갈 준비를 서둘렀다. 만일을 대비해 붉은 조명은 그대로 켜두었고, 나혜가 주고 갔던 두 개의 전창은 홍철과 도영에게로 전해졌다.

곧이어, 한 사람씩 문밖으로 조심스럽게 나가기 시작했다. 농화인과 같이 있는 게 무섭다고 말했던 사람들은 홍철이 예상했던 대로 묵묵히 나혜의 지시에 따랐다. 미안하다는 사과는 없었다. 살기 위해서 어쩔 수 없었다는 생각으로 자신들의 이기심을 감춘 그들은, 문과 가까운 곳에서 안전하게 기다리고 있다가 해가 뜨면 탈출할 수 있다는 것에 다시 희망을 품은 듯했다.

"조용하네."

허탈하듯 내뱉은 도영의 말에 모두가 동의했다. 1층으로 향하는 계단의 상태가 가히 공포 영화의 한 장면을 연상시켰기 때문에, 계단을 내려가면 그보다 더 심할 거라고 상상했었다. 하지만 제법 멀쩡해 보이는 1층의 모습에 그들을 안심했다. 전광판을 지날 때는 어이없어하거나 짧게 욕을 내뱉는 사람도 있었다. 이 정도 반응이면 나쁘지 않았다. 하지만 의자에 있는 시체를 발견하게 되면, 사람들은 다시 패닉에 빠질지도 모른다.

네 사람은 로비를 지나칠 때까지 시체에 관한 이야기를 꺼내지 않았다. 카리온은 나타나지 않았고 지정해 두었던 장소까지는 순조롭게 도착할 것만 같았다.

카페 테라스를 지나치려는 때였다.

캉. 캉. 데구루루.

사람들의 뒤로, 캔이 바닥에 떨어져 굴러가는 소리가 들렸다. 거기서 그치지 않고서 이번엔 자판기에서 덜컹. 쾅. 덜컹. 쾅. 떨어지는 소리가 연속으로 들리더니, 뒤로 갈수록 빨라지며 캔과 페트병들이 와르르 쏟아져 나왔다. 심상치 않은 소리에 사람들은 움직임을 멈추고 자판기 쪽을 바라보았다.

치이익.

하필 탄산음료가 든 캔이 바닥에 떨어지면서 터졌는지, 캔 하나가 바닥에서 빙글빙글 돌았다. 곧 자판기 안의 조명이 깜박거리다가 꺼지자, 사람들의 눈동자 속에 공포가 스며들었다. 그 순간 바닥에 남아 있던 음료수 캔들이 일제히 터졌다.

"헉!"

뭔가를 본 찬희가 바닥에 주저앉더니, 허공을 향해 손가락질하며 입을 벙긋거렸다.

그의 손가락을 따라 사람들의 고개가 천천히 위를 향했다. 자판기 옆에 주저앉은 무언가가 손처럼 보이는 것을 휘둘러 캔을 터트리고 있었다. 위로 올라갔다가 바닥으로 떨어지는 그것은 분명 팔이었다.

사람들은 카리온에게 팔이 있다는 사실보다도, 다른 것에 경악할 수밖에 없었다.

"저거, 나만 보이는 거 아니죠?"

"대체……. 이게 어떻게 된 겁니까? 저거 그거 맞죠? 왜 갑자기 우리한테도 보이는 겁니까?"

붉은 조명이 있어도 흐릿한 윤곽만 볼 수 있었던 사람들의 눈동자에, 카리온의 형체가 뚜렷하게 비치고 있었다.

"이게 어떻게 된 거야? 이홍철, 너도 보여?"

"어? 어. 나뿐만 아니라 다른 사람들 눈에도 보이는 거 같은데?"

"예감이 좋지 않네."

전에 없던 일에 나혜는 얼굴을 굳혔다. 같이 있던 사람들이 동시에 동화인이 될 가능성은 낮았고, 카리온에게 어떤 변화가 일어났을 확률이 높았기 때문이다.

"혹시 다른 점이 보이면 알려줘. 어쩌면 우리가 알던 카리온이 아닐지도 몰라."

"설마……. 내가 생각하는 그건 아니겠지?"

홍철의 물음에 두 사람은 대답해 줄 수 없었다. 어쩌면 카리온이 진화를 시작한 것일지도 모른다는 암담한 가정이 재경과 나혜의 머리에 동시에 떠올랐기 때문이다. 불안감이라는 이름의 뱀이 발밑을 맴돌며, 두려움의 떠는 그들에게 날름대는듯했다.

"홍철아, 팀장님한테 무전 넣어. 받을 때까지 계속해."

"알았어."

심각한 표정으로 지시를 내리던 나혜는 조끼를 잡아당기는 느낌에 뒤를 돌아보았다. 언제 다가온 것인지 박하가 뒤에 서 있었다. 아무런 말 없이 고개를 내려달라고 손짓하는 아이의 요청에 따라, 나혜는 상체를 숙였다.

"저 괴물이요, 핵이 가슴 사이에 있어요. 흰색에 가까운 밝은 회색이에요."

누가 들을세라 박하는 아주 작은 목소리로 속삭였다.

"전에는 위치가 어땠습니까?"

"전부 얼굴 쪽이었어요."

나혜의 얼굴이 삽시간에 창백해졌다. 아까 확인했을 때, 카리온이 없었던 걸까 아니면 그들의 눈에도 보이지 않았던 걸까. 만약 후자라면 여기에 카리온이 더 나타난다고 해도 그들은 알아채지 못할 것이다.

등골을 타고 소름이 돋았다. 당연하게 여겼던 능력이 사라진다고 생각하자 처음으로 이 세계에 딛고 있는 발밑이 불안하게 흔들리기 시작했다.

"나혜 언니?"

"걱정 말고 홍철이 곁에 있어 주세요. 말해줘서 고맙습니다."

"조심하세요, 언니."

홍철과 연주가 있는 곳으로 달려가는 박하의 뒷모습을 응시하던 나혜는 자신을 타일렀다. 여기서 자신이 무너진다면 지금까지의 노력이 물거품이 될 터였다.

동료들에게 면목 없는 짓은 하고 싶지 않기에 그녀는 흔들리는 마음을 추스른 후, 재경을 찾아 자신이 들은 카리온의 약점을 알려주었다.

"심장 근처에 핵이? 확실해? 아니다. 괜한 걸 물었네."

알려준 사람을 짐작했기에 재경은 빠르게 의심을 거두었고, 어떻게 대처해야 할지 나혜와 상의를 하려고 했다.

그그극.

그것은 마치 고개를 갸웃거리는 듯했다. 왠지 모르게 카리온의 관심이 자신에게 향해 있는 것처럼 느껴져, 나혜는 온몸이 찌릿하며 털이 곤두서는 느낌을 받았다.

"재경아."

"표정이 왜 그래? 설마 겁먹은 거야?"

농담이었으나 나혜에게는 진담이었다.

"최악의 상황이 뭔지 알아? 우리 공격이 아예 통하지 않는 거야. 이건 우리가 경험했던 카리온이 아닐 수도 있으니까."

그때였다. 자판기와 음료수 캔으로 장난치던 카리온이 돌연 움직임을 멈췄다. 사람들은 겁에 질려 소리도 못 내고 있었다. 호랑이 앞에 놓인 토끼가 된 기분이었고, 한 발자국이라도 움직이면 카리온이 공격을 가할지도 모른다는 생각이 그들의 머릿속을 가득 채웠다.

카리온이 천천히 일어서기 시작했다. 2m가 훨씬 넘는 크기였고, 검은 줄기로 이루어진 두껍고 긴 팔은 바닥까지 닿을 정도였다. 하지만 그게 끝이 아니었다.

"입이 생겼어?"

재경이 경악했다. 코로 추정되던 두 개의 구멍 아래에 일직선으로 길게 선이 그려져 있었다. 핵의 위치가 바뀌면서 진화된 것인지는 알 수 없었으나, 어느 쪽이든 카리온의 변화는 전혀 달갑지 않은 일이었다.

그어 그어.

입으로 추정되는 곳이 벌어졌다 닫히기를 반복했다.

"……!"

카리온이 땅을 두 팔로 박차며 도약했다. 긴 팔이 아래로 휘둘러지는 것을 본 나혜는 재빨리 뒤로 돌아 박하에게 뛰어가며 소리쳤다.

"다들 로비로 뛰세요! 홍철아, 박하를 지켜줘!"

순식간에 아수라장이 되었다.

텅 빈 바닥으로 카리온이 떨어지는 것을 본 재경과 나혜가 동시에 불을 발사했다. 다행히도 약점만큼은 그대로인 듯싶었다. 하지만 말라 비틀어지는 카리온의 팔을 보면서 안심하던 나혜는 칼로 베어낸 것처럼 카리온의 팔이 잘려나가는 것을 보곤, 어이가 없어서 웃음이 나올 지경이었다. 팔이 잘려나간 곳에서 아이 몸통만 한 두께의 팔이 순식간에 다시 만들어졌다.

"원래도 상대하기 어려웠는데, 우리한테 대체 왜 이러냐."

짜증 반 억울함 반. 재경은 더 힘들어진 상황에 신세 한탄이 절로 나왔다. 한창 카리온을 공격하던 그가 이상함을 느끼곤 말했다.

"저거 우리한테 관심이 없는 거 같지 않아?"

재경의 말처럼 카리온은 그들에게는 관심이 없는 듯 보였다. 대신 팔을 휘둘러 박하를 잡으려고 하는 것처럼 보였다. 괴물이 왜 집중적으로 박하를 노리는 것인지는 알 수 없었지만 중요한 것은 박하가 위험하다는 사실이었다.

두 사람은 긴장의 끈을 바짝 조이며, 카리온의 팔이 박하에게 도달하기 전에 불로 말리는 데 집중했다. 그러자 자꾸만 자신을 방해하는 그들에게 화가 난 카리온이, 박하를 위협하던 것을 멈추고는 입을 벌리기 시작했다. 하지만 입 안에는 아무것도 보이지 않았다.

그어어.

카리온이 괴성을 지르자 공간이 울렸다. 표창처럼 작고 끝이 뾰족한 가시들이 입 안의 어둠에서 토해지며, 그들을 향해 끊임없이 쏘아졌다.

"다들 피해!"

재경이 소리쳤다. 다급히 팔로 얼굴을 막았으나, 나혜와 재경은 몇 초 사이에 옷이 넝마가 되어 있었다. 군데군데 찢어진 옷 사이에서는 피가 배어 나왔고, 어깨와 옆구리 등의 신체 일부분에는 가시가 박혀 있었다. 이를 악문 두 사람은 살이 찢기는 고통을 참아내며 강제로 가시를 뽑아 바닥에 던져버렸다.

"퉤! 징그러운 놈들."

피가 섞인 침을 뱉어낸 재경은 기생충처럼 바닥에서 꿈틀거리는 가시를 불로 지져, 말린 도라지처럼 만들어 버렸다.

"견딜 만하냐?"

시비 거는 말투와는 반대로 걱정이 담긴 물음에 나혜는 소매로 입가의 피를 닦아내며 고개를 끄덕였다. 가시가 깊이 들어가기 전에 빼낸 덕분에 치료가 시급한 상처는 없었다.

다친 부위를 자세히 확인할 새도 없이 나혜는 생각에 잠겼다. 카리온은 박하를 노리고 있는 게 분명했고, 마치 보이는 것처럼 그녀가 움직일 때마다 반응이 커지곤 했다. 상황 파악을 끝낸 나혜는 한숨이 새어 나왔다.

"연주 씨! 혹시 소화전 사용 방법 아십니까?"

"해보진 않았지만 할 수 있을 것 같아요."

"아이는 저희가 반드시 지킬 테니, 다른 사람들과 함께 부탁드려도 되겠습니까?"

"해볼게요. 우리 박하, 잘 지켜주시리라 믿을게요."

고민할 거라는 예상과 다르게 연주는 기다렸다는 듯이 대꾸했다.

"제가 사용할 줄 알아요! 사용법에 대해서는 배우게 되어 있어서요."

"저도 갈게요."

자원하는 해수를 따라 도영도 합류했다. 세 사람이 소화전을 찾아 떠날 동안, 카리온은 미동도 보이지 않았다. 역시나 박하만 노리고 있는 것 같았다. 그녀가 움직이지 않으면 카리온도 크게 반응하지 않았다.

나혜는 천천히 재경과 함께 박하가 있는 쪽으로 빙 돌아 움직였다.

"너희 괜찮은 거야?"

홍철이 물었다.

"견딜 만해."

"죽을 정돈 아니야."

아무렇지 않게 말하는 두 사람의 모습에 홍철이 혀를 내둘렀다.

"시간을 끌어야 해."

나혜가 말했다. 사람들이 돌아올 때까지 무작정 기다리고 있을 수만은 없었다. 카리온이 다시 공격을 시작하기 전에 움직이자고 생각한 그녀는 선제공격을 감행했다. 앞으로 달려나간 나혜는 카리온이 가까이 오지 못하도록 불을 쏘았다.

"제길."

몸도 큰 녀석이 빠르기는 사자 저리 가라 할 정도였다. 게다가 자신에게 타격을 주지 못한다는 것을 깨달았는지, 불에 맞는 것을 더 이상 두려워하지 않는 것 같았다. 다른 방법이 필요했다. 연주와 둘이 빨리 와주기를 바라며, 나혜는 계속해서 카리온을 공격했다. 카리온 역시 귀찮은 파리를 쫓아내는 것처럼 허공을 가르며 나혜를 공격했다.

그녀는 도영이 떨어뜨리고 간 전창을 확인하고, 재빨리 몸을 숙여 집어 들고는 앞으로 내질렀다. 아래로 내려오던 팔이 그대로 굳어버린 것을 확인한 나혜는 계속해서 카리온의 팔을 향해 전창을 찔러 넣었다. 남은 한쪽 팔은 재경이 맡고 있었지만 얼마나 버틸 수 있을지 알 수 없었다. 카리온이 팔을 잘라낼지도 모른다는 생각에, 나혜는 재경의 만류에도 불구하고 카리온의 품 안으로 뛰어들었다.

뒤쪽에서 공략하기 위해 굳어버린 팔 사이로 뛰어가던 나혜가 위를 올려다보곤 신음을 삼켰다. 가까이에서 보니 유적처럼 거대한 위압감이 느껴졌다. 마른침을 삼키고서 나혜는 카리온을 향해 말했다.

"계속 얌전히 굳어 있으세요."

그러고는 전창을 휘둘렀다. 먼저 카리온의 겨드랑이 부근을 공격한 나혜는, 날아오는 가시를 피해 옆으로 몸을 굴렸다. 뒤따라온 재경이 카리온의 얼굴을 향해 진창을 휘둘렀으나 가시에 막혀 튕겨나갔다.

"가지고 왔어요! 신호를 주면 연주 씨가 밸브를 열기로 했어요!"

환한 얼굴을 한 해수가 무거운 호수 줄을 안고서 멀리서 뛰어오고 있었다. 그녀의 뒤로 인상을 찌푸린 도영이 보였다.

"이봐요! 보고만 있지 말고 좀 도와줘요!"

현규 옆에 붙어 있던 찬희를 향해 도영이 버럭 소리를 질렀다. 자신보다 어린 사람에게 한소리를 들은 것이 창피했던 찬희는, 얼굴을 붉게 물들인 채 엉거주춤한 자세로 그들에게 뛰어갔다.

늦지 않게 도착한 이들을 본 나혜는 한숨 돌리며 카리온의 상태를 확인했다. 아직까지 공격으로 몸이 굳어진 것이 풀리지 않은 채였다. 지금이 기회였다.

"바로 준비해 주세요. 저희는 알아서 피하겠습니다!"

나혜의 지시는 사람들을 통해 연주에게 전해졌다. 곧이어 연주가 있는 힘껏 밸브를 돌리기 시작하자 납작하게 찌그러져 있던 호스가 팽팽하게 당겨지며, 물이 흘러들어오는 감각이 손 아래로 느껴졌다.

"앗!"

요동치듯이 움직이는 줄 때문에 해수는 그만 잡고 있던 노즐을 놓치고 말았다. 물줄기는 카리온을 계속해서 맞히지 못하고, 천장과 바닥 등을 향해 마구잡이로 뿌려졌다.

"비켜요!"

도영이 신경질적으로 해수에게서 노즐을 빼앗고는 카리온의 머리를 향해 조준했다.

그어어어!

괴물이 고통에 찬 비명을 질렀지만 그리 오래가지는 못했다. 그것은 굳어버린 어깨부터 팔까지를 잘라내고 잽싸게 뒤로 몸을 날려 물줄기를 피했다.

"죽어! 죽어, 이 괴물아!"

양쪽 팔을 잘라내고 진화되기 전처럼 몸통밖에는 남지 않은 카리온을 쫓아가며 도영이 소리쳤다. 카리온을 궁지로 몰아넣는 게 자신이라는 사실에 도취한 그는, 같이 줄을 잡고 있는 사람들을 생각하지 못하고 제멋대로 움직였다.

"하, 괴물도 두려움을 느끼나 봐? 씨발! 미꾸라지처럼 도망만 칠 거야?"

분노로 인해 도영은 판단력을 잃었다. 그는 줄이 더 이상 앞으로 나아갈 수 없을 때까지 불도저처럼 전진했다.

"뭐야, 어디로 갔어?"

눈에 잘만 보이던 카리온이 사라지자 도영이 당황하며 주위를 두리번거렸다. 그리고 동시에 나혜와 재경이 소리쳤다.

"위험합니다!"

"위야! 위를 봐!"

두 사람의 다급한 외침을 들었지만 도영은 도저히 위를 올려다볼 수가 없었다.

도망가는 줄 알았던 카리온이 자신의 바로 위에 있다는 사실에 그의 얼굴은 파랗게 질렸다. 이를 악물며 천천히 고개를 든 도영의 심장이 쿵 내려앉았다. 몸을 숨겼던 카리온이 다시 돋아난 팔로 천장에 매달려, 자신을 향해 입을 벌리고 있었다.

"죽이려면 죽여! 으아아아!"

잠깐 멈칫했던 도영은 미친 사람처럼 소리 지르며, 카리온에게 물줄기를 쏘아댔다. 두려움보다 복수심이 더 컸기에 다행이었다. 몸이 굳어 공격을 멈췄다면, 카리온의 공격에 바로 당했을 것이다.

"너 같은 괴물 때문에! 젠장, 죽어비려!"

물줄기가 카리온의 심장 쪽으로 향하려는 순간, 잔뜩 꼬아져 있던 카리온의 뭉툭한 팔 끝부분이 칼처럼 날카롭게 변하여 호스를 잘라버렸다. 잘린 호스에서 물이 하염없이 뿜어져 나와 엉뚱한 바닥을 적셨다. 낭패였다. 이대로 물을 허무하게 소비할 수는 없었다.

"밸브를 잠그세요!"

허망하게 보고 있던 나혜가 외치자마자 연주가 얼른 밸브를 잠갔다. 망연자실하게 바닥에 주저앉은 도영의 바지가 물에 축축하게 젖어갔다.

"저 바보가!"

머리 위에 카리온이 있음에도 주저앉아 있는 도영을 본 재경이 짜증스럽게 한숨을 내쉬었다. 순식간에 도영이 있는 곳으로 뛰어간 그가 위를 향해 불을 쏘았으나, 카리온은 처음 모습을 드러냈던 테라스 쪽으로 몸을 물린 뒤였다.

"멍청하게 앉아 있지 말고 얼른 일어나."

"죄송, 죄송합니다."

도영은 그제야 정신을 차렸다. 그는 자신이 감정에 치우쳐 일을 그르쳤다는 것을 깨닫고는, 고개를 푹 숙이고서 연신 사람들에게 사과했다.

"죄송하면 앞으로 다시는 그러지 마. 진짜로 죽고 싶지 않은 거라면 나자빠져 있지도 말고."

재경의 질책에도 도영은 전처럼 반응하지 않았다. 방금 전까지 기세 넘치던 그가 지금은 시들어 버린 식물 같았다. 힘없이 비척거리며 일어난 도영이 뭔가를 발견하고는 눈이 크게 뜨였다. 소화전의 수압 때문에 현규가 넘어진 상태로 물에 잠겨 있었기 때문이다.

주변에 사람도 없었기에 얼마나 그 상태로 있었는지 가늠할 수가 없었다. 다급하게 현규가 있는 곳으로 뛰어간 도영은 얼른 그를 부축해 일으켜 세웠다. 흥건한 바닥에 넘어진 탓에 등까지 다 젖어 있었다.

"콜록. 콜록"

실수로 물을 먹은 탓에 거친 숨을 토해내던 현규가 비틀거렸다.

"나한테 기대."

어깨에 팔을 둘러 그를 부축한 도영은 자신을 보고 있던 나혜와 눈이 마주쳤다. 자신의 바보 같은 행동으로 괴물을 이길 수 있는 방법이 사라졌다는 사실에 도영은 시선을 내렸다.

게다가 소화전 쪽에 있던 사람들을 제외하고는 전부 물에 젖어 있었다. 다시는 전창을 사용할 수 없게 된 것이다. 화염 방사기 또한 사용이 가능할지 미지수였다.

"괜찮습니다. 돌파할 방법이 있을 겁니다."

비난의 기색이 들어 있지 않은 대답에 도영의 시선이 다시 위로 향했다. 나혜의 얼굴은 포기한 것과는 거리가 멀어 보였다. 도영은 울음이 나올 것만 같아서, 고개를 숙인 채 한동안 움직이지 못했다.

그런 도영을 보고 있던 나혜는 뭐라도 해야 한다고 생각했다. 어쩌면 한 가지는 가능할지도 몰랐다. 마지막에 빗나가긴 했어도 카리온은 충분히 물에 젖어 있었고, 어둠 속에서 몸을 회복하는 중이었기에 실험해 볼 가치는 있었다.

"모두 물이 닿지 않는 곳으로 대피하세요."

"어떻게 하게?"

홍철이 의아해하며 물었다.

"카리온이 물에 닿는 순간을 노릴 거야. 몸제 쪽이 잠깐이라도 움직이지 못하게 된다면, 다른 방법을 찾을 시간이 생길 거야."

"안 돼. 너무 위험해."

"이거 말곤 방법이 없어."

"그 역할을 누가 할 건데. 너도 같이 자멸하려고?"

아니라고 말하지 않는 나혜에게 홍철은 화가 났다.

"절대 안 돼! 네가 이 집단의 대장이라고 해도 멋대로 행동할 권리
는 없어. 우리보고 단독 행동하지 말라며!"

"이 방법뿐이야."

수긍하지 않는 동료의 시선에 나혜는 그럼 자신이 어떡해야 하냐고
묻고 싶었다. 겨우 찾아낸 방법이었다. 사용할 수 있는 무기가 있었다
면 다른 선택을 했겠지만 그들에게 남아 있는 것은 없었다.

"다들 피해!"

맨 앞에서 카리온을 주시하고 있던 재경이 소리친 것은 그때였다.
카리온이 입을 쩍 벌리고서, 두 팔을 이용해 빠른 속도로 거꾸로 기어
오는 모습은 보는 사람들의 오금을 저리게 했다. 실제로 찬희는 주저
앉아 바들바들 떨고 있었다.

물 때문에 바닥에 내려오지 못하던 카리온은 또다시 가시와 함께
검은 줄기를 토해냈다. 복수라도 하듯이 무작위로 행해지는 공격에
사람들은 속수무책으로 당할 수밖에 없었다.

하지만 카리온의 타깃은 따로 있었다. 소화전을 사용하기 위해 멀
리 떨어져 있던 사람들은 거의 다치지 않았고, 다른 이들도 자잘한 상
처를 입거나 간신히 피할 수 있는 정도의 공격을 받았다. 모두를 공격
하는 것처럼 보였던 건 연막이었다.

카리온이 노린 것은 나혜와 도영이었다. 검은 줄기와 가시가 동시
에 두 사람에게 향했다. 카리온은 마치 자신을 궁지로 몬 계획을 누가

세우고 누가 실행했는지 알고 있는 것처럼, 두 사람만을 집중적으로 노리고 있었다.

"윽!"

팔뚝을 스치고 지나가는 고통을 참으며, 나혜는 전창으로 검은 줄기를 힘겹게 막아냈다. 전기를 사용할 수 없었기 때문에 그건 그저 막대기에 불과했다. 홍철이 그녀를 도와주려고 했으나, 그는 박하를 지키기에도 벅찼다.

첨벙. 사선으로 잘린 전창의 아래가 물웅덩이로 떨어지며 소리를 냈다. 나혜는 몸을 움직일 수 없었다. 화염 방사기는 연료통과 연결된 선이 끊어진 채였고, 이제 그녀에게 남은 무기는 없었다. 얼굴을 향해 쏘아지는 검은 줄기를 보며 나혜는 두 눈을 질끈 감고 말았다.

"나혜야!"

"나혜 언니!"

자신을 부르는 소리가 들렸다. 한참을 기다려도 고통이 느껴지지 않자, 살짝 눈을 뜬 나혜는 자신의 앞에 서 있는 이를 보고는 놀라움에 눈을 크게 떴다. 그녀는 실로 오랜만에 안도감을 느꼈다. 단단하고 넓은 등을 보는 것만으로도 어깨에 지고 있던 짐들이 덜어지는 기분이 들었다. 죽으라는 법은 없다는 말이 생각났다.

"팀장님."

검은 줄기는 그가 가진 칼에 잘려, 물속에서 굳이 있었다.

"기다리게 해서 미안!"

"이것들이 미쳤는지 엄청나게 쏟아져서 늦어버렸네. 고생 많았다."

송이와 태식까지. 나혜는 눈물을 꾹 참으며 고개를 저었다. 그리디 퍼뜩 도영이 걱정되어 옆을 바라보자, 그는 물웅덩이에 빠져 있었다.

도영의 부축을 받고 있던 현규도 마찬가지였는데, 그런 두 사람의 몸 위에는 박하가 엎어져 있었다.

현규가 신음을 내뱉자, 박하가 부랴부랴 일어났고 도영과 함께 현규를 부축했다.

'살았구나. 다행이다.'

나혜는 속으로 안도하며, 현재 상황과 카리온에 대해 운형에게 빠르게 보고했다.

"처음 보는 형태의 카리온입니다. 팔과 입이 생겼고, 잘라낸 부위가 고속으로 재생하고 있습니다. 하영 언니 말로는 지하 3층에서 특정한 알에게 카리온들이 피를 주입하고 있다고 합니다. 아마도 저 카리온도 그것과 관련이 있는 것 같습니다."

"그렇게 생각하는 근거는?"

주위를 의식하며 나혜는 목소리를 죽였다.

"박하의 말에 의하면, 핵이 머리로 추정되는 위쪽이 아닌 가슴 사이에 있다고 합니다. 그리고 핵의 색깔이 흰색에 가깝다고 합니다."

보고를 듣고 있던 운형의 미간이 찌푸려지며 주름이 깊게 파였다. 핵에 대한 것은 의심할 여지 없이 정확할 것이다. 다만, 나혜의 입에서 나온 하영의 호칭이 그를 멈칫하게 했다. 무언가를 직감한 그는 감정을 추스르듯이 입매를 굳히곤 말을 아꼈다. 하영이 알아낸 내용은 분명 많은 도움이 되겠지만, 운형은 그녀가 살아남기를 바랐다.

"너희들은 일반인들을 대피시키도록 해. 여긴 우리가 맡겠다."

"저도 남게 해주세요."

"이제 와서 저희를 뺄 수는 없습니다."

"싸움이 길어질 거다. 무기도 없이 어떻게 싸우겠다는 거냐."

고집부리지 말라는 의미로 말했으나, 재경과 나혜는 굴하지 않고 대꾸했다.

"그럼 장비를 새로 맞추고 다시 올게요."

"사람들을 무사히 대피시킨 후 합류하겠습니다."

"놔둬요, 대장. 하여간 누가 동기 아니랄까 봐."

놀리는 태식 옆에서 송이가 "너희들 오기 전에 끝나 있을걸?" 하고 자신만만하게 말했다.

"마음대로 해라."

결국 승낙이 떨어졌다. 환해지는 두 사람의 얼굴을 보면서 운형은 무뚝뚝하게 어서 출발하라고 재촉했다. 떠나는 사람들을 살피면서, 잠깐이지만 박하를 바라보는 그의 시선에는 많은 감정이 담겨 있었다. 사람들을 따라갈 것처럼 몸을 트는 카리온의 앞을 막아선 운형은, 자신의 팔뚝 길이 정도의 칼을 쥐고서 말했다.

"얼마나 많은 사람을 죽인 거냐."

과연 저것은 피를 얼마나 많은 취했기에 모습이 변형되었을까. 지하 3층에서 벌어지는 일을 그대로 됐다가는 눈앞에 있는 괴물보다 더욱 상위의 카리온이 부화할지도 모른다.

"다들 죽을 각오로 임해라."

"물론이죠, 대장!"

"전 입사할 때부터 쭉 그랬어요!"

망설이지 않고 그러겠다고 하는 동료들의 대답을 들으며 운형은 실소했다. 방금 전까지는 죽지 않았으면 한다고 생각해 놓고선 지금은 목숨을 걸라니……. 그는 자신의 모순적인 생각에 자기혐오가 일었다.

"잡는 건 내가 할 테니 너희는 엄호만 해. 죽을 각오로 임하되, 죽지는 마라."

기어코 꺼낸 말은 모순적이었지만 운형의 진심이었다.

"네!"

이번에도 당연하게 대답하는 두 사람의 당찬 음성에 운형은 미소를 지었다. 열은 미소는 금방 사라져 버렸으나, 13년 전 그날 이후로 웃음을 잃은 그가 오랜만에 되찾은 미소였다.

⋆

로비에서 가장 먼 곳까지 사람들을 대피시킨 나혜와 재경은 그 길로 바로 떠났다. 활기를 되찾은 두 사람의 뒷모습을 보던 박하는, 남아 있는 홍철에게 다가갔다. 동료들과 떨어져서 혼자 있는 모습이 못내 마음에 걸렸기 때문이다.

"저희 때문에 미안해요, 오빠."

"그런 소리 마. 내가 원해서 남아 있는 거니까. 왠지 네가 내 동생 같아서 마음이 쓰이더라고. 난 외동인데 말이야. 진짜 이상하지?"

"저도 그래요! 우리 그냥 친남매 할까요?"

박하의 미소가 보기 좋았다. 홍철은 그런 박하의 머리를 토닥여 주며 어디 아픈 곳은 없는지 물었다.

두 사람이 이런저런 대화를 나누며 정을 쌓아가는 동안, 언제나 투정만 부리던 몇몇 사람들은 또다시 불평을 쏟아내기 위해 시동을 걸고 있었다.

"하아."

협소한 공간 탓에 누군가가 내뱉은 한숨 소리는 천둥처럼 크게 들렸다. 그들은 아직도 진료실 통로에 마련된 대기실에서 들어가지 못하고 옹기종기 모여 있었다. 이쯤 되니 박하는 심드렁하게 또 시작이구나 생각했다.

"불안해서 어떻게 같이 있어요? 아까도 보셨잖아요! 카리온이 연주란 분을 노리는 거요!"

다들 박하를 평범한 아이라고 생각했기 때문에 카리온이 노린 게 연주라고 철석같이 믿고 있었다. 굳이 정정할 필요는 느끼지 못했지만, 이걸 기회로 삼아 찬희는 다시금 연주와의 분리를 원했다.

'저 아저씨가!'

발끈했으나 박하는 그냥 그를 개똥처럼 생각하기로 마음먹었다.

"그렇게 해요. 각자, 알아서 살아남는 거잖아요."

대신 심술궂게 웃어준 박하는 붉으락푸르락해진 얼굴로 저를 노려보는 찬희를 무시하고선 고개를 돌려버렸다.

"엄마, 가자."

말리고 싶은 마음이 들기는커녕 저를 위해 심통을 부리는 딸이 귀여웠던 연주는, 얼른 박하의 팔을 잡고는 바로 옆에 있는 진료실 방으로 쏙 들어가 버렸다. 다른 이들이야 남은 방에 다 같이 들어가든 다른 곳으로 자리를 옮기든 알아서 할 터였다.

연주는 건너편 방에서 문이 잠기는 소리를 들었다. 자신과 함께 있는 것을 기부하던 사람들은, 니혜가 안전하다고 말한 곳에서 벗어나고 싶지는 않았던 모양이다.

"어이없어. 그렇지, 엄마……. 악! 엄마야……!"

닫힌 문이 찬희라고 되는 것처럼 흘겨보던 박하가 책상 뒤에서 불쑥 나타난 누군가 때문에 저도 모르게 비명을 질렀다.

"무슨 일이야?"

바깥까지 퍼진 박하의 비명에 홍철이 다급한 표정으로 문을 열었다가, 누군가를 보곤 반색하며 안으로 들어왔다.

"은성이 형!"

"아는 사람이니?"

연주가 침착하게 물었다. 홍철이 아는 듯했기 때문이다.

"같은 보안 요원이에요. 어떻게 된 거야? 연락이 안 돼서 잘못된 줄 알았잖아."

안도감에 따지는 것처럼 말이 나왔다. 재경에게 듣기로는 지수와 함께 움직이기로 되어 있다고 했다. 하지만 통제실에서 지수가 그렇게 된 후에, 계속해서 연락을 해보았지만 연결이 되지 않아서 다들 걱정하고 있었다. 그런데 생각지도 못했던 곳에서 만나게 된 것이다. 어째서 지수와 함께 있지 않았는지, 무슨 일이 있었던 것인지 물어볼 것은 많았지만, 홍철은 그저 살아 있는 은성의 모습에 안도감이 들 뿐이었다.

"일이 있었어."

친근하게 다가오는 홍철을 보고 은성이 마주 웃어주며 안아주었다. 잠깐이지만 연주와 박하의 눈치를 보던 그가, 홍철의 팔을 잡고는 밖으로 나가자는 신호를 보냈다.

"우리끼리 공유해야 할 이야기가 있어. 그것에 대한 거야."

홍철은 카리온을 말하는 건지 묻고 싶었으나, 입을 떼기도 전에 은성의 손에 잡혀 끌려 나갔다.

"뭔지는 몰라도 중요한 이야기인가 보네."

"우리한테 좋은 소식이면 좋겠다."

"그러게. 어머, 저기 누군가가 또 있는데?"

안으로 들어서던 두 사람은 책상 밑에 몸을 숨기고 있던 여성을 발견했다. 어깨까지 오는 단발머리가 쥐어뜯긴 것처럼 헝클어져 있는 여성은, 두 사람의 인기척에 공포에 질린 강아지처럼 부들부들 떨기 시작했다. 더 가까이 다가가면 발작이라도 일으킬 것만 같은 반응에, 박하가 멀찍이 떨어져서 말을 걸었다.

"괜찮으세요? 저희 위험한 사람 아니고, 괴물도 아니에요. 안심하셔도 돼요."

12

고개를 숙이고 웅크려 있던 여성은 누군지 확인하려는 듯이 살짝 눈만 내밀었다가, 방에 들어온 이들이 '사람'이라는 걸 확인하고는 천천히 고개를 들었다. 드러난 여성의 얼굴은 눈물로 얼룩져 있었고, 이마에서는 피가 흘러내리고 있었다. 상처를 본 박하가 저도 모르게 손을 뻗자, 소스라치게 놀란 여자가 두 팔로 얼굴을 막았다.

"죄송해요. 피가……. 걱정이 돼서 그만……."

미안해진 표정으로 얼른 손을 내린 박하가 사과했다. 작게 괜찮다는 대답이 들려왔다.

"밖에 정수기가 있던데 물이라도 좀 떠다 드릴까요?"

잔뜩 튼 여자의 입술을 보며 연주가 물었다.

"네? 네, 감사합니다."

목소리는 갈라져 거의 나오지 않을 정도였다. 연주는 딸의 어깨에 손을 올린 채 잠시 나갔다 온다는 말을 남기곤 방을 나섰다.

"여긴 어떻게 온 거야? 밖에 괴물이 있는데……."

둘만 남게 되자, 여성은 전보다 경계심을 풀고서 박하에게 말을 걸어왔다. 카리온에게 꽤 시달린 모양인지 그녀는 금방이라도 기절할 것 같은 눈으로 박하를 살피면서도, 괴물이 들어올까 봐 문을 계속해서 힐끔거렸다.

"보안 요원분들이 도와주셨어요."

"그렇구나. 나와 같이 도망친 이들은 전부 죽었어. 난 너무 무서워서 나 혼자 살겠다고 도망쳤어."

울먹이며 말하는 여자의 모습이 누군가와 겹쳐 보였다. 박하는 잠깐 대답할 말을 찾지 못하다가 간신히 입을 열어 말했다.

"힘들었겠어요."

"너도 그것들이 보이니?"

"괴물이요?"

박하는 대답하기가 망설여졌다. 연주가 그 사실을 숨기기를 바랐고, 사람들이 동화인을 대하는 모습에서 부조리함을 느꼈기 때문이다. 박하 역시 그들의 이기적인 면모에 밝히는 게 꺼려졌다.

부정의 말을 내뱉으려는 박하보다 여자가 먼저 자신에 대해 말하기 시작했다.

"나는 보여. 그래서 무섭다가도 괴물 속에 있는 보석을 발견하면, 나도 모르게 시선을 빼앗겨 버리게 돼. 정상적이지 않지?"

"네? 보석이요?"

'어쩌면 나와 비슷한 것을 보는 건 아닐까?'

박하는 관심을 표하며 바닥에 털썩 자리를 잡고 앉았다.

"응, 괴물의 머리 쪽에 보석이 반짝거리는 걸 봤어. 어떤 건 검고 어떤 건 회색이었는데……. 나랑 같이 있었던 보안 요원한테 물어보니까 카리온의 핵이라고 하더라. 그게 없으면 괴물은 태어날 수가 없대."

여자는 카리온에 대해 꽤 자세히 알고 있었다. 관심이 가는 주제여서 박하는 이야기에 빠져들었다. 자신과 같은 사람을 만난 것이 기쁜 나머지, 박하는 너무도 쉽게 경계를 풀고 말았다.

"동화인이라고 카리온을 볼 수 있는 사람들이 있어요. 세상이 흑백으로만 이루어져서 다른 색은 보지 못한대요. 언니도 그래요?"

"아니, 나는…… 아니야."

"하지만 괴물을 볼 수 있다고 하셨잖아요."

"응, 하지만 난 색을 구별할 수 있어. 내 세상에는 모든 색채가 들어 있거든. 보통 사람들처럼 말이야."

비밀을 털어놓는 것처럼 여자는 낮게 속삭이며 말했다. 거기에 이끌린 박하는 상체를 숙이고, 여자를 향해 얼굴을 가까이 붙였다. 같은 능력을 가진 사람을 만났다는 반가움과 자신을 믿고 이야기해 준 여자에 대한 신뢰가 맞물려서 박하의 입을 열게 만들었다.

"다른 사람한테는 말하면 안 돼요, 언니."

"왜?"

순진한 어조로 여자가 물었다.

"카리온의 핵은 동화인도 쉽게 보지 못하는 거래요. 저도 언니랑 같은데, 다들 비밀로 해야 된다고 했어요. 그러니까 언니도 조심하세요. 나쁜 사람이 언니를 이용할지도 몰라요."

"나랑 같다고? 너도 핵이 보이는 거야? 정말?"

흥분을 한 것처럼 여자의 목소리가 조금 커졌다.

"네, 우연일 수도 있지만요."

"우연은 아닐 거야. 그 능력은 특별한 거거든."

내리깐 눈을 들어 올려 박하와 눈을 마주친 여자는 수줍게 미소 지었다.

"기쁘다. 너도 나랑 같구나."

"언니, 눈이……."

여자의 눈을 자세히 보게 된 박하는 놀랐다. 보통 사람과 다르게 그녀는 한쪽 눈 색이 달랐다. 여자의 오른쪽 눈동자는 예쁜 은회색을 띠고 있었다.

"예전에 다친 적이 있어서……. 흉측하지?"

박하의 반응이 두렵다는 듯이 여자는 손으로 눈을 가렸다.

"아니에요. 사실 저도 눈을 다쳐서 최근에 이식 수술을 받았거든요. 전혀 이상하지 않아요!"

"고마워, 난 '재이'라고 해. 신재이. 네 이름은 뭐니?"

"임박하예요. 박하라고 불러주세요."

"아까 그분은 어머니시니?"

"네, 그러고 보니 늦으시네요. 잠시만요."

"응."

순수한 기쁨으로 볼을 붉히는 재이를 보며, 박하도 웃었다. 그리고 곧 문을 열고 연주를 찾았다. 다행히 정수기는 문 바로 앞에 있었고, 그녀는 어디서 가져온 건지 커다란 물통에 물을 담고 있었다.

"물통 찾느라 늦은 거야?"

"충분히 목을 축이기 어려울 것 같아서. 그런데 딸, 기분 좋아 보이네?"

자신과 같은 현상을 겪는 사람을 알게 되었다고 말하고 싶어서 박하는 입이 근질거렸다. 하지만 연주가 사실을 알게 되면 잔소리를 할

게 눈에 선해서, 박하는 속으로 그 감정을 꾹 눌러 삼켰다. 나중에 둥 둥 떠 있는 이 감정이 가라앉는다면 숨김없이 연주에게 말해야겠다고 생각했다. 하지만 지금은 혼자만 알고 싶었다.

미소로 대답을 대신한 박하의 볼을 꼬집으며 연주가 알려달라고 졸 랐지만, 박하는 말하지 않았다.

"나중에, 나중에 말해줄게."

"알았어. 어서 들어가자."

서로 닮은 웃음을 지으며 두 사람은 방으로 돌아갔다. 무릎을 두 팔 로 감싸고 앉아 있는 재이가 불편해 보여서, 박하는 끼고 있던 팔짱을 풀고는 재이에게 달려갔다.

"바닥이 차요. 우리 저기에 가서 앉는 게 어때요? 한 사람은 의자에 앉으면 되니까 괜찮을 거예요."

"그럼 내가 의자에 앉을게. 아직은 사람과 닿는 게 힘들어서……."

진료 침대에 박하와 연주가 나란히 앉았고, 반대편 의자에 재이가 앉았다. 연주는 데스크에서 발견한 머그잔에 물을 따라 재이에게 건 네주었다.

"여기, 물 좀 마셔봐요."

목이 많이 말랐는지 재이는 연주가 따라주는 족족 물을 들이켰다. 대화는 없었다. 박하와 몇 마디 나누었다고 경계가 풀린 것은 아니었 는지 그녀는 입을 꾹 다물고 컵만 만지작거리고 있었다. 가득 채워왔 던 물병이 바닥을 보이자 재이가 머쓱하게 웃었다.

침묵이 길어지자 박하는 어색해져서 홍철이 돌아왔으면 좋겠다고 생각했다. 연주가 옆에 있어서 아까 나누었던 주제로 대화의 물꼬를 틀 수도 없었기 때문이다.

좀 더 재이와 대화를 하고 싶던 찰나에 그녀가 먼저 말을 걸어왔다.

"두 분은 어쩌다가 여기에……. 이런 끔찍한 병원에……."

말이 뚝뚝 끊겼다. 흔들리는 시선을 아래로 내린 재이는 고통스러운 기억을 떠올리지 않으려는 것처럼 입술을 깨물었다.

"그러게요. 어쩌다 우리 모두 여기에 있게 되었을까요."

자조적인 연주의 대답을 들으며 박하는 꿈보다 현실이 더 비현실적이라고 생각했다. 차라리 여기가 꿈속이었으면 했지만, 그녀는 붕대를 푸는 날에 느꼈던 감정을 잊을 수가 없었다. 터질 것처럼 부풀어 오르던 환희를 기억했고, 박하는 그것을 없었던 것으로 만들 수는 없었다.

"사실 우리의 잘못은 아니에요. 병원에 괴물이 있을 거라고 누가 예상을 했겠어요? 아픈 곳이 낫기를 바라서 오는 건데 말이에요."

후회해야 하는 건 병원에 있던 사람들이 아니었다. 괴물의 서식지에 병원을 세운 것이 잘못된 것이었다. 박하는 바꿀 수 없는 과거에 대한 것이 아니라 앞으로의 미래에 대해 이야기를 하고 싶었다.

"전 여기서 나가면 제일 먼저 엄마랑 여행 갈 거예요. 그리고 못 해 본 것도 전부 경험해 보고, 아름다운 풍경을 잔뜩 보고 싶어요."

그늘이 사라진 얼굴로 박하는 햇살처럼 밝게 웃으며 미래에 대해서, 하고 싶은 일에 대해서 말했다. 입 밖으로 꺼내는 것만으로도 기분 좋은 충족감이 온몸을 휘감았다. 그래서 박하는 죽음이 그들을 뒤따라오고 있었음에도 미소 지을 수 있었다.

"오래오래 살아야겠네. 우리 딸이랑 안 가본 곳을 다 가보려면 말이야. 게다가 엄마가 너에게 보여줄 곳도 아주 많거든."

내심 아이를 살리려다가 더 위험한 곳에 밀어 넣은 건 아닐까 후회하던 연주의 불안감이, 박하의 밝은 미소에 녹아내렸다.

그런 두 사람을 보는 재이의 눈빛에는 부러움이 담겨 있는 것 같기도 했고, 질투가 담겨 있는 것 같기도 했다. 다정한 스킨십을 나누며 서로 눈을 마주치고 이야기하는 두 사람을 보며 재이가 다소 어색하게 끼어들며 물었다.

"어머님 혼자 키우신 거예요?"

"아빠는 멀리 계세요. 제 병원비 때문에요."

"얘는 꼭 그런 것만은 아니라니까. 아빠는 하고 싶은 일 하면서 돈을 벌고 있는 거야. 전혀 걱정할 일도, 미안해할 일도 아니야. 네가 보고 싶었다고, 사랑한다고 말해주면 입이 찢어져라 좋아할걸?"

거짓말은 아니었다. 박하가 태어난 후, 불면 날아갈까 작은 상처라도 입을까 전전긍긍하며 딸을 소중히 대한 사람이었다. 연주보다도 더 지극정성이라, 박하가 사춘기가 오게 되면 필시 눈물바다가 될 거라고 놀리곤 했었다.

"화목한 가정이네요. 남편분께서 해외에 계시면 보고 싶겠어요."

"재이 씨는 여기에 병문안 때문에 오신 건가요?"

"네, 도중에 헤어졌지만 살아 있을 거라고 믿어요."

"분명 다들 무사할 거예요. 이럴 때 휴대폰이라도 됐으면 좋겠는데 답답하네요. 맞다! 박하야, 안약 넣어야지! 상황이 이렇다 보니 시간을 번번이 놓치네요."

부랴부랴 가방에서 안약을 꺼내 눈에 넣는 박하를 응시하던 재이가 묘한 표정을 지었다.

"빛이 밝아 보일 때도 있겠어요. 아직은 선글라스를 쓰고 있어야 할 텐데 괴물 때문에……."

"그래도 많이 나아졌다고 하니 다행이죠."

무례인 줄 알면서도, 연주는 재이가 말하는 도중에 끼어들어 문장을 끝냈다. 왠지 모르게 그녀의 시선이 섬뜩하게 느껴져서 대화를 그만 끝내고 싶었기 때문이다. 그녀가 자꾸만 가정사나 박하에 대해 알아내려고 하는 것 같다는 이상한 느낌을 지울 수가 없었다.

'계속 남을 의심하게 되는구나.'

연주는 쓸쓸한 기분을 느끼며, 물이라도 뜨러 갈 핑계로 박하를 데리고 일어섰다.

재이에게 양해를 구하고 나가려고 하는데, 갑자기 문이 벌컥 열렸다. 은성의 하얀 얼굴에는 누군가의 피가 튀어 있었다.

"무슨 일이죠?"

"홍철 오빠는요?"

또다시 시작된 걸까? 피를 묻히고 돌아온 은성을 보자마자 박하는 불길한 예감에 홍철부터 찾았다.

"괴물에게 습격당한 거예요? 그럼 홍철 오빠는요? 네?"

"홍철이가 당했어. 당장 여기서 나가야 해!"

"그게 무슨……. 다른 방에서 대화 나누고 계셨던 거 아니었어요?"

믿을 수가 없었다. 홍철 오빠가 당하다니…….

입술을 잘근잘근 씹던 은성이 괴로운 표정으로 마른세수를 했다. 얼굴에 튄 피가 얼굴 전체에 번졌다. 그 모습에 박하는 심장이 떨렸으나 물러나지는 않았다. 어떻게 된 거냐며 거듭 물어보자 은성이 마침내 입을 열었다.

"몇 칸 떨어진 곳에서 대화를 나누고 있었어. 그런데 가까운 곳에서 이상한 소리가 났고, 나 혼자 보고 오겠다고 했는데 그 바보 자식이 따라오는 바람에!"

"그래서요? 그냥 다친 거죠? 어디 숨어 있어서 도움이 필요한 거예요. 그런 거죠?"

"위급한 상황인가요?"

"카리온이 나타난 곳에서 여기까지 거리가 너무 가까워. 팀장님이 올 때까지 기다리기엔 너무 늦었어! 바로 도망쳐야 한다고!"

"하지만!"

홍철의 상태를 직접 눈으로 확인해 보고 싶었다. 박하의 눈이 풍랑을 만난 조각배처럼 세차게 흔들리는 것을 본 연주가, 딸의 어깨를 잡고 제 뒤로 보냈다. 그리곤 냉정하게 은성에게 물었다. 그의 말만 듣고 무작정 도망칠 수는 없었기 때문이다.

"얼마나 어떻게 위험한지 말해줘요. 우리 말고도 다른 사람들도 있고, 홍철을 구하는 게 늦지 않았다면 알려줘야 해요. 팀원들과 무전은요? 연락은 없었나요?"

은성은 불안한 듯 손톱을 물어뜯으며 제대로 된 대답을 하지 못했다. 연주는 한숨이 나오려는 걸 애써 참았다. 심정을 이해 못 할 바는 아니었지만 함께 역경을 헤쳐온 다른 팀원들에 비해 은성은 좀 나약해 보였다.

"다른 분한테 무전기가 있어요. 혹시 없는 거라면 그걸로……."

"다른 사람들한테는 여기 오기 전에 먼저 들러서 상황을 말해줬어. 아마 도망갔을 거야."

"네? 그게 무슨 소리죠?"

"내가 동화인이라서 같이 있으면 위험하지 않겠냐고 하더라고. 다른 곳으로 피하겠다고 얼른 나가라고 소리치기에, 그만 화가 나서 마음대로 하라고 했어."

황당했다. 아무리 그래도 장님이나 다름없는 사람들을 그냥 두고 왔다는 말인가. 연주는 따지고 싶었지만, 여기서 화를 내봐야 서로 감정만 상할 뿐이었고, 그녀도 도움을 줄 수는 없었기 때문이다.

"가면서 팀장님한테 연락을 계속해 볼 테니 일단 따라와 줘. 홍철이한테 듣기론 당신들도 동화인이라며."

"엄마, 일단 나가자. 여기는 공간이 너무 좁아서 위험해."

다 같이 타서 죽고 싶은 게 아니라면 불을 쏘는 것도 불가능할 것이다. 방금 전까지 미래에 대해 이야기했던 만큼, 박하는 '함께' 살아서 나가고 싶었다.

"언니도 같이 가요. 어서요."

"하, 하지만 난……."

"저분을 믿어봐요, 언니."

적극적으로 박하가 나서준 덕분에, 재이도 그들과 함께 진료실을 빠져나왔다. 은성이 문을 열어 복도 쪽을 살피며 말했다.

"아직 근처에는 없는 것 같아. 얼른 나가자."

네 사람은 발소리를 죽인 채 문을 열고 나왔다. 아직 카리온에게 귀가 있는 건 확인하지 못했지만 조심해서 나쁠 건 없었다. 박하는 휴대폰을 꺼내 손전등 기능을 켰다. 복도는 한산했다. 인기척도 느껴지지 않는 것으로 봐서 다른 사람들은 이미 대피했거나, 다른 곳에 숨었을지도 모른다는 생각이 들었다.

"팀장님, 대답 주세요. 팀장님."

계속 무전을 치며 주위를 확인하는 은성의 이마는 식은땀으로 축축하게 젖어 있었다. 그는 의자 사이사이까지 다 확인하며 움직였는데,

잔뜩 긴장한 듯한 모습에 그들은 은성에게 말을 붙이지 못했다.

카리온을 어디서 봤는지, 홍철은 어떻게 되었는지, 숨을 만한 곳은 알고 찾아가는 건지. 묻고 싶은 게 산더미 같았던 박하는 자세한 내용을 말해주지 않는 은성의 태도가 조금 의심쩍었고, 그에게만 맡기는 건 불안해서 티가 나지 않게 주변을 둘러보기로 했다. 로비에서 있었던 일로 인해 카리온이 어디서 튀어나올지 알 수 없다는 것을 알았기에 박하는 병원의 모든 게 신경 쓰였다.

그녀는 카리온의 핵을 찾기 위해 눈을 부릅뜨고서 주변을 둘러보았다. 그 모양새가 미어캣 같았다. 오죽하면 옆에 있던 재이가 이상하게 쳐다봤을 정도였다.

"그만 좀 두리번대렴. 보지도 못하는 애가 무리하지 말고!"

박하는 도움이 되고 싶다고 말하려다가, 자신이 카리온을 볼 수 있다는 것을 은성은 모르니 그냥 엄마의 말을 따르기로 했다.

은성이 헐레벌떡 뛰어와 카리온의 출현 소식을 알린 것과 다르게, 시간이 지났음에도 박하의 눈에는 핵에서 퍼지는 빛이 보이지 않았다. 뭔가 이상하다는 느낌을 받아 은성에게 물어보려고 할 때였다. 솜털이 쭈뼛 서는 감각이 들며, 타는 냄새가 나기 시작했다. 아직 다른 사람은 냄새를 맡지 못한 것 같았다. 박하는 냄새의 근원지를 찾기 위해 주변을 둘러보았지만 알 수 없었다.

"저기!"

박하가 위험을 경고해 주려고 입을 연 것과 동시에, 뒤쪽에 진열되어 있던 의자들이 폭발하며 주변으로 날아갔다. 근처에 있던 진료실의 창들이 와장창 깨지며 큰 소리를 냈다. 흩날리는 파편들을 막기 위해 네 사람은 몸을 숙이며 팔로 머리를 감쌌다.

끼이익.

의자들이 거칠게 밀려나는 소리에 그들의 고개가 뒤로 향했다.

'어떻게?'

내심 여기는 없을 거라고 확신하고 있던 박하의 입이 충격으로 벌어졌다. 무려 네 사람이 확인했는데도 카리온을 발견하지 못했다. 하늘에서 솟아난 것인지 바닥을 뚫고 나온 것인지 괴물이 그곳에 있었다. 박하와 비슷한 크기의 카리온은 형체가 일정하지 않았고 갓 태어난 새끼 동물처럼 꿈틀거리고 있었다.

형태가 계속 변형되던 카리온은 순식간에 주변으로 넓게 퍼졌다가 위쪽부터 모이기 시작했다. 검은 몸체 위에 익숙한 두 개의 붉은 구멍이 생겨나더니, 마치 기지개를 켜는 것처럼 몸 안에서 웅크리고 있던 검은 줄기들이 일시에 밖으로 뻗어 나와 주변을 엉망진창으로 만들기 시작했다. 깨지고 파괴되는 소음과 함께 양쪽에서 파편들이 튀었다.

카리온의 사정거리에서 벗어나 있었던 덕분에 무사할 수 있었던 네 사람은, 바닥에 주저앉아 멍하니 그 장면을 바라보고만 있었다. 가장 먼저 정신을 차린 것은 연주였다.

"도망쳐야 해요. 아직 우리가 있는 걸 모르는 거 같아요."

카리온은 잠에서 막 깬 사람처럼 정신을 차리지 못하고 있는 듯했지만, 안정이 되면 동화인이 눈앞에 있다는 것을 모를 리가 없었다. 동화인은 카리온의 눈에 잘 보이는 형광 물질을 묻히고 있는 것과 다름없었기 때문이다. 게다가 문제는 또 있었다. 그들이 가진 무기라고는 은성이 들고 있는 화염 방사기 하나뿐이었다.

당황한 은성은 안절부절못하고 있었다. 카리온에 익숙해지는 사람이 있는 반면, 계속해서 두려워하는 사람도 있는 법이다. 그래서 그는 현장에 가기보다는 내부에서 근무하는 것을 더 선호했고, 누구보다도 통제실을 많이 담당한 사람이기도 했다.

보다 못한 박하가 그에게 물었다.

"여기서도 스프링클러 작동시킬 수 있을까요?"

"모르겠어. 여긴 너무 넓어서 한 곳만 집중적으로 작동되게 해야 할 거야."

"할 수 있을까요? 지금이 아니면 기회가 없을 거예요."

"그걸로 막을 수 있을까요? 지금 카리온은 굶주려 있어요."

희망의 싹을 단박에 잘라버린 재이는 의외로 무척 침착해 보였다. 카리온에게 꽂혀 있던 시선을 돌려 사람들을 바라보며 그녀가 말했다.

"공복 때 사람들이 예민한 것처럼, 막 부화한 카리온은 난폭해요."

재이의 말을 증명하는 것처럼 멈춰 있는 줄만 알았던 검은 줄기들이 영역을 넓혀갔다. 카리온과 그들을 막아주고 있던 철제 의자들이 구부러지고 밀려나는 소리가 들렸다.

"불이라도 다 켜보는 게 어떨까요. 움직임을 느리게 할 수 있을지도 몰라요."

"효과는 미미할지도 모르지만, 죽고 싶지 않으면 뭐라도 해야 해요."

박하의 의견에 동의하며 재이가 단호한 눈빛으로 은성을 보았다.

"좋아. 한번 해볼게."

제일 가까이 있는 스프링클러를 향해 걸어간 은성이 불을 쏘았고, 남은 이들은 진료실 문을 열고 가능한 모든 불을 켜기 시작했다.

마지막 진료실에 불을 켜고 나오면서 재이를 바라본 박하는 깜짝 놀랐다. 울고 있는 걸까? 볼을 닦고 있는 재이의 눈에서 눈물이 떨어지는 것처럼 보였다. 그녀는 재이를 카리온에게서 멀리 떨어뜨린 다음, 연주와 함께 남은 의자를 끌어와 바리케이드를 쌓았다.

"조금이라도 도움이 되겠지?"

"지켜보자. 이왕이면 움직이지 않았으면 좋겠지만……. 그래도 스프링클러가 작동되면 도망칠 시간은 벌 수 있을 거야."

초조하게 은성을 바라보던 두 사람은 이내 절망하고 말았다. 운명은 그들 편이 아니었다. 벽에 박혀 있던 검은 줄기가 움직이며, 대리석 가루들이 바닥에 후드득 떨어졌다. 한껏 늘어난 검은 줄기가 기지개를 끝내고 이내 몸으로 돌아가려고 하고 있었다.

"아직 멀었나요?"

카리온 쪽을 확인한 연주가 상황을 물어보자, 은성도 답답한지 소리를 버럭 질렀다.

"젠장! 물이 잠겨 있는 거 아니야? 작동할 낌새가 안 보여! 물 한 방울도 안 떨어진다고!"

"이래선 시간에 맞출 수 없을 거예요."

박하가 말했다. 그녀는 두려움이 번진 시선으로 연주를 바라보았다.

"이거."

그들 사이로 불쑥 내밀어진 칼날이 위험하게 반짝였다. 연주는 얼굴을 찌푸리며 재이에게 이게 무슨 짓이냐고 차갑게 물었다.

"무기가 없는 것 같아서요. 뭐라도 있으면 나을 거예요. 전 있으니 쓰셔도 돼요."

눈을 동그랗게 뜬 재이가 문제를 모르겠다는 듯이 말했다. 의미는 이해하나, 어린 딸에게 날붙이를 쥐여주어야 하는 상황에 연주는 짜증이 났다. 하지만 틀린 말도 아니라서, 그녀는 재이가 내민 칼 두 개를 받을 수밖에 없었다.

"고마워요."

연주가 어색하게 말했다.

딸의 손에는 피 한 방울 묻히고 싶지 않은 게 엄마의 심정이었다. 망설이던 그녀는 박하가 위험했던 순간들을 떠올리고는 무기가 없는 것보다는 나을 거라는 재이의 말에 마지못해 동의했다.

"웬만해선 쓸 일이 없었으면 좋겠지만, 조심해서 사용해야 해. 알았지?"

"응, 조심할게."

손에 든 칼은 무거웠고, 코앞에 있는 괴물은 거인처럼 크고 위협적이었다. 박하는 익숙하지 않은 칼을 힘껏 쥐며 스스로 되뇌었다.

'카리온은 무적이 아니야.'

인간으로 치자면 심장이나 뇌라고 할 수 있는 핵이 존재했고, 작은 파편으로 검은 줄기를 잘라 타격을 입힌 적도 있었다. 안도감을 느낀 박하는 적어도 보안 팀이 와줄 때까지만 버틴다면 모두 살 수 있을 거라고 생각했다.

그녀는 느리게 가는 시간이 오늘만큼은 빨리 흘러주길 바라며, 냉정하게 카리온을 응시했다.

슈우욱.

카리온이 한꺼번에 빠져나가 있던 검은 줄기를 끌어들이자 거센 바람이 일었다. 그대로 빨려 들 것만 같았던 세 사람은 서로를 붙들었고, 은성은 스프링클러를 작동시키려던 것을 멈추고는 곧장 몸을 숙였다.

"틀렸어. 작동하지 않아. 누군가 구하러 와줄 때까지 버티든가 아니면 다른 방법을 찾아서 버티든가. 둘 중 하나야."

은성의 목소리는 작게 떨리고 있었다.

"다른 사람들한테서는 아직도 소식이 없는 거죠?"

박하가 물었다.

"지금 깨어난 게 한 마리는 아닐 거야. 우리 팀은 홍철을 제외하면 전부 동화인이니까. 모여 있으면 냄새에 이끌려 찾아올 가능성이 더 높아져."

"그럼 다른 방법을 찾아야겠네요."

세워두었던 계획이 무용지물이 되었음에 고민에 빠진 박하는 문득, 자신이라면 괴물을 공격하는 게 가능할지도 모른다는 생각이 들었다. 곰곰이 떠올려보면 처음 병실에서 거울 조각으로 공격했을 때에도, 그다음으로 소이를 공격한 검은 줄기를 돌로 내리찍었을 때도 카리온이 타격을 받았기 때문이다. 분명 검은 줄기가 절반 정도 잘려나가기까지 했다. 그럼 세 번째에는? 움직이지 못할 정도로 상처를 입히려면 어떻게 해야 할까?

박하는 칼을 쥔 손을 내려다보며 생각했다.

'내가 할 수 있을까?'

다치지 않는 것. 살아남는 것. 손에 둘러둔 붕대가 박하의 눈에 들어왔다. 다 같이 살아서 나갈 수만 있다면 뭐든지 할 수 있을 것만 같았다. 죽지만 않는다면 이 정도의 상처는 견딜 수 있었다.

"이게 도움이 될지 모르겠지만……."

은성이 허리에 차고 있던 작은 가방을 열더니 주섬주섬 뭔가를 꺼내기 시작했다. 어딘가 익숙한 물건들을 보고 있자니, 박하는 자신도 모르게 몸이 그쪽으로 기울어졌다. 호기심 어린 시선을 눈치챈 은성이 그녀를 향해 찡그린 미소를 지으며 말했다.

"피할 시간 정도는 벌 수 있을 것 같아서 챙겨 뒀지."

가방에는 그물망, 전기 충격기, 연막탄, 조명탄 등이 들어 있었다. 은성은 시범 삼아 보여주겠다며 돌돌 말려 있던 그물망의 끝을 잡은 후, 투포환을 던질 때처럼 뒤로 몇 발자국 물러났다. 그러곤 의자로 만든 경계선까지 뛰어가 그물망을 힘껏 던졌다.

지니의 양탄자처럼 허공에서 펼쳐진 그물망을 보며 솔직히 박하는 회의적이었다. 물고기를 잡을 때나 쓸 것 같은 그물망으로 괴물을 막을 수 있을까 의심스러웠기 때문이다. 하지만 카리온의 머리 부분을 감싼 그물망에서 파란 불빛이 튀었고, 해당 부위가 굳어지며 회색을 띠는 것을 보자 박하는 감탄했다.

그물망이 감싼 부분은 카리온의 핵이 있는 부분이었다. 거짓말처럼 카리온의 움직임이 딱 멈추었다. 기뻐하던 박하는 그물이 카리온을 감쌌는데도 불구하고, 불안한 표정을 짓는 은성을 보곤 미소를 지웠다. 보이는 것만큼 타격을 주지 못한 걸까 불안해졌다. 다시 카리온을 바라본 박하는 제 눈을 믿을 수 없었다.

"어떻게 저 상태에서 움직이는 거지?"

충격 어린 음성으로 박하가 물었다. 보통 심장이나 뇌가 타격을 받으면 다른 곳도 영향이 가기 마련이었다. 사람이었다면 즉사했을지도 모를 정도로 강한 전류였으나 카리온은 달랐다. 분명 그물망에서 뿜어내는 전기로 인해 핵 주위를 감싸고 있는 표면이 굳어졌음에도, 괴물의 몸은 아무렇지 않은 듯 서서히 벌어지고 있었다.

특이하게 아래에서부터 벌어진 입은 굳어 있는 목 바로 아래에서 멈추었다. 천으로 된 연필통을 다 열지 않아도 물건을 꺼낼 수 있듯이, 검은 줄기들은 방해 없이 그들에게로 뻗어졌다.

"다들 거리를 벌려!"

재이의 명령에 옹기종기 모여 있던 그들은 각자 다른 곳으로 흩어졌다. 매듭처럼 꼬아져 만들어진 거대한 뭉치가 그들이 있던 바닥을 뚫고 안으로 들어갈 정도로, 강하게 내리꽂혔다. 지진이라도 난 것처럼 대리석 바닥은 넓게 금이 가거나 깨지며 튀어 올랐다.

공격이 실패했으나 검은 줄기는 되돌아가지 않았다. 그것은 엉켜 있는 줄기들을 사방으로 풀어 그들을 쫓았다.

자신에게 뻗어오는 검은 줄기를 본 박하는 심장이 튀어나올 듯 격렬하게 뛰었다.

"할 수 있어."

자신에게 다짐하듯이 말한 박하는 도망가는 것을 멈추고 뒤를 돌아보았다. 아빠와 함께 야구를 했었던 것을 떠올리며 그녀는 쏘아져 오는 검은 줄기를 놓치지 않기 위해 집중해서 응시했다. 줄기가 코앞까지 다가왔을 때, 붕대를 감은 손을 움직여 잡아채는 데 성공한 박하는 재이에게 받은 칼을 가능한 만큼 높이 들어 그것을 내려쳤다.

조금의 망설임도 없었다. 오히려 박하는 첫 공격이 성공하자, 자신감이 붙은 표정을 지었다. 고민했던 것이 무색하게도 검은 줄기는 그녀의 엉성한 칼질에도 손쉽게 상처를 입고 있었기 때문이다. 용기가 붙은 박하는 검은 줄기를 공격하다가, 눈에 통증을 느껴 여러 차례 찡그렸다.

'안약의 효과가 떨어졌나?'

눈이 따끔거려서 제대로 뜨기가 힘들었지만, 안약을 넣을 시간이 없었다. 박하는 눈을 빠르게 깜박여 수분이라도 만들어 보려고 노력했다. 겨우겨우 대응하고 있었으나, 박하는 모르고 있었다. 이상하게도 검은 줄기는 박하에게 위협적으로 달려들지 않고 있었다.

'된다! 공격이 통하고 있어!'

환한 표정으로 연주를 찾던 박하는 자신의 상황과는 다른 모습을 보고 의문을 느꼈다. 연주가 검은 줄기에 칼을 휘두르자 마치 철로 된 무언가에 부딪친 것처럼 칼이 그대로 튕겨나갔다. 게다가 검은 줄기의 숫자가 박하에게 향하는 것보다도 훨씬 많았다.

"뭐 하는 거야? 앞을 봐!"

재이의 외침에 박하는 재빨리 고개를 돌리려고 했지만, 머리로 인식하는 것과 몸이 움직이는 것에는 시간적 차이가 있었다. 박하가 칼을 든 손을 움직였지만 검은 줄기가 그녀의 눈을 뚫을 것처럼 이미 지척에 와 있었다. 피하기에는 늦었다고 생각한 박하가 이를 악물었다.

'난 살 거야. 무슨 일이 있어도 엄마랑 같이 집으로 돌아갈 거야!'

죽음에 대한 공포가 시간 감각을 마비시켜 버린 것 같았다. 지척까지 다가온 검은 줄기가 느릿하게 움직이는 것처럼 느껴졌다. 박하는 팔이 좀 더 빠르게 움직였으면 좋겠다고 생각했다.

그 순간 박하는 맹렬한 기세로 쏘아지던 검은 줄기가 탐색하듯이 그녀의 코앞에서 멈추는 것을 보았다. 검은 줄기는 박하의 주변을 돌아다닐 뿐 공격하지 않았다. 그것은 오히려 안전하다고 느낀 것처럼 뒤로 물러나고 있었다.

박하는 카리온의 행동이 이상하기는 했으나, 멍청하게 넋 놓고 있다가 죽고 싶지는 않았기에 기회를 놓치지 않고 재빨리 도망쳐 빛 속으로 숨었다. 그녀가 숨은 진료실의 정면에서 연주가 그녀의 이름을 부르며 뛰어오고 있었다.

"엄마! 난……."

'난 괜찮아!'

말을 끝맺기도 전에 연주가 단말마의 비명을 지르며 허공에 떠올랐다. 왼쪽 팔뚝을 휘감은 검은 줄기가 그녀를 무자비하게 위로 끌어 올리고 있었다. 연주가 휘두른 칼은 그대로 튕겨나가며 날카로운 소음을 내고 바닥에 떨어졌다.

"안 돼……. 엄마!"

박하가 달려나가 휘두른 칼은 놀랍게도 허공을 가르듯 검은 줄기를 그대로 통과했다.

"잘려! 제발, 잘리라고!"

계속해서 칼을 휘두르며 박하는 미친 사람처럼 울부짖었다. 그런 박하의 노력에도 불구하고 검은 줄기는 꿈쩍도 하지 않았다. 울고 있는 박하를 보면서 연주는 이를 악물었다. 거대한 것이 자신의 온몸 구석구석을 쑤시는 감각은 말할 수 없이 고통스러웠다.

그 상황에서도 연주는 박하를 안심시켜 주고 싶었기에 괴로운 모습을 보여주지 않으려 애썼다. 언제나 강한 사람, 딸이 기댈 수 있는 사람이고 싶었다. 연주는 고통을 참아내며 박하를 살리기 위해 말해야 했다.

"도망가! 너까지 잡히면 엄마 못 살아, 박하야! 어서!"

"싫어. 난 안 갈 거야! 제발……. 누가 저희 엄마 좀 도와주세요!"

도리질을 친 박하가 간절하게 외쳤다. 아무리 칼을 휘둘러 봐도, 유령을 그은 듯 그대로 통과하는 이유를 그녀는 알 수 없었다. 그녀의 모습은 아무것도 없는 허공에서 허우적대는 것처럼 이상해 보일 뿐이었다.

"구하고 싶어?"

멀리 떨어져서 카리온을 상대하고 있던 재이가 물었다. 다친 곳 하나 없이 멀쩡한 모습의 그녀가 다시 한번 박하에게 엄마를 구하고 싶냐고 건조한 말투로 물었다.

"어떻게 하면 돼요? 칼이 통하질 않아요. 제가 어떻게 하면 엄마를
구할 수 있어요?"

박하는 애타는 마음으로 재이에게 방법을 구걸했다.

"제 딸을 데리고 도망가 주세요. 제발요!"

"나랑 오래오래 산다고 했잖아! 이거 놔, 우리 엄마 놔줘!"

"박하야!"

"싫다니까! 나 혼자서는 안 갈 거야!"

박하는 물러설 생각이 없었다. 무슨 짓을 해서든 엄마를 구하겠다
는 생각뿐이었다. 심장이 욱신거렸다. 목 놓아 울고 싶었으나 정신을
똑바로 차리고 있어야 했다.

박하는 검은 줄기를 다시 손으로 잡아보려고 했으나, 이번에도 허
망하게 통과되고 말았다. 그녀는 입술을 깨물고 자신의 손과 검은 줄
기를 노려보았다. 순간, 검은 줄기가 갑자기 연주를 끌어당기는 것을
멈추었다. 지금이 아니면 안 된다는 깨달음이 벼락처럼 박하를 강타
했고, 그녀는 검은 줄기 대신에 재이의 팔을 붙잡았다.

"뭐든! 방법이 있다면 뭐든 알려주세요!"

"위험할 수도 있어. 아니, 죽을 수도 있어."

"박하야! 제발! 으윽!"

말을 채 끝맺지 못하고 연주가 신음을 흘렸다. 그녀의 손끝에서 팔
뚝까지 검은 줄기가 파고들어 피부 위로도 그 모습이 드러났다. 얼마
나 날뛰고 있는지 새하얗게 질린 연주의 왼쪽 팔이 진동하듯 떨리고
있었다. 더 이상 지체했다가는 소이처럼 엄마를 지키지 못할지도 모
른다는 생각에 박하는 초조해졌다.

"지금도 핵이 보이니?"

급박한 상황과는 달리 무덤덤한 음성이었다. 재이의 표정 또한 어딘가 달랐다. 정확히 어떤 부분이 달라졌는지 알아내기에는, 지금의 박하는 제대로 된 사고가 불가능한 상태였다.

"뚜렷하지는 않지만 보여요. 제가 뭘 하면 돼요?"

"보인다면 됐어. 넌 할 수 있을 거야. 카리온이 널 받아들였으니까."

"무슨 말인지 모르겠어요. 어떻게 하면 엄마를 구할 수 있는지 알려주세요, 제발요!"

"카리온의 몸에 손을 집어넣고 핵을 빼네. 그럼 카리온은 힘을 잃을 거야. 그들에게 핵은 심장이나 다름없으니까. 사는 건 고사하고 움직일 수조차 없게 될 거야."

악마의 속삭임이었다. 불에 뛰어드는 불나방이 되라는 말이나 다름없었다. 검은 줄기가 우글거리는 괴물의 입 속에 손을 집어넣는다는 게 가능할지 모르겠으나, 가까이 갈 수 있을지도 미지수였다.

마치 그런 박하의 생각을 읽은 것처럼 재이가 덧붙였다.

"넌 안전해. 검은 줄기는 널 건드리지 않을 거야. 너도 확인했잖아. 네 손이 검은 줄기를 통과하는 것을 말이야."

쉽게 알겠다는 말이 나오지 않았다. 다른 방법은 없는 것인지. 재이가 사실을 말하고 있는 건지 또한 의심되었다.

"엄마를 구하려면 이 방법뿐이야. 넌 나와 같아. 상처 하나 없이 해낼 수 있을 거야."

저 말이 사실일까? 혼란스러웠다. 하지만 다시금 고통을 참는 소리가 들려왔기에, 박하는 선택을 더는 미룰 수 없었다.

"할게요! 해보겠어요!"

박하는 재이에게서 등을 돌려 카리온이 있는 곳으로 걸어갔다. 바리케이드로 세워놓은 의자들은, 검은 줄기의 공격으로 인해 치워져 지나갈 길이 만들어져 있었다.

"빙 돌아가지 않아도 되고 좋네."

한시라도 빨리 연주를 구해내고 싶었기에, 박하는 심호흡을 몇 차례 하고서 거침없이 발을 놀렸다. 눈앞으로 검은 줄기가 휘둘러질 때는 도망가고 싶었고, 볼 옆이나 피부에 스치고 지나갈 때는 숨을 쉬는 걸 까먹을 뻔했다. 혹시라도 비명을 지를까 봐 박하는 두 손으로 제 입을 막았다.

'심장이 터질 것 같아.'

그리고 눈이 아팠다. 너무 아파서 걸음을 멈추고 가방에 있는 안약을 꺼내 넣고 싶을 정도였다. 카리온에게 가까이 다가갈수록 수술 후 마취에서 깨어났을 때 느꼈던, 눈을 뽑아버리고 싶을 정도의 고통이 다시금 박하를 찾아왔다.

우연일까. 아니면 재이의 말이 사실이었던 걸까. 검은 줄기는 정말로 박하를 공격하지 않았다. 눈앞에서 길을 내어주듯이 갈라지는 줄기들을 보면서 박하는 두려움과 경이로움을 느꼈다.

'구할 수 있어. 이번엔 내가 엄마를 구해줄 거야.'

박하의 마음속은 온통 한 가지 생각뿐이었다. 그녀는 1초도 망설이지 않고 안으로, 더 깊은 안으로 손을 집어넣었다. 따갑게 느껴지는 카리온의 피부를 손으로 잡고, 까치발을 든 박하는 핵을 잡기 위해 카리온 안으로 머리를 집어넣었다.

"바, 박하야."

힘없는 부름일지라도 박하는 엄마가 자신을 부르는 것을 놓치지 않았다.

'조금만! 조금만 더 기다려 줘, 엄마!'

흑요석 같은 핵이 허공에 매달려 있었다. 마치 카리온 안에 피어난 꽃처럼……. 검은 줄기의 보호를 받으며 역으로 매달려 있는 핵은, 괴물 속만 아니었다면 아름답다고 느꼈을 것이다. 그들의 양분이 인간이 아니었다면, 그것은 진귀한 보물이 될지도 모를 만큼 매력적이었다.

"이곳에 뿌리를 내리지 말았어야지. 이제 우리 엄마를 놔줘, 이 괴물아!"

물고기를 낚아채는 독수리처럼, 박하는 제자리에서 뛰어올라 재빠르게 핵을 잡아챘다. 손이 까지든 말든 상관하지 않았다. 핵을 놓치지 않으려는 검은 줄기로부터 박하는 뜯어내듯이 손목을 돌려 줄기와 핵을 분리해 냈다.

"헉! 허억!"

숨을 몰아쉬는 박하의 몸 반쪽은 온통 검은색 피로 젖어 있었다. 아직 힘을 잃지 않은 검은 줄기 몇 개가 그녀의 손에서 핵을 빼앗으려 다가오다가, 멈칫하더니 이내 멈춰버렸다.

핵이 없어져 서서히 무너지던 카리온은 위로 올라가 고이더니, 소멸의 절차를 밟고 다시 아래로 떨어져 내렸다. 검은 꽃잎처럼 하늘거리며 내려온 흔적은 점점 색이 엷어지더니 바닥에 닿기도 전에 사라져 버렸다.

'해냈어!'

기쁜 기색을 감추지 못하고 뒤를 돌아본 박하는 바닥에 쓰러져 있는 연주를 보곤 멈칫했다. 사색이 된 채 연주에게 뛰어가면서 그녀는 손에 쥐고 있던 핵을 대충 바지 주머니에 쑤셔 넣었다.

"기절한 것뿐이야."

"하아. 다행이다."

안도감에 연주의 위로 엎어진 박하는 엉망이 되어버린 그녀의 팔을 발견하고는 울음이 터지고 말았다. 이럴 시간이 없는데, 어서 도망쳐야 하는데. 이성적으로는 알고 있었지만 몸이 따라주질 않았다. 살아 있다는 기쁨, 무사히 엄마를 구해냈다는 안도감 그리고 영영 지워지지 않을 상처에 여러 감정이 쏟아진 것이다.

박하는 엉엉 울고 있어서, 자신의 뒤에서 재이와 은성이 은밀하게 시선을 마주치며 고개를 끄덕이는 것을 보지 못했다.

13

은성이 가지고 온 것은 병원 내부에 마련되어 있는 휠체어였다.

"이제 출발하자. 시간을 너무 끌면 또 나타날 거야. 이번엔 운이 좋았지만, 다음에도 통할지는 장담할 수 없으니까."

은성의 냉정한 재촉 아닌 재촉에, 박하는 너무 울어서 머리가 지끈거리는 것을 참으며 자리에서 일어나 연주를 휠체어에 앉혔다. 피가 배어 나오는 팔을 보자 박하는 또 울컥해 눈물이 나오려고 했다.

"밖에 주차해 놓은 차가 있어. 아직 밤이라 위험하지만……. 솔직히 여기도 안전한 편은 아니잖아?"

슬픔에 잠긴 박하가 정신을 차리기 전에, 은성은 위험성을 강조하면서 결정을 내리기를 강요했다. 박하는 정신이 없어 일단 그의 말에 귀를 기울였다.

"어서 도망치자, 너무 무서워."

심지어 재이까지 몸을 떨며 두려워하자, 박하는 고개를 끄덕이고 말았다. 이대로 병원을 빠져나가 안전한 곳으로 갈 수 있다는 생각 또한 그녀가 빨리 선택을 하게 만들었다.

혹시라도 박하의 마음이 바뀔세라 은성이 황급히 말했다.

"좋아, 그럼 어서 가자."

"네."

그렇게 은성을 믿고 걸어가는 박하의 앞으로 누군가가 휙 하고 유령처럼 나타났다. 괴물로 착각한 박하가 성급하게 칼을 휘둘렀지만 눈앞의 이가 잡아챘다.

"나야. 누가 너한테 이런 걸 줬어?"

"홍철 오빠?"

"늦지 않았구나. 다행이야."

"어떻게 된 거예요? 죽었다고 들었는데 아니었어요?"

"뭐? 그게 무슨 소리야? 윽!"

황당하다는 듯이 소리치던 홍철이 신음을 내뱉었다.

"왜 그래요, 오빠?"

그제야 박하는 이상함을 느꼈다. 조끼는 어디로 간 것인지, 남색 와이셔츠만 입고 있는 홍철이 구부정하게 허리를 굽힌 채 얼굴을 찌푸리고 있었기 때문이다. 한 걸음 물러서서 자세히 살펴보던 박하는 왼쪽 배를 감싸 쥐고 있는 그의 손이 붉은 것을 보고 놀라고 말았다.

"괜찮아요? 어디 다쳤어요?"

박하는 도움을 청하기 위해 뒤를 돌아봤다가 총을 들고 있는 두 사람을 마주했다.

"지금 뭐 하시는 거예요? 왜 오빠한테 총을 겨눠요?"

"아직 살아 있었네? 내가 너무 얕게 찔렀나?"

"이게 뭐 하는 짓이야. 말해 봐, 최은성. 너 우릴 배신한 거냐?"

두 사람의 대화 속에서 뭔가를 깨달은 박하는 충격받은 얼굴로 은성을 바라보았다. 무너지려는 홍철을 옆에서 부축하며 그녀가 떨리는 목소리로 물었다.

"어떻게 된 거예요?"

"보안 팀 요원인 건 맞아. 하지만 우리보다는 '저 여자'를 선택한 거지."

홍철이 대꾸했다.

그는 고운 병원의 보안 요원을 뽑는 면접 자리에서 재이와 만났던 날을 떠올렸다. 첫인상부터 좋은 편은 아니었다. 정면에 앉아 있던 재이는 홍철이 문을 열고 들어왔을 때 힐끗 쳐다보고는, 이후로 관심 없다는 듯이 시종일관 지루한 표정으로 휴대폰만 했기 때문이다. 아마도 그건 홍철이 동화인인지 확인하기 위한 절차였던 것 같다. 그녀가 오판한 것일까? 아니면 홍철이 라식을 했다고 한 말을 믿지 않아서였을까? 알 수 없었다.

보안 팀으로 합류하게 된 후에 홍철은 종종 '그 여자'로 칭해지는 재이가, 운형보다도 직급이 높은 사람이라는 것을 동료들의 대화를 통해서 알 수 있었다. 의외로 강렬했던 첫 만남 때문인지, 홍철은 보자마자 그녀를 알아볼 수 있었다. 그리고 은성이 그녀의 편이 되었다는 사실을 깨달았다.

"지수 형이 어떻게 됐는데! 다 알고 있었어? 저 여자가 그렇게 하라고 시킨 거야?"

배신감에 치를 떨며 홍철이 소리쳤다.

"그렇게 부르지 마. 이분은 우리 상사야."

"상사……. 하! 웃긴 이야기를 다 듣네. 자기 부하를 괴물에게 먹이로 주고, 그 시체를 이용해 우리를 공격하게 만든 주제에 상사라고?
신재이, 어디 한번 당신이 말해봐! 그 잘난 입으로 지껄여 보라고!"

"흥분하지 말아요, 오빠! 피가, 피가 너무 많이 나온단 말이에요!"

가방에서 수건을 꺼낸 박하가 홍철의 배에 대고 꾹 눌렀다. 베이지
색 수건이 빠르게 붉게 물들었다.

"아직은 괜찮아."

홍철의 말이 거짓말이라는 걸 알았지만 박하는 말없이 수건을 누르
고 있는 손에 힘을 주었다.

'설마…… . 아니겠지? 아닐 거야.'

차마 내색은 못 했지만 박하는 믿고 싶었다. 자신과 같은 공통점을
가지고 있는 재이에게 동질감을 느끼고 있었고, 엄마를 구할 수 있는
방법도 알려준 사람이었기 때문이다. 그녀는 재이가 있는 곳을 쳐다
보지도 못한 채, 입술을 꾹 깨물며 홍철의 배를 지혈하는 데 열중했다.

그런 박하의 귀로, 냉정한 재이의 음성이 들려왔다.

"내가 무슨 말을 해도 믿지 않을 텐데, 굳이 입 아프게 설명해야 하
나? 보안 팀의 이홍철 사원."

"여기에 나타난 이유가 뭐야. 왜 박하에게 접근한 거지?"

"저 애는 나와 같아. 아니, 그 이상이 될지도 몰라. 카리온이 저 아이
를 받아들이는 것을 내 눈으로 직접 확인했으니 확실해."

"그게 네 변명인가? 박하가 너와 같은지 확인하기 위해서였다고?"

기가 막힌다는 게 이런 느낌일 거라고 홍철은 생각했다. 박하에게
뭔가 있다는 것은 알고 있었다. 분명 처음 보는 사이임에도 나혜가 계
속 신경을 쓰고 있었고, 색을 볼 수 있으면서도 동화인처럼 카리온과
관련된 것을 보고 느끼는 듯했기 때문이다.

결정적으로 홍철이 확신했던 순간은 통제실에서 고준이 도움을 요청했을 때였다. 그는 동화인으로 알려진 연주가 아니라, 박하를 데리고 가려고 했다. 그리고 나혜 역시 다른 사람들에게는 드러나지 않게, 연주가 아닌 박하에게 통제실 안쪽 방에 이상한 징후가 없는지 의견을 물었다. 홍철은 그때도 눈치채고 박하의 의견을 나혜에게 전해주었던 것이다. 그리고 재이와 만나게 하면 안 된다는 것, 지켜야 한다는 임무도 듣게 된 홍철은 그때부터 박하의 옆에 붙어 있었다.

계속 박하가 드러나지 않도록, 다른 사람들에게서 숨기려고 한 나혜의 결정은 옳았다. 박하가 특별하다는 것을 알게 된 루템에서 어떤 식으로든 조처를 할 거라고 예상했을 것이다. 단지, 그 특별함을 확인하기 위해 루템에서 카리온을 끌어들이는 어이없는 방식을 사용할 거라고까지 생각하지 못했다.

어떻게 괴물을 이용할 수 있는 건지, 대체 어디서부터 계획된 것인지 홍철은 짐작하기가 두려웠다. 겨우 그런 이유로 몇 명의 사람들이 죽었는지 저 여자는 짐작도 못 할 것이다. 아니면 알면서도 공감하지 못하는 걸지도 몰랐다. 재이는 재경의 말처럼 그런 사람이었으니까.

"이게 어떤 의미인지 너희들은 모르고 있어."

"이유가 뭐든 박하를 데리고 갈 생각은 꿈도 꾸지 마."

"네가 할 수 있는 건 아무것도 없어. 볼 능력도 없으면서 누구를 지킨다는 거지? 지금 눈앞에 카리온이 나타나도 네가 할 수 있는 게 뭔데? 아마 저 애가 널 지켜줘야 할걸?"

"사람의 가치가 괴물을 볼 수 있느냐 없느냐로 나누어진다는 걸 처음 알았네. 헛소리하지 말고 얘는 내버려 둬."

"말이 통하질 않네."

재이의 말이 신호라도 된 것처럼 총구가 홍철에게 향했다.

"어디 한번 해봐."

곧 죽을지도 모르는 상황인데도 홍철은 여유만만하게 미소까지 띠었다. 피를 너무 많이 흘려서 머리가 이상해진 것은 아닐까. 박하는 그의 상태가 심각하게 걱정되기 시작했다.

"내가 왜 늦게 왔다고 생각해? 물론, 네가 뚫어놓은 구멍 때문에 걷는 게 힘들긴 했지만 그게 끝이 아니거든. 누구 말처럼 내가 좀 연약해서 지원군을 불렀어."

"무슨 말이 하고 싶은 거야?"

박하는 눈을 질끈 감았다. 망설이던 그녀는 고개를 들어 재이를 바라봤다. 자신이 함께했던 사람과 지금의 재이는 다른 사람처럼 보였다. 구부정하게 서 있지도 않았고, 시선이 흔들리지도 않았으며 당차게 자기 할 말을 하고 있었다. 짧은 시간이었지만 자신이 봐온 재이의 모습이 전부 거짓이었다는 사실에 박하는 크게 상처받고 말았다.

"정말 언니가 꾸민 일이에요? 홍철 오빠가 카리온에게 당했다고 거짓말한 것도, 저랑 엄마를 끌어내기 위해서였어요?"

박하는 바닥을 내려다보며 물었다. 냉담한 눈빛으로 수긍할까 봐. 일말의 망설임도 없이 그렇다는 대답이 나올까 봐 두려워서, 그녀는 시선을 들어 재이를 쳐다볼 수 없었다.

"그건……."

"속은 거야. 저 여자는 원래부터 다른 사람들 생각은 눈곱만큼도 하지 않았어. 지금 보이는 결과만 봐도 답은 나와 있는 거야."

"계속 시간을 끄네. 은성 씨, 여지를 주지 말고 쏴버려."

"네."

대답은 단박에 나왔으나, 그들이 보기에 총은 발사되기 힘들어 보였다. 은성의 손이 떨리고 있었다. 그는 박하가 느낀 것처럼 소심하고 겁 많은 사람이었다.

물러서지도 못하고 물러설 수도 없는 줄다리기가 아슬아슬하게 이어지고 있었다. 은성이 총을 쏘는 순간 모든 게 끝이라고 생각할 무렵에, 그의 무전기가 울렸다. 처음부터 팀원들에게 연락할 마음이 없었던 은성은 화들짝 놀라 무전기를 끄려고 하다가, 그만 손이 미끄러지고 말았다. 무전기가 바닥에 부딪치면서 통신이 연결된 것인지, 무전기에서 운형의 목소리가 흘러나왔다.

- 민채환이 통제실에 있었던 이유를 알고 있나?

"하고 싶은 말이 뭐야?"

신경질적으로 걸어간 재이가 무전기를 집어 들며 대꾸했다. 채환이 보고도 없이 멋대로 4층에 갔다는 소식에 짜증이 났다. 그러나 질문을 한 사람이 운형이었고, 그 사실을 몰랐다고 말하는 건 자존심 상하는 일이었다.

'감히, 날 따돌리고 내 영역에 들어가?'

짜증이 치밀었으나 재이는 미소를 유지했다. 그녀는 위기를 기회로 삼으라는 말처럼 채환을 빌미로 협상을 시도했다.

"당신도 만났다니 이야기가 잘 통하겠네. 그 남자가 얼마나 악마 같은지 말이야. 그러니 나한테 넘겨. 그가 알게 되면 일이 더 복잡해질 테니까."

- 너는 다를 거라고 말할 수 있나? 그냥 혼자 가도록 해. 아무도 건드리지 말고.

"……."

이대로 돌아갈 수는 없었다. 박하는 특별한 아이였고, 채환이 여기에 있다면 더욱 넘겨줄 수 없었다.

"거절할게. 자길 지켜줄 수 있는 사람 곁에 있는 게, 저 아이도 안전할 테니까."

- 그런 거라면 마음 놓고 떠나도록. 이제 카리온을 소멸시킬 수 있는 건 너뿐만이 아니니까. 못 믿겠으면 민채환에게 전화해 봐도 좋고.

허세나 거짓말이면 좋겠지만 진실일 것이다. 오랫동안 운형과 일한 만큼 재이도 그의 성격을 잘 파악하고 있었다. 아마도 박하에 대해서 감추려고, 채환에게 일부러 카리온을 죽이는 모습을 보여줬을 것이다.

'독한 남자 같으니.'

자신은 박하에 대해 알게 된 지 얼마 되지 않았는데, 저 남자는 대체 언제부터 알고 있었을까. 그동안 팀원들한테도 철저하게 숨긴 운형에게 진저리가 난 재이가 신경질적으로 말했다.

"실험실로 끌려가고 싶어서 환장한 것 같은데, 행운을 빌어."

- 그러지.

대화가 끝나고 무전기를 은성에게 넘긴 재이가, 박하와 대화를 한 후에 떠나겠다고 제안했다.

"그냥 떠나지?"

삐딱하게 홍철이 대꾸했다.

"털 세우지 마. 이 애한테만 말해주고 싶은 게 있어서 그러니까."

"이상한 말 하면 듣지 말고 그냥 와, 알겠지?"

"네."

홍철이 절뚝이며 연주에게 가는 것을 곁눈질로 확인한 박하는, 재이와 거리를 조금 남겨두고서 걸음을 멈추었다.

"이미 신뢰가 바닥일 테니 충고만 할게. 앞으로는 절대 남들 앞에 나서지 마."

"왜요? 제가 나서면 아무도 다치지 않고 빨리 끝낼 수 있어요."

"멍청한 소리. 네 능력이 모든 카리온에게 통할 거라고 자만하지 마. 네가 무모하게 굴면, 널 대신해 다른 사람이 다칠 테니까. 내 말 흘려듣지 말고 잘 기억해 둬."

무심하게 경고만 하는 듯했던 재이가 갑작스럽게 박하를 향해 성큼성큼 걸어오더니, 그녀를 끌어안고서 귓가에 속삭였다.

"아무도 믿지 마. 널 이용하려는 사람이 나 말고도 많을 테니까."

"얠 위협하는 거야, 지금?"

배에 구멍이 났는데 아프지도 않은지 어느새 다가온 홍철이 박하를 재이의 품에서 빼내 자신의 뒤로 숨겼다.

"아, 하나 더. 주변 사람들을 좋은 사람들이라고만 생각하지 마. 그건 순진한 게 아니고 '나 좀 이용해 주십시오.' 하는 꼴이니까."

할 말을 마친 재이는 후련한 표정을 짓고서 은성과 함께 자리를 떠났다.

두 사람과의 거리가 벌어졌을 때, 얄미운 미소를 짓고 있던 재이의 표정이 곧바로 일그러졌다. 박하를 데리고 도망칠 계획이 틀어졌기 때문이다. 게다가 박하를 수술한 강정훈이란 인물을 찾는데 실패했고, 연주 모녀와의 대화를 통해 정보를 알아내려고 한 것도 성과가 없었다. 생각보다 연주의 경계가 심했기 때문이다.

운 좋게도 연주가 위험에 빠진 덕분에 박하가 카리온에게서 핵을 빼낼 수 있다는 것은 직접 확인할 수 있었지만, 그녀가 받은 각막 이식 수술에 개입한 인물은 아직 파악하지 못했다. 재이는 박하가 특별한 이유가 고운 병원에서 받은 각막 이식 수술 때문이라고 확신하고 있었다.

혹시 채환이 꾸몄을까? 맨 처음에 재이는 그를 의심했다. 하지만 아직까지 박하와 접촉하지 않은 것으로 봐선 그럴 가능성은 희박했다. 무엇보다도 그가 직접 꾸민 짓이라면 박하가 멀쩡할 리가 없었다.

떠오르는 과거의 기억에, 재이는 손톱으로 손목 안쪽을 꾹 눌렀다. 그리고 훤히 드러난 자신의 오른쪽 어깨를 보곤 얼굴이 종잇장처럼 구겨졌다. 쇄골부터 아래로 이어진 흉터들이 그날의 실험들을 생각나게 했기 때문이다. 살벌한 눈빛을 한 그녀가 은성에게 명령했다.

"조끼 내놔."

"네? 네. 여기 있습니다."

은성이 입고 있던 조끼를 빼앗아 입고서 재이는 성난 걸음으로 그곳을 벗어났다.

거침없이 복도를 걸어가는 재이와 은성에게서 박하는 시선을 떼지 못했다. 그녀가 한 말이 머릿속에서 계속해서 맴돌았기 때문이다.

"드디어 갔군."

안도의 한숨을 내쉬는 홍철을 돌아본 박하는, 금방이라도 쓰러질 것처럼 보이는 그의 상태에 화들짝 놀라 다가갔다. 박하는 아직 정신을 잃고 있는 연주의 휠체어를 밀어 진료실 안으로 들어간 후, 홍철을 부축해 침대에 눕혔다.

"후, 이제 좀 살 것 같네."

배를 움켜쥐고 있던 홍철의 표정이 조금 편안해졌다.

"구하러 와줘서 고마워요."

"당연하지. 그보다 놀라게 해서 미안해."

"그게 뭐예요. 이건 미안한 게 아니라 고마운 거예요, 오빠. 이제 말하지 말고 가만히 누워 있어요."

투덜거리면서도 뭐라도 도움이 될 만한 걸 찾으려고 이곳저곳 바쁘게 움직이는 박하를, 홍철은 안쓰럽게 쳐다보았다. 그도 재이가 한 말이 단순한 협박이 아니라, 자신이 속한 단체에 대한 경고라는 것을 모르지 않았다.

그곳에 속한 재이가 어떤 인물인지와 동료들의 처우만 봐도 절대 좋은 곳일 리가 없었다. 그들은 괴물이 나타난 이후로 지금까지 나타나지 않았고, 심지어 지수는 카리온에게 먹힌 채로 갇혀 있었다. 루템에서 허가한 사람들이 아니면 들어갈 수 없는 곳에서 말이다. 게다가 홍철이 보기에 보안 팀은 괴물을 상대할 만한 정보들도 턱없이 부족해 보였다. 솔직히 운이 좋아서 지금까지 살아남은 것으로 보일 정도였다. 그러니 기석이 두려움에 도망칠 수밖에 없었던 것도 이해가 갔다.

어쩌면 루템도 괴물을 죽일 방법은 모르는 것이 아닐까. 만약 그런 상황에서 카리온에게 '안전하게' 다가가 그들을 죽일 수 있는 존재가 눈앞에 뚝 떨어진다면, 무슨 짓을 써서라도 그 존재를 데려가기 위해 눈에 불을 켜고 달려들 터였다. 지금까지 그런 인물은 재이밖에 없었기에, 박하는 그들에게는 반드시 구해야하는 해독제나 다름없었다.

"재이가 한 말은 무시해도 되지만 한 가지는 나도 동의해. 이제부터라도 처음 보는 사람은 의심해 볼 필요가 있어."

"하지만 무조건 의심하는 건 아니라고 생각해요. 편견을 가지고 바라보면, 그 사람에 대해서 오해할 수도 있잖아요. 그보다 많이 말하지 마요. 오빠 상태 정상 아니란 말이에요."

"가차 없는 모습을 보니 걱정하지 않아도 되겠다."

"말하지 말라니까요!"

이러다 홍철이 정말 잘못될까 봐 박하는 불안해졌다. 그래서 그녀는 자꾸만 홍철에게 말하지 말라고 말했다. 그는 웃었지만 박하의 부탁을 들어주지는 않았다.

5분 정도 시간이 지났을 때 연주가 깨어났고, 박하는 홍철을 대신해서 아는 것을 전부 그녀에게 말해주었다. 두 사람의 실체에 대해 알게 된 연주는 처음에만 놀랐을 뿐이었다. 그녀는 괴물을 만난 순간부터 달라진 재이의 분위기에 이상한 느낌을 받았다며, 의외로 납득하기까지 시간이 오래 걸리지 않았다.

그리고 얼마 뒤에, 드디어 운형과 재경이 도착했다. 표정만으로도 홍철은 재경에게 무슨 일이 생겼다는 걸 알 수 있었다. 초등학교 때부터 친구였기에 그 정도는 눈에 훤히 보였다. 동료들의 안부를 물어보자 재경의 안색이 변했다.

홍철이 확신을 가지고 운형에게 물었다.

"누가 당했어요?"

"송이. 다행히 아픔은 잠깐이었을 거다. 카리온에게 먹히진 않았어."

엉거주춤하게 일어서려던 홍철을 다시 눕히며 운형이 대답했다. 천장을 바라보던 홍철은 다쳤을 때도 나오지 않았던 눈물이 얼굴에 흘러 베개를 적시는 걸 느꼈다.

"언젠가는 끝이 나겠죠?"

"그래. 나혜도 오고 싶어 했는데 내가 남으라고 했다."

"괜찮아요. 좋은 모습도 아닌데요, 뭘."

"잘 알고 있네. 그 꼴로 잘도 살아 있어, 이홍철."

"다친 친구한테 못 하는 말이 없네. 이럴 거면 왜 왔나?"

재경은 대답 없이 홍철의 옷을 들춰 상처를 확인했다. 손길은 의외로 조심스러웠다. 재경은 엉망이 된 홍철의 상처에 속으로 화를 삭였다. 그의 말을 믿는 게 아니었다. 급하게 피하는 중이라고, 지하에서 만나자고 먼저 권유했을 때부터 이상함을 느꼈어야 했다.

"둘 다 얼굴이 무서운데, 힘 좀 푸시죠. 박하가 놀라요."

같은 공간에 있던 박하가 정말로 놀란 토끼처럼 눈을 동그랗게 뜨고 그들을 보고 있었다. 홍철의 말에 자신에게 집중되는 시선을 어색해하며 그녀는 웃었다.

"다른 사람들은 다들 잘 피했습니까?"

이럴 때까지 남 걱정이냐며 쏘아붙이고 싶은 표정으로, 재경은 뚱하니 홍철을 내려다봤다.

상처가 심각했다. 칼을 꽂은 채로 움직였는지 상처가 엉망으로 헤집어져 있었다. 지혈이 되지 않아서 벌어진 상처에서는 계속해서 피가 뿜어져 나오고 있었다. 같이 웃고 떠들고 밥을 먹었던 그 시간 동안 은성은 대체 무슨 생각을 하고 있었을까. 동정심도 들지 않았던 것일까. 재경은 자신의 분노가 홍철에게 향할까 봐 이를 악물었다

"그래. 다친 사람 없이 무사하다."

"다행이네요. 팀장님도 들으셨을지 모르겠지만, 건물 곳곳에 우리가 모르는 폭탄이 많아요. 여기 층에서 발견한 것만 해도 두 번이에요."

홍철은 자신에게 시간이 얼마 남지 않았다는 것을 알기에 운형에게

최대한 자신이 아는 것을 전해주려고 했다. 고통이 점점 무뎌지고 있었다. 눈꺼풀이 자꾸만 무거워서 잠시 쉬고 싶었지만, 여기선 잠들 수 없었다.

"팀장님, 잠시 재경이랑 둘만 있어도 될까요? 비밀스러운 이야기라 남이 듣기엔 부끄러워서요."

"그래."

운형은 팀장으로서 약한 모습을 보일 수 없었기에 눈물을 보이거나 감정을 드러낼 수 없었다. 하지만 그는 자신의 사람들을 소중히 여겼고, 한 번도 팀원들의 죽음을 가볍게 여긴 적이 없었다. 지금도 그는 홍철이 마지막을 준비한다는 것을 모르지 않았다.

운형은 괜찮다고, 치료만 하면 살 수 있다고 홍철에게 거짓말을 할 수도 있었다. 하지만 서로가 이 순간의 끝을 알기에, 운형은 쓸데없는 말로 시간을 빼앗기보다 홍철이 원하는 대로 하게 해주고 싶었다.

"두 사람은 내가 지키고 있으마."

그리고 한 가지 약속을 했다. 사람에게 관심이 없는 것처럼 보이지만, 운형은 그가 두 사람을 가족처럼 생각한다는 걸 알고 있었기 때문이다. 홍철은 자신과 연이 닿은 사람을 무조건적으로 신뢰하고 믿었다. 그런 성격이 결국 그를 죽음으로 몰고 갔지만 홍철은 전혀 후회하는 표정이 아니었다. 오히려 그는 운형의 약속에 진심으로 환하게 웃어 보였다.

"감사합니다."

운형이 두 사람을 데리고 밖으로 나가자, 홍철은 남겨진 재경을 올려다보며 말했다.

"불 좀 꺼줘. 눈이 부셔서 올려다보기 힘들다."

"시키는 것도 많네. 쳇."

곧이어 방은 어둠에 잠겼다. 재경은 어둠 속에서도 홍철의 얼굴이 너무나 잘 보였다. 오늘따라 그의 모습은 현실성이 없어 보였고, 조금이나마 혈색이 있어 보이던 얼굴은 잿빛으로 변해버렸다. 보이지 않게 주먹을 꽉 쥔 재경은, 의자 하나를 끌어와 앉고서 퉁명스럽게 물었다.

"억울하지도 않냐? 넌 웃음이 나와?"

"넌 진짜 잔소리 좀 줄여야 해. 그리고 밖에 좀 돌아다녀라. 동창회도 나가고, 친구도 좀 사귀어."

"누가 누구한테 할 소린지. 그러는 너는 그 오지랖 좀 어떻게 해. 그러게 내가 돌아오지 말라고 했잖아."

"너도 내가 올 거라고 예상했으면서, 뭘. 잔소리 좀 그만해 이놈아."

킬킬거리며 웃는 게 얄미워, 재경은 머리를 한 대 쥐어박을까 진지하게 고민했다. 하지만 환자에게 폭력을 행사할 수는 없어서, 그는 대신에 땅이 꺼져라 한숨만 내쉬었다.

"아직도 기억나. 초등학교 때 왕따 당했을 때 말이야. 내가 여자였으면 널 왕자님이라고 생각했을 거야. 지금은 그냥 잔소리꾼에 못된 자식이지만 말이야."

"질긴 인연의 시작이 될 줄 알았으면 모른 척했을 텐데. 과거로 돌아갈 방법도 없고 내 팔자야."

"너는 성격은 나쁘지 않은데 말을 참, 못돼먹게 해. 사실 나보다 네가 더 사람들 잘 챙기는 거 모르지?"

"닥쳐. 쓸데없는 소리 말고 기력이나 아껴, 멍청한 놈아."

티격태격하는 이 순간이 좋아서 홍철은 또 웃었다.

'아, 이제 더는 안 되려나 보다.'

홍철은 잘 보이지 않는 눈으로 재경을 찾았다. 힘없이 떠진 눈으로 제 운명을 바꿔주었던 친구를 바라보았다. 어쩌면 재경은 자신을 구한 것을 후회했을지도 모른다. 하지만 홍철에게 그는 구원이자, 더 나은 세상이 있다는 것을 보여준 사람이었다. 부끄럽게 표현하자면 롤모델. 그래서 도움이 필요한 사람을 지나치지 않게 되었고, 그러기 위해서 힘을 길렀다. 영웅 콤플렉스라는 욕을 들으면서도 홍철은 단 한 순간이라도 후회한 적이 없었다.

"덕분에 잘 산 것 같아. 지옥은 안 가겠지?"

"입 놀리는 거 보니 죽을 때가 한참 먼 것 같네. 재수 없는 소리 그만해."

"고마웠다고 말하면 때릴 거지? 낯부끄러운 말에 경기 일으키지 말고 좀 받아줘 봐."

"……."

모르는 척했지만 재경은 점점 감기는 홍철의 눈이 또렷하게 보였다. 뭐가 좋다고 실실 웃는 건지……. 시간이 지나도 이해하지 못할 것이다. 이해하지 않을 거니까. 그래도 재경은 이대로 가만히 있다가 후회하고 싶지는 않았다.

"나 같은 놈이랑 친구해 준 네가 칭찬을 받아야지. 나한테 고맙단 소리 듣고 싶으면 살아. 언젠가는 해줄 테니까."

"내 귀가 잘못됐나 봐. 네가 나한테 고맙다고 한 거로 들려."

"마음대로 생각해."

"진짜 너답다. 부끄럼쟁이 재경아, 난 꼭 좋은 곳으로 갈 거야."

"그래."

"박하는 괜찮겠지?"

"걱정 마라. 팀장님이랑 내가 무사히 탈출시킬 테니까."

더는 말을 이을 수 없었다. 이런 상황에서도 다른 사람이 걱정되냐고 짜증을 내야 하는데, 네 걱정이나 하라고 말해야 하는데 입술이 떨어지지가 않았다.

"믿는다. 서재경."

'내가 죽어도 울지는 마. 그래도 널 냉정하다고 생각하지 않을 테니까.'

내뱉지 못한 말이 허공에 흩어져 사라졌다. 홍철은 무섭지 않았다. 곁에 평생을 믿고 함께한 친구가 있으니 두렵지도 않았다. 오히려 편안했다. 홍철은 힘이 천천히 빠져나가는 것을 느끼며 눈을 감았다.

잠시 후, 재경이 문을 열고 나왔다. 문틈으로 조명이 꺼져 있는 것을 본 운형은 아무런 말도 하지 않았다. 계속 연주의 안위를 확인하고 있던 박하가 등을 보이고 있다가, 재경이 문을 닫는 순간 뒤를 돌아봤다.

홍철에 대해서 물어보려고 박하가 입을 열기도 전에, 재경이 평소와 똑같은 톤으로 세 사람에게 말했다.

"잠들었어요. 움직이기 힘든 상태니까 들어가지 마세요. 팀장님도요. 그리고 제 임의로 루템에 연락 넣었습니다. 곧 치료하러 올 테니, 우린 먼저 출발해야 됩니다."

"루템이라면 재이 언니가 있는 곳이요?"

"맞아. 우리는 홍철을 도울 방법이 없으니까. 짜증 나지만 파견 나온 의사가 마침 이곳에 와 있다니까, 우릴 도와줄 수 있을 거야."

거짓말이었다. 채환 쪽이 홍철에게는 더 위험한 사람이었고, 재이보다 더 지독했으면 지독했지 전혀 좋은 사람이 아니었다. 그럼에도 재경은 홍철과 모두를 위해 거짓말을 했고, 진실을 알고 있는 운형만 그 말을 믿지 않았다.

"오빠 혼자 있으면 너무 위험하지 않을까요?"

"홍철이가 원하지 않아. 늦어도 10분 이내에는 도착할 거야."

"하지만……."

왠지 이대로 가면 홍철을 보지 못하게 될 것 같은 예감이 들어서, 박하는 자꾸만 망설여졌다.

"그렇게 하자, 박하야. 우리가 있어서 편히 쉬지 못하면 안 되잖니."

연주까지 설득하자, 박하는 더는 떼를 쓸 수가 없었다.

"소식 오면 알려줘야 돼요, 오빠."

"그래."

아직 몸 상태가 좋지 않은 연주를 휠체어에 태운 채, 박하가 운형의 뒤를 따라나섰다. 미련이 남은 얼굴로 자꾸만 뒤를 돌아보는 그녀의 모습에, 재경은 둘이 참 비슷하다고 생각했다.

"걱정 말고 얼른 가자."

그렇게 말한 재경 역시, 문을 나서기 전에 뒤를 돌아보았다. 자기 몸도 못 챙기는 주제에 왜 그토록 남이 위험해지면 뛰어들고는 했는지. 그 성격 좀 고치라고 욕을 한 적이 한두 번이 아니었는데……. 아마 앞에서 걸어가고 있는 박하에게는 그렇게 심한 말은 하지 못할 것 같았다.

자신과 닮아서 챙겨주고 싶었던 걸까. 홍철에게 답을 듣는 것은 어려워졌지만, 박하를 통해 알게 될 시간은 충분했다. 지켜야 할 사람이 늘어나면 위험해지는 걸 알면서도, 재경은 두 사람을 지키기로 홍철과 약속했기 때문이다.

'괜히 그런 소리를 해서는……. 이홍철, 너 꼭 좋은 곳 가라. 착한 짓 많이 해놓고 또 억울하게 이상한 곳 가지 말고.'

괜히 투덜거린 재경은 진료실을 나서면서 일부러 불을 끄지 않고 두었다. 그리고 더 이상 뒤를 돌아보지 않았다.

그들은 에스컬레이터를 통해 지하 1층으로 내려가기 위해 왔던 길을 되돌아가고 있었다. 쓰러지고 부서진 의자들, 들쑥날쑥하게 올라온 바닥, 부서진 천장과 각 센터의 데스크를 구분 짓고 있던 기둥들. 여러 흔적이 눈에 들어오자, 박하는 자신이 괴물을 죽였다는 사실이 조금이지만 실감이 났다.

로비로 꺾어지는 길에서 새로 생긴 핏자국 하나를 발견한 박하는 접수 데스크를 지나서 어딘가로 쭉 이어져 있는 그 자국이 신경 쓰였다. 혹시 뭔가 있는 건 아닐까, 주위를 둘러보며 걸어가다 보니 에스컬레이터에는 금방 도착할 수 있었다.

"내가 들어줄까?"

재경이 물었다. 이제 걸어갈 수 있다는 연주의 주장에도 불구하고 운형이 그녀를 업고 내려갔다. 누군가는 휠체어를 들어야 했다.

"오빠는 카리온이 있는지 확인해야 하잖아요. 걱정 마세요. 이 정도는 들 수 있어요."

얇은 팔을 들어 올리며, 당차게 말하는 박하의 태도에 재경이 옅은 미소를 지었다. 그를 따라 씩 웃은 박하가 접힌 휠체어를 두 손으로 잡고서 옆으로 걸어 내려갔다.

꽤 무거운 휠체어를 낑낑대며 바닥에 내려놓은 박하는 주위를 둘러보았다. 복도는 어두웠으나, 편의 시설 몇 곳에는 불이 켜져 있어서 박하는 얼추 어떤 곳인지 살펴볼 수 있었다. 에스컬레이터에서 왼쪽으로 꺾으면 식당가였고, 오른쪽에는 편의점이나 약국 등이 양쪽으로

쪽 늘어서 있었다.

환자와 병원 사람들이 이용할 수 있는 식당은 박하의 생각보다 훨씬 넓고 깨끗했다. 주변을 둘러보던 그녀는 복도와 식당의 사이에 놓은 붉은 조명과 그물망을 보고는 놀라 재경을 쳐다보았다.

"혹시라도 도움이 될까 싶어서 해놓은 거야. 그냥 피해서 들어가면 돼."

임시방편으로 해두었다는 재경의 말을 듣고서야, 박하는 안심하며 그것을 가뿐하게 넘어갔다. 정수기가 설치된 곳에는 물이 쏟아져서 바닥에 고여 있었다. 카리온을 막기는 어렵겠지만, 찰나의 시간을 벌어줄지도 모르기에 해놓은 것들이었다.

"위험한 거 아닌가요?"

어쩔 수 없이 계속 운형에게 업혀서 가던 연주가 궁금한 듯 물었다. 그녀가 놀라는 것도 무리는 아니었다. 다양한 음식점이 들어와 있었기 때문에 식당들은 다닥다닥 붙어 있는 구조였는데 기름과, 토치, 가스버너 등이 죄다 한곳에 쌓아져 있었던 것이다.

"팀원들이 지켜보고 있으니 괜찮을 겁니다."

동료들에 대한 무한한 신뢰는 은성으로 인해 살짝 금이 가고 말았지만, 여전히 운형은 팀원들을 믿고 있었다.

"이제 내려주셔도 돼요. 걸을 수 있어요."

"진통제를 맞아서 괜찮은 겁니다."

이미 연주가 겪고 있을 통증을 알고 있는 운형은, 꽤 시간이 지났음에도 그 고통의 진행 과정을 또렷하게 기억할 수 있었다. 연주가 카리온에게 당한 부위는 넓지 않지만, 쉴 때 제대로 쉬어둬야 진통제 효과가 사라졌을 때 그나마 견딜 수 있을 것이다. 그걸 알 리가 없는 연

주는 민망하고 미안해서 계속 내려달라고 말했고, 운형은 책상을 지
그재그로 연결해 놓은 장애물을 지나고서야 그녀를 내려주었다.

"고마워요."

힘들게 해서 미안하다는 말보다 연주는 고맙다는 말을 선택했다.
운형은 무심하게 고개를 끄덕이고서, 좌측에 보이는 떡볶이 가게로
시선을 던졌다. 카운터 위로 빠끔히 보이는 여러 쌍의 눈들이 보였다.

"이제 나오셔도 됩니다."

허락이 떨어지자 한 사람씩 밖으로 나왔고, 박하는 자신에게 다가
오는 두 사람을 확인하고는 눈이 동그래졌다. 빠른 걸음으로 뛰어간
그녀는 줄곧 걱정하고 있었던 지영과 숙영을 한껏 끌어안았다.

"다행이에요. 연락할 방법이 없어서, 얼마나 걱정했는데요."

박하의 음성은 잘게 떨리고 있었다. 여기까지 내려오면서 봤던 죽
음들, 피로 만들어진 강, 확인하기 두려웠던 뭉치들이 결국은 누군가
의 죽음을 의미하는 것들이라…… 박하는 문득문득 두려움에 몸을 떨
어야 했다. 그동안 드러낼 수 없었던 불안감이 두 사람을 보는 순간 안
도감으로 바뀌었다. 박하는 두 사람을 안은 손에 더욱 힘을 주었다.

"그래도 이렇게 만나서 다행이야."

"맞아요. 다친 곳이 없어 보여서 정말 다행이에요."

달래주는 말에 박하의 입술이 바르르 떨렸다. 그녀는 자신을 포근
하게 품어주는 두 사람의 온기를 마음껏 누리고서야 품에서 떨어졌
다. 한참을 지영과 숙영의 얼굴을 바라보던 박하는 문득, 시선이 느껴
져 지영의 뒤를 바라보았다. 도끼를 어깨에 얹은 남자가 짙은 눈썹을
꿈틀거리며 불편한 표정을 짓고 있었다.

"저 사람은 그때 비상구를 연 사람이죠?"

"기억하는구나? 준호 씨 덕분에 우리가 여기까지 오는 데 무사할 수 있었어"

인상 깊은 만남이었기에 기억하고 있었다. 사람들이 방황하고 있을 때 나서서 이끈 사람이 준호였으니까. 쉽게 잊기 어려운 강렬한 첫인 상이었다.

"다행이네요!"

어쩐지 자신을 바라보는 눈빛이 찝찝했으나, 박하는 아무것도 모르는 척하며 말했다.

"그런데 박하 엄마, 팔 다친 거예요? 어쩌다가……."

"카리온이랑 맞서 싸운 훈장이에요. 그렇게 아프진 않아요."

그래도 걱정의 눈길을 거두지 않는 두 사람에게 연주는 그저 웃어 보였다.

그들이 해후의 시간을 가지는 동안, 보안 팀은 멀찍이 떨어져 조용히 분노를 삭이고 있었다. 사실을 전해 들은 팀원들 모두 속이 말이 아니었다.

"이럴 줄 알았으면 그때 말리지 말았어야 했어."

태식이 나지막하게 읊조렸다. 홍철이 멀쩡하다는 걸 알았을 때 내보냈어야 했다. 정에 이끌려서, 홍철이 좋은 아이라서, 그들은 그가 해고되지 않도록 운형을 설득했다. 평화가 이어질 것이라는 어리석은 생각을 했고, 옆에 있으면 일이 벌어졌을 때 구해줄 수 있을 것이라고 자만했다.

"어중간한 말로는 납득하지 않았을 겁니다."

말을 하는 나혜의 얼굴에서는 아무것도 느껴지지 않았다. 그녀 스

스로 지금 느끼는 감정을 어떻게 표출해야 할지 몰랐기 때문이다. 찬
열 또한 동생처럼 여긴 홍철의 사망 소식을 쉽게 받아들이지 못하고
있는 것처럼 보였다.

다행이라고 해야 할지, 아니면 야멸치다고 해야 할지. 위로의 시간
을 가질 시간도 주지 않고 형광등 불빛이 깜박거리기 시작했다. 식당
앞에 설치한 붉은 조명만이 멀쩡하게 주변을 비추고 있었고, 엘리베
이터 앞에 있던 ATM은 전력이 완전히 나가버렸다.

"다들 준비해."

운형의 명령에 공격을 준비하는 사람들은 보안 팀뿐만이 아니었다.
지영은 칼을 쥐고 있는 박하를 보고 기겁해 빼앗으려고 했으나, 연주의
만류에 당황하며 주위를 둘러보았다. 뭔가가 변했고, 변해가고 있었다.
당황한 표정을 지운 그녀는 바닥에 떨어져 있던 토치를 주워 들었다.
어린 박하도 있는데, 언니인 자신이 겁쟁이처럼 있을 수는 없었다.

검은 연기가 무대 장치처럼 복도를 채워나가고 있었다. 심상치 않
은 기류에 운형조차도 긴장한 상태로 앞을 응시하고 있었다. 빠른 속
도로 깜빡거리는 손전등 불빛과 익숙한 냄새에, 주변을 둘러보던 사
람들이 일제히 코를 막았다. 탄 냄새는 일반인이 맡을 수 있을 정도로
점점 더 심해지고 있었다.

"좋지 않은데요."

재경이 말했다.

"하영 언니가 말하려고 했던 것과 관련이 있을지도 모릅니다."

"하, 산 넘어 산이구먼."

태식이 중얼거렸다. 운형은 채환의 자신만만한 듯한 미소가 떠올라
소름이 돋았다. 왜 지금 그 남자가 떠오른 건지는 모르겠으나, 찜찜했

던 그는 팀원들에게 경계를 늦추지 말라고 한 번 더 지시를 내렸다.

불빛들이 다시 원래대로 안정되고 사람들이 안도하려는 그때, 주차장과 연결된 복도 끝 쪽에서 발을 질질 끄는 소리가 들려왔다.

"사람인가?"

"근데 좀, 무섭지 않아요?"

공포 영화를 좋아하는 지영이지만 현실이 되면 무서운 법이었다. 게다가 붉은 조명이 공포스러운 분위기를 더욱 극대화하고 있었다.

"한 명이 아니야."

긴장감에 마른침을 삼킨 준호가 말했다. 그의 말처럼 발소리가 점점 많아지고 있었다. 못해도 네다섯 명 정도는 되는 듯했다.

"혹시 카리온 말고 다른 존재가 있는 건 아니죠?"

붉은 조명 속으로 들어온 인영들을 보며, 지영이 자신 없는 목소리로 물었다. 눈앞에 보이는 것을 믿기 어려워하는 그녀처럼, 동화인과 박하 역시 다가오는 그들을 혼란스러운 눈으로 보고 있었다. 느껴지는 것은 카리온이 분명한데, 눈에 보이는 것은 사람이었기 때문이다. 환자복을 입고 있는 그들은 영화 속의 좀비처럼 부드럽지 못한 움직임으로 걸어오고 있었다.

그들의 정체에 대해 섣불리 결론을 내리지 못하고 있을 때, 정체불명의 사람들이 천천히 고개를 들기 시작했다.

"헉!"

"저게 뭐야?"

숨을 들이켜는 소리가 여기저기에서 들려왔다. 심지어 세상에 무서운 건 없다고 외치던 태식조차도 눈을 동그랗게 뜨고 굳어 있었다.

'이렇게까지 하는 이유가 뭐야.'

재경은 터져 나오려는 욕설을 다시 안으로 삼켰다. 카리온에 대해 하영이 정보를 전해준 지, 겨우 두 시간 정도 지났다. 그 짧은 시간 내에 카리온을 저만큼 사람과 융합시키는 게 가능할 리가 없었기에 필시 루템 쪽에서 무슨 짓을 한 것이 분명했다. 그리고 운형 역시 그들을 사람이 아니라고 결론지었다.

"다들 준비해! 저건 카리온이다!"

운형이 외쳤다. 빠르게 마음을 가다듬은 보안 요원들과는 다르게, 사람들은 아직도 충격에서 헤어 나오질 못하고 있었다. 눈으로 보고도 믿지 못할 광경에 그들은 입을 떡 벌린 채 굳어버렸다.

벌어진 환자복 상의 안에 보이는 것은 인간의 살결이 아니라, 블랙홀을 연상시키는 새까만 암흑이었다. 게다가 그들은 모두 얼굴이 없었다. 아니, 있지만 보이지 않는 것이었다. 그것은 동화인들만 볼 수 있었기 때문이다.

"지옥이군."

누군가가 한 말에 공감하지 않은 동화인은 없었다. 검은 줄기가 사람들의 얼굴을 차지하고서 꿈틀거리며 움직이고 있었다. 마치 거대한 거머리 여러 마리가 몸에 붙어 피를 빨아대는 모습처럼 징그러웠다.

"인간을…… 카리온화한 겁니까?"

틀리길 바라며 준호가 물었다.

"아마도 그게 맞을 겁니다. 다만, 저희도 어떻게 그게 가능한 건지는 모르겠습니다."

"제기랄. 어떻게 해, 대장. 죽여?"

"죽여야죠. 카리온보다는 죽이기 쉬웠으면 좋겠네요."

침착하게 말하는 재경의 태도는 전보다 더 차가워져 있었다. 카리온도, 헛소리만 지껄여 대는 루템도 지긋지긋했다. 재경은 남들이 자신을 냉혈한이나 인간미 없는 놈이라고 욕하든 말든 상관없었다. 겉과 속이 다른 것보다는 나았으니까. 저를 쳐다보는 시선에도 아랑곳하지 않고서 재경은 말했다.

"설마 저 괴물도 구하라고 말씀하실 건 아니죠? 그러다간 다 죽어요, 팀장님."

"그래. 우리 임무는 '살아 있는' 사람들을 구출하는 거다."

"만약 살아 있으면요? 아직 정신이 있을지도 모르지 않습니까."

나혜가 반대의 가능성을 제기했지만 운형은 단호히 고개를 저었다.

"자네 눈에는 저게 도움을 청하러 오는 거로 보이나."

"그래도 확인할 필요가 있습니다!"

"죽은 자들을 위해 산 사람들을 위험하게 만들 수는 없어."

입술을 깨문 나혜는 자신이 지켜야 할 사람들을 눈에 담았다. 그리고 박하와 눈이 마주치자 떠오른 생각에 등줄기를 타고 소름이 돋았다. 박하에 대해 알게 되면 루템에서는 어떻게 대처할 것인가. 그들은 이미 비인간적인 실험을 했다. 한 번 한 짓을 두 번은 못 하겠는가.

"이해했습니다."

여전히 찜찜함은 남아 있었지만 나혜는 고집을 꺾고 수긍했다.

"일단 대기한다."

이전의 카리온들과 어떤 차이점이 있는지 확인해야 했기에, 운형은 카리온의 움직임을 주시했다. 거침없이 붉은 조명을 넘어 걸어오던 그것들은, 물이 흘러내리고 있는 정수기 앞에서 돌연 걸음을 멈췄다. 그리고 마치 생각을 하는 것처럼 물을 빤히 바라보다가, 위협이 되지 않는다고 판단을 내린 것인지 피하지 않고 그대로 지나갔다.

찰박거리는 물소리에 혹시나 효과가 있지는 않을까 기대했던 사람들이 실망감을 감추지 못했다. 눈썰미가 좋은 이들은 검은 줄기로 칭칭 감겨 있는 발이 물에 닿는 순간 미세하게 느려졌다는 것을 알아챘지만, 물의 범위가 넓지 않았기에 금방 원래대로 돌아오는 것을 보곤 탄식했다. 마지막으로 확인할 것이 하나 더 있었다.

"지금도 핵이 보이나?"

"만약 핵을 없애면 저들을 구할 수 있나요?"

쉽게 결정을 내리지 못하던 박하가 더듬거리며 운형에게 물었다.

"구한다는 것의 정의가 무엇인지에 따라 달라지겠지. 우린 저들이 완전히 먹히기 전에, 편히 잠들 수 있게 해주는 거다."

괜한 희망을 심어주고 싶지 않아 운형은 사실 그대로 말해주었다.

"있어요. 주로 심장이나 배 부근이에요."

박하의 말을 알아듣기라도 한 것처럼, 천천히 걸어오고 있던 카리온들이 갑자기 뛰기 시작했다. 카리온들은 철제와 플라스틱으로 이루어진 테이블과 의자들이 가벼운 유아용이라도 되는 것처럼, 거침없이 손으로 던지거나 파괴하며 이동해 오고 있었다.

"가까이 다가오지 못하게 막아!"

운형을 제외한 보안 팀은 재빨리 일반 사람들을 뒤로 보내고서, 둘씩 짝을 지어 방어 태세에 돌입했다. 그들은 카리온이 사정거리에 들어오자마자 화염 방사기를 쏘았지만, 강제로 융합된 듯한 이 카리온들은 형태가 작고 잽쌌다. 게다가 이들이 인간이었다는 생각을 버리는 것이 생각만큼 쉽지가 않았다.

"다들 죽고 싶나! 정신 똑바로 차리고 검은 줄기가 있는 부분을 노려!"

공격하다가 자신도 모르게 움찔거리는 팀원들의 행동을 본 운형이 인상을 쓰고는 험악한 목소리로 소리쳤다. 그는 검은 줄기만 노리다 보면 팀원들이 위화감을 덜 느낄 거라고 생각했다.

보안 팀의 태도 변화를 알아챈 카리온이 뛰어오던 자세 그대로 멈추어 섰다. 얼굴을 감싸고 있던 검은 줄기가 스르륵 풀리며 줄기들이 두 팔로 모이기 시작했다. 어깨에서부터 붕대처럼 감긴 줄기는, 흡사 트위스트 드릴과 비슷했으나 끝이 훨씬 날카로워 보였다. 하지만 사람들이 눈을 떼지 못하고 경악한 것은, 카리온의 무기가 아니라 드러난 얼굴 때문이었다.

줄기가 사라진 곳에는 사람의 얼굴이 있었다. 그리고 그들 사이에서 박하는 고동색 눈동자가 익숙한 여성을 보곤 굳어버렸다. 여성의 얼굴 피부는 검은 줄기가 가진 독성으로 인해 조금 녹아내리긴 했지만, 누구인지 알아볼 수 있을 만한 상태였다. 나이의 증표인 주름이 보이는 얼굴의 입가에는 작은 점이 있었다.

귀신에 홀린 것처럼 주춤주춤 앞으로 걸어간 숙영이 누군가의 이름을 부르며 말을 걸었다.

"현희야? 네가 왜 여기 있어? 늦게 온다며, 일이 있다면서!"

"가까이 다가가지 마십시오. 위험합니다!"

나혜가 경고했으나, 그건 스스로 하는 말이기도 했다. 드러난 사람들의 얼굴을 보자 카리온이라고 수없이 되뇌었던 다짐이 흔들렸기 때문이다.

'꼴사납게 굴지 마. 저들은 사람이 아니야.'

나혜는 들고 있던 화염 방사기 대신에 전창을 꺼내 들었다.

"핵을 빼낼 수 있는 사람은 팀장님밖에 없습니다. 저희가 방어하는 동안 기회를 잡으세요."

거리가 가까워진 상태에서 화염 방사기는 다른 사람에게도 위협이 될 수 있었다. 면적이 넓어 맞추기 쉬운 카리온과 다르게, 눈앞에 나타난 것은 사람의 형태를 띠고 있었고 지능도 있어 보였다. 만약 그들이 작정하고 피할 경우, 다른 사람이 다칠 가능성도 고려해야 했다. 전창을 들고 있는 나혜의 생각을 파악한 팀원들도 다들 가지고 있는 무기를 근접용으로 교체했다.

"잠시만요! 죽이실 건가요?"

울먹이며 숙영이 물었다.

"죽이지 않으면 우리가 죽습니다."

"그래도! 적어도 대화 정도는 시도해 볼 수 있잖아요."

"그동안 저들이 퍽이나 얌전히 있겠네요."

"재경아!"

그만하라는 경고에도 재경은 멈추지 않았다. 정에 휘둘리는 순간, 목숨을 잃은 선례가 이미 있었기 때문이다. 자신이라도 냉정해져야 했다.

"당신이 아는 사람은 이미 죽었어요. 저기에 있는 건 가죽만 그럴듯할 뿐, 괴물입니다."

얼음같이 차가운 재경과 눈이 마주친 숙영은 말이 나오지 않았다. 울 것처럼 보이는 숙영을 보고 재경은 그대로 고개를 돌렸다. 심한 말이라는 건 알고 있었지만 눈앞의 현실을 직시해야 했다.

카리온은 끊임없이 기회를 엿보고 있었다. 그 증거로 팔에 두른 검은 줄기 위로 붉은 구멍이 드러났다가 사라지길 반복했다. 일제히 같은 개수로, 같은 방향을 향해 숨을 쉬는 카리온들의 모습은 마치 신호를 주고받는 것처럼 보였다.

"저것들 지금 우리 냄새를 맡고 있어."

비상계단에서 봤던 카리온을 떠올린 재경은 섬뜩해졌다.

"온다! 다들 준비해!"

운형의 신호와 동시에, 카리온들은 분산되어 공격을 시작했다. 인간의 유연함을 얻은 카리온은 재빨랐고, 날카롭게 변한 무기로 정확히 급소를 노려왔다. 게다가 무기가 두 개인 탓에 연속적인 공격도 가능해졌다.

"자기들이 치타라도 되는 줄 아나! 아오, 미치겠네!"

상대하기 훨씬 까다로워진 탓에 태식은 앓는 소리를 내며 열심히 전창을 휘둘렀다. 카리온은 위험할 때는 줄기 일부를 풀어 내어준 다음, 멀쩡한 줄기로 천장에 매달리거나 도망쳤다.

그 뒤를 쫓을 새도 없이 다른 카리온이 공격해 오는 바람에, 태식뿐만 아니라 보안 팀 전부 혼자서 한 마리씩은 상대해야 했다. 심지어 그것들은 수세에 몰리면 일반 사람들을 향해 뛰어들었고, 그로 인해 보안 팀은 온전히 싸움에 집중할 수 없었다.

무엇보다도 그들을 괴롭히는 것은 눈앞에 있는 괴물들이 원래는 자신들과 같은 사람이었다는 점이다. 머릿속에서는 괴물이라고 이해하면서도, 눈에 보이는 모습 때문에 자신도 모르게 소극적인 공격을 취하고 있었다. 심리적 압박감까지 느끼고 있던 와중에, 먼저 백기를 든 것은 나름 잘 대응하고 있던 준호였다.

"으아악! 저리가!"

"무리에서 떨어지지 마세요!"

"이봐!"

보안 팀이 저지할 새도 없이 준호는 카리온이 없는 쪽을 뚫고 도망쳤다. 다행히 카리온은 그를 공격하거나 쫓아가지 않았다.

"어떻게 하죠?"

찬열이 물었다.

"어쩔 수 없어. 눈앞에 사람만 신경 쓰도록 해."

운형이 단호하게 말했다.

지금보다 인원이 줄어들게 되면 현재의 아슬아슬한 균형이 무너지고 카리온 쪽으로 승기가 기울어질 터였다. 전창으로 카리온의 일부분을 굳게 해도 금방 풀리는 악순환이 반복되고 있었다. 이대로 가다간 팀원들이 먼저 나가떨어지게 될 거라고 판단한 운형은 무리한 작전을 감행하기로 했다.

"찬열이 너는 나를 보조한다. 할 수 있겠지?"

"맡겨만 주세요."

혼자서 보조를 하기에는 벅찰 수 있음에도 찬열은 언제나처럼 임무를 받아들였다. 그는 무시무시한 기세로 카리온의 안으로 파고들었고, 쏟아지는 공격을 피해 안으로 들어가면서도 멈추거나 물러서지 않았다. 찬열의 목표는 오로지 하나였다. 그는 미리 박하에게 들어 알고 있는 핵 근처를 집중적으로 노렸다.

노골적인 공격에 위협을 느낀 카리온은 근처에 있던 운형을 무시하고는 찬열만 노리기 시작했고, 드디어 운형이 지나갈 수 있는 길이 만들어졌다. 힘겹게 만들어 준 틈을 놓칠 운형이 아니었다. 어쩌다 휘둘러지는 카리온의 공격은 전부 왼팔로 막아내고서 어느새 카리온 뒤에 선 그는, 곧장 두 팔로 카리온을 끌어안고 핵이 있는 곳으로 손을 집어

넣었다. 남성의 모습인 카리온의 체구는 운형보다 작은 편이어서 위치가 나쁘지 않았다.

곧이어 남자의 배 부근에서 딱딱한 물체가 만져졌으나, 검은 줄기가 얼마나 단단히 피부와 얽혀 있는지 쉽게 떼어지지 않았다. 왼쪽 팔만 검은 줄기의 공격을 덜 받기 때문에, 운형은 오로지 한 손으로만 일을 끝내야 했다. 끊임없이 나오는 검은 줄기는 찬열이 전부 막아내기에는 역부족이었고, 일부가 운형에게 향할 수밖에 없었다. 그는 비교적 약한 공격을 받기는 했으나, 날카롭게 베이는 고통은 여전히 쓰라렸다.

"후우."

운형은 숨을 길게 내뱉었다. 그는 곳곳에서 느껴지는 고통을 익숙한 듯이 참아내며, 핵을 꺼내는 것에만 집중했다. 찢겨나간 소매 사이로 오래된 상처가 언뜻 모습을 드러냈다. 운형이 다시 손에 힘을 주는 순간, 무언가 뜯겨나가는 소리가 들리며 핵이 빠져나왔다.

"지독하군."

부자연스럽게 몸의 일부를 차지하던 핵이 사라지자 카리온의 몸에 커다란 구멍이 생기며 내부에 있던 게 쏟아져 내렸다. 일반적으론 위로 올라가야 할 카리온의 검은 피 또한 그대로 아래로 떨어지면서 사람의 붉은 피와 서로 섞였다. 그것은 마치 썩은 피처럼 보였다.

소멸을 확신한 운형과 찬열은 카리온의 마지막을 기다리지 않고 바로 사람들을 도와주기 위해 움직였다. 총 5마리 중 한 마리가 죽었고 3마리는 보안 팀이, 남은 한 마리는 일반인이 맡고 있었다. 운형은 찬열에게 동료를 도우라고 명령하고는, 박하가 있는 곳으로 향했다.

그들은 토치와 칼 등으로 간신히 카리온을 막고 있는 중이었다. 운형의 전창을 받은 지영도 최선을 다하고 있었지만, 검은 줄기를 향한 공격이 성공하는 경우는 거의 없었다.

운형이 다가오는 것을 본 박하가 소리쳤다.

"오른쪽 가슴이요!"

핵의 위치를 듣자마자 운형은 바닥에 떨어진 물건들을 살폈다. 손잡이가 나무로 된 중식칼을 집어 든 그는 그대로 달려가 장작을 패듯 카리온의 왼쪽 팔에 칼을 꽂아 넣었고, 드릴 모양의 팔이 절반 이상 잘려나갈 때까지 힘을 주어 내리눌렀다. 생각보다 쉽게 잘려나가는 것을 보며 운형이 이마를 찌푸렸다. 카리온은 전보다 약해진 것 같았다.

박하는 하얀색 반점이 생기기 시작하는 핵의 변화에 의문을 가지고 주시했다. 그러다 핵이 중간부터 금이 가고 있다는 것을 깨달았다.

"뭔가 이상해요. 금이 가고 있어요. 부술 수 없는 것 아니었어요?"

"억지로 인간 몸에 넣은 부작용일지도 모르지. 위험하니까 물러서 있어."

줄곧, 불가능하다고 믿어왔던 게 깨졌지만 운형은 당황하지 않았다. 무감각해졌다는 것이 맞을 것이다. 처음 카리온을 만났을 때가 그에게는 생애 최초이자 최악의 사건이었기 때문이다. 그 순위만큼은 결코 바뀐 적이 없었다.

으어어어!

사람의 것과 비슷한, 크고 처절한 비명이 카리온에게서 터져 나왔다. 단단한 피부 때문에 웬만하면 고통을 느끼지 못하는 괴물도 이번만큼은 참기 힘든 고통을 느낀 것이 분명했다. 박하는 구멍 난 심장으로 이물질과 피가 역류한 것처럼, 손상된 핵의 색깔이 얼룩덜룩해지는 것을 보았다.

정상적인 경로로 영양분 섭취가 불가능해지자 핵은 힘을 잃은 듯 투명해졌고, 분해되던 검은 줄기는 검은 재로 변해 사라졌다. 카리온의 희생양이 되었던 인간의 신체 또한 급격히 달라지기 시작했다. 미라처럼 뼈에 가죽이 붙었고, 장기가 있던 곳들이 움푹 안으로 들어갔다. 그리곤 중력을 이기지 못하고 바닥에 쓰러지며, 산산이 흩어져 버렸다. 완전한 죽음이었다.

운형은 삼등분으로 쪼개져 텅 비어버린 핵을 바라보았다. 그러나 그토록 기다렸던 카리온의 죽음에도 별다른 것을 느끼지 못했다. 사람에 의해 강제로 만들어진 카리온이기에 부작용으로 쉽게 소멸시킨 것일 뿐, 기존 카리온들을 모두 없앨 방법을 얻을 수는 없었기 때문이다.

바로 팀원들에게로 돌아간 운형은 합심하여 한 마리를 더 소멸시켰고, 또다시 부작용으로 스러지는 다른 카리온을 목도했다. 모두가 놀랄 만큼 허무한 죽음이었다. 검은 줄기는 그들을 움직이게도 했지만, 내부에 독처럼 퍼져 있었다. 발을 끌었던 것도, 내부에 검은 줄기가 퍼지며 하체부터 손상되고 있었기 때문이었다. 마치 음료수에 빨대가 꽂힌 것과 다름없었다.

이제 남은 건 한 마리였다. 굳어버린 두 팔. 융합되지 못한 곳에 생긴 수많은 상처들. 검게 물든 눈동자. 아직 신체에 붙어 있는 핵은 멀쩡했지만 끝은 이미 정해져 있었다. 그러나 현희의 눈에서 흘러내리는 검은 눈물이, 숙영의 마음을 뒤흔들고 말았다. 그저 검은 줄기의 피가 흘러내린 걸 수도 있었지만, 그 모습은 숙영이 현희가 아직 의식이 있는 거라고 착각하게 만들기엔 충분했다.

"안 돼요!"

아직 석고 붕대를 풀지 않은 다리로 절뚝이며 달려간 숙영은, 팀원들의 도움으로 손쉽게 카리온의 핵을 잡은 운형을 있는 힘껏 밀어버렸다. 강한 힘은 아니었지만 손이 미끄러지며 운형은 그만 핵을 놓치고 말았다. 낭패감에 그가 나혜를 불렀다.

"안전한 곳으로 데리고 가!"

"네!"

하지만 숙영은 제 삶의 절반 이상을 같이 한 현희를 포기할 수 없었다. 그녀는 운형의 왼쪽 팔을 붙잡으며 애원했다.

"제발, 다른 방법이라도 찾아줘요. 우리 현희가 아직 저 안에 있어요. 살아 있어요!"

"이러시면 안 됩니다. 친구분께서는 카리온의 숙주로 너무 오래 있었습니다. 의식이 있을 리가 없어요."

울부짖는 숙영을 나혜가 달래며, 운형의 팔을 억지로 놓게 만들었다. 나혜는 숙영을 그대로 안전한 곳으로 데리고 가려고 했으나 어디서 그런 힘이 난 것인지, 숙영은 운동으로 단련된 나혜의 팔을 풀어버렸다. 현희를 구하고 싶은 마음이 힘으로 발휘된 것이었다.

결연한 표정으로 운형 앞으로 뛰쳐나간 숙영이 그의 앞을 다시 막아섰다. 아무리 그래도 숙영에게 함부로 할 수는 없었던 운형은, 그녀의 뒤로 보이는 카리온과 팀원들의 대치를 확인한 뒤에 말했다.

"비키십시오."

"충분히 제압할 수 있지 않나요? 방법을 찾아봐 주세요. 제 친구를 저렇게 만든 사람이 보안 팀과 관련이 있는 것 같은데, 그 사람한테 되돌릴 방법을……."

"불가능합니다."

"……."

"보지 않으셨습니까. 핵을 제거하면 죽습니다. 또한 제거하지 않고 방법을 찾는다고 해도, 영양분을 섭취하지 못하면 계속 그녀의 내부를 먹어 치울 겁니다."

"그래도 이렇게 죽게 할 수는 없어요. 제발 다시 한번만 생각해 주세요. 이렇게 빌게요. 저 때문에 여기에 와서 못된 꼴을 당한 거예요. 현희는 아무 잘못 없어요. 그러니까!"

간절히 운형에게 부탁하던 숙영의 눈이 크게 뜨이며 몸이 뒤로 꺾였다. 확장된 동공에 놀란 운형의 얼굴이 담겼다. 오른쪽 갈비뼈와 왼쪽 복부를 뚫은 검은 줄기는, 그대로 숙영의 몸을 장악하기 시작했다.

"커헉!"

내부를 찔러대는 고통에 숙영의 몸이 경련했다.

"숙영 아줌마!"

박하가 그녀의 이름을 외쳤으나 숙영은 듣지 못했다. 시야가 흐릿해지고 귀에선 이명이 들렸다.

"제길!"

지체하지 않고 검은 줄기를 잘라낸 운형이 쓰러지는 숙영을 늦지 않게 받아냈다. 고개를 들어보니 세 명과 대치 중이던 카리온이 만들었던 창이 완전히 풀려 있었다. 카리온은 계속해서 진화하고 있는 듯 보였고, 운형은 사태를 이 지경까지 만든 누군가의 잔인함에 살의가 치솟았다.

"팀장님!"

찬열이 부르는 소리에 운형은 분노와 상념을 일단 가라앉혔다. 상황은 다시 악화되었다. 카리온의 공격으로 숙영이 중상을 입었고, 태식은 팔 한쪽을 잃었다. 순간적인 판단으로 검은 줄기가 파고든 오른 팔을 잘라낸 것 같았다. 남은 동료들 또한 크고 작은 부상을 입은 상태였다.

　운형은 박하를 포함해 카리온의 지척에 있던 다른 사람들을 확인했다. 그의 짙은 눈썹이 예상치 못한 광경에 위로 솟구쳤다. 사람들을 지키듯이 박하가 맨 앞에서 두 팔을 벌린 채 서 있었고, 1cm 정도의 작은 틈을 남겨두고서 검은 줄기는 멈춰 있었다.

14

"팀장님, 어떻게 할까요. 시간을 끌면 더 불리해질 겁니다."

피가 흐르는 어깨를 손으로 감싼 채 나혜가 말했다. 운형은 현희를 확인했다. 축 늘어진 그녀의 몸을 중심으로 사방으로 뻗어진 검은 줄기가 날카롭게 날을 세우고 있었다. 사정거리가 있는 것일까. 아슬아슬한 거리감에 운형의 이마에는 주름이 하나 더 늘어났다.

사람들을 안전한 곳으로 대피시키고 싶었지만 여기서 더 길어졌다가는 다치는 사람들이 많아질 것이 분명했다. 운형은 좀 더 상황을 살폈다. 거미와 고슴도치가 합쳐진 것 같은 검은 줄기들의 모습이 마치하나의 조형물 같다는 생각이 들었다.

검은 줄기를 잘라내며 파고드는 건 운형에게 어려운 일이 아니었다. 문제는 그 끝에 있는 인질이 한두 명이 아니라는 것이었다. 자신의 움직임으로 인해 자극받은 카리온이 날뛴다면, 2차 피해가 생길 것이자명했다. 만약 움직여야 한다면 빠르게 끝내야 했다.

"다들 움직일 수 있나?"

"괜찮습니다."

"제가 과다 출혈로 죽기 전에 결정을 내려주시면 고맙겠는데요, 대장."

"문제없어요."

"저도요."

차례대로 하는 말을 들으며 운형이 말했다.

"지금부터 가까이 있는 검은 줄기를 공격한다. 하나씩 처리해야겠지만 최대한 빨리 끝내마. 단, 조금이라도 머뭇대면 죽을 수도 있으니 겁먹을 거면 뒤로 물러나 있도록 해."

잠시 말을 마치고 기다렸으나 빠진다고 말하는 사람은 없었다.

"다들 뭘 노려야 하는지 알고 있겠지."

"네!"

우렁찬 대답을 들으며 운형은 현희를 응시했다. 구할 수 있다면 좋았겠지만 방법이 없었다. 운형은 제 품에 안겨 있는 숙영을 바닥에 조심스럽게 눕혔다. 이미 숨이 끊어져 있었다. 부릅떠져 있는 눈을 감겨주고서, 그는 일시에 움직일 수 있도록 카운트를 셌다.

그들은 명령에 따라 자신에게 가장 위협이 되는 검은 줄기부터 전창으로 굳힌 후, 빠르게 뒤로 몸을 날렸다. 그 사이에 운형은 검은 줄기를 무자비하게 칼로 베어내며 앞으로 나아갔다. 그가 본체에 가까이 다가갈수록, 카리온은 다른 사람들은 무시하고 운형 쪽으로 공격을 집중하기 시작했다.

어느새 다가온 재경이 총알만큼 빠르게 날아오는 검은 줄기 하나를 전창으로 찔렀다. 방향이 틀어진 줄기에 스쳐 재경의 왼쪽 광대뼈 아래가 피투성이가 되었다. 상처에서 흘러나오는 피를 무심하게 손으로 닦아낸 그는, 운형이 쉽게 지나갈 수 있도록 성가셔 보이는 검은 줄기들만 노리기 시작했다.

다치는 것도 신경 쓰지 않은 채 길을 뚫어주는 재경의 도움을 운형은 기꺼이 받아들였다. 거리가 얼마 남지 않았을 때, 상체를 숙여 검은 줄기를 피한 운형은 박하에게 소리쳐 물었다.

"핵의 위치는?"

"오른쪽 갈비뼈 부근이에요."

망설이지 않고 운형은 박하가 알려준 곳으로 손을 뻗었다. 검은 줄기가 발악하듯이 흉터로 가득한 팔을 피해, 그의 목과 얼굴에 상처를 입혔지만 운형은 피하지 않았다. 핵이 가까이 있을 땐 줄기를 잘라내는 건 할 수 없었기 때문이다.

검은 연기 속에서 딱딱하게 만져지는 핵의 존재를 확인한 순간, 운형은 그것을 그대로 잡아 뜯었다. 처음과 다르게 핵은 쉽게 분리되었고, 그는 핵이 맞는지 확인하기 위해 박하를 돌아보았다. 작은 소녀는 어깨를 떨며 울고 있었다. 현희의 죽음에 자신이 기여했다는 사실에 죄책감을 느끼고 있었던 것이다.

겉으로 보이는 모습은 상관이 없었다. 숙영에게도 박하에게도 현희는 남이 아니었기 때문이다. 운형은 연주의 품에 안긴 박하를 보고, 다시 고개를 돌려 현희를 살폈다. 찢어진 환자복 사이로 드러난 구멍은 제법 컸다. 핵이 있었던 곳 주위의 피부는 가뭄 든 땅처럼 굳고 메말라 있었다.

"이미 붕괴되고 있었던 모양이군. 시간이 더 흘렀으면 완전히 바스러져 버렸을 거다."

들으라고 한 말이었다. 어차피 정해진 죽음이었다고, 네 덕분에 더 죄를 짓지 않고 간 거라고 말이다. 대놓고 위로해 주기에는 운형은 말주변이 없었다. 자신의 어린 딸이 울 때에도 어쩔 줄 몰라 하던 그였다.

"고통을 느끼지 않았을 거다."

운형은 그의 식대로 위로를 건넸다. 다행히 박하는 핵이 오염되어 고통스럽게 소멸한 첫 번째 카리온의 경우를 떠올린 것 같았다. 잦아드는 울음소리에 내심 안도하며, 운형은 주위에 퍼진 검은 줄기가 재가 되어 위로 떠오르는 것을 지켜보았다.

받쳐주고 있던 검은 줄기가 사라지자, 인간의 몸을 유지한 채 허물어지는 현희를 운형이 조심스럽게 안아 들어 숙영의 옆에 눕혔다. 사람들이 두 사람을 보기 위해 다가왔다. 운형을 포함해 보안 팀은 그들이 마음껏 슬퍼할 수 있도록 자리를 비켜주었다.

"숙영 아줌마, 현희 아줌마."

두 사람을 온전히 눈에 담기 위해, 박하는 숨을 크게 들이쉬며 눈물을 참았다. 그녀의 손이 복잡한 감정으로 잘게 떨리고 있었다. 돌에 갈린 것처럼 현희의 얼굴은 알아볼 수 없을 정도로 망가져 있었고, 감긴 눈에서는 눈물이 흘러내려 볼을 타고 아래로 떨어졌다. 생리적인 것인지, 그것도 아니면 조금이라도 남아 있던 현희의 인격이 슬픔을 느낀 것인지는 알 수 없었다.

박하는 무릎을 꿇고 두 사람의 손을 잡았다. 차갑게 식은 것은 똑같았지만 현희의 손은 안쪽에서 난 상처들로 인해 울퉁불퉁하고 버석했다. 그 차이가 확연하게 느껴져서, 박하는 결국 눈물을 터트리고 말았다. 거친 말과는 다르게 현희는 언제나 배려가 넘치는 사람이었다. 자신을 친딸처럼 다정하게 챙겨주던 숙영도 현희도, 박하에게는 소중한 인연이었다. 퇴원 후에 밖에서 같이 만나는 날을 줄곧 상상했었다. 그런데…….

"왜 이런 짓을 하는 거예요?"

납득할 수 없었다. 오늘 현희는 여기에 있으면 안 되었다. 왜 환자복을 입고 있는 것인지, 왜 실험을 당하게 된 건지, 왜 하필 고운 병원에 괴물이 있는 것인지……. 전부 박하가 받아들일 수 있는 범위를 넘어섰다. 눈물샘이 메말라 버렸는지, 이제는 눈이 아프기만 했다. 현희의 주변에서는 아직도 타는 냄새가 났다.

"아줌마는 좋은 분이셨어요. 다른 분들도요. 그런데 왜 이런 일을 당해야 하는 거예요?"

차오른 슬픔이 빠져나가자 분노가 자리 잡았다. 박하는 누군가를 이토록 원망해 본 적이 없었다. 같은 사람을 향해 저주를 내리고, 그 앞길이 가시밭길 원한 적이 없었다.

"루템은 뭐 하는 곳이에요?"

"괴물보다 더 괴물 같은 놈들이 있는 곳."

싸늘한 어조로 재경이 말했다. 사람에 대한 의심과 불신이 강한 그는 유독 루템을 싫어했다. 보안 팀에 소속되어 일하면서 그런 부정적인 생각은 계속 커져갔고, 누구보다도 루템을 혐오하게 되었다.

"루템에 대해서는 알려진 바가 거의 없다. 우리는 도마뱀의 꼬리일 뿐이야. 그들이 무슨 목적으로 어떤 일을 하는지는, 아마 같은 루템 직원이라도 알지 못할 거다."

운형이 말했다.

"우린 실험체가 아니에요."

"그래, 합법적인 것과는 거리가 멀지. 하지만 그들은 꾸준히 카리온에 대한 실험을 진행해 왔고, 성공한 전적이 있으니 더욱더 포기를 못할 거다."

"혹시 재이 언니도 실험을 당한 건가요?"

이유는 모르겠지만 재이가 떠올랐다.

"그래, 그녀 외에도 더 있을지도 모르지."

운형이 대답했다. 박하는 미워해야 하는 사람임에도 불구하고, 실험을 당했다는 말에 재이가 안쓰럽다는 생각이 들고 말았다.

"대체 왜 이런 실험을 하는 거예요?"

"카리온에게 대응하기 위해서라는 게 그들의 주장이다. 말도 안 되는 소리. 여기서 일어난 일만 봐도 뭔가 다른 목적이 있는 게 분명하다. 아마도 그는……."

- 분명 비밀 유지 조항도 계약서에 적혀 있었을 텐데, 운형 팀장.

망가진 줄 알았던 스피커를 통해 흘러나온 음성은 운형에게는 너무나 익숙한 것이었다. 몇 시간 전에 목소리의 주인을 직접 만났던 운형과 태식은 굳은 표정으로 천장에 달린 스피커를 노려보았다.

"별로 당신하고 농담을 주고받을 기분은 아닙니다만, 채환 수석 연구원."

- 여전히 재미없는 친구야. 나도 시간이 많지 않으니 바로 본론으로 넘어가도록 하지. 너무 루템을 나쁘게만 말하지 말게. 나름 좋은 곳이거든.

이유 없이 저런 말을 꺼낼 사람이 아니었다. 운형은 잠시 침묵한 후에 채환에게 물었다.

"뭘, 어디까지 알고 있는 겁니까."

그는 당장이라도 박하를 어딘가에 숨기고 싶었으나, 이곳은 뻥 뚫려 있었다. 게다가 채환은 어딘가에서 분명 그들을 지켜보고 있을 터였다.

- 자네보다는 내가 더 많이 알고 있다네. 예를 들면 그녀가 카리온을 볼 수 있는 이유라든가?

"왜 이런 실험들을 하는 거죠?"

벌떡 일어선 박하는 두 사람의 대화에 끼어들며 따지듯 물었다.

- 오, 궁금한 게 많은 모양이군. 내 기분이 좋으니 친절히 몇 가지만 알려주마. 우리가 하는 실험은 미래를 위한 것이란다. 이곳 지하에 자리를 잡은 카리온이 전부일 거라고 확신할 수 없으니까. 항상 감시 체제를 이어가고 있음에도 애먼 곳에서 불쑥 튀어나온단 말이지. 여기서 빠져나간 걸까? 아니면 원래 그 자리에 존재하고 있었던 걸까? 알아보고 싶어도 일반인 눈에는 보이지도 않고 동화인이 되는 경우도 불규칙적이니까 말이야. 다른 방법을 찾아봐야 하지 않겠니?

"카리온을 찾아내기 위해서 실험을 시작했다? 팀장님, 저 개소리를 계속 들어야 합니까?"

- 재경 군 맞지? 자네 친구의 일은 유감일세. 그런데 자네는 인내심을 키울 필요가 있겠어. 카리온이 어떤 방식으로 어떻게 생겨나는 것인지 궁금하지 않나?

이 빌어먹을 카리온에 대한 이야기의 끝이 어디인지 알고 싶었던 재경은, 제 입으로 수긍하는 말을 하기는 싫어서 침묵을 선택했다.

- 반항적인 눈빛이지만, 좋아. 그럼 처음부터 이야기를 시작하지. 카리온의 발견에 대해서 말이야. 아쉽게도 우린 카리온이 언제, 어디서 오는지는 알아내지 못했다네. 유성과 관련이 있다는 것밖에는 말이야.

"지금 우릴 놀립니까? 대장, 그냥 신경 끄고 우리 갈 길 갑시다!"

간을 보는 것 같기도 하고, 놀리는 것 같기도 한 채환의 대답에 골이 난 태식이 투덜거렸다. 천으로 지혈을 하긴 했지만 깔끔하게 봉합되지 못한 팔의 단면에서는 조금씩 피가 배어 나오고 있었다.

"태식을 데리고 가서 치료해."

찬열을 보며 운형이 말했다. 그 순간 고막을 찌를 듯한 사이렌 소리가 웨엥 웨엥 울려대며 그들의 귀를 괴롭혔다.

5분 정도 지났을까. 일제히 귀를 막을 정도로 고통스러웠던 소음이 확 줄어들더니, 채환이 웃음기를 지운 채 그들에게 경고했다.

- 내 말이 끝나기 전까지는 아무도 움직이지 말게. 지금부터 아주 중요하네. 지금 자네들 목숨은 나에게 달려 있으니까 말이야.

단순한 협박이 아니었다. 채환이 말을 마치자마자 사람과 융합된 카리온들이 나타났던 자리에서 뭔가가 나타났다. 서서히 그들에게 다가오고 있는 그것은 쉴 새 없이 붉은 숨 구멍을 벌름거렸고, 지나가는 길목에 있는 형광등이 차례대로 터져나갈 만큼 엄청난 기운을 뿜고 있었다.

"저, 미친 작자가!"

태식이 경악했다. 다행히도 곧 복도와 식당을 가르는 방화 셔터가 내려졌으나, 그들이 놀란 이유는 따로 있었다.

"설마 카리온을 조종할 수 있는 겁니까?"

- 자네들 상상에 맡기도록 하지. 내 말을 어겼다간 언제든 저 문을 뚫고 들어올 걸세. 지금은 스프링클러를 작동시켜 뒀으니 걱정하지 않아도 돼.

분통이 터졌지만 그들은 방금 싸움을 끝냈기에 당장 싸울 수 있는 사람이 운형과 재경밖에는 없었다.

- 아주 좋아. 어디까지 얘기했더라. 아, 우린 별똥별이 떨어질 때 카

리온도 내려오는 거라고 추측했지. 표면을 폭발시키면서 자취를 감추면 우리 눈에는 그냥 별똥별이 소멸한 거로 보이거나, 아예 사라진 줄도 모를 거야. 본래 모습으로 돌아가면 일반인들 눈에는 보이지도 않을 테고 말이야. 카리온의 성분과 운석의 성분이 비슷했으니 가장 그럴듯한 가설이었지. 실제로 별똥별이 많이 떨어지는 1월, 4월, 8월, 12월에 카리온의 발견 수가 기하급수적으로 늘었어.

"지루하기만 한 가설과 루템에서 행해진 실험이 무슨 관계입니까?"

나혜가 물었다.

- 정작 카리온을 파악하기만 하면 뭐 하나. 죽일 수가 없는데. 그렇게 생각하지 않나? 그런 의미에서 실험은 필수 불가결한 요소였네. 수많은 지원자들 중에서 재이를 포함한 몇 명만이 실험에 성공했지. 그게 반쪽짜리라는 건 뒤늦게 깨달았지만……. 어쨌든 카리온의 구조와 핵이란 존재를 알게 되었으니 나름 성공적이었네.

"카리온을 죽이는 게 목적이라면, 어째서 저 사람들은 우리들을 공격한 겁니까."

- 중요한 질문을 아주 잘하는군. 운형 팀장이 참 복이 있어.

"말 돌리지 마시죠."

- 카리온과 동화인이 서로 반응하는 이유가 뭐라고 생각하나. 비슷하기 때문이야. 억울하겠지만 선택받은 거라고 생각하게. 자네들은 영광스럽게 카리온의 세상을 볼 수 있게 되었지 않나. 허허, 표정들이 불만에 가득 차 있군. 인정하기 싫어도 사실일세. 이미 자네들의 DNA는 변이되었고, 다시 돌아가지 못해. 그리고 내가 만든 실험체들에 대해서는 사과함세. 아직 미완성이라 카리온과 동화인의 차이까지는 구별해 내지 못한 모양이야. 미안하네.

사정을 알지 못하는 이들조차도 그게 사과도 변명도 아닌, 알맹이가 들어 있지 않은 말이라는 걸 알 수 있었다. 사람들이 공감하고 있지 않다는 것을 모를 리가 없을 텐데도 그는 태연하게 말을 이어나갔다.

- 게다가 바스러지다니 이거야, 원. 쓸모가 없더군. 그래도 신경 쓰이던 문제가 얼추 해결된 것 같아서 다행이야. 그거 하나 확인하자고, 이곳에 너무 오래 있었더니 힘이 다 빠지는군.

"처음에 제가 한 질문에는 답하지 않는 겁니까. 어디까지 알고 있냐고 물었습니다."

묵묵히 듣고만 있던 운형이 살벌하게 물었다. 채환이 앞에 있었다면 더 이상 인류를 위한 명목으로 실험을 자행하지 못하도록 머리를 쏴버렸을 것이다.

- 거참, 성질하고는.

기분이 상한 채환이 헛기침을 하고는 퉁명스럽게 말을 이었다.

- 본인은 모르겠지만 저 아이도 실험에 참가했다네. 물론 나는 순수하게 부탁을 들어준 것뿐이지만 말이야.

"본인이 모르는 실험을 한 것을 순수하다고 하지는 않습니다. 누가, 뭘 부탁한 겁니까?"

- 말해줄 테니 죽일 듯이 노려보는 건 그만하게. 진심으로 무서우니까. 흠, 우리 직원 중에 임우현이라는 남자가 한 명 있었지. 나한테 자신의 딸이 앞을 볼 수 있게 해달라고 부탁을 했어. 성실하고 쓸모 있는 직원이기도 했고, 꽤 오랫동안 열심히 해주었기에 흔쾌히 부탁을 들어주기로 했지. 물론 모든 준비가 완벽히 끝났을 때, 그가 배신을 하지만 않았다면 말이야.

"우현 씨가, 그이가 뭘 부탁했다고?"

돌연 박하가 이식받을 수 있는 각막을 구했다며, 연락을 했던 우현이 떠올라 연주는 자리에서 비틀거렸다. 지영이 그녀를 잡아주지 않았다면 바닥에 주저앉았을 것이다. 연주는 충격을 받았을 박하를 걱정했으나, 아이는 무슨 생각을 하는지 알 수가 없었다.

"그가 마지막에 배신했다는 말입니까?"

- 그가 원하는 건 안전과 고통 없는 수술이었거든. 난 어느 정도의 고통은 감수해야 된다고 말했지. 그랬더니 그걸 견디지 못하고 우현, 그자가 같이 일했던 동료 몇을 꾀어 나 몰래 아이의 눈을 수술했더군. 내가 알아차렸을 때는 이미 행방불명이 된 상태였어.

채환이 혀를 차며 못마땅하다는 듯이 말하자, 박하와 연주의 얼굴색이 눈에 띄게 안 좋아졌다. 남편, 아빠가 행방불명이 되었다니, 평정심을 유지할 수 없는 것은 당연했다.

어디서부터 어떤 걸 물어봐야 할지 모르겠다는 얼굴로 바닥만 내려다보고 있던 연주가 가까스로 정신을 차리고 물었다.

"내 딸한테 무슨 실험을 하려고 했던 거야?"

충격으로 드러난 연약함 위에 다시 방패를 두르고서, 연주가 날카롭게 물었다. 딸을 위해서라는 이유로 우현이 내린 결정은 옳은 일이 아니었지만, 지금 당장은 그들이 박하에게 무슨 짓을 한 것인지 알아내야 했다.

- 음, 내가 계획한 실험에 대해 조금이라도 알고 싶나? 우현이 아이에게 내가 계획한 대로 수술, 그러니까 실험을 하지는 않았겠지만 말이야. 세상에는 모르는 게 나은 경우도 있네.

뭔가 다른 꿍꿍이가 있다는 것을 짐작했으나, 연주는 거부하지 않았다. 설사 듣게 될 내용이 엄청나고, 비인륜적이라고 해도 들어야 했다.

- 인류에 도움이 되는 실험이었네. 성공적으로 실험을 견뎌낸 아이를 보면, 내 말의 뜻을 이해할 수 있겠지.

모두가 스피커에서 흘러나오는 이야기에 집중하고 있었기에, 사람들은 에스컬레이터를 타고 누군가가 내려오고 있다는 것을 그제야 눈치챘다. 그곳에는 채환을 보조하던 보디가드 2명과 익숙한 인물 4명이 있었다. 도망갔던 준호, 해수 그리고 재이와 은성이었다.

운형은 자신의 눈을 똑바로 바라보지 못하고 피하는 은성의 태도에서, 그가 정말로 팀원들을 배신했음을 완전하게 인정해야 했다. 분노해야 했으나 그동안의 기억 때문일까 모순적이게도 운형은 그가 죽지 않아서 다행이라는 생각이 먼저 들었다.

"뭐 하자는 거지?"

- 그녀가 원하는 답을 데리고 온 것뿐일세. 아니면 자네 팀이었던 이가 내 사람이 돼서 화가 난 건가?

이해할 수 없는 말을 지껄이는 스피커를 태워버리고 싶다는 듯이 운형이 강렬하게 노려보았다. 평범한 직장 생활도 오래 했던 운형은 직급과 나이가 있기에 채환에 대한 예우를 갖추려고 노력했었다. 하지만 이제 그는 채환을 인간 이하로 취급하기로 마음먹었다.

"대답할 가치도 없군. 당신은 사람이긴 한 건가? 뇌 속에 카리온을 융합한 것도 아닐 텐데, 제멋대로 지껄이는군."

- 말이 좀 심하지 않나, 운형 팀장!

"당신이 한 짓에 비하면 양호한 편이라고 생각하는데."

마치 재경의 영혼이 들어갔다 나간 것 같았다. 운형은 주위 반응에는 신경 쓰지 않았다. 그리고 보디가드 2명에게 강제로 끌려 온 듯 보이는 재이를 바라보았다. 다른 상황이었다면 그는 재이의 꼴을 비웃었을 테지만, 적의 적은 친구라고 채환을 한 방 먹일 수 있다면 잠깐이지만 그녀를 돕는 것도 나쁘지 않을 것 같았다. 운형의 입매가 비틀렸다.

"그보다 루템에서도 알고 있나? 무려 실장인데 저렇게 대우해서야. 그들이 별로 좋아하지 않을 텐데."

- 웬일로 자네가 재이를 신경 쓰는군.

정작 당사자인 재이는 지금 상황을 대수롭지 않게 생각하는 것 같았지만, 카리온을 소멸시킬 수 있는 능력을 가진 그녀를 이런 식으로 대한다는 것은 루템이 재이를 버렸다는 의미가 될 수도 있었다. 하지만 만약 채환의 단독 행동이라면, 그는 루템에서 문책을 피하지 못할 터였다.

- 의심하지 말게. 의미 그대로 보여주기 위해 데리고 오라고 한 것뿐이니까. 순순히 말을 듣지 않을 걸 알기에 내 사람들을 보낸 거고 말이지. 자, 재이야, 네가 어떤 실험을 받았는지 이야기해 주겠니?

재이에게 형식상으로라도 해주던 대우가 사라져 있었다. 그의 태도 변화가 어떤 의미인지 짐작할 수 없어 운형은 재이의 표정을 확인했다. 그녀는 딱히 분노하거나 놀란 것 같지 않았다.

"……."

처음이 아니었으니 어찌 보면 당연했다. 둘이 있을 때만 보여주는 본 모습에 재이는 그가 뭔가를 준비하고 있다고 짐작했으나, 이대로 채환이 원하는 대로 끌려가기는 싫었다.

- 또 입을 다무는구나. 넌 항상 마음에 들지 않는 게 생기면 대화를 거부하는 못된 버릇이 있었지.

"친한 척 굴지 마. 소름 끼치니까."

- 입이 많이 험해졌구나. 예전의 너는 군말 없이 말을 잘 따르던 순

한 아이였는데 말이야.

과거의 기억이 재이의 허락도 없이 머릿속을 파고들었다. 비명, 갇혀 있던 방, 실험실로 향하는 피로 물든 복도, 후들거리는 다리. 그리고 열린 문 안에는……. 몸에 각인된 두려움에 재이는 무릎을 꿇지 않기 위해 다른 생각을 해야 했다.

그녀의 시선이 그늘진 박하에게 향했다. 재이는 그녀에 대한 새로운 사실들을 분석하는 데 집중했고, 그것은 어느 정도 두려움을 몰아내는 데 도움을 주었다. 사사건건 자신을 방해하고 자신의 자리를 노리던 서원이라는 자가 이 일의 배후가 아니었다는 것도 쥐의 발가락만큼은 도움이 되었다. 무엇보다도 박하의 가족이 실험에 연관되어 있다는 점이 놀라웠다. 임우현에 대해선 재이도 들어본 적이 있었다. 루템에 들어온 게 신기할 정도로 유우부단하고 답답한 성격의 사람이라고 말이다.

직접 만나본 적은 없었지만 채환의 뒤통수를 제대로 쳤다니 마음에 들었다. 하지만 하필 부탁할 사람이 없어서 채환에게 부탁을 했었다니. 운이 나쁘다는 말로도 부족했다. 결국 그는 박하가 수술을 받기 전부터 우현을 통해 박하를 알고 있었던 것이다. 감추려고 노력하는 자신 혹은 운형 등을 보면서 속으로 비웃고 있었을 걸 생각하니 이가 갈렸다.

- 여기 계신 어머님께서 네가 어떻게 힘을 얻었는지 듣고 싶다고 해서 말이야. 너무 적나라하게는 말고 부드럽게 순화시켜서……. 그렇게 해줄 수 있겠지?

'내 경험을 이야기해 보라고? 인권이라고는 없었던, 가축이 된 것 같았던 그 일들을?'

재이의 눈에서 불똥이 튀었다.

"거절하겠어. 내 대답을 듣고 싶으면 직접 실험에 참가한 뒤에 다시 물어봐. 그땐 한번 생각해 보지. 그게 어떤 느낌이었는지 말이야."

- 매몰차구나. 그저 네 자랑을 좀 하고 싶었을 뿐이란다. 네가 그렇게 나온다니 직접 보여주는 수밖에는 없겠어. 형선, 세훈. 진행해.

이렇게 될 거라는 걸 예상한 채환이 보디가드들을 부르자, 두 사람은 총구로 재이를 밀며 앞으로 걸어갈 것을 종용했다.

"이놈들도 포함입니까?"

"방해됩니다."

어두운 밤색 머리를 한 형선과 검은색과 카키색이 섞인 머리를 한 세훈이 말했다.

- 흠, 간호사는 풀어줘. 우리 병원에서 열심히 일을 해주셨는데 예우는 해드려야지.

그러자 형선이 해수의 손목을 묶고 있던 밧줄을 풀어주었다. 그녀는 자리에서 움직이지 못하고 있다가, 등이 떠밀려 운형이 있는 쪽으로 비틀거리며 걸어갔다.

"해수 언니! 괜찮아요?"

"천하의 나쁜 놈들 같으니!"

분노한 지영은 어디선가 담요를 찾아와 해수의 어깨 위에 둘러주었다. 말도 못 하고 이빨을 딱딱 부딪치며 떨고 있는 해수는 혼이 나간 사람 같았다.

"다른 이들은 어떻게 할까요?"

- 그러고 보니 먹이를 준 지 오래되었구나. 어떠냐? 마침 딱 좋은 먹이가 눈앞에 있구나.

두 사람의 나른하던 눈빛이 순식간에 돌변했다. 포식자의 기운을 느낀 준호는 달아나려고 했으나, 형선의 손에 뒷덜미를 붙잡히고 말았다.

"나한테 뭐, 뭘 하려는 거야! 이거 놔! 죽고 싶지 않아, 살려줘!"

"누구나 마찬가지입니다. 자신이 살기 위해 죽이는 겁니다."

형선이 냉정하게 말했다. 상황을 받아들이지 못하고 가만히 있던 은성이 그의 말을 듣고는 발악했다.

"닥쳐! 이렇게 허무하게 죽으려고 내가……. 젠장, 이거 놔!"

카리온에게 먹혀 사라지고 싶지 않아서, 그런 식으로 죽고 싶지 않아서 동료들을 배신했다. 더 높은 사람을 따르면 살 수 있을 것 같아서 재이를 따르는 척하면서 채환에게도 정보를 넘겼다. 그랬는데…….

이럴 줄 알았으면 홍철에게 적당히 상처만 입혔을 것이다. 무사히 빠져나갈 수 있도록 도와주겠다는 거짓에 속아 그를 도왔던 은성은, 다른 것보다도 홍철에게 한 짓만큼은 후회스러웠다.

"차라리 싸우게라도 해줘!"

동료도 죽인 마당에 제 죽음은 무섭냐고 욕을 들어도 괜찮았지만, 이렇게 반항 한번 못 해보고 죽기는 싫었다.

"어떻게 할까요."

명령을 기다리는 개처럼 세훈은 움직이지 않았다. 몸부림치는 은성의 어깨를 눌러 저지하면서도, 그가 제안한 것에 흔들리는 것처럼 보였다. 세훈은 고픈 배를 채우는 것도 좋았지만 그것보다도 뼈를 부러뜨리고, 살갗을 찢는 감각이 더 마음에 들었기 때문이다.

- 마음은 이해하나, 해야 할 일이 많단다.

"네, 이행하겠습니다."

"잠깐 기다려 줘! 제발! 아악!"

어찌나 힘이 센지 한 손만으로 준호와 은성을 제압한 두 사람은 이로 소매에 달린 지퍼를 열었다. 언뜻 손목 안쪽에서 빛나는 뭔가가 보였다. 그것은 카리온의 핵이었다.

핵을 볼 수 있는 재이와 박하의 눈이 미세하게 흔들렸다. 두 사람이 그동안 보아왔던 것보다 작은 크기였지만 훨씬 안정적인 느낌이었다. 빛을 뿜는 핵을 본 박하는, 조금 전에 인간과 융합한 카리온을 본 충격이 되살아나 소름이 돋았다.

지금 이 순간 두 사람은 같은 생각을 하고 있었다. 채환이 사람의 몸에 핵을 융합한 것이 이번이 처음은 아닐 거라는 생각이 들었다. 그는 같은 실험을 계속 해왔으며, 형선과 세훈은 수많은 실패작 중에서 남들에게 보일 만한 성공작이라는 것을 알 수 있었다.

'나도 잡혀가면 저렇게 되는 걸까?'

박하는 무서웠고, 지금 자신의 감정에 대해서도 공포를 느꼈다. 목숨을 위협받는 은성을 보고도 아무런 감흥이 들지 않았기 때문이다. 오히려 벌을 받는 거라는 생각이 들었기에, 박하는 나쁜 마음을 품으면 안 된다는 걸 알면서도 핵에 대해서 운형에게 말하지 않았다. 박하를 잘 아는 사람이라면 깜짝 놀랄 정도로 그녀의 눈은 냉기를 품고 있었다.

누구도 나서지 못하고 있을 때, 제압만 하고 있던 두 사람이 외과용 메스를 꺼내 들었다.

"살려, 커헉! 컥."

순식간에 목이 그어진 준호가 눈을 부릅뜨며 형선을 올려다봤다. 그 광경을 본 은성이 숨겨둔 전기 충격기를 꺼내 대응하려고 했으나, 잡혀 있는 손목을 뿌리치느라 늦고 말았다. 또다시 날카로운 날에 빛이 반사되며 피가 흩뿌려졌다.

목을 부여잡으며 껵껵대고 있는 두 사람의 머리카락을 쥔 형선과 세훈은, 자비 없이 그들의 손을 치우곤 목을 감쌌다. 마치 목을 조르는 것처럼 보였으나 실상은 핵이 상처 부위에 닿게 하는 것이었고, 거짓말처럼 아래로 흘러내리는 피는 없었다. 핵이 곧바로 피에 반응했기 때문이다.

"크윽."

"윽."

검은 줄기가 핵과 융합된 부위를 가르고 나오는 느낌만큼은 익숙해지지 않았기에 형선과 세훈은 짧게 신음을 흘렸다. 마치 한참 굶주린 괴물처럼, 줄기는 쏟아져 나오는 피를 흡수하는 걸로도 모자라 상처를 헤집었다. 뭍에 나온 물고기처럼 준호와 은성의 몸이 펄떡이며 흔들렸다. 만족할 때까지 둘을 잡아먹은 검은 줄기가 빠져나가자, 군데군데 움푹 파이고 말라버린 두 사람의 신체가 바닥에 허물어졌다.

- 상태는 어떻지?

"양호합니다. 거의 흔적을 찾아보기 힘듭니다."

"저도 그렇습니다."

상처 하나 없이 매끈한 팔을 들어 올리며 두 사람이 말했다. 핵을 제외하면 카리온의 무기인 검은 줄기는 흔적조차 찾아보기 힘들었다.

- 좋아. 그럼 원래 하려던 일을 마무리 지어보자고.

다들 충격에 빠져 있는 줄도 모르고 채환은 밝은 말투로 말했다.

앞으로 나서려던 운형은 재이가 고개를 젓는 것을 보고는 걸음을 멈추었다. 두 사람의 시선이 잠시 맞닿았다.

"저대로 두실 겁니까."

"인간적인 부분을 상실한 게 분명해. 달갑지는 않지만 도와주죠, 대장."

한 마디씩 거들며 차라리 재이를 도와주자고 주장하는 팀원들에게, 운형은 대기를 명했다. 사람으로서 못 본 척할 수는 없다고 반발하는 소리들을 들으며 그가 말했다.

"저게 포기한 눈빛으로 보이나. 영상에서 재이가 카리온을 상대할 때 보였던 패턴을 기억해 봐라."

그제야 그들은 재이가 선글라스를 벗고 두 손에는 식칼을 쥐고 있다는 것을 알아챘다. 그녀는 방화 셔터를 무덤덤하게 바라보면서, 가죽 장갑을 벗어 바지 주머니에 대충 꽂아 넣고 있었다. 눈매가 평소보다 매섭게 더 올라간 그녀의 입술이 한쪽으로 비틀렸다.

"내 눈앞에 없는 걸 다행으로 여겨. 다음에 또 나를 사육하는 동물처럼 취급하면 당신 코앞에 카리온을 던져줄 테니까. 당신이 발악하는 걸 보는 것도 꽤 즐거울 것 같거든."

- 기대하고 있지. 실행해!

방화벽이 열리기 시작했다. 방화벽 너머에 있던 카리온들이 이쪽으로 넘어온다면 실험 쥐가 된 재이와 보디가드들 대신에 다른 이들을 노릴 터였다. 마치 그것을 염려라도 한 것처럼, 재이는 지나갈 수 있는 공간이 마련되자마자 지체 없이 달려 나갔다. 슬라이딩으로 구멍 안으로 깔끔하게 들어가 버린 그녀의 뒤를 형선과 세훈이 뒤따랐다.

문이 완전히 열리는 몇 초 동안, 방화 셔터 너머에서는 카리온의 고통스러운 신음만 들려왔다. 무언가를 가르는 소리와 함께 방화 셔터 너머까지 검은색 피가 튀었다. 3분의 2 정도 방화벽이 열렸을 때에야 사람들은 안쪽의 상황을 볼 수 있었다.

검은 눈물을 흘리는 재이가, 괴물의 머리를 칼로 그어버리고 그 안으로 손을 집어넣어 핵을 뜯어내는 모습이 보였다.

- 단단히 심통이 났나 보군.

못마땅하다기보다 재미있다는 듯한 말투였다.

재이는 굳이 카리온을 칼로 베어내지 않아도 핵을 빼낼 수 있었기 때문이다. 먼저 공격하지 않으면 카리온은 그녀를 공격하지 않을 테니까. 하지만 일부러 검은 줄기를 칼로 베어내고, 받지 않아도 될 공격을 받으면서 자신을 상처 입힌 것이다. 단순히 심통이라는 단어로 표현될 일은 아니었다. 그것은 자해나 다름없었다.

그에 반해 형선과 세훈의 방식은 조용했다. 카리온은 그들이 거침없이 다가가도 적이 아닌 동료처럼 굴었고, 제 몸을 침범해 핵을 약탈해 가도 얌전히 죽어갈 뿐이었다. 두 사람에 비하면 재이의 행동은 말 그대로 도륙이었다. 분을 풀기 위해 날뛰던 그녀는, 모든 카리온이 스러졌어도 손에서 칼을 놓지 않았다. 고개를 들어 천장을 바라보는 재이의 볼은 온통 검은 피로 범벅되어 있었다. 그녀의 미간이 잠깐 찌푸려졌다가 펴졌다.

겉으로 드러나지 않았지만 재이의 속은 망가져 있었다. 능력을 사용할 때마다 눈과 머리가 터질 것처럼 아파왔다. 하지만 아주 잠깐 미간을 찌푸렸을 때를 제외하고는, 재이는 모든 고통을 아무런 티도 내지 않고 참아냈다. 천장에 넘실거리는 검은 강을 본 재이는 소매로 얼굴을 대충 닦아내고는 다시 경계 밖으로 걸어 나왔다. 이미 닦아낸 자리로 다시 검은 눈물이 흘러내렸다.

"이거면 충분하겠지."

- 그 부작용만 없었다면 최고의 작품이 될 수 있었을 텐데, 안타깝

구나.

"지옥에나 떨어져."

코웃음 치며 재이가 말했다. 그리고 뒤를 가리키며 "저것들도 부작용이 없는 건 아닌가 봐?" 하고 비웃었다.

방금 전까지 깨끗했던 두 사람의 팔에는 검은 줄기가 울룩불룩하게 도드라졌고, 슬금슬금 어깨 너머로까지 퍼지고 있었다. 그대로 심장까지 도달하면 먹혀버릴 터였다. 긴박한 상황에도 형선과 세훈은 태연스럽게 메고 있던 작은 가방에서 주사기를 꺼낼 뿐이었다. 언뜻 보이는 붉디붉은 액체는 분명 사람의 피였다.

두 사람은 능숙하게 입으로 뚜껑을 벗긴 후 혈관에 주사를 놓았고, 얼마 지나지 않아 뻗어나가던 검은 줄기가 다시 안으로 줄어드는 것이 보였다. 그 뒤로도 그들은 두세 번은 더 피를 주입하고서야 옷을 정돈했다.

- 내 작품일세. 나중에 완벽한 융합이 이루어진다면 카리온을 죽이는 게 더 쉬워질 거야. 어쩌면 숨어 있는 카리온의 알을 찾아내는 것도 가능해질지 모르지. 이제 내가 왜 저 아이를 특별하게 여기는지 알겠나?

자신에 관한 이야기라는 걸 인식한 박하가 바닥에 흩뿌려져 있는 농도가 각기 다른 핵에서 시선을 떼고선 고개를 들었다.

"전 특별하지 않아요."

- 아직은 모르겠지. 우연으로 치부하기엔 이상하지 않았니? 저것들은 너를 건들지 못해. 그리고 너도 재이와 같이 핵을 빼낼 수 있지. 아무런 부작용 없이 말이야.

"글쎄. 저 애도 완벽하지는 않던데."

- 날 속일 생각하지 말거라. 너보다 내가 더 오래 지켜봤어.

516

"바로 옆에서 보고 대화를 나눈 나보다 더? 자만심이 끝도 없군. 쟤는 핵만 볼 수 있지, 카리온을 보지는 못해. 이건 운형도 알고 있을걸?"

"이번만큼은 저 여자의 말에 동의해야겠군."

자신을 빼놓고 대화를 이어가는 상황에도 박하는 반박하거나 옹호하지 않았다. 두 사람이 하는 말이 채환의 관심을 줄이려는 노력이라는 걸 알고 있었기 때문이다.

- 하지만…….

"본인이 신이라도 되었다고 착각하는 건가."

"재수 없는 놈이라고 생각했지만 역시나군. 너한테만 정의지 다른 사람한테도 그럴까? 이미 네놈이 한 실험들에 대해 위에서는 의문을 갖기 시작했어."

- 결과를 보여주면 의문은 뒷전으로 밀리게 돼지. 오히려 내 실험을 적극적으로 지원하게 될 거다.

껄껄껄. 채환은 자만에 취해 웃으며, 자신이 루템에서 우뚝 서게 될 것을 기정사실로 하고 있었다.

"다시 되돌릴 방법은 있는 거야?"

이미 답을 알고 있는 것처럼 연주의 목소리에는 힘이 없었다.

- 그러지 말게. 소중한 딸이 앞을 보게 되었으니 좀 더 기뻐하는 게 마음이 편하지 않겠나. 지금 와서 되돌릴 방법은 없어.

아마 다른 사람들의 눈에는 연주가 불합리한 일을 당해 억울하게 분노하는 것으로 보일 것이었다. 하지만 그녀는 속으로 채환이 모든 걸 알고 있지는 않은 것이 다행이라고 안도했다. 명백히 재이 그리고 검은 정장을 입은 두 사람과 자신의 딸은 달랐다.

겉으로 보기에 박하는 카리온과 어떤 연관성도 보이지 않았다. 눈

색이 다르지도, 검은 줄기가 튀어나와 있지도 않았다. 또, 박하가 바라보는 세상은 어떠한가. 여전히 아름다운 색채와 희망으로 가득 차 있었다. 하지만 채환은 그것을 크게 중요하다고 생각하지 않았기에 박하가 다르다는 것을, 그 미묘한 차이를 알아채지 못한 것 같았다.

"남의 일이라고 쉽게 이야기하다니 최악이네. 내 딸한테 뭘 원해?"

- 어려운 일은 아닐세. 지하 3층에 가서 핵 한 개만 채취해 오면 되는, 아주 간단한 일이야.

"펭귄이 남극에서 얼어 죽는 소리하고 있네."

정수기 물로 얼굴을 씻어내던 재이는 콧방귀를 뀌었다. 저 말을 믿을 거라고 생각하는 채환의 태도에 어이가 없어서였다. 그가 말했던 순수했던 옛 시절은 이미 없어진 지 오래였으니까. 루템의 협력 업체라는 것도 모르고, 신나서 출근했던 제 자신이 바보였다.

평범한 직장이라고 생각했던 곳의 진실을 알게 된 것은 일이 벌어진 후였다. 고아였던 재이는 어느새 채환의 실험 대상 중 한 명이 되어 있었다. 과거와 달리 그녀는 이제는 채환이 어떤 인간인지 알았고 그의 감언이설에 절대 속아 넘어가지 않았다.

"처음부터 그게 목적이었구나. 미적거리며 돌아가지 않았을 때부터 이상하다고 생각했지. 넌 완전히 하얗게 변한 핵을 원했던 거야. 실험도, 인류를 위한 것도 아닌 네놈의 욕망을 충족시키려는 속셈으로 말이야. 비열한 놈."

"그랬군. 카리온의 변화를 알고 있으면서도 두곤 본 이유가 그것 때문이었나."

- 자네들이 해줄 일은 한 가지뿐일세. 핵을 채취하는 즉시, 남은 카리온을 몰살하는 것. 우수한 부하들이니 그 정도는 할 수 있겠지?

도발하려는 의도였다. 자존심을 건드린다고 발끈하는 성격이 아닌 운형과 다르게, 이 대화의 중심에 있는 박하는 화가 났다.

"왜 아저씨 말을 따라야 하죠? 할지 말지는 제가 정해요. 아저씨가 아니라요!"

- 일리가 있는 말이구나.

담담히 나오는 말에 재이는 더욱 경계심을 가졌다. 눈을 가늘게 뜨며 보이지 않는 채환의 심리를 파악하기 위해 귀를 기울였다.

- 뭐든 일에는 대가가 있어야 하는 법이니까. 네가 가장 원하는 게 뭘까 고민을 좀 해봤지.

"미안해요. 미안, 박하야. 다들 움직이지 마세요!"

지영의 부축을 받고 있던 해수가 갑자기 연주에게 달려들어 뒤에서 그녀를 끌어안았다. 그리고 주머니에 숨겨뒀던 메스를 꺼내 연주의 목에 겨누었다. 당연히 해수를 같은 편이라고 여겼던 사람들은 제대로 된 대응도 해보지 못하고 꼼짝없이 당하고 말았다.

"하겠다고 말하면 다치는 일은 없을 거야. 정말 미안해."

연신 사과하며, 해수는 고개를 푹 숙였다. 위협하는 사람치고는 칼날이 연주의 목 근처에서 꽤 멀리 떨어져 있었다. 마치 억지로 나쁜 역할을 하고 있는 것처럼 말이다. 운형이나 보안 팀이 마음만 먹으면 해수의 손에서 칼을 가로채고, 연주를 구하는 것이 어렵지 않을 것이다. 하지만……

"제발 하겠다고 말해줘."

"언니, 혹시 협박당하고 있는 거예요?"

"……"

대답을 듣지 않아도 알 수 있을 것만 같았다. 박하는 왜 이렇게까지

하는지 채환을 이해할 수가 없었고 화가 났다.

"엄마를 인질로 삼은 뒤에는 어떻게 하실 건데요? 이 방법이 계속 통할 거라고 생각하세요?"

- 나도 알고 있단다. 하지만 굳이 다른 방법을 찾지 않아도 지금은 이걸로 충분할 것 같구나. 가능성이 있다면 덜 다치는 쪽을 선택하는 게 맞지 않겠니?

말이 통하지 않았다. 박하와 비슷한 경험이 있는 재이는 스피커를 죽일 듯이 노려보았다. 채환이 상황을 매끄럽게 알고 말하는 것을 보면 어딘가에서 이곳을 지켜보고 있을 게 뻔했다. 채환의 이중성에 그녀는 자신이 당했던 기억이 떠올라 치가 떨렸고, 언젠가 반드시 그를 죽이고 말겠다고 속으로 다짐했다.

"굳이 이 어린애를 사지로 보내겠다니 양심 좀 만드는 게 어때? 정 가고 싶으면 직접 데리고 가면 될 거 아니야!"

딱히 도와줄 생각으로 말을 꺼낸 것은 아니었다. 재이는 그저, 채환이 지구에 살고 있는 인구 중에 첫 번째로 싫었을 뿐이다.

- 그럼 확인할 수가 없잖니. 난 저 아이가 어디까지 가능한지 알고 싶은 거란다.

"퍽이나."

"이런 짓을 해놓고 제가 당신 편이 되길 바라다니 양심도 없네요."

"능력이 알고 싶은 거라면 그냥 이곳으로 카리온 한 마리 불러. 그거로도 충분할 텐데."

- 잠깐 사이에 정이라도 들었나 보군. 내가 원하는 것은, 아이가 진화한 카리온의 핵을 가지고 나오는 걸세. 카리온들이 그것을 지키고 있어서 나 같은 평범한 사람은 불가능하니까 말이야.

"포장하기는……."

한 마디도 지지 않는 재이의 태도에, 결국 짜증이 난 채환이 그들에게 최후 통보를 건넸다.

─ 이제 그만하게. 자네들도 내가 결정을 번복하지 않는다는 걸 잘 알고 있을 테니. 자, 이제 대답을 들어볼까. 내 부탁을 들어준다면 사랑하는 엄마는 무사히 풀려날 거야.

답이 정해진 질문이었다. 다른 선택지의 끝에는 누군가의 목숨이 달려 있었다. 해수는 그에게 무엇을 약점 잡혔는지 모르겠지만, 적어도 1명 이상의 목숨이 달려 있을 것이었다.

"거절해 박하야. 엄마는 네가 이리저리 끌려다니며 위험한 일하는 거 싫어."

제 목에 날붙이가 다가와 있음에도 연주는 굴하지 않고 당당했다.

"위험해도 할 거야."

"엄마가 안 된다고 해도? 싫다고 말려도?"

"응, 이번엔 내가 엄마를 구해줄 거야. 할 수 있어."

단호하게 말하는 박하의 눈은 희망과 결의로 반짝이고 있었다.

"……."

연주의 얼굴이 울 것처럼 일그러졌다. 눈물을 보여주고 싶지 않아서 그녀는 고개를 숙였다. 그건 희생이 아니었다. 사랑이었다. 하지만 오랜 시간 고립되어 있었던 탓에 박하는 서툴렀고, 아닌 척하지만 연주에 대한 미안한 마음이 너무나 커서 보답해야 한다고 생각하고 있었다. 스스로는 모르고 있었지만 연주는 알 수 있었다. 사랑하는 만큼, 박하는 도움이 되고 싶어 한다는 것을.

─ 그래. 넌 할 수 있을 거다. 귀중한 인재를 다치게 할 수는 없으니

재이야, 부탁해도 되겠지? 선배가 후배를 알려주는 건 당연한거니 네가 잘 알려주길 바라마.

두 사람을 곁눈질로 보고 있던 재이는 복잡한 심정이었다. 그녀는 지금 자신이 느낀 감정이 채환에 대한 분노라고 치부하며 날카롭게 대꾸했다.

"귀중한 인재 좋아하시네. 목 닦고 기다리고 있어, 이 망할 자식아."

지하 3층으로 가기 위해서는 비상구 계단을 통해 지하 2층으로 내려간 다음, 그곳에서 빨간 글씨로 적힌, "관계자 외 출입 금지" 팻말이 걸린 문을 통과하면 되었다. 일반 직원도 사용이 금지되어 있는 그곳은, 루템에서 발급한 보안 키가 있어야만 들어갈 수 있었다.

대화가 얼추 마무리되자마자 억지로 도착한 지하 3층의 입구에서, 사람들은 뒤에서 여유롭게 보디가드의 경호를 받으며 서 있는 채환을 향해 소리 없는 저주와 욕설을 날렸다.

"좋은 결과를 가져오리라 믿겠네."

"안전을 보장해 주실 거라 믿어요. 만약 조금이라도 엄마를 다치게 한다면⋯⋯."

"걱정 말거라. 너만 잘해준다면 난 약속을 잘 지킬 테니까."

"착한 사람 흉내라도 내려는 거야? 역겨워라."

거침없어진 입담에 채환이 한숨을 내쉬었다.

"대체 성격이 왜 저렇게 된 건지⋯⋯. 뭐 됐다. 네 마음이 편해진다면 계속 욕해도 괜찮단다."

"미친 영감. 그 목이나 잘 닦아둬."

재이의 죽일 거라는 말을 채환은 귓등으로도 듣지 않았다. 그게 더 얄밉게 비춰질 거라는 걸 잘 알기 때문이었다.

곧 문이 열리고 한 사람씩 계단을 내려갔다.

"그럼 행운을 비네."

별로 듣고 싶지 않은 채환의 격려를 무시하며, 마지막으로 재이가 내려가자 두꺼운 철문이 닫히고 빛이 차단되었다.

"조명이란 조명은 다 깨버렸네요."

안타까운 어조로 찬열이 말했다. 카리온의 서식지로 향하는 길에 작은 빛 하나라도 있었다면 더 안심되었을 것이다.

"카리온의 배 속이 이렇게 생겼을까 싶을 정도입니다."

나혜는 심각하게 지하 3층을 둘러보았고, 그 옆에서 상상을 해버린 지영이 몸을 부르르 떨었다.

"이봐, 루템에서는 저놈 어떻게 할 수 없는 거냐."

순간 재이는 바로 대답하지 못했다. 홍철과 친구로 알고 있는 재경이 아무렇지 않다는 듯이 말을 걸어왔으니까. 의아하게 재경을 바라보던 그녀는 이내 평소처럼 대꾸했다.

"자기가 하지 못하는 걸 남에게 부탁하다니 뻔뻔한 녀석이었네. 통제실에 근무하러 올 때마다 매번 뚱한 표정을 지어서 일하기 싫어하는 줄은 알았지만 말이야."

"넌 우리 상사잖아."

"이럴 때만 상사 취급이라니. 완전 제멋대로잖아?"

어떻게 받아쳐야 할지 모르겠어서 재경은 그냥 대답하기를 포기했다. 후회하기를 바랐던 걸까? 스스로가 어떻게 하고 싶은 건지, 재경은 자신의 마음을 알 수가 없었다. 홍철을 죽음에 이르게 한 은성은 죽었지만 그 명령을 내린 이는 재이였다. 다만, 대화를 통해 재경은 확신했다. 지금 자신에게 더 중요한 건 복수가 아니었다.

"쳇."

싱숭생숭한 감정에 괜히 말을 걸었다며 혀를 찬 재경은, 그녀가 보이지 않는 쪽으로 고개를 돌려버렸다. 그런 재경의 시야에 박하가 들어왔다. 지영과 나란히 걷고 있었지만 박하의 정신은 다른 곳에 가 있는 것처럼 보였다.

재경의 미간이 구겨졌다. 처음 만났을 때와 다르게 지금의 박하는 시들어 가는 꽃처럼 보였다. 햇빛 아래에서 밝게 미소 짓던 입매가 축 내려가 턱까지 닿을 것 같았다. 이런 때에 홍철이 있었다면 조심스럽게 다가가서 위로해 줬을 것이다. 재경은 씁쓸한 표정을 지으며 박하에게서 시선을 떼었다. 자신이 할 일이 아니었고 어울리지도 않았으니까.

"기분 더럽겠지만 그 자식은 널 데려가야 할 이유가 있으니까…….
네 능력을 원한다면 무사하실 거야."

자신도 모르게 말이 튀어나갔다. 곧바로 후회했지만 이미 박하에게 흘러간 뒤였다.

"괜히……."

"뭐?"

"숨겨야 한다고 엄마가 말했을 때 들을 걸 그랬나 봐요. 난 도와주려고 한 건데……. 나 때문에 사람들이 엄마를 두려워하고 이용했어요."

박하는 사람이 무서웠다. 괴물을 보는 것처럼 바라보던 시선, 위험한 상황에서만 치켜세우고 구해달라며 호소하던 사람들. 상황에 따라 손바닥 뒤집듯이 바뀌는 사람들의 태도 때문에 그녀는 상처받았고 괴로웠다. 결국 자신 때문에 마지막까지 위험해진 엄마를 떠올리자, 박하는 말을 듣지 않은 것이 후회스러워졌고, 엄마에게 미안했다.

"그러게 내가 세상을 순수하게만 보지 말라고 했잖아. 잊었어? 개똥 같은 놈들이 더 많아."

"넌 조용히 좀 하지?"

"이런 건 사실대로 말해줘야 돼. 그래야 같은 실수를 두 번 다시 하지 않지."

맞는 말이라서 재경은 반박하지 못했다.

"저, 궁금한 게 있는데요."

발표하는 사람처럼 손을 들어 올린 지영이 말했다.

"나한테?"

"여러분 전부한테요. 카리온은 일반 사람한테는 보이지 않는다고 들었는데, 지금 제 눈에도 보이는 것 같아서요."

"뭐?"

"검은색인지는 모르겠지만 나무뿌리처럼 여기저기 이어져 있는 게 보여요. 저도 동화인이 되는 중인 걸까요?"

그들은 사태의 심각성을 깨달았다. 카리온의 진화. 그건 생각보다도 위험한 것이었다.

"아무래도 빨리 가야겠군. 태식이 넌 여기서 대기해."

"절 무시하는 겁니까, 대장? 이 정도쯤은!"

"일반인을 데리고 갈 수는 없어. 부탁한다."

"그렇게 말씀하시면 또 거절하기가 그렇다고요."

그걸 핑계로 삼았다는 걸 알면서도, 태식은 구시렁거릴 뿐 고집 피우지 않았다. 내려오기 전에 미안하다고 한 말이 거짓은 아니었는지, 해수가 지혈해준 탓에 피는 멈춰 있었다. 하지만 이미 빠져나간 피를 채울 방법은 없었다. 게다가 한쪽 팔로는 아무래도 싸우는 데 한계가 있었다. 도움이 못 될망정 방해가 될 수는 없었던 태식은, 결국 지영과 함께 입구에 남기로 했다.

계단 아래 벽에 "관계자 외 출입 금지. 이후 발생하는 일에 대해선 책임지지 않습니다."라고 적혀 있는 팻말 앞에서 그들은 지영과 태식을 남겨두고 안쪽으로 향했다.

"동화인일 가능성도 무시할 수는 없습니다."

거리가 좀 벌어지고 나서야, 나혜는 자신의 생각을 말했다. 10분이라는 짧은 시간 안에 동화인이 되는 경우는 특수한 경우에서만 발생했다. 가령 별똥별이 떨어지는 주기가 되었다든가. 자신도 모르게 카리온과 접촉한 적이 있다든가 등의 상황 말이다. 하지만 지영은 어느 것도 해당되지 않았다.

"상황 회피는 도움이 안 돼. 카리온의 핵은 계속 변하고 있으니까. 일반인이 보게 된 것도 이상한 일이 아니야."

나혜의 말에 반박한 재이가 박하에게 물었다.

"너도 봤지? 검은색부터 옅은 회색까지, 핵의 색이 다른 걸 말이야."

"……네."

재이는 뒤늦게 대답하는 박하를 힐끔 쳐다보고는 더 이상 묻지 않았다. 꾹 눌러 참다가 폭발하여 제멋대로 굴긴 했지만, 누구처럼 감정이 결여되어 있거나 뻔뻔하지는 않았다. 대신에 그녀는 운형에게 물었다.

"그 자식이 핵을 수집할 때마다 내게 물어보던 것이 있었어. 하나는 핵의 색깔이었고, 다른 하나는 카리온에게 특이점이 있지는 않았냐는 거였지. 어떻게 생각해?"

"실제로는 어땠지? 차이가 있었나?"

"거부감."

"설명이 필요한데."

"인정하기는 짜증나지만 나, 형선, 세훈은 카리온의 몸에 들어가 핵을 제거하는 동안 어떤 영향도 받지 않아. 하지만 색이 연했던 것들 중에는 내가 먼저 공격하지 않았음에도 나를 거부하는 행동을 보이는 것들이 있었어."

핵을 볼 수 없는 채환은 당시 심드렁하게 보고하는 재이의 말을 듣고 같은 가설을 세웠다. 그리고 즉시 형선과 세훈과 같은 실험체를 이용해 확인을 끝내고서 결론을 내렸다. 카리온의 핵은 먹이를 취할수록 빛과 같은 밝은색을 띤다는 것이었다.

빛. 카리온이 가장 두려워하고 그들을 연약하게 만드는 것. 그들은 핵을 정화함으로써 인간들의 세상으로 나오려고 하고 있었다. 일반인이 붉은 조명 없이도 카리온을 볼 수 있게 된다면, 더 많은 사람들이 죽게 될 것이다. 반대로, 핵의 색깔이 밝아질수록 카리온은 동화인에게 거부감을 느꼈다. 동화인은 카리온의 세계에 있었고, 그들의 세계는 어둠이었으니까.

결론에 도달한 운형은 솜털이 곤두섰다.

"최악이군."

파괴하는 게 좋겠지만 그게 어렵다면 적어도 채환의 손에 넘길 수는 없었다. 운형은 쉽게 끝나지 않을 고민이 하나 더 생겨 머릿속이 복잡해졌다.

"표정이 완전 조폭이네. 그래서 당신 생각은?"

인상을 잔뜩 찌푸리고 있는 그를 놀리듯이 재이가 물었다.

"지금 네가 생각하는 것과 같아. 그러니 단독 행동하지 마. 핵을 찾으면 그건 박하에게 맡길 거고, 선택은 아이의 몫이니까."

"좋아."

흔쾌히 알겠다고 대답하는 게 더 거슬린다는 걸 알고 있을까. 운형은 마음을 놓지 말아야겠다고 생각했다. 여러모로 쉽지 않은 임무가 될 것 같았다.

그들은 하나뿐인 창고를 향해 복도를 계속해서 걸어갔고, 조명을 가리고 있는 검은 줄기는 안으로 들어갈수록 점점 더 많아지고 있었다. 피하려고 해도 얼기설기 이어져 있어 건드리지 않는 게 더 어려울 지경이었다.

"우리를 공격하지 않는 게 수상합니다."

나혜가 수상하게 여기는 것도 무리는 아니었다. 검은 줄기는 동화인을 공격하게 되어 있는 생물이었기 때문이다. 수십 개의 숨 구멍으로 진즉에 알아챘을 카리온이 이상하게 잠잠했다.

"곧 이유를 알게 되겠지."

운형이 말했다. 그들은 목표 지점이 보이기 시작하자 걸음을 멈추었다. 활짝 열린 문 근처로 검은 줄기들이 꾸물거리며, 끊임없이 쏟아져 나오고 있었다. 재이는 자신이 마치 괴물 세상의 입구에 서서 잡아먹히기를 기다리는 멍청한 인간 같다고 생각했다.

"안쪽을 확인해야 할 것 같습니다. 이 상태로는 가까이 다가가기도 전에 공격을 받을 겁니다."

"카리온이 감당하기 어려울 정도로 많아요, 팀장님."

"다들 징징대기는……. 내가 가서 보고 올게."

가죽 장갑을 벗은 재이가 말했다.

"죽고 싶어서 환장했나 보네."

"내가 누구라고 생각하는 거야? 그저 들어갔다가 나오는 거라면 내가 다칠 일은 없어."

"나도 같이 가지."

"운형 팀장, 당신은 공격당할 텐데? 위험성을 높일 셈이야?"

"내가 알아서 할 테니 신경 쓰지 않아도 돼."

"나보다 고집 센 사람은 처음이라니까."

결국, 정찰을 나가는 사람은 재이와 운형으로 결정되었다. 아무래도 두 사람은 특별하기에 다들 어느 정도는 안심한 눈치였다. 박하도 가고 싶어 했지만, 만일을 대비해 남는 것으로 이야기가 마무리되었다.

"우리를 죽으러 가는 사람 보듯이 하는데?"

"너랑 시답잖은 대화 나누고 싶지 않다."

"재미없기는……."

아무도 재이를 반기지 않았고 믿지 않았다. 자신이 자초한 일이기도 했고, 처음부터 바라지도 않았기에 그녀는 상처받지 않았다. 목숨을 잃을 뻔한 몇 번의 실험으로 재이는 죽음을 무서워하지 않게 되었다. 누군가의 시선에는 죽으러 가는 것처럼 보이는 이 길이 그녀에게는 일상적인 임무 수행일 뿐이었다. 주어진 임무를 받아들이고 수행하는 과정에 거절과 애원은 포함되어 있지 않았다. 수긍과 복종만이 존재할 뿐이었다.

11년 전, 첫 임무에서 재이는 그것을 배웠다.

15

스무 걸음 만에 도달한 창고에서는 서늘한 기운이 느껴졌다. 숨을 들이쉴 때마다 맡아지는 타는 냄새는, 목을 까끌까끌하게 만들었지만 나름 견딜 만했다. 문틀에 얼마나 많은 검은 줄기가 뭉쳐 있는지, 재이는 코를 찡긋거리며 짜증스러운 한숨을 내쉬었다. 핵이 보이지 않는 것으로 봐서는 근처에 카리온은 없는 것 같았다. 남은 이들이 걱정한 것과는 다르게, 두 사람은 무사히 안으로 들어갈 수 있었다.

"땅속으로 들어가는 느낌이네."

재이가 혼잣말로 감상평을 중얼거렸다. 검은 줄기가 벽이란 벽에는 전부 붙어서 잔가지와 함께 뻗어나가고 있었다. 여전히 카리온은 보이지 않았고, 책상이나 의자 같은 잡동사니들이 하나의 물건처럼 바닥에 아무렇게나 모여 있었다.

운형이 조심스럽게 버려진 물건들로 만들어진 언덕을 향해 걸어갔다. 뒤에서 따라오는 발소리가 들렸다. 그는 얕은 한숨을 내쉬기는 했지만 굳이 말리지 않았다. 아래를 내려다보는 운형의 눈빛이 싸늘하게 얼어붙었다.

"염병할. 가지가지 하네, 진짜."

비위가 강한 재이조차도 속이 울렁거리는 광경이 펼쳐져 있었다. 잡동사니들과 이리저리 뒤섞인 흐물흐물한 덩어리들이 보였다. 그것은 형선과 세훈에게 생명을 빼앗긴 은성과 준호처럼, 장기와 뼈가 사라진 시체들이었다.

"병원에서 사람들을 대피시키지 않은 이유가 여기에 있었군."

"그들은 알면서도 묵인한 거야. 당신도 팀원들을 많이 잃었겠지? 너희도 함정에 빠진 거야."

"그래, 그런 것 같군."

창고에 있는 카리온이 전부라고 오인하였고, 이토록 빠르게 부화가 진행될 줄 알지 못했다. 루템을 조금이라도 믿었던 자신이 어리석었다. 운형은 자신의 판단으로 구출 임무를 보낸 동료들을 떠올렸다. 연락이 끊긴 지 오래된 이들 중에는 생사를 확인하지 못한 이도 있었다. 눈을 덮은 손이 뜨거웠고, 심장이 마라톤을 한 것처럼 빠르게 뛰었다.

"하…… . 개새끼들."

"당신이 욕하는 경우도 있었네."

"이런, 숙여!"

뭔가 발견한 운형이 다급하게 재이의 팔을 잡고 주저앉았다. 그녀는 운형이 보고 있는 쪽으로 고개를 돌리곤 미간을 찌푸렸다.

"너희 팀원이지?"

"그래, 그녀 외에도 카리온에게 먹힌 인간들이 더 있군."

죄책감이 운형의 심장을 뒤흔들었다. 하영이 아직도 이곳에 있었다. 비틀거리며 사람들을 데리고 이동하는 하영의 상태는 아슬아슬해 보였다. 마치 음식을 섭취하지 못해 간신히 움직이고 있는 것처럼 말이다.

"뭐 하는 거지?"

잽싸게 일어난 재이가 물건과 시체가 뒤섞인 산을 지나갔다. 머리를 짚으며 골치 아프다는 듯 신음을 흘린 운형도 어쩔 수 없이 그녀를 따라나서야 했다. 바닥에는 아직 부화되지 않은 알들이 군데군데 박혀 있었고, 한쪽 구석에는 멀쩡한 사람들이 쓰러져 있었다.

재이는 성큼성큼 카리온을 향해 걸어갔다. 그녀는 믿는 구석이 있기에 망설임 없이 당당할 수 있었다. 둘 사이에서 승자는 항상 그녀였기 때문이다.

"난 저쪽을 확인을 하고 올 테니 너무 깊게 들어가지는 마. 그들을 자극할 만한 일도 벌이지 말고."

"팀장이 아니라 보모였어? 걱정하지 말고 갔다 와. 그냥 카리온이 뭘 하려는 건지 확인만 할 거니까."

멀어지는 운형에게서 시선을 떼고서 다시 앞을 바라본 재이의 몸에 힘이 들어갔다.

"이상하네."

바로 근처에 먹이가 있는데도, 카리온은 그저 시체들을 뒤적이거나 정처 없이 떠돌고 있을 뿐이었다. 공격할 의사를 보이면 카리온이 바로 달려들 것이기에 재이는 근질거리는 손을 막아보려고 팔짱을 꼈다. 도청한 내용으로는, 가운데에 일반적인 카리온의 알보다 더 큰 것이 박혀 있다고 했다.

"어디지?"

이리저리 움직이는 카리온들 때문에 찾기가 어려웠다.

"알아낸 거라도 있나."

"아직. 사람들은 어때?"

"다친 사람이 몇 명 있긴 하지만 기절했을 뿐이야. 아무래도 데리고 나가야겠어."

"좋아, 채환이 말한 게 어디 있는지만 확인하고 바로 가자고."

창고의 입구부터 안쪽까지를 훑어보던 재이의 눈에 포착된 것이 하나 있었다. 인간 형태를 뒤집어쓴 카리온 두 마리가 사람의 발목, 손목을 잡은 채, 바닥에 질질 끌면서 움직이고 있었다. 검은 줄기를 사용하지 못할 정도로 힘을 쓰지 못하는 이유가 무엇일까 고민하던 재이는, 같은 상황을 목도한 운형이 뛰쳐나가려는 것을 얼른 붙잡았다.

"기다려. 내버려 둬."

"사람들을 죽게 두라는 말인가?"

"그래, 2명의 희생으로 알아낼 수 있다면 말이야. 지금 무슨 생각하는지 아는데, 한 번쯤은 그냥 넘어가는 게 그렇게 어려워?"

"뭐든지 한 번이 어렵고 두 번째부터는 쉬워지는 거다. 지금 타협해서 넘어가면 다른 상황에서도 쉽게 포기하게 되겠지."

"꽉 막힌 인간."

아무도 재이에게 그런 것을 가르쳐 주지 않았다. 오히려 반대였다. 임무의 성공을 우선시할 것, 연민이나 정으로 판단 내리지 말 것, 다른 사람을 희생해서라도 살아남을 것.

'넌 귀중한 자산이자 무기이니까.'

과거의 기억을 흩트리고 운형의 말이 들려왔다.

"남겠다면 말리지 않겠다."

"기다려. 나도 가겠어. 먹히기 전에 구하면 될 거 아니야. 왜?"

"아니다. 가지."

카리온은 알을 피해 움직이고 있었다. 가장 최근에 만들어진 건지, 알의 크기는 전부 작은 편이었다. 하지만 그것도 어떤 경계를 기준으로 보이지 않았다.

재이는 그 장면을 눈여겨보았다. 이상 현상에 대해 재이가 생각하고 있을 때, 서로 다른 방향으로 가던 카리온이 중앙으로 향하는 게 보였다.

"지키려는 게 있는 거야. 포진한 걸 봐. 카리온, 그다음이 인간의 가죽을 뒤집어쓴 괴물 그리고 우물?"

그동안 카리온에게만 초점이 맞춰져 있던 탓에, 눈에 들어오지 않았던 우물이 보였다. 창고의 면적이 아무리 넓다고 한들, 바닥을 먼저 살폈다면 바로 눈에 띄었을 정도의 크기였다.

"그렇게 거대하지는 않아. 저게 너희 팀원이 보았다는 알인가?"

"아마도 그런 것 같군. 이제 확인했으니 됐겠지. 구하러 가겠다."

"잠깐! 아오, 진짜!"

사람을 구하는 것에 사명감을 가지고 있다고 해도 너무 막무가내였다. 운형의 행동에 화를 낸 재이가 다급히 그를 뒤쫓았다.

그들이 찾은 것은 알이었으나, 보고받은 것과는 형태가 달랐다. 가운데가 움푹 파여 있었고, 크기는 시골 마을에서나 보던 우물 정도로 작았다. 알이 아니라 우물이라고 불러야 맞을 것 같았다.

우물에서는 빛이 흐르고 있다고 착각할 정도로 깨끗하고 신성하게 보이는 하얀색의 빛이 뿜어져 나오고 있었다. 그런 우물 위로 카리온이 사람들을 옮기고 있었다. 하영의 입에서 나온 검은 줄기가 한 사람의 앞으로 다가가 목을 긋더니, 물속에 그 사람의 얼굴을 집어넣었다. 기절한 상태에서 깨어난 여자는 벗어나기 위해 발악했지만 곧 몸을 축 늘어뜨렸다.

운형을 따라 뛰던 재이는 그 장면을 보고는 움직일 수가 없었다. 꾹꾹 눌러 봉인해 둔 기억이 떠올랐기 때문이다.

"헉."

숨을 들이켜며 재이가 뒤로 한 걸음 물러났다. 그녀의 눈에 비친 것은 어떤 기계 장치였다. 그 기계 장치 안은 카리온이 소멸하는 과정에서 생긴 검은 액체로 가득 채워져 있었다. 그것은 재이가 우물로 알고 있던 것과 같아 보였다. 재이가 저것을 처음 봤을 때에는 많은 사람이 들어갈 수 있을 정도로 넓고 커다랬다.

※

"싫어요! 제발요! 들어가기 싫어요!"

잦은 실험으로 만신창이가 된 재이와 그녀와 같은 방에 묵고 있었던 또래 아이들이 애원했다. 목 뒤를 붙들고 있는 손을 뿌리치고 싶었지만 성인 남자의 악력은 억셌고, 그들은 힘이 없었기에 의미 없는 반항일 뿐이었다. 어떤 말을 해도 그들을 잡고 있는 남자들은 꿈쩍도 하지 않았다.

뚜껑이 열리고, 아이들은 한 치 앞도 보이지 않는 검은 우물 속으로 던져졌다. 풍덩거리는 소리가 여러 차례 들려왔다. 사방으로 튀는 물방울은 높은 벽에 가로막혀 밖으로 빠져나가지 못했고, 아이들이 고개를 내밀 수 없도록 뚜껑의 위치는 점점 낮아졌다. 완전히 물속으로 가라앉은 아이들의 입술이 열리며 아까운 공기 방울이 빠져나갔다. 그들은 속수무책으로 정체를 알 수 없는 검은 물을 마셔야 했다.

그런 일을 몇 번 겪었는지 기억도 하기 어려워졌을 때, 11명이었던 인원은 어느새 6명으로 줄어 있었다. 모든 걸 포기한 눈으로 그들은 이제 반항 없이 물속으로 들어갔다. 그리고 아이들이 무언가를 느끼게 된 것은 그때부터였다. 가늘고 긴 것이 아이들의 몸을 타고 올라왔다. 입, 코, 눈동자, 귀 그리고 아주 작은 땀구멍까지 검은 줄기가 들어오지 않은 곳이 없었다.

경련하는 아이들의 모습을 밖에서 지켜보고 있던 연구자들이 빠르게 모니터를 보며 무언가를 입력하기 시작했다. 재이는 죽을지도 모른다는 공포와 무자비하게 제 속을 헤집는 고통을 느끼며, 그들이 악마처럼 느껴졌다. 증오스러웠다. 악착같이 살아남아 복수하겠다는 다짐이 강렬했던 탓일까. 6명 중에서 살아남은 이는 재이와, 그녀보다 어린 남자아이 단 2명뿐이었다.

"드디어, 드디어 성공했어! 너희들 눈에는 세상이 어떻게 보이지?"

재이는 함박 미소를 짓고 있는 채환의 입술을 찢어버리고 싶었다. 하지만 마지막 관문을 통과한 재이는 달라진 세상을 보고, 오른쪽 눈에서 불타는 듯한 고통을 느껴 그대로 기절하고 말았다.

아마도 최초의 성과였을 재이와 그 아이는, 그대로 루템의 상위 직급을 차지하게 되었다. 그것은 명목상이었고 껍데기일 뿐이었다. 그 뒤로도 실험은 계속해서 행해졌고, 그들은 두 사람을 이용해 실험에 참가할 사람들을 모집했다.

더 이상 견딜 수가 없어서 카리온을 상대하는 임무에 나갔던 재이와는 다르게, 그 아이는 점점 껍데기에 맞춰 화려하고 탐욕스럽게 변해갔다. 그는 실험으로 귀에 생긴 상처들 위에 가시 줄기와 장미 문신을 새기고, 무수히 난 구멍에는 자신의 변해버린 눈과 똑같은 색의 장미 귀걸이를 착용했다.

철저히 이용당하고 있는 거라고 재이가 경고했지만 그는 그 말을 믿지 않았을뿐더러, 자신이 가진 권력을 탐한다고 오해한 나머지 그녀를 배척했다. 고립되어 가던 재이는 권력에 미쳐버린 그와 대응하기 위해 점점 변해갔고, 고운 병원 관리자를 선정하는 싸움에서 이겼다.

"으아악! 살려줘!"

비명에 현실로 돌아온 재이는 미리 챙겨온 식칼을 들고 달려나갔다. 사람을 구하고 있는 운형을 먼저 확인한 그녀는 잠깐 사이에 늘어난 검은 줄기를 거침없이 베어나가기 시작했다. 그들이 점점 우물과 가까워지고 있을 때였다. 또 다른 검은 줄기가 자신을 공격하기 위해 빠른 속도로 쏘아진 것을 본 재이가 칼을 치켜들었으나, 엉뚱하게도 줄기는 그녀가 아닌 같은 편을 공격했다. 바로 재이가 베어버린 카리온이었다.

난데없이 나타난 여러 개의 검은 줄기는, 재이로 인해 다친 카리온을 집어 들더니 우물 반대편으로 던져버렸다. 황당함에 헛웃음을 짓고 있자, 운형이 사람들을 데리고 먼저 도망치라고 소리치는 소리가 들렸다.

"이미 늦었어. 저것들 전부 우리를 바라보고 있다고. 지금 가면 그들도 휘말릴 거야."

"걱정하겠군."

"그게 문제야? 제정신인지 의심스럽네. 이대로 가면 죽을 수도 있어!"

투포환처럼 빠르게 날아오는 검은 줄기를 베어내고, 상체를 숙여 나머지를 피하며 재이가 짜증스럽게 대꾸했다.

"내가 왜 너희 루템에 협력했는지 잊었나? 그리고 지원이 올 거다."

"뭘 믿고 그리 자신하는데?"

"10분 뒤에도 신호가 없으면 도망치라고 말해뒀으니까."

"지금 내가 잘못 들은 거야?"

"말을 잘 들어먹는 녀석들이 아니거든. 내가 뭐라고 했든 우릴 찾으러 올 거다. 오히려 잘됐어. 약점을 알았으니 박하에게 전해주면 되겠지. 그때까지 최대한 괴롭혀줄 생각이다."

"사디스트."

"사돈 남 말 하는군."

그들은 분풀이라도 하듯이 신나게 날뛰기 시작했다. 카리온에 대한 좋은 기억이라곤 두 사람 다 쌀 한 톨만큼도 없었기 때문이다. 소중한 누군가를 잃거나 고통을 받은 기억뿐이었다.

복수심은 유일하게 두 사람의 공통점이었고, 이번만큼은 마음이 잘 맞아떨어졌다. 그들은 베고, 베고, 또 베었다. 위기를 느낀 카리온이 재이와 운형을 우물에서 멀리 떨어뜨리기 위해 계속해서 밀어붙였다. 카리온은 치명상을 입힐 만한 곳은 공격을 피하고 있었다. 잘리더라도 계속 자라는 줄기와 위협만 하는 카리온과의 싸움은 끝이 보이지 않았다.

당연히 지치는 쪽은 인간이었다. 숨을 헐떡이는 두 사람의 위로, 검은 웅덩이가 고였다가 사라지기를 반복했다.

"컥."

운형은 오른쪽 팔뚝을 감싸 쥐며 신음했다. 그의 팔에서 튄 핏방울이 연못 근처에 떨어졌다. 후웅. 그 전까지 들어왔던 것과는 확연히 다른 바람 소리가 귓가에 스치자마자, 운형은 팔목을 잡힌 채 시체 더미 위로 던져졌다.

"이봐, 괜찮아?"

"쿨럭. 그래."

역류하는 피를 토해내며 운형은 어쨌든 대답을 해줬다. 갈비뼈에 금이라도 간 모양인지 상체를 일으키자마자 통증이 느껴졌다. 하지만 이곳은 아프다고 누워 있으면 목숨을 내놓고 있는 것과 매한가지인 전쟁터였다. 재이는 뒤돌아보지 않고 계속 줄기들을 베며 나아갔다.

옆에서 느껴지는 인기척에 운형은 이를 악물고 일어나 떨어져 있던 칼을 다시 손에 쥐었다. 칼을 휘두르려던 그가 익숙한 얼굴들을 발견하고는, 공격을 멈추고 몸에서 힘을 뺐다. 안도감이 심장에서부터 몸 곳곳으로 퍼져나갔다.

"늦었군."

"팀장님! 괜찮으십니까?"

"그래. 그냥 피 좀 토한 것뿐이야."

"전혀 괜찮다는 의미가 아닌데요."

"게다가 오지 말라고 해놓고 늦었다고 말하는 건 이상한 거 아시죠?"

나혜, 재경, 찬열이 말했다. 그들 또한 다치긴 했어도 생명에는 지장이 없어 보이는 자신들의 팀장을 보며 안심했다.

"장소는 찾으셨어요?"

재경의 뒤에 있던 박하가 물었다. 결심을 굳힌 듯이 그녀는 1층에서 재이에게 받았던 칼을 두 손으로 꼭 쥔 채였다.

"그래."

고갯짓으로 재이가 있는 곳을 가리키며 운형은 설명했다.

"저기에 카리온의 알로 만들어진 우물이 있다. 아마도 그곳에 채환이 말한 핵이 있을 거야."

"아……."

힘겨워하면서도 박하는 재이에게서 시선을 떼지 못했다. 원망하는 마음뿐만 아니라 걱정스러운 마음도 들었기 때문이다.

"괜찮을 거다. 이상하게도 우릴 죽이려는 의도가 없어. 뭐랄까. 카리온들이 우물 근처에 우리가 있길 원하지 않는 느낌이더군."

복잡한 심정에 표정이 굳은 박하를 오해한 운형이 말했다. 그는 자신을 빤히 바라보는 찬열의 시선에 고개를 들었다.

"왜 그러지?"

"잠깐만 보고 온다고 해놓고 일을 크게 벌여놓으셨네요."

정곡을 찌르는 말에 운형이 헛기침을 하며 주제를 다른 곳으로 돌렸다.

"그보다 잡혀온 사람들이 있다. 원래라면 구조 작업을 먼저 시키겠지만 인원이 부족해. 카리온들이 예민한 상태라 섣불리 움직였다간 더 위험해질 거다."

"제가 갈게요. 상황을 보다가 한 명씩 이동시키면 되겠죠. 저 우물 때문에 카리온들이 예민한 거라면, 그쪽으로 시선이 쏠릴 테니까요."

적극적인 태도로 찬열이 말했다. 식당에서 있었던 일을 반복할 수는 없었다. 이번에도 싸우는 도중에 카리온이 기절한 사람들을 공격하는 행동을 취한다면, 신경이 분산되어 누군가는 분명 크게 다칠 것이다. 사실 굳이 찬열이 하지 않아도 되는 일이었다. 훨씬 후배인 재경이나 나혜에게 시켜도 됐을 것이다. 하지만 홍철을 잃은 후로 카리온에 대한 적의가 커진 두 사람에게 찬열은 괴물을 상대할 기회를 주고 싶었다. 그렇게라도 속에 담아두고 있는 응어리를 풀었으면 했다.

"너 자신을 우선시해. 위험하면 구조하지 말고 도망쳐도 된다."

"그럴게요. 팀장님도 몸 좀 소중히 하세요."

"계속 떠들기만 할 거야?"

골이 잔뜩 난 재이의 외침이 들려왔다. 싸우다 보니 재이는 우물과 떨어진 곳에서 카리온과 대치 중이었다. 계속된 싸움에 지친 그녀는 가쁜 숨을 몰아쉬고 있었다.

"그럼, 움직이죠."

"나혜, 너는 박하와 같이 움직이도록 해. 우물까지 가도록 길을 터 주마."

"네!"

결론이 나자마자 찬열을 제외한 4명이 먼저 움직였다. 카리온의 시선이 일제히 그들에게 향하는 것을 확인하고서야, 찬열은 주위를 살피며 은밀하게 사람들 쪽으로 이동했다.

우물이 있는 곳으로 향하던 일행들은 카리온에게 먹힌 하영을 보게 되었다.

"하영 누나?"

재경의 눈동자가 흔들렸다.

"불편하면 넌 다른 카리온을 맡아. 난 언니를 편하게 해줄 거야."

나혜가 다짐하듯이 말했다. 그녀가 가까이 다가가자 하영의 입이 찢어질 듯이 벌어지며 검은 줄기를 토해냈다. 이곳으로 오기 전 연료는 꽉 채워준 덕분에 그녀의 화염 방사기에서는 불이 시원하게 뿜어졌고, 검은 줄기는 불에 닿는 즉시 말라비틀어졌다.

그들은 불에 탈 걱정을 하지 않고서 마음껏 불을 방사했다. 스프링클러는 누군가에 의해 막혀버렸고, 카리온으로 인해 탈 만한 물건은 사라진 지 오래였기 때문이다. 게다가 아직 부화되지 않은 카리온을 포함해 근처에 있던 괴물들에게만 타격을 주니 일석이조였다.

열기, 어둠 속에서 더 밝게 빛나는 화염, 비명 없는 고통. 어리다는 이유로 뒤에 남겨진 박하는 괴물과 싸우고 있는 사람들의 뒷모습을 보며 생각했다.

'어쩌다 이렇게 되었을까?'

마치 영화 속으로 들어온 것 같았다. 그동안 많은 사람들이 오갔던 장소 밑에는 카리온이란 괴물이 잠들어 있었고, 하필이면 오늘 부화했으며, 자신도 모르는 실험을 당했다는 것을 듣게 되었다. 믿지 않으려 했으나 눈으로 본 증거들이 차고 넘쳤다. 특히, 재이의 존재는 박하로 하여금 거짓 같은 진실에 눈을 돌리지 못하게 만들었다.

고개를 들어 천장을 바라본 박하의 시선에, 별 하나 없는 밤하늘이 펼쳐져 있었다. 그들이 가지고 있던 별들은 이미 지상에 내려와 있었다.

"밝다."

이리저리 움직이는 탁한 반딧불이 가운데 유난히 하얗고 빛나는 것이 있었다. 운형이 말한 우물이자, 그녀가 가지고 나가야 할 핵이 있는 곳이었다. 멍하니 우물을 보고 있던 박하는 나혜와 재경 사이로 쏘아진 검은 줄기가 자신에게 다가오는 것을 알아챘다. 깜짝 놀라 칼을 들었지만 괜찮을 거라는 생각이 들었다. 박하는 제 얼굴에 뿌려지는 따듯한 액체에 눈을 동그랗게 떴다. 언제 다가온 건지, 재이가 흉흉한 눈빛으로 자신을 노려보고 있었다.

"널 공격하지 않는다고 해서 넋 빼놓고 있지는 마. 언제나 예외는 있는 법이니까."

기세에 밀려 박하는 얼른 고개를 끄덕였다.

"좋아."

주변을 둘러보는 재이를 따라 박하도 시선을 같이 했다. 계속해서 몰려드는 카리온을 향해 재경과 나혜가 화염을 쏘고 있었고, 운형은 괴력 같은 힘으로 전창과 칼을 번갈아 사용하며 싸우고 있었다.

"저 우물이 어떤 식으로 작용할지는 아무도 몰라."

갑자기 재이가 말을 걸어왔다.

"저게 카리온의 진화와 관련이 있다는 거죠?"

"확실해. 카리온들이 우물에 피를 바치는 걸 봤어. 어쩌면 저 안으로 들어가야 할 수도 있어."

"안으로……. 언니 눈에도 핵이 보이지 않나요?"

"그래, 온통 빛뿐이야. 어떻게 아는지 몰라도 그놈이 핵이 있다고 확신하는 이상, 분명히 저기에 존재할 거야. 네가 찾아와야만 해. 그리고……."

잠시 뜸을 들이던 재이는 시선을 아래로 내렸다가 다시 박하와 눈을 마주쳤다.

"네 친구에 대해 사과하고 싶어. 믿지 못할 거 알아. 나도 내가 그들과 별반 다르지 않다는 걸 알고 있으니까."

"제 능력이 필요해서 사과하시는 거예요?"

"그럴 수도 있겠네. 나도 잘 모르겠어. 내게 남은 건 분노와 복수심

밖에는 없거든. 그냥……. 미안하다고 말해야 할 것 같았어."

몇 번이고 피하고 싶은 듯 시선을 돌리길 반복하던 재이는, 대화가 끝날 때쯤엔 눈을 마주 보고 박하에게 진심을 전하려 노력했다. 그런 재이의 모습을 보면서 박하는 자신의 감정을 돌아보았다.

'나는 아직도 재이 언니를 미워하고 있을까?'

그때 당시였다면 망설이지 않았을 것이다. 하지만 채환의 부하들에게 재이가 잡혀왔을 때부터, 박하는 이미 자신의 감정이 애매해지고 있다는 걸 알고 있었다. 고민 끝에 박하가 말했다.

"아직은 용서해 주지 못할 것 같아요. 너무 쉽게 받아주면 제가 홍철 오빠한테 미안해서 안 돼요."

"강요할 생각은 없어. 용서하는 건 네 몫이고, 내가 뭐라 할 입장이 아니니까."

처음 만났을 때부터 자신에게 잘해주었던 홍철을 떠올리며, 박하는 흘러나오는 눈물을 손등으로 훔쳤다. 그녀는 깊게 숨을 들이마신 후 내뱉었다. 능숙해진 재이와 다르게, 서투르게 칼을 고쳐 잡은 박하가 말했다.

"빨리 해치우고 돌아가요."

'아무도 다치지 않았으면 좋겠다.'

박하는 숨이 막힐 것처럼 몰아치는 진실들이 버거웠지만, 자신이 해야 할 일을 하기로 했다. 운명이라는 거창한 단어는 필요 없었다. 처음 마음먹었던 것처럼 그녀는 희망을 믿었고, 힘이 있다면 누군가를 돕는 것이 당연하다고 생각했다.

멀어지는 재이를 보면서도 박하는 무리해서 따라가지 않았다. 스스로가 싸움에 미숙하다는 것을 알고 있었기 때문에, 그녀는 가장 가까이에 있는 재경에게로 걸어갔다.

"오빠, 저 좀 도와주세요."

눈썹 사이를 좁히는 재경의 표정에서, 박하가 끼는 걸 탐탁잖아 하는 게 느껴졌다. 하지만 거절할 거라는 예상과 다르게 그는 퉁명스럽게 자신의 곁을 허락했다.

"위험해질 것 같으면 바로 뒤로 빠져."

그냥 뒤로 빠져서 보고 있으라고 말할 법도 한데, 재경은 그 대신에 제 몸 하나 불살라 박하를 덜 위험하게 하는 쪽을 택했다. 그렇게 두 사람은 팀을 맺었다. 재경이 무리해서 카리온의 품속으로 뛰어들어 불을 갈기는 동안, 박하는 카리온의 핵을 뽑아내는 데 집중했다. 때때로 재경이 위험해 처할 때면 박하는 망설임 없이 칼을 휘둘렀다.

사람의 형태를 한 카리온을 보고는 얼굴을 찌푸리기는 했으나, 멈출 수 없다는 걸 알기에 박하는 이를 악물고 공격했다. 카리온의 수가 점점 줄어들수록, 핵은 박하의 가방에 차곡차곡 담겼다. 바닥으로 떨어지면 곧바로 다시 심어져 버리기에 어쩔 수 없는 선택이었다.

몸이 다치더라도 쉬지 않고 카리온을 토벌한 덕분에, 그들은 자세히 볼 수 있을 정도로 우물과 가까워져 있었다. 우물의 벽은 알이 녹아내린 것처럼 높이가 일정하지 않았으며, 찰랑이고 있다고 생각한 것은 물이 아니라 일렁이는 하얀 빛이었다. 밖으로 흘러나오는 빛을 보면서, 박하는 우물이 제법 깊을지도 모르겠다는 생각이 들었다.

카리온이 흥분하기 시작한 것도 그쯤이었다. 카리온들에게서 검은 줄기가 마치 폭발하는 것처럼 한꺼번에 사방으로 쏘아졌다. 사람들을 우물에서 멀리 떨어뜨려 놓는 것이 목적인 것처럼, 그것들은 반대편 벽까지 순식간에 뻗어나갔다. 검은 줄기를 막은 이들마저 그 힘과 기세에 뒤로 몇 걸음 물러날 정도였다.

모든 카리온이 같은 행동을 시작했고, 재이는 핵을 빼내려고 하던 것을 멈추고 그대로 카리온을 들어 올려 제 앞을 막았다. 핵을 잡고 있는 손에 검은 줄기가 붙었지만 그녀는 전혀 신경 쓰지 않았다. 재경과 나혜는 박하의 곁에 있었기 때문에 공격을 당하지 않았는데, 그건 그녀가 가진 특이성 때문이기도 했으며 가방 안에 모아둔 핵의 영향이기도 했다.

"팀장 아저씨는요?"

박하가 물었을 때는 운형을 데리러 가기엔 이미 늦은 상태였다. 설상가상으로 사방에서 날아오는 검은 줄기에 가려져 육안으로 그를 찾는 것도 불가능했다.

초조하게 공격이 멈추기를 기다리던 그들은, 거센 공격 속에서 운형이 살아 있음에 안도했다. 무슨 이유에서인지 얼굴이 굳어 있었지만 크게 다친 곳 없이 멀쩡해 보였다.

"팀장님?"

의아해하며 나혜가 그를 불렀다.

시간이 흐르고 운형의 표정이 서서히 변하기 시작했다. 그는 보이지 않는 공격을 당한 것처럼 고통으로 얼굴이 일그러졌다. 자신이 본 것을 믿지 못하고 있던 운형은 뻣뻣한 목을 움직여 뒤를 돌아보았다. 그의 입술이 천천히 벌어졌다.

몇 분 전, 물건 뒤에 숨어서 때를 노리던 찬열은 한 사람씩을 등에 업고 창고 밖으로 빼돌리고 있었다. 그렇게 구한 사람만 5명이었고, 모두 동료들이 카리온의 시선을 사로잡고 있었기 때문에 가능한 일이었다. 구출을 빨리 끝내야 동료들을 도우러 갈 수 있었기 때문에 찬열은 더욱 서둘렀다.

사람을 구조하기 위해 상체를 숙이던 찬열은, 목 뒤의 솜털이 곤두서는 느낌에 뒤를 돌아 동료들을 확인했다. 왠지 모르게 불길한 예감이 들었다.

"저 사람 또 저러네."

본인 다치는 건 신경도 안 쓰고 날뛰고 있는 운형이 보였다. 나중에 뭐라고 한 마디 해줘야겠다고 생각하던 찬열은, 거리가 떨어져 있었기 때문에 카리온의 이상 현상을 누구보다도 빨리 알아챌 수 있었다. 여러 개의 돌들이 합쳐져 있는 것처럼 보이는 카리온의 몸이 달그락거리며 흔들리고 있었다.

"저거……."

찬열은 이런 상태의 카리온을 본적이 있었다. 폭발하기 직전에, 모든 힘을 끌어올려서 공격했던 현희 때와 똑같았다.

"위험해요!"

지체 없이 찬열은 뛰쳐나갔다. 다른 사람들도 위험한 건 마찬가지였음에도, 그의 시선은 오로지 운형에게로 향해 있었다.

"팀장……. 윽!"

운형에게 말을 걸 시간도 없었다. 신체를 꿰뚫는 송곳 같은 줄기에 고통을 느끼자마자, 찬열은 그대로 날아가 딱딱하고 차가운 벽에 꽂혔다. 퍽. 둔탁한 소리가 울렸다. 나비 표본처럼 찬열을 벽에 고정한 검은 줄기는 조금 더 안쪽으로 파고들었고, 그로 인해 찬열의 뼈는 그대로 으스러져 버렸다.

모든 게 순식간이었다. 그나마 다행이라면 찬열이 겪은 고통은 아주 찰나였다는 것이었다. 벽에 부딪히기 전에 즉사하여 찬열의 몸은 그 상태로 축 늘어졌다.

끔찍한 광경에 머릿속에 아무 생각이 들지 않았다. 가슴이 텅 비어버린 느낌에 운형은 움직일 수도 없었고, 말이 나오지도 않았다. 찬열은 제일 처음 같이 일하게 된 동료이자, 그가 구해준 첫 번째 사람이었기에 그 의미가 남달랐다. 스스로를 용서하지 못하게 된 운형이 처음으로 복수가 아닌, 삶을 이어갈 의미를 찾을 수 있게 한 인물이기도 했다.

'얼마나 더 내 사람을 잃어야 하는 거지?'

운형은 자조적으로 생각했다. 이제는 화조차 나지 않았다.

"지금 움직여야 해요."

박하가 검은 줄기를 위험하게 손으로 찔러보며 주장했다.

"얼마나 지속될지는 모르겠지만 카리온이 멈춰 있어요. 우린 가야 해요."

박하의 말을 인식한 것처럼 검은 줄기가 다시 제 몸체로 돌아가기 시작했다. 폭발로 인해 그들이 덮고 있던 사람의 가죽은 갈가리 찢겨버렸다. 다시 검은 줄기가 뻗어나가자, 모두 긴장한 채 그것의 방향을 주시했다.

"이쪽으로 오세요! 핵이 있는 한 우리를 건드리지 못할 거예요!"

말이 채 끝나기도 전에 운형과 재이는 몸을 날렸다. 하지만 검은 줄기들이 향한 곳은 아직 부화되지 않은 알들 속이었다. 그것들은 바닥에 무늬처럼 박혀 있는 수많은 알 속에서 흑요석처럼 검은 핵을 꺼내 우물 안에 넣기 시작했다.

"어떡해요? 핵이 보이지 않아요."

초조한 음성으로 박하가 말했다. 우물 안으로 들어간 순간, 증발한 것처럼 핵은 그녀의 눈에도 보이지 않게 되었다.

"막아야 해요, 팀장님! 이대로 뒀다간!"

재경이 외쳤다.

"행동이 멈췄습니다. 서로 거리를 벌리고 있어요."

나혜의 말처럼 모든 핵을 옮긴 카리온들이 우물에서 거리를 벌리듯 이 멀어지고 있었다.

"갑자기 단체로 미쳤나?"

그동안 수없이 임무를 맡아왔던 재이조차도 이런 행동을 보이는 카리온은 처음이었다. 3마리의 카리온이 동족들에게서 핵을 빼앗아 우물에 넣는 것을 반복하고 있었다. 공격당하는 카리온은 스스로 몸체를 벌려주었고, 공격하는 카리온은 얌전히 핵만 집어 들고 나와 우물에 넣었다. 모든 카리온이 소멸되고 남은 3마리의 카리온들은, 마치 짠 듯이 우물 위로 검은 줄기를 얼기설기 엮어가며 덮기 시작했다.

"어쩌려고 저러는 거지?"

"이미 막기는 어려울 것 같습니다. 그런데 이상하지 않습니까? 우리가 검은 줄기를 잘라낼 수 있다는 걸 모르는 것도 아닐 텐데 말입니다."

"확인해 보면 되겠지. 숫자도 딱 좋고. 뭐야? 안 놔?"

"너 혼자 임무를 수행하는 것과는 달라. 일단 기다려."

뛰쳐나가려는 재이의 손목을 붙잡은 운형이 잡은 손에 힘을 주었다. 빼내려고 손목을 비틀던 재이가 짜증스럽게 "자기가 내 보호자라도 되는 줄 아나. 왜 난리야." 하고 중얼거리고는 몸에서 힘을 뺐으나, 그래도 못 미더운지 운형은 잡은 손목을 놓아주지 않았다.

얼마 지나지 않아 검은 줄기로 이루어진 거대한 무덤이 만들어졌다. 모든 힘을 소진한 것일까. 할 일을 마친 듯이 카리온들은 가만히 서 있을 뿐이었다. 곧 무덤처럼 줄기로 뒤덮인 우물 쪽에서 검은 줄기 하나가 뻗어 나와, 남아 있던 카리온의 속으로 차례대로 들어갔다가 원래 자리로 돌아갔다.

어떤 일이 벌어질 줄 몰라 긴장하고 있던 그들은, 핵이 빠져나간 3마리의 카리온이 스스로 무너져 내리는 광경을 허무하게 지켜보았다. 돌끼리 부딪치며 나는 마찰음이 들린다 싶더니, 카리온들은 그대로 몸이 부서져 바닥에 흩어져 버렸다. 싸워야 할 남은 카리온마저 사라져 버린 것이다.

"지금 장난하자는 건가?"

재이가 황당함을 감추지 못하며 말했다. 그녀뿐만 아니라 치열하게 싸우던 괴물이 한순간에 사라진 사태에 다들 어리벙벙했다. 괴물이 스스로 자폭한 것과 다를 바 없었기 때문이다.

"포기한 걸까요?"

"일단 확인해 보죠."

"다른 공격을 위한 준비일 수도 있다. 모두 방심하지 마라."

찜찜한 기분을 감출 수 없었던 운형이 재차 경계심을 가지라고 팀원들에게 강조했다. 애초에 우물 속에 있을 핵이 목적이었기에, 솔직히 말하자면 상황이 더 악화된 것은 아닌가 하는 우려도 들었다.

"나무 넝쿨이 얽혀 있는 모양새네요."

자신보다 키가 큰, 재경와 나혜의 어깨 사이로 고개를 내민 박하가 말했다. 그녀의 말처럼 검은 줄기는 우물과는 약간의 공간을 두고서, 뚜껑처럼 줄기가 둥글게 얽혀 있었다.

"틈으로 보면 뭔가 보일지도 모릅니다. 확인해 볼까요?"

"이럴 때 당신이 나서줘야 하죠, 실장님."

"비꼬는 거 식상하다고 말해줘야겠네. 예쁘게 말하면 흔쾌히 해줄 텐데 말이야. 뭐, 어려운 일도 아니고 나밖에 못 하는 일이니 할 수 없나."

되레 재이의 자신감만 키워준 꼴이 되어버려서 재경의 얼굴이 팍 익은 김치처럼 변해버렸다. 그러든가 말든가, 재이는 상체를 숙여 안을 들여다봤다. 작은 틈으로 평범해 보이는 물만 보였다.

"별다른 이상은 없는 것 같은데? 애, 너도 한번 봐줄래?"

"박하예요."

"그래, 박하야. 여기 와서 좀 봐줄 수 있을까?"

"언니 말투도 좋은 편은 아니에요."

"사람들이 다 고운 말, 고운 사람만 있는 게 아니라고 내가 말해주지 않았니?"

고개를 설레설레 젓던 박하는 걱정 가득한 눈으로 저를 바라보는 나혜에게 살포시 웃어주었다. 그녀는 검은 줄기를 잡지 않고서 고개만 숙였다.

주먹 하나 들어가기 어려울 정도로 틈이 좁았다. 박하는 가까이서 보기 위해 상체를 조금 더 숙였다. 우물에 쏟아졌던 핵들은 벌써 동화되어 버린 것인지, 여전히 박하의 눈에는 보이지 않았다. 솔직히 그동안 채집한 핵 중에서 하나만 가져가도 거래 위반은 아닐 것이다. 채환은 여기서 일어나는 상황을 하나도 모르고 있을 테니까.

'하지만 정화가 된, 진화 중일지도 모르는 카리온의 씨앗을 이대로 두고 가도 괜찮은 걸까? 그 전에 저기서 핵을 어떻게 꺼내오지?'

온갖 상념들이 어지러이 박하를 괴롭혔다.

"어? 뭔가 있어요."

수면 위로 무언가 보였다. 박하는 처음에는 그것을 검은 줄기라고 생각했다. 물 위로 헤엄치듯이 꿀렁거리고 있는 모습이 마치 사람의 머리카락처럼도 보이기도 했다. 서서히 물 밖으로 올라오는 그것을 바라보던 박하는 놀라고 말았다. 우물 속에 남자아이가 빠져 있었다. 아이의 얼굴에 달라붙은 검은 머리카락 사이로 새까만 눈이 보였다. 박하는 어디선가 만난 적이 있는 듯한 느낌이 들었다.

"살려주세요. 도와주세요."

희미한 목소리와 함께 검은 줄기들이 튀어나와 박하의 목과 한쪽 팔을 잡고 끌어당겼다.

"이런! 다들 잡아! 박하는 그대로 통과할 거야, 얼른!"

소란스러운 소리가 뒤에서 들렸지만 박하는 뚜껑처럼 덮여 있는 검은 줄기를 붙잡지 못했다. 잡지 않는 게 아니라 잡을 수가 없었다. 유경험자인 재이의 말처럼, 그녀는 그대로 무덤처럼 얼기설기 이어진 검은 줄기를 통과하고 있었다.

이미 박하의 어깨까지 줄기 안으로 들어간 상태였기에, 운형이 다급하게 그녀의 허리를 잡아챘다.

"윽! 놔주세요! 이게 제 목을 잡고 있어요!"

내심 박하라면 괜찮을 거라고 생각했던 운형은 자신의 안일함에 화가 났다. 계속 박하를 잡고 있기엔, 당겨지고 있는 박하가 위험했다. 까딱하다간 정말로 죽을지도 몰랐다.

"들어갈 방법을 찾을 테니 걱정하지 말고 기다려라. 알겠지?"

결국 그는 박하의 허리를 잡고 있던 팔을 풀 수밖에 없었다. 안으로 사라져 버리는 박하를 보며, 남은 사람들은 사색이 된 채 망연자실하게 서 있었다.

박하가 9살이 되던 해에, 그녀는 부모님과 함께 바다에 간 적이 있었다. 발가락 사이로 모래알이 빠져나가는 느낌이 참 신기했었다. 모래를 물들이며 들어왔다가 나가는 바닷물에 발도 담가보고 손도 담가 봤지만, 정작 도넛 모양 물놀이 튜브를 허리에 끼우고 물속에 들어간 시간은 1분도 채 되지 않았다. 엄마가 해준 말에 따르면 처음에는 잘만 들어가다가 허벅지까지 물이 차자, 무서웠는지 엄청 큰 소리로 울었다고 했다.

갑자기 옛 기억이 떠오른 이유는 꼼짝없이 죽을 거라고 생각했던 것과 다르게, 거짓말처럼 숨을 쉴 수 있었기 때문이다. 바닷물을 마신 것처럼 목이 따갑거나 하지도 않았다. 오히려 밖에서 숨을 쉬는 것처럼 편안했다.

둥실둥실. 풍선처럼 바다으로 내려온 박하는 그다지 깊지 않은 우물 깊이에 놀라고, 주위에 흩어져 있는 보석처럼 반짝이는 핵의 개수에 한 번 더 놀랐다.

"날 잡아당긴 건 뭐였을까?"

이유는 모르겠으나 박하는, 병원 옥상 정원에서 자신에게 이상하다고 말했던 꼬마가 문득 떠올랐다. 그러나 자신을 이 안으로 잡아당긴 것이 사람일 리가 없었다. 박하는 누군가가 뿌려놓은 듯 흩어져 있는 핵을 보다가 주위로 고개를 돌렸다. 온통 하얀색뿐인 곳에는 핵 외에는 아무것도 없어 보였다.

"깜짝이야! 방금 뭐였지?"

뭔가가 어깨를 잡는 느낌이 들어서 뒤를 돌아봤으나 아무것도 보이지 않았다. 가만히 있기에는 불안했던 박하가 걷기 시작하자, 그녀의 뒤로 하얀 손 같은 게 뒤따라가기 시작했다. 물의 색이 흰색이라, 박하의 눈에는 그 손이 보이지 않았다.

본인은 모르는 술래잡기 시간은 지친 박하가 제자리에 서면서 허무하게 끝이 났다. 하얀 손은 그녀가 뭔가를 하기 전에 곧장 박하의 머리 위로 내려와, 눈까지 전부 덮어버렸다. 떼어내려고 발버둥 치던 박하는 그대로 바닥에 쓰러졌다. 죽은 것도, 잠든 것도 아니었다. 하얀 손은 박하에게 무언가를 보여주기 위해 제 세상으로 그녀를 끌어들인 것이었다. 그걸 알 리 없는 박하는 자신이 지금 보고 있는 것을 꿈이라고 착각했다.

"여기는…… 전에도 비슷한 꿈을 꾸지 않았나?"

온통 회색뿐인 세계. 화성에 대한 이야기가 나오는 흑백 TV 속에 들어온 듯했다. 끝없이 펼쳐진 넓은 하늘에 떠 있는 둥근 구체는 태양보다는 달과 비슷했고, 고르지 못한 표면에는 무언가가 묻어 있었다. 화석처럼 그대로 굳어버린 그것은 지구에서 흔히 볼 수 있는 캔이나 종이 같은 쓰레기였다.

어느새 박하는 그곳을 걷고 있었다. 심한 가뭄이라도 든 것인지 땅은 쩍 갈라져 있었고, 건물들을 보이지 않았다. 혹 아래로 꺼지는 느낌에 황급히 피하려다가 뒤로 넘어진 박하는, 싱크홀처럼 뻥 뚫려 있는 구멍을 보고는 엉금엉금 기어가 안쪽을 확인했다.

"검은 줄기야."

땅속에는 온통 검은 줄기뿐이었고, 흙이나 돌멩이는 없었다. 박하는 빛이 없는데도 깜깜한 내부를 잘 볼 수 있었다.

"아······."

그곳에 핵이 있었다. 고구마를 연상시키는 핵이 줄기에 주렁주렁 매달려 있었다. 땅에 진동이 느껴져, 숙였던 상체를 편 박하는 먼 곳에서부터 동그란 것이 데굴데굴 굴러오고 있는 것을 보았다. 크기를 가늠할 수 있을 정도로 가까워진 그것은 겉면이 우둘투둘했고, 타원형이었으며 그녀의 키만큼 크기가 컸다. 박하는 그것이 자신을 빤히 쳐다보고 있는 느낌이 들어 섬뜩해졌다.

그것은 박하를 탐색하고 있었다. 이윽고 구체가 세로로 갈라지고 안에서 빛이 새어 나왔다. 어쩐지 그녀는 이 상황이 낯설지 않았다.

"넌 누구니?"

그것은 대답을 하는 대신에 직접 보여주는 것을 택했다. 곧, 박하의 앞에 검은 재들이 모여, 홀로그램처럼 입체적인 사물을 만들어 내기 시작했다.

가장 먼저 만들어진 것은 지구와 달리 갈라지고 바스러진 행성이었다. 그 행성은 지구 바로 뒤편에 존재하는 것처럼 보였으나, 정면에서 바라보면 마치 하나의 행성처럼 보이기도 했다.

처음에는 카리온의 행성에만 붉은 점들이 빼곡하게 생겨났다. 박하는 표시된 붉은 점이 핵이라는 걸 직감적으로 알 수 있었다. 그리고 두 개의 홀로그램이 서서히 가까워지며 하나로 겹쳐졌다. 행성에서 핵이 사라지면, 얼마 지나지 않아 지구에 하나씩 붉은 점이 생겨났다. 그 숫자는 카리온의 행성이 붕괴되는 속도가 빨라지면서 점점 더 늘어났다. 검은 재가 흩어졌다가 다시 뭉쳐지면서 이번에는 행성의 단면을 보여주었다. 내부는 줄기와 핵으로만 이루어져 있었고 크기가 큰 핵일수록 안쪽을 차지하고 있었다. 영양분을 섭취하지 못한 듯이 검은 줄기가 힘없이 끊어졌고, 분리된 핵 주위로 두껍고 단단한 방어막이 만들어졌다.

처음에는 알의 모양 그대로 지구에 정착했던 핵은, 언젠가부터 스스로를 희생하여 겉을 둘러싸고 있던 막과 함께 흩어지기 시작했다. 박하가 혼란스러워하는 것에는 아랑곳하지 않고, 눈앞의 형태는 계속해서 바뀌어 갔다. 유성의 모습으로 파괴된 후, 핵은 거의 가루나 다름없는 형태로 곳곳에 퍼져나갔다. 일반 사람에게는 보이지 않기에 먼지처럼 그것은 눈에 들어가기도 했다. 공기 중에 떠다니는 그것을 보면서 박하는 마침내 화가 난 목소리로 물었다. 괴물이 참 뻔뻔하다고 생각했다.

"내게 하고 싶은 말이 뭐야?"

박하의 말을 이해한 것처럼 검은 재들은 초등학생으로 보이는 소년과 회사원으로 보이는 성인 여성의 모습을 보여주었다. 소년은 박하가 병원 옥상 공원에서 만난 아이였고 여성은 모르는 이였다. 그들은 우연히 비슷한 장소에 있었다.

먼지가 된 다른 핵과는 다르게, 어떤 것은 폭발에도 불구하고 형태를 유지하고 있었다. 그것들 중 가장 큰 조각이 두 사람의 눈을 통해 안으로 들어갔다. 하지만 여성은 조각이 자리를 잡기 전에 교통사고로 사망했다. 확장된 동공 속에는 넘실거리는 무언가가 존재했다. 완전한 어둠이 그곳에 있었다.

잠시 침묵하던 박하는 믿을 수 없다는 투로 말했다.

"내 눈. 내가 이식받은 눈이 이 언니 거라고?"

정답이라는 듯, 검은 재가 보여주던 모습들은 허공에서 서서히 사라졌다.

"이런 걸 보여주는 이유가 뭐야?"

방금 전까지 서로를 죽이고 소멸시켰던 관계였다. 자신들의 사정을 보여주는 의도가 좋게 느껴지지 않았을뿐더러, 이제는 이 세상에서 볼 수 없는 이들의 모습이 떠오르자 박하는 화가 끓어올라 소리치고 말았다.

"너희들 때문에 많은 사람들이 죽었어! 그런데 이제 와서 이런 걸 보여주는 이유가 뭐야? 나한테 뭘 바라는 건데?"

대답 대신에 박하를 붙잡고 있던 하얀 손이 거두어졌다. 동시에 그녀는 진짜 우물 속을 보게 되었고, 이내 이곳이 행성과 비슷하다는 걸 깨달았다. 우물은 물로 채워진 것이 아니라 하얀색의 줄기들로 가득했으며, 바닥에 가라앉은 핵은 이미 정화가 끝난 것들이었다. 박하의 눈에 언뜻 줄기 사이로 정화되지 않은 회색의 핵이 보였다가 사라졌다. 그들은 진화하면서 스스로 정화된 듯했다.

그리고 박하는 자신에게 다가오는 하얀 손을 보았다. 나뭇가지처럼 엉성하게 이어진 그것은, 손이라고 부르기에는 적절하지 않았으나 마땅한 단어가 생각나지 않았다. 하얀 손은 그녀의 눈을 향해 뻗어지고 있었다. 오한이 든 것처럼 몸을 부르르 떤 그녀는, 이내 괴물이 제게 무엇을 원하는지 이해했다.

"맙소사."

박하는 떨리는 숨을 내뱉었다. 빛을 되찾고서 만났던 사람들의 얼굴이 스쳐 지나갔다. 원한 적이 없었지만 그녀는 항상 누군가를 돕고 싶었다. 자신의 능력이라면 사람들을 구할 수 있을 거라고 믿었고, 아직은 이 능력이 필요했다.

고개를 든 박하는 자신을 둘러싸고 있는 하얀 줄기들을 응시했다.

그녀의 눈이 어둡게 가라앉았다. 당황으로 흔들렸던 눈빛이 단단히 굳어졌다. 다시 바라보게 된 세상이 아름답지 않더라도, 이젠 어둠 속에 가라앉고 싶지 않다고 박하는 생각했다.

"빼앗기지 않아. 더 이상 잃지 않을 거야."

자신에게 다가오는 백색의 줄기들을 보며 박하는 시선을 피하지도, 눈을 감고 운명을 받아들이지도 않았다.

⁂

어느새 한 시간이 흘렀다. 재이는 초조하게 다리를 떨면서 우물이 있는 곳을 태워버릴 것처럼 응시하고 있었다. 탁탁. 바닥을 치는 소리가 일정한 리듬감 없이 들려왔다.

"시끄러워. 정신 사나워서 생각을 할 수가 없잖아."

"어차피 넌 저 안에 들어가지도 못하잖아."

"너도 나와 같은 처지 아니야? 들어갈 수 있었으면 진작 갔겠지."

말싸움에 져버린 재이가 혀를 차며 고개를 돌렸다. 욕이라도 시원하게 해버리고 싶었지만, 할 맛이 안 났다.

무언가에 잡혀 우물 안으로 박하가 끌려가 버린 후, 검은 줄기의 색이 변했다. 원래는 검은 줄기들을 통과할 수 있었던 운형과 재이도 왜인지 그 안으로 들어갈 수 없었다. 멍하니 기다리고만 있을 수 없었던 보안 팀은 살아남은 사람들을 창고 밖으로 옮겨두고, 찬열의 시신을 거두었다.

"무슨 소리 들리지 않았어?"

재경이 앉아 있던 자리에서 벌떡 일어서며 말했다. 재이는 검은 줄기들 틈새로 뭔가 보이는지 살폈고, 물 위로 뻗어 나온 하얀 팔을 보았다.

"도와주세요!"

"팀장! 날 잡아!"

초조하게 기다리고 있던 이들이 박하의 부름에 바로 반응했다. 구할 방법도, 소통할 방법도 없어 속을 앓고 있던 그들은 박하의 이름을 부르며 안도의 한숨을 내쉬었다. 다시 검은색이 된 줄기를 통과한 재이가 아래로 내려갔다. 재이의 허리를 잡게 된 운형은 끔찍하다는 표정을 지었으나, 그들이 떨어지지 않도록 오른손으로 검은 줄기를 잡아 지탱하고 있었다. 만일을 대비해 재경과 나혜까지 근처에서 대기했다.

무사히 밖으로 나온 박하는 크게 다친 곳 없이 멀쩡해 보였다. 감겨 있던 붕대가 조금 풀어져 있었고, 다친 손에서 다시금 피가 흐르고 있다는 것만 제외하면 말이다. 게다가 물속에 들어갔다 나왔는데도 어디 한 군데 젖어 있는 곳 없이 뽀송뽀송했다.

"괜찮습니까?"

"손은 왜 그래?"

"거기서 본 게 뭐야? 핵은? 가지고 나왔어?"

주저앉아 공기를 마음껏 들이마시고서야 박하가 차분하게 대답했다.

"핵 말고는 아무것도 없었어요. 가방에 있던 것은 다 버리고 한 개만 챙겨왔어요."

"하! 잘했네. 그 이상은 재앙이지."

"문제는 이것의 처리 방법이다. 이 상태로 두고 가는 건 위험해."

"병원을 폭파시킬 순 없겠죠?"

순진하게 고개를 갸웃거리며 하는 질문에, 사람들이 동시에 입을 다물었다. 전부터 생각했지만 카리온에 대해서라면 박하는 무서운 결단력을 보일 때가 있었다.

"루템에서 가만히 보고 있지는 않을 거야. 게다가 완벽하게 없애기 어려워. 아! 왜!"

말리지는 못하고 진지하게 대답해 주는 재경의 등을 손바닥으로 내려치며 나혜가 말했다.

"얘가 한 말은 무시해도 됩니다. 우물에서 본 것이 있습니까?"

"거긴 그냥 하얗기만 했어요. 바닥에 핵이 널브러져 있는 걸 제외하고는 특별한 건 없었어요."

"정말 그게 끝이야?"

의심쩍어하며 재이가 물었다.

"저도 잘 모르겠어요. 머릿속으로 뭔가가 들어온 느낌이 들었는데, 눈을 떠보니 사라지고 없었어요."

박하의 대답에도 그들은 더 물어보고 싶은 얼굴이었다. 하지만 직접 가본 사람은 박하뿐이니, 아이의 말을 믿어야 했다. 어느 정도 찝찝함은 남아 있었지만 그들은 상황을 정리하고 다시 올라가기로 결론지었다.

그때였다.

"너……."

'무슨 짓을 한 거야?'

재이의 얼굴에는 그렇게 쓰여 있었다. 벽에 넝쿨처럼 있던 검은 줄기들이 일제히 힘의 원동력을 잃어버린 것처럼 부서지기 시작했다. 검은 재들이 눈처럼 허공을 가득 채웠다.

"출발하지."

운형이 딱딱하게 말했다. 그는 남겨진 이들이 걱정되었다. 뻥 뚫린 창고 문을 나서면서 운형은, 들리지 않을 사과를 건네고 찬열의 시신에서 힘겹게 시선을 거뒀다.

얼마 걸어가지 않아 그들이 미리 피신시켜 두었던 사람들이 벽에 기대어 앉아 있는 게 보였다. 재경과 나혜는 사람들에게 다가갔으나 그 앞에서 그대로 걸음을 멈춰야 했다. 몇 분 전까지 멀쩡했던 이들이 갑작스럽게 죽은 이유가 무엇일까.

"다들 소매로 입과 코를 막아!"

모두 어리둥절한 표정으로 운형의 말에 따랐다.

"마스크라도 들고 다녀야겠습니다."

눈도 따갑고 답답했다. 검은 재는 갈수록 앞이 보이지 않을 정도로 많아지고 있었기에, 그들은 서둘러 발걸음을 재촉했다.

"이것들은 왜 사라지지 않는 거야?"

손으로 휘휘 쫓아 봐도, 초파리도 아니고 어딘가로 도망가 줄 리가 없었다. 재경은 짜증스럽게 인상을 쓰다가 입 안으로 들어오는 카리온의 잔해를 막기 위해, 찢어지겠다 싶을 정도로 소매를 더욱 끌어 올렸다.

재들을 손으로 치우며 태식과 지영을 찾던 그들은, 바닥에 쓰러져 있는 두 사람을 발견했다.

"지영 언니!"

"태식 형!"

화들짝 놀란 박하와 재경이 그들에게로 뛰어갔다. 지영 위에 누워 있는 태식의 등에는 커다란 상처가 나 있었다.

"싫어⋯⋯."

뒷걸음질 치는 박하의 어깨를 잡아 뒤로 밀어내고서, 재경이 두 사람의 상태를 확인했다. 지영의 상태는 괜찮아 보였으나 태식의 경우에는, 등에 화상을 입어 옷의 일부분이 검게 타거나 피부와 완전히 달라붙어 있었다. 재경은 타는 냄새를 맡았다. 허공에 휘날리고 있는 재에서 나는 냄새인지, 아니면 태식의 몸에서 나는 냄새인지 알 수 없었다.

지영의 손에 들려있는 화염 방사기로 보아, 태식이 카리온에게 당하기 전에 그녀가 구해준 모양이었다. 태식은 카리온에게 먹히고 싶지는 않다고 입버릇처럼 말하던 사람이었다. 태식의 몸을 뒤집어 눕힌 재경은 숨을 확인하고는 짧게 한숨을 내쉬었다.

"살아 있어요. 미약하기는 하지만 숨을 쉬고 있어요!"

그렇게 밝은 얼굴은 동료들도 처음 보는 것이었다. 재경은 기쁨을 감추지 못하며 박하에게 지영도 살아 있다고 말했고, 안도감에 몸에서 힘이 빠진 박하를 나혜가 부축해 주었다.

"으음."

"정신이 듭니까?"

"여긴⋯⋯."

"지하 3층입니다. 시간 없으니 일어나 주셨으면 합니다."

재경은 기절한 지영의 볼을 가볍게 때려 깨우고는 태식을 들쳐 업었다.

"언니마저 잘못된 줄 알았어."

지영의 허리를 끌어안으며 박하가 울먹였다.

"저분이 살려주셨어. 너도 무사히 돌아와서 다행이야."

두 사람은 속삭이며 서로를 위로했다.

상황이 좀 정리가 된 후에 그들은 다시 걸음을 옮겼다. 계단을 올라가면서 자초지종을 들은 사람들은, 조금 전 복도의 줄기들이 벽에서 분리되더니 춤을 추는 것처럼 날뛰었다는 사실을 알게 되었다.

"서둘러야겠습니다."

허공을 보던 나혜가 강조했다. 카리온이 소멸되고 생기는 검은 웅덩이들이 완전히 사라지는 것보다도 새로운 웅덩이가 만들어지는 게 훨씬 많은 나머지 천장이 새까매져 있었다. 그만큼 떨어지는 재도 많아서 이대론 질식할지도 몰랐다.

서둘러 지하 2층에 도착한 그들은 문을 열자마자 소나기를 마주했다. 스프링클러가 작동되고 있었던 것이다. 그러나 채환과 보디가드들은 보이지 않았다.

"자기들만 살겠다고, 어이가 없네."

재경이 말했다. 이제는 화낼 기운도 없는 모양이었다. 그는 카리온이 날뛰기라도 할까 봐 무서웠던 모양이라고 비아냥거리며, 쏟아져 내리는 빗속으로 거침없이 걸어 들어갔다.

"언니도 머리랑 얼굴은 닦아내는 게 좋겠어."

혹시나 감염될까 봐 걱정이 된 박하가 지영에게 말했다. 진실을 알아버린 그녀는 지영까지 이 세계에 끌어들이고 싶지는 않았다. 검게 물들어 있던 그들은, 잠시 스프링클러에서 뿜어지는 물로 몸에 묻어 있던 검은 재들을 씻어냈다. 다행히도 검은 재들은 지하 2층까지 올라오지는 못했다.

조금 전보다 나은 모습으로 계단을 올라가던 그들은, 밖으로 나간 후에 어떻게 해야 할지에 대해 대화를 나눴다. 힘이 부친 재경 대신에 운형이 태식을 업고 걸었다. 그들은 핵의 처리에 대해서는 논의하지 않았다. 그것에 대한 것은 전적으로 박하에게 맡긴다고 운형이 미리 못을 박아두었기 때문이다. 처음 약속했던 것처럼 재이 역시 그 부분에 대해서는 얘기하지 않았다.

1층을 코앞에 두고, 갑자기 걸음을 멈춘 박하에게 운형이 물었다.

"왜 그러지?"

"그가 약속을 지켰을까요?"

문을 열었을 때 보일 광경이 무서워서 박하는 쉽게 발을 뗄 수가 없었다. 엄마는 무사할 거라고 몇 번이고 스스로에게 말해봤지만, 울렁거리는 마음은 진정이 될 기미가 보이지 않았다.

"진실을 원해?"

재이가 두 사람 사이에 끼어들며 물었다. 머뭇거리던 박하가 고개를 끄덕이자 그녀는 냉정하게 말했다.

"기대하지 마. 그놈이 하는 말에 90%는 거짓말이니까."

"왜 그렇게 말하는 거죠? 그 남자는 핵이란 걸 정말 원하는 것처럼 보였어요!"

덜덜 떠는 박하의 몸을 안아주면서 지영이 재이를 흘겨봤다.

"그래서야. 핵을 가져다주면 인질의 필요성이 증명되겠지. 그러면 그는 어떻게 할까?"

"이봐요!"

"됐어요. 이제 그만 가요."

지영의 품에서 빠져나온 박하가 기운 없이 말하고는 문을 열었다.

분명 내려가기 전에는 어둠뿐이었는데, 문을 열자 환한 빛이 그들을 반겨주었다. 어디서 난 건지 모를 조명들 사이에서 채환이 빛을 등지고 서 있었다. 박하의 시선은 당연하게도 해수와 세훈에게 잡혀 있는 연주에게 향했다.

'엄마.'

내뱉지 못한 말을 알아듣기라도 한 것처럼 연주가 그녀를 보며 옅은 미소를 지었다.

"시간이 꽤 걸렸군. 내가 말한 물건은?"

"여기 있어요. 이제 됐죠? 빨리 엄마를 풀어주세요."

한시라도 빨리 연주를 자신의 옆에 데려오고 싶은 마음에 박하가 재촉했다. 채환은 인자한 미소를 지으며 고개를 끄덕였지만 연주를 바로 풀어주지는 않았다.

"그건 물건을 받고 나서란다. 모든 거래는 지불이 먼저지."

박하는 말없이 그를 노려보았다. 분했다. 움직이지 않는 박하를 보고 오해한 운형이 그녀의 뒤에 서서 말했다.

"원하지 않으면 내가 가도 된다."

"아니에요. 제가 갔다 올게요."

배려해 주는 운형에게 살짝 웃어 보인 박하는 핵을 전해주기 위해 걸어갔다. 세상을 다 가진 사람처럼 반짝이는 미소를 짓고 있는 채환을 보면서, 그녀는 속에서 올라오는 역한 감정을 느끼곤 서서히 얼굴이 굳어졌다.

'뭐가 좋다고 웃고 있을까. 생지옥을 경험하고 살아난 사람들의 얼굴이 보이지 않는 걸까?'

박하는 핵을 쥔 손을 내려다봤다. 이까짓 게 뭐가 중요하다고 사람들을 희생시키면서까지 얻고자 한 것인지, 그녀는 이해할 수가 없었다.

"어서!"

환희에 찬 표정으로 채환이 재촉하자, 박하가 핵을 쥔 손을 움직였다. 채환의 손바닥 위에 핵을 떨어뜨리려는 그때, 갑자기 세훈이 손목을 움켜쥐며 고통스러워하기 시작했다.

"끄윽. 어, 어째서?"

"무슨 일이지?"

부하가 괴로워하고 있음에도 채환은 고대하던 순간을 방해받은 것에 분노해 얼굴이 시뻘게졌다.

"채, 채환 님. 몸이 이상합니다!"

세훈이 비틀거리며 두 사람에게서 물러났다. 그의 옆쪽에 있던 해수는 예고되지 않은 사건에 불안한 듯 보였다. 그녀는 연주와 채환을 보며 무언가를 망설이는 듯 보였다. 연주가 그런 해수에게 뭐라고 말을 걸고 있었다.

곧 세훈이 괴성을 지르며 몸부림치기 시작했다.

"크아악!"

그의 손목에 융합된 핵이 폭주하면서, 카리온에게 먹히던 사람들처럼 검은 줄기들이 뻗어나가는 것이 피부 위로 보였다. 핵을 빼내기 위해 짐승처럼 왼쪽 손목을 긁어대는 세훈의 손톱에 피와 살점이 박혔다.

"젠장, 세훈! 조금만 참아!"

형선이 자신이 가지고 있던 주사기로 피를 급히 주사했지만, 상황은 더욱 악화되었다. 마치 피부 안쪽에서 공이 이리저리 튀는 것처럼, 온몸의 피부가 뿔룩뿔룩 튀어나왔다가 가라앉기를 반복했다. 자신의 몸에 카리온을 융합하는 실험을 했음에도, 여전히 채환을 믿고 따르는 세훈이 그에게 도와달라고 손을 뻗었다.

"괴물이 되다니, 이런! 가까이 오지 말게! 저리 가!"

진저리를 치며 도망간 채환은 금방이라도 터질 것처럼 보이는 세훈을 공포에 물든 시선으로 응시했다. 그를 믿고 있던 세훈의 얼굴이 절망으로 일그러졌다.

"채환 님……."

채환을 제2의 아버지처럼 따랐던 세훈은, 자신을 괴물이라 칭하는 그를 보며 눈물을 떨어뜨렸다.

금방이라도 터질 것 같은 모양새에 다들 멀찍이 떨어지기 시작했다. 어떤 부작용인지 알 수가 없었기 때문이다. 그러는 동안에도 이상 증상은 얼굴에까지 나타났고 그의 눈은 부풀어 오른 살에 파묻혔다. 마음에 금이 갔기 때문일까. 세훈의 부작용 증상이 빨라지며 상태가 악화되었다.

곧 폭발할 거라는 예감에 박하가 있는 힘을 다해 연주에게 달려갔다. 그 순간 소리 없이 세훈의 몸이 터지면서 검은 연기가 그들을 순식간에 휩쓸고 지나갔다. 뒤로 밀려나는 박하를 운형이 붙잡아 주었다.

"엄마?"

연기가 걷히기 시작했다. 그곳에 있던 모두가 바닥에 쓰러져 있었다. 박하는 운형의 손을 뿌리치고 걸어나갔다. 걸음은 이내 뜀박질이 되었다.

"엄마!"

어떻게 된 건지 알 수 없었다. 연기가 사람들을 휩쓸기 전에 박하는 분명 보았다. 채환이 보지 못하는 틈을 타서 해수가 엄마를 데리고 도망치고 있는 것을 말이다. 갈기갈기 찢긴 살점만 남아 있는 곳을 지나쳐, 두 사람이 있는 곳에 도달한 박하는 이해할 수 없는 상황에 당황했다. 검은 줄기 파편으로 보이는 것에 심장과 복부 등 여러 곳을 관통당한 해수가 연주를 감싼 것처럼 겹쳐 누워 있었다.

"어째서?"

폭발 연기에 휩쓸린 것이라면 더 멀어졌어야지, 왜 박하가 보았던 것보다 폭발에서 더 가까워져 있을까. 비틀거리며 박하는 그 앞에 주저앉았다. 해수의 시신을 옆으로 밀어 떨어뜨린 그녀는 떨리는 손으로 연주의 볼을 쓰다듬었다. 감겨 있던 연주의 눈꺼풀이 바르르 떨리며 열렸다.

박하는 겨우겨우 입매를 끌어 올렸다.

"엄마……. 괜찮아?"

"응, 엄마 괜찮아."

"만날 괜찮데! 만날! 이게 어떻게 괜찮은 거야……."

"정말이야. 그러니 우리 딸 울지 마. 눈 아프면 어쩌려고 울어."

"흑. 흐윽. 어떻게 안 울어! 엄마가 다쳤는데!"

혹여 출혈이 더 심해질까 두려웠던 박하는 상처를 쉽사리 건들지 못하고 있었다. 하지만 연주의 배에 박혀 있던 검은 가시가 서서히 분해되면서 흘러나오는 피의 양이 많아지고 있었다. 이대로 두고 볼 수는 없었던 박하는 빨갛게 물드는 셔츠 위로 떨리는 두 손을 가져다 대었다. 그리곤 필사적으로 지혈하려고 노력했으나……. 이내 절망하고 말았다.

빨갛게 물들어 가는 셔츠 위로 박하가 떨리는 두 손을 가져다 대었다. 검은 줄기 하나가 해수를 관통하여 그대로 연주의 배에 박혀 있었다. 입술을 깨문 그녀는 손으로 눌러 지혈하려고 노력했으나, 끊임없이 흘러나오는 피로 인해 절망하고 말았다.

"어떻게, 어떻게 해…… 엄마 나 두고 가지 않을 거지? 응?"

어쩔 줄 모르며 제게 매달리는 박하를 보며 연주는 눈물이 날 것만 같았다. 줄곧 딸의 곁에 있으리라 다짐했는데, 탄생과 죽음만큼은 자신도 어쩔 수 없는 일이었다. 이렇게 빨리 떠나게 될 줄 알았더라면…….

"우리 딸……. 엄마가 많이 사랑해."

좀 더 많이 말해줄 것을 그랬다. 이제야 겨우 박하와 함께 할 수 있는 일들이 많아졌는데, 아무래도 같이 해줄 시간이 없을 것 같았다. 연주는 피범벅이 된 딸의 손 위를 제 손으로 겹쳐 잡았다.

"여기서 빠져나가면 다 잊어. 누가 뭐래도 우리 딸 평범해. 그러니까 남들 하는 거 다 해보고, 누가 괴롭히면 엄마가 꿈에 찾아가서 혼내줄 테니까……. 엄마가 멀리서 지켜보고 있을 테니까……. 너무 많이 울지 말고, 행복한 모습 보여줘야 돼. 알았지?"

박하의 손을 토닥이는 연주의 손에는 힘이 하나도 없었다. 박하는 눈물을 계속 닦아내며 엄마의 얼굴을 눈에 오래 담기 위해 노력했다.

'엄마가 없는데 어떻게 행복하게 살아? 버킷 리스트에 엄마와 함께 하려고 적어놓은 게 얼마나 많은데……'

투정 부리고 싶었다. 죽지 말라고, 이렇게 가버리면 자신도 따라 죽을 거라고 협박이라도 하고 싶었지만 그럴 수가 없었다. 엄마를 더 괴롭게 만들고 싶지 않았으니까. 떨리는 입술을 간신히 열어 박하는 말했다.

"노력할게. 그러니까 엄마도 조금만 참아주라. 병원을 나가게 되면 내가 아저씨한테 부탁해서 가까운 병원에 데려다달라고 할게. 그러니까 조금만 더 나한테 시간을 주면 안 돼?"

"미안해. 엄마가 더 오래 곁에 있어주고 싶었는데······."

연주는 노력하겠다는 거짓말이라도 해주고 싶었지만, 자신에게 시간이 얼마 없다는 것을 알고 있었다. 조금이라도 더 딸의 모습을 눈에 담고 싶어서, 그녀는 자꾸만 감기려고 하는 눈꺼풀을 힘겹게 올리며 말했다.

"눈에 보이지 않아도 엄마는 항상 네 곁에 있을 거야. 그러니까 우리 딸 괜찮아. 다 잘될 거야."

"그러지 마. 제발, 내가 다 잘 못했으니까. 응? 나 떠나지 마!"

"사랑해. 우리 딸, 박하야."

박하의 애원에도 불구하고 연주는 눈을 감았다.

"싫어······. 싫어, 엄마! 가지 마!"

참아왔던 눈물이 터졌다. 박하는 연주의 가슴에 고개를 묻으며 절규했다.

체감과는 다르게 짧은 시간이 지난 후에야 박하는 고개를 들었다. 그녀는 눈물과 콧물을 소매로 닦아내며, 숨을 깊게 들이쉬고 내쉬며 마음을 다잡았다. 그리고 박하는 형선과 함께 멀찍이 떨어져 있는 채환을 바라보았다. 분명 그가 해수보다 세훈과 더 가까이에 있었다.

조금도 다치지 않은 채환을 보면서도 박하는 이상하게 화조차 나지 않았다. 조금 전까지 격한 감정을 담고 있던 박하의 눈은 공허했다. 지키리라 마음먹었던 그녀의 세계가 방금 부서져 버렸기 때문이다. 꿈꿔왔던 계획과 찬란해야 할 미래는 시작도 해보기 전에, 완전히 무너져 흔적만 남게 되었다.

박하는 끝까지 자신이 걱정할까 봐 괴로운 표정을 참아가며, 사랑한다고 말해주던 연주를 떠올리지 않으려 했다.

"자, 어서 내게 주거라. 너에겐 다른 보상을 해주마."

"뭘 주실 건데요?"

"새로운 집, 좋은 환경, 풍족한 돈. 뭐든지."

하나도 원하는 게 없었다. 가장 소중한 걸 빼앗고서 한다는 말이 참 가관이었다. 박하는 마음을 굳혔다. 잔인한 세상에서 딱 한 번만, 악마가 되리라.

"뭐 하는 거지?"

방향을 트는 자신을 의아하게 바라보는 채환의 시선을 무시하고서, 박하는 그의 옆에 서 있는 형선을 향해 돌진했다. 형선은 무의식적으로 핵이 있는 손으로 박하를 잡으려고 했고, 그건 박하가 하려던 일을 도와주었다. 그녀는 일부러 핵 근처를 노렸다. 실험으로 인해 핵과 융합되어 있는 피부는 상대적으로 약하다는 것을 알고 있었기 때문이다. 식당에서 운형이 융합된 핵을 뜯어냈던 것을 떠올린 박하는 망설임 없이 핵을 쥔 손을 치켜들었다.

"뭐! 으아악!"

뾰족한 물체가 억지로 연한 살과 근육을 찢고 들어오는 고통에, 형선의 입에서 비명이 터져 나왔다. 채환이 그토록 원하던 순백의 핵이 그의 오른쪽 팔에 박혀 있었다.

가까스로 정신을 차린 형선이 자신을 공격하기 전에, 박하는 찔러 넣은 핵을 가차 없이 다시 뽑아냈다. 백색의 핵 위로 흘러내린 검은 피가 그대로 흡수되고 있었다. 그것을 확인한 박하는 몸을 돌려 채환을 바라보았다. 창백하게 질린 그의 얼굴이 우스웠다.

"지금 뭐, 뭐 하는 거냐! 기껏 가져온 핵을 오염시키다니! 바보 같은!"

"제가 바란 건 하나였어요. 당신은 거래를 어겼으니 받을 자격도 없죠. 그거 알아요? 핵의 색깔이 완전히 하얗게 되면 조심해야 해요. 왜냐하면 그 상태에서 카리온의 검은 피를 흡수하면……."

말을 질질 끌며 박하는 천천히 채환에게 다가갔다. 카리온이 핵을 보호하는 것은 그만큼 핵이 중요하기 때문이기도 하지만, 핵에 그들 자신의 피가 섞이면 폭발하기 때문이기도 했다. 채환은 핵이 오염된 것을 안타까워할 뿐, 이러한 것은 전혀 모르고 있었다.

핵의 색깔이 순백색에서 점점 회색으로 변하고 있는 것을 확인한 박하는 저를 노려보고 있는 채환에게 무표정한 얼굴로 걸어가, 그의 목덜미에 주저 없이 핵을 찔러 넣었다. 형선의 피를 흡수한 핵은 살기 위해서인지, 채환의 피부에 난 작은 상처를 거침없이 벌리며 박하를 도와주었다.

그녀는 부작용을 겪었던 융합된 괴물을 떠올렸다. 하얀색이었던 핵 속으로 들어간 검은 피들이 섞이며 얼룩덜룩해지는 것을 보면서, 박하는 시간이 얼마 남지 않은 것을 확인했다. 채환의 목 주위로 퍼진 검은 줄기들 때문에 핵을 쥐고 있던 박하가 손을 떼어도 그 상태가 그대로 유지되었다.

"컥! 너, 지, 지금 이게……."

채환은 목에 연결된 핵을 손으로 더듬거리며 잡아보려고 했으나, 동화인이 아닌 그의 손은 그대로 허공을 통과할 뿐이었다. 잡을 수가 없었다. 채환은 검은 줄기가 내부로 퍼지는 감각에 공포와 충격으로 눈이 커졌다.

"폭탄이 돼요. 서로 섞일 수가 없거든요."

울컥 뿜어져 나오는 피로 인해 채환은 더 이상 말을 할 수 없었다. 괴로워 몸을 비트는 남자를 박하는 냉정한 시선으로 올려다보았다. 제게로 뻗어지는 손을 박하는 뒤로 물러나 피해버렸다. 채환이 무거운 걸음으로 앞으로 다가올 때마다 그녀는 일부러 몇 걸음 더 물러서 거리를 벌렸다.

박하의 눈에 담겨 있던 절망이 채환에게로 옮겨갔다.

"이제 우리의 마음을 이해하시겠어요?"

컥컥거리며 숨을 내쉬지 못하는 채환에게 박하가 고저 없는 목소리로 물었다. 핵이 깊숙하게 들어가지 않은 탓일까. 그는 꽤 오랫동안 괴로워하다가, 피를 한 움큼 토하고서야 숨이 멎었다. 곧이어 내부에서 폭발이 일어나 채환의 몸은 바닥에 액체처럼 퍼져버렸다.

멍하니 그 모습을 바라보던 박하의 눈에서 소리 없는 눈물이 떨어져 내렸다. 박하의 시야가 갑작스럽게 어두워졌다. 재경이 그녀의 눈을 가려준 것이었다. 그녀는 들려오는 목소리에 눈을 감아버렸다.

"눈에 담지 마. 그는 죄를 지은 것만큼 당한 것뿐이니까."

"네가 하지 않았으면 내가 했을 거야. 더 잔인하게 죽이지 못해서 아쉽네. 쓰레기 자식."

시체를 발로 차는 재이는 금장이라도 울 것 같은 얼굴이었다. 채환에게 당했던 실험들이 생각이 나서, 어린 나이에 좋은 것 하나 겪어보지도 못하고 죽어간 친구들이 떠올려서였다. 한참을 그러고 있다가 재이가 충혈된 눈으로 남은 사람들을 돌아보며 말했다.

"다들 여기서 나가. 여긴 곧 무너질 거야."

"뭐?"

"이딴 곳, 더는 눈에 담기가 싫어서 내가 폭탄을 설치해 놨거든."

언제냐고 묻지 않았다. 하지 말라고 말리는 말도 없었다.

"우리 말고 남은 사람이 있는지 확인해 봐야 합니다."

이성을 잃지 않은 나혜가 말했다.

"없어. 내가 맨 위층부터 다 확인했거든."

"우리가 숨어 있었던 진료실에 다시 한번 가봤으면 좋겠어요."

여전히 재경의 손에 눈이 가려진 채로 있던 박하가 말했다.

"좋아. 내가 확인해 보고 올 테니까, 다들 여기서 기다려."

재이는 흔쾌히 떠났고, 운형은 그녀를 감시하기 위해 함께 자리를 비웠다. 그리고 연주를 향해 걸어가던 박하가 쓰러지듯 기절해 버렸다. 정신적인 충격이 너무 커서 버티지 못하고 무너진 것이다.

"기절했어."

"가능하다면……. 연주 언니를 여기에 두고 가고 싶지 않아요."

연주의 손을 잡고 있던 지영이 조심스럽게 그들에게 부탁했다. 그렇지 않으면 박하가 정신적으로도 무너질지 모른다는 생각이 들었기 때문이다. 그토록 밝았던 아이가 채환을 망설임 없이 죽였다. 그만큼 박하가 절벽에 몰려 있다는 것을 의미했기에, 지영은 박하가 이런 경험을 하고 평범하게 살아갈 수 있을지 걱정스러웠다.

얼마 뒤, 재이와 운형이 진료실에서 생존자를 데리고 나타났다. 박하가 어떻게 알았는지는 알 수 없었지만, 건물을 무너뜨리기 전에 찾아서 다행이었다.

나혜의 말을 들은 운형은 진료실에서 휠체어 2개를 가지고 와서 연주를 조심스럽게 앉히고는 담요까지 덮어주었다. 그녀는 미소를 지은 채 편안하게 잠들어 있는 것만 같았다. 나머지 휠체어에는 태식이 타게 되었다.

잠겨 있지 않은 문은 손쉽게 열렸고, 재이를 제외한 8명의 생존자들이 모두 밖으로 나왔다. 시원한 밤공기가 그들 사이를 스쳐 지나갔다. 처음부터 박하를 포기할 마음이 없었던 재이가 진료실에 숨어 있기 전에 미리 불러둔 차가 밖에 세워져 있었는데, 무슨 생각이었는지 그녀가 마련한 것은 관광버스였다.

현재 상황과 전혀 어울리지 않는 버스의 문을 두드리자, 안에서 자고 있던 남자가 놀란 새처럼 파드득 일어나 문을 열어주었다.

"이것 참, 기다리다가 졸아버렸네요. 재이 씨는 아직인가 보군요. 어서 타세요."

그는 평범한 버스 기사는 아닌 듯했지만 무언가를 물어보는 사람은 없었다. 그만큼 다들 지쳐 있었기 때문이다. 사람들을 모두 태우고서 재이를 기다리던 버스 기사는 누군가에게서 한 통의 연락을 받았다. 통화를 종료한 그는 차의 시동을 걸고는, 재이를 태우지 않고 그대로 병원을 빠져나갔다.

그로부터 몇 분 뒤. 굉음과 함께 병원의 창문이란 창문이 전부 터져 나가며 허공에 산산이 흩어져 내렸다. 빛을 반사하며 조각들이 공중으로 흩어져, 마치 밤하늘의 별이 쏟아지는 것처럼 보였다.

미리 설치해 둔 폭탄이 터지며 병원의 기둥들을 날려버렸고, 거대한 고운 병원은 먼지가 자욱하게 퍼지며 폭삭 주저앉았다. 놀란 새들이 하늘로 파드득거리며 날아가 버리고 어둠을 환하게 밝히는 달빛이 홀로 서 있는 주차장 건물을 비추었을 때, 그것마저도 무너져 내렸다.

곧이어 소방차 여러 대가 고운 병원으로 향했다.

「속보입니다. 생체 실험을 해왔다는 의혹을 받던 고운 병원이, 오늘 오전 4시 48분경에 굉음과 함께 무너져 내렸습니다. 내부에 사람이 있었는지 확인하기 위한 수색을 진행 중인데요. 건물이 전부 내려앉아 시일이 오래 걸릴 것으로 예상되고 있습니다. 한편, 병원에 입원 중이던…….

고운 병원에 대한 수색이 이루어지고 있는 가운데, 병원장으로 알려진 고 씨가 생체 실험을 주도한 것으로 파악이 되고 있습니다. 끔찍한 상태로 발견된 고 씨의 시체를 분석한 결과 그의 죽음은 그가 주입한 약물로 인한 것으로…….」

그날 아침, 지상파를 포함해 각종 뉴스에서는 자난밤 사이 일어난 소식을 앞다투어 내보내기 시작했다.

한 층에 두 세대밖에 살지 않는 고급 아파트 21층. 엘리베이터에서 내린 박하는 학교를 마치고 돌아오는 길이었다. 또래 아이들처럼 교복을 입고 패딩을 걸친 그녀는 묵직한 가방을 메고 있었다. 문을 열기 전, 그녀의 시선이 옆집으로 향했다. 열려 있는 옆집 안에서는 유니폼을 입은 사람들이 돌아다니며 분주하게 물건을 나르고 있었다.

얼굴 선이 날카롭고 예쁘게 생긴 남자가 박하에게 다가왔다. 낯선 사람을 경계하던 박하의 시선이 남자의 귀로 향했다. 화려한 주황색 장미 문신 위로 귀걸이들이 못해도 5개는 되어 보였다. 신기하게 바라보는 시선이 불편할 법한데도, 남자는 친근하게 박하에게 인사를 건넸다.

"안녕하세요."

매력적인 중저음 목소리였다. 정신을 차린 박하가 서둘러 고개를 꾸벅 숙이며 말했다.

"안녕하세요! 이번에 이사 오셨나 봐요."

"네, 근무지가 서울로 바뀌어서, 이쪽으로 이사 왔어요."

"여기 야경도 멋지고 사람들도 좋은 분들뿐이라서 분명 마음에 드실 거예요! 이웃끼리 앞으로 잘 부탁드려요. 전 임박하라고 해요."

"저야말로 잘 부탁드려요. 오늘부터 옆집에서 살게 된 이서원이라고 해요."

싱긋 짓는 미소까지 화보처럼 아름다워서, 박하는 멍한 상태로 한참이나 남자의 얼굴을 바라볼 수밖에 없었다. 석양을 닮은, 짙은 호박색처럼 보이는 남자의 눈을 응시하던 그녀는, 빨개진 얼굴로 서둘러 인사를 마치고는 홀린 듯이 집 안으로 들어갔다.

"내가 왜 그랬지?"

신발을 벗지도 못하고 박하는 문 앞에서 손으로 부채질했다.

"왜 이렇게 늦게 와?"

문이 열리는 소리에 주방에서 커피를 내리고 있던 재경이 고개를 내밀었다.

"다녀왔어."

아무렇지 않은 척하며 지나가려던 박하에게 그가 다시 말을 걸었다.

"밖에 상당히 추운가 보네. 찌그러진 홍시 같아."

놀리는 말이라는 걸 알고 있었지만 지레 찔리는 게 있었던 박하는, 입을 삐죽 내밀며 퉁명스럽게 소리쳤다.

"홍시 맛있는데 오빠는 왜 그래! 그리고 오늘 친구들이랑 놀다 온다고 저번에 말했잖아!"

"왜 이렇게 화를 내? 하도 일이 많아서 잊어버린 건데."

"됐어! 근데 오늘은 오빠가 집에 있네?"

"어제 철야였거든. 양심이 있으면 하루 정도는 쉬게 해줘야지. 피곤하다."

다크서클이 눈 밑으로 내려와 있는 재경을 불쌍하게 바라보던 박하는 두꺼운 패딩을 벗으며 거실로 향했다.

"친구들이랑 재미있게 놀다 왔어?"

소파에서 TV를 보고 있던 지영이 얼굴은 고정한 채 채널을 다른 곳으로 돌리며 물었다.

"응! 예지 노래 진짜 잘해! 나중에 녹음해도 되는지 물어봐서 언니한테도 들려줄게! 참, 옆집에 이사 온 오빠 되게 예쁘다? 나중에 인사 올지도 몰라. 왜 이사하면 떡 돌리고 그러잖아."

재잘거리던 박하가 가방을 바닥에 내려놓고서 지영 옆에 앉았다. 오늘 하루 있었던 일을 신나게 이야기하는 그녀의 머리를 지영이 다정하게 넘겨주었다.

"즐거웠다니 다행이네."

방금 전까지 뉴스를 보고 있던 지영은 가까스로 밝은 목소리를 낼 수 있었다. 뉴스에서 고운 병원에 대한 의혹을 제기하는 내용이 나오고 있었기 때문이다. 1년이 지난 지금도, 어둠 속에 가려진 그날에 대한 진실은 아무도 알지 못했고 온갖 추측들만이 나돌고 있었다. 방문자 기록도 소실되었고, 당시 병원에 있던 사람들을 찾을 수 없었기 때문이다. 떠나간 사람들을 생각하면 분하고 억울했지만 박하를 지키기 위해서 그들은 침묵하기를 선택했다.

"나중에 언니하고도 노래방 가자. 박하가 불러주는 노래 언니도 듣고 싶어."

"알았어. 다 같이 가자! 재경 오빠도 갈 거지?"

환하게 웃으며 박하가 기대된다는 듯이 말했다.

"내가 왜? 아, 또 그 여자네."

전화벨 소리가 울려 퍼지자 재경이 인상을 찌푸렸다.

"일부러 놀리려고 전화하는 것 같은데?"

"나도 알아. 그래서 더 얄미워. 누나한테도 전화 오지?"

"나는 가끔? 끊어지기 전에 얼른 받아, 재경아. 또 재이가 화낼라."

재경이 인상을 찌푸렸다. 그는 통화 내용을 들려주고 싶지 않았기에, 커피 잔을 들고 방으로 향했다. 재이와 있었던 일은 쉽게 풀리지 않을 매듭이었지만, 이제 재경과 박하는 그녀를 어느 정도 받아들이고 있었다. 그래서 박하는 티격태격하는 두 사람을 떠올리곤 웃을 수 있었다.

"눈이네."

박하가 말했다. 날씨가 좋은 날에는 햇빛이 환하게 들어오는 통유리 너머로 하얀 눈송이가 떨어지고 있었다. TV를 다시 켜자 뉴스에서는 곳곳에 내리고 있는 눈 소식을 전해주고 있었다.

"언니, 이제 끝난 거겠지?"

지영의 어깨에 머리를 기대며 박하가 물었다.

"그럼, 이제 얼마 남지 않았어. 한 분기에 한 마리 나올까 말까 하대. 걱정하지 마."

부드럽게 등을 쓸어내리는 손길에 안정을 취하고 있던 박하가 뭔가 생각난 듯이 자리에서 벌떡 일어났다.

"왜 그래?"

"저녁에 친구들이랑 랜선 채팅하기로 했는데 깜박할 뻔했어. 얼른 씻어야겠다!"

서둘러 가방을 챙겨 방으로 들어가는 박하를 보며, 지영의 입꼬리가 서서히 내려갔다. 그 일이 있은 후로, 자신을 포함해 살아남은 자들 중에서 변하지 않는 사람은 없었다. 현규는 동생을 데리고 호주로 떠났고, 도영은 행방불명되었다.

자신이 한 일들에 대해 죄책감을 느끼고, 루템에서 절대 놓아주지 않을 거라는 사실을 받아들인 재이는 계속 남아서 내부를 감시하기로 했다. 고운 병원에 대한 일들을 모두 채환의 책임으로 돌린 재이의 위치는 여전히 견고했고, 그녀의 도움을 받아 재경을 제외한 보안 팀원들은 무사히 퇴사 처리가 되었다.

루템에 남아 있을 이유가 반년 전에 사라졌음에도 불구하고, 재경은 정보의 필요성을 느꼈다. 그래서 팀원들에게 정보를 넘겨주는 역할을 맡으면서, 어쩌다 보니 재이를 도와서 일을 처리하고 있었다. 그는 카리온을 죽이는 운형의 모습이 담긴 CCTV 기록과 박하의 병원 기록 완벽히 지워놓았다.

여러 사람의 노력들로 인해서 박하는 연주의 바람대로 평범한 삶을 살아가고 있었다. 자리에서 일어난 지영은 오늘은 재경의 방이 된 곳으로 향했다. 노크를 하자 열리는 문에, 그녀는 안으로 들어갔다.

"어떻게 됐어?"

"루템에서도 찾지 못한 모양이야."

"어디에 있으실까? 박하가 아빠를 많이 그리워해."

"차라리 한국에 없는 게 나아. 루템에서 먼저 그를 찾으면 어떻게 될지 모르니까."

"그래도 한 번쯤은 박하를 만나러 올 거라고 생각했는데……."

지영이 침울하게 말했다. 흔적도 없이 사라져 버린 우현을 찾는 건, 모래사장에서 바늘 찾기만큼 어려웠다.

박하에게는 아빠를 직접 찾는 것은 위험하다고 말렸지만, 그들은 몰래 우현의 행방에 대해 조사하고 있었다. 그 사실을 알 리가 없는 박하는 씻고 잠옷을 갈아입은 후, 도서관에서 빌린 책 한 권을 품에 안고서 침대로 올라갔다. 랜선 채팅을 한다고 지영에게 말했던 그녀는, 책 사이에서 떨어진 책갈피를 소중히 바라보았다.

MARRY CHRISTMAS♥

폭이 좁고 긴 책갈피의 앞면에는 평범한 트리 그림과 크리스마스 문구가 있었고, 뒤에는 그림책 하나가 그려져 있었다.

"언제나 너를 지켜줄게."

제목을 소리 내어 읽어본 박하는 눈물이 나올 것만 같았다. 엄마를 잃고 실의에 빠져 있던 그녀에게 어느 날부터 책과 함께 책갈피들이 전해졌다. 책갈피에는 매번 다른 책의 문구들이 담겨 있었다.

'짠! 오늘은 아빠가 솜사탕에 관련된 책을 읽어줄게!'

둘이 같이 만든 어설픈 책갈피를 보며 다정하게 웃던 우현을 떠올리며 박하는 미소 지었다. 무사히 지내고 있는 것 같아서 다행이었다. 최근 들어 그때 겪었던 일들을 꿈으로 꾸고 있었지만 자신을 지켜주는 사람들이 있기에 그녀는 두려움을 느낄 새가 없었다. 그렇게 우현이 보낸 책갈피를 부적처럼 쥐고서, 박하는 안도하며 달콤한 잠에 빠져들었다.

Fin.

SIGN 싸인: 별똥별이 떨어질 때

2022년 4월 27일 초판 1쇄

지은이 이선희
펴낸이 최세현   **경영고문** 박시형

책임편집 김명래   **디자인** 박선향   **교정 교열** 이민영
마케팅 이주형, 양근모, 권금숙, 양봉호, 박관홍, 신하은, 정문희
디지털콘텐츠 김명래   **해외기획** 우정민, 배혜림
경영지원 홍성택, 이진영, 임지윤, 김현우
펴낸곳 팩토리나인   **출판신고** 2006년 9월 25일 제406-2006-000210호
주소 서울시 마포구 월드컵북로 396 누리꿈스퀘어 비즈니스타워 18층
전화 02-6712-9800   **팩스** 02-6712-9810   **이메일** info@smpk.kr

© 이선희(저작권자와 맺은 특약에 따라 검인을 생략합니다)
ISBN 979-11-6534-512-9 (03810)

쌤앤파커스(Sam&Parkers)는 독자 여러분의 책에 관한 아이디어와 원고 투고를 설레는 마음으로 기다리고 있습니다.
책으로 엮기를 원하는 아이디어가 있으신 분은 이메일 book@smpk.kr로 간단한 개요와 취지, 연락처 등을 보내주세요.
머뭇거리지 말고 문을 두드리세요. 길이 열립니다.